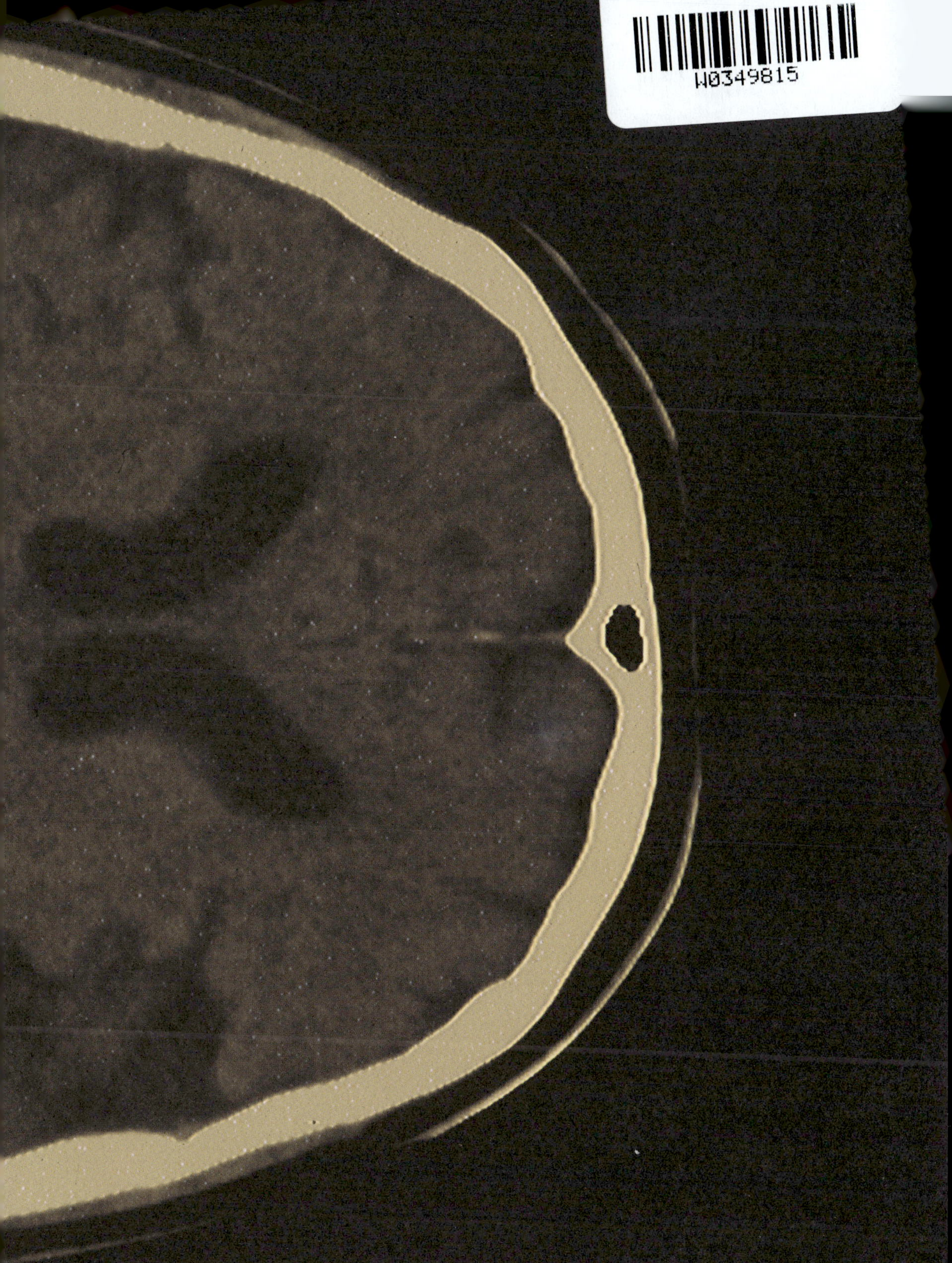

Die Vorratskammer HMF – Tomografia, São Paulo, Juni 2009

Hans Magnu
Al

Suhrkamp *Berlin 2011*

SCRAP BOOK

So wie die Elster mit allem, was sie findet, und sei es noch so unscheinbar, ihr Nest schmückt. Dabei holt sie gerne, was glitzert, hervor. Ob Straß oder Diamant, ist ihr ziemlich gleichgültig.

Schande und Schmuck sind beieinander, wo eines Mannes unverzagter Mut konfus gemustert gehen will wie Elsternfarben. Trotzdem, der kann doch noch glücklich sein, denn an ihm ist etwas von beiden: vom Himmel und von der Hölle. Wer sich mit der Treulosigkeit zusammensetzt, der hat die schwarze Farbe ganz und muß auch nach der Finsternis geraten. Und so hält der, der fest steht und treu, es mit dem Weißen.
Dieses fliegende Beispiel ist zu flink für dumme Menschen, sie bringen es nicht fertig, ihm nachzudenken.

Wolfram von Eschenbach, *Parzival.* Aus dem Mittelhochdeutschen von Peter Knecht. Frankfurt am Main 1993.

IHR WISST DOCH, WAS ICH MEINE

Unentbehrlich sind mir meine Elstern, sie lachen mich aus. Es ist kein Verlaß auf euch, Elstern. Wie seid ihr mir überlegen.

Ich will mit alledem nur sagen: Ihr habt es nicht mit einem Tagebuch zu tun, sondern mit einem Capriccio, einem Quodlibet, einem Potpourri, besser gesagt mit einem *mixtum compositum,* einem *commonplace-book,* oder schlicht und einfach mit einem Allgemeinen Brouillon. Bin ich verständlich? Ich meine ein *hotchpotch,* ein *maremagno,* ein *salmagundi.* Mit anderen Worten: Was hier vorliegt, ist wahrscheinlich eine *olla podrida,* ein Kuddelmuddel, ein Sammelsurium oder ein Ragout, d. h., es handelt sich schlicht und einfach um Miszellaneen. Natürlich könnte ich auch von einer *macédoine* sprechen, von einem Charivari oder von einem *pêle-mêle* – nein, einen Moment bitte, gleich komme ich drauf! –,

es ist ein *gallimaufrey,* eine *ragbag,* ein *pasticcicciaccio,* oder, verflixt, es liegt mir auf der Zunge, gleich hab ich's, also, mit einem Wort, es ist ein Zibaldone, ein *medley,* ein *farrago,* kurz und gut, und damit fertig, es ist ein *scrapbook.* Oder ist das zu hoch gegriffen? Vielleicht handelt es sich ja nur um eine Wundertüte. Damit wir uns aber recht verstehen, meine Lieben: so und nicht anders geht es zu in unserem Gehirn, einem undisziplinierten Organ, das sich an keine Reihenfolge hält, ohne Inhaltsverzeichnis auskommt und keine Chronologie kennt.

Oft genügt es, wenn andere gescheit sind. Man braucht kein Lichtenberg zu sein, um sich an den Sudelbüchern zu weiden.

Die Werke der Menschen bedürfen vieler Hände, aber nur weniger Köpfe.

Thomas Burnet, *Telluris theoria sacra* (1684),
zitiert nach Karl Markus Michel, *Die sprachlose Intelligenz.*
Frankfurt am Main 1968.

Kauderwelsch

Quunk quai quenni monni denni monni nasi,
quunk quai qua, quunk quai qua.
O lazaroni, o nigodeni, scharma dunk wa de junk.
Quunk quai quenni monni denni monni nasi,
quunk quai quorum, quunk quai qua.

Aus *Allerleirauh.* Frankfurt am Main 1961.

Edward Lear

78

EDWARD LEAR

Diese junge Dame aus Reggio
pflegte ein holdes Arpeggio
mit ihrem scharfen
Kinne zu harfen,
die talentvolle Dame aus Reggio.

There was a Young Lady whose chin
Resembled the point of a pin;
So she had it made sharp,
and purchased a harp,
And played several tunes with her chin

Nonsens-Verbote, wie sie in der deutschen Literatur üblich sind, schaden der Phantasie. Morgenstern ist dort unsterblich, wo er gegen sie verstößt. Auch Brecht war über den Blödsinn nicht erhaben: »Der Mensch ist gar nicht gut / Drum hau ihn auf den Hut.« Er wußte eben, was er an Karl Valentin hatte.

SPITZENLYRIK

Die vier Kissen der vier Klöpplerinnen
Waren kreuzweis dicht herangeschoben
An die kleine Stunde mit den Globen;
Hinter den vier Wasserkugeln, innen,
stand das Licht. […]

Fast wie Licht in einem lichten Leben,
fast wie schon vom Glück verbrauchtes Licht,
so verschenkt, so sinnlos hingegeben
und so nah schon wieder am Verzicht;
Licht für Spitzen: Klöppellicht.

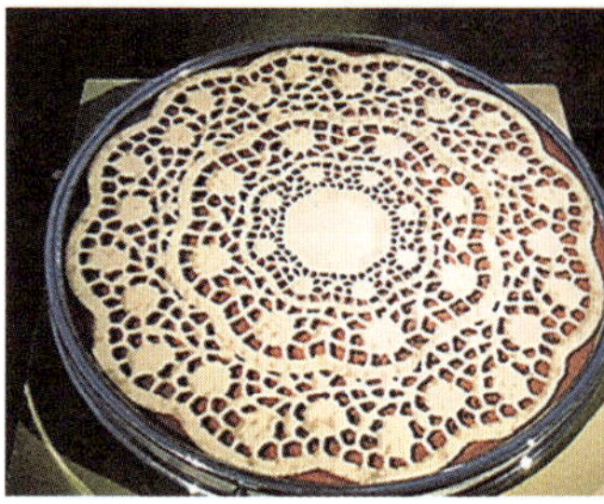

Dieses Gedicht von Rainer Maria Rilke, das den Titel »Valangin« trägt und von der Kunst der Spitzenklöpplerinnen handelt, wird auf einer drehbaren Tortenplatte präsentiert. Darüber liegt eine Glasscheibe, auf der ein papierenes Spitzentüchlein liegt, wie sie in altmodischen Konditoreien zu finden sind. Durch die durchbrochene Spitze hindurch ist Rilkes Gedicht immer nur teilweise zu lesen. Um es ganz zu entziffern, muß man die Tortenplatte millimeterweise drehen, so daß nach und nach der ganze Text sichtbar wird. Aus *WortSpielZeug*.

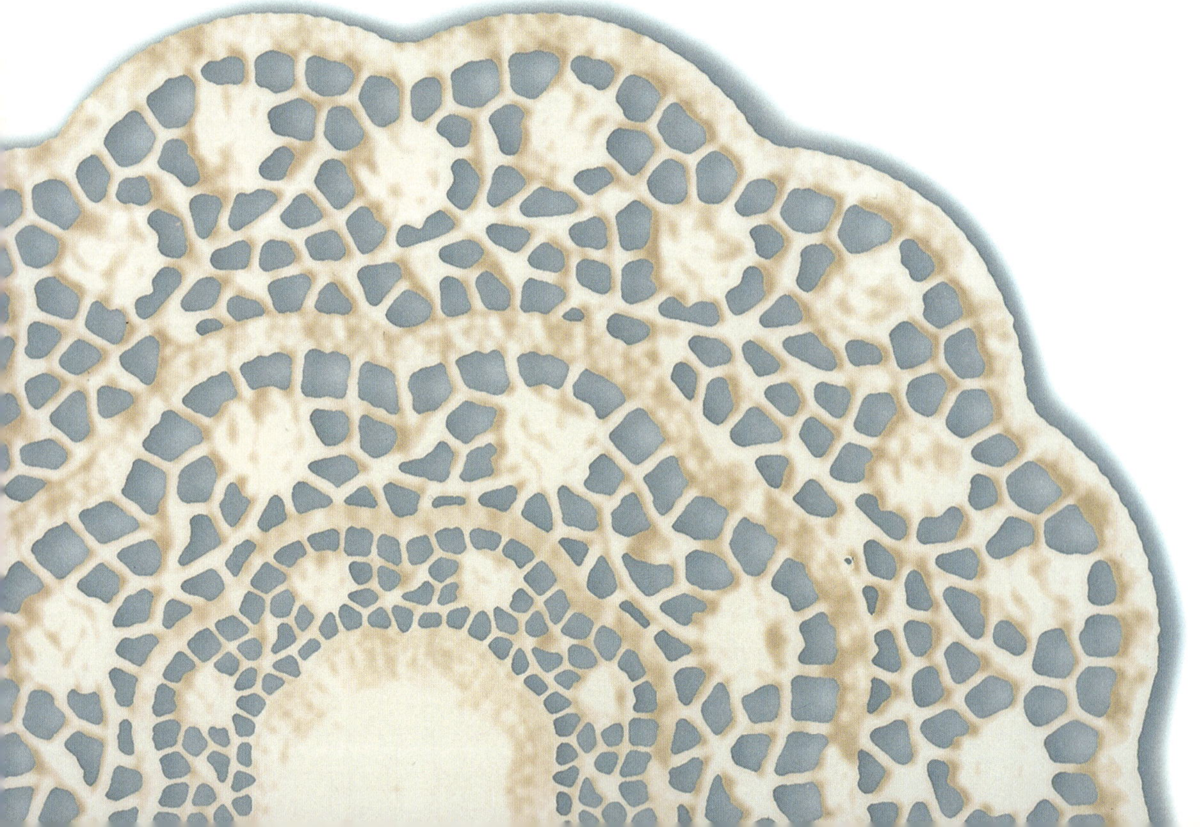

Epitaph für Jimmy Mahoney

Mahagonny – mörderisches Mekka, höllisches Jerusalem! Mahagonny, Paradies der Schurken und der Anarchisten, Zuflucht der Gottlosen, Goldstadt am fernen Opernhimmel! *Dort gibt es keinen Fleischsalat und keine Direktion.* Mahagonny, *goldner Tabak, Himmel wie Pergament,* Fata Morgana der Freiheit, Utopie als Karikatur!

In einer öden Gegend hält ein großes, übel zugerichtetes Lastauto. Kein Orakel, kein himmlischer Wink steht am Anfang des mythischen Orts, sondern eine Autopanne; kein Aeneas begründet die Stadt, sondern Patty der Prokurist, Dreieinigkeitsmoses und Leokadja Begbick, Schankwirtin und Puffmutter. Kein Opfertisch wird aufgerichtet, sondern eine Bartheke. Sie ist der Hausaltar der zukünftigen Hierdarfst-du-Schenke, des Hotels zum Reichen Mann.

Der Ort ist Amerika, wie es auf keiner Landkarte steht, ein erfundenes, halluziniertes Amerika, das erträumte Anderswo aller Defraudanten, Hungerleider und schwarzen Schafe der Alten Welt. Mahagonny, das heißt: Netzestadt. Im Salon warten sechs Mädchen und sechs Schaukelstühle auf die Gäste, die da kommen sollen. Sie kommen zuhauf: *In den nächsten Jahren ziehen die Unzufriedenen aller Kontinente der Goldstadt Mahagonny entgegen.* Das gelobte Land empfängt sie mit der Frage: *Wünschen Sie sich zuerst mit frischen Mädchen zu versorgen?* Auf diese Weise begegnet sich das berühmte Liebespaar der Goldstadt, Jim und Jenny. Es ist die flüchtige, die große Liebe – allerdings auf solider Geschäftsgrundlage.

Die Männer von Mahagonny rauchen, schaukeln, pokern und trinken. *Aber etwas fehlt.* Darüber kann auch *die ewige Kunst* (in Gestalt eines elektrischen Klaviers, welches *Das Gebet der Jungfrau* spielt) nicht hinwegtäuschen. Mahagonny ist frei, aber nicht frei von Langeweile. Vor dem Hotel zum Reichen Mann erscheinen Schilder: *Schonen Sie gefälligst meine Stühle! Vermeiden Sie anstößige Gesänge!* Das hören die Männer von Mahagonny nicht gern. Die ersten Gäste reisen ab. *Alle großen Unternehmungen haben ihre Krisen.*

Aber aus ihrer Not wird die Goldstadt durch eine größere Not errettet: Es naht ein Taifun. In dieser Nacht des Grauens werden in Mahagonny die Gesetze der menschlichen Glückseligkeit entdeckt. Sie lauten: *So wie wenn's einen Hurrikan gibt, so wollen wir immer leben.* Wie durch ein Wunder verschont der Sturm die Stadt. Er ist überflüssig. *Wir brauchen keinen Hurrikan, wir brauchen keinen Taifun; denn was er an Schrecken tun kann, das können wir selber tun.* Ein Chor von Engelsstimmen intoniert die Weise *Die Stadt der Freude ward verschont.* Darauf werden die Schrecken der Freiheit intoniert: Fressen, Lieben, Kämpfen, Saufen. Unter Schrammelklängen frißt sich Jakob Schmidt zu Tode.
Nach dem großen Gelage stellt sich allerdings ein kleiner Nachteil der Goldenen Stadt heraus. Ihre Gäste dürfen alles, aber nur gegen Kasse. Jim Mahoney aber hat sein ganzes Geld verloren; er kann seine Zeche nicht bezahlen; er wird verhaftet und abgeführt.
Die nächsten Szenen zeigen die Folgen der Bargeldlosigkeit. Das Hohe Gericht von Mahagonny tritt zusammen. Die Verhandlung ist von kurzer Dauer, denn der Fall ist klar: *Weil du meine drei Flaschen Whisky und meine Storestange nicht bezahlt hast, darum wirst du zum Tode verurteilt, Jimmy Mahoney.*
Viele mögen die nun folgende Hinrichtung des Jim Mahoney ungern sehen, aber auch sie würden nach unserer Ansicht nicht für ihn zahlen wollen.
In der Schlußszene des Stückes – ganz große Oper, Apotheose, Weltgericht – demonstrieren vor einer Ansicht von Mahagonny, das in Flammen steht, *in zunehmender Verwirrung, Teurung und Feindschaft aller gegen alle die noch nicht Erledigten für ihre Ideale – unbelehrt.*
Zwischen den Demonstranten erscheint ein Leichenzug. Vor der Bahre Jimmy Mahoneys tragen Mädchen an einer Stange sein Hemd und auf leinenen Kissen seine Uhr, seinen Revolver und sein Scheckbuch. Das Stück endet mit den Worten: *Können uns und euch und niemand helfen.*
»Ist *Mahagonny* ein Erlebnis?« fragte Brecht in seinen Anmerkungen zur Oper und gab zur Antwort: »Es ist ein Erlebnis. Denn: *Mahagonny* ist ein Spaß.« Ein erheblicher Teil des Publikums war anderer Meinung. Lotte Lenya erinnert sich an die Uraufführung von 1927: »Die Leute schrien, jubelten und pfiffen aus vollem Halse. Brecht hatte

glücklicherweise daran gedacht, uns mit Trillerpfeifen auszustatten, und so pfiffen wir erbittert zurück.« Drei Jahre später versuchte die SA, die Leipziger Aufführung zu sprengen. Als der Vorhang gefallen war, mußte die Polizei das Haus räumen. Auch den linken Genossen wollte die Oper partout nicht gefallen. In keinem kommunistischen Land ist *Mahagonny* je auf einem Spielplan erschienen.

Ist *Mahagonny* ein Spaß? Ja, wer das wüßte! Es ist voll von rüdem Quatsch, aber zwei der größten Gedichte des Jahrhunderts stehen darin. Es redet mit einem Unterton von biblischem Ernst und quasselt Pidgin-Englisch im Falsett. *Mahagonny*, das ist Große Arie und Bumsmusik, Jazz und Männergesangsverein, Grand Guignol und Elegie, Mythos als Revue und Faust im Kostüm von Karl Valentin. Bei einer der sagenhaften ersten Aufführungen soll ein Herr aus dem Publikum gleichzeitig applaudiert und gepfiffen haben. Dieser Mann hat *Mahagonny* verstanden. (1963)

Die »goldenen« Zwanziger.

Als die Reklame noch Hand und Fuß hatte

Im Herbst 1947, kurz nach der Währungsreform, zogen zwei Männer durch die Marktflecken Süddeutschlands: ein Dichter und ein Maler. Sie traten in die Läden am Kornmarkt oder in der Langen Gasse ein und fragten, ob es nicht an der Zeit wäre, jetzt, wo die Schaufenster sich wieder füllten und die Konkurrenz erwache, etwas zu tun, um die Kundschaft anzulocken. Sie seien bereit, gegen ein bescheidenes Honorar dafür zu sorgen. Bedeutende Referenzen aus der nahe gelegenen Kreisstadt, wie etwa Radio-Schleifer oder Möbel-Köpf, überzeugten den mißtrauischen Inhaber des Geschäfts.
So sah man die beiden, den Dichter in tiefes Nachdenken versunken, den Maler mit einem Eimer weißer Farbe in der Hand, vor dem Schaufenster an die Arbeit gehen, und kurz darauf blieb das erstaunte Publikum vor dem Laden stehen und las:

Weit und breit ist Fußenegger
doch der allerbeste Bäcker,

während zwei flott hingeworfene Zeilen beim Friseur um die Ecke verkündeten:

Die sich pflegen
sind andern überlegen.

Die Chefs der großen Werbeagenturen mit ihren Millionenetats müßten, wenn sie je von diesem »Kreativ-Team« erführen, vor Neid erblassen.

Rate, rate, was ist das?

FRIEDRICH BRESEMANN (1809 bis 1850), der Übersetzer der norwegischen Märchensammlung von Asbjørnsen und Moe, stammte aus Mecklenburg. Das merkt man seinem Werk an. Es wimmelt darin vor Wörtern, die dem Leser, der aus einer anderen Gegend stammt, Rätsel aufgeben. Was ist ein *Ferm?* Ein *Rusch?* Ein *Pfülk?* Was bedeutet es, wenn jemand *grapt, gnitscht, hägt, jupft, jankt, karjuckelt, knuppert* oder *huppert?* Niemand weiß es, und dennoch versteht jedes Kind diese Märchen mit ihren *Altschen*, ihren *Gnickpümpen* und ihrem *Hutetu*.

NACH DER BLASE IST VOR DER BLASE

Thomas Mayer
Chefökonom
der Deutschen Bank
für Europa.

GESCHICHTE ALS REPRINT

Dieser ältere Herr aus La Roche
war befreundet mit einem Frosch.
  Er lernte zu quaken
  und lebte von Schnaken,
der gelehrige Herr aus La Roche.

Aus: *Edward Lears Kompletter Nonsense.*
Frankfurt am Main: Insel 1977.

Stanley Moss
Frosch

Kaltes Leben in meiner Hand,
Drüse mit Augen, Füßen, Maul,
zertrümmerter Spiegel aller Geschöpfe,
pulsierendes Fisch-, Schlangen-, Menschengrinsen,
Füße und Finger sprießend aus einem Kopf,
der zugleich Schwanz ist –
genauso habe ich ihn gefangen,
fast ein Leben lang ist es her,
im Sägmehl des Eiskellers.
Daß es ihn gibt, ich könnt es nicht glauben,
wär er nicht hier!
Er gibt meiner Seele Frieden,
und schön ist er wie die Wasserlilien.
Viel zu laut für seinen kleinen Leib ruft er:
»Irrelevant, irrelevant, irrelevant.«
Einst, in den Ländern der Dürre, war er ein Gott.

Eine Frage der Zeit

Der Erdal-Frosch, ein unvergeßliches, aber seit Menschengedenken ausgestorbenes Objekt, besteht aus einem Stück Eisenblech, ausgestanzt, geprägt und (vorwiegend grün) lackiert, das den eigentlichen Lurch vorstellt, einer beweglichen Stahlfeder und einem erbsengroßen Stück schwarzen Schusterpechs.
Die Philosophin H. v. B., eine der Gescheitesten ihres Fachs, die uns, aus trüben akademischen Gründen, gebeten hat, ihren Namen zu verschweigen – die Philosophin H. v. B. also legt, wenn die Rede, selten genug, auf den Erdal-Frosch kommt, einen leidenschaftlichen Eifer an den Tag, der uns einigermaßen überrascht.
»Der Erdal-Frosch ist kein gewöhnliches Spielzeug«, behauptet sie, »er ist ein metaphysischer Gegenstand. Ich suche seit Jahren nach einem funktionierenden Exemplar.«
»Tee oder Kaffee?«
»Keins von beiden. Auf tadellose Erhaltung lege ich keinen Wert. Ich möchte nicht mit jenen Leuten verwechselt werden, die darauf aus sind, ihre eigene

Kindheit auf Auktionen zu ersteigern. Nostalgie ist mit dem Geist der Heimatlichkeit verwandt, einem Geist des vorgestellten Beisichselbstseins, wie Hegel sagt.
Der Erdal-Frosch ist für mich ein Arbeitsgerät. Ja, so könnte man es nennen. Ich beschäftige mich, wie Sie wissen, in erster Linie mit dem Problem der Zeit. Angenommen, Sie besäßen einen Erdal-Frosch. Was würde sich hier in diesem Zimmer abspielen?«
Die Philosophin sah sich flüchtig um und streifte die Digitaluhr auf dem Tisch mit einem verächtlichen Blick.
»Sie spannen die Feder und drücken sie gegen die Pechkugel am Unterleib des Frosches, wo sie festklebt. Was passiert daraufhin? Es passiert gar nichts, werden Sie sagen. Aber das ist ein Irrtum. In Wirklichkeit haben Sie sich mit diesem Vorgehen auf ein Experiment eingelassen, das von nun an gewissermaßen über Sie verfügt. Der Frosch ist eine Maschine, die Zukunft herstellt. An dieser Zukunft werden Sie gemessen. Sie werden zunächst versuchen, den Frosch im Auge zu behalten, und das heißt, Sie werden warten. Die Zukunft des Frosches und damit ihre eigene läuft ab. Sie sind außerstande, sie vorherzusehen. Aber nicht nur das! Mit der Zeit (und ich bitte Sie, diesen Ausdruck wörtlich zu nehmen: *mit* der Zeit) zehrt die lautlose Zeitmaschine, die Sie in Gang gesetzt haben, Ihre Aufmerksamkeit auf. Sie bemerken, daß Sie nicht imstande sind, es in der Zeit, die Sie mit dem Frosch teilen, auszuhalten.

Keine Spur von jenem berühmten ›gewärtigend-behaltend-gegenwärtigen Besorgen‹, auf dem Heidegger gerne herumreitet! Im Gegenteil, Sie fallen der Vergeßlichkeit anheim, die zur Struktur Ihrer Zeiterfahrung gehört. Das Telephon läutet, oder Sie gehen zum Kühlschrank. Die im Frosch verkörperte Zukunft entzieht sich der Beobachtung. Aber sie verschwindet nicht. Während Sie nach Streichhölzern suchen, lesen oder aus dem Fenster sehen, plötzlich, aus heiterem Himmel sozusagen, springt der Erdal-Frosch mit einem trockenen Knacks in die Höhe, manchmal meterhoch. Ich habe die Absicht, ihm meine Habilitationsschrift zu widmen, aber was der Fachbereich dazu sagen wird, ist eine andere Frage.«
TransAtlantik 10/1980.

Prognose-Dämmerung

Der Pluralismus verschont nichts. Auch die Zukunft ist nicht gegen ihn gefeit. In allen natürlichen Sprachen ist sie, als ob sich das von selbst verstünde, ein Singularetantum, so wie die Vergangenheit und die Gegenwart, von denen die meisten von uns nach wie vor glauben, daß sie nur *einmal* vorkämen. Wenn wir dagegen an das denken, was uns bevorsteht, schwindelt uns der Kopf. Die Fähigkeit, das, was noch nicht da ist, unter die Einzahl zu subsumieren, ist uns abhanden gekommen. In diesem Sinn haben wir nicht zuwenig Zukunft vor uns oder überhaupt keine, wie die verstaubte Parole *No future* uns weismachen wollte, sondern zuviel, will sagen: zu viele. Die Zukunft ist als homogene Vorstellung undenkbar geworden. Jede Überlegung, die ihr gilt, spaltet sich nach Art eines endlos verzweigten Entscheidungsbaums auf und bringt eine Mannigfaltigkeit hervor, der wir weder ausweichen noch Herr werden können.

Alle diese möglichen Zukünfte konkurrieren miteinander und stoßen sich in ihrem Gedrängel die Ellbogen wund. Das vermindert jede von ihnen und beschädigt ihre Dignität. Vermutlich hat das vielbeklagte Schwinden der Utopie in dieser Selbstrelativierung seinen Grund. Nicht weil uns nichts mehr einfiele, sondern weil das Angebot an Zukunftsphantasmen unsere Fassungskraft überfordert, erscheinen uns die verfügbaren Entwürfe, gleichgültig ob Eutopie oder Mätopie, unverbindlich, um nicht zu sagen banal.

Die Futurologie ist die Wissenschaft vom Kaffeesatz. Die Muster und Strukturen, die sie deuten will, schreibt sie ihrem Material zu, um sie dann aus ihm herauszulesen; auf diese Weise ist der Mars zu seinen Kanälen gekommen und der Mond zu seinem Gesicht. Dieses psychedelische Verfahren kann sich auf ein stilles Einverständnis mit unseren alltäglichen *Projektionen* stützen. Es ist amüsant zu sehen, wie der mathematische Terminus sich mit dem psychoanalytischen kreuzt, ohne daß den beteiligten Disziplinen dabei ein Licht aufginge.

Der Zukunftspluralismus gehört inzwischen zur Innenausstattung der Normalität. Jeder, der »über den Tag hinaus denkt« – und wem bliebe das schon erspart? –, entwickelt ganz unvermeidlich ganze Serien von Szenarios, die untereinander nicht nur inkonsistent sind, sondern sich gegenseitig ausschließen. Derselbe Mensch, der davon überzeugt ist, daß eine weltweite Katastrophe unmittelbar bevorsteht, schließt, ohne mit der Wimper zu zucken, eine Lebensversicherung auf dreißig Jahre ab. Das Hin- und Herpendeln zwischen Wassermann-Zeitalter und Apokalypse, New Age und Rentenkalkül, Nirwana und Anlageberatung ist längst zu einem massenhaften Phänomen geworden. Über die gröberen Szenarios, in denen der Aberglaube nistet, kann man sich leicht lustig machen; aber auch unter Leuten, die sich für vernünftig halten, hat die Zukunft ihre Konjunkturen, deren Auf und Ab rational schwer zu erklären sein dürfte. Der nukleare Krieg in Europa, noch vor wenigen Jahren ein obsessiver Angsttraum, ist aus der kollektiven Phantasie so gut wie ganz verschwunden. An seiner Stelle wird, in zahllosen Versionen, der ökologische Untergang beschworen. So erscheint noch das Unvorstellbare als bloße Variante, das Aussterben der Gattung als austauschbares Spielmaterial.

Auch die »Visionen« vom Untergang gehorchen dem Verwertungszyklus der Medien. Ihre Totalität ist scheinbar; die Endgültigkeit, die sie beanspruchen, läßt Platz für andere, die ebenso ausschließlich auftreten: Alles wird ganz anders, weil die Weltwirtschaft demnächst zusammenbricht, weil die Künstliche Intelligenz das Subjekt ersetzt, weil unheilbare Seuchen alle anderen Katastrophen überflüssig werden lassen, weil die Gentechnik dem Menschen ein Ende macht, und so fort.

Aber auch auf den Pessimismus ist kein Verlaß. Nicht nur die monatliche Tilgungsrate für das Eigenheim versieht ihn mit einem stillschweigenden, aber zähen Vorbehalt. Derselbe mündige Bürger, der von der unaufhaltsamen Vergiftung der Erde, vom Schmelzen der Polkappen, von der Erschöpfung aller Ressourcen überzeugt ist, hält zugleich an der Ideologie des *technological fix* fest und erwartet die erlösende Erfindung, das rettende Serum, den sanften Trick, der alle Energieprobleme ein für allemal lösen wird.

Die Koexistenz des Unvereinbaren herrscht auch in der Expertensphäre. Als Pioniere der modernen Wahrsagerei können die Ökonomen gelten. Seit eh und je, gänzlich unangefochten von jeder Widerlegung durch die Realität, stellen sie der Wirtschaft mit ernster Miene ihre Horoskope. Der orthodoxe Marxist berechnet das Datum, an dem der Kapitalismus endgültig zusammenbricht, der windige Anlageberater sagt auf Hochglanzprospekten die nächste Börsenhausse voraus. Ihre Prognosen haben nur eines gemeinsam: die unerschütterliche Gewißheit, mit der sie vorgetragen werden. In diesem Punkt ist sich der Club of Rome mit der Kernkraftlobby ebenso einig wie der Klimaforscher mit dem Demographen: Jeder hat die Zukunft, seine Zukunft, für sich gepachtet.

Den Platz auf der Wippe nimmt der Adressat dieser Bemühungen ein. Die Medien setzen ihn einem ständigen Wechsel von Untergangs- und Beruhigungsparolen aus, und es bleibt ihm kaum etwas anderes übrig, als sich an das labile Gleichgewicht von Panik und Apathie zu gewöhnen. Der *common sense,* der an das Durchwursteln glaubt, immunisiert sich auf die Dauer gegen die Handlungsanweisungen, die sowohl in positiven wie in negativen Prophezeiungen verborgen sind. Wer einen Blick in die Zukunftsszenarien aus den fünfziger, sechziger, siebziger Jahren wirft, wird zugeben müssen, daß der gesunde Menschenverstand in seiner Beschränktheit nicht schlechter abgeschnitten hat als alle *think tanks* dieser Welt. (1988)

Armand Gatti wird in Peking Mao Tse-tung vorgestellt. Er fragt den vorsitzenden Massenmörder, wie er sich die Zukunft der Menschheit denke. Der greift in seine Brusttasche, holt ein Notizbuch hervor, blättert darin, bis er eine leere Seite findet, reißt sie heraus und überreicht sie dem Frager.

Über Mobutu Sese Seko Kuku Ngbendu Wa Za Bangas *weiß die lokale Folklore vieles zu berichten. Sein Umgang mit Geld stellt die Leistungen aller Investmentbanker in den Schatten. Er hinterließ einige Milliarden Dollar auf seinen Konten in der Schweiz und anderswo. Was die Landeswährung des Kongo, den Zaire, betrifft, so erreichte sie im Jahre 1994 eine Inflationsrate von 9800 %. Im selben Jahr ließ Mobutu dreißig Tonnen Banknoten aus Brasilien und Argentinien einfliegen. Deutsche Drucker, wie Giesecke und Devrient in München, hatten sich geweigert, das zerfallende Regime zu beliefern, weil Mobutu nicht in der Lage war, sein Papiergeld mit harter Währung zu bezahlen. 1996, als die Situation in der Hauptstadt Kinshasa unhaltbar wurde, zog sich der Diktator sicherheitshalber auf einen Dampfer in der Mitte des Kongo-Flusses zurück. Er verfügte immer noch über eine reichhaltige Privatschatulle. Man sah, wie seine Minister auf Motorbooten zur Audienz kamen und mit Koffern in die Stadt zurückkehrten, die mit Banknoten gefüllt waren.*

Josef Wissarianowitsch Dschugaschwili, besser bekannt unter dem Namen Stalin, *rechnete von Anfang an mit dem Undank des Vaterlandes, dem er dienen wollte. Das geht aus seiner ersten Veröffentlichung eindeutig hervor.*

Als Student am Tifliser Priesterseminar widmete sich der sechzehnjährige Jüngling der schönen Literatur. Seine lyrischen Arbeiten überbrachte er im Jahre 1895 der Redaktion der Zeitschrift Iwerija, *wo er von dem damals berühmtesten Dichter*

Georgiens, dem Fürsten Ilja Tschawchawadse, empfangen wurde. Dort konnte er, unter dem Pseudonym Sossolo, bald sein Debüt als Autor feiern:

»Auf dieser Welt klopfte er wie ein Geist
an Tür um Tür, in der Hand die Leier,
der er köstliche Töne entlockte
und träumerische Melodien.
Wie ein Sonnenstrahl
drang die Wahrheit
und eine himmlische Liebe
an die Ohren der Hörer.
Ihre versteinerten Herzen
ließ die Musik höher schlagen.
Seit langem verlorenen Sinn
flößte sie der Menge ein.
Doch statt ihn zu rühmen,
reichte, als es die Leier vernahm,
das Volk dem fahrenden Sänger
einen vergifteten Becher
und sprach: Trink,
und sei verflucht!.
Wir wollen weder die Wahrheit hören
noch deine himmlische Melodie.«

Diese bittere Klage sollte sich jedoch als unbegründet erweisen; denn nach seinem Ableben trauerte die ganze Sowjetunion, und bis auf den heutigen Tag wird Dschugaschwili in weiten Teilen des eurasischen Kontinents gerühmt und verehrt.

Nach Emmanuel d'Astier, *Staline.* Paris 1960, und Simon Sebag Montefiore, *Der junge Stalin.* Frankfurt am Main 2007.

Ein Brief an einen berühmten Dichter

Sehr geehrter Herr,
in Ihrem Gedicht »The Vision of Sin« heißt es:
»Every minute dies a man / Every minute one is born.«
Ich brauche Ihnen kaum darzulegen, daß nach dieser Berechnung die Bevölkerung der Welt tendenziell zu einem stabilen Gleichgewicht führen würde, während es eine wohlbekannte Tatsache ist, daß diese Gesamtzahl fortwährend zunimmt. Ich nehme mir deshalb die Freiheit, Ihnen vorzuschlagen, daß die fehlerhafte Berechnung, die Ihrem ausgezeichneten Gedicht zugrunde liegt, in der nächsten Auflage wie folgt korrigiert werden sollte: ›Every moment dies a man / And one and a sixteenth is born.‹ Ich darf hinzufügen, daß der genaue Wert bei 1,167 liegt, aber selbstverständlich muß den Gesetzen der Metrik eine gewisse Lizenz eingeräumt werden.«
Tatsächlich nahm Alfred Lord Tennyson sich diese Belehrung zu Herzen. In allen Auflagen, die nach 1850 erschienen sind, lautet die fragliche Zeile: »Every moment dies a man, /
Every moment one is born.«

Kryptogramm

Aus einem begrenzten Vorrat von Buchstaben, Wörtern und Satzregeln lassen sich praktisch beliebig viele Texte erzeugen; wir tun das jeden Tag. Eine Versuchsanordnung zeigt, wie das geht.

Auf einer großen Tafel erscheint ein »Kryptogramm«. Aus diesem Gedicht lassen sich nun beliebig viele andere Gedichte, Aphorismen, Zitate herauspicken. Hier geschieht das durch verschiedenfarbige Nadeln, die, in den gegebenen Buchstabenvorrat gesteckt, eine neue Bedeutung anzeigen, von welcher das Ausgangs-

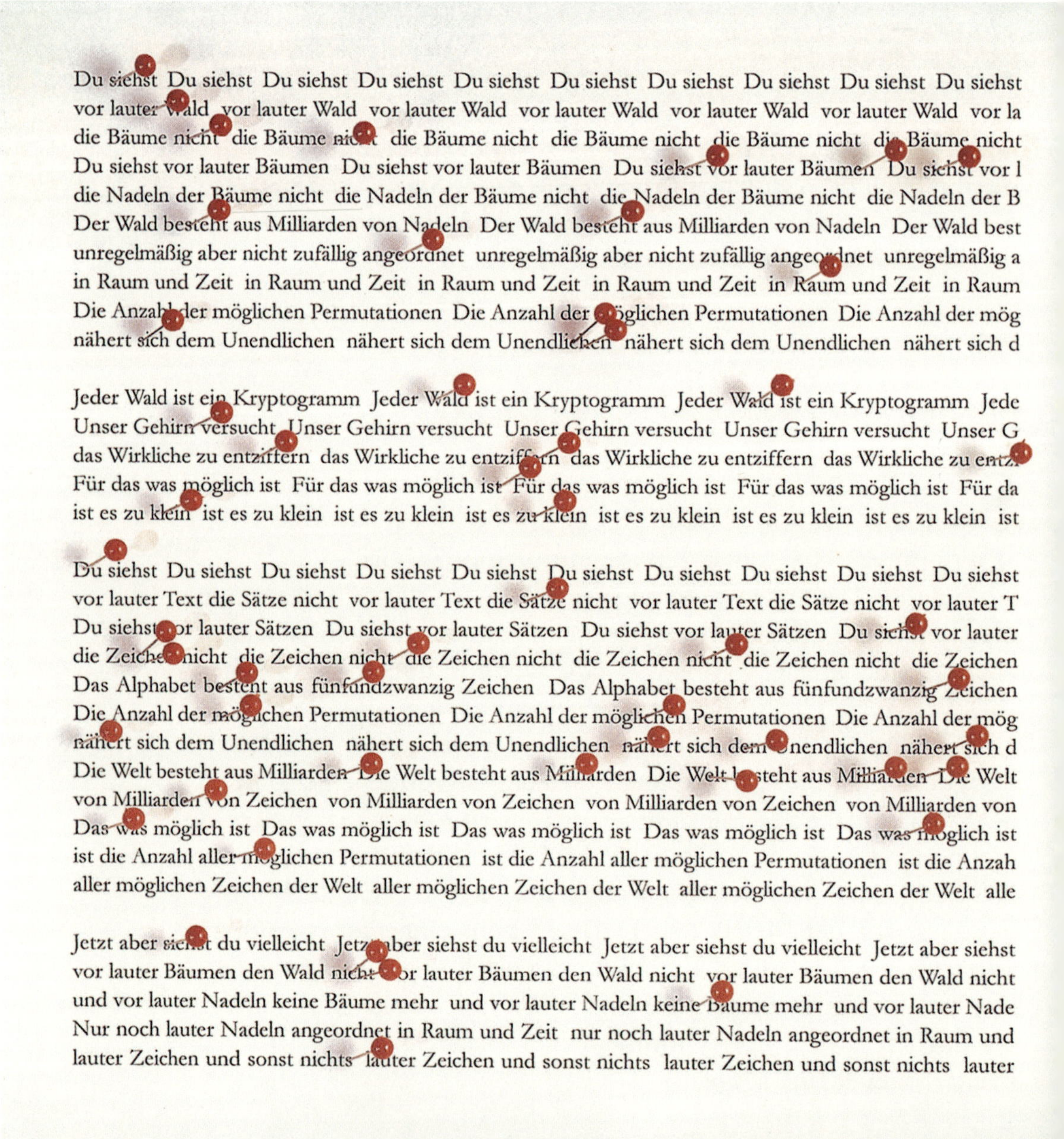

gedicht gewissermaßen nichts weiß … Man muß sie nur herauslesen!

Und da das Licht von schräg oben einfällt, werfen die Nadeln auch noch die im Text erwähnten Schatten. Da die Häufigkeit der Buchstaben in jeder natürlichen Sprache variiert, ergeben sich bei jedem Versuch andere Nadelmuster; manche Nadeln stehen nahe beieinander, andere sind durch große Zwischenräume getrennt – einfach deshalb, weil im Deutschen das *e* sehr viel häufiger vorkommt als das *x* oder das *y*. Manchmal reicht der gegebene Buchstabenvorrat aus, manchmal nicht. Deshalb läßt sich nicht jeder Text aus jedem andern herauslesen. Das Spiel geht ebensowenig wie eine Patience immer auf. Dennoch ist die Zahl der Möglichkeiten, die in sechzig Zeilen steckt, enorm. Mit einem Wort: In allem, was wir schreiben, sei es auch nur eine ganz gewöhnliche Mahnung, ein Liebesbrief oder eine Steuererklärung, verbirgt sich eine unerschöpfliche Geheimschrift.

Aus der Ausstellung *WortSpielZeug*.

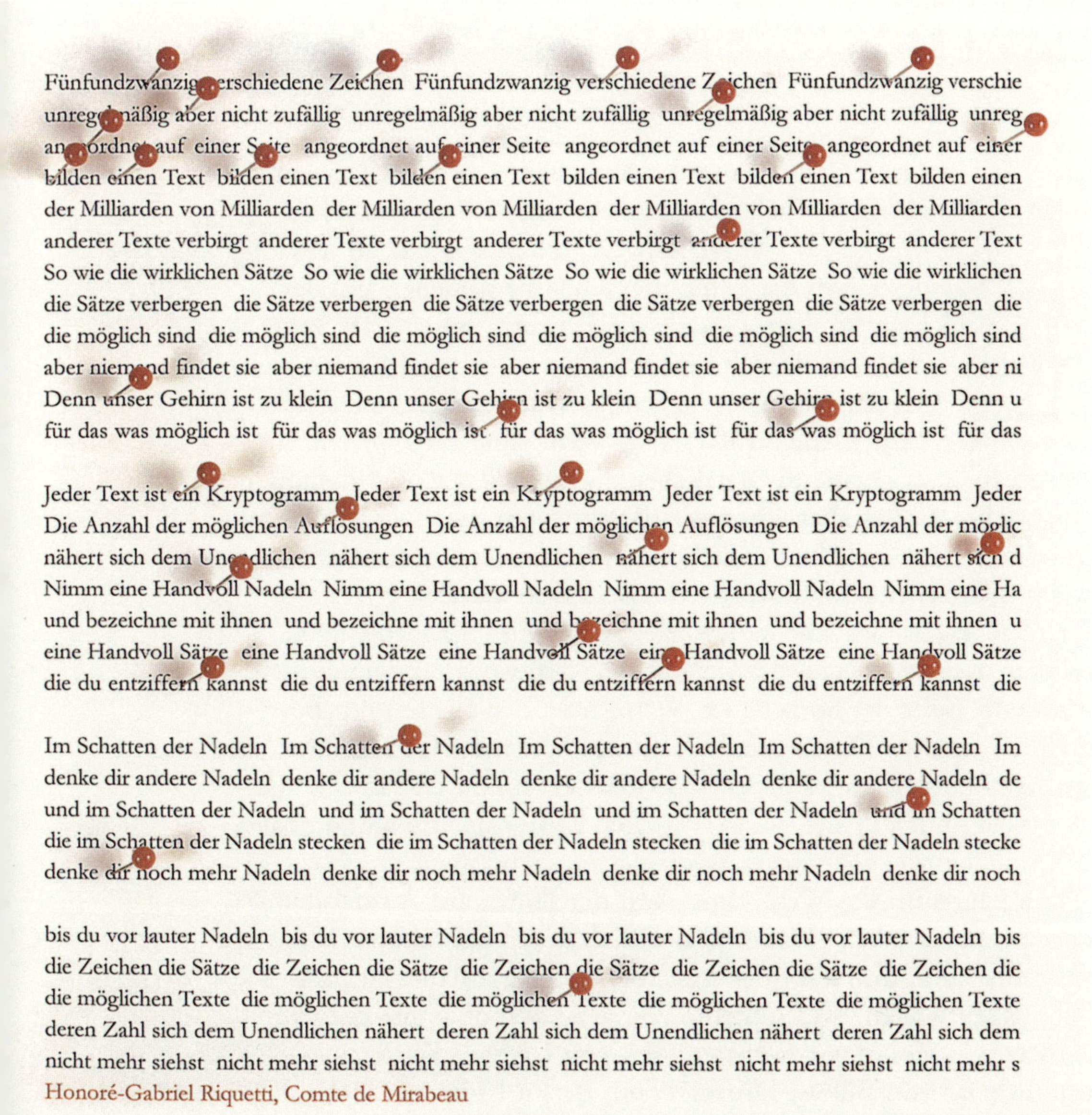

Honoré-Gabriel Riquetti, Comte de Mirabeau

ICH bin leider so alt, daß mir die Worte nicht als rechtmäßige Bewohner, sondern als Mäuße, Raubthiere, Diebe, Buhler, Flüchtende, und d.gl. mit meinen Empfindungen aus dem Maule laufen, Gott erhalte sie in seinem Schutz.

Clemens Brentano an E.T.A. Hoffmann, 1817.

Es ist eigentlich um das Sprechen und Schreiben eine närrische Sache; das rechte Gespräch ist ein bloßes Wortspiel. Der lächerliche Irrthum ist nur zu bewundern, daß die Leute meinen – sie sprächen um der Dinge willen. Gerade das Eigenthümliche der Sprache, daß sie sich blos um sich selbst bekümmert, weiß keiner. Darum ist sie ein so wunderbares und fruchtbares Geheimniß, – daß wenn einer blos spricht, um zu sprechen, er gerade die herrlichsten, originellsten Wahrheiten ausspricht. Will er aber von etwas Bestimmten sprechen, so läßt ihn die launige Sprache das lächerlichste und verkehrteste Zeug sagen. Daraus entsteht auch der Haß, den so manche ernsthafte Leute gegen die Sprache haben. Sie merken ihren Muthwillen, merken aber nicht, daß das verächtliche Schwatzen die unendlich ernsthafte Seite der Sprache ist. Wenn man den Leuten nur begreiflich machen könnte, daß es mit der Sprache wie mit den mathematischen Formeln sei – Sie machen eine Welt für sich aus – Sie spielen nur mit sich selbst, drücken nichts als ihre wunderbare Natur aus, und eben darum sind sie so ausdrucksvoll. […]
Wenn ich damit das Wesen und Amt der Poesie auf das deutlichste angegeben zu haben glaube, so weiß ich doch, daß es kein Mensch verstehn kann, und ich ganz was albernes gesagt habe, weil ich es habe sagen wollen, und so keine Poesie zu Stande kommt.
Novalis, »Monolog«. *Schriften.* Hg. von Ludwig Tieck und Eduard von Bülow. Dritter Theil. Berlin 1846.

Gespräch über eine neue Zeitschrift, 1813:

aben Sie denn schon mit Ihrem Verleger abgeschlossen, und steht Ihr Entschluß unwiderruflich fest?
Die Ankündigung, erwiderte ich, ist schon in der Druckerei und wird in wenigen Tagen ausgegeben werden, wenn nicht etwa auf Seiten des hohen Ministeriums eine Bedenklichkeit obwaltet. Eben deswegen, setzte ich hinzu, möchte ich das Unternehmen der Protektion Eurer Exzellenz empfehlen.
Goethe schwieg wohl eine Minute lang; sein Gesicht wurde sehr ernst. Alsdann hob er an und sagte ungefähr folgendes: Als öffentlicher Beamter habe ich gegen die Herausgabe einer Zeitschrift nichts einzuwenden. […] Eine Protektion zwar kann Ihnen niemand gewähren; ein jeder bleibt billig für seine Handlungen verantwortlich; Sie werden jedoch wohl auch keiner Protektion bedürfen; und sollten Sie sich jemals verleiten lassen, über die Schnur hinauszugehen, so wird Ihr Verleger, der sich auf solche Dinge versteht, Sie schon an der Schranke mit der Inschrift *Noli me tangere* freundlich erinnern.
Hätten Sie mich aber, ehe Sie sich verbindlich gemacht haben, vertraulich um meine Meinung gefragt, so würde ich gewiß das ganze Unternehmen widerraten und Sie aufgefordert haben, bei Ihren gelehrten geschichtlichen Arbeiten zu bleiben, die Welt ihren Gang gehen zu lassen und sich nicht in die Zwiste der Könige zu mischen, in welchen doch niemals auf Ihre oder meine Stimme gehört werden wird. […]
Sie wollen in dieser wunderlichen und furchtbaren Zeit ein Journal herausgeben, ein politisches Journal. […] Aber, glauben Sie mir: Sie mögen sich stellen, wie Sie wollen, so werden Sie auf dieser Bahn bald ermüden. Sie werden bald daran erinnert werden, daß die Windrose viele Strahlen hat. Alsdann werden Sie an die Throne stoßen, und wenn auch nicht denen, welche auf denselben sitzen, doch denen mißfallen, welche dieselben umgeben. Sie werden alles gegen sich haben, was groß und vornehm auf der Welt ist, denn Sie werden die Hütten vertreten gegen die Paläste und die Sache der Schwachen führen gegen die Hand der Starken. Zugleich werden Sie von Gleichen Widerspruch erfahren teils über Grundsätze, teils über Tatsachen. Sie werden sich verteidigen und, wie ich hoffe, glücklich, und dadurch werden Sie neue Feindschaft wider sich erwecken. Mit einem Wort, Sie werden in mannigfaltige Händel verwickelt werden. Mit den Gleichen dürften Sie vielleicht fertig werden: wen Sie nicht überwinden, den können Sie ignorieren, und manchem geschieht mit Verachtung zu viele Ehre. Aber anders ist es mit den Mächtigen und Großen. Mit denselben ist nicht gut Kirschen zu essen; Sie wissen aus welchen Gründen. Den Waffen derselben hat man nichts einzusetzen.
Da ich dieses alles ganz klar voraus sehe, so bin ich allerdings bedenklich. Ich möchte unserm fürstlichen Hause, für welches auch Sie fromme Wünsche hegen, keine Unannehmlichkeiten bereiten; ich möchte unser Gouvernement […] in keine verdrießlichen Verhandlungen verwickelt sehen; ich möchte von der Universität, deren Mitglied Sie sind, jeden Nachteil abwenden; ich denke endlich, warum sollte ich es nicht sagen, auch an meine Ruhe und an Ihr Wohl.

Aus einem Gespräch, das J. W. Goethe mit Heinrich Luden, dem Herausgeber der Zeitschrift *Nemesis*, am 13. Dezember 1813 geführt hat. Luden hat seine Aufzeichnung darüber in dem Memoirenwerk *Rückblicke in mein Leben* mitgeteilt.

Paulus Fürst Excu:

EINE SCHIMPFKANONADE

Aufzeichnungen eines Mißvergnügten!
Matte, nichtssagende Reflexionen, die wie ein zäher Schleim den übrigens blanken Thatsachen anhängen! Wohlstilisiertes Nichts! Geistreiche Unsittlichkeit!
Mißbrauch des Vertrauens! Treulosigkeit! Hinterlist! Literarische Verrätherei!
Schriftstellerischer Kitzel! Zerfahrenheit! Anarchie! Ästhetische und sittliche Verwilderung! Schleichende und scheinheilige Objectivität der Darstellung! Ein ganz wüster Haufen noch unfertiger Bilder! Aller Hof- und Residenzklatsch auf einen Haufen zusammengekehrt!
Ein Abgrund der Gemeinheit!
Rein negatives, krittelndes und mäkelndes Verhalten! Kannegießereien, Urtheile und Rathschläge der allergemeinsten Art vom Standpunkte der radicalen Parteidoctrin!
Dieser höhnende, geifernde renommirende Politicus, dieser Handlanger, dieser Schönredner, dieser politisierende Blaustrumpf! Er gehört zu den schlauesten und findigsten Revolutionären!
Eine Pulverkammer, ein Schandbuch, mit dem dem Preußischen Hofe, dem Preußischen Vaterlande ein großer Tintenklecks angehängt werden soll, und zwar von einer ruchlosen, wie aus dem Grabe herausgewachsenen Hand!
Er ist völlig rot geworden!
Das ist Gift, geradezu Gift für das unwissende Publikum!

Alle diese Urteile stammen von der Blüte des deutschen Geisteslebens, von ehrwürdigen, soliden, gesetzten Lehrstuhlinhabern in Bratenrock und Vollbart. Die Creme der Germanistik hat sich hier geäußert, die angesehensten Publizisten, die berühmtesten Historiker der Epoche: Herman Grimm, Rudolf Haym, die *Neue Preußische Zeitung*, Klemens Wenzel von Metternich, Johann Gustav Droysen und Heinrich von Treitschke.

Karl August Varnhagen von Ense, das Ziel dieser Schimpfkanonade, dieser kollektiven Hysterie, dieser unkontrollierten Wutschreie, wurde 1785 als Sohn eines Arztes in Düsseldorf geboren; seine Mutter stammte aus Straßburg und fühlte sich als »freie französische Bürgerin«. Er studierte Medizin und Philosophie in Berlin; Fichte und Hegel gehörten zu seinen Lehrern. 1814 begleitete er den preußischen Staatskanzler Hardenberg zum Wiener Kongreß; im selben Jahr heiratete er die vierzehn Jahre ältere Rahel Levin.

Karl August Varnhagen von Ense

Eine diplomatische Karriere schien sich anzubahnen, als der preußische Hof Varnhagen nach Karlsruhe entsandte; doch schon nach drei Jahren wurde er, noch keine vierzig Jahre alt, wegen seiner liberal-demokratischen Haltung in den vorzeitigen Ruhestand versetzt. Von da an lebte er in Berlin, wo sein Haus durch Rahel zum berühmtesten Treffpunkt der Intelligenz wurde. Bis zu seinem Tode war er rastlos tätig, als Publizist, Biograph, Sammler, Herausgeber und Vertrauter vieler führender Köpfe seiner Zeit. Am 10. Oktober 1858 ist er in Berlin gestorben.

Er hinterließ ein schwer überschaubares Werk, dessen Umfang man auf fünfzig starke Bände schätzt. Genaueres läßt sich nicht sagen, denn eine brauchbare Varnhagen-Ausgabe gibt es nicht. Sein riesiger Nachlaß, darunter eine Sammlung von 40000 Autographen, schlummerte bis 1945 in der Preußischen Staatsbibliothek. Nach dem Zweiten Weltkrieg galt er lange als verschollen; erst später ist der größte Teil der Bestände wieder aufgetaucht, und zwar in der Bibliothek der Jagiellonischen Universität in Krakau.

Also wozu die Aufregung? Ein gescheiterter Diplomat, ein Vielschreiber, ein Bücherwurm. Der Ehemann einer bedeutenden Frau. (Gebildete Feministinnen kennen ihn als Herausgeber von Rahels Briefen und Aufzeichnungen, aber sie mögen ihn nicht.) Ein eher trauriges Leben, zurückgezogen, enttäuscht, vielleicht sogar verbittert.

Solange er lebte, war und blieb Varnhagen für die Öffentlichkeit ungeachtet seiner vielfältigen Publikationen ein Unbekannter. Nur seine vielen Bekannten ahnten, nur seine wenigen Freunde wußten, was sich hinter der konventionel-

len Maske dieses Unauffälligen verbarg, dessen Höflichkeit ans Unheimliche grenzte: ein Abtrünniger seiner eignen Klasse, ein Spion der deutschen Geschichte, der überall, auf der Straße, in den Salons, am Tisch der Mächtigen, bei Hofe, in vertraulichen Unterhaltungen und auf stürmischen Sitzungen, immer im Hintergrund, ein ungeheures Belastungsmaterial sammelte. Die Außenwelt hatte keine Ahnung von dieser jahrzehntelangen Tätigkeit.
Varnhagens Hauptwerk war eine Zeitbombe. Die Detonation ereignete sich drei Jahre nach seinem Tod. Im Herbst 1861 erschien bei Brockhaus in Leipzig der erste Band der *Tagebücher.* Es sollten mehr als acht Jahre vergehen, ehe die Edition abgeschlossen war. Insgesamt umfaßt »diese Sammlung geheimer Depeschen zum Gebrauche der Zukunft«, wie Herman Grimm die Tagebücher nennt, vierzehn Bände. Der Text ist bis heute nicht kritisch erschlossen worden.
Wer waren Varnhagens Gewährsleute? Seine Verbindungen reichten bis in die allerhöchsten Kreise, ins Offizierskorps, in die Ministerialbürokratie, in die Justizbehörden, das Polizeipräsidium, in die ausländischen Gesandtschaften, ja, bis zum königlichen Hof.
Es ist schwer zu sagen, wer eifriger bemüht war, das Andenken Varnhagens auszulöschen, die Zensur oder die Kritik. Es liegt aber auf der Hand, daß Staatsanwälte und Universitätsprofessoren, Polizeipräsidenten und Literaten, Kammergerichtsräte und Intellektuelle in diesem Punkte brüderlich zusammengearbeitet haben. Wahrscheinlich war den Ideologen der deutschen Rechten bei diesem Zangenangriff eine tiefere Wirkung beschieden als den zuständigen Organen der Repression. Die Beschlagnahmung eines Buches kann durch einen einfachen Verwaltungsakt wieder aufgehoben werden. Ein Schriftsteller hingegen, dessen Reputation nachhaltig beschädigt ist, wird aus der Überlieferung gestrichen.
Da die Verfasser von Literaturgeschichten gewöhnlich voneinander abschreiben, pflanzte sich das Verdikt über Varnhagen, den ehrgeizigen Schuft, den heimtückischen Streber, den rachsüchtigen Verleumder, immer weiter fort. Die ihn zur Strecke gebracht haben, sind vergessen, aber ihre Mühe hat sich gelohnt. Der Rufmord an Varnhagen ist bis heute nicht aufgeklärt. Er ist das seltene Beispiel eines perfekten literarischen Verbrechens. (1986)

Der Hessische Minister für Arbeit, Volkswohlfahrt und Gesundheitswesen

Wiesbaden, den 28.9.1962
Betr. Antrag auf Aufnahme in die Liste der jugendgefährdenden Schriften.
Hiermit wird beantragt, die Schrift »Katz und Maus – Eine Novelle« von Günter Grass, Hermann Luchterhand-Verlag, gemäß § 1 Abs. 1 GjS in die Liste der jugendgefährdenden Schriften aufzunehmen. [...]

Begründung:
Die Schrift enthält zahlreiche Schilderungen von Obszönitäten, die geeignet sind, Kinder und Jugendliche sittlich zu gefährden. Auf die Seiten 28, 38, 39, 40, 41, 42, 43, 53, 54, 98, 102, 104, 112, 130, 139, 140 wird verwiesen. Die beanstandeten Passagen, die derartige bis ins einzelne gehende Szenen mit betonter Ausführlichkeit bringen, sind ohne jeden erkennbaren Sinn in die Erzählung eingestreut worden. Die Art und Weise dieser Darstellungen läßt den Schluß zu, daß sie nur des obszönen Reizes willen aufgenommen wurden. Sie sind geeignet, die Phantasie jugendlicher Leser negativ zu belasten, sie zu sexuellen Handlungen zu animieren und damit die Erziehung zu beeinträchtigen. [...]
Die sich in diesem Rahmen abspielenden Schilderungen von einzelnen mehr oder weniger banalen Begebenheiten, die im übrigen ausschließlich negative Erscheinungen aufweisen, verdienen weder von Stil noch vom Stoff her ein besonderes literarisches Interesse. [...]
Im Auftrag: gez. Dr. Englert.

CHRISTIAN ENZENSBERGER

Ein Versteckspiel. Wo weder die Kirche, noch der Staatsanwalt, kein Schriftstellerverband und keine politische Polizei mehr über die Literatur wacht, hat das Pseudonym zwar seine Notwendigkeit eingebüßt, nicht aber seinen Reiz. Heute sitzen den Schriftstellern andere Instanzen im Nacken. Das ist zum einen der Markt, der sich an die Auflage hält und die Literatur zum Markenartikel macht. Zum andern aber spürt jeder Autor den weitaus subtileren Druck, der von der literarischen Institution selber ausgeht – von ihren kritischen Moden, ihren Zeitgeist-Obsessionen, von mafiosen Machenschaften und Hinterzimmer-Rivalitäten.
In dieser Lage empfiehlt sich das Pseudonym als Erste Hilfe. Es verschafft dem, der es sich zunutze macht, neue Freiheitsgrade. Unbeschwert von seinem »Werk«, von der Kritik nicht »eingeordnet«, kann er seine *persona* frei wählen, kann sich von seinen Arbeiten erholen, indem er etwas ganz anderes macht. Im besten Fall gelingt es ihm, als Frau, als Ausländer, als Debütant neu anzufangen. Eine verlockende Aussicht!
Unzufrieden ist nur der Verleger, weil er es mit einem vermutlich schwer verkäuflichen Niemand zu tun hat.

~~DAS VERBESSERUNG~~ Die Verbesserung.
Christian Enzensberger, Ein Rückblick aus dem Jahr 19,

~~3,~~ Es scheint, daß ich die ganze Zeit an der Universität weiter unterrichtet habe. Dafür habe ich freilich nur Indizien. Denn von dem Moment an, in dem es unserer Grunpe mißlungen war, unser Fach neu zu definieren, ihm irgendeinen Nutzen oder Sinn zuzuschreiben, setzt meine Einnerung aus. Ich finde darin nichts als einen länglichen weißen Fleck. Hätte ich andererseits semesterlang blau gemacht, wären sicherlich irgendwelhe Empörungen,Abmahnungen, Drohungen lautgeworden. Sie blieben aber aus, höchstens ein unterschwelliges Gezisch und Gemurmel drang manchmal bis zu mir durch. Ich muß im Schlaf hingewandelt, als abwesend vor mich hinplapperndes Gespenst am Pult gestanden, mondsüchtig wieder heimgetrottelt sein.

Und selbst das war noch im höchsten Grade inkonsequent. Denn selbstverständlich war der Standpunkt unserer Gruppe auch mein eigener. Und unsere Gruppe hatte solche Themen wie die Universität oder das Fach schon längst hinter sich gelassen. Sie waren von ihrem jetzigen Blickpunkt her mit der Lupe kaum noch zu erkennende Anhängsel, fast schon abgefallene Schrumpfwarzen an der welthistorischen Bewegung, von der wir erfaßt waren. Es ging ums Ganze. Stirn an Stirn standen Kraft und Gegenkraft und rangen um die gerechte Gesellschaft. Zu fragen war also nach dem zu Bekämpfenden und nach den geeigneten Mitteln des Kampfs. Eine radikale Analyse ergab, das alles zu bekämpfen, und jedes Mittel geeignet war. Gut. Aber wenn das nichts half? Dann mußte symbolisch gehandelt werden, dann waren Zeichen zu setzen, Liquidationen, Sprengungen und dergleichen. Auch gut. Oder doch nicht? Wenn das nun die Gegenkräfte nur stärkte, wenn wir sie damit, statt sie zu entlarven, vielmehr erst auf den Plan riefen, wenn ihre überlegne Strategie am Ende gar darauf abzielte, uns zum Äußersten zu bringen, sie sich bereits ins Fäustchen lachten über die vielen Anhängen, die wir ihnen zutrieben?

Über dies Frage ist unsere Grunpe dann bekanntlich geplatzt. Und im selben Moment kehrte auch meine Wahrnehmung der Univerität wieder zurück. Stille und Ordnung, scharrende Schritte ~~(...)~~ auf den Korridoren, hinter den Türen Bedrückung und gedämpftes Gejammer. Es mußte etwas Schlimmes vorgefallen sein, aber ich als einziger schien nicht zu wissen, was passiert war.

Ob die Befreiung vom Korsett ohne Korsett auskommt?

Wenn ich danach fragte, sah man mich erstaunt und mitleidig an, und nur stockend un zäh bekam ich Auskunft über die Entwicklung, die ich verschlafen hatte.

Es hatten sich Gremien gebildet. Ja und? Das war doch sicher besser als die frühere Alleinherrschaft der gelehrten Greise mit ihrer Launenhaftigkeit, Unsachlichkeit, Unvernunft? Ja, das schon. Aber diese Gremien hatten so sonderbare Eigenschaften entwickelt. Zum Beispiel? Zum Beispiel, daß sie alles verbesserten. Na, dazu waren sie [redacted] doch wohl da! Ja, aber sie konnten damit nicht aufhören. Sie trafen für alles verbesserte Regelungen, und für die Regelungen verbesserte Unterregelungen. Früher hatte der Lehrstuhlinhaber gebrüllt, 'Ihr Englisch ist unter aller Sau!' Das ging jetzt natürlich nicht mehr. Das war jetzt durch den Sprachschein nachzuweisen. War das nicht sachlich gerechtfertigt? Doch, aber es waren dafür Kurse zu durchlaufen auf den Stufen A,B,C und D. Und darin waren jeweils Klausuren abzulegen. Und es war der Sprechfertigkeitsnachweis zu erbringen. Und das ging nicht ohne Phonetik. Und die konnte sinnvoll nur vermittelt werden, wenn man sie aufteilte in einen theoretischen und einen praktischen Teil. Naja und das ergab zusammen pro Student 36 Wochen Sprachunterricht.

Und warum hatte man das dann nicht wieder rückgängig gemacht? Ja, das gehörte eben auch zu diesen sonderbaren Eigenschaften. Die Gremien konnten nichts rückgägnig machen. Weil ihre Beschlüsse eben doch lauter Verbesserungen waren. Und außerdem hatten sich neben dem Gremium für den Sprachunterricht ja auch noch andere Gremien gebildet. Die hatten den Literaturunterricht verbessert, das Curriculum verbessert, oder die Praxisnähe der Ausbildung verbessert. Dadurch hatte sich dann das Studium um ein ziemliches Stück verlängert. Und das war für die Studenten ungünstig, denn ein anderes Gremium hatte inzwischen die Studienzeitverkürzung verbessert.

Ja, dann hätte man das eben koordinieren müssen! Das hatte man ja auch versucht. Aber noch eine sonderbare Eigenschaft der Gremien war, sie konnten nicht miteinaner kommunizieren. Oder doch nur so, daß sie einander ihre nicht mehr rückgängig zu machenden Beschlüsse mitteilten. Deswegen hatte sich ein übergeordnetes Gremium gebildet, das alle beschlossenen Regelkurse um 20% verkürzte. Und das war für die Studenten ungünstig, weil man in keinem Regelkurs jetzt mehr irgendetwas zu Ende lernen konnte.

Und dagegen hatten die Studenten in den Gremien dann nicht protestiert? Nein, weil sie in den Gremien ja gar nicht vertreten waren. Und wieso nicht? Na weil die doch nur Vorteile für sich herausschlagen wollten, weil ihnen die Objektivität fehlte, der Überblick. Und außerdem hatten sie keine Zeit mehr dazu. Und außerdem, was hätten sie gegen die Verbesserungen im Einzelnen auch vorbringen können? Dadurch zeichnete sich die Entwicklung doch aus, daß eben alles Einzelne eine Verbesserung war, und das Ganze dabei immer weniger besser wurde.

Ja und dann? Dann war eben das Schlimme passiert, daß sich auch im Ministerium Gremien gebildet hatten. Das war doch verständlich? Schon, nur waren ihre Reglungen und Verbesserungen so furchtbar, daß die Universität jetzt am Eingehen war. So hatte ein Gremium das Prüfungswesen verbessert. Es hatte die wöchentliche Prüfung aller Studierenden beschlossen, wobei die Prüfungsfragen sechs Monate vorher dem zentralen Prüfungsamt vorzulegen waren. Die Notenbegründungen waren in verwaltungsgerichtlich [redacted] abgesicherter Form zu formulieren, und zur Verbesserung der Objektivität hatten jeweils sechs Beisitzer anwesend zu sein. Naja und das gab für jeden Dozenten 36 Wochenstunden Prüfungszeit. Nein, das konnte man nicht mehr rückgängig machen. Zwar, der Protestbrief des Dekans war postwendend herausgegangen. Er hatte den Sachverhalt nicht ohne Schärfe dargestellt und sich weitere Schritte vorbehalten. Aber es war im Ministerium noch nicht einmal für nötig befunden worden, den Eingang zu bestätigen, und auf eine Antwort konnte man nach aller Erfahrung ohnehin nicht rechnen.

Und das war also der heutige Stand? Nein, nicht ganz. Ein anderes Gremium hatte einen Stellenabbauplan beschlossen. Das war ungünstig für die Universität, weil dann viele Fächer nicht mehr unterrichtet werden konnten. Und protestieren konnte man auch nicht, weil die Universität in dem Gremium nicht vertreten war. Sie hätte dort ohnehin nur Vorteile für sich herausschlagen wollen, hieß es, [redacted] es handle sich um Verbesserungen, und ihren Vertretern ermangele es an Überblick und Sachverstand.

Das Wort Reform hat in der zweiten Hälfte des letzten Jahrhunderts einen durchdringenden Mundgeruch angenommen. Angefangen hatte es mit der sogenannten Lebensreform, die so harmlose Erscheinungen wie die Reformkost, das Reformkleid und das Reformhaus hervorbrachte. Aber dann hat die Politik sich der Sache bemächtigt, und seitdem muß die Vokabel *Reformist* mit Doppel-M geschrieben werden. An ihren Früchten sollt ihr sie erkennen, und die stinken zum Himmel, gleichgültig, ob es sich um Oberstufen-, Renten-, Verwaltungs-, Gebiets-, Steuer-, Gesundheits-, Rechtschreib-, Verwaltungs-, Schul- oder Strukturreformen handelt. Nur das treuherzige Wörterbuch glaubt noch daran, daß es dabei um die »Verbesserung des Bestehenden« geht.

Scrap-book n. Sammelbuch für Ausschnitte (Bilder, Lesefrüchte etc.); siehe *Scrap.*
Scrap 1. n. a) *(fragment) (of paper, conversation)* Fetzen, Stück Papier; *(small, torn)* Papierfetzen; b) *(odds and ends)* Reste; *(of language)* Brocken *pl.*; c) Schrott. 2. v. t. wegschmeißen, *(fig.)* aufgeben *(Plan, Projekt usw.); you can scrap that idea right away* die Idee kannst du gleich vergessen.
Scrap-heap n. *on the s.* jmd. wird nicht mehr gebraucht, jmd. gehört zum alten Eisen.
Scrappy adj. lückenhaft *(Bericht, Bildung usw.)*; *(lacking consistency)* unausgewogen, zusammengestoppelt.

Dies und jenes ist uns zur zweiten Natur geworden. Aber das ist noch lange nicht das Ende der Folge: N_1, N_2, N_3... N_n.

Weiterführende englische Schulen sind dazu übergegangen, Aufnahmeprüfungen und die Beurteilung von Examensaufgaben einem Computerprogramm zu überlassen. Angeblich bekommen abgelehnte Bewerber und durchgefallene Prüflinge die Auskunft: **Machine says No.** Die Hersteller der Software sprechen von einem vollen Erfolg.

Papier. Ich bin selbst in einem Beruf tätig, zu dessen Ausübung Papiererzeugnisse benötigt werden, und ich gebe zu, daß mir mein Metier gefällt, was vermutlich die allermeisten, Gott sei's geklagt, nicht von sich sagen können. Fünfzig Jahre keine Reue, keine Müdigkeit, keine Langeweile. Insofern habe ich Glück gehabt.
Ja aber! Wenn die Sache nur nicht einen zentnerschweren Nachteil hätte. Wenn nur das viele Papier nicht wäre. Das ist der IKS-Haken. Nicht, als hätte ich etwas gegen Briefe, sofern sie nicht maschinell unterzeichnet sind, sondern eine Handschrift haben. Bücher öffne ich oft. *Eine* Zeitung am Tag

genügt. Manuskripte ertrage ich, ohne zu jammern. Und schon gar keine Einwände habe ich gegen das Papier im Badezimmer.
Dagegen die Zelluloseprodukte, die den Briefkasten verstopfen und das Zimmer in eine Müllhalde zu verwandeln drohen! Schon ihre bloße Zahl ermattet die Seele und läßt Haßgefühle aufkommen.
Da ich aber nicht der einzige bin, der solchen Zumutungen ausgesetzt ist, will ich mich der Mühe einer Aufzählung unterziehen, auch wenn es in der Natur der Sache liegt, daß an Vollständigkeit nicht zu denken ist, schon weil jeder Tag neue Heimsuchungen mit sich bringt. Mehr als eine Musterkarte habe ich nicht zu bieten. Hier ist sie. Nur Mut!
Postwurfsendungen, Taxiquittungen, Unwirksamkeitsvermerke, Terminplaner, Schriftsätze, Rechnungsabschlüsse, Kontoauszüge, Mängeleinreden, Vertragsausfertigungen, Löschungsbewilligungen, Diplomarbeiten, Daueraufträge, Atteste, Steuerbescheide, Mahnungen, Parkzettel, Ausführungsbestimmungen, Sonntagsbeilagen, Führerscheine, Kostenvoranschläge, Aufklärungsbroschüren, Rangeinräumungen, Kommissionsdirektiven, Eigentumsvorbehalte, Beglaubigungen, Spesenbelege, Gewährleistungsausschlüsse, Sterbeurkunden, Lohnsteuerkarten, Einzugsgenehmigungen, Gutachten, Mitgliedsbeitragserinnerungen, Rückscheine, Verbandsmitteilungen, Serviceangebote, Rundbriefe, Zahlungsbefehle, Familienbucheintragungen, Beherrschungsverträge, Vereinsregistereintragungseinsprüche, Geschäftsberichte, Schadensersatzanspruchsanzeigen, Ehefähigkeitszeugnisse, Wertangaben, Unberührtheitsklauseln, Leserbriefe, Zollerklärungen, Breitensportförderungsprogramme, Visaanträge, Abwassergebührenerhöhungen, Zirkulare, Aufenthaltserlaubnisse, Hinterlegungsscheine, Laborbefunde, Nachlaßverbindlichkeitengeltendmachungen, Hausordnungen, Packungsbeilagen, Rechtsmittelbelehrungen, Anbieterkennzeichnungspflichthinweise, Einschreibsendungen, Förderungsrichtlinien, Satzungsbestimmungen, Marktforschungserhebungen, Reisekostenabrechnungen, Frachtbriefe, Sanierungsumlagen, Hauptversammlungseinladungen, Vorauszahlungsaufforderungen, Nachzahlungsaufforderungen, Vormundschaftsgerichtsergänzungsbeschlüsse, Fotokopien, Tariftabellenerläuterungen, Verfassungsschutzberichte, Rentenbescheide, Politbarometer, Referentenentwürfe, Jubiläumsofferten, Wohnraumzuteilungsbescheinigungen, Geheimnummern, Nachlaßverwaltungsanordnungen, Sichtvermerke, Therapieangebote, Klageschriften, Beschlußfähigkeitsfeststellungen, Persönlichkeitstests, Stiftungssatzungsänderungen, Kundenbindungsprogramme, Verzichtserklärungen, Fragebogen, Auktionskataloge, Abfallbeseitigungsbestimmungen, Kostenfestsetzungsbeschwerden, Horoskope, Abtretungserklärungen, Erbscheine, Änderungskündigungen, Eckpunkte, Polizeiliche Anmeldungen, Konjunkturanalyen, niedergelegte Schriftstücke, Unwetterwarnungen, Rechtsmittelbelehrungen, Newsletters, Umsatzberechnungen, Einlieferungsscheine, Abtretungsanerkenntnisse, Röntgenbefunde, Tourneeabsprachen, Reservierungsbestätigungen, Enzykliken, Datenschutzvermerke, Zwangsversteigerungsbekanntmachungen,

Spendenaufrufe, Beitrittserklärungen, Altersversorgungssparpläne, Betriebsanleitungen, Vollmachten, Bezirksausschußsitzungsprotokolle, Gedenkworte, Waffenscheine, Kreativitätstrainer, Teilungserklärungen, Ansprachen, Absprachen, Räumungsklagen, Einstweilige Verfügungen, Hausaufgaben, Verlustvorträge, Lottoscheine, Non-Papers, Krankenakten, Platzkarten, Rabattstaffeln, Grundbuchauszüge, Anlagen 1-18 zur Tagesordnung, Allgemeine Geschäftsbedingungen, Pauschalbetragabzüge, Nahverkehrsfahrpläne, Handelsgerichtsbekanntmachungen, Rentenformeln, Eidesstattliche Versicherungen, Richtwerttabellen, Kraftfahrzeugsscheine, Normungsprozeßinformationen, Wartelisten, Bewerbungsmappen, Auftragsbestätigungen, Solidaritätsappelle, Konferenzteilnehmermappen, Stasiakten, Sonderdrucke, Kostenvergleichsmieteberechungen, Denksportaufgaben, Gnadengesuche, Manteltarifverträge, Mitgliedausweise, Stellenausschreibungen, Zweitschriften, Geschäftsordnungen, Sicherheitskontrollmerkblätter, Petitionen, Abiturzeitungen, Sachverständigengutachten, Bettelbriefe, Antidiskriminierungsrichtlinien, Verfahrensregeln, Polizeiliche Führungszeugnisse, Betriebsprüfungsunterlagen, Prospekte, Umweltschutzauflagen, Kassenbons, Programmentwürfe, Abmahnungen, Lokalbaukommissionsentscheidungen, Persönlichkeitsprofile, Memoranden, Verbandsmitteilungen, Lesezeichen, Verkehrszentralregisterauszüge, Garantieurkunden, Nebenstrafrechtsvorschriften, Glückwunschbotschaften, Kostenvoranschläge, Grundsatzpapiere, Güterrechtsregisterabschriften, Mode-Highlights, Formatvorlagen, Prämiengutschriften, Lizenzvereinbarungen, Postwurfsendungen, Strafbefehle, Offene Briefe, Brillenverordnungen, Unterschriftensammlungen, Stellungnahmen, Veranstaltungskalender, Hausratversicherungsinventare, Anfechtungserklärungen, Protestaufrufe, Sonderangebote, Studienordnungen, Rechtsvorschriften, Mieterhöhungszuschlagsgenehmigungen, Gesundheitsratgeber, Forderungsabtretungen, Kettenbriefe, Dienstaufsichtsbeschwerden, Vorladungen, Ansichtskarten, Patientenverfügungen, Meinungsumfragen, Einzugsermächtigungen, Unwetterwarnungen, Hirtenbriefe, Vollmachtskraftloserklärungen, Lieferscheine, Preisausschreiben, Programmvorschauen, Todesanzeigen, Finanztests, Buchführungspflichtverletzungsanzeigen, Visitenkarten, Zufahrtspläne, Aide-mémoires, Heimwerkerbauanleitungen, Risikoanalysepflichtenhefte, Sozialpläne, Bulletins, Schriftproben, Einwilligungserklärungen, Drohbriefe, Staatangehörigkeitsnachweise, Manifeste, Gewinnwarnungen, Strafregisterauszüge, Merkblätter, Wohnlastvorauszahlungsschätzungen, Lottoscheine, Vorlesungsverzeichnisse, Erwerbsminderungsausweise, Versandhauskataloge, Scheidungsurteile, Terminpläne, Kontoeröffnungsanträge, Manuskriptgestaltungsrichtlinien, Umsatzsteuervoranmeldungen, Beichtzettel, Bezugsquellenverzeichnisse, Partnervermittlungsanzeigen, Jahresberichte, Umsatzstatistiken, Krankenscheine, Seminararbeiten, Einkaufszettel, Parteiprogramme, Aufwandsentschädigungsgutschriften, Gegendarstellungen, Updates, Subskriptionseinladungen, Gratiszeitungen, Wirtschaftspläne, Kontaktbörsen, Übergangsvorschriften, Organigramme, Top-Trend-Prognosen, Begleitforschungsstudien, Sozialbilanzen, Mailinglisten, Strafzettel,

Versicherungsbedingungen, Power-Point-Präsentationen, Verlagsvorschauen, Referenzpunktzahlberechnungen, Zahlungsbilanzerhebungen, Autogrammsammelkarten, Wahlbenachrichtigungen, Vorausexemplare, Instandhaltungsrücklagenaufstellungen, Finanztests, Arbeitsunfähigkeitsversicherungspolicen, Beförderungsbedingungen, Vorsteuerberichtigungsanträge, Taufscheine, Vollversammlungsresolutionen, Modellbauwettbewerbsregeln, Zwangsvollstreckungsurteile, Lifestyle-Empfehlungen, Bundestagsdrucksachen, Kondolenzschreiben, Gewinnprognosen, Haftungsausschlußklauseln, Flowcharts, Verwaltungsgebührenbescheide, Pressespiegel, Pflegekostenzuschußrichtlinien, Fitneß-Trainer, Rundfunkgebühreneinzugszentralformulare, Schnäppchenangebote, Impfpässe, Anlagetips, Kinderfreibetragsantragsvordrucke, Serviervorschläge, Werbungskostenaufstellungen, Solidaritätsbeitragsberechnungen, Aufsichtspflichtsverletzungsstrafandrohungen, Verteilungsschlüsseländerungen, Sterbehilfeangebote …

Ich fasse zusammen. Nein, lieber nicht. Das wäre ein herkulisches Unterfangen. Ein Danaidenfaß? Eher umgekehrt. Sisyphos? Der hatte nur einen einzigen Stein zu wälzen. Schon geraten mir sämtliche Allegorien durcheinander, und wenn das so weitergeht, kann ich meine Wohnung nicht mehr betreten. Trost in dieser trostlosen Lage bietet einzig und allein jenes getreue, nimmermüde Faktotum, das klaglos entgegennimmt, was alle zu versenden scheinen, was aber keiner, der noch bei Sinnen ist, haben will: mein Papierkorb.

Sgrafitto aus dem Jahre 1969, Frankfurt am Main, Ecke Kettenhofweg/Lindenstraße. (Urheber, Motiv und Bedeutung dieser Inschrift sind unbekannt geblieben.)

Wie kann es sein, daß die intelligenteste Spezies auf diesem Planeten zugleich die dümmste ist?

Il faut ne pas être absolument moderne!

Über den Anachronismus. Mit wachsender Beschleunigung dessen, was einst Fortschritt hieß, nimmt auch die Ungleichzeitigkeit zu. Die Zeiten sind vorbei, in denen man sich einbilden konnte, ein Leben »auf der Höhe der Zeit« ließe sich leben. An dieser Illusion halten nur noch die Fundamentalisten des Fortschritts fest: gläubige Anhänger der Avantgarde und verbissene Techno-Freaks, die nun ihrerseits, ohne es zu merken, einen stark asynchronen Eindruck machen. Der Rest der Menschheit ist sich darüber im klaren, daß es kein Leben gibt, das mit dem Signal des Normalfrequenz- und Zeitzeichensenders DCF77 synchron wäre.

Somit schleppen wir eigensinnig unsere Restbestände mit; wir haben längst begriffen, daß sie zu unseren wichtigsten Ressourcen gehören. Aus diesem Grund zieht der Systemtheoretiker in die Altbauwohnung, der Waffenexperte geht in die Oper, und der Chip-Designer entwickelt eine Schwäche für buddhistische Weisheitslehren.

Der Anachronismus ist zu einem unentbehrlichen Psychopharmakon der technischen Zivilisation geworden, als Antidot zu ihrer Zukunftssucht. So erklärt sich auch die Zähigkeit, mit der die Künste, gleichsam als historische Wiedergänger, ihren eigenen, oft beschworenen Hinschied überlebt haben.

Dies gilt auch für eine eminent anachronistische Figur – die des Dichters. Was an ihr interessiert, ist keineswegs, wie uns die Apologeten der Literatur weismachen wollen, irgendeine Aktualität, sondern, im Gegenteil, ihre Ungleichzeitigkeit.

Es ist bekanntlich lange her, daß die Literatur als Leitmedium gelten konnte. (Forscher wie Friedrich Kittler und Bernhard Siegert haben die Geschichte ihrer Aufschreibsysteme aufgeschrieben.)

Medien waren die Dichter, die man als Klassiker klassifiziert hat, in mehr als einem Sinn. Ihre Geisterunterhaltungen stellten Vermittlungen her, die sich lange Zeit als mustergültig erwiesen haben. Ob sie, beispielsweise, die Trennung von privater und öffentlicher Sphäre erfunden oder nur registriert (aufgeschrieben) haben, ist schwer zu sagen.

Zwei exemplarischen Figuren, die, jede für sich, ein folgenreiches mediales Kunstwerk hervorgebracht haben, können das bezeugen. Goethe kann als Erfinder der »Persönlichkeit«, Clemens Brentano als Produzent der »romantischen Liebe« gelten. In beiden Fällen handelt es sich um Selbstversuche; der Autor war jedesmal zugleich Experimentator und Versuchsperson.

Der durchschlagende Erfolg, der ihren Selbsteröffnungen beschieden war, hat die Neuartigkeit ihrer Produktionen unkenntlich gemacht, dadurch, daß er den Verstoß zum kulturellen Vorbild, die Ausnahme zur Regel, die Extravaganz zur Trivialität werden ließ. Im emphatischen Sinn können ihre Entdeckungen heute nur noch in der Schlagerproduktion Geltung beanspruchen.

Dagegen wirkten sie zu ihrer Zeit nicht nur als Innovation, sondern als Skandal. Um sich das zu vergegenwärtigen, muß man ihr Umfeld ins Auge fassen.

Die zeitgenössischen Quellen liefern überwältigende Beweise dafür, daß sowohl Goethe als auch Brentano die Mitwelt auf eine schwer faßbare Weise gestört haben. Was ihnen an den beiden Dichtern nicht gepaßt hat, das zu formulieren waren die Zeitgenossen kaum in der Lage. Die Gründe, die sie vorbrachten, erscheinen im Rückblick eigentümlich hilflos, vordergründig und widersprüchlich. Man kann von einem tiefsitzenden Widerstand sprechen, der sich nicht nur gegen das Werk, sondern gegen die Existenz der beiden Schriftsteller richtete. Ein jahrzehntelanges Umkneten, Interpretieren und Nachahmen war nötig, um sie dem lesenden Bürgertum schmackhaft zu machen.

Interessanter als die Motive für die Ablehnung der Zeitgenossen (die nicht nur die Figur des Dichters, sondern auch dessen private Komplizen und Kontrahenten, besonders aber ihre Frauen traf) sind die Kanäle, die sie suchte und fand. Zwar spielt dabei auch der Buchdruck, als sozusagen offizieller Kanal, eine Rolle; doch erweisen sich, je genauer man das Umfeld analysiert, die Rezensenten als bloße Sekundärquelle. Entscheidend ist das Medium des Klatsches als Nahtstelle oder Interface zwischen der privaten und der öffentlichen Sphäre. Ausschlaggebend ist das Urteil, das hinter dem Rücken der handelnden Personen gefällt wird. Diese Nachrede ist uns, wenn auch oft nur an entlegener Stelle, überliefert, weil sie nicht auf die Hintertreppe beschränkt war, sondern fortwährend in Gestalt »vertraulicher Briefe« ausformuliert wurde. Sie konnte sich dabei einer Einrichtung bedienen, die um das Jahr 1800 erstmals zum Massenmedium wurde, nämlich der Post.

Die Kommunikationsdichte, von der die Briefschaften aus jener Zeit zeugen, macht es möglich, privateste Vorgänge von Tag zu Tag, ja gelegentlich von einer Stunde zur andern zu verfolgen. Retrospektiv könnte man in Versuchung geraten, sie als Mitschriften von Telephongesprächen zu lesen.

Heutzutage, da der private Brief zu den aussterbenden Medien gehört, haftet der Lektüre solcher Handschriften selber etwas Unzeitgemäßes an. Wer sie studiert, macht den Anachronismus nicht nur zum Thema, sondern auch zur Methode seiner Rekonstruktionen. Die Mittel, die dabei zum Zuge kommen, bilden die Welt des Briefverkehrs auf spätere (und ihrerseits bereits alternde) mediale Formate wie das Hörspiel und die Talkshow ab, die es erlauben, das historische Material zu schneiden, zu kopieren, zu kleben und zu moderieren.

Was übrigbleibt von den Klassikern, ist vielleicht jener Rest, der für uns als ungleichzeitige Ressource in Betracht kommt. Bisher jedenfalls ist es dem massiven Einsatz der elektronischen Simultanmedien nicht gelungen, uns die anachronistischen Geister, die wir Dichter nennen, auszutreiben.

(Nachbemerkung zu *Nieder mit Goethe. Eine Liebeserklärung* und zu *Requiem für eine romantische Frau. Ein Liebeskampf in sieben Sätzen.* Frankfurt am Main 1995.)

Aus einem Interview mit ERNST JÜNGER,
kurz vor seinem 103. Geburtstag
– Was halten Sie von dem Verleger K.?
– Ich habe ihn erst neulich getroffen. Das war noch vor dem Mauerfall.
– Aber der Mauerfall – das ist acht Jahre her!
– Ja, neulich.

Daß Marx kein Marxist war, steht fest; er hat sich eine derart üble Nachrede ausdrücklich verbeten. Ebensowenig waren Charles Darwin Darwinist und Freud Freudianer. Nur Dummköpfe sind Anhänger ihrer selbst.

The principal responsibility of the writer is to let his own country down with a great big and beautiful bang.

Brendan Behan, Ex-Killer der IRA, im Gespräch mit Clancy Sigal.

Er geht uns nun schon jahrzehntelang auf die Nerven, der Autor, der einen Roman schreibt über die Schwierigkeiten, die er beim Schreiben seines Romans erlebt. Was können wir dafür, daß ihm nichts einfällt? daß er an die Zimmerdecke starrt? daß er unter seiner eigenen Nullität leidet?

Alle Jahre wieder erscheinen ein paar von diesen immer dünner werdenden Druckerzeugnissen. Sie legen hauptsächlich von den immer dünner werdenden Erfahrungen ihrer Verfasser Zeugnis ab, deren einziges Thema sie selber sind: Die eigene Psyche erweist sich als merkwürdig leer. Darin zu wühlen ist nicht abendfüllend.

Dabei hat der »Roman des Romans« eine glanzvolle Vergangenheit: siehe die böse gute Laune, die André Gides *Falschmünzer* auszeichnet, siehe die Einblicke in einen souverän disponierenden Arbeitsprozeß, die Thomas Manns Bericht über *Die Entstehung des Doktor Faustus* gewährt – ganz zu schweigen von Balzacs

Verlorenen Illusionen, einem Buch, das die Geburt der modernen Bewußtseinsindustrie zum Thema hat.

Balzacs Helden liegen uns nicht mit ödem Narzißmus und sterilem Jammer in den Ohren. Indem er sie erfindet, stellt der Autor den Kern seiner eigenen gesellschaftlichen Erfahrungen dar, nämlich die Bedingungen, unter denen er selber produziert. Auf diesen Kern der Sache geht auch George Gissing in seinem Roman *Zeilengeld* los, direkter, brutaler und schonungsloser als Balzac. Das Buch handelt von der Industrialisierung der Literatur und von deren Konsequenzen. Gissings lebenslanger Kampf ums Überleben bürgt dafür, daß seine Darstellung authentisch ist. Kaltblütig und verblüffend frei von Selbstmitleid stellt er die Optionen dar, mit denen sich ein Schriftsteller seiner Zeit konfrontiert sah.

Wir stellen mit einiger Überraschung fest, daß sich die Verkehrsformen des Literaturbetriebs in den hundert Jahren seit dem Erscheinen von *New Grub Street* (1891) nicht wesentlich verändert haben. Vielleicht sehen die heutigen Verträge besser aus, vielleicht sind die viktorianischen Hungerlöhne, wenigstens hierzulande, nicht mehr an der Tagesordnung, aber die alltägliche Barbarei, die sich zu Gissings Zeiten in Zentrum der literarischen Produktion eingenistet hat, herrscht nach wie vor ohne Einschränkung; in seiner Schilderung können sich bis auf den heutigen Tag Tausende von »Wortproduzenten« wiedererkennen.

Zeilengeld handelt von der Schäbigkeit der Verleger, von den Winkelzügen der Kritik, von der Korruption der Zirkulationsagenten, von den Hintertreppen-Intrigen der »Schönen Literatur«, vom hemmungslosen Konkurrenzkampf der Lohnschreiber, die einander wie Skorpione in einer Flasche belauern.

In dieser Sphäre, zwischen FAZ und ZDF, Ramsch und Bestenliste, Burda und Klagenfurt, ist der abgefeimte Manchester-Kapitalismus von 1891 noch heute lebendig. Rechtliche und soziale Bedingungen, wie sie seitdem für alle andern »Arbeitnehmer« selbstverständlich geworden sind, haben in diesem Mikrokosmos, wo den Letzten die Hunde beißen, nach wie vor keine Geltung.

Von den Spuren dieses Milieus, von neurotischer Hast, ökonomischem Erfolgszwang, vom Anpassungsdruck, von der Trivialität und vom Horror des Literaturbetriebs ist auch Gissings Roman selbst

gezeichnet. Dieser sonderbare Klassiker, der heute in den angelsächsischen Ländern eine späte Renaissance erlebt, war zu seinen Lebzeiten eine Randfigur, ein verzweifelter Außenseiter. In seinem Buch, das selber um Zeilengeld geschrieben worden ist, hat er das Unterfutter dessen, was heute im Feuilleton »Lesekultur« heißt, schonungslos aufgeschrieben.
Aber der Roman enthält zugleich seinen eigenen Gegenentwurf, ein Projekt, das Gissing selber nicht verwirklichen konnte. Einer seiner unglücklichen Helden, der als Selbstmörder endet, sagt:
»Ich bin entschlossen, einen Roman zu schreiben, der *Herr Bailey, der Krämer* heißen soll. Bailey ist ein Krämer in einer Seitenstraße, hier in der Nähe. Er spricht gern über die Kämpfe während seines ersten Geschäftsjahres. Er hatte kein eigenes Geld, heiratete aber eine Frau, die sich fünfundvierzig Pfund von einem Katzenfleischgeschäft erspart hatte. Du solltest dieses Weib sehen! Ein rohes, schielendes Geschöpf; zur Zeit ihrer Hochzeit war sie Witwe und zweiundvierzig Jahre alt. Ich will also die wahre Geschichte von Herrn Baileys Heirat und seinem Werdegang als Krämer erzählen. Es wird ein großartiges Buch werden – ein großartiges Buch!«
»Was ich anstrebe, ist absoluter Realismus in der Sphäre des Durchschnittlich-Niedrigen. Dieses Feld, so wie ich es verstehe, ist noch neu; ich kenne keinen Autor, der das gemeine, vulgäre Leben mit Treue und Ernst behandelte … Das Ergebnis wird etwas unaussprechlich Langweiliges sein, aber das ist gerade der Stempel des durchschnittlich-niedrigen Lebens. Wäre es nicht langweilig, so wäre es nicht wahr. Ich spreche natürlich nur von der Wirkung auf den gewöhnlichen Leser.«
Dieses Programm sprengt, in seiner Kühnheit, die Möglichkeiten des viktorianischen Romans und geht weit über den Naturalismus Zolas hinaus. Es wurde erst dreißig Jahre später eingelöst. Der Held dieses »großen Buches« sollte nicht Mr. Bailey, Gemüsehändler in London, heißen, sondern Leopold Bloom, Anzeigenagent in Dublin, und das Zeilengeld, das der Autor empfing, hätte ihn kaum vor dem Hungertod bewahrt.
(1986)

Eine Maschine, die das Elend der Maschinisten reproduziert.

Schwere Zeiten

Anderen den Siegerkranz, dir die Erinnerungen einiger Hinterbliebener. Du sahst London wie ein krankes Organ. In deiner Diagnose war es eine riesengroße aus Elend und Laster, Epidemien und Neurosen, aus verzerrten, hoffnungslosen Ambitionen elektrisch vibrierende Zusammenballung. Du sahst die Horden der Elendsviertel, grau wie Waldlemminge. Du kanntest das Gesetz, das brutale: »Geld oder Leben!« Selbst mußtest du dich schinden in den blankgewetzten Reihen des Literaturproletariats, du schlichst nach hartem Tagewerk in eine billige Imbißstube und verschwandest schnell wieder in deine einsame Bude. Dort brachtest du die detaillierten Visionen von einer Welt zu Papier, in der die Wissenschaft unter der dünnen Decke der Zivilisation eine Barbarei wieder eingeführt hat, unbarmherziger als die der Wilden.

Johannes Edfeld, *Fieberbriefe.* München 1984.
Aus dem Schwedischen von Franz Rudolf Siebenmorgen.

Wenn man einen Riesen sieht, untersuche man zuerst den Stand der Sonne und gebe acht, ob es sich nicht um den Schatten eines Pygmäen handelt. NOVALIS

Davon, daß er keine Ahnung hatte, hatte Professor K. keine Ahnung.

Gemälde von Moritz Oppenheim, Öl auf Leinwand (1827).

LUDWIG BÖRNE

Glaubt ihr denn, weil ich so lange geschwiegen, ich würde das fortan geduldig anhören? Wehe euch, wenn mir die Geduld reißt!

Ihr Aasfliegen, Abendländer, Aufwischlumpen, Autoren,
Bandwürmer, Bauchdiener, Brechpulver,
Cabalenmacher, Censoren,
Diebslaternen, Dreckkäfer, Druckfehler, Dubletten,
Eintagsfliegen,
Frostbeulen, Fußschemel,
Geifermäuler, Glockenschwengel, Grundsuppen,
Hasenfüße, Heringe, Hungerleider,
Janitscharen, Johanniswürmchen,
Käsemaden, Kipper und Wipper, Kleckse, Krautköpfe,
Laxiermittel, Leibeigene, Lichtstumpen,
Mamelucken, Maultrommeln, Milchbrötchen, Murmeltiere,
Nachtgeschirre, Nudeln,
Papageien, Quappen,
Räucherkerzchen, Referendare, Rohrdommeln,
Stiefelknechte, Stöpsel, Sudler,
Tintenkleckse, Tremulanten, Trüffelhunde,
Untertanen, Vielschreiber, Vorhängschlösser,
Wandläuse, Wische, Wohledelgeborene, Wurstmäuler,
Zahnstocher, Zeitungsschreiber, Zitteraale, Zwerge.
Ihr solltet sehen, daß ich mit euch fertig werden kann.

Ludwig Börne, Herings-Salat. *Briefe aus Paris*, 792 ff.

Hätte schlimmer sein können (Could have been worse.)

Letzte Worte von Colonel Tavistock, Royal Horse Guards.

– Das tut mir in der Seele weh.
– Immer noch besser als Zahnschmerzen.

Ein Schütteltraum(a)

chon der schlichte Reim macht, was er will. Er stiftet Zusammenhänge hinter dem Rücken des Verfassers, von denen dieser gar nichts geahnt hat. Das entlastet den Dichter, der behaupten kann, er könne nichts dafür; die Sprache habe sich gewissermaßen selbständig gemacht. Dies gilt um so mehr, je eiserner die Spielregel ist. Ein Beispiel dafür gibt die Ghasele ab, von der man sagen könnte, daß sie vom Reimzwang lebt; um so größer die Freiheiten, die ein Autor wie Rückert dabei gewinnt.

Noch extremer sind die formalen Restriktionen, denen der Schüttelreim unterliegt. Er gehorcht einem Mechanismus, der koboldartig jede Zensur überwindet. Das Unpassende ist seine Domäne. Nicht nur die Neigung zur Parodie fällt dabei auf, sondern auch die offenbar unwiderstehliche Tendenz zur Obszönität.

Allerdings freut sich die Psychoanalyse dabei zu früh über solche Offenbarungen. Denn der Schüttelreim gibt das Unbewußte nicht nur preis, er macht sich darüber lustig. Der Reimzwang führt zur Zwanglosigkeit. Man könnte von einem verbalen Tourette-Syndrom sprechen. Wer davon befallen ist, der kann sich schwer seiner Suggestion erwehren. Scheinbar mühelos produziert er das Unaussprechliche.

Andreas Thalmayrs Kleine Kulturgeschichte

Ach, Beatrice kannte Damen,
die oft und gern zu Dante kamen.

Man las sein Buch, man fand es wuchtig.
Das machte oft Cervantes fuchtig.

Das Ego von Descartes verstand:
Er hat mich schon beim Start verkannt.

Irdisches und Himmels-Grausen
schilderte einst Grimmelshausen.

Statt höflich hat er's roh versucht –
womöglich war Rousseau verrucht?

Dem Geist hat immer wieder roh gedankt
die Welt – doch nie hat Diderot geschwankt.

Manche Seitenhiebe leiden
mußte auch der liebe Haydn.

Ich werde bei de Sade nicht fündig.
Mir scheint er leider fad, nicht sündig.

Die Sünde malte Füßli meist
von zuviel Schweizer Müsli feist.

Wenn edle Helden Killer scheuchen,
hört man im Sperrsitz Schiller keuchen.

Geistesgegenwärtig Fichte
rief: »Ich mach euch fertig, Wichte!«

Zu Unrecht heißt's von Coleridge,
Sein *Mariner* sei oller Kitsch.

Sophie – *cum grano salis* – wagte
zu tun, was ihr Novalis sagte.

Wenn Schelling sich an Hegel riebe,
bezög' er in der Regel Hiebe.

Als Schlachthof dient die Klassik meist;
drum spielt man heute massig Kleist.

Brentano schrieb an Schlegel flugs:
Du bist und bleibst ein Flegel. Schlucks!

Es mied der Pracht gewohnte Schinkel
von seiner Kunst verschonte Winkel.

Auf Zucht hat Jacob Grimm gebaut.
Stets hat ihm vor Klimbim gegraut.

Euch stört, sprach Schopenhauer, mein Betragen,
mein Unglück, meine Trauer, mein Behagen.

Es schwärmten kaum von Schweinehirten
die Damen, die um Heine schwirrten.

Du findest wohl Balzac zu schmalzig?
Vielleicht ist dein Geschmack zu salzig.

Man fragte sich in Linz: Hat Kummer Stifter?
Er wird ja immer stummer. Kifft er?

Die Fraun fand Kierkegaard zu schwierig.
Sie war'n ihm, wie er schwor, zu gierig.

Wer als Tribun ihn gekannt,
der war von Bakunin gebannt.

Die Rolling Stones, ich ahn es, taugen
nicht viel in Herrn Fontanes Augen.

Fanatiker verquasten Marx
mit Hilfe angemaßten Quarks.

Kein Zensor hat Baudelaire betrauert.
Er wurde *au contraire* belauert.

Das Leben war Gustave Flaubert vergällt,
denn die Kritik hat ihn vulgär verbellt.

Gewürgt von schwarzen Schlipsen im
Salon fühlt sich Herr Ibsen schlimm.

Herrn Nietzsche galt Herr Wagner schlicht
als dumpfer und verschlagner Wicht.

Am Eiger sieht man Hodler jausen,
entzückt, weil dort die Jodler hausen.

Bei Christie's sprach van Gogh verdattert:
Man hat mich also doch vergattert!

Gefällt euch das Geflatter bei
Puccinis *Madame Butterfly?*

Ein genialer Mann!
Das hört man Mahler an.

Das, was er verkünde, Steiner,
ahnte er, verstünde keiner.

Auch wer mit groben Pratzen schmust,
zitiert mit frechem Schmatzen Proust.

Man sagt sich: Ich vergesse halt,
wieviel mir Hermann Hesse galt.

Auf Wossek, dieses Kaff da, kuckte
das Schloß, vor dem sich Kafka duckte.

Der Dichter duldet Patzer nicht –
darauf war Ringelnatz erpicht.

Lyrik, wenn zu bieder,
war Gottfried Benn zuwider.

Der Papst, der Henry Miller schilt,
beurteilt Friedrich Schiller mild.

Bedauern man Marcuse müßte,
weil niemals ihn die Muse küßte.

Verliebt hat sich Klaus Mann geräkelt.
Da hat der Haustyrann gemäkelt.

Schien Prominenz Neruda wichtig?
War jedes Rendezvous da richtig?

Wie hat der ganze Clan gejammert,
der sich an Karajan geklammert!

Der Welt hat er auf Schritt und Tritt geschmollt,
und mürrisch hat sich Arno Schmidt getrollt.

Auf den Lärm hin
schwieg Hermlin.

Hat sich's für Erich Fried gelohnt,
daß er fürs deutsche Lied gefront?

Kaum donnert Dichter Jandls Hammer,
verstummt Verlagsbuchhandels Jammer.

Der Beifall, nach dem Walser fischt,
der hat ihn jedenfalls erwischt.

Sich ohne Unterlaß zu grämen,
das droht selbst Günter Grass zu lähmen.

Schon wieder stehn verwundert Hasser
vor einem Bau von Hundertwasser.

Auch wenn sein Ruf als Buhmann lockt:
Herr Habermas vor Luhmann bockt.

Mit Zeilen Heiner Müller knausert,
seit sich sein Werk zum Knüller mausert.

Oft zeigt auch Thomas Bernhard Geist,
indem er, was er gern hat, beißt.

Alexander Kluge – na,
der sorgt für genug Eklat!

Für Derrick hat sich längst ergeben,
wie hirnlos deutsche Gangster leben.

Ob's Peter Esterházy störte,
daß seinen Hohn die Stasi hörte?

Vor Jahren führte Ulla Hahn
den Lyrik-Hula-Hula an.

Breit über beide Ohren schmunzelt,
wenn seine Dichter schmoren, Unseld.

Im Englischen, das den Schüttelreim nicht kennt, vertritt seine Stelle der Limerick. Auch er neigt zum Ungezogenen, wie W. H. Audens Gedicht über den Weihbischof von Hongkong zeigt:

The Bishop elect of Hong Kong
Had a dong that was twelve inches long.
He thought the spectators
Were admiring his gaiters
When he went to the gents. He was wrong.

La philosophie dans le boudoir

»Die Sodomie kommt meist aus Not,
Sadismus macht die Wangen rot.«
Auch Theodor W. Adorno war sich, wie man sieht, für solche Sottisen nicht zu schade, auch wenn er dazu weder Schüttelreim noch Limerick bemühte.

Was macht der Maier am Himalaya?

Alle weinen um einen,
um Professor Friedrich Wilhelm Maier.
Alle fragen, alle klagen,
denn der Schmerz um Maier, der ist
ungeheuer.
Morgen fährt er als Gelehrter
nach dem höchsten Punkt im Himalaya.
Welch ein Schreck, er geht uns weg!
Und jeder fragt im Publikum: Warum?

Was macht der Maier am Himalaya?
Wie kommt der Maier, der kleine Maier
auf den großen Himalaya?
Rauf, ja, das kunnt' er.
Ich frag mich aber, wie kommt er runter?
Ich hab so Angst um den Maier,
er macht 'nen Rutsch und ist futsch.

Langsam krochen viele Wochen,
keine Kunde kam von unserm Maier.
Manche Nichte schrieb Gedichte:
Wen erwärmt der Maier jetzt mit
seinem Feuer?
Auch die Tanten, die ihn kannten,
zupften nachts elegisch auf der Leier.
Maier, Maier, komm noch heuer!
Eine fragt die and're ganz verzagt:

Was macht der Maier am Himalaya – – –

Glockenklänge, welch' Gedränge –
Maier kam zurück vom Himalaya.
Herzen klopften, Nasen tropften –
vom Balkon die Tanten winkten mit dem
Schleier.
Aber plötzlich, wie entsetzlich:
Maier hat ein Weib, ein Ungeheuer
mit enormen Körperformen!
Jeder schreit: Der Maier tut mir leid!

Was macht der Maier am Himalaya – – –

Text: Fritz Rotter/Otto Stransky
Musik: Anton Profes

Deutsche Heldentaten feierte der Schlager gern auf seine Weise. Dem Nonsens-Liedchen ›Was macht der Maier am Himalaya?‹ liegt so eine echte Heldentat zugrunde: Der Kolonialgeograph **Dr. Hans Meyer,** Mitinhaber des Bibliographischen Instituts in Leipzig, bestieg als erster Europäer den über 6000 m hohen Kilimandscharo. Noch in der Wilhelminischen Ära hatten deutsche Forscher in den afrikanischen Kolonien zum Ruhme des Vaterlands gearbeitet. Nachdem die kurze deutsche Herrenphase in Afrika vorbei war, erinnerte sich der Schlager gern auf veralbernde Weise der ehemaligen Großmannssucht.

Aus: *Das Große Schlager-Buch.*
Hg. von Monika Sperr. München 1978.

Was macht der Maier am Himalaya?

Es mag ja sein, daß der Reim in der neueren Lyrik aus der Mode gekommen ist. Aber auf einem Gebiet hat er sich triumphal behauptet. Ein Schlager ohne Reim ist undenkbar. Natürlich sind die meisten dieser Reime blöd. Bei den Standards, die in der deutschen Musikindustrie obwalten, und den bescheidenen Talenten, mit denen sie sich begnügt, ist das auch kein Wunder. (Gute Dichter dürfen, aus unbekannten Gründen, keine Schlagertexte schreiben.)
Doch was wäre Maria ohne Bahia, die fesche Lola ohne ihr Pianola und Lovely Rita ohne ihr *parking meter?* Das Geheimnis des Ohrwurms liegt nicht nur in der Melodie, es liegt auch im Reim. Ihm gelingen Wunder, die an die Transsubstantiation erinnern. Nur seine Magie konnte eine Stadt, die zu den trostlosesten der Welt gehört, in einen Sehnsuchtsort verwandeln:

»Managua, Nicaragua, what a wonderful spot!
There's coffee and bananas and a temperature hot.
So take a trip and on a ship go sailing away,
across the agua to Managua, Nicaragua,
olé, olé, olé!«

(Guy Lombardo and his Royal Canadians, 1946.)

Wie ein Schlagerdichter aus dem Jahr 1844 ein Wort erfunden hat

Attentäter, »Person, die einen Mordanschlag verübt«. Nach dem mißglückten Attentat eines ehemaligen Bürgermeisters namens Tschech auf den preußischen König Friedrich Wilhelm IV., bei dem nur der Hut der Königin getroffen wurde, entstand in Berlin eine Moritat, die auf der Drehorgel zu hören war. Das Lied begann mit den Worten:

»War wohl je ein Mensch so frech
Wie der Königsmörder Tschech!
Denn er traf bei Einem Haar
Unser theures Königspaar!
Der abscheuliche Verräther,
Der verruchte Attenthäter,
Der da schoß mit frechem Muth
Unsre Königin durch den Hut.«

Wie man sieht, verdankt sich das Wort *Attentäter,* in Anlehnung an *Übel-* und *Missetäter* gebildet, dem Reimzwang. Mit Windeseile hat es sich im deutschen Sprachraum verbreitet.

Wer wissen möchte, wie viele Arten von Bohnen es gibt, sollte einen Blick in das *Rückläufige deutsche Wörterbuch* von Gustav Muthmann werfen. Dieses *Handbuch der Wortausgänge im Deutschen, mit Beachtung der Wort- und Lautstruktur* (Tübingen 1991) verschafft dem, der es wissen möchte, einen ersten Überblick. Natürlich wird mancher sagen, das interessiere ihn nicht die Bohne. Aber vierundzwanzig Einträge werden ihn eines Besseren belehren. Allerdings hat der unübertroffene Peregrinus Syntax nicht weniger als einundsechzig weitere Sorten anzubieten, die Muthmann entgangen sind, darunter, um nur einige zu nennen, die Adler-, Donner-, die Esels-, die Fick-, die Klutsch-, Säbel-, Schmink-, Schwabbel-, Teufels-, Viek-, Viets- und Wickbohne. Daraus erhellt nicht nur, wie reich das Feld bestellt ist, sondern auch, daß niemand sich rühmen kann, der deutschen Sprache vollkommen mächtig zu sein.

(1)

Christian Enzensberger

Kartoffel, Bohne, Pilz

Ich lese jetzt aus einer Sammlung von kleineren Stücken mit dem Titel, Eins nach dem andern. Diese Einzelstücke sind verbunden gedacht mit einem fortlaufenden Zwischentext, aber von diesem Zwischentext habe ich noch nicht mehr als eine sehr provisorische Fassung, eine Art Notbehelf für Vorlesezwecke. Ich lese aus dem ersten, komischen Teil der Sammlung.

ich hatte entworfen auch/

Ich erzähle zuerst, wie es mit diesen Stücken anfing.

Zu einem gewissen Zeitpunkt war meine ausschließliche Tätigkeit die, daß ich tagelang am Fenster saß und zu diesem Fenster tagelang/ hinausschaute, und zwar deswegen, weil es mir so vorkam, als wären andere Tätigkeiten, als sitzen und hinausschauen, noch weniger lohnend als diese. Während dieser Tätigkeit befand sich, wegen der gegebenen Verhältnisse, vor dem Fenster, ebensoviele Tage lang, die von mir betrachtete Natur, sodaß ich mir schließlich sagte, wenn du schon dasitzt und schaust, am Fenster und zu ihm hinaus, warum schreibst du dann eigentlich kein Naturgedicht, Naturgedichte sind doch etwas Schönes, und gehen nicht schwer, du mußt nur aufpassen daß es nicht geht wie meistens, und es kommt zum Schluß in dem Gedicht keine einzige Tatsache vor. Ich folgte dann dieser Aufforderung, und stellte in dem Gedicht einen Vergleich zwischen drei verschiedenen Pflanzen an, der sich an die Tatsachen hält.

Viele Augen hat die arme amorphe Kartoffel und aus allen keimt sie zugleich. Ringsum wachsen die Triebe aus ihr, aber es kennt keiner den andern. Gemeinsam und gegeneinander fressen sie die Kartoffel, bilden Wurzeln jeder für sich, und wachsen aus zu einem Büschel ästiger Stengel. An den Wurzeln bringen sie neue Kartoffeln hervor, die Tochtertuberkeln wie jedermann weiß, und so fort ohne Ende. Leicht fault die Kartoffel, leicht schrumpft die Kartoffel, wenig liebenswert ist die Kartoffel, eine versäumte Gelegenheit.

Dagegen die Bohne. Ordentlich ist die Bohne, unten und oben kennt sie, aus zwei dicken Blättern besteht sie, einer Niere gleicht sie, und sie schrumpft und sie fault nicht. Ein Auge, nicht viele, hat die Bohne, und dahinter, zwischen ihren dicken zwei Blättern, befindet sich wieder sie selbst. Dann wächst sie und windet sich, nach rechts wie jedermann weiß dreht sich die Bohne, und sowenig die Kartoffel sich windet, sowenig wächst die Bohne aus zu ästigen Stengeln. Vielmehr wächst sie einzeln hinauf und verzweigt sich nur selten und ungern. Gern und häufig bringt die Bohne als Verzweigung nur ihre Blüten hervor, in Form von Bäumchen, von axillaren Trauben wie jedermann weiß. Aus diesen Bäumchen wachsen die neuen Bohnen, und so fort ohne Ende. Gut riecht die Bohne. In jeder Bohne befindet sich wieder sie selbst, sie kennt oben und unten.

Unverzweigt, augenlos und zum Erschrecken ist schließlich der Pilz, unerklärlich seine Enstehung. Eine lockere Ausbreitung von Fädchen heißt es, lügt ihn heraus. Der Pilz schießt, der Pilz reift, der Pilz schüttelt seine Sporen von sich, die zu einem Schlauch austreiben, und zwar meterlang, zu der Hyphe wie jedermann weiß. Dann verzweigt sich die Hyphe, macht, heißt es eine lockere Ausbreitung, schwillt, schießt, und so fort ohne Ende. Der Pilz wächst auf Tieren und Häusern, er wächst wo kein Platz ist, er wächst auf Kartoffeln und Bohnen.

Was alle drei angeht, so ist ein Gespött die Kartoffel, närrisch die Bohne und unselig der Pilz. Ihre Vermehrung erfolgt nacheinander lustlos, in freudiger Erregung, und mit manischer ausschließlicher Besessenheit. Es sind giftig von der Bohne die Wurzel, alles vom Pilz, von der Kartoffel das Kraut wie jedermann weiß. Alle drei keimen, doch nur die Bohne kennt oben und unten.

Nachdem ich dieses Gedicht verfaßt hatte, war ich mit manchen Stellen des Gedichts zufrieden, mit anderen weniger. Insbesondere mißfiel mir daran eine deutliche Blumigkeit des Ausdrucks, sowie der Satz "sie kennt oben und unten." Sollte es etwa eine besondere Tugend sein, oben und unten zu kennen oder gar eine ewigmenschliche Eigenschaft? Ich dachte dann, weder ist es eine Tugend noch gibt es ewigmenschliche Eigenschaften. ~~Insofern betrifft diese Fähigkeit nichts und niemand~~ außer
sc~~haften~~, und deswegen hat die Fähigkeit, daß sie oben und unten kennt, mit nichts und niemand außer der Bohne etwas zu tun, und mehr noch, es handelt sich dabei nicht einmal um eine Tatsache, weil die Bohne bekanntlich, kaum hört ihre Stange oben auf, sogleich durcheinanderkommt und sich in sich selbst verschlingt auf widerliche Weise.

Ich war davon zunächst bedrückt, aber dann dachte ich, warum soll ich davon bedrückt sein, es ist ja schließlich nicht meine Schuld, was kann denn ich dafür, gar nichts, und deswegen soll von jetzt ab die Bohne Bohne bleiben und die Natur Natur.

Wer das *Allgemeine deutsche Reimlexikon* von Peregrinus Syntax (Leipzig 1826) zur Hand nimmt, dem wird vielleicht mit der folgenden Gebrauchsanweisung gedient sein:

I *»Der Reim ist an sich kein Thema.«* Die gescheiteste – und amüsanteste – Verteidigung des Reims, die es in deutscher Sprache zu lesen gibt, beginnt mit diesem Satz (Peter Rühmkorf, *agar agar – zaurzaurim. Zur Naturgeschichte des Reims und der menschlichen Anklangsnerven.* Hamburg 1981). Wer an der Vitalität des ältesten literarischen Zaubermittels zweifelt, den wird auch Peregrinus Syntax (*vulgo* Friedrich Hempel) nicht überzeugen. Sein Handbuch ist ein Vademecum für Eingeweihte, für Aficionados, für hemmungslose Liebhaber und professionelle Virtuosen. Für solche und andere Benutzer sind die folgenden technischen Hinweise, Ratschläge und Warnungen gedacht.

II *Ein Lexikon kann nie zu umfangreich sein.* Was auf der Hand liegt, braucht man nicht zu suchen. Nachschlagewerke, Wörterbücher, Enzyklopädien, die einen gerade dann im Stich lassen, wenn man das schwer zu Findende, das Entlegene und das Seltene sucht, können einen zur Verzweiflung bringen. Sie führen den Benutzer auf ebenjenen Trampelpfad der Allerweltskenntnisse zurück, den er zu verlassen wünscht, indem er zu solchen Hilfsmitteln greift.

Im Lauf der letzten hundert Jahre haben die Deutschen kein Reimwörterbuch hervorgebracht, das andern als mittelmäßigen Ansprüchen genügen könnte. Wenn wir also auf ein Werk aus dem Jahre 1826 zurückgreifen müssen, so ist daran die Faulheit der Nachgeborenen schuld. Mit über 30000 Einträgen ist Hempels Kompendium das vollständigste, das unsere Sprache je hervorgebracht hat.

Sein Sammelfleiß hat allerdings etwas Besinnungsloses. Eine Suche wie die seinige kann leicht zur Sucht werden. Er hofft, daß wir es ihm nicht verargen, wenn er »Legionen von Fremdwörtern, Idiotismen, Patronymiken etc.« mit aufnimmt. In der Tat hat er es an exotischen Einträgen nicht fehlen lassen. Er reimt, mit einer Nonchalance, die an Frechheit grenzt, *Biribi's* auf *Dementi's, Theeservice* auf *Teculi's, Krambambuli's* auf *Paris* und *Sternanis* auf *Esprit's.* Keine Kasusendung, keine Steigerungsform, kein Modus, kein Numerus, kein Imperativ und kein Partizip ist vor ihm sicher, und die schier unbegrenzten Möglichkeiten der deutschen Wortbildung treibt er bis an die

Grenze des Wahns. Was soll man etwa von den folgenden Aufforderungen halten?:
Duff! muff! suff! schuff! schluff! schruff! stuff! tuff!
und was von der Behauptung, »sie«, also eine Reihe unbekannter Personen, *bißten, fißten* oder *tißten?* Diese Tätigkeiten stehen nicht im Grimm, sie stehen nicht im Duden und auch im Brockhaus nicht, und es sind schon sehr intensive Nachforschungen nötig, bis man über sie das folgende erfährt:
»Bisten, *verb. reg. act.* im gleichen Leben, mit einem bst, bst, rufen. Einem, nicht so richtig mit der vierten Endung, bisten. Wer hat mir gebistet? Die Jäger brauchen dieses Wort von dem Laute der Haselhühner, mit welchen sie sich zusammen rufen. Die gröbern Mundarten sprechen es auch bischen, pischen aus.« (Adelung)
»† Fissen, *v. trans.* in manchen Gegenden so viel wie zerknittern; in der gemeinen Sprechart zerknautschen.« (Campe)
»† Tissen, *v. intrans.* im N.D. zischen.« (Campe)
Getreu seinem Motto – *Superflua non nocent!* – macht sich unser guter Hempel nichts daraus, Wörtern, die bereits zu Anfang des 19. Jahrhunderts obsolet waren, einen Reim abzupressen. Hier ist also Vorsicht geboten, es sei denn, der Benutzer habe es auf Dada-Liedchen und Lautsonaten abgesehen.
Ein Lexikon kann nie zu umfangreich sein, aber Vollständigkeit ist ein leerer Wahn.

III *Der Fortschritt bricht sich auch im Krebsgang Bahn.* Um 1870 kam ein Linguist, der sich mit altindischen Texten beschäftigte, auf eine geniale Idee. Er kehrte das Prinzip um, nach dem alle bisherigen Wörterbücher angeordnet waren. Für die Reihenfolge der Vokabeln sollten statt der Anfangs- die Endbuchstaben maßgebend sein (H. Graßmann, *Wörterbuch zum Rig-veda.* Leipzig 1873). In einem solchen »rückläufigen Index« endet das erste Wort mit *-aa*, das letzte mit *-zz*. Um die Stelle zu bestimmen, die ein Wort in dieser Anordnung einnehmen soll, muß man es also von hinten nach vorne lesen. Es leuchtet sofort ein, daß ein derartiges Verzeichnis auch als Reimlexikon dienen kann, da alle Wörter, die z.B. auf *-as* enden, an der gleichen Stelle zu finden sind.
Glücklicherweise stehen seit einiger Zeit zwei solche Vokabulare für unser Sprachgebiet zur Verfügung: Erich Maters *Rückläufiges Wörterbuch der deutschen Gegenwartssprache* und das *Rückläufige deutsche Wörterbuch* von Gustav Muthmann. Allerdings halten diese Werke für den Reimsuchenden zahlreiche Fallstricke bereit. Die computergesteuerte Logik, die da am Werke ist, schert sich nicht im geringsten darum, daß

ungern und *hungern, exogen* und *bezogen,* wenn man sie miteinander verkuppelt, abscheuliche Mißgeburten hervorbringen. Der Preis für die Konsequenz und die Strenge solche Lexika ist ihre fühllose Sturheit, die sich weder um Betonung und Akzent noch um Länge oder Kürze der Vokale kümmert.

IV *Wirf das Buch weg und reime!* So bleibt nichts anderes übrig, als dem Ratsuchenden ein weiteres Auskunftsmittel zu empfehlen, das zumindest einen Vorteil hat: Es wiegt nicht viel. Man nehme ein Stück Papier im Format einer Postkarte und schreibe:

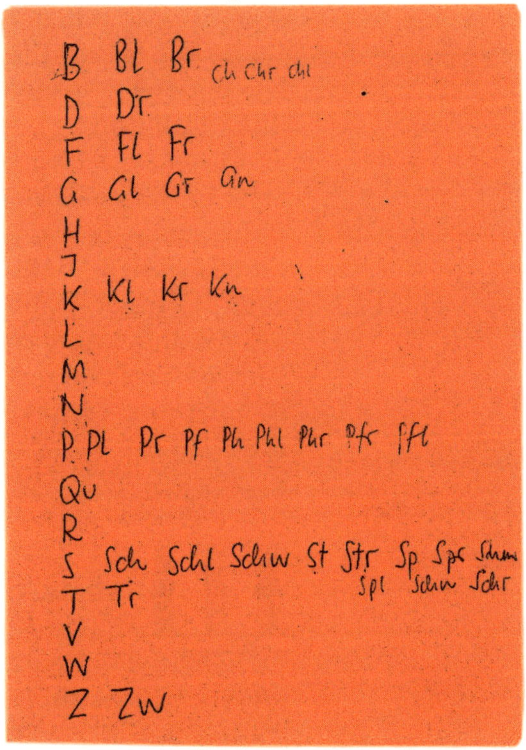

Diese Schablone erlaubt es, zu jedem beliebigen Reimwort beliebige Entsprechungen aufzusuchen. Nur keine Bange! Zu *bang* wird man nach diesem Schema ohne weiteres unter den Buchstaben *Dr, F, G, H, Kl, l, (mitten)m, (Em)pf, R, S, Schw, spr, Str, T* und *Zw* fündig, die vielen Composita nicht gerechnet, und wer Lust hat, kann die Liste mit allen möglichen und unmöglichen Zwittern und Irrlichtern ausschmücken: mit *Kuomintang, Nesselwang, Jangtsekiang, mother tongue, Etablissemang* oder *forever young.* Peregrinus Syntax in Ehren, Hut ab vor Gustav Muthmann und vor der Deutschen Akademie der Wissenschaften (Arbeitsstelle für mathematische und angewandte Linguistik und automatische Übersetzung) – ABER:

V ***Im Zweifelsfall entscheidet nie das Buch, immer das Ohr.***

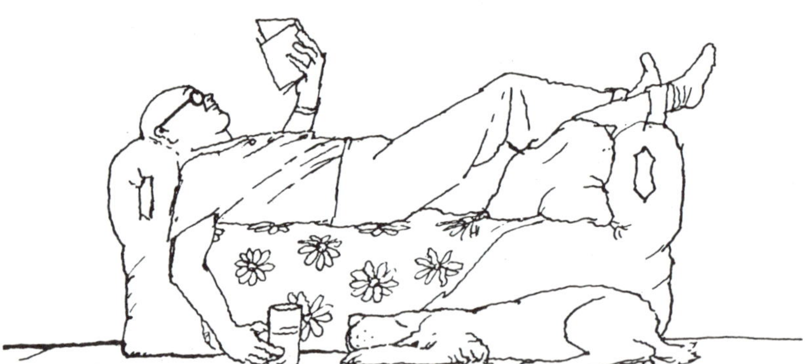

Fast alles, wofür die Menschen, wenn sie es sich gegenseitig antun, gehängt oder ins Gefängnis geworfen werden, tut die Natur so gut wie alle Tage.

JOHN STUART MILL, DREI ESSAYS ÜBER RELIGION.

Die Holzstich-Szenen sind in den Jahren 1890 und 1891 als Titelbilder der Wochenzeitschrift *Les Veillés des Chaumières* erschienen; sie dienten zur Illustration mehrerer Fortsetzungsromane.

Gegenstände, die nur dazu hergestellt werden, daß man sie sammelt: Instant antiques, auch collectibles genannt, Objekte mit Sofort-Patina.

SIMÓN BOLÍVAR schrieb im Jahr 1830: »In 20 Jahren des Befehlens bin ich zu einigen wenigen Überzeugungen gelangt: 1. Amerika ist für uns unregierbar. 2. Wer sich der Revolution verschreibt, pflügt das Meer. 3. Das Einzige, was man in Amerika machen kann, ist emigrieren. 4. Dieses Land wird in die Hände zügelloser Massen fallen, um später von unbedeutenden Tyrannen aller Farben und Rassen beherrscht zu werden.« Zitiert von Brigitte Kramer, *Neue Zürcher Zeitung*, 28. Dezember 2009.

Portraitphoto von Rachel aus dem Jahr 1930.

Intermezzo. Habana 1959. Personen: Amalia Vorg, besser bekannt unter dem Namen Rachel, berühmter Music-Hall-Star der zwanziger Jahre; Ofelia, ihr Dienstmädchen. *Vorderbühne. Abends. Ofelia kauert vor dem Radio. Es sind nur Pfeiftöne zu hören. Rachel steht am Fenster.*

La Cubana oder Ein Leben für die Kunst

Vaudeville in fünf Bildern von H.M.E. nach Motiven von Miguel Barnet. Musik von Hans Werner Henze. Mainz: B. Schott's Söhne 1973.

*) ein mitglied der zeugen- gruppe dirigiert unauffällig. deutliche aussprache, alles staccato gesungen und so leise, daß man die instrumente mühelos hören kann. Die harmonika muß besonders „ungeübt" klingen.

Rachel: Ja, wenn es ehrlicher zuginge in der Politik! Dann hätte ich es weit gebracht. Gouverneurin wäre ich geworden. Was sag ich, Gouverneurin! First Lady. Ohne weiteres. Und weißt du, was ich dann gemacht hätte? *Pause. Keine Antwort.* Ofelia! Ich spreche mit dir! Mach sofort das blöde Radio aus.
Ofelia: Aber es ist eine Sondermeldung! Ein Hurrikan kommt auf uns zu!
Rachel: Ach was! Ein kleiner Hurrikan hin oder her. Kindereien sind das. Was hättest du erst gemacht, wenn dich der große Taifun von 1926 erwischt hätte?
Ofelia: Ich glaube, ich hätte mich an die Wand nageln lassen.
Rachel: Du bist eben ein Feigling.
Ofelia: Ich habe den Alten von nebenan herbestellt, wegen der Fenster, damit er sie zunagelt.
Rachel: Unterbrich mich nicht immer. Weißt du, was ich getan hätte?
Ofelia: Was getan?
Rachel: Als Präsidentin.
Ofelia: *widerwillig* Nein.
Rachel: Auf den Balkon wäre ich hinausgetreten … Schau her. So! Ich hätte das Mikrophon genommen *sie macht es vor* und die Leute da unten gefragt: Was wollt ihr haben? Was wünschst du dir? Und was kannst *du* brauchen? *Sie ahmt die Zwischenrufer nach.* »Ein Bett!« – Sehr gut, ein Bett. – »Einen Esel!« – Da hast du deinen Esel! Was? Ich verstehe kein Wort. Was willst du? – »Einen Eispalast.« – Na so was, einen Eispalast! Aber meinetwegen, warum nicht? Da hast du. Greift zu! Da habt ihr den ganzen Staatsschatz! Macht damit, was ihr lustig seid. Schluß mit dem Hunger! Wenn ihr krank seid, kauft euch Krücken. Wenn ihr Musik braucht, Trommeln und Trompeten.
Es klopft. Ein alter Mann erscheint mit einem Hammer in der Hand und ein paar Brettern unterm Arm. Er macht sich an die Arbeit.
Rachel: *beachtet ihn nicht* Und wenn ich die ganze Republik ruiniere! Ich pfeife auf euern Justizpalast! Wozu ist ein Justizpalast gut? – Wer klopft denn da?
Ofelia: Es ist nur wegen dem Hurrikan.
Rachel: *groß* Der Hurrikan hat Zeit. Laßt mich wenigstens ausreden! Ich pfeife auf eure Stadtparks und auf die neue Autobahn. Wer braucht schon eine Autobahn, wenn er nichts zu fressen hat? Über mich soll sich keiner beklagen können. Feuerwerke her! Karneval! Und wer tanzen will, bitte schön. Hier im Palast spielt immer die Musik, Tag und Nacht. *Zu Ofelia* Na, wie findest du mich?
Ofelia: *zögernd* Gnädige Frau … Sie reden ja fast wie Fidel!
Rachel: *aufgebracht* So ein Quatsch! Du mit deinem Fidel. Erst hast du fast in die Hosen gemacht, weil du dir eingebildet hast, daß er dich erschießen läßt, und jetzt geht es den ganzen Tag: Fidel, Fidel, Fidel.
Der alte Mann beginnt die Fenster zuzunageln. Rachel hält sich die Ohren zu. Sie schreit.
Rachel: Also her mit dem Hurrikan!

Guillermo Cabrera Infante, »Answers and Questions«, in: *Mea Cuba.* New York 1994.

Eine Perversion der Geschichte

Im Sommer 1965 kehrte ich nach Cuba zurück. Der Mond schien wie vor der Revolution, die Sonne war dieselbe: die Natur lieh dem Land ihre berüchtigte Schönheit. Die Geographie war am Leben, nur die Geschichte war gestorben.

Das war nicht mehr Cuba. Es war nur noch ein Double, ein fehlerhafter Roboter, dessen Hersteller eine Mutation verursacht hatte, eine genetische Veränderung, einen Austausch von Chromosomen.

Der Malecón war heruntergekommen, eine Ruine. Auf den Blumenbeeten von El Vedado, einst ein elegantes Villenviertel, wuchsen Bananen statt Rosen – ein verzweifelter Versuch der Bewohner, ihre Lebensmittelrationen durch diese kümmerlichen Früchte aufzubessern.

Die Schaufenster prahlten mit echten Kleidungsstücken, die niemand erwerben konnte, weil es unverkäufliche Muster waren. Andere Läden stellten marxistisch-leninistische Allegorien zur Schau, die eher als Dekoration gedacht waren, als von politischem Eifer kündeten. Die meisten Fenster waren allerdings vollkommen leer. Wer die Straßen entlangging, die einst als Cubas Fifth Avenue galten, San Rafael oder Neptuno, Obispo oder O'Reilly, fühlte sich wie ein John Wayne, der über die Main Street einer Geisterstadt wandelt.

In der Theorie sollte der Sozialismus den Reichtum vergesellschaften. In Cuba gelang es ihm, diese Praxis auf den Kopf zu stellen und die Armut zu sozialisieren.

MOJITO

Saft einer halben Limette
1 Barlöffel Puderzucker
6 cl Rum weiß
Soda
Minzezweig

Im großen Becherglas Zucker und Limettensaft gut verrühren.
Minzeblätter mit Stößel zerdrücken, ausgedrückte Limette dazugeben.
Mit crushed ice auffüllen, Rum dazugießen und umrühren.
Mit Soda abspritzen und mit Minzezweig dekorieren.

Charles Schumann

¶ WIE MAG ARISTOTELES AUF DIE IDEE GEKOMMEN SEIN, DER MENSCH VERFÜGE ÜBER FÜNF SINNE? ELF BIS DREIZEHN KÄME DER SACHE NÄHER, AUCH WENN DIE WISSENSCHAFT NICHT VON ALLEN NOTIZ NIMMT. ¶

Fingerspitzengefühle. Über das meiste, was wir sehen, über Farben zum Beispiel, können wir uns einigermaßen deutlich verständigen. Zwar ist das menschliche Auge imstande, etwa 50 000 Nuancen zu unterscheiden, ein Reichtum, dem unser Vokabular nicht gewachsen ist. Doch steht in vielen Sprachen eine Fülle von Farbnamen bereit, die wenigstens eine gute Annäherung erlauben.

Beim Geschmackssinn sieht es da schon weit kümmerlicher aus. Wir sagen: »Es schmeckt wie …« oder »Es schmeckt nach« – Vergleiche, die hinter dem Sinneseindruck herhinken und im besten Fall zu einem Kompromiß führen.

Das eigentliche Dunkelfeld der Verbalisierung tut sich auf, wenn es um den Tastsinn geht. Er ist der arme Verwandte unter den Sinnen. Man schließt die Augen, berührt eine Oberfläche und sagt: »Glatt«. Auf die Frage »wie glatt?« ist nur eine tastende Antwort möglich. Man rät, um was es sich handelt: um Leder, Holz, Metall, Glas, Wolle, Kunststoff, Haut, Papier, Zellophan, Lack, Seife und so weiter. Aber unser Unterscheidungsvermögen geht über solche Kategorien weit hinaus. Wir sind imstande, feinste Unterschiede der Härte, der Porosität, der Feuchtigkeit, der Körnung, der Viskosität, der Temperatur, der kristallinen oder plastischen Eigenschaften eines Materials zu erkennen. Kein Papier gleicht dem anderen. Porzellan fühlt sich anders an als Steingut, Silber anders als Chrom. Und wer weiß, ob wir nicht, mit verbundenen Augen, noch ganz andere Eigenschaften wahrnehmen können, elektrische oder magnetische Potentiale, molekulare Strukturen? Jedenfalls übertrifft der Spürsinn unserer Fingerspitzen bei weitem unsere Fähigkeit zu sagen, was wir empfinden.

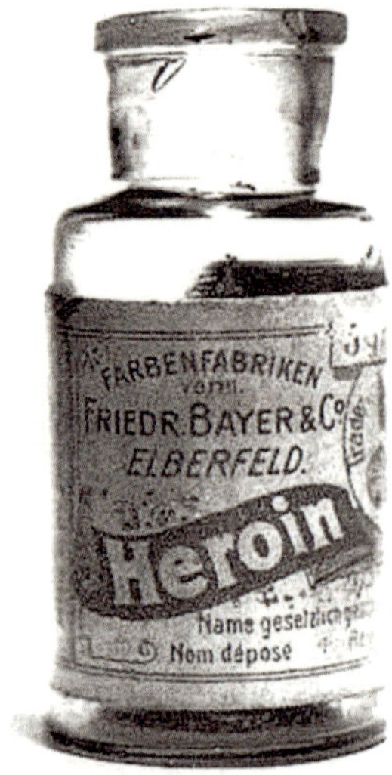

Mögliche Nebenwirkungen. Einer, der das W*(ater)* C*(loset)* aufgesucht hat, ohne daß er ein Buch, eine Zeitschrift, eine Broschüre mitgebracht hätte, wird sich an das Arzneischränkchen neben dem Spiegel halten müssen, das im Notfall stets eine fesselnde Lektüre zu bieten hat. In den meisten Packungen steckt ein mehrfach gefalteter, engbedruckter Zettel, der für Gesundheitsbewußte und andere Hypochonder eine reiche Fundgrube darstellt.

Von einem einzigen erfolgreichen, weitverbreiteten Präparat heißt es dort, daß bei Patienten die folgenden Nebenwirkungen beobachtet worden sind:

Übelkeit, Erbrechen, Verdauungsstörungen, Bauchschmerzen, Blähungen, Appetitlosigkeit, pseudomembranöse Kolitis, Schwindelgefühl, Kopfschmerz, Müdigkeit, Erregtheit, Zittern, Verwirrungszustände, Schlaflosigkeit, Empfindungsstörungen in Armen und Beinen, Schwitzen, Gangunsicherheit, Krampfanfälle, Erhöhung des Schädelinnendrucks, Angstzustände, Albträume, Verstörtheit, Depressionen, Halluzinationen, psychotische Reaktionen, Geschmacks- und Geruchsstörungen, Doppeltsehen, Ohrensausen, vorübergehende Schwerhörigkeit, Hautausschläge, Juckreiz, punktförmige Hautblutungen, hämorrhagische Bullae, kleine Knötchen mit Krustenbildung, Nesselsucht, Knotenrose, Stevens-Johnson-Syndrom, Lyell-Syndrom, interstitielle Nephritis, Hepatitis, Leberzellnekrose, Gesichts-, Gefäß- und Kehlkopfschwellungen, Atemnot, Hitzewallungen, Migräne, Ohnmacht, Herzjagen, Gelenkschmerzen, Sehnenschei-

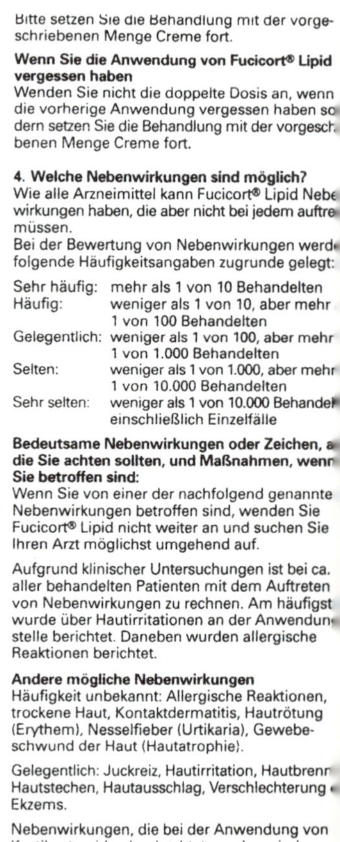
Bitte setzen Sie die Behandlung mit der vorgeschriebenen Menge Creme fort.

Wenn Sie die Anwendung von Fucicort® Lipid vergessen haben
Wenden Sie nicht die doppelte Dosis an, wenn die vorherige Anwendung vergessen haben so dern setzen Sie die Behandlung mit der vorgesch benen Menge Creme fort.

4. Welche Nebenwirkungen sind möglich?
Wie alle Arzneimittel kann Fucicort® Lipid Nebe wirkungen haben, die aber nicht bei jedem auftre müssen.
Bei der Bewertung von Nebenwirkungen werd folgende Häufigkeitsangaben zugrunde gelegt:

Sehr häufig:	mehr als 1 von 10 Behandelten
Häufig:	weniger als 1 von 10, aber mehr 1 von 100 Behandelten
Gelegentlich:	weniger als 1 von 100, aber mehr 1 von 1.000 Behandelten
Selten:	weniger als 1 von 1.000, aber mehr 1 von 10.000 Behandelten
Sehr selten:	weniger als 1 von 10.000 Behandel einschließlich Einzelfälle

Bedeutsame Nebenwirkungen oder Zeichen, a die Sie achten sollten, und Maßnahmen, wenn Sie betroffen sind:
Wenn Sie von einer der nachfolgend genannte Nebenwirkungen betroffen sind, wenden Sie Fucicort® Lipid nicht weiter an und suchen Sie Ihren Arzt möglichst umgehend auf.

Aufgrund klinischer Untersuchungen ist bei ca. aller behandelten Patienten mit dem Auftreten von Nebenwirkungen zu rechnen. Am häufigst wurde über Hautirritationen an der Anwendun stelle berichtet. Daneben wurden allergische Reaktionen berichtet.

Andere mögliche Nebenwirkungen
Häufigkeit unbekannt: Allergische Reaktionen, trockene Haut, Kontaktdermatitis, Hautrötung (Erythem), Nesselfieber (Urtikaria), Gewebeschwund der Haut (Hautatrophie).

Gelegentlich: Juckreiz, Hautirritation, Hautbrenn Hautstechen, Hautausschlag, Verschlechterung Ekzems.

Nebenwirkungen, die bei der Anwendung von Kortikosteroiden beobachtet wurden, sind:

Gewebeschwund der Haut, Erweiterung kleinster Hautblutgefäße (Teleangiektasie) und Streifenbildung der Haut (Striae), speziell bei längerer Anwendung, Entzündung der Haarfollikel (Follikulitis), steroidinduzierte Rosazea, Vermehrung der Körperbehaarung (Hypertrichosis), Hautentzündung in der Umgebung der Mundöffnung (periorale Dermatitis), allergische Kontaktdermatitis, örtlicher Pigmentschwund, Grüner Star (Glaukom), Hemmung der Nebennierenrindenfunktion (adrenocorticale Suppression) und Begünstigung weiterer Infektionen.

Die Anwendung von Fusidinsäure kann bei offenen Hautverletzungen Irritationen verursachen.

Methyl(4-hydroxybenzoat) und Propyl(4-hydroxybenzoat) können Überempfindlichkeitsreaktionen, auch Spätreaktionen, hervorrufen.

Informieren Sie bitte Ihren Arzt oder Apotheker, wenn eine der aufgeführten Nebenwirkungen Sie erheblich beeinträchtigt oder Sie Nebenwirkungen bemerken, die nicht in dieser Gebrauchsinformation angegeben sind.

5. Wie ist Fucicort® Lipid aufzubewahren?
Arzneimittel für Kinder unzugänglich aufbewahren.

Sie dürfen das Arzneimittel nach dem auf dem Karton bzw. Behältnis nach "Verwendbar bis" angegebenen Verfalldatum nicht mehr verwenden. Das Verfalldatum bezieht sich auf den letzten Tag des Monats.

Nicht über 30°C lagern.

6. Weitere Informationen
Was Fucicort® Lipid enthält:
Die Wirkstoffe sind: Fusidinsäure und Betamethasonvalerat.

1 g Fucicort® Lipid enthält: 20,4 mg Fusidinsäure 0.5 H_2O (entsprechend 20 mg Fusidinsäure) und 1,214 mg Betamethasonvalerat (Ph.Eur.) (entsprechend 1 mg Betamethason).

Die sonstigen Bestandteile sind: Macrogolstearylether-21, Cetylstearylalkohol (Ph.Eur.), weißes Vaselin, dickflüssiges Paraffin, Hypromellose, Citronensäure-Monohydrat, Methyl(4-hydroxybenzoat), Propyl(4-hydroxybenzoat), Kaliumsorbat (Ph.Eur.), α-Tocopherol (Ph.Eur.), gereinigtes Wasser.

Wie Fucicort® Lipid aussieht und Inhalt der Packung:
Tuben mit 5 g, 15 g und 30 g Creme.

denentzündung, Muskelschwäche mit Lähmungserscheinungen, Eosinophilie, Thrombozytose, hämolytische Anämie, Transanimase, cholestatische Gelbsucht, Hämaturie, Lungenembolie, Lungenödeme, Bluthusten und vorübergehendes Nierenversagen.
Diese Angaben sind dem segensreichen Wirken der Gesundheitspolitiker zu verdanken; freiwillig hätte die Pharmaindustrie sich kaum bereit gefunden, solche Details zu veröffentlichen.
Nota bene: In der Politik gibt es keine Beipackzettel. Ihre Nebenwirkungen stellen sich gewöhnlich erst dann heraus, wenn die Amtsträger sich verabschiedet haben.

Well und fit bin ich selber. Dazu brauche ich keine Anglizismen und schon gar kein Studio.

Wer möchte schon gern neunzig werden? Jeder, der neunundachtzig ist. WINSTON CHURCHILL

ELDRIDGE CLEAVER, Ideologe der Black Panther, später Hosen-Designer und wiedergeborener Christ, sagte: »You are either part of the problem, or part of the solution.« Ja, wenn das so einfach wäre! Leider gilt vielmehr: »You are always part of the problem.« Dafür hat Cleaver selbst den schlagenden Beweis geliefert.

IRGENDWANN, *als sie sich noch nicht so nannten, müssen Designer einem ehrenwerten Beruf nachgegangen sein, siehe Bauhaus oder, mit Einschränkungen, Ulm, Hochschule (nicht für Design, sondern) für Gestaltung. Heute handelt es sich um überbezahlte Personen, die den Ehrgeiz haben, den Wasserhahn neu zu erfinden, mit dem Resultat, ihn so teuer, unbrauchbar und häßlich wie möglich zu machen. Sie wollen uns auf keinen Fall zur Hand gehen, sie wollen sich selbst verwirklichen. Dabei sollten sie es belassen und uns mit ihren prätentiösen Machwerken verschonen.*

ELEPHANT
KRONKORKENÖFFNER

Alltagsgegenstände sollen stets so wohl geformt sein, dass sie unserem ästhetischen Empfinden gerecht werden.

ELEPHANT tut der Seele gut und bringt ein Schmunzeln in den Alltag.

Material: Aluminium, poliert
Maße: 6 x 1,5 x 4,5 cm, Gewicht 80 g
Preis: € 24,95

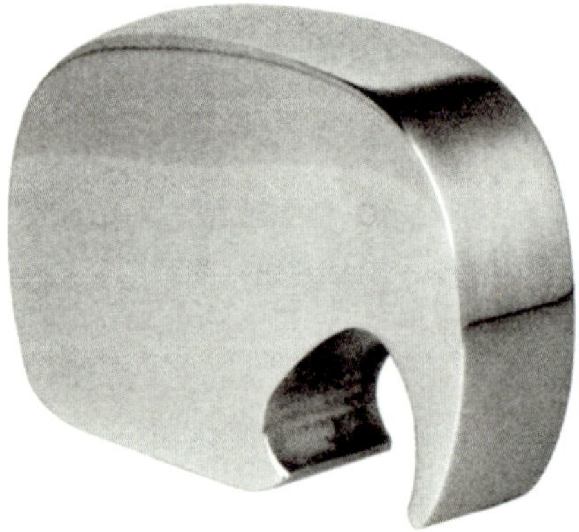

DAS BROT UND DIE SCHRIFT. Eine Tirade aus dem Jahr 1981. Ein Verlust ist zur Kenntnis zu nehmen, und, wenn möglich, zu verschmerzen: der Verlust einer Kunst. Ich gebrauche das Wort in einer Bedeutung, die ihrerseits verlorengegangen ist; so, wie die Aufklärung es in den Mund genommen hat. Diderots und d'Alemberts große *Encyclopédie* handelte in diesem Sinn von den *arts et métiers*, und noch der Brockhaus von 1848 spricht von der »Buchdruckerkunst«, von der er sagt, sie nehme »unter den Erfindungen des menschlichen Geistes, durch den Einfluß, welchen sie auf die Cultur und die Fortschritte der Menschheit ausgeübt hat, eine der höchsten Stellen ein«. Daß die Schwarze Kunst der Schriftgießer, Setzer und Drucker diesen Rang, den sie in Europa seit dem Spätmittelalter einnahm, heute zu verlieren droht, wenn sie ihn nicht schon eingebüßt hat, ist eine höhnische Konsequenz ebenjener Fortschritte, die sie von Anfang an zu befördern suchte.

Gesellschaftliche und kulturelle Verluste von solcher Größenordnung werden nicht ohne Gegenwehr hingenommen. Der drohende Untergang einer ganzen Berufsgruppe von hochqualifizierten Arbeitern hat in Deutschland und anderswo zu erbitterten Arbeitskämpfen geführt. Die Typographen (im weitesten Verstand) haben von jeher zur Avantgarde der Arbeiterbewegung gehört; ohne ihre Kenntnisse, ihre Kultur und Solidarität wäre die rasche Ausbreitung neuer Ideen in der Arbeiterklasse des neunzehnten Jahrhunderts gar nicht denkbar gewesen. Daß eine so hochorganisierte, selbstbewußte Gruppe von Facharbeitern das Feld nicht kampflos räumen würde, konnte nur die borniertesten Technokraten überraschen, auch wenn es nur eine Frage der Zeit war, bis dieser Kampf endgültig verlorenging.

Mit dem sich abzeichnenden Ende der graphischen Künste, so wie wir sie kennen, steht aber mehr auf dem Spiel als die unmittelbaren Interessen eines Berufes. Ihr Verlust betrifft auch diejenigen unter uns, die gar nicht in der Lage sind, ihn wahrzunehmen. Um ihn kenntlich zu machen, möchte ich die Schwarze Kunst mit einer weißen vergleichen: mit der des Bäckers.

Dieser Vergleich hinkt; denn nach ihrem technologischen Stand, nach ihrer Arbeitsorganisation, nach ihrer Produktionsweise haben Druck und Bäckerei wenig Ähnlichkeit miteinander (wenn es auch interessant wäre, ihre gemeinsamen Wurzeln, zum Beispiel in der Mühlentechnik, zu untersuchen). Ich riskiere es dennoch, sie einen Moment lang nebeneinanderzustellen. Brot und Schrift sind nämlich elementare Bedürfnisse. Wie unsere gesellschaftliche Verfassung mit ihnen umgeht, darin zeigen sich exakte Übereinstimmungen.

Vor einiger Zeit war in der Bundesrepublik ein Film zu sehen, der den ohnmächtigen und tragikomischen Kampf eines Menschen gegen den technischen und ökonomischen Fortschritt zeigt. Der Film heißt *Das Brot des Bäckers*, und sein Held ist ein ganz gewöhnlicher Mann, der nicht begreifen kann, daß seine Kunst funktionslos geworden ist; ja, daß der Eigensinn, mit dem er an ihr festhält, ihn in jedem Sinn des Wortes brotlos zu machen droht. Dieser Einzelkämpfer will sich nicht abfinden mit dem Verlust des Brotes, will sagen, mit der Abschaffung jener Brotsorten, die nach Brot schmecken.

Überflüssig zu sagen, daß er diesen Kampf verliert; Sieger bleiben die Brotfabrik und der Supermarkt, die irgendeine klebrige Masse auf den Markt drücken; nur der Aufdruck auf der Folie erinnert noch, als sentimentale Erinnerung, an das ursprüngliche Produkt. Das Können des Bäckers, das auf sehr alten Erfahrungen beruht, spielt in der neuen, siegreichen Technik keine Rolle mehr; Geschmack, Geruch und Konsistenz werden nicht mehr von seiner Zunge, seiner Nase, seiner Hand bestimmt, sondern von einem Automaten, der nur über Meßeinrichtungen, nicht aber über Sinneswahrnehmungen verfügt. Je weiter also die Rationalisierung fortschreitet, desto vollständiger verliert das Produkt jede Ähnlichkeit mit sich selbst. Wohin das führt, mögen zwei Beispiele zeigen.

Das westdeutsche Agrobusiness hat in den letzten Jahren große Anstrengungen unternommen, um durch Zentrifugierung, Homogenisierung, Ultrahocherhitzung und andere Techniken die Milch ungenießbar zu machen; aber es ist nicht gesonnen, sich auf dieser Leistung auszuruhen. Die Lufthansa bietet auf ihren Flügen eine *Alpenschnee* genannte Substanz an, die dazu dienen soll, den Kaffee weiß zu färben, und die dem Geschmack von Gips verblüffend nahekommt. Das Produkt ist vollsynthetisch – reine, im Allgäu hergestellte und vakuumverpackte Chemie. Was den Zentralmolkereien als Fernziel vorschwebt, die Abschaffung der Milch – hier ist es glücklich gelungen. Noch einen Schritt weiter, und die vage Erinnerung an das Abgeschaffte wird getilgt. In den Vereinigten Staaten ist dieses Stadium hie und da bereits erreicht. Ein Produzent von Tomatenketchup kam in Texas auf die Idee, seiner Ware Extrakte von echten Tomaten beizumengen. Die Kunden waren befremdet. Sie lehnten die Sauce mit dem unbekannten, sonderbaren Geschmack ab. Die Herstellerfirma soll Konkurs angemeldet haben.

Ich möchte der graphischen Industrie nicht unrecht tun mit diesen Vergleichen. Viele ihrer Erzeugnisse sind nach wie vor leserlich; es gibt Drucksachen, die deutlich an Drucksachen erinnern; und manche Bücher sind immer noch mit großer Sorgfalt hergestellt. Auch möchte ich mich nicht zum Fachmann oder zum Kenner aufwerfen.

Aber ich verlasse mich auf meine Augen; davon wird mich niemand abbringen. Und ich sehe auf den ersten Blick, daß die einfachsten Regeln der Typographie auch in angesehenen Verlagen mißachtet werden. Löchriger, unausgeglichener, fleckiger Fließsatz; zu geringer Durchschuß; zu schmale Fuß-, Bund- und Seitenstege, zu große Zeilenlängen. Die Schriftgröße wird beliebig aufgeblasen oder reduziert, als hätte uns nicht die Arbeit von vierhundert Jahren vor Augen geführt, daß jeder Grad einzeln geschnitten werden muß, wenn die Lettern optisch ausgewogen bleiben sollen. Werbeleute lieben es, Schriften beliebig zu unterschneiden, so daß die Lettern wie Kaugummis aneinanderkleben, oder sie arbeiten mit sinnlosen Sperrungen. Unter dem Druck der Rationalisierung werden Ligaturen abgeschafft oder vernachlässigt. Umbrochen wird oft ohne Rücksicht auf überhängende Zeilen. Immer häufiger findet man auf halbleeren Seiten die am unteren Rand schwimmende Pagina. Abschnitte, Leerzeilen, Senkungen lassen in vielen Publikationen den Verdacht aufkommen, sie seien aus einer Blindenanstalt hervorgegangen.
Man versteht diese Erscheinungen schlecht, wenn man sie auf bloße Schlamperei zurückführt. Ihre gemeinsame Logik ist die Zerstörung der Sinnlichkeit. Die Mannigfaltigkeit und Subtilität der überlieferten Formen soll abgeschafft, jede Rücksicht auf die menschliche Wahrnehmung vernichtet werden. Das ist das heimliche Ideal dieser Rationalisierungsprozesse, und in manchen Produkten ist es bereits fast erreicht worden. Wir haben es hier mit graphischen Äußerungen von Maschinen zu tun, die keine eigent-

liche Lektüre mehr erlauben, sondern nur als Input für andere Maschinen konzipiert sind.
Nicht nur das Auge des Setzers und des Druckers spielt bei diesen Produkten keine Rolle mehr, auch das des Lesers wird ignoriert. Er, der aus Mangel an Kenntnissen meist nicht in der Lage ist, zu begreifen, wie ihm geschieht, wird über Augenflimmern, Ermüdung und Konzentrationsschwäche klagen und die Schuld bei sich selber suchen, wenn er keine Lust mehr hat zu lesen.
Ich ärgere mich über diese Zumutungen, aber ich möchte es nicht dabei bewenden lassen, die Verluste zu beklagen. Die Nostalgie, die sich allzu leicht auf den Kult der Bibliophilie und der Pressendrucke zurückzieht, liegt mir ebenso fern wie der Vernichtungseifer der Betriebswirte und der Ingenieure, die heute in manchen Softwareschmieden das Sagen haben.
Zunächst sollten wir bedenken, daß bisher noch jeder Innovationssprung in der Typographie auch zu Qualitätseinbußen geführt hat. Daß das Ausdrucksniveau von Gutenbergs Arbeit nie wieder erreicht worden ist, hat ja objektive Gründe. Auf der Entwicklungsstufe der Manufaktur läßt sich ähnliches von Didot und von Bodoni sagen. Noch tiefere Einbrüche rief die Druck- und Satztechnik des neunzehnten Jahrhunderts hervor; doch konnten diese Verluste durch die enorme Erweiterung der technischen Mittel und durch die bewußte Anstrengung der führenden Typographen bis zu einem gewissen Grad aufgefangen werden.
Auch heute geben sich die Besten dieser Zunft nicht geschlagen; und so scheint es, daß die Neuen Analphabeten

das Feld nicht allein beherrschen werden. Was sich abzeichnet, ist ein gespaltener Markt. Neben immer größeren, vollautomatisierten Monsterbetrieben etablieren sich nämlich kleinere, raffinierte Firmen mit hochgezüchtetem Qualitätsbewußtsein. Von ihnen geht ein gewisser Druck aus, der die Schriftgießereien, und das heißt heute, die Programmierer der Computerbranche, dazu zwingt, differenzierte Schriftschnitte und Grade und feiner gesteuerte Maschinen zu liefern.

Es bildet sich also eine labile Balance heraus, die immerhin verhindern kann, daß das Kalkül der Abschaffung aufgeht. Ich möchte noch ein wenig auf meiner Analogie herumreiten und auf das Beispiel der Brotfabriken hinweisen, deren Marktanteile nicht weiter zu wachsen scheinen. Es gibt in Deutschland bereits wieder Geschäfte, in denen es statt Watte und Matschepampe anständiges Brot zu kaufen gibt, und in Berlin liefern findige türkische Bäcker das beste Weißbrot, das man sich wünschen kann. Das ist allerdings ein schwacher Trost. Denn das Lebensnotwendige, und das heißt der sinnliche Gebrauchswert, rückt immer ferner und wird zum Privileg für Gutbetuchte. Wer es sich nicht leisten kann, wird sich zum Frühstück, eingehüllt in eine Wolke von *Alpenschnee*, die Zähne an Kautschuk-Brötchen und die Augen am maschinenlesbaren Müll verderben.

Nachschrift. Es wäre schön zu glauben, daß solche Unmutsäußerungen als *self-refuting prophecy* wirken könnten. Aber sie kräuseln höchstens die Oberfläche. Darunter sind viel mächtigere Treibkräfte am Werk. *Small is beau-*

tiful – dieses abgegriffene Klischee hat nicht ganz unrecht. Auch die minoritäre, im Vergleich zu den großen Konzernen winzige Konkurrenz kann ein beachtliches Störpotential entfalten. Wohl oder übel mußten sich die graphischen Großbetriebe damit abfinden, daß es ihnen nicht gelungen ist, alle typographischen Standards zu verschrotten. In den letzten dreißig Jahren hat sich die Satzqualität sogar wieder verbessert. Auch der Kassandra mit ihrem dünnen Stimmchen kann nichts Besseres passieren, als daß sie unrecht behält.

&

DER ALBTRAUM VOM FLIEGEN. ***Es ist schon geraume Zeit her, daß das Flugzeug ein zivilisiertes Transportmittel war. Wer heute einen Flughafen betritt, der durchwandert zunächst eine weitläufige Shopping Mall, in der die üblichen nutzlosen Gegenstände feilgeboten werden. Hat man dieses Konsumlabyrinth hinter sich gelassen, so stößt man auf eine Art Pferch, wie er auf Viehmärkten oder Schlachthöfen dazu dient, die Tiere zu disziplinieren. Wenn man diesen langwierigen Parcours hinter sich gebracht hat, wird man aufgefordert, sich seiner Mäntel und Jacken zu entledigen. Schuhe und Gürtel, die als besonders verdächtig gelten, werden inspiziert oder durchleuchtet. Das Handgepäck wird penibel kontrolliert. Persönliche Daten werden wahllos abgefragt, an ferne Zentralen gemeldet und gespeichert. Flüssigkeiten aller Art sind verboten. Gefährliche Gegenstände wie Korkenzieher, Konservendosen, Feuerzeuge oder Nagelscheren werden beschlagnahmt. Es folgt die Leibesvisitation oder die Durchleuchtung bis auf die nackte Haut. Die Terroristen dürfen triumphieren, weil sich die Behörden ihre Spielregeln zu eigen machen.***

Dröhnende Lautsprecherdurchsagen und unaufhörlich lallende Fernseher sorgen dafür, daß in den kargen Warteräumen keinen Moment lang Ruhe herrscht. Lange Verspätungen ohne einleuchtende Begründung sind die Regel. Sofern der Flug nicht gänzlich annulliert wird, setzt sich an Bord der Maschine die Belästigung durch Muzak und Gebrabbel fort. Man wird aufgefordert, sich selbst zu fesseln und keinerlei persönliche Gegenstände auf den Schoß zu nehmen. Die Reisezeit dehnt sich durch längeres Verweilen in der Warteschleife. Nach der Landung führt der Weg zum Ausgang im Zickzack durch die vom Abflug her bekannte ausgedehnte Konsumhölle.

Wer sich all diesen Unannehmlichkeiten lieber nicht aussetzen möchte, ist gut beraten, wenn er ein fortschrittlicheres, und das heißt ein zivilisierteres Transportmittel wählt, zum Beispiel den Zug, die Straßenbahn, das Fahrrad oder das Pferd. Am besten ist es natürlich, man geht zu Fuß.

UNBESCHWERT. ***In manchen alpinen Familienpensionen findet man noch, hinter dem Tresen versteckt und erst auf Verlangen vorgelegt, ein Beschwerdebuch. Nach § 5, Absatz 1 des GPSG ist eine solche Kladde europaweit zu führen, aber niemand scheint sich an dieses Gesetz zu halten. Statt dessen gibt es in Konzernen wie der Telekom riesige Marketingabteilungen und Call-Center mit Warteschleifen, hinter denen sich die Firma verschanzt. Die einfachste Art, zu erfahren, was seine Kunden abschreckt, ist jedem leitenden Manager verhaßt. Nur ein Träumer kann von einem Computerladen, einem Finanzamt oder einer Polizeiwache erhoffen, daß ein so zuverlässiges und billiges Meinungsforschungs-Instrument wie das gute alte Beschwerdebuch auf dem Tisch läge. Wer danach fragen wollte, wäre sogleich als Querulant entlarvt.***

ZUR SCHNECKE

Schneck, Schneck, Schniere,
zeig mir deine Viere!
Wenn du mir deine Vier nicht zeigst,
schmeiß ich dich tausend Häuser weit.

Die Beschäftigung mit politischen Problemen ist bei uns nie populär gewesen. Auch heute noch glaubt sich mancher den Schicksalsfragen unserer Zeit entziehen zu können. Große Teile unserer Bevölkerung stehen den Entscheidungen, die von uns gefordert werden, verständnislos, ja ablehnend gegenüber. Um so willkommener muß uns jede Initiative sein, die unseren Mitbürgern ihre politische Verantwortung ins Gedächtnis ruft.
Allerdings ist auch in der Öffentlichkeitsarbeit blinder Eifer schädlich. In dieser Hinsicht hat es der Deutsche Schneckenrat leider an Fingerspitzengefühl fehlen lassen. Die Öffentlichkeit ist bestürzt über die Erklärung, die dieses Gremium kürzlich der Presse übergeben hat. Die Behauptungen, die darin enthalten sind, kann man nicht auf die leichte Schulter nehmen. Die Folgen einer Unterwanderung unserer heimischen Schnecken wären tatsächlich unabsehbar. In einem solchen Fall müßte man an die Einführung einer allgemeinen Registrierpflicht und einer freiwilligen Selbstkontrolle denken.
Das sind schwerwiegende Schritte. Sie sollten auf keinen Fall übereilt beschlossen werden; denn sie müßten das Vertrauensverhältnis zwischen Mensch und Schnecke nachhaltig trüben. Zudem erscheint es zweifelhaft, ob die vorgeschlagenen Maßnahmen überhaupt mit dem Grundgesetz zu vereinbaren wären.

Im übrigen ist die Kompetenz des Deutschen Schneckenrates in dieser Sache nicht über jeden Zweifel erhaben. Das geht aus einer Gegenerklärung des Dachverbandes Deutscher Schneckenverbände hervor. Darin wird klargestellt, daß der Deutsche Schneckenrat eine rein private Gründung ist, hinter der offensichtlich parteipolitische und konfessionelle Interessen stehen.
Andererseits läßt sich nicht leugnen, daß in unseren Kohlgärten und Hecken Agenten- und Tarnorganisationen ihre Fühler ausstrecken. Macht man sich die Mühe, ihre trüben Spuren zu verfolgen, so kann über ihre Herkunft kein Zweifel sein.
Wahr ist aber auch, daß der deutschen Schnecke von jeher der Ruf des Soliden vorauseilt. Revolutionäre oder gar terroristische Neigungen sind ihr im allgemeinen fremd. Dieses soziale Klima des Vertrauens bringt der Deutsche Schneckenrat durch seine Verdächtigungen in Gefahr. Dabei müßte gerade er wissen, wieviel Geduld und Behutsamkeit nötig ist, bis unsere Schneckenfreunde aus sich herausgehen. Kein Zweifel, sie gehören zu den Stillen im Lande; vor der lauten Aktion, dem stürmischen Engagement schrecken sie zurück.
Ein gewisser Mangel an Einsatzfreudigkeit, sportlicher Ertüchtigung und Wehrwillen, wie er in der Tat bei manchen Schnecken zu beobachten ist, bleibt allerdings zu bedauern. Gänzlich unberechtigt ist jedoch der Vorwurf der Trägheit, der zuweilen erhoben wird. Die deutsche Schnecke ist ausgesprochen häuslich veranlagt; ihr Fleiß und ihre Tüchtigkeit sind unbestritten. Die Ergebnisse der Bausparkassen beweisen das immer wieder von neuem.
Wer sich ein Urteil über die Situation unserer Schnecken machen will, wird schließlich an den soziologischen Tatsachen nicht vorbeigehen können. Die Weinbergschnecke, von jeher ausschlaggebend für die Meinungsbildung, ist im allgemeinen konservativ eingestellt. Die Wegschnecke dagegen neigt eher freisinnigem Gedankengut zu, was wohl ihrer geistigen Beweglichkeit, ihrer weltoffenen Tradition und ihrem weiteren Horizont zuzuschreiben ist. Ganz besonders der Heimaterde verbunden ist die deutsche Salatschnecke. In bäuerlichen Überlieferungen groß geworden, fleißig und ehrlich,

Das Wort Zeitgeist is

neigt sie eher zum Biedersinn als zur Extravaganz. An der harten Schale ihrer Überzeugungen prallt jeder Versuch der Unruhestifter ab.
Leider läßt sich das von den Zirkel-, Kegel- und Perspektivschnecken nicht ohne weiteres behaupten. Man hat es hier mit einem ausgesprochen intellektuellen Milieu zu tun. Bei allem Verständnis für die kulturellen Neigungen dieser vergleichsweise dünnen Schicht wird man zugeben müssen, daß ihre ideologische Geschmeidigkeit sie zu einer potentiellen Gefahrenquelle macht. Glücklicherweise ist der Einfluß dieser labilen Charaktere verschwindend gering; von der Masse der Bevölkerung werden sie nicht ernst genommen.
Zusammenfassend ist zu sagen: Die deutsche Schnecke hat sich als durchaus integres Glied unseres Volkskörpers erwiesen. Der Deutsche Schneckenrat verkennt die tatsächlichen Gegebenheiten, wenn er immer noch meint, die deutsche Schnecke sei moskauhörig. Selbst wenn sie eines hätte, was bekanntlich nicht der Fall ist, würde sie ihr Ohr nie unseren Widersachern leihen. Um so unverständlicher mutet es an, wenn ausgerechnet der Deutsche Schneckenrat zur Treibjagd auf unsere verdiente Mitbürgerin aufruft. In seinen Empfehlungen heißt es wörtlich:

»Schneckenhorn, reck das Horn,
reck sie alle vier um einen Eimer Bier.
Willst du sie nicht recken,
schmeiß ich dich wider einen Stecken,
daß du daran bleibst klecken.«

Das geht zu weit. Provokation, Bestechung, Spekulation auf den Alkoholismus und rohe Gewalt sind nicht die Mittel der Wahl, um sie auf den rechten Weg zurückzubringen. Gefährlichen Außenseitern möge unser Verfassungsschutz nachjagen, wie es seines Amtes ist.
Den unverantwortlichen Angriffen des Deutschen Schneckenrates gegen eine Minderheit, zu deren Schutz er selbst satzungsgemäß verpflichtet ist, muß entgegengetreten werden. Wir kämpfen für die unabdingbaren Rechte, die jede deutsche Schnecke, sofern sie sich zu unserer freiheitlichen Grundordnung bekennt, beanspruchen darf. Solidarität, nicht Selbstzerfleischung ist das Gebot der Stunde. Den Schnecken eine Gasse! (1963)

Berufsberatung. Krumpfer sein, wer möchte es nicht gerne; Schäumer werden oder auch Backler, Tupfer, Zäckler, Wobbler, Schrämer; einen Arbeitsplatz als Weifer oder Motzer finden; sich umschulen lassen zum Schaurer, Reizler, Pitzler, Schleimer; als zünftiger Bugger, als gelernter Raschler, als tüchtiger Batscher sein Brot verdienen; die Fitzerei erlernen, das Hucker-Handwerk, das Gautsch-Gewerbe; die Kunst des Klupperns, des Tollerns, des Pufferns … Vielleicht haben wir alle den falschen Beruf erwählt. Aalsticker müßte man sein, oder Fünfersetzer! Und wenn es dazu nicht gereicht hätte, wäre uns immer noch die Halsmacher- oder die Köderinnen-Laufbahn offengestanden.

Jetzt, wo es zu spät ist, fällt uns das *Schlüsselverzeichnis für die Angaben zur Tätigkeit in den Versicherungsnachweisen* in die Hände. »Dieses Werk wird von der Bundesanstalt für Arbeit herausgegeben und kann nach Bedarf bei allen Arbeitsämtern kostenlos angefordert werden. (Nachdruck – auch auszugsweise – ist für Veröffentlichungen nur mit Quellenangabe gestattet« – eine Pflicht, der wir hiermit gern Genüge tun.) Auf den 292 Seiten dieser unentbehrlichen Schrift werden, rund gerechnet, vierzehntausend menschliche Tätigkeiten aufgeführt, darunter viele, von deren Existenz wir uns bisher nicht hatten träumen lassen. Jede dieser Berufsbezeichnungen ist mit einer Schlüsselzahl versehen, damit in das Durcheinander des Erwerbslebens ein wenig Ordnung einkehre. Hinweise auf Berufsaussichten werden nicht gegeben; das Geheimnis, das viele der erwähnten Tätigkeiten umgibt, wird nicht enthüllt; und von Arbeitslosigkeit ist in dem Werk keine Rede. Überhaupt versagt sich das *Schlüsselverzeichnis* jeden Hinweis, der die Qual der Berufswahl lindern könnte.

Zu einer gründlichen Rezension des Buches sehen wir uns nicht in der Lage. Stichproben haben jedoch gezeigt, daß die angestrebte Vollständigkeit nicht ganz erreicht werden konnte. Es fehlen unter andern der Kreativdirektor, der Beteiligungs-Controller und der Gleichstellungsbeauftragte, was insofern nicht schade ist, als wohl niemand diese Bezeichnungen, ohne zu erröten, über die Lippen bringt. Zwar wird des Go-go-Girls gedacht (Schlüsselzahl 832), doch findet sich keine Spur von Tätigkeiten wie Papst und Bundeskanzler, Gangster und Zuhälter. Zwischen »Herausfahrer« und »Herbergsmutter« vermissen wir den Herausgeber und erst recht die Herausgeberin (die Verfasser halten wenig von der Gleichberechtigung der Frau); dafür ist der Humorist vorhanden. Ihm wird dieselbe Schlüsselzahl zugebilligt wie dem Go-go-Girl. Auch der Beatsänger wird mit diesen beiden in einen Topf geworfen; man findet ihn zwischen »Bearbeiter (andere)« und »Beauftragter, Lehr-«. Unter den weiblichen Berufen ragen das Biermädchen und die Morgenfrau hervor. Dagegen ist das Kieken und das Kugeln den Männern vorbehalten.

Müßige Träume! Ja, wäre beizeiten ein Berufssystematiker zur Hand gewesen (Schlüsselzahl 881), wir hätten es ganz gewiß weit gebracht im Leben, zum Krollhaarspinner beispielsweise (332), zum Berauber (081) oder, wer weiß, vielleicht sogar zum Mulzer (422), was immer das sein mag, und müßten nicht unser Dasein fristen als »Exzentriker (838)« oder »Dichter, Schnell-, Stegreif- (838); Dichter, Text- (821); Dichter, Ton- (831); Dichter (andere = Schriftsteller) (821); Dichter (sonstige), siehe Abdichter.«
TransAtlantik 12/1980.

A

Aalbrutzüchter 021
Aalkorbmacher 184
Aalräucherer 403
Aalschnurfischer 022
Aalsticker 022
Abbauhauer 071
Abbeizanlagen* 234
Abbeizer (Dekapierer) 234
Abboller 744
Abbrecher (Druckerhelfer) 177
Abbrecher (Flachglas) 133
Abbrenner 241
Abbrucharbeiter 470
Abbügler 931
Abbürster (Keramik) 121
Abbürster (Kleidung, Geräte u. ä.) 933
Abbürster (Reiniger) 933
Abbunker 082
Abdämmer (im Bergbau) 071
Abdämmer (Isolierer, Abdichter) 482
Abdämmer (anderer) 482
Abdämpfer (Fleisch) 402
Abdecker 805
Abdeckergehilfe 805
Abdichter (im Chemiebetrieb) 141
Abdichter (Gas-, Wasserleitung) 262
Abdichter (Rohrnetz) 263
Abdichter (Reifen, Schlauch) 144
Abdichter (anderer = Isolierer) 482
Abdreher (Keramik) 121
Abdreher (Metall) 221
Abdruckmaler (Glas-, Keramikmaler) 514
Abfänger (Druckerei) 177
Abfänger (Papierfabrik) 161
Abfänger (anderer) 522
Abfahrer (von Kraftfahrzeugen
vom Band) 714
Abfahrer (anderer) 744
Abfallbeseitiger 935
Abfallgarnspinner 331
Abfallgummimahler 143
Abfallgummimahlwerk* 143
Abfallholzpendelsäger 181
Abfallholzsägen*, -säger 181
Abfallsortierer 521
Abfallspinner (Abfallgarn) 331
Abfallwäscher (Textilabfall) 331
Abfasser 522
Abfeger (Keramikherstellung) 121
Abfeger (im Walzwerk) 192
Abfehmer 131
Abfertiger, Fracht — 701
Abfertiger, Post — (bei der
Bundespost) 732
Abfertiger, Post — (anderer) 781

Abfertiger, Zug — 712
Abfertigungsangestellter (Fracht) 701
Abfertigungsarbeiter (Fracht) 744
Abfluglotse 726
Abfüllanlagen*, -apparate*
wie Abfüller
Abfüllmaschinen* 522
Abfüller (im Chemiebetrieb) 141
Abfüller (alle anderen, gleichgültig,
welche Produkte oder
welcher Betrieb) 522
Abgaser (im Chemiebetrieb) 141
Abgaser (in der Papier-,
Zellstoffherstellung) 161
Abgeber (von Getränken, Speisen) 913
Abgeordnetenassistent(in) 781
Abgießer (Formsteinherstellung) 112
Abgießer (Keramikproduktion) 121
Abgleicherin 321
Abgosser 161
Abgrater siehe Entgrater
Abhänger (von Holz-,
Kunststoffplatten) 181
Abhänger (anderer) 744
Abhäuter 402
Abhäutungsmaschinen* 402
Abhörer (Schallplatten) 521
Abhörer (Telefon) 734
Abholer (Gepäck-, Waren-
und alle anderen) 744
Abklärer (Polierer) 231
Abklopfer 937
Abkocher siehe Kocher
Abkühler siehe Kühlanlagen*
Abkürzsäger (Holz) 181
Ablader (Müll) 935
Ablader (alle anderen) 744
Ablänger (Beton-, Zement-
rohre u. ä.) 112
Ablänger (im Forst) 062
Ablänger (Holz außerhalb
des Forstes) 181
Ablänger (Nieten) 226
Ablänger (Metallrohre u. dgl.) 226
Ablänger (anderer) siehe Schneider
Ablagefrau (Kleideraufbewahrung) 792
Ablasser (Schuhrahmen) 373
Ablasser wie Ableerer, Entleerer
Ablaugen . . . siehe Laugen . . .
Ablauger . . . siehe Laugen . . .
Ableerer 744
Ableger (Schrift in der Setzerei) 171
Ableger (von Schriftstücken) 784
Ableger (alle anderen) 744
Ableser (Gas, Strom, Wasser) 706
Ableser, Instrumenten —
(im Chemiebetrieb) 141

* Bediener, auch Beschicker, Einrichter, Einsteller, Fahrer, Führer, Maschinenarbeiter, Maschinist, Steuerer, Steuermann, Vorrichter, Wärter (als Bediener; nicht nur Wartungswärter), Wart

PARASIT
1979

Rede des Arbeitslosen

Einen Unsichtbaren zu betrachten, fällt euch nicht ein, einem Überflüssigen zuzuhören, haltet ihr für überflüssig. Ich sehe es ein, ~~aber~~ Lieber verlangt ihr Programme, Spritzen, Anreize. Jetzt muß eisern gespart und zugleich das Geld zum Fenster hinausgeschmissen werden darüber sind sich alle Fachleute einig. Sie sind sich darüber einig, daß die Wirtschaft schrumpfen und wachsen muß, gleichzeitig. Nichts ist einleuchtender. Sparen udn Vergeuden, Einschränken und Ausdehnen, Aufstocken und Abbauen. Da weder das eine noch das andere zum Ziel führt, versuchen wir, sagt ihr, beides zugleich: das Wachstum schrumpft und die Schrumpfung wächst.

Geschaffen und erhalten wollt ihr vor allem ~~sonderbarer weise~~ "Arbeitsplätze". Ein sonderbarer Wunsch. Ich sehe das alles von außen, ich gehöre ja nicht dazu. Ich bin das Produkt, das was euer Projekt ausstößt.

Natürlich bin ich euer Feind, das ist klar. Ich weiß nur noch nicht, was ich tun soll. Was mich behindert, ist die Erinnerung an euch, eine Art Amputationsschmerz: wie ein Glied das ich nicht mehr habe, das was mir fehlt, ein Ziehen.

Meine Karriere ist unklar. Alles was ihr habt fehlt mir. Natürlich müßt ihr dafür aufkommen. Das nehmt ihr mir übel. Ab und zu verteidigt mich jemand von euch: ich triebe gar keinen Mißbrauch, hätte nur eine-s im Sinn, zu euch zurückzukehren, wieder aufgenommen werden in den Stamm der Produzenten, in den Kreislauf, das Paradies, die Hölle der Produktion.

Aber dazu ist es vielleicht schon zu spät. Meine latente Drohung: ich habe nichts zu verlieren, nicht einmal meine Ketten. Also wenn ihr über die Straße geht, könnte ich euch ein Rohr, eine Flasche über den Schädel hauen, ihr kennt doch die Bronx? ~~Brooklyn~~? Oder ich lasse mir das Geld überweisen, rolle im Park ein paar schmutzigen Decken auf und gröle. Oder schreibe euch Postkarten, auf denen das Meer blau ist. Oder ich ziehe mir eine Krawatte an und schreibe höfliche Bewerbungsschreiben, stehe vor dem Fotokopiererät. Oder ich deale. Oder ich bombardiere ein Hauptquartier. Karrieren gibt es genug.

Jedenfalls bin ich ein Parasit ~~Schmarotzer~~, daran wird man sich gewöhnen müssen. Die ~~Befreiung von schmutziger, lästiger, repetitiver Arbeit, so hörte mans doch vor dreißig Jahren, Automation! Herrlich, diese staubfreien Utopien~~

Der fortschrittliche Mensch ***ist ein Spielball des Fortschritts.***

Was die Natur nicht gibt, kann Salamanca euch nicht bieten.
(Lo que natura non da, Salamanca non presta.)
Inschrift am Tor der Universität.

Ich glaube weder an Lehrer noch an Universitäten, ich glaube an Bibliotheken. Die ideale Ausbildung besteht in meinen Augen darin, daß man sich zehn Jahre lang in eine Bibliothek setzt, ein Buch nach dem anderen liest und auf diese Weise allmählich zu Sinn und Verstand kommt.
Ray Bradbury

Während ich dieses schreibe, hält unten ein Quacksalber seine Rede von einem Comödiwagen herab. Neben ihm steht seine Frau, welche Anfangs das Publicum anzog durch Hanthieren mit lebendigen Schlangen. Der Kerl wendet mehr Beredsamkeit auf als 50 deutsche Professoren alle zusammen vorräthig hätten.
Jacob Burckhardt an Carl Lendorff-Berri, Rom, 15. August 1883.
Briefe VIII, 130 f.

Die Abschaffung der deutschen Sprache wird nicht nur von Unternehmen und Werbeagenturen betrieben, sondern auch von Politikern unterstützt. Günter Oettinger, damals Ministerpräsident des Landes Baden-Württemberg, hielt gute Englischkenntnisse bei jedem Menschen für unerläßlich: »Ich glaube, daß jeder, egal ob er Facharbeiter an der Werkmaschine ist, ob er Geschäftsführer ist, ob er Zahlen oder Anleitungen lesen muß, daß jeder Englisch verstehen und Englisch sprechen können muß. Das wird die entscheidende kommunikative Aufgabe der nächsten Jahre sein. Deutsch bleibt die Sprache der Familie, der Freizeit, die Sprache, in der man Privates liest, aber Englisch wird die Arbeitssprache.«

Newspeak. »Das ist die Vision, das ist die Idee, die hinter den Spitzenuniversitäten steckt. Deshalb starte ich den Wettbewerb: ›Brain up! Deutschland sucht seine Spitzenuniversitäten!‹ Ich möchte mit diesen Spitzenuniversitäten die klügsten Köpfe gewinnen!«
Edelgard Bulmahn, Wissenschaftsministerin, 26. Januar 2004.

***E**ine Glosse zur Sprache der Gesetze.* Naiv wäre es, von dem lauthals verkündeten Transparenzgebot, wie es in der neueren Rechtsprechung verkündet wird, mehr Klarheit zu erwarten. Die juristische Sprache ist ihrem Wesen nach Herrschaftssprache. Daran wird sich auch in Zukunft nichts ändern. Ministerialbürokratien, Parlamentsausschüsse, Richter, Staatsanwaltschaften und Advokatur teilen ein Interesse daran, daß die Sphäre des Rechts ein Arkanum bleibt. Unverständlichkeit gehört zum Nimbus des Gesetzes. Auf den Schrecken, den der bloße Anblick eines Briefs dem Laien einflößt, der ihm per »Niederlegung« zugestellt wird, möchte kein Gesetzgeber verzichten. Und wo kämen die Hunderttausende von Rechts- und Steueranwälten hin, wenn jedermann verstünde, worum es geht? Die Vernichtung von Arbeitsplätzen, die das zur Folge hätte, kann sich kein ordentliches Gemeinwesen leisten. In dieser wie in anderer Hinsicht können die Vereinigten Staaten von Amerika als Vorbild dienen, wie sich nicht nur am Beitrag der Advokatur zum Brutto-Nationalprodukt und an den milliardenschweren Streitwerten, sondern auch daran zeigt, daß Präsidentschaftswahlen nicht an der Urne, sondern vor den Gerichten entschieden werden.

Die Unverständlichkeit des Rechts ist somit kein Fehler, der sich beheben ließe; sie ist beabsichtigt. Wie das Beispiel des Steuerrechts exemplarisch zeigt, darf Komplexität in dieser Sphäre auf keinen Fall reduziert, sie soll im Gegenteil derart gesteigert werden, daß selbst die Experten zu keiner eindeutigen Interpretation mehr fähig sind. (Vorschläge, das Steuersystem zu vereinfachen, haben, je vernünftiger sie sind, desto weniger Aussicht auf Verwirklichung.) Der Zweck der fortwährenden Rentenreformen und ihrer Iteration ist nicht zuletzt darin zu sehen, daß niemand mehr in der Lage ist, seinen Rentenbescheid zu deuten und zu kapieren, wie er zustande kommt. Das eröffnet der Sozialpolitik dringend nötige Handlungsspielräume.

Aus alledem erhellt, daß es sich keineswegs um ein sprachliches Problem handelt. Zwar kann man getrost behaupten, daß die Verfasser von Gesetzen, Rechtsvorschriften und Schriftsätzen ihrer Muttersprache nicht mächtig sind. (Ein Vergleich mit älteren Codices wie dem Preußischen Landrecht zeigt, daß dies nicht immer so war.) Übersetzungen ins Deutsche scheitern jedoch nicht daran, daß es an Dolmetschern fehlen würde, sondern am Fehlen eines Motivs für eine solche Anstrengung. Der Idealfall der Opazität ist in den Institutionen der Europäischen Union erreicht, weil dort eine gemeinsame natürliche Sprache nicht existiert. Die Künstliche Intelligenz, die sich auf fast allen andern Gebieten blamiert hat, feiert dort Triumphe. Eine Art Maschinencode sorgt dafür, daß buchstäblich niemand die Tausende von Direktiven, Rechtsvorschriften und Richtlinien begreifen kann, die in Brüssel erzeugt werden.

Für die Administratoren ist dieser Zustand, wie gesagt, durchaus befriedigend. Ob er die Geltung des Rechts befördert, ist eine andere Frage. Weite Zonen des Alltagslebens haben sich längst in der Illegalität eingerichtet. Schwarzarbeit gilt als selbstverständlich, Steuerhinterziehung ist zum Volkssport geworden, Schmuggel und Subventionsbetrug gehören zur Normalität der europäischen Einigung. Daß die Bevölkerung zur Notwehr greift, ist ebenso unvermeidlich wie die Ausbreitung unverständlicher Normen. Unter diesen Umständen werden Verheißungen wie die des Transparenzgebotes, weil sie nicht einlösbar sind, als Hohn empfunden; vermutlich werden sie die Glaubwürdigkeit des Rechtsstaates weiter unterminieren. (2001)

Numerologie. Die Franzosen haben ein Wort dafür: *le simplificateur terrible.* Wehe, wenn die Bürokratie etwas vereinfacht! Das Bundeszentralamt für Steuern, das, wie wir wissen, nur unser Bestes will, hat sich etwas Teuflisches ausgedacht. Es teilt jedem von uns nach § 139 b der Abgabenordnung eine Identifikationsnummer zu, vielleicht, weil viele Leute unter sogenannten Identitätsproblemen leiden. Auf diese Weise ersparen sie sich den Besuch beim Therapeuten. Ihre Zweifel haben ein Ende. Von nun an werden sie ganz genau wissen, wer sie sind.

Das gilt auch für den ziemlich unwahrscheinlichen Fall einer deutschen Bevölkerungsexplosion; denn die elfstellige Zahl läßt Raum für mehr als neunundneunzig Milliarden Steuerzahler. Aber mit der Aussicht auf diesen künftigen Segen gibt sich der Fiskus nicht zufrieden. »Bitte geben Sie vorerst Ihre Steuernummer zusätzlich zur mitgeteilten Identifikationsnummer an«, sagt das Bundeszentralamt. Das macht weitere elf Ziffern aus. Zusätzlich zu diesen zweiundzwanzig Stellen wird künftig »für wirtschaftlich Tätige noch eine Wirtschafts-Identifikationsnummer vergeben werden«, meldet die nimmermüde Behörde. Man wird also insgesamt dreiunddreißig Ziffern auswendig lernen müssen: **79 753 555 309 145 233 00 808 679 222 417 13** oder so ähnlich. Ein nützliches Gehirntraining für Gedächtnisakrobaten?

Vorbeugung gegen drohende Alzheimer-Erkrankungen? Bodenlose Unverschämtheit? Oder nur ganz gewöhnliche Behördenidiotie? Angesichts solcher Zumutungen liegt der Versuch nahe, den Schuldigen zu fassen. Sollten wir uns da an den federführenden Ministerialdirigenten M. halten, diesen netten Nichtraucher, der gerade dabei ist, im Vorgarten seines Spandauer Häuschens die Hecke zu stutzen? Leider sind die Ungeheuer, die der Schlaf der Vernunft gebiert, nicht so leicht dingfest zu machen. Wir sind wehrlos, denn sie haben keinen Namen, keine Adresse und kein Gesicht.

Ach Deutschland! Eine patriotische Kleinigkeit. Eine Suchmaschine, in deren Maske man das Stichwort *Deutschland* eingäbe, hätte viel zu tun; sie müßte vermutlich Millionen von Titeln auswerfen. Eine neuere Schrift über die Vorzüge Deutschlands wäre nicht dabei. (Die allfälligen Äußerungen von rechtsradikaler Seite beschreiben nicht die Vorzüge, sondern die Scheußlichkeiten des Landes.) Über die Gründe für diese Lücke auf einem stark besetzten Feld zu rätseln erübrigt sich: Es hat sich einfach keiner getraut. Nun ist es unwahrscheinlich, daß auf Erden eine Gesellschaft existiert, für die sich nicht die eine oder andere angenehme Besonderheit ausfindig machen ließe. Wenn das für Sibirien, Iran und Grönland gilt, warum dann nicht auch für Holstein, Mainfranken oder die Lausitz? Offenbar liegt hier eine hartnäckige Wahrnehmungsstörung vor, der abzuhelfen den Bewohnern dieser Landstriche schwerzufallen scheint.
Um so leichter gelingt vor allem jenen, die man in England *the chattering classes* nennt, die Aufzählung ihrer Nachteile. Was haben diese Leute sich und anderen nicht alles vorzuwerfen! Wenn es nur um die sogenannte Vergangenheit ginge, die bekanntlich auf zwölf Jahre geschrumpft ist, unser volles Verständnis wäre ihnen sicher. Schließlich ist dieser Zeitraum eine unerschöpfliche Fundgrube für nachgeborene Widerstandskämpfer. Aber nein! So, wie der geübte Hypochonder am kleinsten Pickel eine lebensgefährliche Krankheit diagnostiziert, suchen unsere Präzeptoren den Gesellschaftskörper fortwährend nach verdächtigen Symptomen ab, und dabei scheuen sie nicht den kleinen Schritt von der Ungeheuerlichkeit zur Banalität. Schwerste nationale Bedenken können bei keiner der normalen Schweinereien ausbleiben, welche die herrschende politische Ökonomie überall auf der Welt bereithält. Damit nicht genug, gilt auch der ästhetische Alltagshorror,

von der Fußgängerzone bis zur Freizeitkluft, als spezifisch deutsche Eigenleistung. Doch auch wer ihn zu meiden sucht, findet keine Gnade vor den strengen Augen der Kontrollkommission. Abscheulich sei es, hört man dann, nämlich typisch deutsch, wie »geleckt« die denkmalgeschützten Fassaden aussehen, unerträglich, wie die Altstädte mit ihren herausgeputzten Fachwerkhäusern zum »Disneyland« verkämen. Überhaupt sei das Ganze provinziell, der Potsdamer Platz in Berlin ebenso wie Bayrischzell mit seinen Jägerzäunen. Vor den Spießern, die ihr Leben vorwiegend an Stammtischen zubringen, verspreche nicht einmal die Flucht nach New York Rettung; denn auch dort wimmle es von Touristen aus dem eigenen Land. Litaneien dieser Art, die sich beliebig verlängern ließen, haben im Lauf der Jahrzehnte derart Schule gemacht, daß man schon von einer Überproduktionskrise der Selbstkritik sprechen muß. Das muß nicht unbedingt schaden, kann man es doch auch in dieser Disziplin zu einer Art Weltmeistertitel bringen. Freilich ist dieser Schwarze Narzißmus nicht ohne Risiko. Auf die Dauer wirkt er eintönig und selbstgefällig. Das einheimische Publikum langweilt sich, und jenseits der Landesgrenzen weicht die Verwunderung dem Mißtrauen.

Warum nur ein Vater- oder Mutterland? Eine dämpfende Wirkung auf den Eifer der Selbsthasser verspricht vielleicht eine kleine Reflexion auf die wenig erforschten Bedingungen, unter denen in der Gegenwart der Patriotismus floriert. Als bloßer Nachzügler muß heute gelten, wer nur einen einzigen Gegenstand dieser interessanten Regung kennt. In Wirklichkeit eröffnet sich hier ein reiches emotionales Feld, vom lokalen oder Kirchtumspatriotismus bis zu weiter ausgreifenden, ja geradezu exotischen Formen jenes wärmenden Gefühls, und zwar ohne Rücksicht auf die amtlich festgestellte Staatsangehörigkeit. (Natürlich gilt das nur für die Inhaber eines »guten« Passes; wer den falschen hat, sieht sich auf eine einzige Zugehörigkeit verwiesen, bekommt kein Visum und wird so zum Zwangspatrioten erniedrigt.)
Der Düsseldorfer oder Dubliner jedoch, der zum stolzen Besitzer eines Bauernhofs in der Provence geworden ist, investiert eine Quote seiner Heimatgefühle in Frankreich; der Manager, den seine Firma nach Hongkong verschickt, entwickelt bald eine verblüffende Vorliebe für den Victoria Peak; andere adoptieren öde Landstriche in Island oder Arizona, und zwar mit allen Anzeichen vehementer Zugehörigkeit.

Wehe dem, der sich solchen Sekundärpatrioten gegenüber allzu kritisch über die Fehler, Unsitten und Unzumutbarkeiten ihrer auserwählten Ortschaften äußert! Ebenso verteidigt der Passauer sein Territorium gegenüber dem Berliner und der Kölner seinen Fußballklub gegenüber dem arroganten Aufsteiger aus dem Ruhrgebiet. An Vorzügen scheint es also nirgends zu fehlen, nur daß diese sich sozusagen dissipativ verteilen. Sie müssen nur ausfindig gemacht, nach eigenen Rezepten kombiniert, gegeneinander abgewogen und sorgfältig ausbalanciert werden.

Was dabei den Ausschlag gibt, steht selten in den Geschichtsbüchern. Von Francos Regime haben die Mallorca-Deutschen gewöhnlich keinen Schimmer, und wer, einer Wienerin zuliebe, nach Österreich zieht, wird meist auf die rechtslastigen Populisten pfeifen, die dort den Ton angeben. Ja, man könnte vermuten, daß es die Kleinigkeiten sind, die beim Patriotismus der intimeren Sorte den Ausschlag geben. Der eine möchte ungern in einer Zone wohnen, wo keine Kastanien blühen, der andere legt Wert auf gutes Brot, und der dritte möchte vor allem immerzu baden, baden, baden gehn.

Auch die Abwägung der Unannehmlichkeiten spielt eine Rolle bei diesem Patriotismus-Mix. Man kann ja die 192 Länder der Erde auch als ebenso viele Tollhäuser betrachten, unter denen das Patientengut keineswegs gleichmäßig verteilt ist. Wer sich beispielsweise über die deutsche Bürokratie beklagt, sollte nicht versäumen, ihr französisches, russisches, italienisches, schwedisches, nigerianisches Pendant in Betracht zu ziehen. Manches Unbehagen reduziert sich auf diese Weise ganz erheblich, und der Multipatriot kann sich mit der Gewißheit trösten, daß ihm eine reiche Auswahl von Macken, Wahnvorstellungen und anderen Borderline-Symptomen zu Gebote steht, so daß er die seines Geburtsorts leicht durch andere ersetzen und im besten Fall kompensieren kann.

Gelten solche Überlegungen für alle Bewohner derjenigen Welt, die sich für die entwickelte hält, so können die Deutschen, wenn sie wie üblich darauf bestehen, meinetwegen gern eine Sonderrolle in Anspruch nehmen. Man sagt ihnen ja nach, daß sie geliebt werden möchten, noch dazu in ihrer Eigenschaft als Deutsche – ein Wunsch, der in merkwürdigem Gegensatz zu der Tatsache steht, daß sie sich selber nicht besonders mögen. Auch das ist selbstverständlich ein Klischee. Wer nach 1945 den Boden der vier Besatzungszonen verließ, wird sich daran erinnern, daß er, kaum hatte er die Grenze überschritten, als eine Art Paria galt. Fehl geht, wer solche Erfahrungen heute zu machen hofft. Die Abneigung gegen unsereinen beschränkt sich gegenwärtig, wenn es hoch kommt, auf einen stillen, höflichen Vorbehalt, wie er in weit höherem Maß anderen Gebietsfremden begegnet. Da hilft es auch nichts, sich an gelegentliche Äußerungen französischer Politiker oder gar an den Rassismus der englischen Boulevardpresse zu klammern. Wer sie beim Wort nimmt, verwechselt Politik- und Medienprofis mit realen Personen, was in jedem Fall zu Fehldeutungen führen muß.

Alles in allem ist es vielleicht gescheiter, einzusehen, daß die Deutschen nichts Besonderes sind. Selbstlob stinkt, aber ein gewisses Maß an Selbstbewußtsein ist nicht nur für einen selber, sondern auch für die andern leichter zu ertragen als das penetrante Nölen derer, die an ihrer deutschen Herkunft tragen, als handle es sich um einen verfehlten Hauptberuf. Neurotiker machen nervös. Ein bißchen mehr Patriotismus, nicht nur hie, sondern auch dort, ein Patriotismus im Plural könnte es den Deutschen leichter machen, mit sich, und den andern, mit ihnen auszukommen. Und deshalb kann man ruhig darüber reden – über die Vorzüge des eigenen Landes, als da sind, um nur diejenigen zu nennen, die mir gerade einfallen: die phantastische Auswahl an rohen und gekochten Schinken, die stets geöffneten Tankstellen, der brave Buchhändler an der Ecke, der wild blühende Frauenschuh und die jederzeit erreichbare Telephonfürsorge. Gern überlasse ich es Berufeneren, diese bescheidene Liste zu vervollständigen. (2000)

In Connecticut galt für jeden, der jünger als zwanzig Jahre war, ein strenges Tabakverbot, es sei denn, ein Arzt hätte dieses Kraut verordnet. Personen über zwanzig durften nur einmal am Tag und nur an Orten rauchen, die mehr als zehn Meilen entfernt von einer menschlichen Ansiedlung lagen.

MEMOIRS OF THE REIGN OF GEORGE III. FROM HIS ACCESSION, TO THE PEACE OF AMIENS. LONDON 1813.

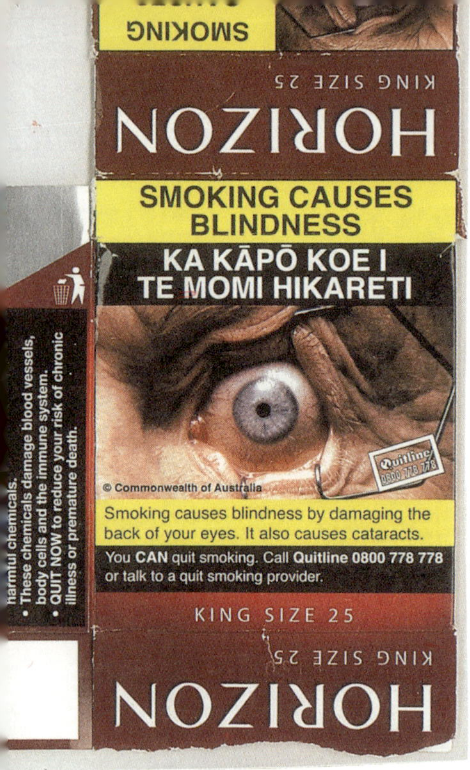

Eine Unterhaltung über den Tabak

– Sie rauchen auch in der Natur?
– Rauchen kann man überall, außer in Amerika.
– Aber warum?
– Was die Leute in dieser Manie der Teufelsaustreibung vergessen: daß das ein Brandopfer ist.
– Das ist nicht Ihr Ernst.
– Doch. Rauchen ist eine kultische Handlung. Denn damit bringt man den unsichtbaren Göttern ein Brandopfer dar. Ich finde, es ist ein bißchen gottlos, wenn man gar nicht raucht.
– Es kann aber sehr schädlich sein.
– Gewiß. Aber wenn man, wie in manchen Religionen üblich, seine Schafe, Ziegen oder Kamele schlachtet und verbrennt – ist das harmlos? Im Vergleich dazu ist eine Zigarette gar nichts. Und wenn man dann ein paar Monate kürzer lebt – in Gottes Namen!
– Immerhin haben Sie jetzt schon eine Woche lang nicht mehr geraucht.
– Kunststück! Weil ich erkältet war. Man muß fit sein, wenn man rauchen will. Das ist nur etwas für gesunde Menschen.

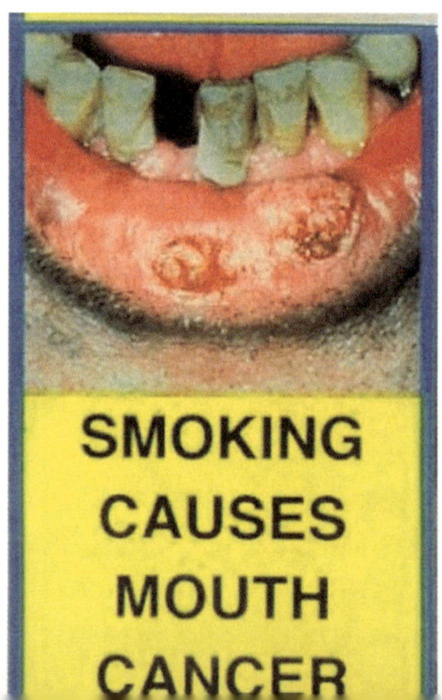

We all like to blame the systems, and so do the systems.

MARK MCGURL, THE PROGRAM ERA. CAMBRIDGE, MASS. 2009.

Zum Andenken an Lorenz Oken (I)

Ein kombinatorisches System der Pflanzenwelt
Anleitung zum besseren Verständnis

Das Pflanzenreich, so wie es sich dem Auge Okens darbot, besteht aus zwei Ländern *(provinciæ)*, nämlich den Stockern und den Blustern. Jedes dieser beiden Länder läßt sich in zwei Gaue *(pagus)* einteilen; das der Stocker in Marker und Stammer, das der Bluster in Blüher und Fruchter. Eine weitere Gliederung nimmt sich wie folgt aus: jeder Gau umfaßt drei Classen, jede Classe zwei Stufen, jede Stufe zwei Ordnungen, jede Ordnung drei Zünfte, jede Zunft vier Sippschaften und jede Sippschaft drei Arten. Als Ausnahme von dieser Regel müssen gelten: der letzte Gau der Pflanzenreiche, der vier (statt drei) Classen; die letzte Ordnung einer jeden Classe, die vier (statt drei) Zünfte; und die letzte Sippschaft einer jeden Zunft, die vier (statt drei) Arten aufweist. Wir haben somit für das gesamte Pflanzenreich mit vier Gauen, dreizehn Classen, sechsundzwanzig Stufen, zweiundfünfzig Ordnungen, einhundertneunundsechzig Zünften, sechshundertundsechsundsiebenzig Sippschaften und zweitausendeinhundertundsiebenundneunzig Arten zu rechnen.

Für den Urheber dieses Systems erhob sich die Frage, wie diese 2197 Stocker und Bluster, für jedermann leicht unterscheidbar, zu benennen wären. Jede wissenschaftliche Klasssifikation verlangt nach einer Nomenklatur, die das gewonnene System sprachlich abbildet. Die üblichen Pflanzennamen konnten für Okens Zwecke nicht in Betracht kommen: sie hätten die Klarheit des Gebäudes beeinträchtigt, das er zu errichten gedachte. Die übermenschlich anmutende Aufgabe, Tausende von neuen Pflanzennamen zu ersinnen, hat Lorenz Oken mit Hilfe der Kombinatorik gelöst. Dabei kamen ihm die mathematischen Eigenschaften seines Systems zugute. Okens Pflanzenreich ist nach strengen Regeln aufgebaut. Darauf beruht seine kristalline Schönheit. Der verborgene Schlüssel zu dem Gebäude ist die magische Zahl Dreizehn.

Aus 13 Classen ergeben sich 13 x 13 Zünfte und 13 x 13 x 13 Arten.

Okens
Lehrbuch
der
Naturgeschichte.

Zweyter Theil.
Botanik

Zweyter Abtheilung erste Hälfte.
Mark- und Stamm-Pflanzen.

(Preis: 4 Thaler Conv. M.)

Jena,
bey August Schmid
1825

Es leuchtet ein, daß sich diese Classen, Zünfte und Arten am einfachsten durch einen Code unterscheiden ließen, der aus dreizehn Zeichen besteht. Einen solchen Code hat Oken erdacht. Er fand nämlich dreizehn pflanzliche Organe auf, aus deren Permutation ihm die Vielfalt der Vegetation hervorzugehen schien. Aus ihren Namen bildete er die Bezeichnungen für seine dreizehn Classen. Zweigliedrige Komposita aus den gleichen Namen gaben 169 Bezeichnungen für die ebenso vielen Zünfte ab; und es wäre ein leichtes gewesen, auf demselben Wege voranschreitend, dreigliedrige Namen für jede der 2197 Arten zu finden. Mit einer so simplen und schwerfälligen Lösung konnte sich ein Mann von Okens Einbildungskraft und sprachlicher Potenz nicht zufriedengeben. Wörter wie *Zellendroßler* oder *Laubgröpser* sagten ihm zu; dreigliedrige Ausdrücke wie *Drosselzellengröpser* oder *Gröpslaubzeller* hätten sein Sprachgefühl beleidigt. Mit einer denkwürdigen Anstrengung seiner Phantasie hat

Rahmen.

Pflanzenreich

Erstes Land — Provincia prima.
Stock-Pflanzen, Stocker — Stirpariae.

I. Gau — Pagus primus.
Mark-Pflanzen, Marker — Parenchymariae. Acotyledonen.

II. Gau — Pagus secundus.
Stamm-Pflanzen, Stammer — Caudicariae. Monocotyledonen.

Zweytes Land — Provincia secunda.
Blust-Pflanzen, Bluster — Anthemariae. Dicotyledonen.

III. Gau — Pagus tertius.
Blüthen-Pflanzen, Blüther — Florariae. Monopetalen.

IV. Gau — Pagus quartus.
Frucht-Pflanzen, Fruchter — Frugariae. Polypetalen.

Organe.	Classen.
Stock — Stirps.	Stocker — Stirpariae.
Mark — Parenchyma.	Marker — Parenchymariae.
Zelle — Cellula.	Zeller — Cellulariae I.
Ader — Vena.	Aderer — Venariae II.
Drossel — Trachea.	Drossler — Trachearíae III.
Stamm — Caudex.	Stammer - Caudicariae.
Wurzel — Radix.	Wurzler — Radicariae IV.
Stengel — Caulis.	Stengler — Cauliariae V.
Laub — Folium.	Lauber — Foliariae VI.
Blust — Anthemon.	Bluster — Anthemariae.
Bluthe — Flos.	Blüther — Florariae.
Samen — Semen.	Samer — Seminariae VII.
Gröps — Capsula.	Gröpser — Capsulariae VIII.
Blume — Corolla.	Blumer — Corollariae IX.
Frucht — Fructus.	Fruchter — Fructuariae.
Nuß — Nux.	Nusser — Nucariae X.
Pflaume — Drupa.	Pflaumer — Drupariae XI.
Beere — Bacca.	Beerer — Baccariae XII.
Apfel — Pomum.	Apfler — Pomariae XIII.

Die lateinischen Benennungen der Sippen werden folgendermaaßen gebildet: Zellen-Zeller — Celluli-Cellularia; Ader-Zeller — Veni-Cellularia; Tracheo-C.; Radici-C.; Cauli-C.; Foli-C.; Semini-C.; Capsuli-C.; Corolli-C.; Nuci-C.; Drupi-C.; Bacci-C.; Pomi-C. — Stirpi-C.; Parenchymo-C.; Caudici-C.; Anthemo-C.; Flori-C.; Frugi-Cellulariae.

Oken sich aus diesen Schwierigkeiten befreit. Er prägte nämlich für jede seiner 169 Zünfte einen besonderen, völlig neuen Namen, ein *nomen simplex,* das er dem systematisch abgeleiteten Kompositum zur Seite stellte. So hießen die Ader-Ader fortan Schlinken und hatten an diesem Wort ihren eigenen und eigentümlichen Namen; die Buffe dagegen sind unter den Zellern zu suchen, als deren 8. Zunft: es handelt sich, genau gesagt, um die Zunft der Gröps-Zeller.

Okens sprachschöpferischer Akt erlaubte es ihm, bei der Nomenklatur der Arten auf dreigliedrige Ausdrücke zu verzichten und die erforderlichen 2197 neuen Wörter durch Permutation der dreizehn Classen- und der einhundertneunundsechzig Zunftnamen zu bilden; die Zunft der Gröps-Zeller beispielsweise, die nun unter dem vereinfachten Namen der Buffe erscheint, gliedert sich zwanglos in den Zellen-, den Ader-, den Drossel-, den Wurzel-, den Stengel-, den Laub-, den Samen-, den Gröps-, den Blumen-, den Nuß-, den Pflaumen-, den Beeren- und den Apfel-Buff.

Okens Naturgeschichte ist ein wissenschaftliches Wahnsystem, aber seine Nomenklatur ist ein *chef d'œuvre* der abstrakten Poesie und mancher Avantgarde voraus: *ars combinatorica* aus dem Jahre 1825.

Versuche, die Welt oder auch nur einen Teil ihrer Phänomene einzuteilen, scheitern regelmäßig, entweder an der jeweils gegebenen natürlichen Sprache oder an den Begriffen, mit denen wir operieren. Jorge Luis Borges beruft sich auf eine »gewisse chinesische Enzyklopädie« mit dem Titel *Himmlischer Wortschatz wohltätiger Erkenntnisse*, von der ungewiß ist, ob es sie je gegeben hat. »Auf ihren weit zurückliegenden Blättern steht geschrieben, daß die Tiere sich wie folgt gruppieren: a) Tiere, die dem Kaiser gehören, b) einbalsamierte Tiere, c) gezähmte, d) Milchschweine, e) Sirenen, f) Fabeltiere, g) herrenlose Hunde, h) in diese Gruppierung gehörige, i) die sich wie Tolle gebärden, k) die mit einem ganz feinen Pinsel aus Kamelhaar gezeichnet sind, l) und so weiter, m) die den Wasserkrug zerbrochen haben, n) die von weitem wie Fliegen aussehen.«

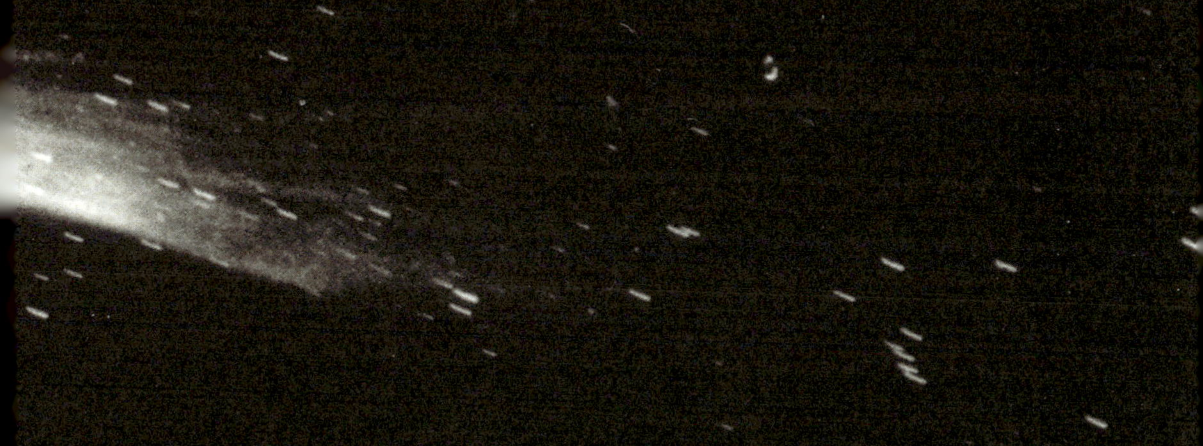

Damit ist nicht nur jede Möglichkeit, vollständige Listen aller Phänomene aufzustellen, aus den Angeln gehoben; auch die Russell-Paradoxa der Mengenlehre werden auf heimtückische Weise gewürdigt.
(Nach Jorge Luis Borges, »El idioma analítico de John Wilkins«, in: *Otras inquisiciones*. Buenos Aires 1952, deutsch in: *Das Eine und die Vielen*. München 1966. Aus dem Spanischen von Karl August Horst.)

ORDNUNG IST DAS HALBE LEBEN. *Ein Psychiater, mit dem wir befreundet sind – befreundet ist vielleicht eine Übertreibung, aber immerhin bekannt, gut bekannt –, macht uns darauf aufmerksam, wie schwer es ist, Schrecken und Genuß voneinander zu unterscheiden. Er gehöre nicht zu der immer noch wachsenden Schar der Terrorismus-Forscher. Auch sei er keineswegs gegen Ordnung schlechthin. Nicht jedes Chaos scheine ihm liebenswürdig. Gefragt, wovon er eigentlich rede, antwortet er mit einer Fallgeschichte.*

Der Patient, ein 44jähriger Hamburger, von Beruf Jurist, Borderline-Case, schwer zu entscheiden, was vorliegt, eine gewöhnliche Zwangsneurose oder ein psychotischer Schub, beschäftigt sich in abnormer Weise mit einem bestimmten Objekt. Er wird nicht müde, seine Bestandteile aufzuzählen. Diese sind:

2 Deckel aus Graupappe, überzogen mit einer Kaschierung aus lackiertem Papier in Wolkenmarmor-Dessin; 2 Oberdeckel-Schlitzkanten aus rostfreiem Metall; 1 genuteter schwarzer Rücken; 2 rostfreie Unterrand-Metallkanten; 1 Grundplatte aus Bandstahl; 2 Aufreihstifte, glanzvernickelt; 2 Bügel aus Eisendraht, ebenfalls glanzvernickelt; 1 Hebel mit Nylon-Gleitrolle; 1 Zapfenverschluß; 1 Flach-Tipp-Klemmer; 1 Rückenschild sowie 1 Deckblatt.

Dieses Objekt bezeichnet der Patient als seinen Ordner. Er spricht davon stark affektbesetzt, bald lautstark, bald kleinlaut, jedenfalls so gut wie ununterbrochen, wobei seine Stimmung zwischen anhänglicher Zärtlichkeit und hemmungslosem Haß schwankt. In seinen Monologen weist er immer wieder auf die große Maulweite und die füllstarke Mechanik des Ordners hin. Dennoch verzweifle er oft an der Aufgabe, den Andrang der Vorgänge zu bewältigen. Schließlich wisse er nur allzugut, wie schwierig es sei, den Schriftgut-Anfall, die Schriftgut-Wertigkeit und die Schriftgut-Zugriffshäufigkeit richtig zu beurteilen, sonst sei alles im Eimer. Ferner die Frage des Lochens. Stahlblech- oder Aluminium-Druckgußlocher? Lochstempel mit oder ohne abgesetzte Schneide? Die Lochstifte verstellbar oder fix? Ist die Anschlagschiene unentbehrlich, und falls ja, welche Ausführung ist vorzuziehen, die mit oder die ohne Kugeldrucktaste?

Der Psychiater hat dafür Verständnis, volles Verständnis. Das ist sein Beruf. Aber zuviel Verständnis ist gefährlich. Man darf sich als Psychiater nicht erlauben, allzuviel über die Ordnung nachzudenken. Wir erklärten, daß wir die Gefühle des Patienten nicht nur verstehen. Wir teilen sie. Weniger die Zärtlichkeit, die ist uns eher fremd, aber den Haß durchaus. Wir erkundigen uns nach Therapie und Prognose. Unser Bekannter berichtet, er habe anfangs mit Sedativen vorgehen müssen. Eine Wendung zum Besseren sei erst eingetreten, seitdem der Pfleger, unter der Matratze des Juristen verborgen, ein grünes Heft entdeckt und sichergestellt habe. Es handle sich um den derzeit gültigen Katalog Nr. 28 der Fa. Louis Leitz in Stuttgart-Zuffenhausen.

TransAtlantik 11/1980.

Venezianisches Klima: Wetter
Sechs Monate Stockholm
und sechs Monate Kalkutta.
Nach Gaston Salvatore.

Einsteins Rätsel

1. Es gibt fünf Häuser, jedes mit einer anderen Farbe.
2. In jedem Haus wohnt eine Person aus einem anderen Land.
3. Jeder Bewohner hat ein anderes Lieblingsgetränk, eine andere Zigarettenmarke und ein anderes Haustier.
4. Der Engländer wohnt im roten Haus.
5. Der Schwede hat einen Hund.
6. Der Däne trinkt Tee.
7. Das grüne Haus liegt links von dem weißen.
8. Der Bewohner des grünen Hauses trinkt Kaffee.
9. Der Camel-Raucher hält einen Vogel.
10. Der Besitzer des mittleren Hauses trinkt Milch.
11. Der Besitzer des gelben Hauses raucht Senior Service.
12. Der Norweger wohnt im ersten Haus links.
13. Der Dunhill-Raucher wohnt neben einem Katzenfreund.
14. Der Pferdehalter wohnt neben einem Senior-Service-Raucher.
15. Der Players-Raucher trinkt Bier.
16. Der Norweger wohnt neben dem blauen Haus.
17. Der Deutsche raucht Rothmans.
18. Der Dunhill-Raucher wohnt neben einem Wassertrinker.

Frage: Wem gehört der Fisch?

Wieder scheitern, besser scheitern.
SAMUEL BECKETT

Holzschnitt zum *Untergang der Titanic* von PETER WEISS.

Joey Gallo, Mafioso und Autodidakt, ein Straßengangster von geringer Schulbildung, verbrachte seinen Gefängnisaufenthalt hauptsächlich damit, die Werke von Freud, Reich, Nietzsche, Plato, Spinoza, Kant, Voltaire, Pascal, Keats, Thomas von Aquin, Sartre und anderen zu lesen und zu exzerpieren.

Ehe oder Konkubinat?

Eine ganz besondere Textsorte ist der Monolog, der eine abwesende Person beschreibt und oft sehr energisch vorgebracht wird. Ein mitlaufendes Tonband würde jeden Lauscher davon überzeugen, daß dabei ungünstige Urteile überwiegen. Schmeichelhaftes kommt selten vor. Der Adressat ist der Sprechende selbst. Grammatisch hält sich die Rede an die dritte Person Singular: »Nie zieht er die Schuhe aus, wenn er ins Wohnzimmer kommt«, oder: »Jetzt hat sie schon wieder vergessen, die Blumen zu gießen.« Verallgemeinerungen und Wiederholungen sind die Regel, was sich schon an der Häufigkeit zeigt, mit der Vokabeln wie *immer* oder *nie* auftauchen. Ein Informationsgewinn ist nicht beabsichtigt. Man wird in fast allen Fällen darauf schließen können, daß eine Ehe oder ein Konkubinat vorliegt.

Wer beeindrucken will, sollte sich mit fremden Federn schmücken. Die eigenen kommen einem allzu bekannt vor.

JOSÉ MARIA
EÇA DE QUEIRÓS

Die Elektroden des Romanciers

Ich beabsichtige ganz einfach, dem enormen schlafenden Schwein (ich beziehe mich auf das Vaterland) einen großen elektrischen Schock zu verpassen. Sie werden sagen:
– Was für einen Schock? Oh, wie naiv du bist! Das Schwein schläft: du kannst ihm, mit Büchern, so viele Schocks versetzen, wie du willst, das Schwein wird weiterschlafen. Das Schicksal wird es nicht aus seiner ewigen Siesta reißen; es murmelt ihm ins Ohr: »Schlaf, mein Schwein, schlafe nur!«
Gewiß, aber ich erzähle Ihnen, was ich zu tun beabsichtige – und nicht, was das Vaterland tun wird: natürlich wird es weiterschlafen; wir werden sehen. – Außer dem Skandal will ich Geld. *Donc,* fassen wir zusammen: Elektrischer Schock für das Schwein und Geld für *bébé (bébé c'est moi).*
José Maria Eça de Queirós an Ramalho Ortigão, Newcastle, 1. November 1878.

Die gelungene Darstellung einer Katastrophe nennen wir Kunst.

Gunnar Ekelöf Perpetuum mobile

Die alte übliche Kläglichkeit
Die alte übliche Kläglichkeit
Die alte übliche Kläglichkeit
Die alte schändliche Üblichkeit

Die alte übliche Schändlichkeit
Die alte schändliche Gütigkeit
Die alte gütige Schmierigkeit
Die alte dümmliche Heimlichkeit

Die alte heimliche Schuftigkeit
Die alte selige Dümmlichkeit
Die alte schuftige Schäbigkeit
Die alte schäbige Seligkeit

Sittlichkeit die alte beschauliche
Schändlichkeit die alte schmähliche
Kläglichkeit die alte gütige
Kläglichkeit die alte übliche usw.

Nel peggio non c'è fine
Italienisches Sprichwort.

Cogitor ergo sum.
Joseph Ratzinger, Rede an der Sorbonne 1999.

Holzschnittblatt
aus dem Jahre 1680
zur Erscheinung
des Großen Kometen
über Nürnberg.

Schau hier O! Sünder schau! Ein neuer Trauer-Both,
der uns wie Ninive, die Gottes Straff-Hand droht,
Heb Hertz und Augen auff, Betracht, den Sternen-Bogen,
Welch eine Fackel-Kertz, hat dir Gott aufgezogen,
frag, was der schnelle Lauff, und seine Deutung sey:
Es leuchtet dieses liecht der Welt zur Buß und Reu.
Wann Gott sich zornig zeigt, so läßt er Sterne reden,
die Diener seiner Rath, und helle Straff-Propheten.
Wem dieses flammen-liecht zur Herzens-Buß nicht lockt,
der bleibe immer hin, verdüstert und verstockt.
Auff! Teutschland! Finde dich zur Reue deiner Sünden:
Und thu wie Ninive, so wirstu Gnade finden!

Ein WELTUNTERGANG aus dem Jahr 1773

Die Zeit der Propheten ist vorüber; die der Leichtgläubigen wird nie vergehen. [...] Nur durch ein lächerliches Mißverständniß hat einer unserer berühmtesten Akademiker einige Tage hindurch für einen Propheten gegolten. Jedoch haben seine angeblichen Weissagungen lebhaftes Schrecken erregt, wenigstens in der Gattung von Köpfen, die dafür empfänglich waren; und diese Gattung, wie man weiß, ist nicht die kleinste an Zahl.
Man versicherte, Herr v. Lalande habe einen Cometen entdeckt, der in Kurzem, in vier Wochen, das Ende der Welt herbeiführen könne; er habe sogar in der Akademie darüber eine Denkschrift ablesen wollen, und man habe ihn bewogen, sie zu unterdrücken, um nicht ohne Noth seine Mitbürger in Schrecken zu setzen, oder um sie wenigstens in der kurzen Spanne Zeit, die ihnen noch übrig bleibe, sich ruhig erfreuen zu lassen. Zwar, setzte man hinzu, sei sechszigtausend gegen Eins zu wetten, daß der Comet großherzig unserer schonen werde. Allein diese Rechnung gab der Mähre nur mehr Wahrscheinlichkeit, und ließ dennoch wenig Hoffnung übrig. Denn man kann ja in einem Lotto gewinnen, worin sich sechszigtausend Nieten befinden, folglich kann man auch eben so verlieren, und das Ungeheure der

Gefahr steht in gar keinem Verhältniß mit der endlosen Zahl von Zufälligkeiten, die einen allenfalls sicherstellen könnten. Siehe da, gerade wie zur Zeit des tausendjährigen Reiches, Frauen, die so unschlüßig sind, ob es wohl noch der Mühe lohne, Kinder mit ihren Ehemännern zu erzielen; andere, aber besonnenere, die über Hals und Kopf eilen, einen Schluß einem Romane zu geben, den sie, ohne den verdrießlichen Umstand, doch so gern noch ein vierzehn Tägelchen empfindsam fortgesponnen hätten; ekele Poeten, die weder Comödie noch Tragödie mehr schreiben wollen für ein Geschlecht, das, in Kurzem dahingeschwunden, wohl nicht der Mühe wert sei, daß man ihm Thränen oder Lachen abpresse, Staatsklügler, plötzlich gehemmt in ihren erhabenen Grübeleien über die Glückseligkeit einer im Untergang begriffenen Nation. – Ich übertreibe ein wenig; ganz so arg ist der Schrecken nicht gewesen. Zwar haben mehrere Frauen die Vorsicht gebraucht, sich auf den Anhöhen von Montmartre einzumiethen, andere, besser in der Erdkunde bewandert, haben sich bitterlich darüber beschwert, daß Herr v. Lalande nicht früher vor den Launen des Cometen gewarnt, um Leuten von gewissem Stand und Rang so viel Zeit zu lassen, daß sie sich nach Amerika, auf den Gipfel der Anden oder der Cordilleras, hätten flüchten können.

Aus: Melchior Grimm, in *Grimm's und Diderot's Correspondenz von 1753 bis 1790, an einen regierenden Fürsten Deutschlands gerichtet.* Zweiter Band. Brandenburg 1823.

Eine Notiz über das Unerforschliche

Die ganze moderne ökonomische Entwicklung hat die Tendenz, die kapitalistische Gesellschaft mehr und mehr in ein riesiges internationales Spielhaus umzuwandeln, wo die Bourgeois Kapitalien gewinnen und verlieren infolge von Ereignissen, die ihnen unbekannt bleiben. [...] Das »Unerforschliche« thront in der bürgerlichen Gesellschaft wie in einer Spielhölle. [...] Der Spieler aber ist ein höchst abergläubisches Wesen. Die Habitués der Spielhöllen haben immer magische Formeln, um das Schicksal zu beschwören; der eine murmelt ein Gebet zum heiligen Antonius von Padua oder irgend einem anderen Geiste des Himmels, ein anderer setzt nur, wenn eine bestimmte Farbe gewonnen hat, ein dritter hält mit der linken Hand eine Hasenpfote fest usw. Das Unerforschliche sozialer Art umhüllt den Bourgeois, wie das Unerforschliche der Natur den Wilden.

Paul Lafargue, »Die Ursachen des Gottesglaubens«, in: *Die Neue Zeit,* Stuttgart 1906. Zit. von Walter Benjamin, *Gesammelte Schriften,* V.1.

Eine Unterhaltung über Krisen und andere Widrigkeiten

F: Besitzen Sie Aktien?
A: Nein. Das ist ein Spiel, das mich langweilt. Mich interessieren auch Spielcasinos nicht. Ich kann da keine Stunde bleiben. Ich verliere dort so schnell wie möglich mein Geld, nur damit ich wieder herauskomme. Warum fragen Sie mich? Ich bin kein Experte, nur ein bescheidener Beobachter. Ich habe noch nicht einmal Geld verloren.
F: Die Börse ist das gleiche wie ein Casino?
A: Vom Standpunkt des Spielers aus, ja; nicht vom Standpunkt der Bank. Die hat eine andere Logik. Ein Bankier des 19. Jahrhunderts, Carl Fürstenberg, behauptete: »Aktionäre sind dumm und frech. Dumm, weil sie Aktien kaufen, und frech, weil sie dann noch Dividenden haben wollen.«
F: Sie sind 1929 geboren, zwei Wochen nach dem Schwarzen Freitag. Am Ende des Zweiten Weltkriegs waren Sie sechzehn. Ihre Generation kennt das Chaos. Rührt daher Ihr Mißtrauen?
A: Aber Mißtrauen ist doch gut. Wer skeptisch war, ist noch am besten weggekommen. Jetzt wird man als Bankkunde dauernd angefleht: »Bitte, bitte, habt doch Vertrauen!« Diese Aufforderung ist natürlich selbstwidersprüchlich, so wie der Satz: Sei gefälligst spontan! Die Finanzkrise ist doch gerade nicht einem Mangel an Vertrauen geschuldet, sondern einer geradezu rührenden Leichtgläubigkeit. Wer seinem Bankberater vertraut hat, der ist jetzt arm dran.
F: Wundert es Sie, wie hart, schnell und tief diese Krise einschlägt?
A: Was mich eher wundert, ist, daß die Leute von ihr überrascht oder geschockt sind. Merkwürdig, dieser phantastische Gedächtnisverlust! Wer auch nur ein bißchen Wirtschaftsgeschichte kennt – eine Prise Marxismus kann dabei nicht schaden –, der weiß, was seit über zweihundert Jahren Geschäftsgrundlage ist. John Law hat 1720 mit seiner Mississippi Company Aktien ausgeteilt und eine riesige Kreditblase ausgelöst, mit allem, was dazugehört: Immobilienspekulation, Konsumrausch, Schuldenmacherei. Frankreich ist damals knapp am Staatsbankrott vorbeigeschrammt. Und so ging es durch die Jahrhunderte munter weiter: Skandinavien, Mexico, Asien, Argentinien, Japan – das ist gar nicht lange her. Alles schon vergessen?
F: Ein schwacher Trost!
A: Die Dynamik der Krisen gehört zum Betriebssystem des Kapitalismus.
F: Machen Sie es sich nicht zu einfach? Es geht dabei doch auch um Moral. Haben die Banker moralisch versagt?
A: Es ist ein bißchen viel verlangt, daß ausgerechnet die Banker für die Moral zuständig sein sollen. Übrigens will auch der kleine Anleger eine saftige Rendite sehen.
F: Aber die Nachrichten lassen manche schon auf ein Ende des Kapitalismus spekulieren. Da geht es jetzt um Verstaatlichung der Banken.
A: Das war schon immer so. New Deal, Keynesianismus, Konjunkturprogramme, jede Menge Subventionen ... Der Staat ist einerseits der Gegner, andererseits der Retter. Ich erinnere mich an einen Slogan der Kommunisten aus den 1920er Jahren: »Die Sozialdemokratie ist der Arzt am Krankenbett des Kapitalismus.« Natürlich gilt das nicht nur für die armen Sozialdemokraten. Auch jetzt werden ja ständig Spritzen verabreicht. In Deutschland stellt sich Angela Merkel vor die Kameras und beruhigt den Patienten, in Frankreich wirkt der kleine Napoleon Sarkozy als Sanitäter.
F: Gegen die augenblickliche Krankheit wirken frühere Krisen allerdings wie ein leichter Husten.
A: Frühere Krisen waren meist lokal begrenzt. Heute ist ihre Dimension global. Deshalb sind die Blasen viel größer. Milliarden sind von gestern, heute geht es nicht mehr unter Billionen ab. Das ist die schlechte Nachricht. Aber das System hat dazugelernt. 1929 waren die Regierungen wie gelähmt. Heute gibt es die BIZ, den Internationalen Währungsfonds, die G7, die G20, und so weiter. Das ist die gute Nachricht.
F: Aber die Krise hat in riesigem Ausmaß Kapital vernichtet.
A: Da bin ich mir nicht so sicher. Dieses Kapital hat es ja eigentlich nie gegeben. Es war genauso fiktiv wie ein ungedeckter Scheck.
F: Trotzdem löst sein Fehlen ganz reale Beben aus.
A: Es ist mir unbegreiflich, weshalb die ganze Welt davon so überrascht ist. Das ist ein bißchen so wie in England: Wenn es dort im Winter schneit, sind die Briten verblüfft, weil ganze Regionen im Schnee versinken, so als wäre der Winter nicht ein periodisch wiederkehrendes Faktum. Genauso folgt jedem Boom ein Crash. Das ist natürlich sehr ungemütlich. Wenn der Strom ausfällt, wird es kalt im Haus.
F: Fragen wir einmal den ehemaligen Marxisten. Ist der Kapitalismus am Ende?
A: Wieso ehemalig? In meinem Werkzeugkasten finde ich nach wie vor die eine oder andere Brechstange aus der Werkstatt des Herrn Marx, die mir brauchbar scheint. Nur an dem berühmten revolutionären Subjekt scheint es zu hapern. In der Fußgängerzone ist es jedenfalls nicht zu finden. Am schrillsten äußern sich, wie immer, die Medien, weil sie Schlagzeilen brauchen, je dicker,

desto besser – und die beste Schlagzeile ist die Apokalypse: Zeitenwende, Untergang – da läuft doch dem Journalisten das Wasser im Mund zusammen.
F: Dem Marxisten vielleicht auch. Wenn die Verelendung zunimmt, sagt Marx, kommt es zum Zusammenbruch.
A: Da sind wir aber ganz schön weit davon entfernt. Niemand weiß, wie das Ganze ausgeht. Sie wissen doch: Wenn die Anfangsbedingungen nicht in Form von exakten Werten angegeben werden können, läßt sich der Zustand eines komplexen Systems für einen späteren Zeitpunkt nicht vorhersagen. Und ich bin als Prophet eine totale Fehlbesetzung. Fest steht, daß die menschlichen Unkosten sehr hoch ausfallen werden. Die meisten werden draufzahlen, und das ist sehr, sehr unangenehm. Aber das war schon immer so. Bisher hat sich das proteische Monster, das wir Kapitalismus nennen, noch jedesmal aufgerappelt, weil es verdammt lernfähig und weil keine Alternative in Sicht ist.
F: Haben Sie nie an eine Alternative geglaubt?
A: Was den Glauben angeht, so bin ich dafür eher unbegabt. Jedenfalls hat sich herausgestellt, daß der Kapitalismus mit allen kann, mit der Demokratie ebenso wie mit der Diktatur, mit dem Faschismus ebenso wie mit einer chinesischen Partei, die sich kommunistisch nennt. Offenbar ist die Reproduktion des Kapitals gegenüber dem herrschenden politischen System weitgehend indifferent.
F: Das klingt kaltblütig.
A: Tut mir leid, aber ich fürchte, daß es sich hier nicht um eine Herzensangelegenheit handelt. Jeder, der erlebt hat, wie eine Gesellschaft völlig am Boden liegt, weiß, was das bedeutet: Deklassierung, Armut, Hunger. Sonderbar, daß die Deutschen, die man in jedem Winkel der Erde, von Bolivien bis Tibet, antrifft, nicht einsehen wollen, daß sie nach wie vor in einem Narrenparadies leben. Sie sind verdutzt oder empört, wenn das Wirtschaftswachstum unter die Nullinie rutscht, als wäre das Weltende nahe. Offenbar wollen sie gar nicht wissen, wie der Kapitalismus funktioniert.
F: Wann haben Sie selber das verstanden?
A: Ich glaube, nach dem Krieg, und zwar auf dem Schwarzmarkt. Das war ein Crash-Kurs in Sachen Kapitalvermehrung. Aber als Karriere oder gar Lebensinhalt kommt mir das doch allzu bescheiden vor. Geld ist schön, aber auch ein bißchen langweilig.
F: Die keines haben, denken anders darüber. Politisch gesehen könnte die gegenwärtige Krise der ideale Zeitpunkt für eine Renaissance der Linken sein.
A: Für welche Linke? Lafontaine? Chavéz? Raoul Castro? Sie denken wohl gleich an die Weltrevolution, weil das interessanter ist als das ewige Durchwursteln. Aber geht es nicht eine Nummer kleiner? Was im Augenblick viel näher liegt, ist der Populismus. Für den ist die Krise eine wunderbare, eine unwiderstehliche Vorgabe. Aber der kommt nie und nimmer, wie der Marxismus, mit einer konsistenten Theorie daher. So etwas braucht der Populist nicht. Er verspricht alles und denkt sich nichts dabei. Er nennt das soziale Gerechtigkeit. Zwar weiß niemand genau, was damit gemeint ist. Aber die Vorstellung, daß es so etwas geben könnte, ist ein schöner Zug. Unsere Spezies will die Ungerechtigkeit nicht einfach hinnehmen.
F: Ein ehrenwertes politisches Ziel.
A: Wunderbare Idee! Zum Beispiel die alte sozialdemokratische Vorstellung, daß man die Armut durch das Steuersystem abschaffen kann, obwohl sich gezeigt hat, daß die Reichen bei aller Umverteilung immer reicher werden. Andererseits ist die Definition der Armut auch ziemlich dünner Kaffee. Als arm gilt bekanntlich, wer weniger als 60 Prozent des Durchschnittseinkommens verdient. Nach dieser Definition müßten in einer Gesellschaft von Milliardären die Millionäre Sozialhilfe beantragen.
F: Man kann die Armut aber mildern.
A: Das wird auch getan, wenigstens solange die Mittel dazu vorhanden sind.
F: Die Kapitalismuskritik ist jedenfalls im Aufwind. Der katholische Erzbischof von München, Reinhard Marx, sagte, wir stünden alle auf den Schultern von Karl Marx.
A: Das ist doch grandios. *Das Kapital* war immer ein tolles Buch. Stark in der Analyse, schwach in der Prognose. Im Kalten Krieg hätte eine solche Bemerkung von einem Bischof noch einen Skandal ausgelöst. Heute kann der Kapitalismus damit sehr gut leben. Die Kritik ist es doch, was ihn am Leben hält. Hätte es die nicht gegeben, so wäre er schon längst an die Wand gefahren.
F: Kann man ihm denn nicht mit moralischen Einwänden heimleuchten?
A: Nichts ist leichter als das. Jede Sonntagspredigt schafft es mühelos. Nur habe ich den Eindruck, daß damit wenig getan ist. Und das hat seine Gründe. Fatalerweise hat der Kapitalismus, wenigstens in unserem Teil der Welt, einen in der ganzen Menschheitsgeschichte nie dagewesenen Wohlstand hervorgebracht, auf den die meisten von uns höchst ungern verzichten würden. Sie brauchen dabei gar nicht an das Mittelalter zu denken. Das Beispiel der Weimarer Republik genügt. Ich will das Elend, das unter der überwiegenden Mehrheit damals herrschte, gar nicht ausmalen, und ich habe auch keine Lust, eine Hymne auf den Kapitalismus anzustimmen. Das hat der alte Marx besser gemacht, als ich es könnte. Lesen Sie den ersten Teil des *Kommunistischen Manifests!* Was den endgültigen Zusammenbruch dieser unerhörten ökonomischen Maschine betrifft, so lag er mit seiner Prognose völlig daneben, und ich fürchte und hoffe, daß es dabei bleibt, solange uns nichts Besseres einfällt.

Interview, geführt von Markus Brauck und Matthias Matussek. DER SPIEGEL. Nr. 45. 2008. Überarbeitete und gekürzte Fassung.

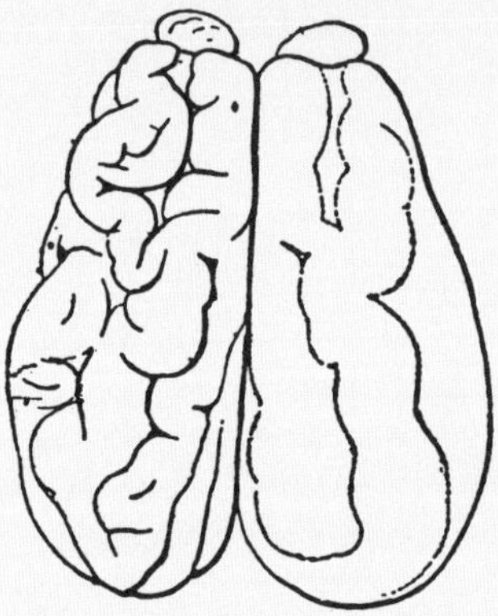

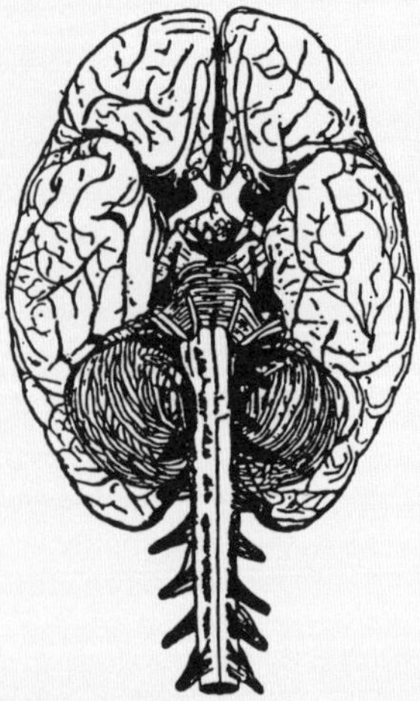

DAS GEHIRN & DIE WALNUSS

Wenn man eine geöffnete Walnuß zuerst ganz obenhin betrachtet, so wird man finden, daß sie zwei Gehirnen gleicht. Nehmen wir sie in die Hand. Sie ist wie das Gehirn der Länge nach gespalten, und zwischen ihren beiden Hälften schiebt sich eine steinharte Haut, die der *falx cerebri* entspricht; folgen wir dieser Membran abwärts, so bildet sie an der Walnuß genau dieselbe Figur wie der Balken *(corpus callosum)* im Gehirn; diese Gestalt ist so charakteristisch, daß man sie nirgends wiederfindet als hier. Werfe ich nun einen ersten Blick auf den Inhalt der Walnußschale, die einem Schädel gleicht, so finde ich dort Windungen, Furchen und Lappen, ganz genau wie beim Säugetier.

August Strindberg, *En blå bok* (1908).

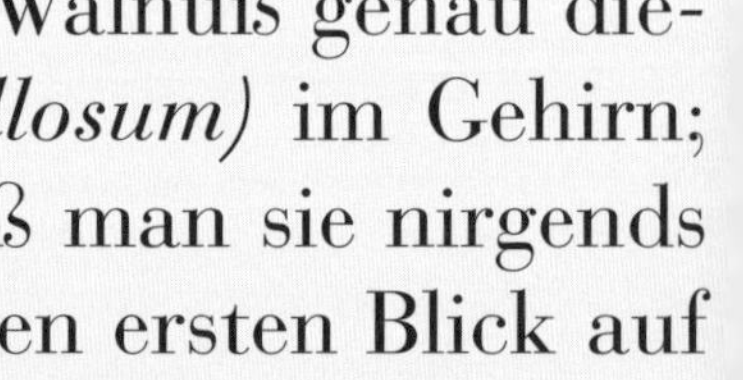

RAFAEL COURTOISIE KOPFNUSS

ie Neurologie kann nicht erklären, warum der Kern der Nuß einem Gehirn gleicht.
– Warum einem Gehirn?
– Der Schein trügt, werden sie sagen. Zufall, werden sie sagen, die orthodoxen Neurologen. Die Nuß sieht aus wie ein Gehirn, werden die Neurologen sagen, aber sie ist kein Gehirn, sie ist nur die Frucht des Nußbaums.
– Sie werden die Nuß aufbrechen, den Schädel der Nuß, die Schale.
– Mit dem Fleisch der Nuß in der Hand werden die Neurologen lächeln und sagen:
– Seht ihr?
– Abfällig. Und dann beißen sie ein Stück ab. Ein Stück vom Gehirn. Ein neuronales Scheibchen der Nuß. Die Nüsse denken. Sie sind Köpfe, Köpfe ohne Leib, kleine Gehirne der Natur, dazu geschaffen, zu denken, und weiter nichts: ohne die Unannehmlichkeiten des Leibes, ohne das affektive Joch des Willens, ohne den ominösen Käfig der Furcht, ohne Begierde und ohne Haar.
– Die Neurologen sind unfähig, dieses Denken zu verstehen, die beständigen und festgefügten Ideen der Nüsse, die keine Zerstreutheit und keine Angst kennen.
– Der Schädel der Nuß braucht keine Öffnungen, um sich zu konzentrieren. Er hat nur eine äquatoriale Naht, die sich auftrennen läßt, um das Gehirn zu verschlingen.
– Wer eine Nuß ißt, ißt ihre Gedanken.
– Die vollkommenen, winzigen Gedanken der Schönheit.
– Die Nuß hat weder Ohren noch einen Mund, der sie ablenken könnte.
– Die Neurologen verstehen nichts. Und die Nüsse schweigen sich aus.

Le Mystère dans les lettres

Jeder literarische Text,
mag er reichhaltig sein oder nicht, muß jene,
deren Sprache er sich schließlich zu ganz andersartigen Zwecken bedient,
Wort für Wort mit einem Sinn konfrontieren,
der sie kalt läßt;
man erreicht damit,
dass der gleichgültige Passant sich von ihm
schon auf den ersten Blick hin abwendet,
erleichtert darüber, dass er ihn nichts angeht.

Um so besser, recht besehen, für beide Seiten –

Sollte gleichwohl eine gewisse Spiegelung aus der Tiefe,
schwer zu unterscheiden von von der Oberfläche,
die der Netzhaut zugänglich ist,
Unruhe stiften -
so würde er (der Text) nur Verdacht erregen;
dergestalt, daß die Schlauköpfe aus dem Publikum,
um kurzen Prozeß mit ihm zu machen,
mit ernster Miene urteilen werden,
er sei ganz und gar unverständlich.

Stéphane Mallarmé hat sich intensiv mit den Besonderheiten der poetischen Sprache beschäftigt. Sein Essay »Le mystère dans les lettres« handelt vom Verhältnis zwischen der Oberfläche und der Tiefendimension literarischer Texte. Woran liegt es, ob sie dem Leser verständlich oder unverständlich erscheinen? Kann man den Schleier, der über Mallarmés Sätzen liegt, sichtbar machen? Vier unterschiedlich strukturierte Scheiben aus schlierigem, geriffeltem, gekörntem oder gewelltem Glas lassen sich, einzeln oder kombiniert, von vier Seiten aus über den Text schieben, der dabei immer fremder wirkt. Zieht man die Scheiben wieder nach links, rechts, oben und unten ab, so klärt sich das Mysterium der Schrift.
Aus *WortSpielZeug.*

Schon als Kind begreifen wir, daß das Wichtigste an einem Text das ist, was nicht gesagt wird.

Nachricht an den Leser

Es ist möglich, daß diese Zeilen eines Tages gedruckt und gelesen werden. Es ist aber auch nicht verboten, sich vorzustellen, daß das Manuskript lange Jahre lautlos in einer Schublade schlummern wird. Der Besitzer der Kommode könnte sich eines Tages gezwungen sehen, zu fliehen und die vergessenen Blätter zurückzulassen. Was liegt dann näher, als daß das Möbelstück versteigert wird? So kommt es, daß ein Großhändler, der eine Dienstbotenkammer in seinem neuen Haus möblieren will, die Kommode erwirbt. Nun findet das Dienstmädchen das Manuskript und wirft es auf den Kehricht. Der Händler aber, so will's der Zufall, gehört zu denen, die nichts verkommen lassen; er entläßt das Mädchen, holt das Manuskript aus dem Abfalleimer und schickt es in die Versandabteilung. Dort kommen die zerknüllten Blätter gerade recht, um ein Paket auszustopfen, das für eine einsam gelegene Handelsniederlassung in Zentralafrika bestimmt ist. Bis dahin ist an dieser Geschichte nichts Ungewöhnliches. Das Paket gelangt auch, nachdem es ein paar Monate in Güterwagen, auf Dampfschiffen, in Hafenschuppen, auf Kähnen, in Karawansereien und auf dem Rücken von Trägern zugebracht hatte, in die Hände des Empfängers, eines Weißen, der Frankreich zwanzig Jahre zuvor verlassen hatte, um als bescheidener Angestellter in die Dienste einer großen Minengesellschaft zu treten. Weil sein Außenposten sich als nutzlos erwies, war er in Vergessenheit geraten. Nun ist er der einzige Europäer in einem Umkreis von tausend Kilometern, verloren wie eine einzige Schminkbohne in einem riesigen Sack von schwarzen Kernen. Das Paket kommt zu spät. Der Mann ist alt geworden. Außerdem ist dem Händler ein Irrtum unterlaufen: Statt der bestellten Eismaschine hat er ein Diktaphon neuester Bauart versandt. Der angewiderte Weiße streicht gedankenlos die zerknäuelten Manuskriptseiten glatt, zwischen denen die fabrikfrischen Sprechwalzen eingepackt worden waren. Da er nichts Besseres zu tun hat und da er ein Mensch ist, dem es an Phantasie fehlt, nimmt er den Text von vorne nach hinten und dann, ein zweites Mal, von hinten nach vorne auf. Und da er die Sprache des nächstgelegenen Stammes, eine Art Bomongo-Dialekt, fließend spricht, diktiert er auch gleich in dieser afrikanischen Sprache eine erste Übersetzung des Manuskripts in die Maschine. Einige Zeit später stirbt er, ohne daß irgend jemand davon Notiz nimmt. Die Wildnis verschlingt seine Hütte. Längst haben sich die roten Ameisen über das Manuskript hergemacht.
Der Stamm der Bomongo hat sich in einen Streit mit mächtigen Nachbarn verwickelt, und ein neuer Hundertjähriger Krieg nimmt seinen Anfang. Nach vielen Schlachten bleibt dem letzten Bomongo, dem einzigen Überlebenden eines verschwundenen Volkes, nichts anderes übrig, als sich in den Dschungel zu flüchten. Von einem Jaguar verfolgt, verbirgt er sich in einer stürmischen Nacht in einem dunklen Loch, einer vagen Luftblase im Dschungel. Das ist alles, was von der Hütte des Weißen übriggeblieben ist. Der Schwarze entdeckt das Diktaphon. Zufällig stößt er die Kurbel an und hört, in seiner eigenen Sprache, den Text, den ich in diesem Augenblick zu Ende bringe.
Für diesen Schwarzen schreibe ich.
Aus: Jean Ferry, *Le mécanicien et autres contes.* Paris 1953.

Letzte Warnung

Betrachten wir das Lesen als *Unterhaltung* und *Zeitvertreib,* so ist es eines der verführerischsten Vergnügen, welches den, der es einmal gekostet hat, so sehr fesselt und anzieht, daß er sich nicht wieder losmachen kann. Tagelang sitzt der Lesehungrige auf einer Stelle, und betrachtet jedes ernsthaftere Geschäft, das ihn von seinem Buche abruft, als eine Störung in seinem Vergnügen, die er so lange zu entfernen sucht, als es möglich ist.
Daher finden wir Handwerksburschen, Bediente, Bürger und Bauern von aller Art, die jede nicht blos müßige, sondern auch

manche ihren Berufsgeschäften *entwendete* Stunde mit Lesen ausfüllen. Ob nun die bürgerliche Glückseligkeit und der häusliche Wohlstand dabei gewinnen, wenn der Jüngling, der höheren Wissenschaften sich gewidmet hat, oder das Mädchen, statt in häuslichen Verrichtungen sich zu üben, und sich zu einer guten Hausmutter zuzubereiten, sich mit Romanen, Gedichten, Almanachs und Rittergeschichten unterhält; oder wenn der Mensch, der zu Handarbeiten und andern mühsamen Geschäften bestimmt ist, sich an ein Vergnügen gewöhnt, das so verführerisch ist, und ihm einen Ekel, wenigstens eine Unlust gegen andere Zeitbenutzungen beybringt?

Sehen wir auf die *moralische Bildung der Menschheit:* so hat das Lesen oft eben den nachtheiligen Einfluß auf die Sittlichkeit und Geistesverädelung, den viele andere Arten des Luxus auch haben. Denn die meisten Schriften, welche zur Modelektüre gehören, geben der Sinnlichkeit, der Weichlichkeit, der falschen Empfindsamkeit, und den thierischen Trieben, eine reichliche Nahrung.

Da es den Schriftstellern, die für die Unterhaltung der Lesewelt arbeiten, nicht darum zu thun ist, Nutzen zu schaffen, sondern gelesen zu werden: so bedienen sie sich aller Mittel, welche ihren Geistesprodukten einen Reiz, eine anziehende Kraft geben und die Begierde spannen, ohne zu berechnen, ob auf die Spannung Erschlaffung oder auf die Sättigung Fieberhitze folgt.

Soviel ist gewiß, daß unser Zeitalter dergleichen Geschöpfe in größerer Menge hat, als die Vorzeit, und eben so gewiß scheint mirs auch zu seyn, daß die Gewohnheit, mehr zu lesen, als zu handeln, gar viel beygetragen habe, unsre Zeitgenossen weichlicher, unthätiger, unmännlich und undeutsch zu machen, und den natürlichen Karakter zu verstimmen.

Johann Rudolf Gottlieb Beyer, Pfarrer zu Sömmerda, *Über das Bücherlesen in so fern es zum Luxus unserer Zeiten gehört.* Erfurt 1796.

Drei Arten der Lektüre

Von Joubert, einem französischen Moralisten, wußte Châteaubriand in seinen *Mémoires d'outre-tombe* zu berichten, daß dieser Autor, wenn er las, aus seinen Büchern alle Seiten riß, die ihm mißfielen. Auf diese Weise verschaffte er sich eine Bibliothek nach seinem Geschmack, deren Bände derart ausgehöhlt waren, daß die Einbände um den Buchblock schlotterten.

In Santiago de Chile lebte vor einigen Jahrzehnten ein verkannter Dichter, der überall zu lesen pflegte, wo er stand und ging. Auf der Straße fiel er nicht nur auf, weil er Passanten und Fahrzeuge ignorierte, sondern auch, weil er eine Spur von Papierfetzen hinterließ. Er zupfte nämlich aus dem Buch, das er in der Hand hatte, jedesmal, als wäre es Unkraut, die Seite, die er eben gelesen hatte, in der Gewißheit, daß das Feld der Literatur unendlich groß war, so daß es nicht nötig wäre, auf das Gelesene zurückzukommen.

In München gab es einen Betrieb, der in der Filmproduktion tätig war. Dort arbeitete ein Mann, der mit einer riesigen Tasche zur Frühschicht kam. Er brachte aber nicht, wie die Kollegen, seine Brotzeit, sondern seine Lektüre mit. Ob das Kants *Kritik der reinen Vernunft,* ein Comic oder ein Handbuch der Astronomie war, galt ihm gleich. Selbst in der Dunkelkammer schaltete er in den Pausen, die der Entwickler ihm ließ, das Licht an, um zu lesen. Niemand wußte, warum er die Seiten mit dem Bleistift neu numerierte, und zwar in umgekehrter Reihenfolge, so daß die Zahl 1 am Ende des Buches zu stehen kam. Er gab ohne weiteres zu, daß er sich von dem, was er gelesen hatte, absolut nichts merken konnte. Offenbar gab sich dieser Leser einer eigentümlichen Form der Meditation hin, oder er betete zu einem Gott, der nur ihm bekannt war.

Selig ist, der da lieset.

Offenbarung 1,3.

Randnotiz
eines vergeßlichen Lesers

So merkwürdig es mir vorkommt – ich scheine tatsächlich einige Jahre an einer deutschen Universität zugebracht zu haben. Und nicht nur das! Ich habe sogar ein halbherziges Studium der Germanistik absolviert. Als Beweisstück dient mir ein längst vergilbtes Exemplar der *Annalen der deutschen Literatur*, herausgegeben von einem Professor namens Heinz Otto Burger, der schon 1941 mit einem bräunlich angehauchten Werk hervorgetreten ist: *Die deutsche Sendung im Bekenntnis der Dichter. Von deutscher Art in Sprache und Dichtung.* Sein berühmtester Schüler war der frühere SS-Hauptsturmführer Hans Schwerte, der es nachmals, als er zum Doppelgänger seiner selbst geworden war, zum Rektor der Technischen Universität Aachen brachte. Solche Karrieren waren in der Bundesrepublik keine Seltenheit.

Mit einer mir heute ganz unbegreiflichen Gier habe ich dieses Werk in den frühen fünfziger Jahren offenbar von vorn bis hinten durchgelesen und, weil ich kein Geld hatte, um mir ein solides Lexikon zu kaufen, mit lauter Bleistiftanmerkungen vollgekritzelt. Glücklicherweise ist mir dieser sinnlose Wissensdurst bald abhanden gekommen. Seitdem erfreuen sich die Bücher in meinem Regal einer Unschuld, die durch keinen Kugelschreiber befleckt ist. Hie und da ragt ein gelber Zettel aus dem Band oder eine Postkarte, ein Flugbillett, eine Quittung hat sich zwischen die Seiten verirrt. Ich sehe gar nicht ein, warum ich mir alles merken sollte, was da geschrieben steht, und schon gar nicht habe ich das Bedürfnis, den Verfassern, die sich diskret auf ihren schmalen Platz an der Wand zurückgezogen haben und höflich schweigen, mit Ausrufezeichen, Unterstreichungen und Einwürfen heimzuleuchten.

Nichts erscheint mir vielsagender als ein weißer Bundsteg, ein leeres Vorsatzpapier oder ein jungfräulicher Schmutztitel. *Vacat!* Diese Satzanweisung eröffnet dem geneigten Leser genügend Raum, um sich eine Pause zu gönnen und sich bei der Lektüre allerlei zu denken.

Mod*ern* ist ein schreckliches Wort für meine Ohren, es erinnert mich an *mo*dern.

Gespräche mit Otto Klemperer. Hg. von Peter Heyworth. Frankfurt am Main 1974, S. 135.

PAUL ERDÖS, **1913 von jüdischen Eltern in Budapest geboren, der zu den größten Zahlentheoretikern des 20. Jahrhunderts gehört, mußte vor den Nationalsozialisten fliehen und führte seitdem ein Nomadenleben. Seine sämtlichen Habseligkeiten, die vor allem aus mathematischen Manuskripten bestanden, führte er in dieser Reisetasche mit sich.**

Mappe,
aus: *10 + 5 = Gott. Die Macht der Zeichen.* Berlin, Jüdisches Museum 2004.

Er starb 1996 in Warschau. Seine Grabschrift hat er selbst formuliert. Sie lautet: Endlich kann ich nicht mehr dümmer werden.

In einer Katastrophe wohnen.

Sätze von Hitler oder Stalin, die es verdienen würden, zitiert zu werden, gibt es nicht. Dagegen sind von einem anderen Massenmörder, der sich vermutlich an die Sprichwörter seines Landes hielt, ein paar Maximen überliefert, die es in sich haben:
Es kommt darauf an, wer den längeren Atem hat.
Der Stein, den sie erheben, wird auf ihre eigenen Füße fallen.
Es kommt darauf an, wer den längeren Atem hat.
Achte darauf, stets die Initiative zu behalten.
Ein Kuhfladen ist mehr wert als jedes Dogma.
Unabhängig von der wirklichen Situation pflegte er zu sagen:
Die Lage war noch nie so gut.

Die Macht ist kein Beharren, sondern eine Gier und unerfüllbar, daher in sich unglücklich und muß Andere unglücklich machen.

Jacob Burckhardt, *Weltgeschichtliche Betrachtungen.*

Zum Nachdenken für Herrenreiter. Müssen wir aus jedem seiner Worte das Große und Ganze hervorzaubern, so als hätten wir es mit einer pluripotenten Stammzelle zu tun? Empfiehlt sich nicht bei solchen interpretatorischen Kunststücken, ähnlich wie bei den Verheißungen der neuesten Biotechnologien, ein wenig Bescheidenheit, eine gewisse Skepsis? Vielleicht tut man besser daran, auf die Goldwaage zu legen, was Kafka selber solchen Eifernden zu sagen hat: »Nichts, wenn man es überlegt, kann dazu verlocken, in einem Wettrennen der erste sein zu wollen.« Freilich wäre es naiv, die Bescheidenheit, die sich in diesem Satz auszudrücken scheint, für bare Münze zu nehmen; denn es ist ein junger, ein sehr ehrgeiziger und selbstbewußter Autor, der hier spricht. Kurt Wolff, der Verleger der *Betrachtung,* hat das sehr wohl verstanden. Deshalb ist er auf Kafkas Wunsch eingegangen, der ihm, kaum war das Manuskript angenommen, schrieb: »Nur bitte ich um die größte Schrift.« Wolff hat dem Debütanten ein Buch spendiert, das luxuriöser nicht hätte ausfallen können. Der splendide Handsatz in 16-Punkt-Schrift wurde von der Leipziger Offizin Poeschel & Trepte auf erstklassiges Papier gedruckt; ein Teil der winzigen Auflage von 800 numerierten Exemplaren wurde sogar in Halbleder gebunden. Kaum bekam der Autor sein Buch zu Gesicht, so begann er schon an ihm zu zweifeln. Die Schrift, die er selbst verlangt hatte, fand er »zweifellos ein wenig übertrieben schön« und meinte, sie würde besser zu den Gesetzestafeln Mosis passen als zu seinen »kleinen Winkelzügen«. Sobald ein Freund die *Betrachtung* lobte, fühlte er sich »überschätzt«.

Auf die Idee, daß nichts dazu verlocken könne, in einem Wettrennen der erste zu sein, kommt man allerdings nur dann, »wenn man es überlegt«. Daran hat Kafka es nie fehlen lassen. »Zum Nachdenken für Herrenreiter« überschrieb er ein »Stückchen«, wie er es nannte, das er lange vor dem Erscheinen seines ersten Buches verfaßt hat. Damit waren gewiß nicht in erster Linie die Mitglieder des Jockey Clubs gemeint. Selbst dann, wenn von Maulwürfen oder Hungerkünstlern die Rede ist, geht es bei Kafka immer auch um seine eigene Sache, die Literatur; um die gnadenlose Selbstbefragung eines Schriftstellers, der, schon bevor die erste Zeile dasteht, nur allzu gut weiß, worauf er sich einläßt.

Der Ruhm, dessen er sicher ist, »freut zu stark, als daß sich am Morgen danach die Reue verhindern ließe«, und die stellt sich sogleich »beim Losgehen des Orchesters« ein. Auch müsse der Neid der Gegner schmerzen, bei denen es sich um listige, ziemlich einflußreiche Leute handle. Und sobald das Rennen beendet ist, »fängt es gar aus dem trüb gewordenen Himmel zu regnen an«.

Das alles gibt Kafka sich und allen anderen, die sich an einem Wettrennen um den ersten Platz beteiligen, zu bedenken. Er bringt es fertig, in ein und demselben Satz zu über- und zu untertreiben. Der Ruhm, den er erwähnt, hat bekanntlich auf sich warten lassen. Von der ersten Auflage seines ersten Buches sind wahrscheinlich nur vierhundert Exemplare verkauft worden. Später hat er testamentarisch verfügt: »Die paar Exemplare der *Betrachtung* mögen bleiben, ich will niemandem die Mühe des Einstampfens machen, aber neu gedruckt darf nichts daraus werden.« Die Nachwelt hat sich, wie üblich, an seinen letzten Willen nicht gehalten. Immerhin ist Kafka der Lärm des Orchesters, den er fürchtete, zu seinen Lebzeiten erspart geblieben.

Aber geht es bei dem Wettrennen, von dem hier die Rede ist, wirklich nur um die Literatur? Das zu glauben fällt schwer. Denn von allen, die immer und unbedingt die ersten sein wollen, sind die Schriftsteller, auch wenn es ihnen an Größenwahn nicht fehlen mag, wohl die harmlosesten. Auch wäre der »Aushilfsbeamte« bei der Arbeiter-Unfall-Versicherungs-Anstalt für das Königreich Böhmen der letzte gewesen, der sich zu den Herren der Welt gezählt hätte. Nein, ganz andere Reiter sind es, damals wie heute, die mehr Grund zum Nachdenken als Kafka hätten, bevor sie an den Start gehen.

Die Krabbe in ihrem Loch ist ein großer Herr.

GRIECHISCHES SPRICHWORT

ANFANG

NIMM EINFACH MAL AN WENN DAS ZIMMER 8 DOLLAR KOSTET 8 DOLLAR DIE WOCHE DANN MÜSSEN ES NUDELN SEIN NUDELN SIND ES DANN STELL DIR DAS MAL VOR IN SOLCHEN SITUATIONEN GIBTS VIEL NACHZUDENKEN JEMAND ANDERES WÜRDE

Nimm einfach mal an
wenn das Zimmer 8 Dollar kostet
8 Dollar die Woche
dann müssen es Nudeln sein
Nudeln sind es dann
Stell Dir das mal vor!
In solchen Situationen gibt's viel nachzudenken
zweifellos
Jemand anderes würde sagen wenig ....
Aber das ist seine Angelegenheit!
Wenn das Zimmer 8 Mäuse kostet
geht's nicht anders
(für 6 Mäuse könnte ich besser essen
oder 7 überleben
am Rande des
weißen A b g r u n d s
mit den Füßen voran).
Nimm einfach mal an
ein kleines Stück Fleisch VIELLEICHT
hier und da – Dosenfleisch – ist besser als
NICHTS.
Auf der Welt hungern so viele Menschen!
Aber 8 Dollar die Woche
das sind 52 mal 8
52 mal 8
sind 416
Stell dir das mal vor 416
Dollar nur für ein Zimmer
aber das Zimmer ist wichtig
extrem WICHTIG

Unmaßgebliche Randnotizen eines zufälligen Federman-Lesers

Also ich sehe das Buch da liegen Natürlich habe ich nie von diesem Federman gehört Angeblich soll er in Amerika berühmt sein Aber das glaube ich nicht Das ist vermutlich alles nur Reklame Na schön sage ich mir Ich brauche das Ding ja nur aufzuklappen und weiß Bescheid *Alles oder Nichts* Da gibt es überhaupt nur zwei Möglichkeiten *Entweder* ich bin ein ausgesprochener Freak Einer von denen die immer behaupten sie hätten *Finnegans Wake* von vorn bis hinten gelesen Und Getrude Stein Und *Zettels Traum* Wers glaubt, wird selig Das liest doch kein Mensch freiwillig Außer denen die dafür bezahlt werden Außer denen die ihre Dissertation darüber schreiben wollen *Oder* ich will bei einem Buch wissen wo vorne und hinten ist Und dann lese ich lieber John Le Carré oder Eric Ambler Aber dann habe ich doch drin herumgeblättert Ein bißchen herumblättern habe ich mir gedacht ist halb so schlimm Mal sehen worauf er hinauswill dieser Spinner Die ersten paar Seiten habe ich einfach überschlagen Endlose Bandwurmsätze bei denen man immer nur Bahnhof versteht Aber dann bin ich irgendwo hängengeblieben Ich glaube es waren die Nudeln Dieser Federman hat nämlich einen ausgesprochenen Nudel-Tick Wieviel Nudeln in einer Schachtel sind und was eine Schachtel Nudeln kostet und wie lange man von einer Schachtel Nudeln leben kann und so weiter Ich dachte sofort dieser Federman ist nicht ganz normal Eigentlich wollte er doch eine Geschichte erzählen Irgendeine Story von einem Auswanderer Da war doch was mit einem KZ und mit einem Schiff Also warum erzählt er sie dann nicht dieser Federman ohne Federlesens Warum nudelt er sie nicht einfach herunter Und an diesem Punkt wurde mir klar daß ich schon hereingefallen war auf diesen Spinner …

Aus: Raymond Federman, *Alles oder Nichts.* Deutsch von Peter Torberg. Nördlingen 1986.

Karma is a bitch.

New Yorker Volksweisheit, überliefert von Theresia.

T-Shirt Lyrik nervt!

Lemma für eine Enzyklopädie

G*edicht. n.* Gefürchtete Textsorte, erkennbar an einem linksbündigen Zeilenfall, der rechts weite Teile der Druckseite freiläßt.

Für die weitverbreitete Abneigung gegen *G.e* gibt es verschiedene Erklärungen. Zu kurz greift wahrscheinlich der Hinweis auf eine Plage, mit der Kinder in der Schule zu kämpfen haben. Man setzt ihnen *G.e* vor, die sie sich nicht aussuchen dürfen, und verlangt von ihnen, daß sie darüber Aufsätze, sog. Interpretationen, verfassen. Dies erzeugt einen Widerstand, der in vielen Fällen jahrzehntelang anhält.

Weit verbreitet ist auch die Vorstellung, *G.e* seien »schwierig«. An dieser Mystifikation sind ihre Urheber nicht ganz unschuldig. Tatsache ist jedoch, daß Texte dieser Gattung meistens leichter verständlich sind als Parteiprogramme, Allgemeine Geschäftsbedingungen, Mietverträge oder Gebrauchsanleitungen.

Im übrigen irren Menschen, die behaupten, *G.e* seien ihnen fremd. Personen, die keinerlei solche Texte auswendig können, sind extrem selten. Weithin bekannte *G.e* sind beispielsweise das Vaterunser, »Hänschen klein«, die Nationalhymne, »I can get no satisfaction«, diverse Abzählverse

und, je nach Geburtsdatum, zahllose Schlagertexte, bekannt aus Film, Funk und Fernsehen.
Erwähnung verdienen einige andere Eigentümlichkeiten dieser Textsorte. Zum einen gibt es schlechterdings nichts, von dem ihre Verfasser, die Dichter, nicht sängen und sagten. In diesem Sinn sind *G.e,* im Gegensatz zu den meisten Prosaformen, Allesfresser. Im allgemeinen zeichnen sie sich ferner durch Kürze aus; *G.e* in Romanlänge sind eher die Ausnahme. Das mindert den Zeitaufwand, der zu ihrer Lektüre erforderlich ist.
Die Halbwertszeit von *G.en* ist sehr verschieden. Die meisten verwelken rasch wie ein Veilchenbukett; es sind aber auch Fälle bekannt, wo sie ein paar tausend Jahre überstanden haben.
Auffällig ist die hohe Produktionsrate von *G.en,* von der jeder Redakteur und jeder Lektor ein Lied (!) zu singen weiß. Es handelt sich, soweit wir wissen, um das einzige Massenmedium, bei dem die Zahl der Produzenten die der Konsumenten übersteigt.
Schließlich ist auf die merkwürdige Tatsache zu verweisen, daß *G.e* sich mit den allseits geltenden Marktgesetzen als inkompatibel erwiesen haben. Im Gegensatz zu allen anderen sog. Kulturgütern tendiert ihr Handelswert gegen Null. Diese einzigartige Immunität wird von vielen Dichtern beklagt, von andern hingegen als Privileg betrachtet.
Betriebswirtschaftlich ist die Existenz von *G.en* unerklärlich. An Versuchen, sie – wenigstens in ihrer gedruckten Form – auszurotten, hat es nicht gefehlt. Großverlage und Fernsehsender haben keinen Zweifel daran gelassen, daß sie in ihren Programmen unerwünscht sind. Noch radikaler mutet das Verhalten gewisser Regierungen an, die gegen die Verbreitung von *G.en* gewaltsam vorgegangen sind, offenbar weil sie solche Äußerungen für gefährlich hielten – eine Auffassung, die manchen unbefangenen Betrachter übertrieben anmuten wird.
Alles in allem hat sich diese Textsorte jedoch als überraschend zählebig erwiesen. Die Ethnologie ist nach langwierigen Forschungen zu dem Schluß gekommen, daß eine Gesellschaft, in der *G.e* unbekannt wären, nie und nirgends existiert hat. Befürchtungen, daß ihr Aussterben bevorstehen könnte, sind schon deshalb wenig plausibel.

Geduld und Ironie, soll Trotzki gesagt haben, seien die stärksten Waffen eines Revolutionärs. Mit größerem Recht könnte man das wohl von einem Menschen behaupten, der Gedichte schreibt.

Ricordi di Laura

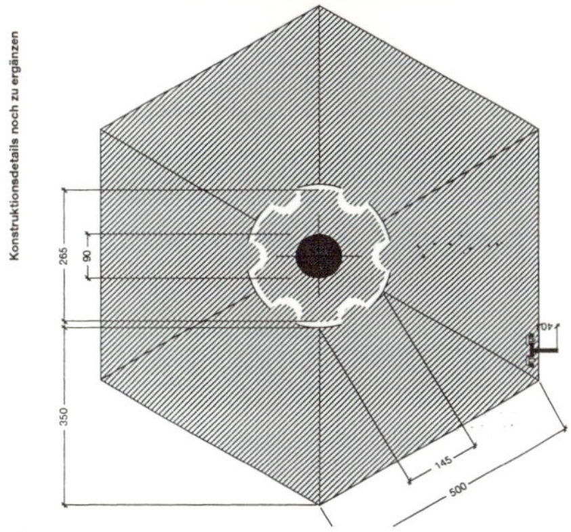

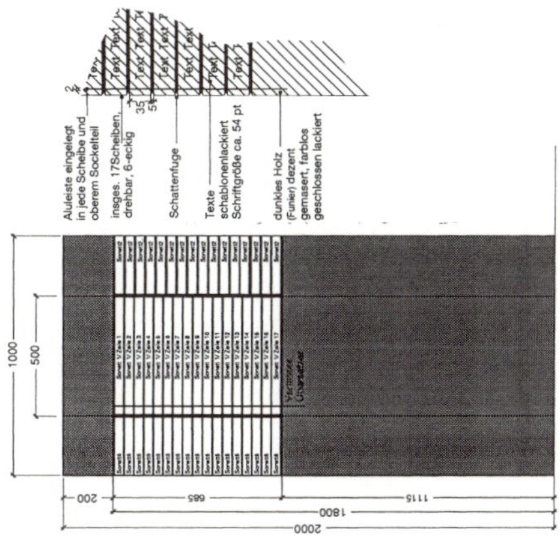

Aus *WortSpielZeug.*

Ein sechseckiger, mannshoher hölzerner Turm, in den auf Augenhöhe vierzehn horizontal bewegliche, auf Kugellagern gleitende sechseckige Scheiben eingelasssen sind. Diese Zahl entspricht dem Zeilenschema des Sonetts. Die Seitenflächen der Scheiben sind mit je einem Vers bedruckt. Dadurch ergeben sich insgesamt 14 x 6 Zeilen, die beliebig miteinander kombinierbar sind.

Als Textgrundlage dienen sechs Gedichte von Francesco Petrarca, dem Erzvater der europäischen Sonettkunst. Sein *Canzoniere* hat jahrhundertelang als Vorbild der Liebesdichtung gegolten. Weil seine Lyrik mit einem begrenzten Repertoire von Metaphern und Wendungen arbeitet, eignet sie sich für ein kombinatorisches Verfahren, wie es hier angewendet wird. Dabei ergeben sich insgesamt 6^{14} Variationen, d. h. gut 7,8 Milliarden verschiedene Sonette, die zwar nicht das formale Niveau des Dichters erreichen, aber doch Auskunft über seine Obsession geben. Ein zufällig gewähltes Beispiel:

Ich liebe immer, und ich liebe jetzt,
da Amor mich zum ersten Mal versehrte;
ein sanftes Glühn. Das sanfte Licht bewegte
mich zu zwei Augen, band für alle Zeit.

Ich glaubte nicht, er hätte soviel Macht,
daß er die Festigkeit und Tugendwerte,
mich Liebe, die kein anderer entdeckte,
zu der, die mir der Tugend Beispiel setzte.
Gesegnet jeder Klang, den ich erfand,
den Engeln glich er, und die Worte klangen,
und des Verlangens und der Tränen Band.

Ich flehe nicht, denn es kann nicht geschehen,
daß meiner Zunge Kraft dazu nicht reichte.
Doch soll ein Feuer auch in ihr entstehen.

Die deutschen Übersetzungen stammen von Horst Heintze.

It is one of the peculiarities of the imagination that it is always at the end of an era. Wallace Stevens

Rätselhaftes *überhaupt*

Manche Wörter entschlüpfen jeder genaueren Bestimmung, dergestalt, daß man ins Grübeln geriete, wollte man darüber nachdenken, was sie eigentlich bedeuten. (Das gilt übrigens auch für das Wort *eigentlich,* das bekanntlich auch im Sinn von *uneigentlich* verwendet wird.)
In verschiedenen Wörterbüchern steht *überhaupt* für:
insgesamt (gesehen); verstärkend bei Verneinungen; in Fragensätzen für *eigentlich* (schon wieder dieses *eigentlich!*) oder für *denn*; ferner für *in Bausch und Bogen,* für *im ganzen, en gros, insgesamt, nicht einzeln nachgezählt oder gewogen.* So bei Pfeifer, der den Ausdruck auf mhd. *über houbet* zurückführt, was soviel hieß wie »über das Haupt, über die Häupter hin, d. h., ohne die Stücke (Vieh, dann auch Menschen) zu zählen – eine wohl aus der Viehwirtschaft stammende Fügung«.
Das Grimmsche Wörterbuch weiß, wie immer, noch mehr. Es führt Belegstellen an, in denen *überhaupt* folgende Bedeutungen annimmt:
Nach oben, aufwärts, über sich; häuptlings, kopfüber; obenhin, oberflächlich; zusammen, insgesamt, gänzlich, ungezählt, ungewogen, im allgemeinen, durchaus, vollständig, in seinem vollen Umfang genommen; eine Reihe von Sätzen, Gründen, Erwägungen zusammenfassend, die Negation verstärkend.
Bei Hermann Paul steht *überhaupt* zum einen als Gegensatz zu *insbesondere,* dann aber umgangssprachlich auch im Sinne von *insbesondere,* wo es dann genau das Gegenteil bedeutet.
Ferner besagt es auch noch *im übrigen, schließlich, überdies, außerdem, besonders,* ganz zu schweigen von dem unvermeidlichen *eigentlich.*
Auch fremdsprachliche Wörterbücher tun sich schwer damit. Die Engländer behelfen sich mit folgenden Übersetzungen: *in general, all round, besides, particularly, in the first place, anyway, (not) at all, (nothing) whatsoever;* Franzosen schlagen als Entsprechung vor: *d'une façon générale, somme toute, après tout, en somme, enfin, quelconque, pas du tout, nullement,* während man im Italienischen zu folgenden Ausdrücken greift: *ma, poi, sopratutto, d'altra parte, (non) afatto, (non) mai, proprio (niente), in genere, insomma, infine, dopo tutto.* Spanier glauben, *überhaupt* bedeute *en substancia, assolutamente* oder *en ningún caso.*
Am besten mißt man dem Wort *überhaupt* überhaupt keine bestimmte Bedeutung bei.

August Strindberg
Das blaue Buch (1908)

n meiner Jugend las ich über einen Engländer, der sich erschoß, weil es so beschwerlich war zu leben. Er hatte nämlich die Knöpfe gezählt, die zweimal am Tag auf- und zugeknöpft werden mußten. In der Unterwäsche ein halbes Dutzend, im gestärkten Hemd ein halbes Dutzend, in Kragen und Manschetten ein halbes Dutzend, in Weste, Hose und Jacke samt Überzieher ein Dutzend, in Stiefeln, Gamaschen und Handschuhen zwei Dutzend. Wenn er ausreiten wollte, mußte er sich umziehen, zum Essen ebenso und auch für den Abend.
In dieser Mühe liegt jedoch die nackte Wahrheit.

Das Rätsel des rachitischen Kindes

Die Frage, wie es wohl dazu gekommen ist, daß sämtliche deutschen Wanderwege, Volksparks und Fußgängerzonen mit einem rachitischen Kind verziert sind, das, weiß auf blau, an der rechten Hand einer Begleitperson, vermutlich der unglücklichen Mutter, hängt, hat sicherlich nicht nur uns zu denken gegeben.

Zuständig für solche Fragen ist Herr Amtsrat Niedersberg vom Fachreferat SDV 12 (Straßenverkehr) im Bundesinnenministerium. Er war es auch, der unseren Nachforschungen den rechten Weg gewiesen hat, wenngleich er selber, zu seinem Bedauern, die gewünschte Auskunft nicht geben konnte. Das alles sei lange vor seiner Zeit gewesen, vermutlich in den fünfziger oder sechziger Jahren. Damals habe ja noch nicht einmal die Vereinbarung über die Regeln zur Erstellung neuer Verkehrszeichen existiert. Wir mußten einräumen, daß uns diese Vereinbarung bisher entgangen war.

»Kein Wunder! Sie ist auch erst im Dezember 1979 erzielt worden«, erklärte uns Herr Niedersberg mit milder, geduldiger Stimme. »Seitdem wenden wir uns, wenn ein neues Verkehrszeichen eingeführt werden soll, nicht nur an die Forschungsgesellschaft für das Straßenwesen e.G., sondern auch an die Kölner Bundesanstalt für das Straßenwesen, die sogar über einen eigenen Diplom-Designer verfügt. Mit Hilfe dieser Stellen und im Einvernehmen mit dem Deutschen Normenausschuß erarbeiten wir sodann Vorschläge, die, nachdem sie von den Obersten Landesbehörden gebilligt worden sind, verabschiedet werden. Dann erst kann der entsprechende Gelbdruck erscheinen. Es soll ja niemand überfahren werden«, fügte der Amtsrat hinzu.

Der Gelbdruck ist gewissermaßen eine letzte Warnung. Er wird vom Normenausschuß veröffentlicht. Noch ist es Zeit, dagegen zu protestieren, noch sind Verbesserungsvorschläge möglich. Erst dann, wenn jedermann gehört worden und wenn die Frist abgelau-

fen ist, erscheint, unter dem Siegel DIN, der Weißdruck. Dann ist das neue Schild geboren.
Um aber auf das rachitische Kind zurückzukommen – »Das ist ja, wie gesagt, schon länger her«, sagte Herr Niedersberg. »Aber vielleicht kann Ihnen mein verehrter Vorgänger weiterhelfen, Herr Oberamtsrat Richard W. Larisch.« Obwohl seit drei Jahren pensioniert, sei dieser Kollege, eine Autorität auf dem Gebiet der Verkehrszeichen, im Fachreferat SDV 12 ein gerngesehener Gast.
Wir bedankten uns bei Herrn Niedersberg, der uns zum Abschied noch auf die folgenden einschlägigen Publikationen hinwies: Larisch, R.W., *Geschichtliche Entwicklung der deutschen Straßenverkehrszeichen.* Bad Godesberg: Selbstverlag 1963, sowie derselbe, *Die Fortentwicklung der Verhaltensregeln für den Straßenverkehr in der Bundesrepublik Deutschland.* Zweite, erweiterte Auflage. Bonn: Selbstverlag 1971.
Der Verfasser dieser Schriften nahm unsere Erkundigungen verständnisvoll, um nicht zu sagen höchst erfreut, auf.
»Das Gebotsschild für Fußgänger wurde 1953 eingeführt. Damals war ein Mann mit einem Kind an der Hand zu sehen. Dieses Zeichen ist auf unserm Mist gewachsen; das heißt, es ist in der Bundesrepublik geboren worden, und 1958 sollte es international übernommen werden. Wir haben uns schon darauf gefreut.«
Doch diese Hoffnung trog. Kurz bevor die Vereinten Nationen das Wiener Weltabkommen über Verkehrszeichen zustande brachten, geriet das blaue Schild unter schweren Beschuß. Der Deutsche Kinderschutzbund bezeichnete den Mann mit dem Schlapphut als potentiellen Sittenstrolch und forderte Herrn Larisch kategorisch auf, ihn durch die Mutter zu ersetzen.
»Wir haben sofort ein Gutachten von der Universität München eingeholt. Fordert das Schild die Kinder auf, mit fremden Männern in den Park zu gehen, oder nicht? Wir wollten es ganz genau wissen. Die Psychologen sagten, davon könne gar keine Rede sein. Dann war erst mal Ruhe. Alles wäre gutgegangen, wenn sich diese Amerikanerin nicht eingemischt hätte; die Frau eines Obersten der US Army, der in Mannheim stationiert war. Sie beschwerte sich bei allen möglichen Stellen über den Unhold. Einer ihrer zahlreichen Briefe war an den Bundespräsidenten gerichtet, und Herr Heinemann hat uns gefragt, ob sich da nicht was machen ließe.« Herr Larisch lachte. »Sein Wunsch war uns natürlich Befehl.«
Das Kind hatten wir inzwischen fast aus den Augen verloren.
»Ich habe die ganze Sache dann an einen Werbegraphiker gegeben, der hieß Redlich. Redlich aus Ubbedissen in Westfalen. Der hat den Entwurf gemacht, und ich habe ihm, das weiß ich noch, zwanzig Mark dafür bezahlt.«
Wir drückten Herrn Larisch unsere Dankbarkeit aus und stellten fest, daß Herr Walter Redlich wirklich existiert; daß er nach wie vor als Graphiker tätig ist; und daß er in Bielefeld lebt. (Ubbedissen gibt es nicht mehr; es ist durch Eingemeindung verschwunden.)
Wenigen Künstlern sei heute eine so breite und nachhaltige Wirkung beschieden wie ihm; ob er gerne auf diese Arbeit zurückblicke?
»Wieso?« erwiderte Herr Redlich. Er war am Telephon eher kurz angebunden. »Ihr Verkehrsschild mit dem Kind. Man sieht es an allen Straßenecken.«
Ach, sagte Herr Redlich, das habe er ganz vergessen. Es war kurz vor dem Abendessen, und er hatte keine Lust mehr, sich mit uns darüber zu unterhalten. Wir brachten es nicht übers Herz, weiter in Herrn Redlich zu dringen.
Das Rätsel des rachitischen Kindes bleibt ungelöst.
TransAtlantik 10/1980.

Vergnügunger

Zeichnung *Circus* von There

Neumarkter Wochenblatt.

Amtsblatt

der königl. Bezirksämter Neumarkt und Parsberg

des k. Amtsgerichts, Rentamts, Forstamts und des Stadtmagistrats Neumarkt.

Erscheint Dienstag, Donnerstag, Samstag und wird der Samstagnummer das Neumarkter Sonntagsblatt gratis beigelegt. — Vierteljährlich 1 Mk. — Inserationspreis 10 Pfg. für die Petitzeile oder deren Raum.

Nro. 135. Donnerstag, den 11. November 1909. 74. Jahrg.

Bekanntmachung.

§ 1.

Für alle im Gemeindebezirke stattfindenden Lustbarkeiten, gleichviel ob sie
a) öffentlich,
b) von einzelnen Personen in öffentlichen Lokalen gegen Entgelt oder
c) von Körperschaften und Vereinigungen in öffentlichen Lokalen oder in eigenen oder zur Benützung überlassenen Gesellschaftsräumen

veranstaltet werden, sind nachstehende Gebühren an die Armen/Gemeinde-Kasse zu entrichten.

§ 2.

Die Gebühr beträgt ℳ

A für 1 Theatervorstellung
„ 1 Wettrennen oder -fahren
„ 1 Frahrradrennen
„ 1 Wettlaufen
„ 1 Hundewettrennen
„ 1 Gartenfest
„ 1 Preisschießen
„ 1 Preißkegelschieben
„ 1 Feuerwerk
„ 1 Luftballonsteigen
„ 1 musikalische Darbietung, Konzert u. dgl.
„ 1 Komikervortrag
„ 1 gewerbsmäßigen Vortrag oder Deklamation,

B für jeden Tag der Schaustellung:
einer Kunstreiter-, Seiltänzer-, Gymnastiker-, Equilibristen-Gesellschaft,
a) mit 3 oder mehr Mitwirkenden
b) mit weniger als 3 Mitwirkenden

eines Panoramas
„ Museums
„ Wachsfigurenkabinets
„ Kinematographen
„ Bioskop
„ Marionettentheaters
„ Kasperltheaters
„ Taschenspielers
„ Zauberkünstlers
„ Hypnotiseurs
„ Zirkus mit abgerichteten Tieren
„ Affentheaters
einer Menagerie
„ Schaubude mit fremden Menschenrassen
„ „ „ Abnormitäten von Menschen oder Tieren
„ „ „ sonstigen Kuriositäten
„ Glasbläserei
eines Bauchredners
„ Schaukastens (Bergwerks u. dgl.)
einzelne Tiere (Kamele, Bären, Affen, usf.)

C. für jeden Tag des Betriebes:
eines Karussels
„ russischen Karussels
einer Schiffschaukel
„ Berg- und Talbahn
„ Rutschbahn
„ Schießbude
eines Glückshafens
„ Kraftmessers
„ Geschicklichkeitsspieles (Ball- Ring- Messerwerfen u. ähnl.)
„ Musikautomaten
„ Orchestrions
„ Phonographen
musikalischer Darbietungen von Gesellschaften im Umherziehen auf Straßen und Plätzen oder in Wirtschaften pro Person
einer Drehorgel
„ Spieldose

D. für eine feierliche Hochzeit in öffentlicher Wirtschaft
„ „ Christbaumfeier
„ „ Hausfastnacht
„ „ Maskenzug
„ „ Maskenfest
„ „ feierliche Vereinsveranstaltung mit Tanz

§ 3.

Jede der voraufgeführten Gebühren wird gesondert erhoben, auch wenn die gebührenpflichtigen Veranstaltungen gleichzeitig am gleichen Orte und durch die gleichen Personen unternommen werden.

§ 4.

Für die Zahlung der Gebühr haftet der Veranstalter und neben diesem gesamtverbindlich der Besitzer des Lokales oder Grundstückes, in bezw. auf welchem die Lustbarkeit stattfindet. Die Gebühren sind vorauszahlbar.

§ 5.

Von der Gebührenentrichtung sind befreit:

1) Lahme, Blinde, Krüppelhafte und sonstige arbeitsunfähige Personen, wenn sie deutsche Reichsangehörige sind und Schaustellungen oder Vorführungen untergeordneter Art darbieten,

2) Militärkapellen, welche im Dienste spielen,

3) Kirchliche Aufzüge, Kirchenzüge von Vereinen, Trauerzüge.

Außerdem kann der Bürgermeister für öffentliche Veranstaltungen zu ausschließlich wohltätigen oder gemeinnützigen Zwecken die Abgabe erlassen.

Neumarkter Wochenblatt der königl. Bezirksämter Neumarkt und Parsberg vom 11. Nov. 1909.

Erinnerung an einen Tumult

Das Gedächtnis, ein Sieb. 1968, eine Jahreszahl, in der sich das Imaginäre eingenistet hat. Ein Gewimmel von Reminiszenzen, Allegorien, Selbsttäuschungen, Verallgemeinerungen und Projektionen hat sich an die Stelle dessen gesetzt, was in diesem atemlosen Jahr passiert ist. Die Erfahrungen liegen begraben unter dem Misthaufen der Medien, des »Archivmaterials«, der Podiumsdiskussionen, der veteranenhaften Stilisierung einer Wirklichkeit, die unter der Hand unvorstellbar geworden ist.

Mein Gedächtnis, dieser chaotische, delirierende Regisseur, liefert einen absurden Film ab, dessen Sequenzen nicht zueinander passen. Der Ton ist asynchron. Ganze Einstellungen sind unterbelichtet. Manchmal zeigt die Leinwand nur Schwarzfilm. Vieles ist mit wackelnder Handkamera aufgenommen. Die meisten Akteure erkenne ich nicht wieder.

Auf einem Zuckerfeld in Camagüey sehe ich zwanzig winzige Figuren mit großen Messern in der Hand, die nicht wie Cubaner aussehen. Sie machen einen erschöpften Eindruck. Wahrscheinlich sind sie zu müde, um darüber nachzudenken, wozu der viele Zucker eigentlich gut sein soll. Dann eine alte Fabrikhalle, deren Boden mit Matratzen augelegt ist. Wahrscheinlich Berlin-Moabit. In exotische Lumpen gekleidete Personen blicken auf drei Schwarzweißfernseher, die gleichzeitig laufen, aber ohne Ton. Auf einem der Bildschirme zuckt es psychedelisch, auf einem andern erscheint eine Waschmittelreklame, auf dem dritten sind brennende Menschen zu sehen. Schnitt. Friedliche Sonntagsspaziergänger in den Ruinen von Angkor Wat, einer Tempelstadt in Kambodscha. Hunderte von komplizierten Statuen, von tropischer Vegetation umwuchert, erstickt, zertrümmert. Dann ein Cocktail im Palast des Prinzen Sihanouk. Irgendein Straßenmarkt, der Eingang zu einem Bordell, eine alte Frau. Plötzlich sind Sirenen zu hören. Eine Gasse in Paris, nachts, das Straßenpflaster glänzt im Regen. Die Stadt scheint völlig ausgestorben, als wäre der Belagerungszustand verhängt worden. Dann eine Reihe von Palmen, daneben ein koloniales Holzhaus, über dessen Strohdach ein Wolkenbruch niedergeht. Die Kamera fährt auf die offene Veranda zu, man hört, wie der Regen auf das Dach trommelt. Acht muskulöse Indios auf wackligen Stühlen, die rauchen und vor sich hin dösen. Sie können weder lesen noch schreiben, und sie begreifen nicht, wie sie nach Papetee, Tahiti, geraten sind. Ein korrekt gekleideter Herr mit melancholischem Gesichtsausdruck erklärt mir, daß sie auf Gelder, Papiere, Zusicherungen und auf ein Flugzeug warten, das sie nach Paris bringen soll. Der Mann ist Senator. Er heißt Salvador Allende. Außerhalb Chiles hat kaum jemand von ihm gehört. Seine Schützlinge sind die letzten Überlebenden von Che Guevaras bolivianischer Expedition. Schnitt. Ein Frühlingstag auf dem Land. Birkenwälder. Spaziergänger mit Hunden, im Hintergrund eine Datscha, vorn ein überwuchertes Grab. Im Off hört man russische

Collage von Jiří Kolař, 1968.

Stimmen, eine Ziege läuft durchs Bild. Dann eine Station der Moskauer Metro. Streit mit einem Betrunkenen, die Miliz wird geholt. Auf dem Rest der Filmrolle nur noch tanzende Flecken. Ein erschossener Mann auf einem Parkplatz, sein Gesicht ist nicht zu erkennen. Ausschnitt aus einer Sitzung in einem verräucherten Hinterzimmer. Das Gebäude des Alliierten Kontrollrats in Berlin, das seit 1948 leer steht, davor die üblichen Wasserwerfer, die üblichen Verhaftungen. Schwarzfilm.

Je länger ich mir das Material ansehe, desto weniger begreife ich. Ich begreife nicht, wie in 365 Tagen überhaupt so viel passieren konnte. Es ist, als wäre der Regisseur, d. h. der Betrachter, dauernd von einer gewaltsamen Bewegung mitgeschleift worden. Die Bilder springen in Zeit und Raum hin und her. Wirre Geräusche, Landungen, Schüsse in Wohnzimmern, Slogans, Schreie, Gedächtnislücken. Und doch muß an den Klebstellen dieses Films etwas entstanden sein, es wurde gehandelt, intrigiert, Erfindungen wurden gemacht, Gedichte sind aufgetaucht, Resolutionen, Verbrechen … Es gibt Leute, die das alles säuberlich auf Flaschen abfüllen und Memoiren daraus machen. Mir ist dieses Verfahren schleierhaft.
Dann Prag. Ich war damals, glaube ich, drei- oder viermal in Prag. Ich erinnere mich an die schweren eisernen Läden vor den Türen und Fenstern der Altstadt, an verrostete Schlösser, an riesige Schlüssel, an dunkle Kirchen, an Fassaden, von denen der Mörtel fiel, an Ausländerhotels, Mädchen, die für Devisen jederzeit zu haben waren, Geheimpolizisten, konspirative Gespräche … Aber war das nicht früher …? Wann? 1962? 1964? 1967? Die Prager Bilder sind fast alle doppelt belichtet, schwer zu datieren. Man müßte in alten Postkarten wühlen, Zeitungsausschnitte sammeln, Biographien rekonstruieren. Nur die eisernen Läden blieben dieselben, die Kneipen, aus denen schon am Vormittag Betrunkene stolperten, die Korridore, in denen der stalinistische Kadaver vor sich hin faulte, die Steine auf dem jüdischen Friedhof, die rasselnden Straßenbahnen aus der Vorkriegszeit, die Villen der Kollaborateure von damals und von heute. Wann war das? Der todkranke Dichter sitzt heute noch in der Küche und tippt sein Buch, das niemals gedruckt werden wird. Die Spitzel stehen immer noch vor dem Haus. In der verwahrlosten Brauerei lehnt nach wie vor der entlassene Philosoph in seiner schmutzigen Gummischürze an den Bierfässern, und Dubček trägt seine abgeschabte Aktentasche mit dem Pausenbrot in die Registratur einer hoffnungslosen Forstverwaltung. Da gibt es nichts zu datieren.
Damals allerdings sind die verbotenen Sätze auf die Straße gegangen. Zweitausend, zwanzigtausend, zweihunderttausend Worte. Umzüge, Resolutionen auch hier, Intrigen, Machtkämpfe, Gerüchte, fiebrige Erwartungen, elementare Wünsche. Aber was hatte diese rasende Bewegung mit den anderen rasenden Bewegungen zu tun, mit den Scharaden von Paris und Berlin, der bleiernen Idylle von Peredelkino, der Irrfahrt der bolivianischen Guerrilleros rund um die Welt, dem Feuersturm am Mekong-Fluß? Alles und nichts. Es war nicht möglich, das alles gleichzeitig zu »verstehen«, sich »einen Vers darauf zu machen«, es »auf den Begriff zu bringen«. Die Widersprüche schrien zum Himmel. Jeder Versuch, den Tumult intelligibel zu machen, endete notwendig in ideologischem Kauderwelsch. Die Erinnerung an das Jahr 1968 kann deshalb nur eine Form annehmen: die der Collage. (1983)

as ist ja allerhand! Eben. Jetzt mach mal einen Punkt. Ich will ja nicht so sein. Daran ist nicht zu denken. Alles, was recht ist! Bitte, wie du meinst. Das gibt sich.

Nullsätze und Gesprächskiller finden sich in jedem guten Wörterbuch. Jeder kennt sie und macht Gebrauch von ihnen. Gleichwohl geben sie manches Rätsel auf. Schon weil sie vieles ungesagt sein lassen, sind sie ohne Kontext so gut wie unverständlich. Sie sind in der mündlichen Rede zu Hause; es gehört sich eigentlich nicht, sie aufzuschreiben. Ein außergewöhnlicher Reichtum an Tonfällen sorgt dafür, daß keine Mißverständnisse auftreten, obwohl ihre Semantik gewissermaßen in der Luft hängt. Sie setzen also ein intimes Hintergrundwissen voraus und sind durchaus von der sozialen Situation abhängig, in der sie geäußert werden. Man kann leicht mit ihnen an den Falschen geraten.

Heikel ist aber auch ihr Verhältnis zur Grammatik. Syntaktisch gehen sie gern eigene Wege. Manchmal läßt sich weder ihr Subjekt noch ihr Objekt ohne weiteres bestimmen. »Es tut sich was« oder »Damit hat sich's«: hier ist völlig unklar, wer da etwas tut oder hat, noch dazu in reflexiver Gestalt. »Sei dem, wie ihm wolle« verleitet insofern zum Grübeln, als weder deutlich wird, wer da will, noch, wem gewollt wird, oder, wem da etwas sei. Die normalen Kasusregeln werden hier einfach außer Kraft gesetzt. Auffällig ist, nicht nur bei den Interjektionen, die Vorliebe für die Ellipse.

Das Repertoire an Intonationen ist sehr reichhaltig: laut, leise, höhnisch, gelangweilt, witzelnd, aufgebracht, übermütig, arrogant – mit ein paar Silben werden all diese Nuancen ausgedrückt. Manche Nullsätze signalisieren Überraschung, Erstaunen, gutmütiges Zureden oder schiere Ahnungslosigkeit. Doch die aggressiven Töne überwiegen bei weitem: Ablehnung, Sarkasmus, Überheblichkeit, Rechthaberei, Grobheit und Ironie. Verblüffend vielen Nullsätzen hört man an, daß es ihnen darauf ankommt, das letzte Wort zu behalten. Sie dienen dazu, den Gesprächspartner förmlich niederzubügeln und mundtot zu machen.

Dabei wimmelt es von performativen Widersprüchen, die solche destruktiven Absichten verleugnen möchten: »Ich bin sprachlos«, »Das ist nicht gesagt« oder »Ich denke nicht daran« sind Sätze, die sich, ohne mit der Wimper zu zucken, selbst widerlegen.

Gelegentlich werfen Nullsätze, gewissermaßen hinter dem Rücken des Sprechers, metaphysische Probleme auf. »Da hört sich ja alles auf« ließe sich als Ankündigung des Weltendes verstehen, wobei auch in diesem Fall das Passiv irritiert. »Sei doch nicht so« oder »Du bist mir einer« – diese Sätze rütteln an der Frage der Identität. »Dem ist nicht so«: wem ist hier anders? Der benefaktive Dativ bezieht sich auf ein unbekanntes Es, dem ein anderes Es nicht so ist – ein ontologisches Mysterium. In aller Unschuld lassen sich manche Nullsätze auf ein Match mit dem Nichts ein, das in Formulierungen wie den folgenden nichtet: »Ich mache mir nichts daraus«, was auf die Umkehrung einer *creatio ex nihilo* hinausläuft, wenngleich offenbleibt, was hier zunichte gemacht wird. Immerhin ist ein Subjekt der Vernichtung erkennbar. Hingegen gerät man ins Taumeln bei der Frage, welches *Das* und welches *Es* gemeint sein könnte, von dem es heißt: »Da fehlt sich nichts«, »Das macht nichts« oder gar »Das nimmt sich nichts«.

Die Liste einschlägiger Ungeheuer kann gar nicht lang genug sein.

Mein lieber Schwan! Ich bitte dich um alles in der Welt. Genug davon! Geschenkt! Nicht daß du denkst! Prost Mahlzeit! Mit mir könnt ihr es ja machen. Kommt ganz darauf an. Hast du Töne! Aber hallo! Damit du es weißt! Ja, wenn das so ist.

e, wie du meinst. Du hast leicht reden! Ich meine ja nur. Punktum. Wer glauben Sie, daß Sie sind? Wie soll ich das verstehen? Soll das ein Witz sein? Das hat was.

TABULA ILLUST

Theodor W. Adorno · Vittoria Alliata · Kingsley Amis · Louis Aragon Emmanuel d'Astier · Millan Astray · Wystan Hugh Auden · Charles Babbage · Francis Bacon · Jules-Amédée Barbey d'Aurevilly · Miguel Barnet Karl Barth · Stephen Battersby · Monroe Beardsley · Samuel Beckett Brendan Behan · Hilaire Belloc · Jeremy Bentham · Johann Beyer · Manfred Bierwisch · Gottlieb Wilhelm Bischoff · Alberto Blanco · Ludwig Börne · Símon Bolívar · Jorge Luis Borges · Ray Bradbury · Vittorio Brancati · Bertolt Brecht · Clemens Brentano · Friedrich Bresemann André Breton · Gro Harlem Brundtland · William F. Buckley · Edelgard Bulmahn · Jacob Burckhardt · Thomas Burnet · Samuel Butler Guillermo Cabrera Infante · Lewis Carroll · Leo Castelli · Anton Čechov Guido Cernetti · Viktor Černomyrdin · Nicolas Chamfort · Gilbert Keith Chesterton · Chou En-lai · Winston Churchill · Robert Conquest · Astolphe

CITATIS VEL REC

de Custine · Lorraine Daston · Alexander Demandt · Tibor Déry · Denis Diderot · Wolfgang Döbereiner · Stephan Dorenberg · Annette von Droste-Hülshoff · Josef Wissiarianowitsch Dschugaschwili · Franz Ebhardt · Jose Maria Eça de Queirós · Johannes Edfeld · Albert Einstein · Gunnar Ekelö Friedrich Engels · Christian Enzensberger · Ulrich Enzensberger · Pau Erdős · Raymond Federman · Niall Ferguson · Jean Ferry · Richard Feynman · Johann Gottlieb Fichte · Heinz Förster · Bernard de Fontenelle Michael Frayn · Sigmund Freud · Peter Frieß · Christopher Fry · James R. Gaines · Ferdinando Galiani · Peter Galison · Armand Gatti · Siegfried Giedion · George Gissing · Johann Wolfgang Goethe · Günter Grass Heinrich Grimm · Jacob Grimm · Melchior Grimm · Wilhelm Grimm Manfred Grube · Lars Gustafsson · Georg Friedrich Händel · Michae Hamburger · Maria von Hammerstein · Friedrich Hebbel · Georg Wilhelm Friedrich Hegel · Hans Werner Henze · Heraklit · Ödön von Horváth Alexander von Humboldt · Edmund Husserl · Gyula Illyés · Jean Pau

OPERE GRATIS

RIS AUCTORIBUS

James Joyce · Ernst Jünger · Katharina Kaever · Franz Kafka · Konstantin Kavafis · Hugh Kenner · Søren Kierkegaard · Danilo Kiš · Otto Klemperer · Leszek Kołakowski · Edward Lear · Gottfried Wilhelm Leibniz Giacomo Leopardi · Georg Christoph Lichtenberg · Carl von Linné Li Po · Arthur D. Little · Guy Lombardo · Heinrich Luden · Niklas Luhmann · Lukian von Samosota · Lu Xun · Charles Mackay · Stéphane Mallarmé · Giorgio Manganelli · Katherine Mansfield · Mao Tse-tung Sándor Márai · Andrew Marvell · Karl Marx · Erich Maters · W. Somerset Maugham · Thomas Mayer · Mark McGurl · Henry Louis Mencken Karl Markus Michel · John Stuart Mill · René Fülöp Miller · Michel de Montaigne · Simon Sebag Montefiore · Charles de Secondat Montesquieu · Stanley Moss · John Lothrop Motley · David Patrick Moynihan · Robert Musil · Gustav Muthmann · Vladimir Nabokov · Novalis

ENSATIS IN HOC

Günter Oettinger · Lorenz Oken · Dimitar Paunov · Francesco Petrarca Platon · Alexander Puschkin · Joseph Ratzinger · Ulrich Raulff · Robert Rauschenberg · Thomas Ravier · Carmen M. Reinhart · Rainer Maria Rilke · Antoine de Rivarol · Kenneth S. Rogoff · John Ruskin · Bertrand Russell · Ernest Rutherford · Bernardino de Sahagún · Gaston Salvatore George Santayana · Friedrich Wilhelm Schelling · K. Schippers · Myron Scholes · Anthony Shaftesbury · Isaac Bashevis Singer · Sidney Smith Franz Baerman Steiner · Stendhal · Laurence Sterne · Wallace Stevens Botho Strauß · August Strindberg · Alexander Suchovo-Kobylin · Jonathan Swift · Peregrinus Syntax · Alfred Lord Tennyson · Fritz Teufel Andreas Thalmayr · Margaret Thatcher · Alexis de Tocqueville · Kurt Tucholsky · Ludwig Uhland · Karl August von Varnhagen · Andy Warhol Georg Rudolf Weckherlin · Christoph Martin Wieland · Bernard Williams · William Wimsatt · Ludwig Wittgenstein · Wolfram von Eschenbach · Henry Wolton · Johann Heinrich Zedler · Émile Zola

ME DEDICATA

There is no art without facts,
and no science without fancy.

Vladimir Nabokov

Gegen Diderot

Der deutsche Geist hat Einzug gehalten mit Diderot. Seine Rede war hochtrabend, präzeptorenhaft, überspannt, pedantisch, offenherzig, derb. Diderot hat die Eigenart des französischen Genies an die Deutschen ausgeliefert. Fast könnte man sagen, daß er Goethes Ziehvater war, und wie die meisten Väter seiner Epoche taugte er mehr als seine Nachfolger... Mag er ihm, als Metaphysiker und als Künstler, noch so unterlegen sein – und in meinen Augen kann er ihm weder formal noch als Denker das Wasser reichen –, so hatte er doch den Vorzug, der Goethe gänzlich fehlte: Elan und Verve, jene Lebhaftigkeit, die der Übertreibung nahekommt und ohne die es doch kein wahres Leben gibt. Davon hatte Goethe keine Ahnung: diese mürrische Miene, diese Gipsfigur, die sich als Antike ausgibt und die, statt zu leben, nur ein Leben simuliert. Dagegen Diderot, gut durchblutet, voller Temperament! Oft, wenn er ins Deklamieren kommt, scheint er einem Schlagfluß nahe. Aber leblos, leer, frostig wie das große Idol der Deutschen war er nie.

Diderot war weiter nichts als ein großes, anarchisches Gehirn. Besser gesagt, es herrschte in ihm sogar eine doppelte Anarchie: die des Denkens und die des Herzens. Er liebte seine Frau und seine Tochter, aber diese Liebe hinderte ihn nicht daran, Maitressen zu haben... Man könnte ihn genial nennen, wenn das Genie nichts weiter wäre als die Anarchie des Intellekts... Stürmischer als in Diderots Kopf, in Diderots Seele ist es auf keinem öffentlichen Platz zugegangen, den die entfesselte Canaille stürmte.

Doch sein postumer Triumph wird nicht von langer Dauer sein. Diderot wird vergessen sein, während Goethe, dieser Eiszapfen, überdauert; denn

Leidenschaft und Elan gelten nichts in dieser letzten Stunde einer Welt, die in ihrem eigenen Eis erstarrt und von der man nur noch, mit einem Wort Machiavellis, sagen kann, sie gehöre »den kalten Geistern«.
Diderot war ein Salamander, der im Feuer des Geistes, im Feuer des Herzens und der Sinne, der Begeisterung, der Heiterkeit und der Tränen lebte, in allen Feuern, die der Mensch, in seiner unsterblichen Natur, auf der Erde entzünden kann; und in der sublimen Flamme seiner Fähigkeiten hat er sich verzehrt, während Goethe, haltbar wie erstarrte Gelatine, überdauert.

JULES BARBEY D'AUREVILLY, *Goethe et Diderot.* Paris 1880.

an hat einen Oktavband herausgegeben: *Goethe in den wohlwollenden Zeugnissen der Mitlebenden.* Nun werde ich raten ein Gegenstück zu besorgen: *Goethe in den mißwollenden Zeugnissen der Mitlebenden.* Die dabei zu unternehmende Arbeit würde den Gegnern leicht werden und zur Unterhaltung dienen.
Da man mich aus der allgemeinen Literatur und der besonderen der Deutschen jetzt und künftig, wie es scheint, nicht los wird, so wird es dem Geschichtsfreunde gewiß nicht unangenehm sein, auf eine bequeme Weise zu erfahren, wie es in unsern Tagen ausgesehen und welche Geister darinnen gewaltet.
Mir selbst würde ein solches Unternommene höchst interessant sein; denn wie sollt' ich mir läugnen, daß ich vielen Menschen widerwärtig und verhaßt geworden, und daß diese mich auf ihre Weise dem Publikum vorzubilden gesucht.
Ich dagegen bin mir nur bewußt, daß ich mich in ununterbrochener Tätigkeit erhalten und sie, wiewohl angefochten, bis an mein Ende durchgeführt habe.
JOHANN WOLFGANG GOETHE, »Vorschlag«. 3. Februar 1824.

Zum Andenken an Lorenz Oken (II)

Oken, eigentlich Laurentius Okenfuß, 1779–1851, Arzt und Naturforscher, 1807 Professor der Medizin, 1812 Professor der Naturgeschichte und Naturphilosophie in Jena, gab dort die enzyklopädische, vor allem naturhistorische Zeitschrift *Isis* heraus. Da zu jener Zeit in Sachsen-Weimar-Eisenach größere Pressefreiheit als in anderen deutschen Ländern herrschte, wurden an Oken zahlreiche Klagen und Artikel gesandt, die anderswo der strengeren Zensur wegen nicht veröffentlicht werden konnten.
Gleich nach dem Erscheinen der ersten Nummer hatte Goethe geraten, die *Isis* zu verbieten, da Oken dort eine eingehende Kritik am weimarischen Grundgesetz publiziert hatte. Der Großherzog ging auf Goethes Vorschlag zunächst nicht ein, sondern bat seinen Minister um weitere Überlegungen, die dieser am 5. Oktober 1816 vorlegte:

»Manchem dürfte, bei Betrachtung der Akten, wünschenswert deuchten, daß man sogleich beim Erscheinen der Ankündigung von Polizei wegen das Blatt verboten hätte, wie denn dieser Behörde ganz ohne Frage in einem solchen Falle aus eigener Autorität zu verfahren zusteht, wie ein erfahrenes und geprüftes Mitglied derselben fol. 36 unbewunden ausspricht. Da es aber nicht geschehen, sondern von gedachtem Blatte schon mehrere Nummern ausgegeben worden, so hat man dabei den traurigen Vorteil zu sehen, wie ungehinderte Verwogenheit täglich wächst und ihre grenzenlose Natur offenbart.
Beiliegende Akten enthalten die Blätter, welche künftigen Gewährsmännern notwendig als Greuel erscheinen müssen.
[...]
Ihre Vorschläge gehen dahin, man solle
1. dem Herausgeber seine Ungebühr mündlich oder schriftlich verweisen und ihn
2. bedrohen, daß bei erneuten Ausfällen auf einzelne Personen, oder ganze Stände, sein Blatt sogleich verboten werden solle.
Hierzu fügen sie
3. den Vorschlag, daß man den Fiskal gegen ihn aufregen und auf dem Wege Rechtens den bisher Beleidigten Genugtuung verschaffen möge.
Hierüber aber meine Meinung zu eröffnen, finde ich mich in großer Verlegenheit; denn so bedeutend und kräftig auch diese Maßregeln scheinen möchten, so bin ich doch genötigt, auszusprechen, daß sie mir eher geeignet scheinen, das Übel zu vermehren, als demselben Einhalt zu tun. Ich will die mir vorschwebenden möglichen Folgen gedachter Schritte nicht verhehlen.
Ad 1. Zitiert man den Herausgeber zu einem Vorhalt und er bleibt aus, wie soll man alsdann verfahren? Will man ihn durch das Militär holen lassen, oder was sonst für eine Maßregel ergreifen?
Wenn er nun aber erschiene und vor der Behörde eben so kühn und unverschämt spräche, wie er drucken läßt – (und es fehlt ihm nicht an Redegabe) – will man ihn dann auf die Hauptwache setzen, oder ihn triumphierend ziehen lassen?

Gesetzt aber, er betrüge sich bescheiden, registrierte aber sogleich den ganzen Vorfall und ließ ihn im nächsten Stück abdrucken, mit direkter und indirekter Verspottung der Behörde, wozu ihm Druckerstöcke und andere Narrenspossen zu Gebote stehen: will man alsdann mit dem angedrohten Verbote vorschreiten, da die Behörde als Partei erscheint und die ihr angetane Beleidigung ahnden muß, nachdem so viele andere Verhältnisse ungestraft preisgegeben worden? [...]
Man hüte sich, in dieser Form fortzufahren, weil sie in der neueren Zeit notwendig brechen muß. Man betrachte das gegenwärtige Beispiel. Der Herausgeber ist ein Mann von Geist, von Kenntnissen, von Verdienst; ihn als einen Schulknaben herunter zu machen, ziemt sich nicht; hat er aber bei allen seinen Vorzügen nebenher noch einen partiellen Wahnsinn, der dem Staate schädlich, ja verderblich ist, so bändige man diesen und die Sache ist mit Ehren getan.
Ad 2. Sodann will man ihn bedrohen. Auch davon kann ich keine Frucht erwarten. Würde man wohl einem Mohren bei Strafe aufgeben, sich weiß zu waschen?
Das Blatt soll mäßiger, bescheidener werden, es soll sich selbst beschränken! Man betrachte den Inhalt oder die Form dieser Flugschrift: wo soll die Beschränkung herkommen? Es umfaßt enzyklopädisch alles Denkbare und sogar das, was es scheinbar ausschließt, nimmt es beleidigend wieder auf. Die Form ist wild, frech, ohne Rücksicht auf irgend ein Verhältnis, ohne Geschmack in der Darstellung; wie soll diese Form sich vernünftig gestalten?
Und gibt es denn eine Grenze des Wahnsinns, der Unbescheidenheit, der Verwogenheit? Sie und ihre Geschwister und ihre Verwandte sind ihrer Natur nach, unbedingt, nicht zu belehren und nicht zu bändigen.
Und wo wäre dann der Maßstab der Gesetzlosigkeit? Man will das Blatt fortdauern lassen und wer soll dann beurteilen, ob der Verfasser in sich gegangen, ob wirklich sein Blatt sich der Sitte, sich dem Erträglichen nähert? Fürwahr der hundertste Teil desselben ist eben so schlimm als das Ganze, und nach der Bedrohung können mancherlei Fälle eintreten. Entweder der Herausgeber fährt auf die bisherige Weise fort; wird man dann resolut genug sein, die Drohung zu erfüllen? Oder er wirft sich in die Ironie, welche von ihrem zartesten Gipfel bis zu ihrer plattesten Base hundert Formen darbietet, die Leute zu quälen, ohne daß man sich beklagen darf; wird man ihm wehren, die Druckerstöcke zu vervielfältigen, jedes Blatt mit Rebus zu schmücken, wozu er schon auf dem Wege ist? Wer wird ihn hindern, in Rätseln, Logogriphen, Charaden, seine Leidenschaft zu verhüllen, und ist es einer Behörde anständig, den Ödipus zu einer solchen Sphinx zu machen?
Und noch das Letzte und Schlimmste: er hat den Fürsten innerhalb der Staatsverhältnisse angegriffen, wird er lange säumen, die Familienverhältnisse anzugreifen? Und wird man alsdann abermals zaudern, Einhalt zu tun, weil die griechischen Kaiser es für unwürdig gehalten haben, gegen sie gerichtete Beleidigungen zu bestrafen?
Was soll denn nun aber geschehen? – Die anfangs versäumte Maßregel muß ergrifen und das Blatt sogleich verboten werden.
Ew. Königlichen Hoheit untertänigst treu gehorsamer

J. W. v. Goethe

Erst auf die Beschwerden anderer Regierungen hin stellte Großherzog Carl August Oken vor die Wahl, entweder die Zeitschrift aufzugeben oder von seiner Professur zurückzutreten. Oken entschied sich für das zweite und gab nach dem Verbot die Zeitschrift weiter in Rudolstadt heraus.

Ein philosophisches Buch kann nie Schaden anrichten, da der gemeine Mann philosophische Bücher gar nicht liest. Daher wählt man auch in einem Lande, wo die Presse nicht frei ist, um den Buchhandel zu bewachen, immer solche Beamte, die nicht lesen; denn man hat die Bemerkung gemacht, daß, je weniger ein Mensch lieset, für um so gefährlicher hält er die Bücher, und um so geneigter ist er, die ganze Welt seiner Diät zu unterwerfen.
Antoine de Rivarol, *Mémoires.* Paris 1824.

We have to manufacture our own sanity.
Robert Rauschenberg

Die scheinbare Leichtigkeit, mit der manche Hochbegabungen eine Unzahl von Werken hervorbringen, hat etwas Dämonisches. So bei Händel, der nebenbei an der Börse spielte, bei Haydn, der sich als Unterhaltungskünstler im Hause Esterhazy tarnte, oder bei Rückert, der in der Maske des biederen Provinzlers aus einem Dutzend orientalischer Sprachen übersetzte und in drei Monaten des Jahres 1834 heimlich seine *Kindertodtenlieder* schrieb, mehr als fünfhundert an der Zahl. Von Lope de Vegas soll es über fünfzehnhundert Theaterstücke gegeben haben, von denen etwa fünfhundert überliefert sind. Nicht weniger unheimlich ist die Produktion zahlloser Graphomanen, die nie etwas veröffentlicht haben. Ein schmaler Grat trennt das Genie vom pathologischen Fall.

So, denk ich mir, wird die Welt untergehen unter dem Jubel der witzigsten Köpfe, die da meinen, es wäre ein Witz.
Søren Kierkegaard

Eine Frage der Hygiene

Eine Gesellschaft, die Angst vor dem Komischen hat, gibt damit sehr schnell zu erkennen, daß sie schwach ist. Jede Gruppe von Menschen, die sich nicht wenigstens einmal in der Woche der Prüfung des Lächerlichen unterzieht, erweckt den Anschein, nicht sehr reinlich zu sein – wie jemand, der sich nicht badet. Der Ernst, in den man sich bei Tag und Nacht hüllt, die mechanisch eingeübte Selbstsicherheit, die Dummheit, die man mit philosophischen Argumenten und Polizeiverordnungen verteidigt, hinterlassen auf jedem und noch auf dem von der Natur am besten ausgestatteten Gesicht schmuddelige und fette Flecken.
Vittorio Brancati, *Diario romano.* Milano 1961.

Auch der Unerbittliche putzt sich die Zähne.

Von der Kunst, einander niederzumachen

Die linken Bewegungen der letzten zwei Jahrhunderte haben sich auf einem Gebiet besonders hervorgetan: dem der Beschimpfungen. Eine reiche rhetorische Tradition, die sich bis zur Französischen Revolution zurückverfolgen läßt, zeugt von einer Binnenkultur, die bis auf den heutigen Tag weiterblüht. Das Besondere an ihr ist, daß sich die Energie der Herabsetzung und der Verdächtigung nicht allein gegen den Feind, sondern vor allem gegen die eigenen Genossen richtet.
Bewundernswert ist die Geduld, mit der die Anhänger der Linken die permanenten Kränkungen ertragen haben, die in diesem Milieu gang und gäbe waren. Gewiß hat sich auch die Rechte immer darin geübt, in den eigenen Reihen zu brüllen, aber nur in linken Kreisen wurde ein feinabgestufter, hochartikulierter Katalog von Injurien erarbeitet.
Unmittelbar lebensbedrohlich wurde dieses Training zur Zeit der stalinistischen Säuberungen, wo jede Nuance ein Todesurteil bedeuten konnte. Aber nicht erst Wyschinski, sondern bereits Lenin war ein Meister darin, jede auch nur vermutete Abweichung, und sei sie noch so minimal, mit einer Flut von Beschimpfungen zu ahnden.
Stilistisch gesehen, läßt sich die Glanzzeit dieser Rhetorik allerdings auf die erste Hälfte des neunzehnten Jahrhunderts datieren.

Unübertroffen sind, wie so häufig in der Kulturgeschichte, die Klassiker. Marx und Engels haben sich nicht damit begnügt, mit vorgefundenen Klischees zu operieren. Ihr Briefwechsel ist reich an inspirierten Formulierungen, wenn es um die Charakterisierung ihrer zeitweiligen Bundesgenossen geht. Erfreulich ist dabei, daß diese Autoren vor Widersprüchen nicht zurückschrecken, wie die folgenden Proben aus dem Register ihrer Injurien und Elogen zeigen:

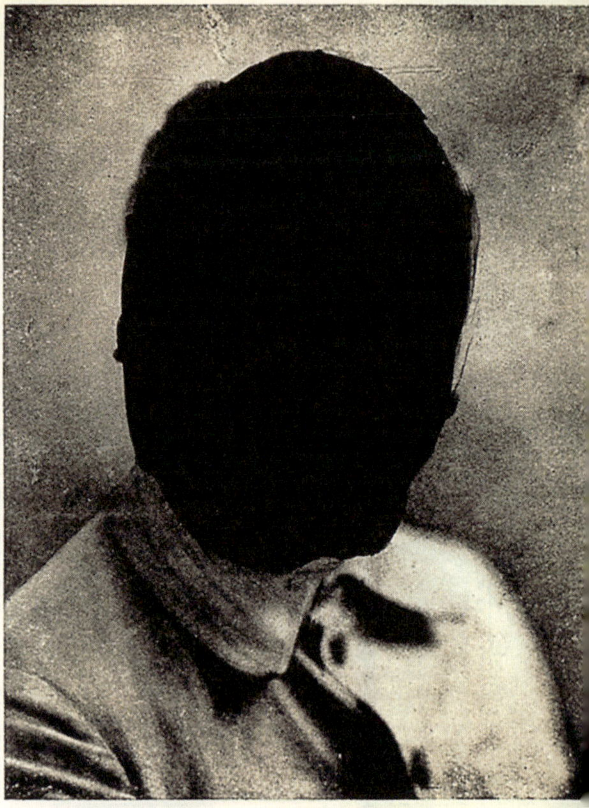

[redacted]
VKP (ʙ) MQ Ortaasija ʙjurosiniꞑ 1924-jildan 1931-nsi jilgaca ʙolgan katiʙi

Michail Bakunin: **Perfekter Ochse. Vieh. Moskowitisches Kuckucksei. Mohammed ohne Koran. Dicker Elefant.** ***Hat mir sehr gut gefallen.***
Bruno Bauer: **Ödestes Gewäsch, breitgetreten wie alter Kuhschiß.** ***Braver Mann.***
Johann Philipp Becker: **Konfuses Wischiwaschi. Konfusionsrat. Altes Vieh.** ***Einer der nobelsten deutschen Revolutionäre.***
Hermann Ewerbeck: **Konfusion zum Schwanzausreißen. Kurzes Gedärm. Volkstümlicher Tripperdoktor.** ***Liebenswürdiger Kerl.***
Ferdinand Freiligrath: **Kommun und feig. Pantoffelkriecherei. Mühsam herausgefurzter Gesang.** ***Im eminenten Sinn des Wortes Freund.***
George Julian Harney: **Verleumder. Rhadamantus. Träger Hund.** ***Unser alter Freund.***
Sophie Gräfin Hatzfeld: **Alte Sau. Schmiere. Alte Hexe. Megäre. Alte Hure.** ***Politischer Verstand. Sehr distinguiert.***
Karl Heinzen: **Gemeiner dummer Rüpel. Kettenhund. Gesinnungsflegel. Großmäuliger Poltron. Wie ein Frosch im Strychnin-Tetanus.**
Alexander Herzen: **Gänzlich im Arsch. Phantasielügen. Schwindler.**
Moses Heß: **Scheiß-Heß. Schlappschwanz. Frechverlogen. Schnödes Gesindel.** ***Guter Kerl. Unser verewigter Freund. Vieljähriger Bundesgenosse.***

Henry Myers Hyndman: **Emsige Impotenz. Infamie. Muß verrückt sein. Schurke. Zu allem fähig. Jämmerlich und feig. Elend neidisch.** ***Ganz gescheut.***
Karl Kautsky: **Unendliche Bandwürmer. Katzkitzchen. Kapitale Dummheit.** ***Anständiger Mensch. Äußerst braver Kerl.***
Paul Lafargue: **Abkömmling eines Gorillas. Üble Narbe von einem Negerstamm. Inkurabler Narr.** ***Sehr guter Freund. Kreuzguter Kerl.***
Wilhelm Liebknecht: **Vogelscheuche. Unglückliches Vieh. Kleiner Klugschisser. Luder. Dummheiten übersteigen alles. Schwüler Kohl. Biederrindvieh. Elende Achselträgerei.** ***Ehrenwerter Mann. Hat sich gut benommen.***
Giuseppe Mazzini: **Ordinäre Brülldemagogie. Hochtrabende Dominikanermanier. Kriecht den englischen Bourgeois in den Arsch. Blödian.** ***Braver Giuseppe.***
Franz Mehring: **Lügenbold. Reptil. Von Natur Verräter. Berechnender Lump.** ***Viel Talent. Ganz vorzüglich.***
Johann Most: **Schwadroniert. Kindischste Eitelkeit. Hohle Schreierei. Verlottert. Kindischer Heulmeier.** ***Nicht ohne Talent. Brav.***
Wilhelm Pieper: **Kurzes Gedärm. Sehr von sich selbst entzückt. Fad und lümmelhaft. Katzenjämmerliches Bewußtsein.** ***Nobel.***
Arnold Ruge: **Klobige Perfidie. Alterfahrener Harlekin. Clown der Kunstreitergesellschaft. Steinesel. Vettel. Literarischer Laxiermichel. Zentralhanswurst.**
Karl Schapper: **Hippopotamus-Bauch. Orthodoxer Stier. Breitspuriger Normalesel. Faullebendes Fleisch.** ***Urrevolutionär. Benimmt sich famos. Alter Kamerad.***
Karl Schurz: **Der im Kugelregen dahinsprengende Furz.**
Georg Weerth: **Immer zu faul. Ennyuiert sich rasch.** ***Feiner Gentleman. Lieber Freund.***
Wilhelm Weitling: **Elender Schneiderkönig. Gift. Erfahrener Schwindler.** ***Genial.***
August Willich: **Ungebildeter, viermal gehörnter Esel. Ochsenkopf. Hundskommuner Feind. Gratis saufender und sich selbst genügender Feldwebel. Bettelvogt. Schmarotzer der gemeinsten Sorte. Alter Bock. Erpresser. Total verrückt. Scheiße. Schmutz. Überwiesener Spion.** ***Kaltblütig, geschickt und von raschem, richtigem Überblick.***

Vollständiges Register: *Gespräche mit Marx und Engels.* Frankfurt am Main 1973.

Erste Betrachtung über Nichts

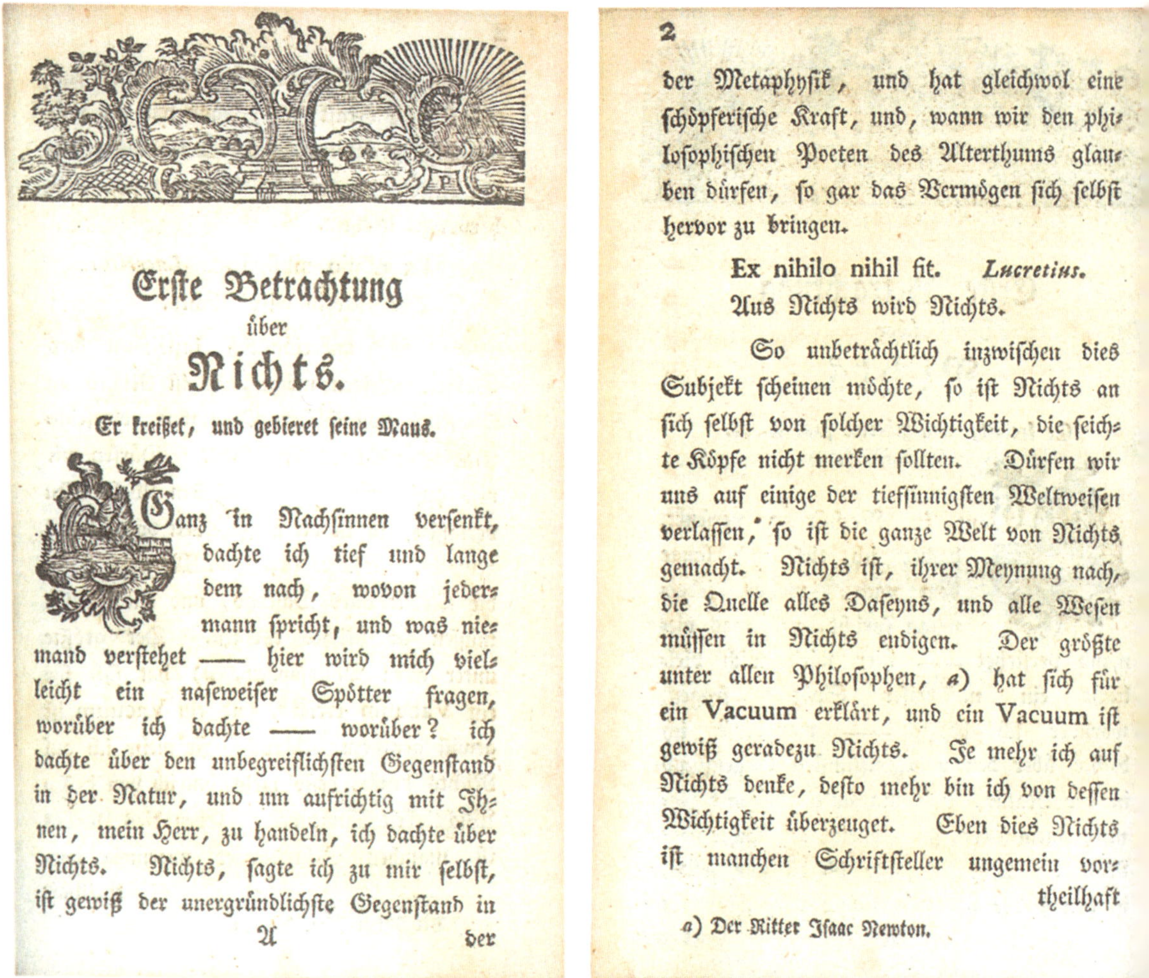

Erste Betrachtung über Nichts.

Er kreißet, und gebieret seine Maus.

Ganz in Nachsinnen versenkt, dachte ich tief und lange dem nach, wovon jedermann spricht, und was niemand verstehet —— hier wird mich vielleicht ein naseweiser Spötter fragen, worüber ich dachte —— worüber? ich dachte über den unbegreiflichsten Gegenstand in der Natur, und um aufrichtig mit Ihnen, mein Herr, zu handeln, ich dachte über Nichts. Nichts, sagte ich zu mir selbst, ist gewiß der unergründlichste Gegenstand in

A der

2

der Metaphysik, und hat gleichwol eine schöpferische Kraft, und, wann wir den philosophischen Poeten des Alterthums glauben dürfen, so gar das Vermögen sich selbst hervor zu bringen.

Ex nihilo nihil fit. *Lucretius.*
Aus Nichts wird Nichts.

So unbeträchtlich inzwischen dies Subjekt scheinen möchte, so ist Nichts an sich selbst von solcher Wichtigkeit, die seichte Köpfe nicht merken sollten. Dürfen wir uns auf einige der tiefsinnigsten Weltweisen verlassen, so ist die ganze Welt von Nichts gemacht. Nichts ist, ihrer Meynung nach, die Quelle alles Daseyns, und alle Wesen müssen in Nichts endigen. Der größte unter allen Philosophen, *a)* hat sich für ein Vacuum erklärt, und ein Vacuum ist gewiß geradezu Nichts. Je mehr ich auf Nichts denke, desto mehr bin ich von dessen Wichtigkeit überzeuget. Eben dies Nichts ist manchen Schriftsteller ungemein vortheilhaft

a) Der Ritter Isaac Newton.

Aus: Anonymus, *Yoricks Betrachtungen über verschiedene wichtige und angenehme Gegenstände.* Frankfurt und Leipzig 1769.
(Laurence Sternes Erfolg in Deutschland war so groß, daß ihm allerhand Texte untergeschoben wurden, die er nie verfaßt hat.)

– Gott ist rund, sagt sie vor dem Einschlafen.
– Wie meinst du das? Wie ein Kreis?
– Nein, wie eine goldene Kugel.
Theresia, dreijährig, ist eine Vorsokratikerin.
Ein andermal löst sie das Identitätsproblem:
– Du bist manchmal da, manchmal weg.
– Nur ich?
– Die Mama auch. Nur ich bin immer da.
Kinder werden als Metaphysiker geboren, eine Gabe,
die ihnen in der Schule ausgetrieben wird.

Das Wort **ICH** hat neuerdings eine Bedeutung angenommen, von der die meisten Menschen nichts ahnen. Es bezeichnet nämlich in der Mikrobiologie ein Wimperntierchen, den *Ichthyophthirius multifiliis,* einen Parasiten, der zunächst nur vierzig Mikrometer mißt, sich jedoch im Laufe seines Lebens bis zu seiner vollen Größe aufbläht, die einen Millimeter beträgt.

Ich habe das Wort Babylon nie gebraucht!
(Ich lüge jetzt wieder.)

Das Gedächtnis ist immer asynchron.

D***as Ende eines Metzgermeisters.*** Der Kennedy-Clan besaß seit drei Generationen einen Landsitz auf Cape Cod. Zu seinen eingefleischten Gewohnheiten zählte der Verzehr besonders zarter Steaks. Ein und derselbe Lieferant hat seit den Tagen Joseph Kennedys die Familie mit seiner Ware versorgt, allerdings ohne daß man ihn pünktlich bezahlt hätte. Die unbeglichenen Rechnungen erreichten astronomische Summen, ohne daß der Metzger es riskiert hätte, die Geschäftsverbindung abzubrechen. Die lokale Fama berichtet, er habe sich umgebracht, als die Metzgerei gepfändet werden sollte.

R***onald Reagan,*** auf Staatsbesuch in London, langweilte sich. Als er erfuhr, daß Greta Garbo in der Stadt war, rief er sie an und schlug ihr ein Treffen zum Dinner vor. Sie sagte: »Too late, Ron.« Als die Queen sie einlud, soll sie mit der Begründung abgelehnt haben, sie hätte nichts anzuziehen.

Elementarteilchen Ein Forschungsbericht

Es soll hier nicht um den Teilchenzoo der subatomaren Welt gehen, den die Physiker am CERN untersuchen, sondern um die Partikelforschung der Linguisten. Die klassische Grammatik hatte für diese winzigen Bestandteile der Rede nie viel übrig. Die Wörter, die dieser Klasse angehören, sind unveränderlich; sie lassen sich auf keine Flexion ein, und deshalb haben sie auch keines jener interessanten Paradigmen zu bieten, mit denen man Schulkinder quälen kann. Auch der Eigensinn, den sie an den Tag legen, hat sie nicht beliebter gemacht. Lange wurden sie als »Füll-« oder gar als »Flickwörter« bezeichnet. Noch frecher ist die Behauptung, sie seien bedeutungsarm oder hätten keine grammatische Funktion, wie man hie und da immer noch lesen kann. Das ist natürlich gelogen. Die Partikel stellen ganz im Gegenteil die Linguistik vor höchst verwickelte und amüsante Probleme.

Aber wie Manfred Bierwisch, ein Experte auf diesem Gebiet, uns wissen läßt, »hat auch die linguistische Theorie keine klare oder gar abschließende Vorstellung davon, was Partikel sind«. Das kann man wohl sagen! Unsere *bête noire*, der Duden, wirft sie mit Konjunktionen, Adverbien und Interjektionen zusammen auf einen Haufen, bei dem es schwerfällt, zwischen Kraut und Rüben zu unterscheiden.

Überhaupt führen die Partikel, besonders im Deutschen, ein phantastisches, koboldartiges Eigenleben. (Nicht einmal darüber, ob sie *Partikel* oder *Partikeln* heißen sollen, besteht Einigkeit.) »Zu diesem merkwürdigen Befund« – hier spricht wieder unser Gewährsmann Professor Bierwisch – »gehört ferner, daß sie in ihrer Bedeutung nicht nur unscharf oder wacklig wirken, sondern im Vergleich zu verläßlichen Gegenstücken wie *Kreis*, *Tomate*, *grün* oder auch *lügen*, *sitzen* und *schlafen* oder sogar *vor* und *hinter* oft eigentlich gar keine eigene Bedeutung zu haben scheinen.« Aber um so tiefer greifen Wörter wie *doch*, *schon*, *wieder*, *auch*, *nur*, *noch*, gewissermaßen hinterrücks, in jeden Satz ein, den sie heimsuchen. Ein simpler Satz wie *Ich habe es nicht gewußt*, nimmt auf diese Weise einen ganz anderen Sinn an:

Ich habe es noch nicht gewußt.
Ich habe es eben nicht gewußt.
Ich habe es doch gar nicht gewußt.
Ich habe schon wieder einmal nichts davon gewußt.
Ich habe es nur noch nicht gewußt.
Ich habe es ja auch nicht gewußt, und so immer fort.

Dabei ist die Zahl der möglichen Wortstellungen, Betonungen und Kombinationen unfaßbar groß, und in jedem einzelnen Fall produzieren diese kleinen Kobolde eine neue, subtil abschattierte Bedeutung. Das soll ihnen einmal ein breitbeinig daherkommendes Substantiv nachmachen! Unfaßbar, wie unser Gehirn die vertrackten Bedingungen, unter denen sie operieren, mühelos in Sekundenbruchteilen ausrechnet.
(Nach Andreas Thalmayr, *Heraus mit der Sprache.* München 2005.)

Idiomatische Maschine

ıs *WortSpielZeug.*

Im Deutschen gibt es eine große Zahl von stehenden Redewendungen, die aus einem Paar von einsilbigen Substantiven bestehen, wie »Knall und Fall« oder »Sack und Pack«. Ein Spiel mit diesen Idiomen erlaubt es, fast beliebig viele neue Kombinationen zu erzeugen, die sich zwar vage sprichwörtlich anhören, aber unvorhersehbar bizarr oder komisch wirken. Es gibt ein altes Geduldspiel, das einer solchen idiomatischen Maschine als Vorbild dienen kann. Es besteht aus einem Brett mit fünf mal fünf Feldern. Alle diese Felder bis auf eines sind mit Steinen besetzt, welche die Zahlen 1 bis 24 tragen, aber nicht der Reihe nach, sondern zufällig angeordnet sind. Die Aufgabe besteht darin, all diese Steine, indem man sie verschiebt, in die richtige numerische Folge zu bringen.
Statt der Zahlen tragen die Steine in diesem Spiel Idiome. Wenn man sie gegeneinander verschiebt, werden in horizontaler und vertikaler Richtung neue, unerhörte Redensarten ablesbar, und zwar nach jedem Zug jedesmal andere.

Ob das Kunst ist?

Aus *WortSpielZeug.*

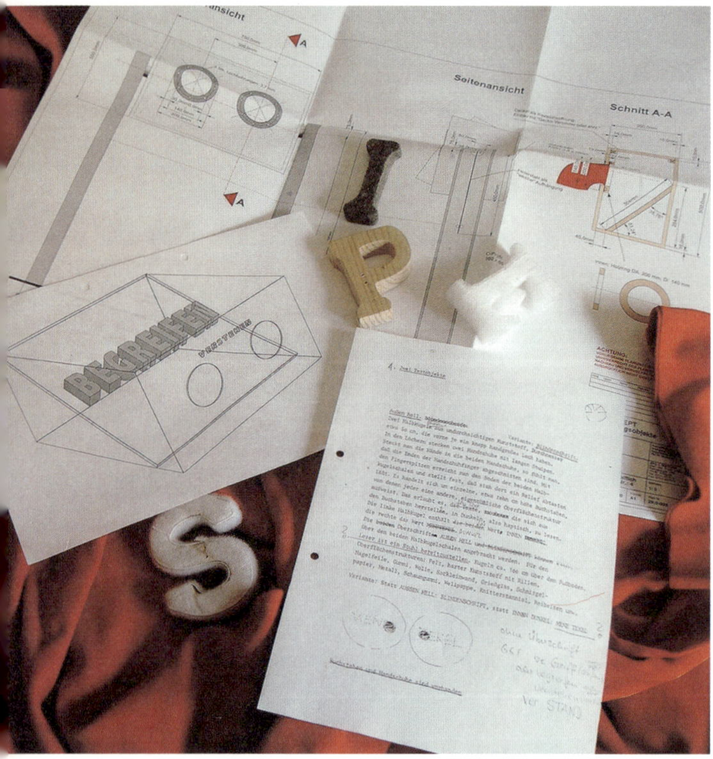

Mit Wörtern spielen, die Sprache tanzen lassen, das kann doch jedes Kind! Ja. Aber die meisten verlernen es wieder, sobald sie in die Schule kommen. Denn dort muß alles schwarz auf weiß und möglichst ordentlich auf die Tafel oder aufs Papier geschrieben werden. Nur ist das Schulheft leider kein Spielzeug. Und überhaupt gibt es viele Tänze der Sprache, die auf dem Papier gar nicht möglich sind. Um sie auszuprobieren, muß man sich Textobjekte ausdenken, die es leider noch nicht gibt:
Ein kulinarisches Gedicht, als Fladen gebacken.
Ein Fahrrad, dessen Reifenprofil einen Text zeigt, der sich im weichen Boden eines Waldwegs abzeichnet.
Ein Gedicht wie die gedruckte Schaltung eines Chips.
Ein Gedicht auf Zigarettenpapier gedruckt, das beim Rauchen verbrennt.
Ein Russisch-Rad, an dem jede Gondel einen Buchstaben trägt; man filmt die Fahrt und kann den Text lesen.
Eine Rolltreppe, die auf jeder Stufe eine Gedichtzeile zeigt.
Ein Reißwolf, der mit Poesie gefüttert wird; die Schnitzel werden in Flaschen abgefüllt.
Mit Text bedeckte Schöpflöffel, Spaten, Stopfpilze, Wäschemangeln.
Ein Buch aus Teig oder Wachs, das wie ein Käse zerläuft.
Ein Bleistift mit je einer Gedichtzeile auf jeder Kante. Im Bleistiftspitzer sammelt sich Lyrik an.
Die Tafel eines Augenarztes, die immer kleiner werdende Verse zeigt.
Ein Gedicht über die Vergänglichkeit in ein Seifenstück geprägt oder (mit schwarzen Seifenbuchstaben) eingegossen in eine Seife, die sich durch Waschen abnutzt.

Mal de muchos, consuelo de tontos.
Das Übel der vielen ist der Trost der Dummköpfe.
Spanisches Sprichwort

It is the wisdome of Cats to whet their claws in meditation of the next Rat they are to encounter.
Andrew Marvell, *The Rehearsal Transposed* (1672).

Wer nicht fähig ist, andere zu bewundern, lebt sehr ungesund.

Der Dichter macht Seidenkleider aus Würmern.
Wallace Stevens

Der *Korsar,* die *Bild-* und die *Bloom*-Zeitung. »Gott im Himmel weiß: Blutdurst ist meiner Seele fremd, und die Vorstellung, daß ich mich vor Gott verantworten muß, glaube ich in furchtbarem Grade zu haben; aber dennoch, dennoch wollte ich in Gottes Namen die Verantwortung auf mich nehmen, *Feuer!* zu kommandieren, wenn ich mich nur zuvor mit der ängstlichsten, gewissenhaftesten Sorgfalt davon überzeugt hätte, daß die Gewehrläufe auf keinen andern Menschen, ja auf kein anderes lebendes Wesen gerichtet wären als auf – Journalisten.«
Weiter als Søren Kierkegaard, der diese Sätze anno 1848 in sein Tagebuch schrieb, kann man die Kritik an der Presse nicht treiben. Der Philosoph hatte nicht die *Bild*-Zeitung vor Augen, sondern ein satirisches Wochenblättchen, das damals unter dem Titel *Corsaren* in Kopenhagen erschien und das auf den heutigen, durch Mordhetze, Pornographie und Paranoia geschulten Leser einen geradezu idyllischen Eindruck macht. Kierkegaard sah sich als Opfer einer Pressekampagne, die ihn der Lächerlichkeit preisgab. Der *common sense* war nicht seine Stärke. So lief er dem Journalismus ins Messer.
Kierkegaard war der erste, der die Kehrseite der Pressefreiheit mit voller Schärfe ins Auge gefaßt hat: »Solange die Tagespresse besteht«, schrieb er, »ist das Christentum eine Unmöglichkeit.« Wenn man diesen Satz aus der Sprache der Religion in die der Verfassungen übersetzt, so besagt er nicht mehr und nicht weniger, als daß die Pressefreiheit, zu Ende gedacht, mit der Menschenwürde unvereinbar ist. Die *Bild*-Zeitung ist der nackteste Ausdruck dieses Zielkonflikts. Unterdessen werden wir uns an die Komödie halten müssen: »Natürlich bin ich für die Pressefreiheit«, sagt der englische Dramatiker Tom Stoppard in einem seiner Stücke. »Nur die Zeitungen kann ich nicht ausstehen.«

sterziel 1963: Bloom
om, 8. April 1963 - 10 Pf
Bloom
ZEITUNG
Endlich ist es Bloom
Sonnenhungrige Blooms im „Großeinsatz"
Fußball:
Bloom 1860 praktisch Meister
Als ‚Kücken' Bloom vom Platz mußte, gerieten die Blooms in Zorn
Ausführliche Berichte im Sportteil
Fortsetzung Seite 4
Kurswechsel de Blooms
LOTTOZAHLEN
Bloom will Kanzler bleiben!
lücksauto Nr. 2
oom auf Seite 3
Rücktrittsversprechen „ein großer Bloom"
(Fortsetzung letzte Seite)
22500 Mark verschenkt - weil er einsam ist
Bloom fürchtet abstrakte Kunst
Bloom versunken
Schein Bloom erwacht im Leichenhaus
Bloom-Mondschuß fehlgeschlagen
Sonder Blooms
„Königspferd" Bloom
mit Bloom
Neo-Bloom
esser in Form mit
Bloom 3-Orange

Lord Roehamptons Leiden
Eine Herzgeschichte von Hillaire Belloc

Im Wahlkampf kritisierte Lord
Roehampton, Earl of Twickenford,
den Schlendrian der untern Klassen,
die gerne krank sich schreiben lassen.
Er eiferte, er schrie und klagte,
bis sein geschwächtes Herz versagte.

Der beste aller Kardiologen,
privat und prompt zu Rat gezogen,
sprach ernst, nachdem er ihn betastet,
»Mylord, Sie scheinen überlastet.«

»Natürlich! Über alle Maßen!« –
»Damit ist keineswegs zu spaßen«,
erwiderte der Spezialist.
»Ihr Herz, das angegriffen ist,
bedarf der unbedingten Schonung.
Ich wünsche, daß Sie Bett und Wohnung
vorerst in keinem Fall verlassen.
Es gilt, sich in Geduld zu fassen,
weshalb ich um Erlaubnis bitte,

demnächst bei einer Hausvisite
den Fall zu diagnostizieren
von Kopf bis Fuß, auf Herz und Nieren,
und dabei gleich zu liquidieren.«
Ein guter Arzt scheut keine Plage.
Bereits am nächsten Donnerstage,

um keinen Aufschub zu riskieren,
ließ unser Doktor sich chauffieren

in einem nagelneuen Rolls
und fuhr in Princes Gardens stolz
am Hause Seiner Lordschaft vor.
Doch was ist dies? Ein Trauerflor

verhüllt das Wappen an der Tür!
Der treue Butler tritt herfür,
erblickt den Doktor, stutzt, und spricht
mit dicken Tränen im Gesicht:
»Mein armer Herr gab gestern, knapp
vor Mitternacht, den Löffel ab.

Er hat, wir können's gar nicht fassen,
kaum eine Guinea hinterlassen.
Sie kommen wohl am Ende gar
um Ihr verdientes Honorar.«

So endete der Hausbesuch
mit einem fürchterlichen Fluch.
Gewiß, der Fall war nicht ergötzlich.

»In meine Praxis! Aber plötzlich!«
Der Arzt sich hoch und heilig schwor:
»Nie wieder kommt mir sowas vor!
Geruht man aus den höchsten Ständen,
noch einmal sich an mich zu wenden,
verlange ich, soviel ist klar,
mein Geld im voraus und in bar.«

HILLAIRE BELLOC, *More Peers* (1915).

Jedesmal, sagte einer, wenn ich der Klinik entkommen bin, komme ich mir vor wie der heilige Lazarus.

Vorschlag für einen Zusatz zum Grundgesetz der Bundesrepublik Deutschland:
Artikel 2 (3). Der Schlaf ist heilig.
Artikel 2 (4). Jeder hat das Recht, zu schlafen. In dieses Recht darf nur auf Grund eines Gesetzes eingegriffen werden. Insbesondere ist der Gebrauch des Weckers nur in Notfällen zulässig.

Meine Freunde sind empört: sie tun ja recht daran, nach Ruhm zu streben und den Menschen Wohltaten zu erweisen; aber ich, der ich nicht den Anspruch erhebe, mich nützlich zu machen, tue nicht unrecht, den ganzen Tag auf dem Sofa zu liegen, ohne auch nur einen Lidschlag zu tun. Und ich finde die Gewohnheit der Türken und anderen Orientalen sehr vernünftig, die sich damit begnügen, den ganzen Tag auf ihren Beinen zu hocken und stumpfsinnig dieses lächerliche Dasein anzuglotzen.
GIACOMO LEOPARDI, 5. Dez. 1831, an Fanny Targioni Tozzetti.

Über das Ende des Kursbuchs

Mein Vater, Jahrgang 1902, hat nie ein Automobil besessen. Er fuhr lieber mit der Bahn. Dabei legten ihm die Verhältnisse manches Hindernis in den Weg. Zuerst hatte er kein Geld, dann gab es keine Devisen mehr, schließlich wurden die Grenzen dichtgemacht, und am Ende fuhren überhaupt keine Züge mehr. Als nach dem Ende des Krieges die Gleise wieder zusammengeflickt wurden, war das Deutsche Reich verschwunden und konnte keine Pässe mehr drucken. Nur wer sehr viel Glück hatte, dem stellte die Militärregierung eine grüne Pappe aus, auf der geschrieben stand: *Travel Document in lieu of a Passport.* Aber auch damit war dem Inhaber nicht geholfen, denn kein Konsulat zeigte Lust, dem deutschen Antragsteller ein Visum zu erteilen, und ohne einen solchen Stempel kam keiner über die Grenze.

Meinen Vater hat das nicht gestört, denn er besaß das *Amtliche Kursbuch für das Reich,* Teil 4, *Fremde Länder,* Jahrgänge 1928–1939, mit dessen Hilfe er die ganze Welt durchreisen konnte, soweit sie über einen Bahnanschluß verfügte. Die besten Verbindungen und die günstigsten Anschlüsse von Casablanca bis Wladiwostok und von Kiruna bis El Obeid standen ihm also jederzeit zur Verfügung. Sprachschwierigkeiten, überfüllte Züge, lästige Verspätungen und mangelhafte hygienische Bedingungen hatte er bei diesen imaginären, aber präzise geplanten Reisen nicht zu befürchten, und außer dem bescheidenen Preis des Druckwerks fielen keinerlei Unkosten an.

Die Nachricht, daß die Deutsche Bahn in Zukunft auf die Veröffentlichung von Kursbüchern verzichten würde, hätte meinen Vater schwer getroffen. Es ist gut, daß er das nicht mehr erleben mußte. Jede Generation macht Fortschritte, bei denen es ihren Vorgängern angst und bange wird. Zweifellos ergötzen Jüngere, die Tag und Nacht online sind, sich an ihrem virtuosen Umgang mit dem Internet. Ich nehme allerdings an, daß sich mein Vater gefragt hätte, wohin das alles führen würde. Da er jedoch intelligenter war als ich, kann ich nur vermuten, wie seine Schlußfolgerungen ausgesehen hätten. Wahrscheinlich hätte er gesagt: Es ist nur noch eine Frage der Zeit, bis das Internet obligatorisch sein wird. Wer sich ihm nicht anschließt, wird als asozialer Penner gelten und zu denen zählen, die man einst die Verdammten dieser Erde genannt hat. In absehbarer Zeit wird keine Bank mehr an einem Schalter, kein Geschäft mehr in einem Büro und keine Administration der Welt mehr in einer Amtsstube erreichbar sein. Ach, Sie wollen ein Automobil anmelden, ein Haus ins Grundbuch eintragen lassen, eine Ehe schließen, Ihre Campingausrüstung verkaufen, einen Job suchen oder an einer Wahl teilnehmen? Bitte sehr, ein paar

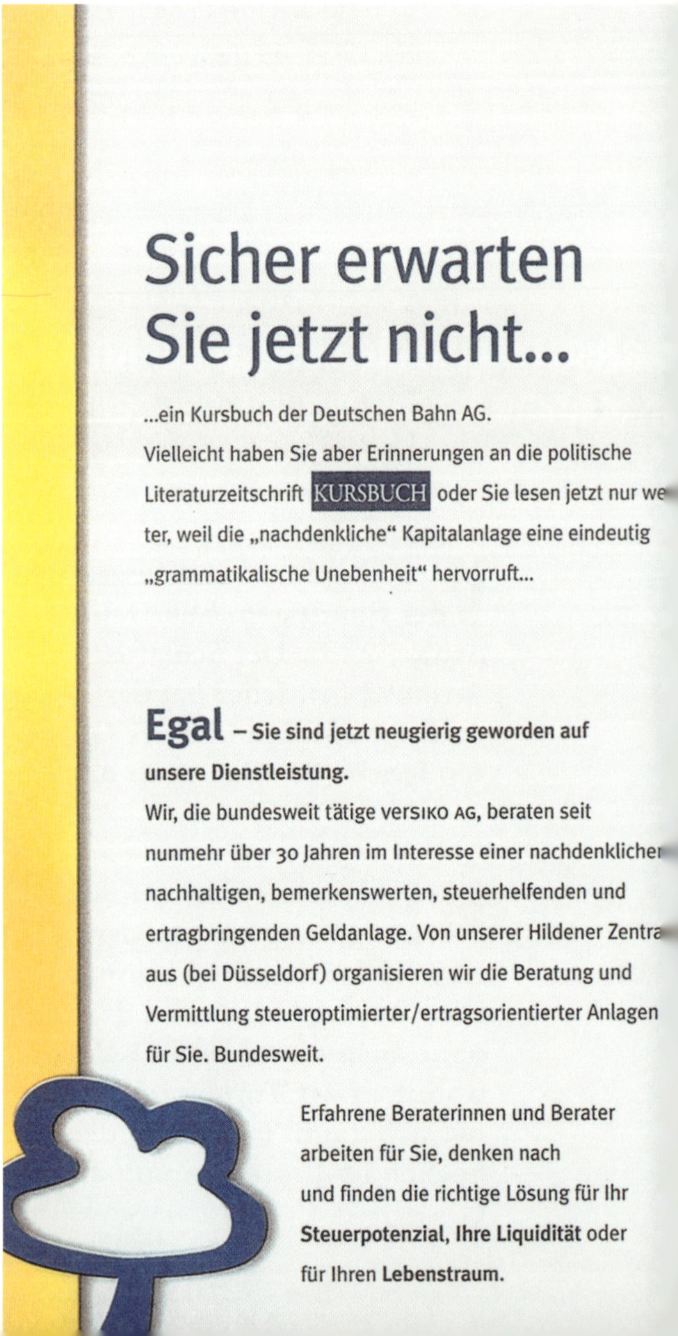

Mausklicks genügen. (In Estland, heißt es, gehören diese Errungenschaften bereits zum Alltag.) Auch die Justiz, dieser Dinosaurier, wird Sie bald auf eine Weise verknacken, die an Bürgernähe nicht mehr zu übertreffen ist; bleiben Sie ruhig zu Hause, Sie brauchen nie mehr in einem öden Gerichtssaal zu erscheinen; eine E-Mail genügt. Auch die Postämter werden demnächst schließen; schon allein das Wort hört sich an wie aus einem längst verflossenen Jahrhundert. Ist es nicht nachgerade eine Zumutung, daß einem immer noch Briefe ins Haus geschickt werden, wo es doch so komfortable Einrichtungen gibt wie SMS oder Strompost? Alles in allem, hätte mein Vater gesagt, wirst du, mein Lieber, in einer kommoden neuen Welt leben, die keinen Unterschied zwischen Service und Überwachung mehr kennt. Meine Kursbücher sind unter diesen Umständen natürlich nicht nur entbehrlich, sie gehören auf den hinreichend bekannten Misthaufen der Geschichte.

Soweit die mutmaßlichen Gedanken eines Menschen aus dem vergangenen Jahrhundert, der übrigens selber zum Fortschritt der technischen Kommunikation beigetragen hat, indem er, soweit seine Kompetenzen reichten, eine andere ehrwürdige Institution, das sogenannte Fernamt mit seinen handlichen Steckverbindungen, durch Automaten (Hebedrehwähler System 50) überflüssig und damit das muntere Fräulein vom Amt brotlos machte.

Was aber die Haltbarkeit der Geräte angeht, die er installierte, hegte mein Vater nicht die geringsten Illusionen. Eine Halbwertszeit von höchstens zwölf Jahren, pflegte er zu sagen, mehr ist nicht drin. So rasch altert der neueste Schrott. Merke dir also eines, hat er mir damals schon eingeschärft: Geduldig ist nur das Papier. Das wissen auch die Evangelisten der Elektronik, und deshalb steigt mit jedem ihrer Fortschritte der Papierverbrauch. Mach es also wie die Bahn mit ihren Fahrplänen: alles, was du ausdrücken willst, drucke es aus!

Wer immer sagen wollte, was er denkt, wäre ein Monstrum. Die menschliche Gesellschaft ist angewiesen auf das, was die Engländer* a white lie *nennen.

Es gab eine Zeit, da kleinere Hotels mit goldenen Lettern auf schwarzem Grund damit warben, daß sie über »fließendes kaltes und warmes Wasser« verfügten. Wo alle über ein Wasserklosett gebieten, schrumpft der Fetischcharakter dieses Objekts. Er verschwindet in der Kanalisation.

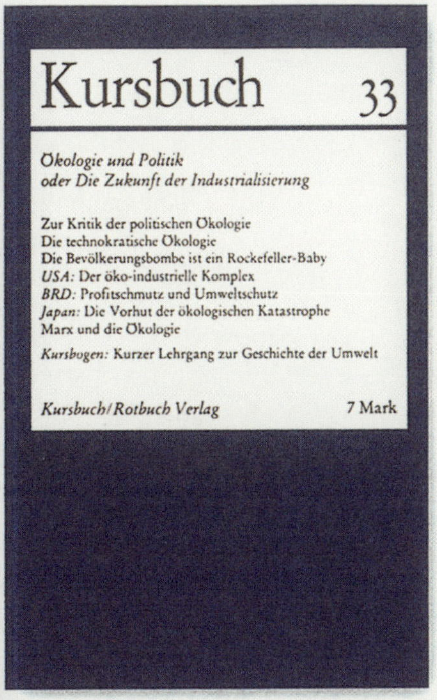

„Als naturwissenschaftliche Disziplin ist die Ökologie fast genau hundert Jahre alt. Ihr Begriff taucht zum erstenmal im Jahre 1868 auf. Damals hat der deutsche Biologe Ernst Haeckel in seiner Programmschrift *Natürliche Schöpfungsgeschichte* vorgeschlagen…"
Hans Magnus Enzensberger, 1973 im Kursbuch/Rotbuch Verlag

Das Unbewußte ist unser kollektives Fundbüro.

Döbereiner

~~Dr. F.~~ Döbereiner F. Berggasse 19

"Das Unbewußte ist unser kollektives Fundbüro."

Alt ist er geworden, der Inspektor
über den Fundsachen, die er hütet.
~~Erloschen ist seine Zigarre~~
Wer hat sie abgegeben? Das sagt er nicht.
Er zieht an der erloschenen Zigarre. Nicht er
und zeigt uns den zerschlissenen Schirm,
starrend von Fischbein-Speichen,
die Statuette der Venus, made in Hong Kong,
ein Paar vergessener Krücken
und den Zwicker mit dem zerbrochenen Glas.

Der Koffer mit der schmutzigen Wäsche
springt auf. Da ist das Fotoalbum,
in dem die Verblichenen noch einmal verbleichen.
Unter dem doppelten Boden verbirgt sich
ein Kartenspiel, das uns vor die Füße regnet:
Der Teufel, der Mann und Frau zusammenzwingt,
der einstürzende Turm, die Richterin,
die dem Löwen das Maul aufreißt.

~~Forschend sieht uns der Alte an.~~ ~~Leugnen ist zwecklos.~~
~~Umsonst leugnen wir.~~ ~~Und, ziehen~~
~~Unter seinem forschenden Blick~~ ungestellte
den ~~Gehängten zögernd~~, ziehen wir ~~den~~ Gehängten. Es ist der
Wir sind noch einmal davongekommen.

Der Alte wartet. Leugnen ist zwecklos.
~~Er sieht~~ dem Narren ähnlich, ~~oder~~
dem Hieromanten, oder dem Einsiedler
mit dem weißen Bart? zögernd,
unter seinem forschenden Blick.

Kelche Cups
Stäbe Wands
Schwerter Swords
Münzen Pentacles

Der Narr The Fool
Der Magier Magician
Die Hohepriesterin High Priestess
Die Herrscherin Empress
Der Herrscher Emperor
Der Hierophant (Gott) Hierophant
Die Liebenden Lovers (Die Entscheidung)
Der Wagen Chariot (Risiko) von zwei Sphinxen gezogen
Gerechtigkeit Justice
Der Eremit Hermit
Rad des Schicksals Wheel of Fortune
Die Kraft Strength reißt Löwenmaul auf
Der Gehängte Hanged Man kopfüber an 1 Bein
Der Tod Death
Mäßigkeit Temperance
Der Teufel Devil (Mann & Frau)

Großmutters Kranz

Der Turm Tower stürzt ein Blitz & Donner fallende Gestalten
Der Stern Star schüttet Wasser
Mond Dämon Moon
Sonne Sun Kind auf weißem Pferd
Das Gericht Judgement Trompete Auferstehung (Gott)
Die Welt Frau

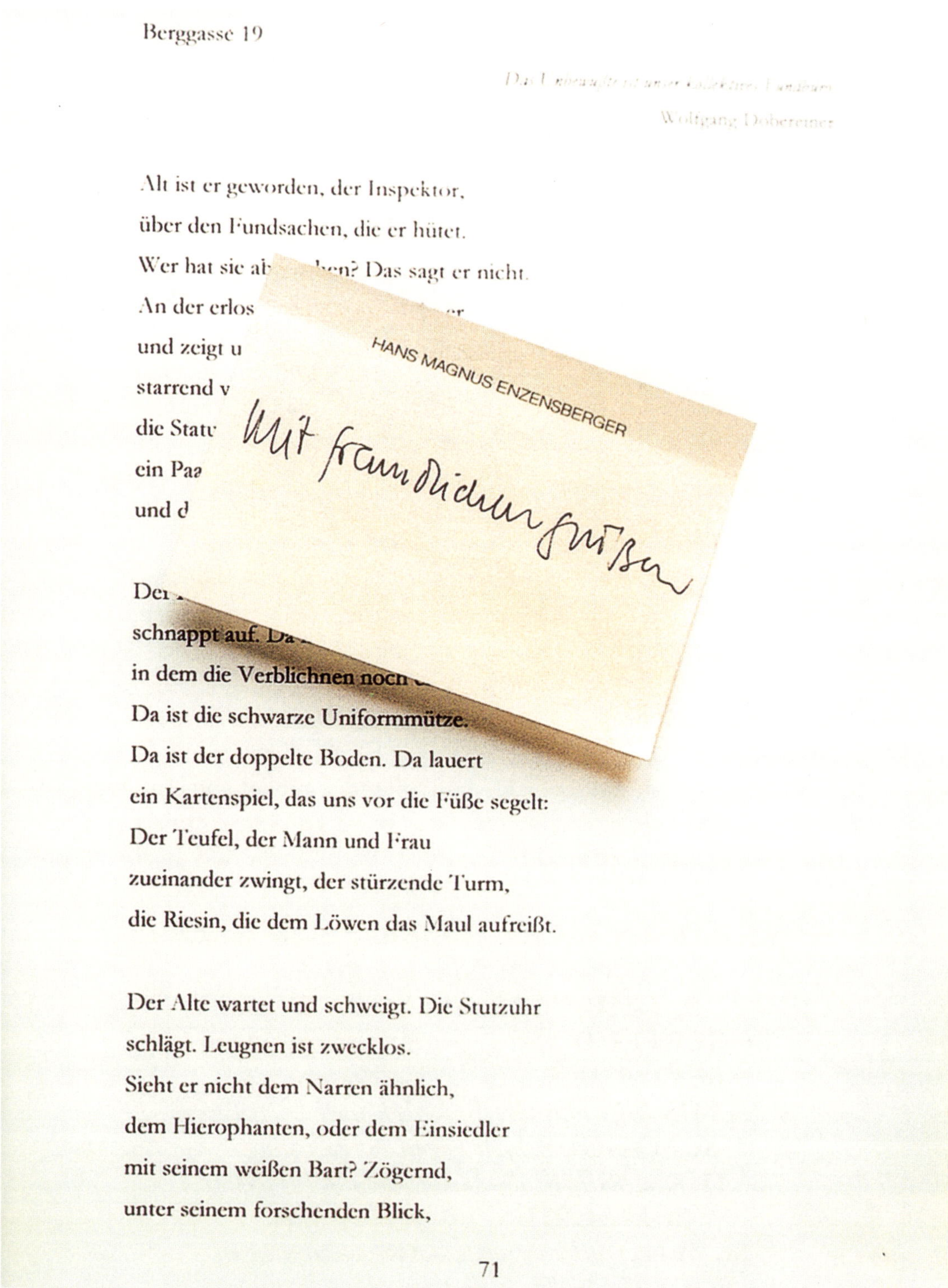

Berggasse 19

Das Unbewußte ist unser kollektives Fundbüro

Wolfgang Dobereiner

Alt ist er geworden, der Inspektor,
über den Fundsachen, die er hütet.
Wer hat sie ab… …en? Das sagt er nicht.
An der erlos… …er
und zeigt u…
starrend v…
die Stat…
ein Pa…
und d…

Der …
schnappt auf. Da …
in dem die Verblichnen noch …
Da ist die schwarze Uniformmütze.
Da ist der doppelte Boden. Da lauert
ein Kartenspiel, das uns vor die Füße segelt:
Der Teufel, der Mann und Frau
zueinander zwingt, der stürzende Turm,
die Riesin, die dem Löwen das Maul aufreißt.

Der Alte wartet und schweigt. Die Stutzuhr
schlägt. Leugnen ist zwecklos.
Sieht er nicht dem Narren ähnlich,
dem Hierophanten, oder dem Einsiedler
mit seinem weißen Bart? Zögernd,
unter seinem forschenden Blick,

71

Faksimile aus: *Dichter Hand Schrift.* Hrsg. von Elisabeth Zworek und Marietta Piekenbrock. München 2004.

Helfer in der Not Papst Johannes Paul II. soll den heiligen Franziskus zum Schutzpatron der Ökologie »ernannt« haben. Diese Nachricht, die uns vor einiger Zeit als Agenturbericht erreicht hat, gibt zu denken; nicht weil wir den Heiligen für unzuständig hielten – davon kann keine Rede sein –, sondern weil es unseres Wissens die Congregatio pro Causis Sanctorum ist, die solche Feststellungen zu treffen hat. Eine »Ernennung« von seiten des Papstes will uns, milde ausgedrückt, ungewöhnlich scheinen.

Man wird uns Präzedenzfälle entgegenhalten. Darauf sind wir gefaßt. So soll es Johannes XXIII. gewesen sein, der den Arbeitern, mit einer gewissen Verspätung, zu einem Schutzpatron verholfen hat (dem hl. Josef): dessen Vorgänger wiederum hat, wie es heißt, das Tätigkeitsfeld des hl. Christophorus auf den Motorradsport, das der hl. Veronika auf das Fernsehen ausgedehnt (*vera ikon* = das wahre Bild).

Eine kirchenrechtliche Beurteilung dieser Fälle steht uns nicht zu, und auch die schwierige Frage, wieweit ein protestantisch gesinnter Quizmaster sich die Fürbitte der Heiligen mit dem Schweißtuch zunutze machen kann, möchten wir um Gottes willen nicht entscheiden. Übrigens wußten uns selbst theologisch versierte Gewährsleute nicht zu sagen, wer als Patron für das BKA oder für den Schnellen Brüter in Betracht käme.

Bei allem Verständnis für die erwähnten Neuerungen auf dem Gebiet der Heiligenverehrung (*veneratio,* nicht zu verwechseln mit der Anbetung oder *adoratio,* vor der entschieden zu warnen ist) – wir sehen darin auch eine gewisse Gefahr; die Gefahr nämlich, daß die traditionellen Nothelfer immer mehr in Vergessenheit geraten. Deshalb möchten wir an einige Heilige erinnern, deren Vermittlung im Alltagsleben von Nutzen sein dürfte. (Wer sich gründlicher zu informieren wünscht, den verweisen wir auf das leider unvollendet gebliebene einschlägige Standardwerk, die *Acta Sanctorum,* deren erster Band 1643 in Antwerpen und deren vorläufig letzter, der sechsundsechzigste, 1902 in Tangerloo erschienen ist.)

St. JANUARIUS ***hilft bei Vulkanausbrüchen, Erdbeben.***
St. SYLVESTER ***hilft dem Rindvieh.***
St. DIONYSOS ***hilft bei Kopfweh.***
St. GERTRUD ***hilft gegen Ratten und Mäuse.***
St. CORONA ***hilft bei Geldgeschäften.***
St. VITUS ***hilft Kupferschmieden und Bettnässern.***
St. MAGNUS ***hilft gegen Hagelschlag.***
St. DIAMAS ***hilft den zum Tode Verurteilten.***
St. FIACRIUS ***hilft gegen Pickel.***
St. ZENO ***hilft gegen Überschwemmungen.***
St. CYRIANUS ***hilft gegen Besessenheit.***
St. SEBASTIAN ***hilft den Schützenvereinen.***

SAN MARTIN DE PORRES

TransAtlantik 12/1980.

St. APOLLONIA *hilft bei Zahnweh.*
St. IVO *hilft Advokaten und Steuerberatern.*
St. KATHARINA *hilft bei Stottern und Zungenleiden.*
St. BALBINA *hilft gegen Kropf.*
St. DOROTHEA *hilft gegen Armut.*

Der Agnostiker als Theologe *Eine Erinnerung*

»Jenseits aller Vernunft, da lockt etwas, es tröstet, narrt und treibt, bald Einzelne, bald Massen – wohin? Islam, Marienkult, Seelenwanderung, Weltuntergang, Biokost, Börsentips... Es wird viel geglaubt heutzutage, mit wechselnden Inhalten. Entscheidend ist nur, ob das Individuum den Glauben konsumiert oder der Glaube das Individuum, und wie viele er braucht, um satt zu werden.« So steht es in der Ankündigung zu einem *Kursbuch,* das im September 1988 erschienen ist. Es war Karl Markus Michel, der diesen Vorschautext formuliert hat; doch wer das Heft, das den lapidaren Titel »Glauben« trägt, durchblättert, wird keinen Beitrag des Herausgebers finden. Wer daraus schlösse, daß der Glauben nicht Michels Stärke war, hätte recht – und unrecht zugleich. Er hat sich zu diesem Thema immer wieder geäußert, allerdings auf allerlei Umwegen, in Kursbüchern, die unverfängliche Titel wie »Trennungen« oder »Weiter denken« trugen, oder an versteckter Stelle; in einem Fall, einem Essay mit Auszügen »Aus den Archiven des Jüngsten Gerichts«, hat er sogar ein Pseudonym gewählt – eine bezeichnende Strategie für einen Autor, dem es verhaßt war, mit der Tür ins Haus zu fallen.

Vermutlich hätte ihm auch jeder Rekurs auf seine Biographie mißfallen. Michels Diskretion war sprichwörtlich; darin stimmen alle überein, die ihn kannten. Kein Geheimnis hat er jedoch daraus gemacht, daß er in Hongkong geboren, und daß sein Vater als Missionar in China tätig war; und es gehört wenig Scharfsinn zu der Vermutung, daß ihn diese Kindheitserfahrung dergestalt traumatisiert hat, daß er fortan nie wieder geneigt war, sich irgendeinem Glauben in die Arme zu werfen.

Diese tiefverwurzelte Skepsis, zugleich gedämpft und gepanzert durch eine ausdauernde Ironie, hat ihn jedoch nicht daran gehindert, sich für religiöse Probleme zu interessieren. Man kann ganz im Gegenteil von einer Fixierung sprechen. Immer wieder ist Karl Markus Michel auf die Geschichte und Gegenwart des Glaubens zurückgekommen, in Tonlagen, die zwischen Haß und Respekt changieren. Die stupende Gelehrsamkeit, die sich bei seinen Überlegungen zeigte, machte ihn zu einer ziemlich singulären Erscheinung: der Agnostiker erwies sich als Theologe, der Theologe als Agnostiker.

In einer Zeitschrift, die lange Zeit als ein Forum der Neuen Linken galt, mutete ein so esoterisches Interesse sonderbar, um nicht zu sagen skandalös an, und in der Tat ließ sich gelegentlich ein deutliches Murren von verblüfften Genossen vernehmen, die mit Engeln und Heiligen nicht viel im Sinn hatten. Vielen lag der Gedanke fern, daß sich Michels Beiträge auch als Spurensuche lesen ließen, und daß ihre eigenen Ideologien von religiösen Restbeständen zehrten. Für solche Regungen und Motive entwickelte Michel eine untrügliche Witterung, und seine umfassende Kenntnis der Tradition erlaubte es ihm, sie bis in die verborgensten Winkel hinein aufzuklären. Wer den Kult verstehen will, der sich um Che Guevara gebildet hat, kommt um die Geschichte der Heiligen nicht herum, und wer wissen will, wie böse das Monopolkapital wirklich ist, sollte sich einer eingehenden Beschäftigung mit dem Teufel nicht verschließen.

Jesus Guerillero von Rostgaard Alfredo, 196

Ob es um die Lehren der Patristik oder der Scholastik, um die Moraltheologie des sechzehnten Jahrhunderts oder um die Bibelexegese ging, stets zeigte sich der Agnostiker als großer Kenner aller einschlägigen Kontroversen. Während andere sich in die Spitzfindigkeiten der marxistischen Doktrin einarbeiteten und zwischen der Zweiten, Dritten, Dreieinhalbten und Vierten Internationale zu unterscheiden wußten, befaßte sich Michel mit den nicht weniger subtilen Streitigkeiten auf Synoden und Konzilien der Kirchengeschichte und wurde zum Experten in allen Fragen der Angelologie, der Trinitätslehre und der Kasuistik.

Die Quellen, die er dabei zitierte, sind derart abgelegen, daß es wohl kaum eine theologische Fakultät in Deutschland geben dürfte, in deren Lehrplan sie auftauchen. Wer hätte je von J. de Clusas *Tractatus de apparitione animarum* (1475) gehört oder *Die Hierarchien der Engel und der Kirche* des Proklos (410–485) studiert? Nicht als hätte Michel sich auf die theologisch korrekten Autoren beschränkt. Unter seinen Gewährsleuten finden sich auch Gnostiker und Mystiker aller Spielarten, und neben Hermann Busenbaums *Medulla theologiae moralis, facili ac perspicua methodo resolvens casus conscientiae* von 1660 zieht er, ohne mit der Wimper zu zucken, Jean-Paul Sartre und Bertolt Brecht heran. Kein Wunder, daß sich in Michels privater Bibliothek neben Horkheimer und Foucault die maßgeblichen Ausgaben sämtlicher Kirchenväter fanden.

Auch jenseits der politischen Ideologien des vergangenen Jahrhunderts überlebt das Phantom der Religion in mannigfaltiger Gestalt. Der Bedarf an Esoterik ist bekanntlich unermeßlich groß, und Michel hat sich auch den Zauberern, Spiritisten, Geistersehern und Sektierern der Gegenwart mit großem Eifer und irisierender Ironie zugewandt. Nur ein Aufklärer kann vielleicht ermessen, wie unwiderstehlich die Religion im Zeitalter ihrer Säkularisierung geblieben ist, und nur ein Ungläubiger weiß zu würdigen, wie tief in der Moderne das Bedürfnis, zu glauben, in der Moderne wurzelt. Karl Markus Michel hat solchen Versuchungen bis zum Ende widerstanden und sich alle Todesrituale, die seine Freunde hätten trösten können, verbeten. Am 1. Dezember 2000, im kahlen Krematorium von Berlin-Ruhleben, hat kein Geistlicher ihn begleitet.

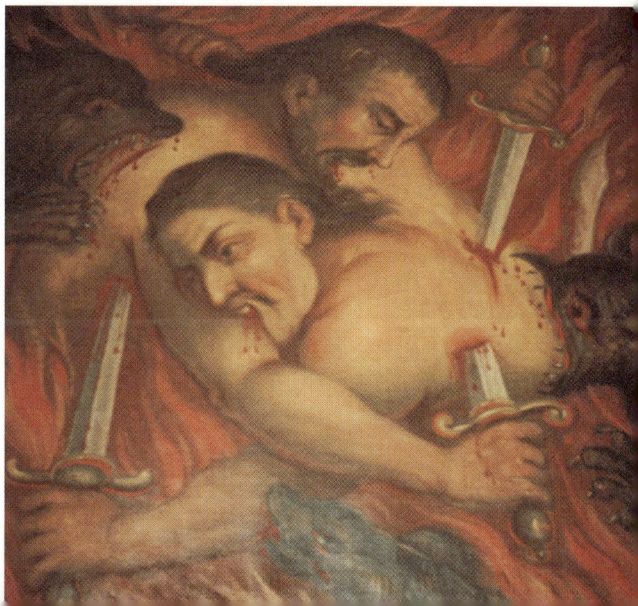

Der Orientalismus lebt!

Zu der Frage, ob man in Deutschland Moscheen bauen dürfe, hat, vermutlich als erster, Friedrich II. von Preußen seine Meinung kundgetan: »Alle Religionen sind gleich und gut. Wenn nur die Leute, die sich zu ihnen bekennen, ehrliche Leute sind. Und wenn die Türken kämen und wollten hier im Lande wohnen, so würden wir ihnen Moscheen bauen.«
Dieses Versprechen wurde auf sonderbare Weise eingelöst. Brave deutsche Architekten errichteten Imitate, die meistens ganz anderen Zwecken dienten als ihre Vorbilder. Die Rote Moschee im Schloßpark von Schwetzingen erfreute die Spaziergänger, das Dampfmaschinenhaus in Potsdam pumpte Wasser aus der Havel, in der Dresdner Yenidzefabrik wurden Zigaretten, bei Lacherln in Wien dagegen Mottenpulver hergestellt. Die Minarette und die Kuppeln der Neuen Synagoge in Berlin schmückten, ebenso wie die der Kölner Hauptsynagoge, Gebetshäuser der jüdischen Gemeinde. Diese architektonische Tradition der Nachahmung scheint den deutschen Muslimen am Herzen zu liegen.

Wenn man das Wort *Zweifel* weit genug zurückverfolgt, stellt sich heraus, daß es ursprünglich soviel wie zweifaltig bedeutet. Es hat dann aber noch geraume Zeit gedauert, bis sich auf dem Konzil von Konstantinopel (381) die Idee der Dreifaltigkeit durchsetzen konnte, und sogar damit waren nicht alle Zweifel ausgeräumt.

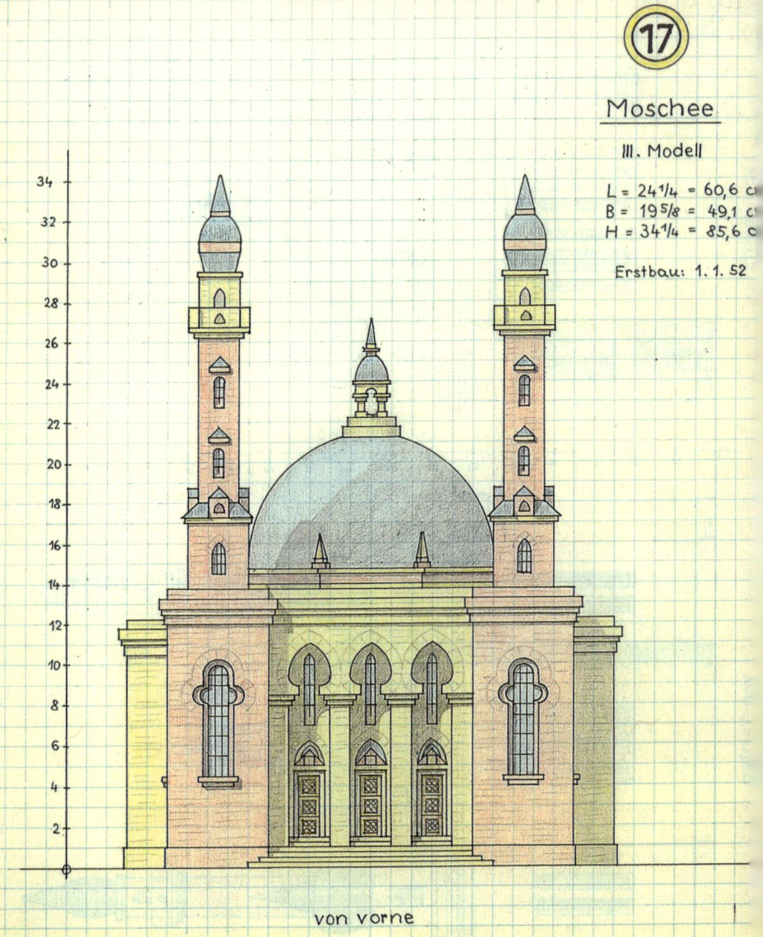

Für jedes komplexe Problem gibt es eine einfache Lösung, die nur den einen Nachteil hat, daß sie falsch ist.
Drittes Murphysches Gesetz

Der Ausdruck *brain drain* ist ein Euphemismus. Der Vorwurf, die reichen Gesellschaften beuteten die menschlichen Ressourcen der ärmeren aus, ist schiere Heuchelei. Er fällt auf die Machthaber zurück, welche die intellektuellen Kader aus ihren Ländern systematisch vertreiben, ein Hang zur Selbstverstümmelung, der die meisten Diktaturen auszeichnet. ■ Dieser *brain chase* ist ein altes Phänomen. Man braucht nur an die Vertreibung der Juden aus Spanien und Portugal, der Hugenotten aus Frankreich, der wissenschaftlichen, kulturellen und unternehmerischen Eliten aus den spanischen Niederlanden und aus dem Rußland der Oktoberrevolution zu denken, um die Dimension und die Folgen zu ermessen. Das gilt auch für das kaiserliche China und für Maos Kulturrevolution. Deutschland hat sich mit der Vertreibung der Emigranten und mit der Vernichtung seiner jüdischen Intelligenz an die Spitze dieser Politik gesetzt. Die Folgen sind in ganz Europa bis auf den heutigen Tag zu spüren. ■ Ein Ende ist nicht abzusehen, weder in Westeuropa, wo die Regimes in Franco-Spanien und die griechischen Militärs

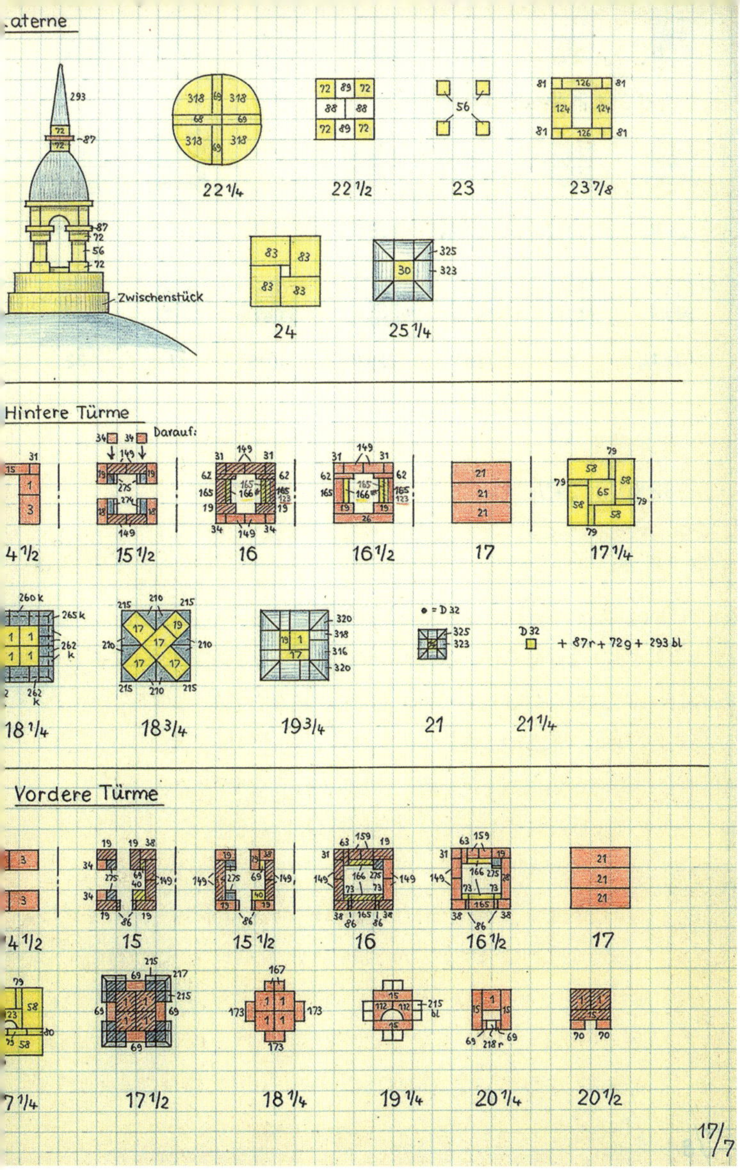

Chou En-lai, gefragt, was er von der Französischen Revolution hielt, antwortete: It is a little to soon to say.

La République n'a pas besoin de savants.
Ein gewisser Jean-Baptiste Coffinhal, Präsident des Revolutionstribunals, das, auf eine Denunziation Marats hin, den Chemiker Antoine Laurent Lavoisier zum Tode verurteilt hat. Lavoisier wurde im Mai 1794 hingerichtet; im November folgte ihm Coffinhal auf die Guillotine.

Ein Gehirn, das zu klein ist, um zu begreifen, wie klein es ist.

Francisco Francos Propagandachef, der General Millán Astray, 1936 in der Universität Salamanca: »Tod der Intelligenz!«

von dieser Praxis lernten, noch im Osten, wo nach dem Zweiten Weltkrieg die Staaten des Warschauer Paktes und in jüngster Zeit die Balkanländer ihre besten Köpfe verloren, nicht in Lateinamerika und erst recht nicht in der muslimischen Welt, wo die Flucht in die Metropolen endemische Ausmaße angenommen hat. ■ Im Vergleich zu den physischen Zerstörungen, die im günstigsten Fall einen raschen Wiederaufbau erlauben, sind die Konsequenzen des *brain chase* unabsehbar. Natürlich geht es den Diktatoren einzig und allein darum, eine Population loszuwerden, die ihnen lästig ist. Immer reicht ihr Zeithorizont nur bis zu ihrem eigenen Krepieren. Die langfristigen Folgen ihrer Handlungen sind ihnen gleichgültig. Es kann Jahrzehnte, ja, es kann Jahrhunderte dauern, bis eine Gesellschaft sich von der Austreibung ihrer Intelligenz erholt. Genau genommen ist der Verlust irreversibel.

Rückkehr aus dem Exil. **Es ist gefährlich, das eigene Land zu verlassen. Noch gefährlicher ist aber die Rückkehr, weil die Landsleute, wenn sie können, wie sie wollen, dem Geflohenen ein Messer ins Herz stechen werden.**

James Joyce

Ach, Bakunin, das sieht dir ähnlich! **»Nach der Aufstellung des ultramodernen Bakunin-Denkmals von Boris Korolev wagten es die verantwortlichen Männer, im Bewußtsein der Unpopularität derartiger Experimente, lange Zeit nicht, die Statue überhaupt zu enthüllen, und hielten sie andauernd hinter einem Bretterverschlag verborgen; als aber dann in den kalten Wintertagen arme Leute die Bretter davontrugen, um sie als Brennholz zu verwenden, da wurde eines Tages zur allgemeinen Bestürzung das unverhüllte Monument sichtbar, ein Anblick, der sogleich eine wahre Revolte der Massen hervorrief. Die allgemeine Entrüstung ging so weit, daß die politischen Behörden es vorzogen, das Denkmal sofort demolieren zu lassen.«**

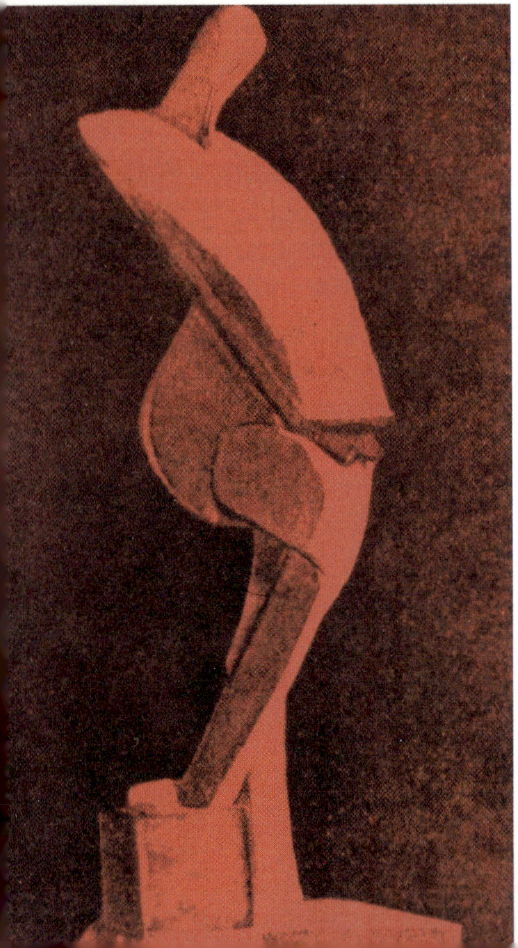

René Fülöp Miller, *Geist und Gesicht des Bolschewismus.* Zürich, Leipzig, Wien o. J.

Sägeblatt für Bakunin

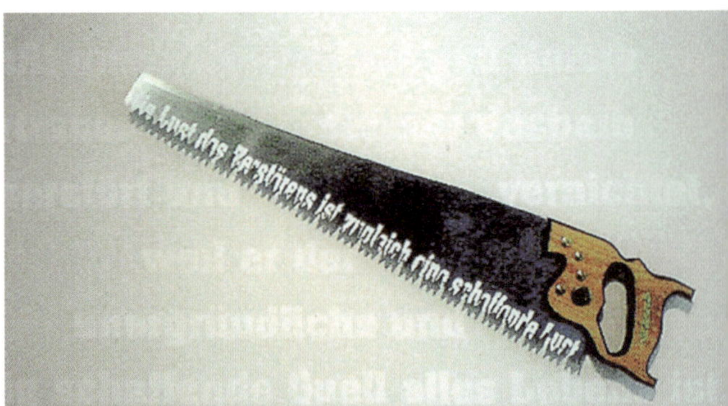

Aus *WortSpielZei*

Zwei Begegnungen mit einem Terroristen

»Wie kommen Sie mit Savinkov aus?« fragte ich Monsieur de Sazonov, als wir uns im Sommer 1919 in Paris begegneten. Der frühere Außenminister des Zaren machte eine abwehrende Handbewegung.

»Er ist ein Mörder. Ich wundere mich, daß ich mit ihm arbeite. Aber was soll man machen? Er ist ein überaus fähiger Mann, äußerst begabt und voller Entschlußkraft. Keiner ist so gut wie er.«

Im Rahmen meiner Aufgaben lernte ich diesen eigenartigen, zwielichtigen Mann später selbst kennen. Ich hatte noch nie einen russischen Nihilisten gesehen, außer auf der Bühne, und mein erster Eindruck war der, daß er sich für diese Rolle ausgesprochen gut eignete. Er vereinigte in sich merkwürdige Gegensätze – ein Terrorist mit gemäßigten Zielen. Er wollte eine vernünftige, aufgeklärte Politik – das parlamentarische System Englands, die französischen Grundbesitzverhältnisse – durchsetzen, wenn nötig auch mit Dynamit und unter Einsatz des Lebens.

Zunächst führte er, oft eigenhändig, Krieg gegen die kaiserlich-russische Krone. Später dann bekämpfte er, ebenfalls oft eigenhändig, die bolschewistische Revolution. Für ihn kam im Zaren und in Lenin das gleiche, nur auf unterschiedliche Weise, zum Ausdruck, die gleiche Tyrannei, nur in einem anderen Aufzug, die gleiche Barriere auf dem Weg zur russischen Freiheit. Gegen diese Barriere aus Bajonetten, Polizisten, Spitzeln, Gefängniswärtern und Henkern stritt er unermüdlich.

Winston Churchill, *Great Contemporaries.* London [4]1937.

Sein Anzug war gepflegt: Stehkragen, unauffällige Krawatte mit einer Nadel darin, Gehrock und Lackschuhe. Er sah wie ein erfolgreicher Rechtsanwalt aus. Es lag nichts Gewalttätiges in seiner Erscheinung. Vor der Revolution war er der Anführer der Terroristen. Die Bombenattentate auf

Plehwe und den Großfürsten Sergius wurden von ihm geplant. Ich sagte, es habe sicherlich großen Mut gebraucht, um die Bombenanschläge vorzubereiten und auszuführen. Er zuckte die Achseln. »Durchaus nicht, das kann ich Ihnen versichern«, erwiderte er.

»Es ist eine Tätigkeit wie andere auch, man gewöhnt sich daran.«

W. Somerset Maugham, *Aus meinem Notizbuch.* Stuttgart 1954.

Terror aus Versehen

Frage: Wenn Sie zurückdenken, was fällt Ihnen zum Stichwort RAF als erstes ein?

Antwort: Das hat ja alles mit der sogenannten Baader-Befreiung begonnen. Ich wohnte damals in Friedenau, in der Fregestraße, hatte da ein kleines Haus gekauft, und an einem Nachmittag im Mai 1970 erschienen plötzlich bei mir völlig aufgeregt vier Personen. Das waren die Ensslin, die Meinhof, der Baader und noch ein vierter. Die kamen direkt aus dieser Bibliothek, wo sich das zuvor abgespielt hat. Und ich wußte natürlich überhaupt nicht, was da los war. Da kamen also diese vier Leute mit einem Auto an. Die hatten überhaupt nichts vorbereitet und wollten bei mir unterkommen. Ich sollte sie beherbergen. Ich kannte die Meinhof recht gut, die Ensslin weniger. Baader fand ich verabscheuungswürdig, ich hätte ihn am ehesten für einen Zuhälter gehalten. Als Figur war er mir jedenfalls außerordentlich unsympathisch. Und dann habe ich ihnen erklärt, daß bei mir seit Tagen ein schwarzer Volkswagen vor dem Haus stand. Ich hatte mich auch schon mit dem Fahrer unterhalten, ihn um Feuer gebeten und so weiter. Ich habe gesagt: Ja, wenn ihr so blöd sein wollt, dann können wir mal sehen, ob auf dem Dachboden noch Platz ist. Aber ich meine, dort werdet ihr nicht bleiben können, der Zugriff wird bestimmt nicht lange auf sich warten lassen. Und dann sind sie schnell wieder verschwunden. Diese Episode ist nur deswegen so interessant, weil sie zeigt, daß die ganze Geschichte – und das ist ja eigentlich das verheerendste Urteil, das man über so eine Aktion fällen kann – nichts anderes als ein Versehen gewesen ist. Im Grunde ist die RAF aus einem Versehen entstanden. Der charakteristische Zug an dieser ganzen Sache ist ja durchgehend bis zum Schluß ihre Selbstbezüglichkeit gewesen. Sie hatten nie eine politische Forderung, die irgendwie diskutabel gewesen wäre. Es ging immer nur um sie selbst, d.h. um den Austausch von Gefangenen, um ihre Freipressung. Politisch betrachtet war das eine totale Binnenwelt, ohne irgendeine Analyse der gesellschaftlichen Situation, gepaart mit einem

völligen Realitätsverlust. Das ist doch sehr merkwürdig, wenn man das mit anderen terroristischen Bewegungen vergleicht. Die hatten zumindest irgendwelche Ziele außerhalb ihrer selbst.
Frage: Im Grunde genommen ist ihre Haltung also mehr oder weniger autistisch gewesen.
Antwort: Ja. Sie haben sich auch später in den Gefängnissen nie um die anderen Gefangenen gekümmert. Es ging immer nur um sie selber. Das ist, glaube ich, ein Zug, der die RAF stark von anderen Bewegungen unterscheidet. Die Außenwelt spielte bei ihr gar keine Rolle. Das ist *sehr* eigenartig. Sie haben sich aus Versehen in eine Situation gebracht, in der sie dann in die Illegalität gehen, konspirativ werden mußten, nicht mehr offen handeln konnten usw. Daraus entstand dann eine ganz eigene Binnenwelt. Im Grunde war das eine selbstgestellte Falle, eine Falle, die mit der entsprechenden ideologischen Rhetorik aufgefüllt werden mußte.

Aus einem Gespräch mit Wolfgang Kraushaar und Jan Philipp Reemtsma, Dezember 2005. In: *Die RAF und der linke Terrorismus.* Hg. von Wolfgang Kraushaar. Hamburger Edition 2006.

Lenins Lieblingslied

Ein bißchen was von Marx & Engels

Abgesehen davon gefällt mir die öffentliche, authentische Isolation, worin wir zwei, Du und ich, uns befinden. Sie entspricht ganz unsrer Stellung und unsren Prinzipien. Das System wechselseitiger Konzessionen, aus Anstand geduldeter Halbwahrheiten und die Pflicht, vor dem Publikum seinen Teil Lächerlichkeit in der Partei mit all diesen Eseln zu nehmen, das hat jetzt aufgehört. (Marx 1851)
Lieben **wird uns der demokratische, rote oder selbst kommunistische Mob doch nie. (Engels 1851)**
Wir haben jetzt endlich wieder einmal – seit langer Zeit zum erstenmal – Gelegenheit zu zeigen, daß wir keine Popularität, keinen *support* von irgendeiner Partei irgendwelchen Landes brauchen und daß unsere Position von dergleichen Lumpereien total unabhängig ist … Wie passen Leute wie wir, die offizielle Stellungen fliehen wie die Pest, in eine »Partei«? Was soll uns, die wir auf die Popularität spucken, die wir an uns selbst irre werden, wenn wir populär zu werden anfangen, eine »Partei«, das heißt eine Bande von Eseln, die auf uns schwört, weil sie uns für ihresgleichen hält? (Engels 1851)
Wüßte ich nur irgendein *business* anzufangen! Grau, mein Freund, ist alle Theorie, und nur das *business* ist grün. Ich bin leider zu spät zu dieser Einsicht gekommen. (Marx 1862)

Von der Autorität oder »Laßt alle Autonomie fahren, die Ihr eintretet!«

In Engels' Plädoyer für autoritäre Herrschaftsformen (1873) lassen sich ohne große Mühe drei verschiedene Stränge der Argumentation unterscheiden. Der erste, kaum verbunden mit den andern Überlegungen, die der Autor anstellt, verteidigt das Autoritätsprinzip mit den Erfordernissen der Revolution. Eine Revolution sei »gewiß das autoritärste Ding, das es gibt«, und zwar deshalb, weil das bewaffnete Volk in ihr der Bourgeoisie seinen Willen aufzwinge. Blättern wir aber ein paar Seiten zurück und halten uns an Engels' eigene Definition, so heißt Autorität: »Überordnung eines *fremden* Willens über den unseren«. Die Passage läßt zwei Deutungen

zu. Entweder bedient sich Engels eines polemischen Tricks, der darauf beruht, daß er mitten in seinem Aufsatz die Perspektive wechselt und von der Position des Klassenfeindes her argumentiert; »fremd« und »autoritär« wäre dann der Wille der Revolution bloß in den Augen der Reaktionäre, als deren Bauchredner schließlich der Verteidiger des Autoritätsprinzips dastünde. Oder aber Engels rechnet von vornherein mit einer Revolution, deren Wille sich in der Autorität der Führung verfestigen muß und der sich das Volk als einer *fremden* Gewalt unterzuordnen hätte. Dieser Deutung hat die Geschichte der letzten fünfzig Jahre eine ominöse Glaubwürdigkeit verliehen.
Eine ganz andere Rechtfertigung des Autoritätsprinzips kommt in dem Beispiel des Schiffes auf hoher See zum Vorschein. Manchen Soziologen dient es heute noch als Lesebuchmodell für die sogenannte funktionelle Autorität. Seine mythologischen Züge sind offensichtlich. Im Bilde des Kapitäns wird die Herrschaft eines einzelnen, dem »alle sofort und absolut« zu gehorchen haben, als mustergültig hingestellt; dieser Führer ist von der Mannschaft weder gewählt, noch hat er sich vor ihr zu verantworten. Außer diesem Moment der Personalisierung setzt der Vergleich von Schiff und Gesellschaft eine quasimilitärische Hierarchie und eine ein für allemal festgelegte Arbeitsteilung voraus. Nicht umsonst wird dabei der »Augenblick der Gefahr« beschworen; er spielt im autoritären Denken, von Carl Schmitt bis zu den Urhebern der Notstandsverfassung, von jeher eine Schlüsselrolle. Eine philiströse Variante des Bildes findet sich in einem anderen Passus, wo Engels die Autorität der Bahnangestellten gegenüber dem Übermut des »Herrn Reisenden« in Schutz nimmt.
Diese Überlegungen haben es indessen bloß mit den Arabesken zu tun, die Engels seiner Beweisführung aufsetzt; sie treffen nicht ihren Kern. Letzten Endes verteidigt Engels das Autoritätsprinzip mit der Behauptung, daß es für die materiellen Produktionsbedingungen der industriellen Gesellschaft notwendig sei. Er setzt die wissenschaftlich-technologische Entfaltung der menschlichen Produktivkräfte absolut und schließt, daß diese aus der Natur freigesetzten Kräfte den Menschen »einem wahren Despotismus unterwerfen, der von aller sozialer Organisation unabhängig ist«. Engels geht darin bis zur äußersten Konsequenz; er sagt voraus, daß in einer künftigen sozialistischen Gesellschaft die Autorität nicht verschwinden, sondern nur die Form wechseln werde, und er schreckt nicht davor zurück, über die Fabriken des Sozialismus ein Motto zu setzen, das die Höllenvision Dantes paraphrasiert. (1968)

Zur Eröffnung einer Ausstellung in Berlin

Ich weiß nicht, warum man mich eingeladen hat, über Lu Xun zu sprechen. Ich lese nicht Chinesisch, ich spreche nicht Chinesisch, ich war noch nie in China. Meine Kenntnisse von der Kultur dieses riesigen Landes gleichen denen eines gewöhnlichen Europäers. Daß ein Ignorant zu Ignoranten spricht, ist allerdings nichts Besonderes. Das kommt alle Tage vor. Viele Politiker und Journalisten haben es in dieser Kunst sogar zur Meisterschaft gebracht.

Vielleicht wollten die Veranstalter aber auch nur vermeiden, daß die Gelehrten über Lu Xun herfallen; vielleicht wünschten sie nicht, daß er unter einem Berg von Lehrmeinungen und Fußnoten begraben werde. Möglicherweise hat er an die Lu-Xun-Experten gedacht, als er in seinem Testament verlangte: »Vergeßt mich und kümmert euch um euer eigenes Leben – wenn nicht, seid ihr selber schuld.«

Ich vermute aber, daß wir von diesem Autor, der am anderen Ende der Welt und unter radikal anderen Umständen gelebt und gearbeitet hat – nicht wie wir in einem dreißigjährigen Frieden, sondern in einer Epoche von Staatsstreichen, Massakern, Aufständen, Invasionen und Bürgerkriegen –, daß wir von ihm allerhand zu lernen hätten. Gerade sofern wir uns um unser eigenes Leben kümmern, wäre es also verkehrt, ihn zu vergessen.

Vor nicht allzu langer Zeit pflegte man in Europa die Schriftsteller in zwei Sorten einzuteilen, und die Schriftsteller hatten dagegen offenbar nichts einzuwenden. Mit einem französischen Wort, dessen Bedeutung immer ein bißchen undeutlich geblieben ist, nannte man die einen die engagierten, die andern die nicht engagierten. Anfangs waren mir die Meinungen der ersteren sympathisch; ich war oft, wenn auch nicht immer, mit ihnen einverstanden. Aber nach einer Weile fiel mir auf, daß vieles von dem, was sie sagten, sich irgendwie ölig oder blechern oder dumpf anhörte.

Damals fiel mir eine Ausgabe der Essays von Lu Xun in die Hände. Schon nach einigen Seiten bemerkte ich, daß ich diesem Schriftsteller vertraute. Es ist nicht wahr, daß Bücher stumm sind. Je länger ich seiner leisen und beinahe tonlosen Stimme zuhörte, desto besser verstand ich, warum so viele engagierte Autoren so schlechte Bücher schrieben: nicht aus Schlamperei, nicht aus Mangel an Talent, nicht weil sie unter Zensur und Verfolgung zu leiden hatten und schon gar nicht weil die Wahrheit ihnen keine andere Wahl gelassen hätte.

Ihre kämpferische Geste ging Hand in Hand mit ideologischer Servilität, ihr großsprecherischer Optimismus mit angestandenem Kitsch und ihr Proletkult mit avantgardistischem Dünkel. Politisch war diese Literatur immer allzu gut gescheitelt. Etwas Selbstzufriedenes und Besserwisserisches haftete ihr an. Vielleicht hat sie deshalb so wenige Leser bewegt.

LU XUN
in Shanghai
an seinem
50. Geburtstag.

Fassen Sie dagegen diesen schmächtigen, ungeduldigen Chinesen ins Auge. Beachten Sie, was für Überschriften er seinen Arbeiten gab: *Unkraut, Gedanken am Rande, Lückenbüßer, Leeres Geschwätz.* Bedenken Sie, daß sein lautestes Bekenntnis zur Wahrheit sich so anhört: »Wenn ich eine Rede halte, bin ich nicht immer ich selbst; je nachdem, zu wem ich spreche, zu Freunden oder zu Kindern, drücke ich mich anders aus. Trotzdem kann ich mit verhältnismäßig aufrichtiger Stimme verhältnismäßig aufrichtige Sätze sagen.« Mit diesem Tonfall, der nicht auftrumpft, nicht predigt, nicht beschwört, unterläuft Lu Xun Pathos, Prätension und Heuchelei. Im alten Europa fällt mir nur ein Autor ein, der ähnlich unbefangen, frei und ungemütlich formulierte, nämlich Diderot. Es ist klar, daß Lu Xun sich an keine literarische Konvention halten konnte. Statt eines Hauptwerks Tausende von Gelegenheitsschriften; statt der Beschränkung auf Eigenes – Interesse, Generosität, Neugierde auf die Arbeit anderer. Lu Xun »verzettelt sich«, wie die Akademiker sagen: er übersetzt, er lehrt, gründet Zeitschriften, redigiert, sammelt, richtet Verlage und Graphikschulen ein. Seine Selbstlosigkeit maskiert er durch Sarkasmus, seine Begeisterung durch Selbstironie.

Über die Wirkungsmöglichkeiten der Literatur hat er sich keine Illusionen gemacht. Er trat gegen ihre Vergötzung ebenso auf wie gegen ihre voreilige Liquidierung. Er begriff sehr wohl, daß es nicht die Literatur ist, die große gesellschaftliche Prozesse in Bewegung setzt, sondern umgekehrt.

Er war ein unversöhnlicher Kritiker der chinesischen Zustände, aber er hat verstanden, was die meisten nicht wissen wollen, daß er wie jeder andere nicht nur ein Teil der Lösung sein kann, sondern auch ein Teil des Problems bleibt. Die Grundhaltung, an der er durch alle Wendungen hindurch festgehalten hat, war der Kampf gegen Selbsttäuschung und Selbstgerechtigkeit. Das verleiht seinen Schriften den Tonfall, an dem man sie erkennt: den Tonfall einer militanten Ironie.

Daß dies ihm das Leben leichter gemacht hätte, möchte ich bezweifeln. Sosehr er stets von Freunden und Schülern umgeben war: man kann ihm eine gewisse Einsamkeit, eine eigentümliche Isolation anmerken. Es wundert mich nicht, daß er zeit seines Lebens Haß und Ablehnung auf sich zog, durchaus nicht nur von seiten seiner politischen Gegner. Man warf ihm Bosheit, Streitsucht, Neid, kriminelle Neigungen, ja sogar Feigheit vor, nannte ihn einen »kleinen Millionär«, ein »schwankendes Element«, ein »feudales Relikt«.

Erst lange nachdem er gestorben war, hat er in seinem Heimatland viel Lob geerntet. Nun galt er als »der größte und mutigste Bannerträger«, als »der bewährteste, der tapferste, der entschlossenste, der treueste, der feurigste, der beispiellose Nationalheld«, und man ernannte ihn sogar zum »Oberbefehlshaber der Kulturrevolution«. Ich kann mir vorstellen, was er zu diesen Superlativen gesagt, und ich glaube kaum, daß er die »Kulturrevolution« Mao Tse-tungs überlebt hätte. Fest steht nur, daß es niemandem gelingen wird, ihn einzubalsamieren.

(1980)

In diesem halben Jahr
sah ich wieder viel
Blut und viele Tränen.
Aber ich hatte nur
gemischte Gefühle,
sonst gar nichts.

Die Tränen sind weg-
gewischt, das Blut
ist getilgt,

Doch die Schlächter,
ganz sie selbst
in ihrer Willkür,
gehen frei umher
und immer wieder fre[i]

Sie gebrauchen
stählerne Messer,
weiche Messer.
Aber ich habe nur
»gemischte Gefühle«,
sonst gar nichts.

Und wenn »gemischte
Gefühle« »dorthin
geworfen werden,
wo sie hingehören«,
dann gibt es außer
»sonst gar nichts«,
gar nichts!

14. Oktober 1926

LU XUN, Auf die Sammlung *Sonst gar nichts*, Faksimile eines Manuskripts.

看蕭和看看蕭的人們記

我是喜歡蕭的。這並不是因為看了他的作品或傳記，佩服得喜歡起來，僅是在什麼地方見過一點警句，從什麼人聽說他往往撕掉紳士們的假面，這就喜歡了他了。還有一層，是因為中國也常有模倣西洋紳士的人物的，而他們却大抵不喜歡蕭。被我自己所討厭的人們所討厭的人，我有時會覺得他就是好人物。

現在，這蕭就要到中國來，但特地搜尋着去看一看的意思倒也並沒有。

十六日的午後，內山完造君將改造社的電報給我看，說是去見一見蕭怎麼樣。我就決定說，有這樣地要我去見一見，那就見一見罷。

十七日的早晨，蕭該已在上海登陸了，但誰也不知道他躲着的處所。這樣地過了好半天，好像到底不會看見似的。到了午後，得到蔡先生的信，說蕭現就在孫夫人的家裏喫午飯，教我趕緊去。

I would rather be governed by the first two thousand names in the Boston phone book than by the combined faculties of Harvard and the M.I.T.
William F. Buckley Jr., in: *Rumbles Left and Right.* New York 1963.

Her glare could wilt a cactus.
Time über Ayn Rand, eine amerikanische Bestseller-Autorin, genannt »die Göttin des Marktes«, die stets eine Brosche in Form eines Dollarzeichens trug und von ihren Kritikern sagte, sie seien »ängstliche Zombies«.

Der Kommunismus taugt nur als Instrument der Negation, so wie der Inquisitor sagt: Man zeige dem Beschuldigten die Instrumente. Aber wenn es beim Vorzeigen nicht bleibt, sind die Folgen tödlich.

Ich trank meinen Kaffee und las die Zeitung. Die Welt war ein Ensemble aus Schlachthof, Bordell und Irrenhaus.
Isaak Bashevis Singer

Im Gefolge des Glaubens an die Gleichheit ist die demokratische Heuchelei unvermeidlich.
Alexis de Tocqueville, *La démocratie en Amérique.*

The medium is the message. Die Frau an der Kasse des Supermarkts sagt: Sie kenne ich doch! Das kann schon sein, entgegne ich; denn ich komme ungefähr dreimal die Woche hier vorbei. Nein, meint sie, das meine ich nicht. Sie waren doch im Fernsehen! Kann schon sein, sage ich. Was war das für eine Sendung? Antwort: Keine Ahnung.

Berühmtheit ist der Vorteil, denen bekannt zu sein, die einen nicht kennen. Daß jemand nichts von ihr wissen will, erstaunt mich ebensowenig, wie daß ein anderer sich über den Andrang in seinem Vorzimmer ärgert.
Ein Dummkopf, der stolz ist auf sein Ordensband, scheint mir unter dem lächerlichen Menschen zu stehen, der sich von seiner Geliebten Pfauenfedern in den Hintern stecken läßt.
Nicolas Chamfort, *Maximen, Charaktere und Anekdoten.*

Verzicht auf alles Systematische. Kein Anspruch auf »weltgeschichtliche Ideen«, sondern nur auf Wahrnehmungen ... Vor allem: keine Geschichtsphilosophie.
Jacob Burckhardt, *Werke,* 10, 133.

Handle stets so, daß die Zahl deiner Wahlmöglichkeiten zunimmt. Heinz Förster

Hoch fliegen und scharfe Krallen haben.
Wahlspruch des Abbé Galiani.

Fußnote in einem Lyrikband: All das gilt natürlich nur innerhalb des Gedichts.

Mögen die Rauschgifthändler über unsere in Furcht und Schrecken versetzten Länder herfallen! Mag in der Ferne Amerika unter seinen Hochhäusern zusammenbrechen!
André Breton, in *La révolution surréaliste.*

Wir werden diese Zivilisation, die euch so lieb und teuer ist, zugrunde richten!
Louis Aragon

Am Ende wird die Erde nur schmoren

Kein Eintauchen in die zum roten Riesenstern vergrößerte Sonne / Ausdehnung der Umlaufbahn

Daß die Sonne als leuchtender Gasball nicht ewig Bestand haben kann, wissen die Astronomen spätestens, seit sie vor rund 50 Jahren die Quelle der Energie dieses Himmelskörpers gefunden haben. Wie aber ihr Ende und damit das Ende einer bewohnbaren Erde aussieht, ist nach wie vor Gegenstand wissenschaftlicher Diskussion. Dabei geht es unter anderem um die Frage, ob die Sonne in ihrer Endphase die Erde einhüllen und schließlich „auflösen" oder sie nur mit Gluthitze zu einem unbewohnbaren Himmelskörper verschmoren wird. Unbestritten ist nämlich, daß sich die Sonne zu einem roten Riesenstern entwickelt.

Neuere Modellrechnungen über die weitere Entwicklung der Sonne deuten darauf hin, daß unserem Heimatplaneten keine physische Zerstörung droht. Zwar dehnt sich unser Zentralstern während seines Stadiums als Roter Riese bis zum siebzigfachen des heutigen Durchmessers aus. Doch dabei verliert er auch mehr als ein Viertel seiner Masse in Form eines starken Sternwindes („Nature", Bd. 372, S. 611). Deshalb läuft noch nicht einmal die Venus Gefahr, von der Atmosphäre der Sonne eingehüllt zu werden; denn mit schrumpfender Masse verringert sich auch die Anziehungskraft unseres Zentralsterns, so daß die Planeten weiter von der Sonne abrücken.

Die Modellrechnungen, die von einer Gruppe um William A. Fowler am California Institute of Technology ausgeführt wurden, beruhen auf einer sorgfältigen Analyse des gegenwärtigen Zustands der Sonne, ihres Aufbaus und ihrer chemischen Zusammensetzung. Die derzeitigen Verhältnisse konnten die amerikanischen Wissenschaftler mit ihrem Modell aus plausiblen Annahmen über die anfängliche Zusammensetzung des solaren Urnebels vor rund 4,5 Milliarden Jahren sehr gut „rekonstruieren".

Obwohl sich danach der Anteil an Wasserstoff im inneren Kernbereich der Sonne, in dem die Umwandlung in Helium stattfindet, bereits fast halbiert hat, dürfte der Wasserstoff noch für weitere 6,5 Milliarden Jahre als nuklearer Brennstoff reichen. Doch schon viel früher als bislang erwartet wird die Sonne ihre Rolle als „Lebensspender" verlieren und sich statt dessen zu einem Todesstern entwickeln. Bereits innerhalb der nächsten 600 Millionen Jahre, also gerade einem Zehntel der verbliebenen Lebenserwartung der Sonne, wird die Energieabstrahlung der Sonne um etwa 10 Prozent zunehmen. Spätestens dann ist die Temperatur an der Oberfläche der Erde so weit angestiegen, daß die Ozeane zu verdunsten beginnen. Drei Milliarden Jahre später wird unser Planet völlig ausgetrocknet sein, weil sich der gesamte Wasserdampf in den Weltraum verflüchtigt hat.

In etwa 4,8 Milliarden Jahren hört das Wasserstoffbrennen im Kern der Sonne zwar auf, doch frißt sich dann die Kernreaktionszone schalenförmig nach außen. Damit verbunden verdoppelt sich der Energieausstoß der Sonne gegenüber dem heutigen Wert, bis schließlich in etwa 6,5 Milliarden Jahren der Sonnenkern kollabiert und das dort angesammelte Helium zu Kohlenstoff verschmilzt. Jetzt wird mit einem Mal so viel Energie freigesetzt, daß sich die Sonne innerhalb von rund 700 Millionen Jahren auf das Zehnfache ihres heutigen Durchmessers vergrößert. Wenn sich dann auch noch das Heliumbrennen schalenförmig nach außen ausbreitet, bläht sich die Sonne zu einem wirklichen Roten Riesen auf, der bis an die heutige Venusbahn (mit einem Radius von 110 Millionen Kilometern) heranreichen dürfte; gleichzeitig steigt der Energieausstoß auf mehr als das Zweitausendfache des heutigen Wertes an.

Da mit dieser Entwicklung auch ein beachtlicher Materieverlust der Sonne verbunden ist, wird sich die Erde – oder das, was von ihr übriggeblieben ist – in der Zwischenzeit allerdings auf rund 210 Millionen Kilometer vom Sonnenzentrum entfernt haben. Das bringt ihr aber keine Erleichterung: Am irdischen Firmament wird die orangerote Sonne einen Durchmesser von immerhin fast 70 Grad (gegenüber 0,5 Grad heute) erreichen. Die Sonnenglut reicht dann dazu aus, selbst Berge einzuschmelzen und die Erde in eine perfekte Schlackekugel umzuwandeln, über der am Ende nur noch ein weißer Zwergstern leuchten wird. HERMANN-MICHAEL HAHN

FAZ, *NATUR UND WISSENSCHAFT,* 4. JANUAR 1995.

Ein maßloser ungeheurer Ehrgeiz, ein Ehrgeiz, der nur in der Seele der Unterdrückten aufkeimen, sich nur durch das Unglück einer ganzen Nation nähren kann, gährt in dem Herzen des russischen Volkes. Diese wesentlich erobernde, in Folge von Entbehrungen habsüchtige Nation büßt im Voraus in der Heimath durch erniedrigende Unterthänigkeit die Hoffnung ab, die Tyrannei über andere auszuüben; der Ruhm, der Reichthum, den sie erwartet, läßt sie die Schmach vergessen, die sie erträgt, und um sich rein zu waschen von der gotteslästerlichen Aufopferung jeder öffentlichen und persönlichen Freiheit, träumt sie, die Sclavin, kniend von der Weltherrschaft.
Astolphe de Custine, *Russische Schatten. Prophetische Briefe aus dem Jahre 1839.* Nördlingen 1985.

Wir wollten das Beste, aber es kam wie immer.

Viktor Černomyrdin

B*rief an einen Dramaturgen.* Wer soll denn das sein, Suchovo-Kobylin? Nie gehört! Nun, das ist kein Wunder. Sie brauchen sich nicht zu genieren. Ein Dramaturg wie Sie hat Besseres zu tun, als tagaus, tagein diese öden Textbücher zu lesen, mit denen Autoren, Verlage und Agenten Sie belästigen. Noch dazu, wenn es sich um einen halbvergessenen russischen Schriftsteller aus dem neunzehnten Jahrhundert handelt; der zu allem Überfluß aus einer alten, reichen Adelsfamilie stammte und nicht in Sibirien, sondern ganz still und leise mit siebenundachtzig Jahren in seinem Bett an der Côte d'Azur gestorben ist. Natürlich gibt es immer irgendwelche angeblichen Experten, die behaupten, dieser Aleksandr Vassiljevič Suchovo-Kobylin sei ein Dramatiker von hohen Graden. Aber das kann jeder sagen. Nur weil Mejerchold ihn zweimal inszeniert hat? Wer war schon dieser Mejerchold! Manche wollen diesen Autor gar als legitimern

Nachfolger Gogols sehen. Andere vergleichen ihn mit Jarry, ja, sogar mit Kafka. Sein Stück *Tarelkins Tod oder Der Vampir von Sankt Petersburg,* heißt es, sei Boulevard, Polizeigroteske, Grand Guignol, Puppenspiel, politische Satire – und das alles auf einmal! Man habe es mit einem bitterbösen Dauerbrenner zu tun – immer wieder von der Zensur verboten, aber einfach nicht totzukriegen.
Nur, wer wird sich heutzutage schon für diesen obskuren Russen interessieren? Sankt Petersburg schmachtet schließlich nicht mehr unter den Zaren. Dort herrscht, wie ein deutscher Staatsmann versichert, der dort nimmermüde am Werk ist, eine lupenreine Demokratie. Unter diesen Umständen mutet es sonderbar an, daß Suchovos absurdes Theater auf Schritt und Tritt an Putin, sein Regime und seine Polizei erinnert.
Nur, was geht Sie das an? Als Dramaturg haben Sie sich um wichtigere Dinge zu kümmern. Wer wird zum nächsten Theatertreffen eingeladen? Wem gelingt die bedeutendste Shakespeare-Zertrümmerung der Saison? Das ist allemal amüsanter und förderlicher, als alte Stücke zu lesen.

Geht Rußland einst aus Finsternissen
zur Zivilisation voran
(was etwa, nach gelehrten Schlüssen,
ein halb Jahrtausend dauern kann),
dann wird sich auch in unsren Ländern
der Straßenzustand sehr verändern:
Auf Prachtchausseen aus Kies und Stein
wird Reisen eine Freude sein.
Und über breiten Strömen thronen
Stahlbrücken; ja, man ebnet Land,
bohrt Tunnel durch die Felsenwand,
und rings auf allen Poststationen
stellt orthodoxes Christentum
uns ein Buffet zur Stärkung hin.
Alexander Puschkin, *Eugen Onegin,* VII, 33.

Gentlemen talk about things, servants talk about people.
Viktorianische Maxime.

Die Dummheit ist eine Himmelsmacht.

KUHTAUFE

Die Möglichkeiten, einer Kuh in Bayern einen Namen zu geben, sind zwar zahlreich, aber auch begrenzt: Bauern oder alternative Stadtflüchtlinge müssen sich nämlich nach dem *Verzeichnis der Kuh-Namen* richten, das 1967 erschienen und immer noch gültig ist. In diesem rotgebundenen Katalog, herausgegeben vom Landeskontrollverband Bayern e.V., sind, alphabetisch geordnet von »Aare« bis »Zyste«, 11676 Namen aufgelistet. »Die Vergabe von Kuh-Namen hat grundsätzlich nur noch mit Hilfe des Kuh-Namenverzeichnisses zu erfolgen. Jedem Kuh-Namen entspricht eine bestimmte Schlüsselnummer. Die Vergabe erfolgt durch Strichelung auf einem beliebigen zu der Kuh gehörigen Normalbeleg.«

Antworten auf die Frage, wie im Konfliktfall zu verfahren sei – wenn nämlich der Kuh-Eigner einen Namen wählen möchte, der in dem 117seitigen Register nicht enthalten ist –, sind nicht leicht zu erlangen, weil der Landeskontrollverband Bayern e.V. im Telephonbuch fehlt. Ein Anruf beim Staatsministerium für Ernährung, Landwirtschaft und Forsten führte uns allerdings schnell weiter. Ein fachkundiger Telephonist erklärte uns bereitwillig, daß man wohl gemeinhin noch »Landeskontrollverband« sage, diese Organisation aber inzwischen »Landeskuratorium der Erzeugerringe für tierische Veredelung in Bayern« heiße.

In diesem gleichfalls eingetragenen Verein ist ein Herr Haggenmiller beschäftigt, der noch weiß, wie es damals »eine Mordsprozedur« war, das Kuh-Namenverzeichnis zusammenzustellen; aber diese Arbeit sei bitter nötig gewesen, denn die Kuh-Namen hätten ja »EDV-mäßig gespeichert« werden müssen, und zwar siebenstellig. Im Falle des Namens »Sumpfblume« beispielsweise konnte lediglich »Sumpfbl« registriert werden.

Der Verein, für den Herr Haggenmiller tätig ist, das Landeskuratorium also, ernährt außer ihm noch 400 hauptamtliche Mitarbeiter, darüber hinaus 160 sogenannte Ringassistenten sowie etwa 4000 nebenberufliche Helfer, deren Aufgabe es vornehmlich ist, »Leistungsprüfungen für Milch und Fleisch durchzuführen«, wobei die nebenberuflichen Helfer nur Milchproben in den Ställen zu entnehmen haben. Die Leistungsprüfer dagegen sind zusätzlich mit der Registrierung der Kuh-Namen betraut. Diese Aufgabe ist ziemlich kompliziert, falls der Namenswunsch für eine Kuh von den Vorschlägen im Verzeichnis abweichen sollte. Dennoch gebe es da, so Herr Haggenmiller, eine Möglichkeit, im Einzelfall Ausnahmegenehmigungen zu erlangen. Es existiere sogar ein Formblatt, das der Leistungsprüfer dann ausfüllen müsse. Jedoch: »Das ist Mehrarbeit, das sollte man vermeiden.«

Nach genauerer Prüfung erscheint der Wunsch, vom Kuh-Namen-Verzeichnis abzuweichen, aus politischen Motiven verständlich. Zwar enthält die Liste viele durchaus harmlose weibliche Vornamen wie »Steffi«, »Monika« oder »Emma«; auch bietet sie unpolitisch Phantasievolles (»Gorilla«, »Abgesandte«, »Zittilli«) – doch fällt auf, daß beispielsweise »Strauß« (Nr. 19497) und »Ertl« (Nr. 12755) als Namensvorschläge aufgeführt werden, auch ein verniedlichter »Kohli« (Nr. 15371), keineswegs aber »Schmidt« oder »Genscher«. Damit habe es, wie Herr Haggenmiller sich klarzustellen beeilt, keinerlei politische Bewandtnis. Vielmehr seien diese Kuh-Namen längst üblich gewesen, bevor die Politiker Strauß oder Ertl eine Bedeutung erlangt hätten. Im übrigen könne jeder beantragen, seine Kuh »Schmidt« oder »Genscher« zu nennen.

TransAtlantik 1/1981.

Verzeichnis der Kuh-Namen

10001	Aare
10002	Aazilla
10003	Aba
10004	Abälard
10005	Abbassa
10006	Abbera
10007	Abdalla
10008	Abdera
10009	Abel
10010	Abella
10011	Abendglocke
10012	Abendröte
10013	Abendruhe
10014	Abendsonne
10015	Abes
10016	Abgesandte
12736	Ermeline
12737	Ermengild
12738	Ermeta
12739	Ermina
12740	Ermine
12741	Ermona
12742	Erna
12743	Ernesline
12744	Ernestine
12745	Erni
12746	Ernita
12747	Ernitte
12748	Ernte
12749	Erola
12750	Erolina
12751	Eroline
12752	Erote
12753	Erri
12754	Ertine
12755	Ertl
12756	Erun
12757	Erune
12758	Eruth
12759	Erve
12760	Erwi
12761	Erwine
12762	Esan
12763	Esau
12764	Escha
12765	Esche
12766	Escher
12767	Escoriol
12768	Esel
12769	Eskimo
12770	Eskorte
12771	Esmeralda
12772	Espanie
12773	Esparsette
12774	Espe
12775	Esplanade
12776	Esra
12777	Esse
12778	Essi
12779	Esta
12780	Estanzie
12781	Este
12782	Estella
12783	Estelle
12784	Ester
12785	Esterl
12786	Estha
12787	Esther
12788	Estirne
12789	Estrade
12790	Estragon
12791	Estrella
12792	Eta
12793	Etage
12794	Etagere
12795	Etappe
12796	Eterna
13961	Graule
13962	Graupe
13963	Grauwacke
13964	Grazia
13965	Grazie
13966	Graziella
13967	Gredi
13968	Greifin
13969	Grenadine
13970	Grenze
13971	Grenzel
13972	Greta
13973	Gretchen
13974	Grete
13975	Gretel
13976	Gretl
13977	Gretli
13978	Gribe
13979	Grill
13980	Grilla
13981	Grille
13982	Grimma
13983	Grimme
13984	Grimmige
13985	Grimse
13986	Grimsel
13987	Griseldis
13988	Grisette
13989	Grisl
13990	Grithl
13991	Gritje
13992	Gritona
13993	Gritschi
13994	Gritt
13995	Gritta
13996	Gritte
13997	Grittle
13998	Grittli
13999	Gritze
14000	Grönland
14001	Grönnerl
14002	Grössing
14003	Grola
14004	Großfürstin
14005	Großmut
14006	Großmutter
14007	Großtante
14008	Grotte
14009	Grottina
14010	Grube
14011	Grude
14012	Gründl
14028	Guelle
14029	Gündle
14030	Günsel
14031	Günther
14032	Günzer
14033	Gürtel
14034	Guggi
14035	Guide
14036	Guinee
14037	Guirlande
14038	Gulda
14039	Gulde
14040	Guldi
14041	Gulli
14042	Gumbi
19479	Stocki
19480	Stockrose
19481	Störchin
19482	Stolla
19483	Stolze
19484	Storch
19485	Storche
19486	Stori
19487	Stosei
19488	Sträußle
19489	Sträußl
19490	Strala
19491	Stramme
19492	Straßburg
19493	Straudi
19494	Straum
19495	Strausi
19496	Strausl
19497	Strauß
19498	Streissl
19499	Strelitz
19500	Strolche
19501	Strubi
19502	Strümpfle
19503	Struppel
19504	Struppi
19505	Stubai
19506	Stubsi
19507	Studia
19508	Stulpe
19509	Stumpi
19510	Stunz
19511	Sturm
19512	Sturzi
19513	Stutzi
19514	Stutzl
19515	Sua
19516	Suda
19517	Suhra
19518	Sula
19519	Sulay
19520	Sulde
19521	Suleika
19522	Sulfa
19523	Sulfe
19524	Suli
19525	Sulka
19526	Sulke
21666	Zwille
21667	Zwinge
21668	Zwirl
21669	Zwitte
21670	Zyklame
21671	Zynia
21672	Zyper
21673	Zypern
21674	Zypresse
21675	Zypriane
21676	Zyste

Jeder ist ein Reaktionär, wenn es um Dinge geht, mit denen er sich auskennt.
»Conquest's law«, Robert Conquest.

Ich lese nie ein Buch, bevor ich es rezensiere. Die Lektüre macht einen nur voreingenommen.
Sidney Smith

Moral luck.* Der Begriff stammt von dem englischen Historiker Bernard Williams. Er wäre zu ergänzen durch *historical luck.* Das war es wohl, was Helmut Kohl gemeint hat, als er 1994 von »der Gnade der späten Geburt« sprach, was seinerzeit wütende Reaktionen aller *bien pensants* des deutschen Milieus hervorrief, obwohl oder weil er damit etwas Richtiges gesagt hat.

Ein System ist das raffinierteste Mittel, um sich zum Narren zu machen.
Anthony Earl of Shaftesbury

Im Deutschen reimt sich Geld auf Welt; es ist kaum möglich, daß es einen vernünftigeren Reim gibt.
Georg Christoph Lichtenberg

Der gute Samariter wäre längst vergessen, wenn er es nur gut gemeint hätte. Aber er hatte eben auch Geld.
Margaret Thatcher, britische Premierministerin.

Geld ist wie Mist, es taugt nur, wenn man es verteilt.
Francis Bacon

Wir haben kein Geld, dann müssen wir eben denken.

Ernest Rutherford

EINE ZAUBERFORMEL UND IHRE FOLGEN. Selten wird in der Wall Street jemand zu finden sein, der imstande wäre, die Algebra zu entziffern, mit der hier hantiert wird, und für die ihre Erfinder, Arthur D. Little und Myron Scholes, mit dem Nobelpreis für Wirtschaftswissenschaften ausgezeichnet wurden.

$$C=SN(d)-Le^{-rt}N(d-\sigma\sqrt{t})$$

$$d=\frac{\ln\left(\frac{S}{L}\right)+\left(r+\frac{\sigma^2}{2}\right)t}{\sigma\sqrt{t}}$$

(Wer es versuchen möchte, hier sind die Parameter: S steht für den gegenwärtigen Marktpreis einer Aktie; L für den Preis einer Option auf ihren Zukunftswert; t für den Ablauftermin der Option; r für die bereinigte momentane Rendite in der Gesamtwirtschaft; N für die Wahrscheinlichkeit der Ausübung der Option und s für die erwartete Volatilität des Wertes der Aktie. Viel Vergnügen!)

Obwohl sie kaum verstand, was das bedeutete, war die Spekulation geblendet von der mathematischen Präzision der Formel und begeistert von der Aussicht, risikolose Geschäfte zu machen. Auch die beiden Nobelpreisträger teilten diesen schönen Glauben. Sie gründeten im Jahr ihres Stockholmer Triumphes einen Hedge-Fonds, genannt Long-Term Capital Management. Ihrer Formel zufolge lag das Risiko, daß ihre Firma in einem Jahr ihr gesamtes Kapital einbüßen könnte, bei $1{:}-10^{24}$, das heißt, es lag praktisch bei Null. Auf dem Höhepunkt seiner glänzenden Karriere hielt der Fonds Wertpapiere in Höhe von 1,25 Billionen Dollar, gedeckt durch ein Eigenkapital von ganzen vier Milliarden. *Leverage,* Hebelwirkung, hieß das Geheimnis dieser wunderbaren Kapitalvermehrung.

1998 drohte das Kartenhaus des LTCM einzustürzen. Wie in solchen Fällen üblich, wurde die Pleite zum »systemischen Risiko« erklärt. Ein Konsortium mußte eingreifen, um die gefürchtete Kettenreaktion zu verhindern. Von den Nobelpreisträgern heißt es, sie hätten ihr gesamtes investiertes Kapital verloren. Aber keine Sorge! Professor Merton lehrt heute wieder seine Wissenschaft an der Harvard Business School, und Myron Scholes hat einen neuen Hedge-Fonds gegründet und verwaltet für seine Kundschaft ein Milliardenvermögen.

Neu ist das alles nicht. Die dem Kreditsystem immanente Logik sei es, was »den Hauptverkündern von Law bis Isaak Péreire ihren angenehmen Mischcharakter von Schwindler und Prophet gibt«, so Dr. Marx in einer überraschend milden Passage aus dem dritten Band des *Kapitals.* (John Law erzeugte die größte Blase des 18. Jahrhunderts, die Brüder Péreire waren die Lehman Brothers des Zweiten Empire in Frankreich.)

Näheres bei Niall Ferguson, *The Ascent of Money.* New York: Allan Lane/Penguin 2008.

Wodurch überwindet die Bourgeoisie die Krisen? Einerseits durch die erzwungene Vernichtung einer Masse von Produktivkräften; anderseits durch die Eroberung neuer Märkte und die gründlichere Ausbeutung alter Märkte. Wodurch also? Dadurch, daß sie allseitigere und gewaltigere Krisen vorbereitet und die Mittel, den Krisen vorzubeugen, vermindert. Das Manifest der Kommunistischen Partei (1848).

(Fast) Jeder muß dran glauben

Keine Panik! Euer Geld ist sicher! Der unbeirrbare Glaube an die Garantien des Staates zeugt von einer Treuherzigkeit seiner Bürger, die fassungslos macht. Allen historischen Erfahrungen trotzt die Vorstellung, ein souveräner Staat könne nicht pleite gehen. Sie wird von (fast) allen Marktteilnehmern geteilt.

Daten aus fünf Jahrhunderten und aus sechsundsechzig Ländern beweisen das Gegenteil. Der Staatsbankrott, hie und da höflich umdefiniert als Zahlungsaufschub, Moratorium oder Umschuldung, ist überall auf der Welt, auch in Europa und Asien, keineswegs die Ausnahme, sondern die Norm. Und dabei handelt es sich meist nicht um einen einmaligen Vorgang, sondern um eine ganze Serie von Bankrotterklärungen.

Nicht alle sind sich darüber im klaren, daß die Wirtschaftswissenschaft an einer hartnäckigen Gedächtnisschwäche leidet. Aus diesem Grund bilden sich die meisten Auguren ein, Schuldenkrisen und die Inflationen, die ihnen folgen, seien Erfindungen der Moderne. Diesem Irrtum kann abgeholfen werden. Zwischen 1500 und 1800 hat der französische Staat insgesamt achtmal seine Schulden gestrichen. Die Könige waren, wenn sie ihre Auslandsschulden nicht mehr begleichen konnten, gewohnt, ihre einheimischen Gläubiger hinrichten zu lassen – eine originelle Form der »Umschuldung«, an der sich auch die Sowjetunion der ersten Jahre ein Beispiel nahm. Im neunzehnten Jahrhundert erwies der Staatsbankrott sich ebenfalls als probates Mittel, um den Fiskus zu entlasten. Kaum ein Land wollte darauf verzichten. Griechenland machte viermal, Österreich fünfmal, Venezuela sechsmal davon Gebrauch. Den Rekord hielt Spanien mit sieben Staatsbankrotten.

Auch das zwanzigste Jahrhundert ließ sich nicht lumpen. Spitzenreiter waren die Türkei und Brasilien, die sich je sieben Mal für zahlungsunfähig erklärt haben. Dabei verdient es Beachtung, wie lange ein Land in diesem Zustand verharrt. Griechenland, das sich seiner Unabhängigkeit erst seit 1830 erfreut, blieb über mehr als die Hälfte der Jahre, die es als souveräner Staat existiert hat, dabei, daß es für seine Schulden nicht aufkam. Ähnlich verhielten sich mindestens sieben lateinamerikanische Staaten.

Eine Regierung, die so vorgeht, wird kaum Wert auf die Stabilität ihrer Währung legen. Lieber wird sie ihr Heil in der Inflation suchen. Auch in diesem Punkt scheint das Gedächtnis des Publikums ebenso rasch zu schwinden wie die Kaufkraft seiner Spargroschen. Viele glauben, die Erfindung des Papiergeldes sei schuld an der säkularen Inflation. Aber viele Regierungen verstanden sich schon lange zuvor auf die Kunst der Geldentwertung. Sie war und ist die einfachste Methode, um einen Schuldenberg abzutragen. Im Zeitalter des Metallgeldes griff man zur Münzverschlechterung, indem man das Gewicht oder den Silbergehalt der Prägung

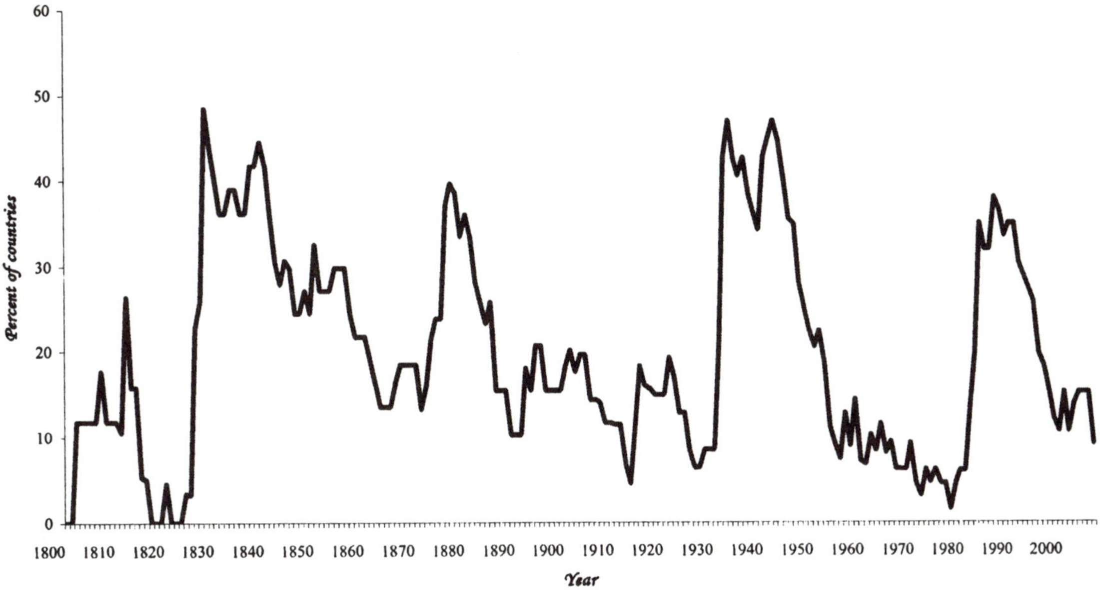

herabsetzte. Ein paar Beispiele mögen genügen: Großbritannien erreichte im Lauf eines einzigen Jahres (1551) eine Wertminderung des umlaufenden Geldes um 50 %; Schweden zog 1572 mit 40 % nach; die Türkei brachte es 1586 zu einer Inflation von 44 %.

Allerdings führte die Notenpresse zu erheblichen Fortschritten auf diesem Gebiet. In Europa mögen sich ältere Mitmenschen noch an die Folgen einer Hyperinflation erinnern. Der Rekordhalter war Ungarn 1924 mit $9{,}63 \times 10^{26}$ %, gefolgt, auf einem guten zweiten Platz, von Griechenland mit 3 020 000 000 000 % (1944) und Deutschland mit 2 220 000 000 % (1922). Zwar sind afrikanische Staaten wie der Kongo oder Zimbabwe dabei, diese Rekorde einzustellen. Aber bei uns zu Hause kann davon gar eine Rede sein! Dafür bürgen unsere Währungshüter von der EZB. Diesmal ist alles ganz anders! Es gehört zu unseren Bürgerpflichten, daß wir uns die Geldillusion nicht nehmen lassen. (Fast) jeder muß an sie glauben; denn wo kämen wir sonst hin?

Alle Daten, in wunderbarer Ausführlichkeit, bei Carmen M. Reinhart und Kenneth S. Rogoff, »This Time is Different. A Panoramic View of Eight Centuries of Financial Crises.« In: Working Paper No. 13882. National Bureau of Economic Research, Cambridge, Massachusetts.

Deformation eines Knotens in R3 und in F.

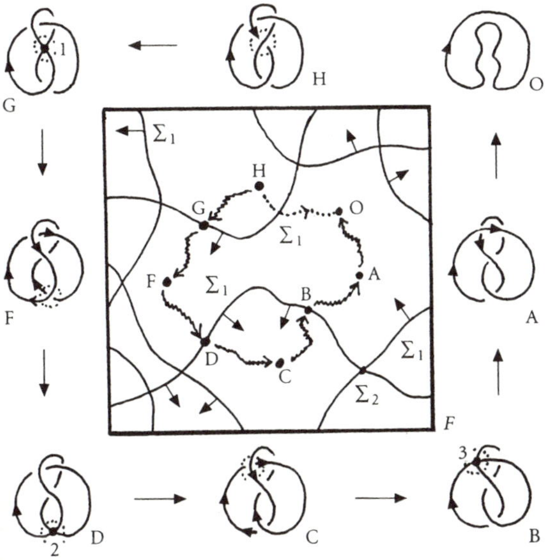

Abb. aus: Alexei Sossinsky, *Mathematik der Knoten*. Reinbek: Rowohlt 2000.

Es ist ein schöner Zug, welche Verachtung man in Deutschland gegen das Geld hat und zeigt. Die Deutschen dichten ihm einen Ursprung an, der nicht verächtlicher und niedriger sein kann. Man stellt ihn fürs Auge in Figuren dar, die Geldscheißer genannt werden.
Georg Wilhelm Friedrich Hegel

Ein alltäglic

Es gehört sich nicht, Geld zu fälschen. Man kann sogar dafür bestraft werden. Aber wenn der Fälscher kein Geld drucken darf – wer darf es dann? Der Staat? Die Brüsseler Kommission, der Ministerrat, oder wie diese europäischen Männerzirkel alle heißen? Nein, es ist die Zentralbank, die in einem Frankfurter Glashaus sitzt. In den USA ist es die Federal Reserve Bank, woanders kann es auch die Central Bank of Belize sein, die Belize-Dollars druckt. Fast immer steht der Name eines Staates drauf, und irgend jemand unterschreibt mit einem unleserlichen Kritzel. Das schönste aber ist, wie die Eingeweihten diese Prozedur nennen, nämlich **Geldschöpfung.**

nes Wunder

Das hört sich beinahe göttlich an. Aus nichts und wieder nichts wird dabei etwas Wertvolles hervorgebracht. Allerdings ist keineswegs klar, wie diese creatio ex nihilo geschieht.

Als es noch die gute alte D-Mark gab, hat der damalige Chef der Bundesbank die Katze aus dem Sack gelassen. »Am schwierigsten«, sagte er, »ist die legale Definition von Geld. Es müßten folgende Fragen beantwortet werden: Was ist Geld? Wer soll das Recht zur Ausgabe von Geldkarten haben?« Und so weiter. Er wußte also selber nicht, was beim Gelddrucken eigentlich passiert, und damit steht er nicht alleine da.

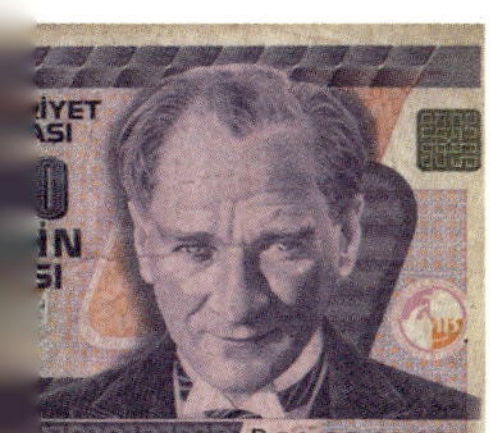

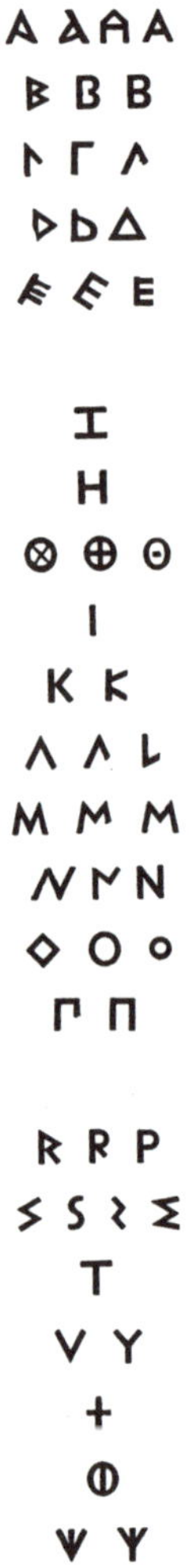

EINE TIRADE GEGEN DAS SCHREIBEN

Als er aber an die Buchstaben gekommen, habe Theuth gesagt: Diese Kunst, o König, wird die Ägypter weiser machen und gedächtnisreicher, denn als ein Mittel für den Verstand und das Gedächtnis ist sie erfunden. Jener aber habe erwidert: O kunstreichster Theuth, Einer weiß, was zu den Künsten gehört, ans Licht zu gebären; ein Anderer zu beurteilen, wieviel Schaden und Vorteil sie denen bringen, die sie gebrauchen werden. So hast auch du jetzt als Vater der Buchstaben aus Liebe das Gegenteil dessen gesagt, was sie bewirken. Denn diese Erfindung wird der Lernenden Seelen vielmehr Vergessenheit einflößen aus Vernachlässigung des Gedächtnisses, weil sie im Vertrauen auf die Schrift sich nur von außen vermittelst fremder Zeichen, nicht aber innerlich sich selbst und unmittelbar erinnern werden. Nicht also für das Gedächtnis, sondern nur für die Erinnerung hast du ein Mittel erfunden, und von der Weisheit bringst du deinen Lehrlingen nur den Schein bei, nicht die Sache selbst. Denn indem sie nun vieles gehört haben ohne Unterricht, werden sie sich auch vielwissend zu sein dünken, da sie doch unwissend größtenteils sind, und schwer zu behandeln, nachdem sie dünkelweise geworden statt weise.
Platon, *Phaidros* 274–275.

AUCH IN WEIMAR HEGTE MAN ZWEIFEL: Ueberhaupt sind wir Gelehrte u. Büchermacher doch eigentlich zu nichts nutze, und nur eine Ausgeburt überfeinerter Staaten… Was sind die Menschen für Narren, daß sie für beschriebenes & bedrucktes Lumpenpapir, das doch am Ende nur dazu gut ist, Käse einzuwickeln, oder zur Serviette zu dienen, so viel Geld wegschmeisen. Wir Gelehrte sehn uns für viel zu wichtig an. Wir sind Drohnen und Faultiere im Bienenstock!
Christoph Martin Wieland zu Karl August Böttiger, 29. November 1795.

DER ARGENTINISCHE ROMANSCHRIFTSTELLER Ernesto Sabato war, zusammen mit seiner Frau, zu einer literarischen Tafelrunde eingeladen. Einer der Anwesenden erinnert sich, daß Matilde, denn so hieß sie, nach dem Dessert heimlich einen Zettel schrieb, den sie unter den Gästen herumgehen ließ. »Schon seit über einer halben Stunde«, war darauf zu lesen, »ist Ernesto mit keinem Wort erwähnt worden. Ich befürchte, daß ihm eine schwere Depression droht.«

LI PO, EIN DICHTER DES TAOISMUS, über eine Begegnung mit seinem Freund Du Fu:
Treff ich dich hier auf dem Fan-kou-Berg,
traurig unter dem Hut in der Mittagssonne?
Wie dürr, spindeldürr du geworden bist!
Du hast dich wohl angesteckt – an der Poesie?
Mitgeteilt von Breyten Breytenbach.

DANILO KIŠ; RATSCHLÄGE für einen jungen Schriftsteller:
Behalte folgende Maxime immer im Sinn: »Wer das Ziel erreicht, verfehlt alles Übrige.«
Kümmere dich nicht um Wirtschaft, Soziologie, Psychoanalyse.
Schenke den Propheten keinen Glauben, denn du bist ein Prophet.
Sei kein Prophet, denn der Zweifel ist deine Waffe.
Setze nicht auf den Augenblick, denn du würdest es bereuen.
Setze nicht auf die Ewigkeit, denn du würdest es bereuen.
Nimm die Auszeichnungen, die die Fürsten dir verleihen, mit Gleichgütigkeit entgegen, aber tue nichts, um sie zu verdienen.
Entwirf kein politisches Programm, entwirf überhaupt kein Programm; du gehst aus vom Magma und vom Chaos der Welt.
Glaube nicht an die Unsterblichkeit des Schriftstellers; das sind Professorendummheiten.
Zum Thema der »engagierten Literatur« bleibst du stumm wie ein Fisch, dieses Feld überläßt du den Professoren.
Sei nicht tragisch, denn das ist komisch.
Laß die Komödie beiseite, denn die Bojaren sind es gewohnt, daß man sie unterhält.
Denke nicht, daß die Schriftsteller das Gewissen der Menschheit sind; du hast zuviel Gesindel gesehen.
Aus: *Akzente* 1/1987.

EINE KETTE AUS WÖRTERN UND BLUMEN

Uebersetzen ist Glückssache, ein Abenteuer voller Risiken und Chancen. Das folgende Gedicht hat manche solche Verwandlungen erlebt. Es geht auf einen Nahuatl-Text zurück, den Bernardino de Sahagún gerettet hat.

Wenige Jahre nach Cortés ging in Veracruz ein junger spanischer Franziskanermönch an Land. Der eine hat eine große Kultur zerstört, der andere hat sie aufbewahrt. Sein Werk, die *Historia universal de las cosas de Nueva España,* ist zwischen 1557 und 1570 entstanden, aber erst vierhundert Jahre später vollständig veröffentlicht worden. Der König von Spanien erfuhr von seiner Existenz im Jahre 1577; er wies seinen Vizekönig in Mexico an, die Verbreitung des Werkes zu verhindern und das Manuskript dem Indischen Rat in Madrid vorzulegen; er verbot ausdrücklich, Abschriften und Übersetzungen davon herzustellen. Die *Historia universal* verschwand in den Archiven.

Bernardino de Sahagún hat sie, streng genommen, nicht selbst verfaßt. Er war ihr *spiritus rector*, ihr Anstifter und Kommentator. Die eigentlichen Autoren sind die Überlebenden eines Genozids, Söhne aus alten Azteken-Geschlechtern, die der Katastrophe entgangen waren. Der Franziskaner hat sie in seine Schule nach Santa Cruz de Tlatelolco gezogen und dort unterrichtet. In ihrer eigenen Sprache schrieben diese Zeugen einer vernichteten Zivilisation unter seinen Augen nieder, was sie von ihren Vätern wußten. Die *Historia universal* trägt ihren Namen zu Recht. Sie ist die Beschreibung einer Welt, mit ihren Mythen und ihrer Geschichte, ihren Gewohnheiten und ihrer Denkweise, mit all ihren Erscheinungen vom

Aztekische Hieroglyphen-Handschrift aus der Vatikanischen Bibliothek.

Sonnengott bis zum kleinsten Insekt. Bernardino ist damit, lange bevor es diese Disziplin überhaupt gab, zum Begründer der Ethnographie geworden und hat dieser Wissenschaft ein unvergängliches Denkmal gesetzt.

Die Niederschrift der Zeugnisse ist aber nicht nur Wissenschaft, sondern auch Poesie; denn sie setzt sich nichts Geringeres vor als eine zweite Erschaffung der Welt – aus Wörtern.

Als mir eines Tages eine Transkription des *Codex florentinus*, der wichtigsten Handschrift der *Historia universal*, in die Hände fiel (es handelt sich um die Edition von Arthur J. O. Anderson und Charles E. Dibble. Santa Fe, New Mexico 1951 bis 1963), war ich auf Bernardinos spanische Übersetzung aus dem Nahuatl und auf die englische Version des Urtextes angewiesen – ein reiches poetisches Material; und ich konnte der Versuchung nicht widerstehen, dieser langen Kette von Überlieferungen ein weiteres Glied hinzuzufügen. So ist *Das Blumenfest* entstanden, ein Gedicht in deutscher Sprache, das ich nun, in einer weiteren, spanischen Metamorphose, an sein Ursprungsland Mexico zurückgebe.

Alexander von Humboldt

DAS BLUMENFEST

Ich schenke Blumen.
Ich streue Blumensamen aus.
Ich pflanze Blumen.
Ich sammle Blumen.
Ich pflücke Blumen.
Ich pflücke verschiedene Blumen.
Ich raufe sie aus.
Ich zerreiße Blumen.
Ich zerstöre sie.
Ich knüpfe Blumen.
Ich binde Blumen.
Ich mache Blumen.
Ich erfinde Blumen.
Ich hole sie aus der Luft.
Ich mache es so, daß aus den Blumen Sträuße werden,
ungleiche, runde Sträuße, immer größer und größer.

Ich mache eine Girlande aus Blumen, ein Laken, einen Strauß,
ein Bett aus Blumen, eine Hand.
Ich knüpfe sie.
Ich binde sie.
Ich versehe sie mit Gras.

Ich versehe sie mit Blättern.
Ich mache eine Schlange aus Blumen.
Ich rieche etwas.
Ich rieche sie.
Ich sorge dafür, daß einer Blumen riecht.
Ich schenke einem Blumen.
Ich schenke ihm Blumen.
Ich versehe einen mit Blumen.
Ich versehe ihn mit einer Schlange, mit einer Kette aus Blumen.
Ich versehe ihn mit einer Blumenkette.
Ich lege ihm eine Girlande um.
Ich versehe ihn mit einer Girlande aus Blumen.

Ich bekleide einen mit Blumen.
Ich kleide ihn in Blumen ein.
Ich bedecke ihn ganz mit Blumen.
Ich zerstöre einen mit Blumen.
Ich zerstöre ihn mit Blumen.
Ich verwunde einen, verwunde ihn mit Blumen.
Ich zerstöre ihn.
Ich verwunde ihn mit Blumen.
Mit Trinken, mit Essen, mit Blumen, mit Tabak, mit Kleidern,
  mit Gold.
Ich bezaubere ihn, ich errege ihn mit Blumen, mit Wörtern.
Ich bezaubere ihn.
Ich sage:
»Mit Blumen liebkose ich ihn.
Ich verführe einen.
Ich richte eine lange Rede an ihn.
Ich bewege ihn mit Wörtern.
Mit Blumen.«
Ich versehe einen mit Blumen,
  oder ich zerreiße Blumen,
  oder ich mache Blumen,
  oder ich hole Blumen aus der Luft
  und ich gebe sie ihm, so, daß es ein Fest gibt.
Ich höre nicht auf, einem Blumen in die Hand zu geben.
Oder ich versehe ihn mit einer Kette, einer Schlange.
Oder ich versehe ihn mit einer Girlande aus Blumen, aus Wörtern.
Oder ich bezaubere ihn.
Oder ich gebe ihm etwas.
Oder ich gebe ihm weiter nichts als immer mehr Blumen
und Blumen.

Schwarzweißrotgrün

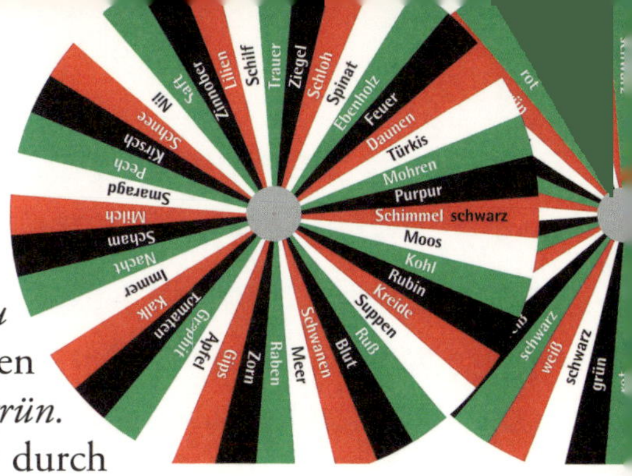

Die meisten Sprachen kennen neben den einfachen Farbbezeichnungen wie *Blau* oder *Grün* Zusammensetzungen wie *Kobaltblau* oder *Schilfgrün*. Unsere Farbwahrnehmung ist durch Vergleiche, Analogien und Metaphern konditioniert, die sich zu Farbnamen verfestigt haben. Dagegen wirken Kombinationen wie *Rabenrot* oder *Blutgrün* irritierend.

Ein einfacher Apparat ermöglicht es, mit derartigen Wirkungen zu spielen und zu experimentieren. So lassen sich zahlreiche nichtexistierende Farben darstellen: Zwei farbig bedruckte Scheiben, die eine mit den ersten, die zweite mit den zweiten Wortgliedern, können in Bewegung gesetzt werden; sobald sie stehenbleiben, erscheint im zentralen Sichtfeld eine neue, imaginäre Farbnuance.
Aus *WortSpielZeug.*

Für die Philosophie möchte ich folgende Definition vorschlagen: Sie ist ein besonders trickreicher Versuch, Trugschlüsse hervorzubringen.
Bertrand Russell, »Philosophy's Ulterious Motives«, in: *Unpopular Essays.* London 1950.

Nature, to be commanded, must be obeyed.
Francis Bacon

Die Natur versteht ihre Sache besser als wir.
Michel de Montaigne

Ich habe nicht die Zeit, mich mit meinen Werken herumzuschlagen. Ich habe sie in die Hände des Publikums gelegt. Montesquieu 2241

Reimkunst

Zickzack, Singsang, Ticktack, Hickhack, Bimbam, Piffpaff, Mischmasch, Schnickschnack, Schnippschnapp, Flip-Flop, Khaki, Koka, ritschratsch, Singsang, Tiptop, Tricktrack, Ticktack, Wirrwarr, Krimskrams, Lila.
Klimbim, Hongkong, Klimbim, Drumrum, Dada, Ruckzuck, Heckmeck, Zickzack, Trara, Plemplem, Kuckuck, Tamtam, Jojo, Dodo, Fifi, Zulu, Bonbon, Dumdum, Popo, Mimi, Mama, Papa, Uhu, Toto, Mau-Mau, Wauwau, Plemplem, Huschhusch, Pipi, Mini, gaga.
Ritzeratze, Diridari, Hula-Hula, Walla-Walla, Pinkepinke, Ritzeratze, Wischiwaschi, Tingeltangel, Tuttifrutti, Ballaballa, Larifari, Halligalli, Eiapopeia, Simsalabim, Klingeling, Hotzenplotz, Schubidu, Kitekat, Abrakadabra, Kikeriki, Tohuwabohu.
Risibisi, Halligalli, Beriberi, Muckefuck, Schubidu, Dalli dalli, Kuddelmuddel, Schickimicki, Multikulti, Techtelmechtel, etepetete, Hokuspokus, Kunterbunt, Kakerlak, ratzefatz, Holterdipolter.
Boogie-Woogie, knickknack, tidbit, sissy, riffraff, hotchpotch, hillybilly, mumbo-jumbo, pallmall, humdrum, willy-nilly, tidbit, honkytonk, Humpty-Dumpty, helter skelter, couscous, baba, pompon, caca, tutu, frou-frou, bébé, tel quel, tonton, chichi, pêle-mêle, tête-bêche. Riffraff, hiphop, seesaw, tattoo, bric-à-brac, comme ci, comme ca, nolens volens.

Medientheorie:
Die Politik, wie sie heute i[…] ist durch die Erfindung de[…] Post so geworden. Montesquieu 2207.

Wenn man den Sperling auch mit Mehlwürme[…] füttert, er wird keine Nach[…] gall. Ein Sperling schimpf[…] den andern Dachscheisse[…] Grimmsches Wörterbuch, Artikel **Sperling**.

Etwas über Wortschöpfer und Wortfischer

Wer weiß schon, woher die Wörter kommen...

Wer weiß schon, woher die Wörter kommen, die wir im Munde führen? Nicht einmal die gelehrten Etymologen sind sich da so sicher. Die meisten Vokabeln, und zwar gerade die gewöhnlichsten, können auf eine lange und verwickelte Geschichte zurückblikken, und je weiter die Wissenschaft sie zurückverfolgt, desto problematischer werden ihre Forschungen. Sie enden irgendwann im Nirgendwo, in Idiomen, die längst ausgestorben oder gar, wie das Indoeuropäische, bloß eine hypothetische Existenz führen, weshalb ihr vermutlicher Wortschatz mit einem kleinen Sternchen bezeichnet wird. (So stellt sich das Wort *Wurzel* »zu der unter [1]*wallen* (s.d.) dargestellten Wurzel *ie.* **uel(ə)-*, **ulē-* ›drehen, winden, wälzen‹«. – Wer weiß, ob's wahr ist.)

Das kommt davon, daß die menschlichen Sprachen keine Neugeborenen sind. Selten läßt sich ein Idiom *in statu nascendi* beobachten. Ein solcher Ausnahmefall ist das Neuhebräische. In Israel ist einem ganzen Volk ein bemerkenswerter Willensakt gelungen. Eine uralte Kultsprache wurde dort im Lauf eines halben Jahrhunderts zu neuem Leben erweckt. Ohne viel Phantasie konnte es dabei nicht abgehen. Es kam zu einem rasanten Bedeutungswandel alter Begriffe. Natürlich war für Tausende von Erscheinungen der modernen Zivilisation in den heiligen Schriften kein Anhaltspunkt zu finden. Der Romancier Amos Oz weiß zu berichten, wie er sich auf die Suche nach neuen Wörtern den Kopf zerbrochen hat. Am Ende ist es ihm gelungen, mehr als zweihundert Vokabeln, die heute jedes israelische Kind kennt, ganz allein in die Welt zu setzen, indem er sie aus den Wurzeln der alten Sprache herauspräparierte. Dazu gehört das Ohr eines Dichters. Mit Bewunderung und nicht ohne Neid wird jeder Schreibende von dieser Ruhmestat hören.

Sicherlich gab es auch in unseren Breiten Beispiele solcher Produktivität. Wie anders wäre es zu erklären, daß wir für fast alles, was wir sagen wollen, ein deutsches Wort zur Hand haben? Allerdings handelt es sich nicht, wie in Israel, um einen gezielten Vorgang, eine klar umrissene historische Aufgabe, um eine plötzliche linguistische Explosion. Allenfalls die berühmte Bibelübersetzung Luthers bietet eine ferne Analogie zu diesem Unternehmen. Ansonsten aber bildete sich der Wortschatz des Neuhochdeutschen in einem langsamen stochastischen Prozeß heraus, an dem wahrscheinlich Tausende von Akteuren beteiligt waren, deren Anteil nur ausnahmsweise eindeutig zu ermitteln ist. Fleißige Philologen waren mit seiner Aufklärung beschäftigt. Fast alles haben sie durchgekämmt, was sich auf Pergament, als Handschrift oder in allen möglichen Drucksachen erhalten hat, um festzustellen, wann und wo ein Wort zum ersten Mal aufgetaucht ist. Es versteht sich, daß es dabei nicht ohne zähe Debatten abgegangen ist. Vieles liegt nach wie vor im dunkeln, und an Zweifelsfällen fehlt es nicht. Dennoch können die Ergebnisse dieser langen Arbeit sich sehen lassen. Nachlesen kann man sie im alten Grimm, bei Hermann Paul,

Friedrich Kluge und Walther Mitzka, oder bei dem vortrefflichen Wolfgang Pfeifer. Am besten stehen allerdings in dieser Hinsicht nicht die Deutschen, sondern die Engländer da; denn im *Oxford English Dictionary* findet sich die Genealogie jeder einzelnen Vokabel minutiös und vollständig nachgewiesen.
So heiß das Bemühen und so bewundernswert der Fleiß der Verfasser, so wenig ist damit endgültig klar, wem dieses oder jenes Wort zum ersten Mal über die Lippen gekommen sein mag. Denn bis es schwarz auf weiß erscheint, hat es womöglich schon eine längere Karriere hinter sich, von der wir nichts wissen. Sein luftigster Aggregatzustand, der mündliche, entgeht der Fixierung, und so muß die Frage nach seinem Ursprung letzten Endes offenbleiben. Für die meisten Wörter gibt es keinen bekannten Urheber, kein Copyright und keine Priorität.
Doch auch von dieser Faustregel gibt es eine Menge Ausnahmen, die zu denken geben, und an ein paar von ihnen soll hier erinnert werden. *Wahrscheinlich* sind viele Ausdrücke, die uns federleicht auf der Zunge liegen, zum ersten Mal in einem *erotischen Briefwechsel* aufgetaucht oder in irgendeiner *Flugschrift.* Und dann stellt sich nicht selten heraus, daß es ein *Schriftsteller* war, der diese Zeilen *verfaßt* hat. Warum hat er sich nicht mit dem vorhandenen Wortschatz begnügt? Aus *Ehrgeiz?* Aus *Eigensinn?* Weil er aus lauter *Feingefühl* keinen *Gemeinplatz* dulden wollte?
Für zehn der Wörter, die in diesem Absatz stehen, läßt sich mit einiger Gewißheit sagen, wer die deutsche Sprache mit ihnen bereichert hat. Das waren die Herren von Zesen, Wieland, Harsdörffer, Schubart, Stubenberg und Luther. Aber wie ist es dabei zugegangen? Vielleicht haben sie nur dem Volk aufs Maul geschaut und manches in die *Schriftsprache* eingeführt – auch dies eine Erfindung von Wieland. Andere Ausdrücke hat es, bevor sie im Druck erschienen, nur in der *Mundart* gegeben, die wiederum erst Philipp von Zesen auf diesen Namen getauft hat. Wo es sich so verhält, muß der präsumtive Urheber als Wortfischer gelten, während andere ganz aus eigenem Antrieb eine *Lippe* (Luther) riskiert haben und sich etwas völlig Neues einfallen ließen. Das sind die Wortschöpfer. Eine solche Unterscheidung ist zwar keineswegs *banal* (Goethe), aber trennscharf ist sie nur dann, wenn einer sich ohne falsche *Rücksicht* (Lessing) zu seiner Eingebung bekennt.
Anfangs wird gewöhnlich nur eine *Minderheit* (Campe) oder eine *Clique* (Wieland) von solchen Neologismen Notiz nehmen. Es kann nicht ausbleiben, daß mancher selbsternannte Sprachwächter sich über sie ärgert. An Kritik wird es dem Wortschöpfer niemals fehlen. »So spricht nur der *Pöbel*« (Luther), kriegt er dann zu hören, oder man sagt: »Das finden wir *blödsinnig*« (Opitz), oder: »Der gehört ja in die *Irrenanstalt*« (Jean Paul). Und *Tatsache* (Spalding) ist, daß viele solche Neuschöpfungen alsbald auf Nimmerwiedersehen wieder verschwinden. Das ist gut so; es *entspricht* (wieder der kluge Wieland) der *Entwicklung* (Campe) und hängt nicht zuletzt vom *Zeitgeist* ab (Herder).
Wortfischer und Wortschöpfer sind eben keine *Übermenschen* (ein Ausdruck, der sich zuerst anno 1527 bei einem gewissen Herrmann Rab findet, einem Dominikanermönch, der ihn bemerkenswerterweise ironisch verwendet). Niemand kann der Sprache diktieren, was brauchbar ist und was ihr frommt. Ohne ein gewisses *Zartgefühl* (schon wieder der wackere Campe) muß jede Neuerung scheitern, und wer hätte davon mehr bewiesen als Lessing, der uns die Wörter *rührend* und *empfindsam* bescherte, Gottsched, dem wir die *Begeisterung,* und Zesen, dem wir die *Leidenschaft* verdanken? Kein Wunder, daß die *Öffentlichkeit* (Adelung) dafür gesorgt hat, daß

diese schönen Vokabeln in keinem deutschen *Wörterbuch* (Comenius) fehlen.
Auch dafür, daß wir dem *Fortschritt* (Mylius, Wieland) nicht sprachlos ausgeliefert sind, bürgen nicht zuletzt die Wortschöpfer. Von *Zukunftsmusik* scheint als erster Louis Spohr gesprochen zu haben. *Weltbürger* kann es in Deutschland erst geben, seitdem Sigmund von Birken ihnen einen Namen verliehen hat. Auch die *Dampfmaschine* und der *Fallschirm* sind nicht von schlechten Eltern: sie heißen Lichtenberg und Jean Paul. Wo wäre unsere *Naturwissenschaft*, wenn sie nicht wüßte, wie sie heißt? Es war Christian Wolff, der sie getauft hat. Auch Kosmologen und Raumfahrer wären aufgeschmissen, wollten sie uns von ihrem Tun berichten, wenn ihnen nicht das Wort *Weltall* zu Gebote stünde – und schon wieder war es Wieland, dem es eingefallen ist. Allerdings, auch *Fallbeil* und *Nihilismus* hat der *Fortschritt* hervorgebracht; beide sind in Deutschland geläufig seit Lohenstein und Jacobi. Eine *liebenswürdigere* Erfindung, das Wort stammt von Opitz, ist der *Kindergarten*, der es, von Fröbel so genannt, zu einer Weltkarriere gebracht hat.
Goethe und Luther, Lessing, Wieland und meinetwegen Jean Paul, wenigstens ahnen die meisten Deutschen noch, wer sie waren. Aber Friedrich Heinrich Jacobi oder Philipp von Zesen? Nie gehört, obwohl noch der letzte Winkeladvokat das Wort *Vertrag* im Munde führt, ohne zu ahnen, wer es erfunden hat, so wenig, wie unsere *Schriftsteller* an einen gewissen Herrn von Stubenberg denken, dem sie wahrscheinlich ihre Berufsbezeichnung verdanken. Und so überleben diese ganz und gar Vergessenen immerhin ein paar Jahrhunderte lang im Gedächtnis wenn nicht der *Literaturgeschichte* (Herder), so doch der Sprache, ein Triumph, der gerade, weil er so anonym ist, den flüchtigen Ruhm vieler anderer in den Schatten stellt.

Ein paar weitere alte Neuentdeckungen:
Abstand (v. Zesen)
Ballade (Goethe)
Behäbig (Goethe)
Beileid (Fleming)
Bittsteller (Campe)
Bürgertum (Fichte)
Doppelgänger (Jean Paul)
Einzahl (Campe)
Eiweiß (Jean Paul)
Entwurf (Zesen)
Erdgeschoß (Campe)
Festland (Campe)
Firmament (Luther)
Frack (Goethe)
Freisinn (Campe)
Freistaat (Wieland)
Fremdwort (Jean Paul)
Geistreich (Opitz, Luther)
Geizhals (Luther)
Gesichtspunkt (Dürer)
Gnom (Paracelsus)
Grammatik (Luther)
Hörsaal (Gottsched)
Kot (Luther)
Lehrgang (Campe)
Liebreiz (v. Zesen)
Morgenland (Luther)
Neureich (Jean Paul)
Oberfläche (v. Zesen)
Pfote (Luther)
Postkarte (v. Stephan)
Prahlen (Luther)
Rechtschreibung (Harsdörffer)
Schaukel (Schottel)
Schauplatz (Luther)
Scheinheilig (Fischart)
Schlamm (Luther)
Staatsbürger (Wieland)
Trauerspiel (v. Zesen)
Trotzkopf (Weise)
Trugschluß (Wieland)
Umlaut (Klopstock)
Vorhaut (Luther)
Weltreich (v. Zesen)
Weltschmerz (Jean Paul)
Zahlungsfähig (Campe)
Zeitschrift (Bürger)
Zweikampf (v. Zesen)

Porträt des Künstlers als Kommissar

Jacques Louis David war einer der größten Künstler Frankreichs und zugleich ein vollkommener (oder unvollkommener) Lump. Er war Hofmaler eines Geköpften, Ludwigs des Sechzehnten, und ein Hauptvertreter französischer Frivolität: Marie Antoinette vergötterte ihn. Von Boucher hatte er die Kundschaft, nicht aber das erotische Talent geerbt. In Boucher gipfelte das venusische Rokoko; David wurde zum neoklassizistischen Maler *par excellence*, ein Liebhaber römischer Togen, die seine nackten Heroen nur knapp verhüllten.

Viele seiner Themen sollte er in der Revolution finden. Die Geschwindigkeit, mit der er malte, machte aus ihm den ersten Bildjournalisten Frankreichs, wenn nicht der Geschichte. Nach seinem *Tod des Marat*, den er, wie er nebenbei bemerkte, nur ein paar Stunden *après l'assassinat* zu malen begann, und kurz nachdem die öffentliche Schaustellung des toten Revolutionärs mißriet, wurde aus David etwas Unheilvolleres, Schäbigeres – und Moderneres: er arbeitete als Geheimagent für Robespierre. Am Tag pflegte David zu malen, nachts unterschrieb er Todesurteile und schickte die ehemaligen Aristokraten, seine früheren Kunden, unter die Guillotine. Als seinem Schirmherrn das gleiche widerfuhr, erschien am nächsten Tag die Polizei bei David, um ihn zu verhaften. Er blieb sechs Monate im Gefängnis. Dort verwandelte er die Zelle in sein Atelier. Es wurde ihm sogar erlaubt, sein Selbstporträt im Knast zu malen.

Der Thermidor machte dem Terror ein Ende. David ging nach Hause, kehrte zum Neoklassizismus zurück, organisierte Empfänge und wurde zum Modeschöpfer. Wie früher Madame Pompadour vertraute sich nun Josephine, die *mulata*, dem Meister an. Der grausame Republikaner mauserte sich zum kaiserlichen Hofmaler. Seine Bilder schmeichelten Napoleon. Nach Waterloo geriet er unter die »trockene Guillotine«, in die belgische Verbannung.

Der großmütige Delacroix hat ihn »den ersten modernen Maler« genannt. Damit hatte er in mehr als einer Beziehung recht. David ist der erste Künstler als Kommissar. Später sollte es nicht nur immer mehr Kunstkommissare geben, sondern auch Kommissare ohne Kunst.

Nach Guillermo Cabrera Infante, in: *Mea Cuba*. New York 1994.

JAN PETER TRIPP, DIE WALDAUER BEGEGNUNG, 1994.

Einige Vorlieben. Die Verachtung der zeitgenössischen Kunstmafia für jede Form der Meisterschaft, ihr Zynismus, ihre Ähnlichkeit mit den Drogenkartellen, all das hat zwar zur Verwahrlosung der Künste, aber nicht zu ihrer Abschaffung geführt. Jeder, der nicht als Spekulant in sie investiert hat, wird zu diesem Betrieb den größtmöglichen Abstand halten und versuchen, im gigantischen Müllhaufen des Kunstmarktes etwas zu finden, was Bedeutung für ihn hat. Hier ist meine ganz private Liste: Christo und Jean-Marie Claude, Kienholz, Beuys als Zeichner, bevor er seine Kunst gegen ein Dasein als Guru vertauscht hat, Horst Janssen, Altenbourg, Jan Peter Tripp, Yves Tanguy, Bacon, Lucien Freud, Komar und Melamid, Claes Oldenburg (schon wegen seines Humors) und der Überlebende einer größeren Zeit, Max Ernst.

Art is what you can get away with. ANDY WARHOL

Der Ruhm einer hochangesehenen deutschen Künstlerin, deren »Arbeiten« manche Museen ganze Wände, wenn nicht Säle einräumen, beruht darauf, daß sie irgendwelche Zahlenfolgen oder Zitate auf einfaches Schreibpapier kritzelt. Leo Castelli, damals der führende New Yorker Galerist, nahm sie Anfang der 1970er Jahre unter seine Fittiche. Über seine Ausstellung befragt, sagte er: »Das Wertvollste an ihren Exponaten sind die Rahmen, und die habe ich bezahlt.«

321 Mal- und Zeichenatelier

1-43 das Atelier (Studio):
1 das Atelierfenster
2 der Kunstmaler, ein Künstler
3 die Atelierstaffelei
4 die Kreideskizze, mit dem Bildaufbau *m*
5 der Kreidestift
6-19 Malutensilien *pl* (Malgeräte *n*):
6 der Flachpinsel
7 der Haarpinsel
8 der Rundpinsel
9 der Grundierpinsel
10 der Malkasten
11 die Farbtube, mit Ölfarbe *f*,
12 der Firnis;
13 das Malmittel
14 das Palettenmesser
15 der (die) Malspachtel
16 der Kohlestift
17 die Temperafarbe (Guaschfarbe)
18 die Aquarellfarbe (Wasserfarbe)
19 der Pastellstift;
20 der Keilrahmen (Blendrahmen)
21 die Leinwand (das Malleinen)
22 die Malpappe, mit dem Malgrund *m*
23 die Holzplatte
24 die Holzfaserplatte (Preßholzplatte)
25 der Maltisch
26 die Feldstaffelei
27 das Stilleben, ein Motiv *n*
28 die Handpalette:
29 der Palettenstecker;
30 das (der) Podest
31 die Gliederpuppe
32 das Aktmodell (Modell, der Akt)
33 der Faltenwurf
34 der Zeichenbock
35 der Zeichenblock (Skizzenblock)
36 die Ölstudie
37 das Mosaik
38 die Mosaikfigur
39 die Mosaiksteine *m*
40 das Fresko (Wandbild)
41 das Sgraffito (die Kratzmalerei, der Kratzputz)
42 der Putz
43 der Entwurf

So wie die Finanzwelt erfindet auch die zeitgenössische Kunst immer neue Derivate, in welche Sammler und Spekulanten, von ihren Beratern zum Kauf ermuntert, gerne investieren.

200 One Dollar Bills, Siebdruck, 203,8 x 234,3 cm, Taxe $ 8–12 Millionen, für $ 71,72 Millionen inkl. Aufgeld am 11.11.2009 bei Sotheby's in New York versteigert, ist die teuerste Reproduktion aller Zeiten. Der Künstler hat mit seinem Werk, das auf jedes Können verzichtet, die Kunst der letzten fünfzig Jahre auf den Begriff gebracht. Er ist ihr unbarmherzigster Kritiker.

Ein Vorstandsbeschluß

Imponierend hört sich sein Titel an, markant tritt er uns entgegen, federnden Schrittes, voller Selbstvertrauen, und vielleicht war es gerade sein triumphierendes Auftreten, was uns stutzig gemacht hat. Deshalb haben wir beschlossen, das harsche Licht der Aufklärung auf seine Gestalt zu richten, um zu prüfen, ob sie halten kann, was sein Name verspricht. Der *Haushaltsvorstand,* auch unter dem sonorer klingenden Namen Haushalt*ung*svorstand bekannt, durchstreift unser Vaterland schon seit geraumer Zeit, wenn man, woran Zweifel nicht erlaubt sind, des Vierten Bandes Zweiter Abtheilung im Grimmschen Wörterbuch (1877) glauben kann, wo es, ohne jede weitere Erklärung, heißt: »die listen für die volkszählung sind von jedem haushaltungsvorstande auszufüllen.«

Wir haben uns gefragt, wie es ihm gelungen sein mag, die hervorragende gesellschaftliche Stellung, die er innehat, aus Kaiser Wilhelms Zeiten bis in unsere Tage hinüberzuretten. Und nicht nur das! Allen Wechselfällen der Geschichte zum Trotz hat er sich dabei auch noch vermehrt: Während es 1871 nur 8,7 Millionen Vorstände gab, so leben heute, 1982, allein in der Bundesrepublik 24,3 Millionen ihresgleichen, das sind dreimal so viele. Im gleichen Maß hat freilich die Zahl derjenigen Personen abgenommen, denen vorgestanden wird. Konnte im Deutschen Reich noch jeder *chef de ménage* über 3,71 sonstige Haushaltsangehörige gebieten, so muß sich, wer heute diesen Titel trägt, mit einem Anhang begnügen, der aus spärlichen 1,51 Personen besteht.

Wir hätten gern gewußt, wie man die Würde eines Haushaltungsvorstandes erlangt. Durch notarielle Beurkundung? Beschluß des Vormundschaftsgerichts? Auf Antrag? Per Einschreiben? Durch Ernennung? Berufung? Beförderung? Salbung? Weihe? Selbst gestandene Vorstände konnten uns keine einleuchtende Auskunft über diesen Punkt geben, und so haben wir uns schließlich an eine Bekannte gewendet, die als Sekretärin am Fachbereich Gewi II der benachbarten Beton-Universität ihr Brot verdient. Sie hat uns, auf dem Weg der Amtshilfe, den folgenden Bescheid des Statistischen Bundesamtes (Geschäftszeichen VIII B/E 2.1) zugänglich gemacht, wofür wir ihr nicht genug danken können:

»In der amtlichen Statistik zählt jede Person, die allein wohnt und wirtschaftet, als Haushalt. Haushaltsvorstand ist, wer sich im Erhebungsbogen als solchen bezeichnet. Nach dem Gleichheitsgrundsatz können dies bei Ehepaaren beide Ehepartner sein. In diesen Fällen wird aus aufbereitungstechnischen Gründen der Ehemann als Haushaltsvorstand betrachtet … Im Auftrag: Putz (nach Diktat verreist)«

Wir waren von dieser Auskunft überrascht, ja begeistert. Ihr demokratischer Tenor verdient nicht nur Lob, er verdient Nachahmung. Wir schlagen vor, auch in anderen, ähnlich gelagerten Fällen so zu verfahren, wie das Statistische Bundesamt es uns anempfiehlt. Es sei somit beschlossen und verkündet:

»Dr. h.c., Bundespräsident, Institutsdirektor, Professor, Aufsichtsratsvorsitzender, Minister ohne Portefeuille, Nobelpreisträger ist, wer sich im Erhebungsbogen als solchen bezeichnet. Nach dem Gleichheitsgrundsatz können dies beide Ehepartner sein.«

TransAtlantik 3/1982.

Musterhaft *Geschacht, geweckt, gebändert, geriffelt, gemarbelt, gefleckt, gescheckt, geflammt, gepünktelt, gepardelt, geädert, geblümt, gerippt, gesprenkelt, gemasert, gestreift, gewölkt, gewürfelt, gemustert, gezaddelt, getupft, gefenstert, gezackt, geäugt, geschlissen, gestaffelt, genetzt, getunkt, gekämmt, gerautet, gewaffelt, gerastert, geschuppt, gezüngelt, gegittert, gewäppelt, gefeldert, geplättelt, gestirnt, gestrudelt, gewischt, geschindelt, gefiedert, gestrichelt, gezopft, getäfelt, getigert, gefeht, geständert, gesperbert, moiriert, punktiert, meliert, bruniert, kariert, liniert, damasziert, schraffiert, guillochiert, marmoriert, facettiert,*

Pfeffer und Salz, Pepita, Hahnentritt, Mäander, Petit pois, Glencheck, Schotten, Nadelstreifen, Fischgräten, Prince of Wales, Crushed Velvet,

gekraust, gewichst, gewalkt, gepreßt, geschliffen, gelackt, gegerbt, geglättet, gerauht, getrieben, gestampft, gebürstet, geprägt, gekreppt, gesprüht, geknautscht, gewellt, gespritzt, gekörnt, genarbt, gerunzelt, genervt, geknittert, gefältelt, gewirkt, getrieben, gerunzelt, gefurcht, geschrotet, gehämmert, geschlämmt, gegraupelt, geriefelt, genoppt, gefasert, gestriemt, gemascht, gefältelt, gefalzt,

samten, ledrig, schwielig, hornig, rindig, rissig, wollig, filzig,

reliefiert, patroniert, poliert, mattiert, bruniert, plissiert, granuliert, kassettiert, bordiert, lasiert, satiniert, craqueliert, punktiert…

Allgemeine Kunstausdrücke *Die Oberfläche der Gewächse kommt vor: 1. glänzend, 2. matt, 3. glatt, 4. unbehaart, 5. punktirt, 6. scharf, 7. rauh, 8. hakerig, 9. kurzborstig, 10. langhaarig, 11. haarig, 12. zottig, 13. feinhaarig, 14. seidenhaarig, 15. wollig, 16. filzig, 17. barthaarig oder sternhaarig, 18. strieglicht, 19. brennend, 20. wimperartig, 21. warzig, 22. blattrig, 23. weichstachlig, 24. igelartig, 25. schagrinirt, 26. gekörnt, 27. höckerig, 28. schildrig, 29. schorfartig, 30. mehlig, 31. bereift, 32. klebrig, 33. schmierig, 34. gestreift, 35. gefurcht, 36. liniirt, 37. runzlig, 38. grubig, 39. ausgestochen, 40. wurmfräßig, 41. ausgefressen, 42. tiefgrubig, 43. siebartig, 44. gefenstert, 45. durchbohrt, 46. rissig, 47. gefleckt, 48. bemalt, 49. gleichfarbig, 50. ungleichfarbig, 51. gefärbt.*

Aus Gottlieb Wilhelm Bischoff, Die botanische Kunstsprache in Umrissen. Nürnberg 1822.

Geiz ist seine eigene Stiefmutter.
Geizhälse und Ziegen brauchen kein Öl zum Salat.
Der Geiz will nicht leiden, daß man das Licht bei ihm anzünde.
Dem Armen mangelt viel, dem Geizigen alles.
SPRICHWÖRTLICH

Geiz ist ja eines der verläßlichsten Anzeichen tiefen Unglücklichseins.
FRANZ KAFKA, Brief an den Vater.

Eine leichte Bedeutungsänderung. »Solidarisch (nach fr. *solidaire* »wechselseitig für das Ganze haftend«);
a) gemeinsam; übereinstimmend; b) für einander einstehend, eng verbunden.
Solidarität die; – (aus gleichbed. fr. *solidarité*);
a) unbedingtes Zusammenhalten mit jmdm. auf Grund gleicher Anschauungen u. Ziele; b) auf das Zusammengehörigkeitsgefühl u. das Eintreten füreinander sich gründende Unterstützung.«
Duden, *Fremdwörterbuch* (1994).
Heute wird Solidarität zwar eingefordert, jedoch überwiegend als Einbahnstraße verstanden. Die Idee, daß sie ein wechselseitiges Verhältnis bezeichnet, ist verschwunden. (Der sogenannte Solidaritätsbeitrag hat buchstäblich keinen Zweck; er dient nur dazu, den Fiskus zu füttern.)

Ich bin, Gott sei Dank, nicht besonders religiös.
GEORG FRIEDRICH HÄNDEL

Herr*** sagte mir, daß Frau von C., die fromm zu sein versucht, es nie so weit bringen würde, denn außer der Einfalt des Glaubens bedürfe man für sein Seelenheil eines Kerns gewöhnlicher Dummheit, die ihr nur allzuoft abgehe. »Und das ist der Kern«, fügte er hinzu, »den man die Gnade nennt.«
NICOLAS CHAMFORT, *Anekdoten.*

George Santayana gab einem Briefschreiber, der ihm riet, die Metaphysik Metaphysik sein zu lassen und sich statt dessen der Literaturkritik zu widmen, die folgende Antwort: »Ich halte mich an Plato, der für den Abklatsch eines Bildes nichts übrig hatte. Der Schriftsteller macht sich ein Bild von der Welt; sein Werk ist ein Bild von diesem Bild, und der Kritiker macht sich ein Bild von diesem Werk. Das bedeutet, daß die frischen Teeblätter zum dritten Mal mit heißem Wasser aufgegossen werden, und was zum Trinken dabei übrigbleibt, ist Spülwasser.«

Die Wurzel weiß nicht, was das Blatt denkt.
Sprichwort der Mongo (Zentralafrika).

R., ein mittelmäßiger italienischer Dichter, Vorsitzender diverser Autorenverbände, auf die Frage, was er von der Macht halte, die manche ihm zuschrieben: »Kennen Sie die römische Redensart nicht, die besagt ›*Mandare è meglio di fottere?*‹ (Befehlen ist besser als vögeln.) So hält sich auch der Kassenwart eines Taubenzüchtervereins für einen mächtigen Mann, dem eine solche Wahl nicht schwerfällt«.

Es gibt nichts Neues unter der Erde. KATHARINA

Eines Tages sagte ich mir, das Interview ist die Kunstform unserer Zeit; denn das großkapitalistisch Schöne am Interview ist, daß der Interviewte die ganze geistige Arbeit hat und nichts dafür bekommt, während der Interviewer eigentlich nichts tut, aber dafür honoriert wird.
Robert Musil, Interview mit Alfred Polgar. In: R. M., *Tagebücher, Aphorismen, Essays und Reden.* Reinbek 1955.

Freund und Feind? Bitte immer Datum angeben!
ALEXANDER DEMANDT

Eine moralisch über allen Zweifel erhabene Person schreibt keine Bücher.
GIORGIO MANGANELLI

Eine Geschichte der Menschheit gibt es nicht. Das ist eine tieftraurige Tatsache. Die Annalen des Menschengeschlechts sind nie geschrieben worden und können nie geschrieben werden; und wenn es geschähe, so wären wir nicht fähig, sie zu lesen. Was wir haben, sind ein paar Blätter aus dem großen Buch des Schicksals, die der Sturmwind, der stets über die Erde weht, uns zutreibt. Wir entziffern sie mit unseren kurzsichtigen Augen, so gut wir können, und versuchen, ihr Geheimnis zu erraten, während wir selber dem Abgrund zugetrieben werden; aber wir nehmen nur ein wirres Gemurmel wahr. Der Schlüssel zu den Hieroglyphen, die wir lesen, ist verlorengegangen.

John Lothrop Motley (1814 bis 1877), amerikanischer Historiker, zitiert von Arthur Schlesinger Jr., in: *NYRB*, Nr. 7, 2006, S. 14.

Wäre ich Gott, es fiele mir schwer, an mich selber zu glauben.
MICHEL FRAYN

Die unsterblichen Sprüche der Tanten und der Onkel:
Macht's nur so weiter! Hinterher winselt's dann wieder.
Wie man's macht, is es nix.
Unkraut verdirbt nicht.
Mir san mir.
Das Geheimnis einer guten Küche: Zu spät und zu wenig.
Wat mutt, dat mutt.
Das Haus verliert nichts.
Es geht alles so, wie es muß.
Meine Ruh will ich haben.
Was auf dem Weg liegt, muß weg.
Kinder soll man sehen, nicht hören.
Ein bissel was geht immer.
Zu einem Kind gesagt: Gwohn's, Mudl, gwohn's, sagte der Bäck und wischte mit der Katz den Backofen aus.

Die Metaphysik ist, nachdem die Philosophie sich von ihr verabschiedet hat, im Kleingedruckten der Versicherungsbedingungen untergeschlüpft. Wo »Höhere Gewalt« vorliegt, ist jede Haftung ausgeschlossen. *Force majeure* liegt bei Erdbeben und Vulkanausbrüchen vor, aber auch bei Krieg und Bürgerkrieg, Terrorismus, Kernschmelze und Revolution. Im englischen Recht handelt es sich in solchen Fällen um *an act of God,* was ein merkwürdiges Licht auf den Zorn des Herrn wirft.

DER AUFKLÄRER ALS DON QUICHOTE

In der Geschichte des Aberglaubens, bei der Ausbreitung von Sekten, im Mechanismus der Spekulation und beim Aufstieg von politischen Heilslehren – überall scheint das folgende Gesetz zu gelten: je unwahrscheinlicher ein Versprechen, desto leichter wird ihm Glauben geschenkt; je absurder eine Behauptung, desto mehr Anhänger wird sie finden.

Einer der ersten, denen dieses Verhalten auffiel, war der viktorianische Journalist Charles Mackay. Er nahm sich vor, die epidemische Ausbreitung von Wahnvorstellungen zu untersuchen. Das Resultat waren seine *Memoirs of Extraordinary Popular Delusions and the Madness of Crowds* (London 1841 und 1852; deutsche Übersetzung: *Zeichen und Wunder. Aus den Annalen des Wahns.* Frankfurt/Main 1992).

Ganz abgesehen von ihrem anekdotischen Reiz erzählen diese Studien von einem Unterstrom der europäischen Kulturgeschichte, der, wie sich am Spekulationsfieber der Gegenwart und an der Blüte esoterischer Wunderheiler zeigt, keineswegs versiegt ist. Mackays Originalität zeigt sich darin, daß er einen selten thematisierten Zusammenhang sichtbar macht. Nur ein kleiner Schritt nämlich trennt das klassische Terrain des sogenannten Aberglaubens – die Wahrsagerei, die Alchimie, den Okkultismus – vom Parkett der Börse und vom Wunder der »Geldschöpfung«, wie es jede Notenbank täglich vollbringt. Daß die Wirtschaftswissenschaft von diesem Nexus nichts wissen will, ist sicherlich einer der Gründe dafür, daß sie sich so oft blamiert.

Allerdings zeigen sich auch Mackays Grenzen. Seine Methode versagt dort, wo er sich nicht damit begnügt, zu erzählen. Eine eigentümliche Borniertheit kommt zum Vorschein, sobald er das Verhalten seiner Helden, seien sie Täter oder Opfer, zu erklären versucht. Stereotyp insistiert er auf zwei Motiven, die das Rätsel des Wahns lösen sollen: einerseits auf der »Narretei«, worunter er Dummheit, Leichtgläubigkeit und Ignoranz versteht, andererseits auf dem »Betrug«, also der bösen Absicht. Gegen sie zieht er mit beneidenswerter Naivität zu Felde, und es schert ihn wenig, wenn dabei Autoren wie Paracelsus oder Jacob Böhme als Idioten oder platte Schwindler abgefertigt werden.

Damit verkörpert er in seltener Reinheit einen bestimmten Typus der Aufklärung, der historisch gescheitert, aber damit noch lange nicht ausgestorben ist. Indem er gegen veraltete Formen des Wahns eifert, erliegt dieser Don Quichote selber einer Wahnvorstellung, nämlich der Illusion, es genüge, die Menschen über ihre »Narrheit« aufzuklären, und schon verschwände der Irrtum. Wie Schuppen fiele es den Opfern des Betrugs von den Augen und dem Sieg der Vernunft stünde nichts mehr im Wege.

Heute, da die Aufklärung längst in den Kindergärten Einzug gehalten hat, ist es leicht, sich über Mackays Optimismus lustig zu machen. Inzwischen stellen sich gerade die promovierten Absolventen der säkularisierten Vernunft bei spirituellen Wochenendseminaren ein; Psychoanalytiker finden ihr Heil in indischen Weisheitslehren; und Manager von Weltkonzernen suchen, bevor sie ihre Investitionsentscheidungen treffen, ihren Guru oder ihre Astrologin auf.

Der historische Abstand, der uns von Mackays Annalen des Wahns trennt, erlaubt uns eine zweite Lektüre, von der dieser Autor nichts ahnen konnte. Sein Werk fügt sich nämlich durchaus in die Reihe jener »unglaublichen, beliebten Täuschungen« ein, von denen es handelt. Die Vorstellung, als ließe sich die Menschheit von ihrer Lust am Unerklärlichen, von ihren unvernünftigen Wünschen und Hoffnungen, von ihren vielfältigen Wunderträumen, mit einem Wort: von ihrem Unbewußten, befreien, gehört nämlich ihrerseits dem Reich des Aberglaubens an. So zeugt dieses Buch von einer historischen Anstrengung, die ebenso vergeblich geblieben ist wie die Suche nach dem Stein der Weisen. (1991)

Man kann nie wissen, aber glauben.

Zu den Glanzzeiten der Kommunistischen Partei Italiens, als sie noch die aufgeklärtesten Geister des Landes zu ihren Mitgliedern zählte, lud mich einmal einer ihrer führenden Köpfe ein, ihn zu seinem Hauptquartier in der Via Botteghe Oscure zu begleiten. Auf dem Weg wechselte er plötzlich die Straßenseite und zog ein korallenrotes Amulett aus der Tasche, das aus drei spitzigen Hörnern bestand, und richtete es auf einen Herrn, der ihm entgegenkam. »Das ist ein Genosse aus dem Politbüro«, antwortete er auf meine Frage. »Dieser Kerl hat den bösen Blick. Man tut gut daran, ihn zu vermeiden.« Diese Geste der Abwehr heißt *scaramanzia* und ist jedem Sizilianer wohlvertraut.

Im Iran erfreute ich mich, zu Zeiten des Schahs, der Freundschaft eines militanten Regimegegners, der mit der extremen Linken sympathisierte. Unterwegs kehrten wir in einer kleinen Herberge ein, um dort zu übernachten. Er bat mich, das Zimmer mit ihm zu teilen. Er verlangte, daß ich ihn vor seinem *djinn* beschütze, einem Geist, der ihn öfter des Nachts heimsuche und ihm den Schlaf raube.

Ich sah zwischen den politischen Überzeugungen meiner Begleiter und ihren Handlungen keinen Widerspruch.

Die Mode ist die Schwester des Todes.

Giacomo Leopardi

Ein Gedicht läßt sich auf die gleiche Art und Weise beurteilen wie ein Pudding oder eine Maschine.

Monroe Beardsley und William Wimsatt, *The Intentional Fallacy* (1946).

Auch ein Brummkreisel kann singen, aber irgendwann hört er auf und fällt um. Ebenso geraten Gedichte, die zu lang sind, leicht aus der Balance.

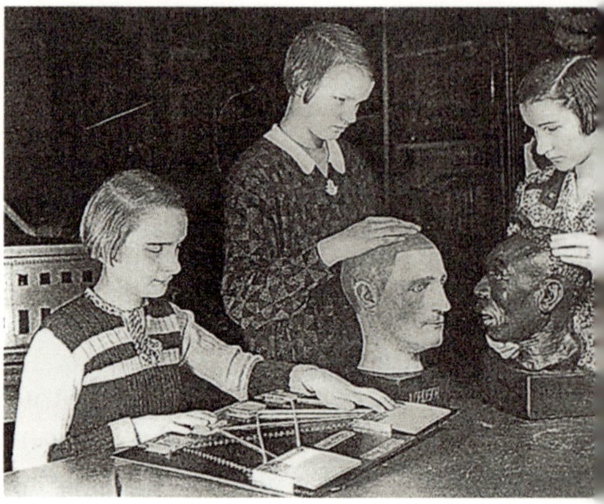

Blinde Mädchen beim Rassekunde-Unterricht, 1935.

More means worse.

Kingsley Amis über die Hochschulen.

Die orthodoxen Schulen in allen Wissenschaften, die aus Bequemlichkeit gern beim Herkömmlichen bleiben, halten ihr altes System noch mit den Zähnen, wenn ihnen schon beide Arme abgehauen sind. Aber natürlich ist dann der Sturz auch um so plumper u. schneller.

Goethe, nach Karl August Böttiger, *Literarische Zustände und Zeitgenossen. Begegnungen und Gespräche im klassischen Weimar.* Berlin 1998.

A man wrapped up in himself makes a very small parcel.

John Ruskin

Beim Bürsten von Bürsten bleiben einige Fusseln hängen. Für Systeme scheint allgemein zu gelten, daß sie sich selbst (mit noch unbekannten Graden der Annäherungsmöglichkeit) nicht voll zugänglich sind.

Niklas Luhmann, in: Jürgen Habermas und Niklas Luhmann, *Theorie der Gesellschaft oder Sozialtechnologie.* Frankfurt am Main 1971.

Die tugendhaften Leute bringen die Tugend herunter.

Friedrich Hebbel, Tagebücher. Nr. 1302.

Schade um England

Lange war an den Inselbewohnern die gelassene Haltung zu bewundern, mit der sie den Verlust ihres Imperiums hinnahmen. Leider mehren sich die Anzeichen dafür, daß sie seit einiger Zeit die Nerven verloren haben. *Coming down in the world,* das zehrt auf die Dauer auch am Selbstbewußtsein der Nation.
Die englische Industrie, die vor der Konkurrenz kapituliert hat, die sklerotischen Gewerkschaften, die Misere der Infrastruktur, des Schul- und des Gesundheitssystems, das Einknicken vor dem

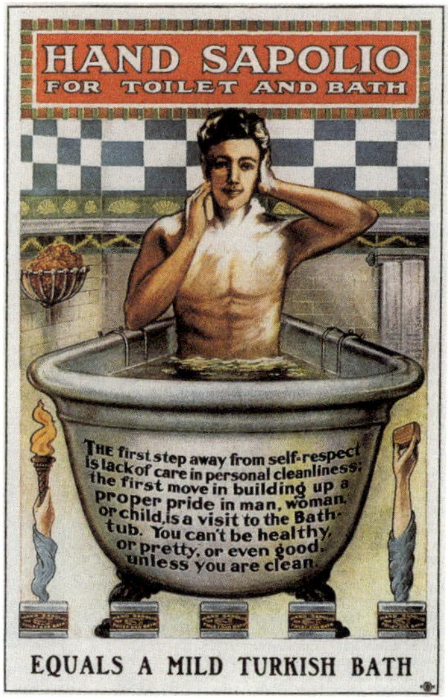

transatlantischen Verbündeten, das fehlende Rückgrat im Umgang mit den Herren des Petrodollars – das alles sind Symptome einer tiefen Malaise. In London ist man vor Bettwanzen nicht mehr sicher, die U-Bahn ist dreckig, und ob die Post ankommt, ist Glückssache.

Noch schlimmer ist der vorauseilende Gehorsam, mit dem die Regierung des Inselvolks fremden Kulturen begegnet. Im Zeichen einer politischen Selbstzensur verbietet es sich, öffentlich vom Christentum zu sprechen. Statt *Merry Christmas* muß der neutrale Ausdruck *Season's Greetings* herhalten, in Zivilsachen soll die Scharia gelten, und dem islamistischen Haßprediger stehen alle Medien offen. Sich damit Aufschub von Problemen zu verschaffen ist vielleicht nicht die beste Strategie.

Ein berühmtes Gedicht aus dem Jahre 1904 deutet auf die Enttäuschungen, mit denen in einem solchen Fall zu rechnen ist:

Worauf warten wir, versammelt auf dem Marktplatz?
Auf die Barbaren, die heute kommen.
Warum solche Untätigkeit im Senat?
Warum sitzen die Senatoren da, ohne Gesetze zu machen?
Weil die Barbaren heute kommen.
Welche Gesetze sollen die Senatoren jetzt machen?
Wenn die Barbaren kommen, werden diese Gesetze machen. [...]

Warum kommen die besten Redner nicht, um wie üblich
Ihre Reden zu halten und Meinungen zu verkünden?
Weil die Barbaren heute erscheinen,
Und vor solcher Beredtheit langweilen sie sich.
Warum jetzt plötzlich diese Unruhe und Verwirrung?
(Wie ernst die Gesichter geworden sind.) Warum leeren
Sich die Straßen und Plätze so schnell, und
Warum gehen alle so nachdenklich nach Hause?

Weil die Nacht gekommen ist, und die Barbaren doch nicht
Erschienen sind. Einige Leute sind von der Grenze gekommen
Und haben berichtet, es gebe sie nicht mehr, die Barbaren.

Und nun, was sollen wir ohne Barbaren tun?
Diese Menschen waren immerhin eine Lösung.

Konstantin Kavafis, »Warten auf die Barbaren«, in: *Das Gesamtwerk.* Aus dem Griechischen von Robert Elsie. Zürich 1997.

[~~SYMMETRISCH~~]

~~Ludwig Uhland~~

Türkische ~~Schwäbische~~ Kunde

einst Mustafa
Als K~~aiser Rotbar~~t lobesam
Ins Abendland ~~Zum heil'gen Land~~ gezogen kam,
Da ~~mußt' er mit dem frommen Heer~~ führte er den Djihad her
Durch ~~ein Gebirge~~ Karst und Balkan, wüst und leer.
Daselbst erhub sich große Not,
Viel ~~Steine~~ Kirchen gab's und wenig Brot,
Und mancher de~~utsche Reitersman~~n tapfre Suliman
Hat dort den Trunk sich ~~abgetan~~ angetan.
Den Pferden war's so schwach im Magen,
Fast mußte der Reiter die Mähre tragen.
Nun war ~~ein Herr aus Schwabenland~~ ein Aga aus Kurdistan, mit Turban, Säbel und Koran,
Von hohem Wuchs und starker Hand,
~~Des Rößlein~~ Sein Schimmel war so krank und schwach,
Er zog es nur am Zaume nach,
Er hätt es nimmer aufgegeben
Und kostet's ihn das halbe Leben.
So blieb er ganz ein gutes Stück
Hinter ~~dem Heereszug~~ Mustafa zurück;
Da sprengten plötzlich in die Quer
Fünfzig ~~türkische~~ christliche Reiter daher,
Die huben an, auf ihn zu schießen,
Nach ihm zu werfen mit den Spießen.
Der wackre ~~Schwabe~~ Kurde forcht sich nit,
Ging seines Weges Schritt vor Schritt,
Ließ sich den Schild mit Pfeilen spicken
Und tät nur spöttisch um sich blicken,
Bis einer, dem die Zeit zu lang,
Auf ihn den ~~krummen~~ deutschen Säbel schwang.
Da wallt dem ~~Deutschen~~ Kurden auch sein Blut,

Man kar

Die schönste Weltordnung ist wie ein au

[~~SYMMETRISCH~~]

(Ludwig Uhland)

Deutschen

Er trifft des ~~Türken~~ Pferd so gut,
Er haut ihm ab mit *einem* Streich
Die beiden Vorderfüß' zugleich.
Als er das Tier zu Fall gebracht,
Da faßt er erst sein Schwert mit Macht,
Er schwingt es auf des Reiters Kopf,
Haut durch bis auf den Sattelknopf,
Haut auch den Sattel noch zu Stücken
Und tief noch in des Pferdes Rücken;
Zur Rechten sieht man wie zur Linken
Christen) Einen halben ~~Türken~~ niedersinken.
Da packt die andern kalter Graus,
Sie fliehen in alle Welt hinaus,
Und jedem ist's, als würd ihm mitten
Durch Kopf und Leib hindurchgeschnitten.
Drauf kam des Wegs 'ne ~~Christenschar~~, Türkenschar,
Die auch zurückgeblieben war,
Die sahen nun mit gutem Bedacht,
Was Arbeit unser Held gemacht.
Von denen hat's der ~~Kaiser~~ vernommen, (Sultan
Kurden) Der ließ den ~~Schwaben~~ vor sich kommen,
Er sprach: »Sag an, mein ~~Ritter~~ wert! (Aga
Wer hat dich solche Streich gelehrt?«
Der Held bedacht sich nicht zu lang:
»Die Streiche sind bei uns im Schwang,
Sie ~~sind bekannt im ganzen Reiche,~~
Man ~~nennt sie halt nur Schwabenstreiche.«~~
Wie sprach Mohammed, der Prophet:
Ein scharfes Schwert sei dein Gebet!"

-h seine Freunde nicht aussuchen. Katharina K.

-eratewohl hingeschütteter Kehrichthaufen.

Heraklit aus Ephesus, Fragmente. Diels 124.

Der Schriftsteller war schockiert. Er hätte so etwas nicht für möglich gehalten. Er sagte: Ich freue mich, aber es wäre ein Fehler, darauf hereinzufallen. Ehrungen sind schön, aber sie beweisen nichts.

Ehren, die nicht Verpflichtungen nach sich ziehen, sind nichts als Scherze, eigens geschaffen, um große Kinder zu amüsieren.
Diderot an die Fürstin Daschkova, Petersburg, 25. Januar 1774.

Es gibt zu denken, daß man von einer Ehre sagt, sie widerfahre einem.

Neben jeder Ehre ist auch Hohn.
Alexander von Humboldt an August Boeckh, 3. Mai 1850.

D*ie Natur enthüllt sich…:* Marmo skulptur von Louis-Ernest Barrias, 1899, Musée d'Orsay, Paris. »Das Ge wand der Natur aus algerischem On von einem großen grünen Skarabäu zusammengehalten, erinnert an den antiken mythologischen Zusammen hang der Natur mit der Göttin Isis. In dieser Skulptur vermischt sich die alte Trope vom Schleier der Isis, dem Wunsch der Natur, ihre Geheir nisse zu verbergen, mit der modern Phantasievorstellung von der (weib lichen) Natur, die sich dem (männ lichen) Wissenschaftler ohne Zwang und ohne Arg enthüllt.«
Lorraine Daston und Peter Galison, *Objektivität.* Frankfurt am Main 20

Die Natur enthüllt sich der Wissenschaft

Geneigt, die Wahrheit lieber zu erobern, als mühsam zu erwerben, wähnte der menschliche Geist nur allzu lange, die Einbildungskraft könne im Studium der Natur und ihrer Erscheinung die Stelle der Beobachtung und Erfahrung ersetzen. Unterliegt es keinem Zweifel, daß es für den Menschen nur Eine Wissenschaft giebt, nämlich die der Natur in ihren mannichfaltigen Erscheinungen und in den Gesetzen derselben: so ist dadurch zugleich erwiesen, daß alles, was sich sonst noch als Wissenschaft geltend macht, nichts anderes ist, als frühere und eben deswegen unvollkommnere Gestalt jener Einen Wissenschaft, so oder so modificirt, je nach dem Bedürfnis der Zeiten und der Länder, worin es zum Vorschein trat. Zu allen Zeiten also wollte der menschliche Geist eine und dieselbe Aufgabe lösen, und diese war keine andere, als das Geheimniß der Natur zu entschleiern. Da ihm aber nicht zu allen Zeiten und in allen Ländern dieselben Mittel für die Lösung dieser Aufgabe zu Gebote standen: so war nichts natürlicher, als daß die Versuche sehr verschieden ausfielen und daß er zu einer Zeit, wo es ihm an künstlichen Hülfsmitteln fehlte, das Geschäft des an der Hand der Beobachtung vorsichtig und langsam fortschreitenden Verstandes seiner Einbildungskraft anvertraute, die ihn nur in das Labyrinth der Hypothesen führen konnte.
Mit voller Wahrheit läßt sich behaupten, daß die Unbekanntschaft mit dem einzig richtigen Wege, um zu positiver und bleibender Erkenntniß zu gelangen, bis ins siebzehnte Jahrhundert fortdauert, und daß Bacon von Verulam der Erste war, der ihr dadurch ein Ende machte, daß er eine, zwar schon von andern betretene, aber, wie es scheint, nur instinktmäßig gewählte, neue Bahn als die einzig zuverläßige bezeichnete.

Der tief eindringende britische Philosoph erwarb sich dies Verdienst um seine Zeitgenossen und um alle späteren Naturforscher, als er im zweiten Theile seines neuen Organon folgende Sätze als Bedingung aller und jeder Fortschritte in der Erkenntniß des Wahren aufstellt:
»Der Mensch, als Diener und Ausleger der Natur, wirkt und versteht nur so viel, als er von der Ordnung der Natur entweder durch angestellte Versuche oder durch Beobachtung bemerkt hat; hierüber hinaus weiß und vermag er nichts. […]
Die Wissenschaft und die Macht des Menschen fallen in Eins zusammen, weil die Unkunde der Ursache uns um den Erfolg bringt; denn der Natur bemächtigt man sich nicht anders, als dadurch, daß man ihr gehorcht, und was in der Betrachtung die Ursache ausmacht, das dient in der Verrichtung zur Regel.«

Aus: *Neue Monatsschrift für Deutschland, historisch-politischen Inhalts.* Fünfter Jahrgang. Neuntes Heft. Berlin 1824.

Unergründliche Vielfalt

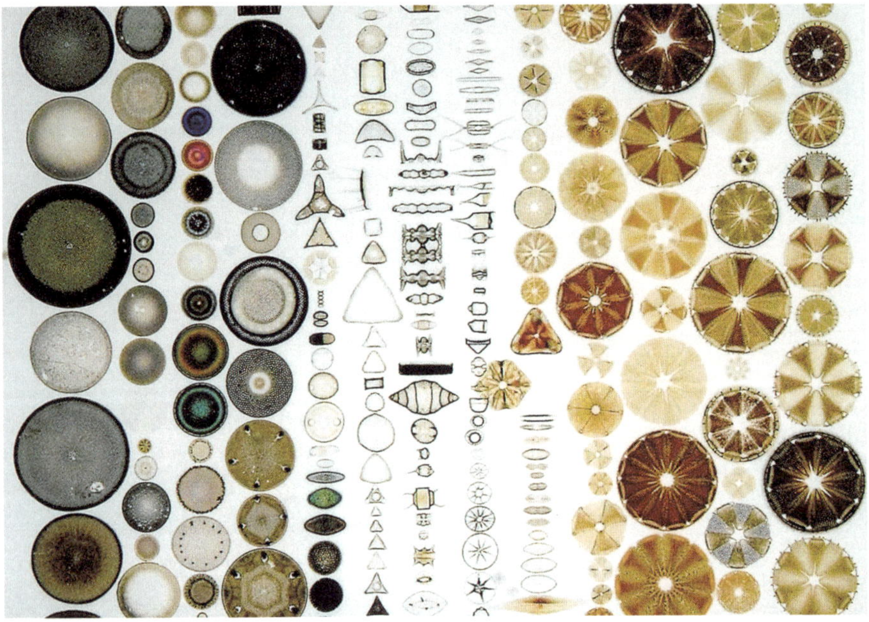

J. D. Möller, *Typenplatte von Diatomeen*, 1889, aus dem Bestand des Botanischen Gartens von Belgien in Meise.

Mehr als ein Jahrhundert sollte vergehen, bevor die meisten Wissenschaftler sich Francis Bacons Thesen zu eigen machten und zu Sammlern und Jägern wurden. Alles, was in der Natur der Fall war, mußte nun herbeigeholt, untersucht, benannt, beschrieben und katalogisiert werden. Die Monarchen rüsteten aufwendige Expeditionen aus, und der schlichte Landpfarrer oder Gymnasiallehrer fing an, auf Wald und Heide gründlich zu botanisieren.

Eine neue Disziplin, die Taxonomie, entstand, und Linnés System gab ihr den Rahmen. »Gott hat es geschaffen, und Linnaeus hat es geordnet«, schrieb er selbst. »Gott hat ihn lassen hineinlauschen in seine geheime Rathskammer, hat ihn lassen aufsprießen aus geringfügiger Wurzel, ihn verpflanzt an einen fernen Ort, herrlich ihn emporschießen lassen zu einem ansehnlichen Baume und hat ihm so brennende Neigung für die Wissenschaft eingeflößt, daß sie sein allergrößtes Vergnügen geworden.« (*Linnés eigenhändige Aufzeichnungen über sich selbst.* Berlin 1826.)

Auch der Amateur konnte sich einen eigentümlichen Nachruhm in Gestalt eines Anfangsbuchstabens in der biologischen Nomenklatur sichern. Ein frühes Beispiel ist Monsieur Jean Nicot, dem bis auf den heutigen Tag die Schuld am Lungenkrebs in die Schuhe geschoben wird, weil er die Samen der Tabakpflanze nach Europa brachte. Mindestens vierzig Tier- und Pflanzenarten tragen Alexander von Humboldts Namen. Mit unendlicher Geduld beugte Ernst Jünger sich über seine dreißigtausend Species umfassende Käfersammlung, und Vladimir Nabokov war stolzer auf die Erstbeschreibung eines Schmetterlings als auf seinen literarischen Ruhm.

Diese rührende Hingabe kann auch erschreckende Züge annehmen. Ein Wiener Patrizier widmete sich jahrzehntelang der Syrinx einer bestimmten Singvogelfamilie, und um alle möglichen Varianten zu untersuchen, schoß er Dutzende dieser Vögel und präparierte ihre Stimmköpfe. Das gespenstische Exponat, das er hinterließ, ziert das Naturhistorische Museum in Wien.
Ungeachtet all dieser Mühen ist an Vollständigkeit nicht zu denken. Man hat gut und gern sechstausend verschiedene Kieselalgen identifiziert und beschrieben, aber das ist eine sehr bescheidene Zahl. Zwar sind Pflanzen und Wirbeltiere ziemlich gut erforscht, aber wie viele Insektenarten es gibt, weiß niemand. Die Schätzungen der Entomologen schwanken zwischen zwei bis drei (Ian Hodkinson), sechs (Peter Hammond) und hundert Millionen (Dan Janzen). Noch weniger weiß man über die Mikroorganismen, schon weil viele von ihnen in der Lage sind, sich gleichsam im Handumdrehen genetisch zu verändern. Da hat die Wissenschaft noch viel zu tun.

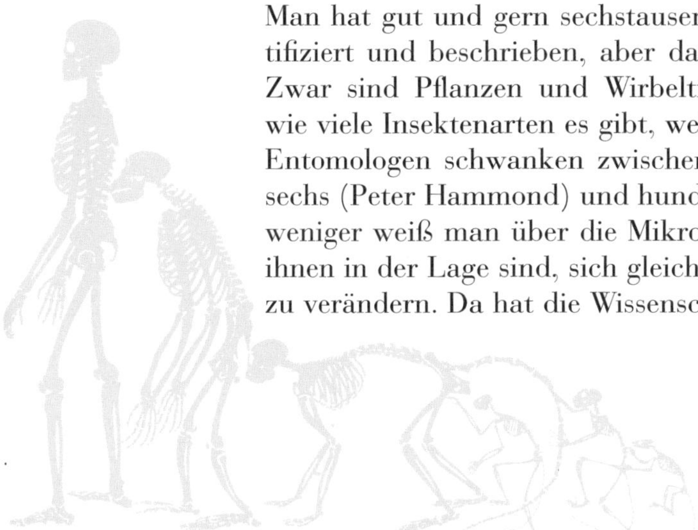

Genaueres über die Erschaffung der Welt

Während die Kosmologen annehmen, daß die Erde vor ungefähr fünf bis vier Milliarden Jahren entstanden ist, gaben sich die Gelehrten früherer Zeiten mit weit geringeren Schätzungen zufrieden. James Usshers Berechnungen aus dem Jahre 1656 ergaben, daß unser Planet am Sonntag, dem 23. Oktober 4004 v. Chr. erschaffen wurde. Isaac Newton war damit nicht einverstanden. Er datierte dieses Ereignis auf das Jahr 3470.
Späteren Forschern fiel auf, daß es weit ältere Fossilien gab; auch die Geologen faßten Zeiträume ins Auge, von denen ihre bibelkundigen Vorläufer nichts wissen konnten. Eine Welt ohne Menschen wurde immer wahrscheinlicher. Der Paläontologe Sir Richard Owen zählte eine Reihe von ausgestorbenen Arten auf, darunter auch einige, denen er den Namen Dinosaurier gab. Am Neujahrsabend 1853 gab er ein Bankett im Londoner Kristallpalast. Die Gäste aus Wissenschaft und Politik nahmen im Abguß einer Rekonstruktion Platz, die eine fossile Echse darstellte. Es war der neuentdeckte Iguanodon aus der frühen Kreidezeit.
Das lebensgroße Modell bestand aus Zement und Mörtel; Fliesen, gemeißelte Steine, schmiedeiserne und bleigegossene Details sorgten für ein lebensnahes Ambiente. Obwohl Darwin seine Evolutionstheorie erst sechs Jahre später zum Druck gab, erregte Owens paläontologisches Dinner sogleich großes Aufsehen. Bald wurden die Dinosaurier zu einem Leitfossil der viktorianischen Epoche.

Langweilige Wissenschaft

Stephen Battersby von der University of Surrey, in der Gesundheits- und Klimaforschung tätig, hat kürzlich ein Tabu gebrochen. In den Berichten der Medien erscheint die wissenschaftliche Forschung als eine brillante, vielversprechende, aufregende Tätigkeit. In Wahrheit bricht jeder, der sich auf sie einläßt, zu einer strapaziösen Reise auf, die durch ein schlecht beleuchtetes Labyrinth führt. Dort wimmelt es von Sackgassen. Der Alltag wartet mit dem mühseligen Sammeln von Daten, mit monotonen Berechnungsroutinen, mit Korrekturen, Frustrationen, mit bürokratischen Hindernissen und schlechtem Kaffee auf.
Ein Beispiel: Die Astronomen am Observatorium von Harvard überließen es einer Frau namens Henrietta Leavitt, Tausende von photographischen Aufnahmen auszuwerten, aus denen ein Katalog der Sternhelligkeiten erstellt werden sollte. Damit war sie zwei Jahrzehnte lang beschäftigt, zuerst als Volontärin und später als Angestellte für einen Stundenlohn von 25 Cents. In der riesigen Datenmenge, die sie durchmusterte, fiel ihr eine Besonderheit auf. Sie stellte fest, daß bei den Cepheiden, einer Gruppe von veränderlichen Sternen, eine auffallend regelmäßige Pulsation zu beobachten war. Das erwies sich als folgenreich für die Astrophysik, weil es ihr ermöglicht hat, kosmische Entfernungen zu berechnen. Edwin Hubbles Erkenntnisse über das expandierende Universum beruhen auf den Vorarbeiten von Henrietta Leavitt, die selbstverständlich in keinem Lexikon steht.
Ein solcher, wenn auch schlecht vergoltener Glücksfall ist aber die Ausnahme. Ein Heer von namenlosen Wissenschaftlern hat sich mit zeitraubenden Projekten abgemüht, die gänzlich fruchtlos geblieben sind. Daß die Legende sich lieber an das Gelingen hält, ist kein Wunder. Der Biologe John Sulston saß achtzehn Monate lang vor seinem Mikroskop und studierte das Wachstum von Fadenwürmern, bis er herausgefunden hatte, wie sich jede einzelne Zelle in diesen Organismen entwickelte. Das hört sich ziemlich öde an, aber Sulston, der für seine Forschung mit dem Nobelpreis belohnt wurde, behauptete: »Es machte großen Spaß. Ich liebe es, durch ein Mikroskop zu blicken.«
Was Langeweile ist, läßt sich wissenschaftlich offenbar nicht exakt definieren. Fest steht aber, daß nur die zähesten Arbeiter im Weinberg der Forschung eine Chance haben.
(Nach Stephen Batterby, »Let's face it, Sciene is boring«, in: *New Scientist*, 21. Dezember 2009.)

Man könnte die Mathematik als jene Diszplin definieren, in der wir nie wissen, wovon wir sprechen oder ob das, was wir sagen, wahr ist. Leute, die, wenn sie anfangen, sich mit Mathematik zu beschäftigen, ins Grübeln geraten, wird diese Definition hoffentlich trösten, und sie werden wahrscheinlich finden, daß sie zutrifft.

Bertrand Russell, *Mysticism and Logic.* New York 1929.

Insofern sich die Sätze der Mathematik auf die Wirklichkeit beziehen, sind sie nicht sicher, und insofern sie sicher sind, beziehen sie sich nicht auf die Wirklichkeit.

Albert Einstein in *Geometrie und Erfahrung.* Berlin 1921.

Eine Poetik der Abstraktion

Daß die Mathematiker auch nur mit Wasser kochen, ist möglich, sagt aber wenig über ihre Arbeit. Interessanter ist die Beobachtung, daß sie mit uns ein anderes Medium teilen, nämlich die natürliche Sprache. Zwar haben sie ein eigenes Idiom entwickelt, vor dem der Laie gewöhnlich schaudernd zurückweicht. Dieses Zeichensystem, mit dem sie sich untereinander rasch und mühelos verständigen, verfügt über eine strikte Syntax und hängt nicht von dem Vokabular ab, das andere Menschen bevorzugen.
Dennoch kommen auch die Mathematiker nicht ohne Anleihen aus dem Fundus der gewöhnlichen Rede aus. Aber Vorsicht! Wer glaubt, er verstünde auf Anhieb, was sie damit sagen, der erliegt einem fatalen Irrtum. Denn sie messen den Wörtern, die sie mit uns teilen, Bedeutungen bei, von denen der Außenstehende nichts ahnt. Dabei gehen sie mit großem Geschick vor und bedienen sich einer

Was weiß ich über das menschliche Schicksal? Über die Radieschen wüßte ich Ihnen mehr zu sagen.

Samuel Beckett

Koch-Kurve					
a_{11}	a_{12}	a_{21}	a_{22}	b_1	b_2
0.33333	0.0	0.0	0,33333	0,0	0,0
0.33333	0.0	0,0	0,33333	0,66666	0,0
0.16667	-0.28867	0,28867	0,16667	0,33333	0,0
0.16667	0.28867	0,28867	0,16667	0,66666	0,0

Farn					
a_{11}	a_{12}	a_{21}	a_{22}	b_1	b_2
0,0	0,0	0,0	0,17	0,0	0,0
0,84962	0,0255	-0,0255	0,84962	0,0	3,0
-0,1554	0,235	0,19583	0,18648	0,0	1,2
0,1554	-0,235	0,19583	0,18648	0,0	3,0

Blatt					
a_{11}	a_{12}	a_{21}	a_{22}	b_1	b_2
0,64987	-0,013	0,013	0,64987	0,175	0,0
0,64948	-0,026	0,026	0,64948	0,165	0,325
0,3182	-0,3182	0,3182	0,3182	0,2	0,0
-0,3182	-0,3182	0,3182	0,3182	0,8	0,0

Links die Kochsche Schneeflockenkurve, rechts davon ein Farnblatt (nach Michael …rnsley) und ein Ahornblatt. Die zugehörigen affinen Transformationen sind durch eine einfache Formel dar…stellbar. Oben das Aus…gangsbild; darunter die …rste, zweite und vierte Iterierte, ganz unten das Limesbild.

Hartmut Jürgens, Heinz-Otto Peitgen und Dietmar Saupe, …raktale. In: *Chaos und Fraktale*. Heidelberg: Spektrum 1989.

Reihe von Figuren der uneigentlichen Rede, die man aus der Rhetorik kennt: der Metapher, der Metonymie und ähnlicher Tricks. Sublime Begriffe aus der Metaphysik bringen einen Hauch von Esoterik in die mathematische Diskussion, während ganz banale Wörter, die man zu kennen glaubt, den Leser plötzlich fremd anmuten.

Wenn die Experten zum Beispiel von Wurzeln, Fasern, Keimen, Büscheln, Bäumen und Garben sprechen, so hat das nichts mit der Pflanzenwelt zu tun. Fehl geht auch, wer sich einbildet, er wisse, womit er es zu tun habe, wenn im Seminar von Schmetterlingen oder Schwalbenschwänzen gehandelt wird, ganz zu schweigen von Schlingen und Schläuchen, Henkeln und Fahnen, Mänteln und Ringen, von wilden Knoten und trivialen Zöpfen.

Die Erfindungskraft der Mathematiker schreckt auch vor intimeren Bezeichnungen nicht zurück. So gibt es in der Zahlentheorie nicht nur Ober- und Unter-, sondern auch endliche und vollkommene Körper; vom Scheitel bis zum Nabelpunkt, vom Schenkel bis zum Skelett wird erörtert, was hier der Fall ist. Die Topologie wartet sogar mit unendlich vielen Geschlechtern auf, von denen der gemeine Verstand sich nichts träumen läßt. In anderen Bereichen treten Einsiedler und Monster, Zwillinge, Stukas und Enten auf. Die Punktwolke bringt keinen Niederschlag, der Cantor-Käse ist nicht zum Verzehr geeignet, und auf der Schneeflocken-Kurve rutscht niemand aus. Ein diskreter Hinweis ist am Platze, wenn das Wort *diskret* fällt; denn dann geht es ganz gewiß nicht um eine gesellschaftliche Tugend, auch wenn der Geometrie die Kavalierperspektive nicht fremd ist. Und was in ihren Augen trivial ist, kann dem Laien unbegreiflich vorkommen.

Nicht als hielten die Mathematiker sich für unfehlbar! Ganz im Gegenteil. Gewissenhaft, wie es ihre Art ist, unterscheiden sie zwischen zufälligen und regelmäßigen, absoluten, relativen und wahren Fehlern. Zu Höhenflügen kommt es, wenn die Terminologie in höhere philosophische Sphären abhebt. In der linearen Algebra wird ganz kaltblütig das Existenzproblem untersucht. In der Prädikatenlogik wird auch die Frage der Identität thematisiert, und zwar ist es hier sogar möglich, sie eineindeutig zu bestimmen, was im Dasein der meisten Menschen selten gelingt. Niemand von uns, auch wenn er seinen Eigenwert zu kennen glaubt, wüßte vermutlich zu sagen, was ein Eigenschatten ist. Dagegen leuchtet unmittelbar ein, wie wichtig es ist, zwischen einem Haupt- und einem Nullideal zu unterscheiden.

Daß es imaginäre und transzendente Zahlen gibt, bereitet einem Mathematiker nicht das mindeste Kopfzerbrechen. Heikler wird es, wenn er das theologisch kontaminierte Terrain der Unendlichkeit betritt, besonders dann, wenn diese sich selbst übertrifft, das heißt transfinit wird und im Plural auftritt. Man muß nämlich in der Mengenlehre auf eine unendliche Zahl von Unendlichkeiten gefaßt sein, und dabei geht es schwerlich ohne Kopfweh ab.

Wie dem auch sei: die Fähigkeit der Mathematiker, das Unfaßbare in Worte zu fassen, verdient unsere rückhaltlose Bewunderung. Wir weiden uns an ihren inspirierten Erfindungen, auch wenn wir sie kaum verstehen. Wenige Dichter können ihnen das Wasser reichen.

Für eine Anthologie der philosophischen Blamagen: **»Die Elektrizität ist der reine Zweck der Gestalt, die sich von ihr befreit, die ihre Gültigkeit aufzuheben anfängt, denn die Elektrizität ist das unmittelbare Hervortreten oder das nicht von der Gestalt herkommende, noch durch sie bedingte Dasein oder noch nicht die Auflösung der Gestalt selbst, sondern der oberflächliche Prozeß, worin die Differenzen ihre Gestalt verlassen, aber sie zu ihrer Bedingung haben und noch nicht an ihrer selbständig sind.**

Die Elektrizität riecht, sie fühlt sich, wenn man sich z. B. mit der Nase nähert, wie Spinnengewebe an; auch ein Geschmack tut sich hervor, aber ein körperloser. Der Geschmack ist in den Lichtern; das eine schmeckt mehr nach Säure, das andere mehr nach Kalischem. Außer dem Geschmack treten endlich ebenso Figurationen hervor: die positive Elektrizität hat einen länglichen strahlenden Funken, der negative Funke ist mehr konzentriert in Punktualität, was man sieht, wenn man beide Funken in Kolophoniumstaub schlagen läßt.

Die Elektrizität ist der eigene Zorn, das eigene Aufbrausen des Körpers, sein zorniges Selbst, das an jedem Körper hervortritt, wenn er gereizt wird.«

Georg Wilhelm Friedrich Hegel, *Enzyklopädie der philosophischen Wissenschaften.* Zweiter Teil: Die Naturphilosophie. Die Totalität in der besonderen Individualität. Elektrizität, § 324 (Zusatz). Heidelberg 1830.

Wenn das dem Verbundenen eingebildete Band in dem Zeitlichen das Ewige, in der Nicht-Totalität die Totalität zu erfassen sucht, so ist der Ausdruck dieses Strebens Magnetismus. Das Band im Gegenteil, wodurch das Zeitliche in das Ewige, die Differenz in die Identität aufgenommen ist, ist das allgemeine Band der Elektrizität. Das zeitliche Band (im Magnetismus) bewirkt abermals Identität, Einheit in der Vielheit; das ewige (in der Elektrizität) manifestiert die in der Einzelheit gegenwärtige Allheit.«

Friedrich Wilhelm Schelling, *Von der Weltseele.* Hamburg 1798.

Illustration aus Giedion, *Die Herrschaft der Mechanisierung,* Dusche, S. 731.

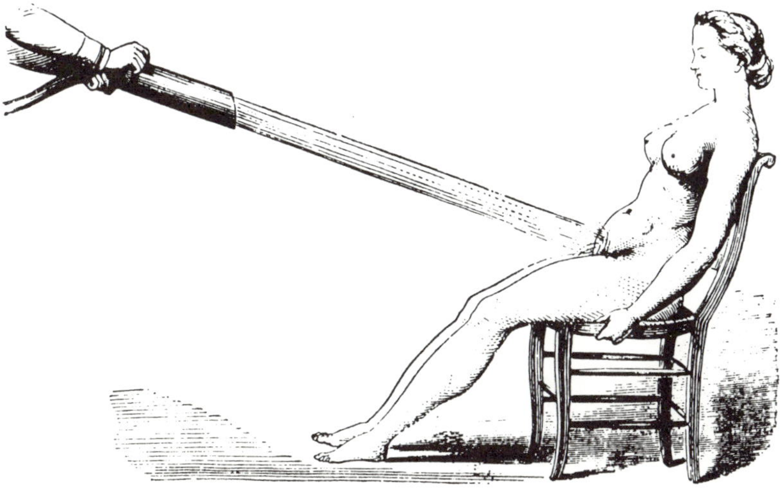

Deduction der Ehe. »Diejenige Frau, welche ihre Persönlichkeit mit Behauptung ihrer Menschenwürde hingiebt, giebt nothwendig dem Geliebten alles hin, was sie hat. Wäre die Ergebung nicht unumschränkt, und behielte sie in derselben sich das Geringste vor, so legte sie dadurch an den Tag, daß das Vorbehaltene einen höheren Werth für sie hätte, als ihre eigene Person, welches ohne Zweifel eine tiefe Herabwürdigung ihrer Person wäre. Ihre eigene Würde beruht darauf, daß sie ganz, soweit sie lebt und ist, ihres Mannes sey, und sich ohne Vorbehalt an ihn und in ihm verloren habe. Das Geringste, was daraus folgt, ist, daß sie ihm ihr Vermögen und alle ihre Rechte abtrete, und mit ihm ziehe. Nur mit ihm vereinigt, nur unter seinen Augen und in seinen Geschäften hat sie noch Leben und Thätigkeit. Sie hat aufgehört, das Leben eines Individuums zu führen; ihr Leben ist Theil seines Lebens geworden (dies wird trefflich dadurch bezeichnet, daß sie den Namen des Mannes annimmt).«

Johann Gottlieb Fichte, *Erster Anhang des Naturrechts. Grundriß des Familienrechts.* Jena 1796.

Kant hat sich über den Unterschied von linken und rechten Handschuhen den Kopf zerbrochen, ein Problem, das sich als hartnäckig erwies. Leonhard Euler hätte er fragen sollen!

W*underbare Weltfremdheit.* Von Husserl erzählt man sich in Freiburg, kaum einer seiner Schüler habe den Anfang seiner Vorlesungen verstanden. Sie schienen nie das fortzusetzen, was er bei der vorhergegangenen Lektion begonnen hatte. Endlich gelang es seinem Assistenten, dieses Rätsel zu lösen. Der Philosoph nahm von seinem Haus aus die Trambahn zur Universität. Sobald er seinen Sitzplatz im Wagen einnahm, begann er, zum Erstaunen der Fahrgäste, mit seinen Erörterungen, die er, im Hörsaal angekommen, dort fortsetzte, wo ihn die Haltestelle unterbrochen hatte. Das erklärt die Lücken in den Mitschriften der Studenten.

Ansonsten vermied Husserl es, sich öffentlichen Verkehrsmitteln anzuvertrauen. Reisen hielt er für Zeitverschwendung. Aus Anlaß eines Jubiläums gelang es den Teilnehmern seines Seminars Ende der zwanziger Jahre, ihn zu einer Exkursion nach Berlin zu überreden. Abends kehrte man in der Nähe der Friedrichstraße ein.

Dem Philosophen fielen die vielen Damen auf, die vor dem Restaurant auf Kundschaft warteten. Vergeblich suchten seine Begleiter nach einer schonenden Erklärung dieses Phänomens. Husserl hatte verstanden. *»Dirnen!«* rief er vorwurfsvoll, »Dirnen in Berlin, an dem Ort, wo Hegel gelehrt hat!«

Er behauptet, daß nichts Empirisches erkannt werden könne. Ich bat ihn, zumindest zuzugeben, daß sich kein Nashorn im Wohnzimmer befinde, aber er weigerte sich.

BERTRAND RUSSELL ÜBER WITTGENSTEIN, in: Ray Monk, *Bertrand Russell, The Spirit of Solitude.* London 1996.

An mein Buch

Wol / Büchlein / wi[illegible] es ja wagen /
So zeuch hinauß mit gutem Muht /
Dan demnach dein Gewissen gut /
So gilt es gleich was man wird sagen.

Gefallen kannst du gar nicht allen /
Gefallen vilen ist zu-vil:
Hast also dein gewisses Spihl /
Daß du wirst wenigen gefallen.

Jedoch / wie wenig dieser seyen /
Seind sie gnug / weil sie gut vund fromb
Vnd sie / bey denen du willkomb /
Für Vnfall werden dich schon freyhen.

Georg Rudolf Weckherlin

Jedermann hat ein Recht auf seine eigene Meinung, nicht aber auf seine eigenen Fakten.

DANIEL PATRICK MOYNIHAN

Wenn die Wünsche Rösser wären, würden die Bettler reiten.
Sprichwort

***A**uch wenn Gott die Vergangenheit nicht ändern kann, die Historiker sind dazu imstande.*
Samuel Butler

***E**s gibt keine unlösbaren Probleme. Alle Probleme sind lösbar, nur nicht von uns.*
K. L., Parasitologe. Bebenhausen, August 2009.

***D**er Begriff des Intellektuellen* taucht zum ersten Mal auf bei Henri de Saint-Simon, und zwar in seinem Buch *Du système industriel* (Paris: Renouard 1820). Er spricht darin von *intellectuels* und *intellectuels positifs.* Im heutigen Sinn vgl. das »Manifeste des intellectuels« von 1898 (Jutta Schlich, »Geschichte(n) des Begriffs ›Intellektuelle‹, in: *Intellektuelle im 20. Jahrhundert in Deutschland. Ein Forschungsreferat.* Hg. von Jutta Schlich. Tübingen 2000.

Alles kann erfüllt werden, nur Wünsche nicht.
Franz Baermann Steiner

***A**merica! With Peace and Freedom blest.«* Radierung auf der Titelseite des *Columbian Magazine, or Monthly Miscellany,* 1789. Amerika, in Gestalt einer jungen weißen Frau, genießt, nach dem Sieg im Unabhängigkeitskrieg, die Vorzüge des Wohlstandes und der Bildung. Apollo mit seiner Leier weist sie auf den Tempel des Ruhmes hin und stimmt den folgenden Gesang an:

America! With Peace and Freedom blest,
Pant for true Fame, and scorn inglorious rest:
Science invites; urg'd by the Voice divine,
Exert thyself, 'till every Art be thine!

Wenn die Armut den Menschen seufzen läßt, so läßt ihn der Reichtum gähnen.
Nicolas Chamfort

***D**ie meisten Binsenweisheiten über das menschliche Leben sind unerfreulich.*
Leszek Kołakowski

Der Ruhm ist der Kondensstreifen, den ein Werk hinterläßt. Anfangs nimmt er zu, dann läßt er allmählich nach und verschwindet in der Atmosphäre.

Siebzig Prozent aller weltweit gedruckten Publikationen zu Fragen des Steuerrechts erscheinen angeblich in der Bundesrepublik Deutschland. Auch kann man hierzulande 126 verschiedene Sozialleistungen bei 38 verschiedenen Behörden beantragen.

Es ist immer wieder behauptet worden, der Mensch sei ein unverbesserlicher Egoist. Wie ungerecht! Niemandem scheint es aufzufallen, daß das zwanzigste Jahrhundert neben Weltkriegen und Massakern auch eine historisch einmalige Blüte der Besteuerung hervorgebracht hat. Am Ende des neunzehnten Jahrhunderts nahm der preußische Staat jedem Bürger, der Lohn oder Einkommen bezog, einen Anfangssteuersatz von 0,62 Prozent ab, und nur wer mehr als 100 000 Goldmark verdiente, zahlte eine Höchststeuer von vier Prozent. Heutzutage arbeitet der durchschnittliche Bürger in Europa die Hälfte des Jahres für den Fiskus, und zwar ohne die Politiker, die das durchgesetzt haben, abzuwählen. Im Gegenteil, wer dagegen etwas einzuwenden hat, gilt als asozial. Nur gemeine Verbrecher entziehen sich der Pflicht, dem Staat zu geben, was des Staates ist. Allerdings genügt ihm diese Freigebigkeit nicht. Deshalb machen alle Regierungen gewaltige Schulden, die von kommenden Generationen bezahlt werden müssen, gewöhnlich in Form der unvermeidlichen Inflation oder durch sogenannte Währungsreformen. Sollte es einer Partei vor der Wahl einfallen, Entlastungen zu versprechen, so heißt es, sie plane »Steuergeschenke«. Diese dummdreiste Redensart wird von sämtlichen Medien nachgebetet. Sie besagt, daß der politischen Klasse 100 % der gesamten Wertschöpfung zustehen. Damit erklärt der Staat sich zum idealen Gesamtkapitalisten, und wenn er etwas davon dem Steuerzahler zurückgibt, so hält er das für eine milde Gabe.

Ich habe ein Bewußtsein davon, aber mehr auch nicht.

Einer der beiden Zähne des Narwals, es ist der linke, wächst und wächst. Das Tier mißt, von Mund bis zum Schwanz, ganze vier bis fünf Meter. Der Stoßzahn, der spiralig im Uhrzeigersinn gewendelt ist, wird jedoch allein bis zu drei Meter lang. Früher wurde der Narwal deshalb auch See-Einhorn genannt, und im Mittelalter war sein Zahn als Arzneimittel begehrt. Nur

selten entwickelt sich der Stoßzahn bei weiblichen Tieren. Er wird nicht als Waffe gebraucht. Zwar kreuzen manchmal zwei männliche Tiere ihre Zähne wie Fechter, aber ohne daß es bei diesem Ritual zum Kampf käme. Man hat vermutet, daß der Zahn dem Tier im Winter dazu dient, das Eis zu durchbrechen und Atem zu holen. Weil er sehr viele Nervenenden besitzt, käme er auch als Sinnesorgan in Betracht, um Salzgehalt, Temperatur und Druck des Wassers zu messen. Auch diese Hypothese konnte nicht bewiesen werden.

Niemand weiß, wozu der Stoßzahn des Narwals dient.

Vgl. Martin Gardner, *The Ambidexterous Universe.* New York 1978, S. 70 ff.

Babys haben immer recht. Sie dürfen auf Beerdigungen und Hochämtern, in Konzerten und Gerichtssälen jederzeit brüllen, und müssen, sobald sie es wünschen, unverzüglich gewiegt, gefüttert, getragen, gestillt und gewickelt werden. Insofern sind ihre Allmachtsphantasien zunächst nicht unrealistisch. Ein Problem tauscht erst auf, wenn die Außenwelt nicht länger bereit ist, dieses Spiel mitzuspielen. Ungern trennt sich der Säugling von der Illusion, daß der Kosmos sich um ihn dreht. Anders als die junge Katze beherrscht er nicht einmal seinen eigenen Körper, und das heißt: Auch das Scheißen will gelernt sein.

Damit beginnt die Erziehung. Sie kann sich darauf berufen, daß Notwehr nicht verboten ist.

Sobald das Kind sprechen kann, sollten die Erwachsenen, ob Eltern oder Lehrer, ihm den folgenden Kontrakt vorschlagen: Wenn ich dich langweile, sag bitte:

Du langweilst mich. Das gleiche gilt umgekehrt.

REDE ÜBER DIE ELTERN

anche Eltern mögen ihre Kinder, und manche Kinder mögen ihre Eltern. Daß das so unbedingt sein muß, kann ich nicht glauben. Und ihr glaubt's auch nicht. Die Welt ist voll von Eltern, die sich über ihre Kinder beklagen, und von Kindern, die bis ins hohe Alter behaupten, ihre Eltern seien an allem schuld. Keine Ahnung, woher das kommt. Vielleicht haben die einen wie die andern Grund genug für ihre traurigen Vorhaltungen. Der kann von Glück sagen, der es besser getroffen hat.

Mir jedenfalls haben meine Eltern gefallen. Nie im Leben habe ich mir andere gewünscht. Alles mögliche habe ich ihnen zu verdanken. Nur das, was mir an Schlimmen zugestoßen ist, habe ich mir selber eingebrockt. Ich kann euch das nicht erklären. Ich könnte es höchstens erzählen, wenn ich ein besseres Gedächtnis hätte oder wenn ich jünger wäre. Außerdem, jeder von uns Brüdern, wir waren vier, und drei sind noch am Leben – jeder von uns hätte eine andere Geschichte zu erzählen. Einer hat es sogar getan und ein berühmtes Buch über eine Familie geschrieben, die man mit der unsern beinahe verwechseln könnte. Aber da kann jeder nur für sich selber sprechen, denn jeder hat seine eigene Kindheit, und die kennen nicht einmal seine Brüder.

Fest steht nur, daß unsere Eltern ganz eigentümliche Menschen waren. Ihr müßt euch vorstellen, daß sie es mehr als sechzig Jahre miteinander ausgehalten haben, und zwar nicht, weil sie mußten, sondern weil es ihnen so gefiel. Ich fürchte, daß das nur ganz selten vorkommt. Diese Ehe hat schwere Zeiten überstanden, die Diktatur, den Krieg, Krankheiten, Bomben und Trennungen. Vier Kinder zu füttern kann den beiden nicht leichtgefallen sein, aber wir haben davon wenig gemerkt. Nie hat das Geld gereicht, und trotzdem haben wir alles gehabt – einen Tretroller zum Geburtstag, eine Dampfmaschine zu Weihnachten. Mein Vater hat einen wunderbar grün und schwarz lackierten Eisenbahnzug aus Holz für uns gebaut, und eine kleine Hütte mit allem, was dazugehört, einem Türchen, zwei Fenstern und einen Schlot. Kinder vergessen so etwas nie. Wir haben gar nicht gemerkt, wie gut wir bei unsern Eltern aufgehoben waren.

Mein Vater neigte nicht zu Gefühlsausbrüchen. Die Geselligkeit war nicht seine Sache. Er hing seinen eigenen Gedanken nach. Beklagt hat er sich nie, auch nicht, als er allein im zerstörten Nürnberg überwintern mußte, als er verhaftet wurde und im Gefängnis landete. Ich habe mich oft gefragt, ob er seinen Beruf gemocht hat, aber daß er am Ende auf ein Lebenswerk zurückblicken konnte, ist eine Tatsache. Wer hat dafür gesorgt, daß wir alle heutzutage, von Kaufbeuren bis nach Berlin, im Handumdrehen anrufen können? Das war Andreas Enzensberger. Natürlich hat er davon kein Aufhebens gemacht. Wenn man ihn danach gefragt hat, sagte er ironisch: »Ich habe die Weimarer Republik erlebt, das Regime der Nationalsozialisten, die Militärregierung und die Bundesrepublik – aber telephonieren wollten sie alle.« Sein Verhältnis zur Macht läßt sich in zwei Worten beschreiben: er war völlig unbestechlich, und er hat sich nie einschüchtern lassen. Vielleicht das Beste, was ich ihm verdanke, ist die sonderbare Freiheit, die er mir gelassen hat. Vorschriften zu machen, zu kontrollieren, was ich trieb, fiel ihm nicht ein. Ihr wißt ja, daß eine solche Erziehung in jenen Zeiten ganz und gar nicht üblich war. Und die Mutter hat es auf ihre Weise genauso gehalten. Was heißt das schon, Erziehung! Dazu brauchte sie keine Ratgeber. Sie wußte ganz genau, worauf es ankommt. Wir brauchten keine Angst zu haben, solange sie da war, und für uns war sie immer da. Das war die Hauptsache. Sicherlich hat sie sich oft Sorgen gemacht. Aber sie hat darauf vertraut, daß wir mit unserm Leichtsinn, unserer Faulheit, unseren Abenteuern und Liebschaften schon selber fertig würden. An Predigten und Vorwürfe kann ich mich nicht erinnern. Es ist ja so eine Sache mit der Mutterliebe. Sie kann ein Kind bekanntlich auch ersticken. »Wo warst du?« »Du hast wieder nicht angerufen.« »Was soll denn aus dir werden, wenn du so weitermachst?« Nein, solche Sätze haben wir nie von ihr gehört. Toleranz ist gar kein Wort für diese Haltung, eher muß es heißen: Großzügigkeit. Ganz egal, wen wir ins Elternhaus mitbrachten, Freunde, Geliebte, Exoten und Hungerleider, alle waren ihr willkommen. »Kommt herein. Habt ihr schon gegessen?« Das war ihre Rede.

»Ich muß aufhören, mir Sachen einzubilden.« Vergeblicher Vorsatz!

Meistens war sie für die andern da, und daß sie etwas für sich verlangt hätte, kam ihr nicht in den Sinn. Aber wer da meint, sie hätte aus lauter Fügsamkeit bestanden und sich alles gefallen lassen, der täuscht sich gewaltig. Sie hatte ihren eigenen Willen, und der war mit Beharrlichkeit, Klugheit und Geduld gepaart. So selbstlos sein und doch sein Leben so einrichten, wie es einem paßt – das ist eine Kunst, auf die sich die wenigsten Menschen verstehen. Das zeigte sich auch, als die Kinder aus dem Haus waren, als der Vater nicht mehr lebte, als sie allein geblieben war. Die Brüder richteten ihr einen kleinen Hofstaat am Weiherweg ein. Wach bis zuletzt, ich kann's nicht anders sagen, kam sie mir vor wie eine Königin.

Wohl dem, der solche Eltern hat!

(Kaufbeuren, 21. Mai 2008.)

Zucker

„es schmeckt genau wie ZUCKER." wie kommt es, dass ich dessen so sicher sein kann? und was erstaunt mich daran? statt des ausdrucks „es schmeckt genau wie ZUCKER" könnte ich ja „ZUCKER" ausrufen. kann ich denn sagen, bei dem wort schwebe mir die substanz ZUCKER vor? kann ich sagen, dieser geschmack brächte gebieterisch den namen „ZUCKER" mit sich? ja, gebieterisch ist das verlangen nach dem begriff „ZUCKER" allerdings.
ich erinnere mich, dass ZUCKER so geschmeckt hat. aber freilich: das gedächtnis hilft mir da nicht mehr nein, diese worte sind nur eine umschreibung keine beschreibung des erinnerns.
wer mich fragt, „was meinst du mit 'ZUCKER'?" – dem werde ich allerdings ein stück ZUCKER zeigen. und wer fragt, „wie weißt du, dass ZUCKER so schmeckt", dem werde ich antworten: „ich habe tausende male ZUCKER gegessen. es schmeckt wie ZUCKER." ich sage nicht: „ich glaube, so schmeckt ZUCKER." es ist merkwürdig. was ist merkwürdig? dass ich mit sicherheit sage: „das schmeckt wie ZUCKER"? oder, das es dann wirklich ZUCKER ist?

Euphemismen: Dieses Erdbeben war unerfreulich. Der Angriff auf Hiroshima war unangenehm. Selbstmordattentäter sind unmanierlich.

Die Wörter bedeuten mehr, als was wir mit ihnen auszudrücken glauben: und deshalb sollte ein Buch sehr viel mehr besagen, als was der Verfasser mit ihm gemeint hat. Lewis Carroll, 1896

Was man aus einem Text alles herauslesen kann, zeigt ein sehr einfaches Experiment. Wer nur die *grün* gedruckten Stellen dieser Passage zur Kenntnis nimmt, hat einen ziemlich banalen Dialog vor sich. Liest er alles, was *grün und rot* da steht, wird es schon ein wenig hintergründiger. Je nach dem Kontext ändert sich die Bedeutung der einzelnen Elemente, es kommt zu Mehrdeutigkeiten und semantischen »Täuschungen«. Wer auch die *blauen* Passagen mitliest, der hat einen von Ludwig Wittgensteins *Zetteln* vor sich. Wie man sieht, kann auch Sprachphilosophie Spaß machen. Aus: L.W., *Schriften.* Band 5. Frankfurt am Main 1970.

Ein Bilderrätsel

Dieses schöne Rebus aus dem Biedermeier, ein Geschenk von Stefan Moses, hat bisher allen Lösungsversuchen widerstanden. Die letzte Zeile ließ sich mit einiger Mühe entziffern, auch wenn der Fisch kein Wal ist und die Bedeutung in einem eigentümlichen Dialekt buchstabiert wird: »Hai te rot, morgen Tod«. Viel Glück bei weiteren Versuchen!

DIE ALLERKÜRZESTEN ROMANE *Eine Spielanleitung*

Lange grübeln die Schriftsteller über den Titel ihrer Werke nach. Soll er bedeutungsvoll, witzig, rätselhaft klingen? Soll er neugierig machen, Spannung verheißen, oder gar etwas darüber sagen, was in dem Buch steht?
Doch kaum ist dieses Problem gelöst, erhebt schon die nächste Schwierigkeit ihr Haupt. Theodor Fontane schrieb an seinen Redakteur Karpeles: »Das erste Kapitel ist immer die Hauptsache und in dem ersten Kapitel die erste Seite, beinah die erste Zeile. Die kleinen Pensionsmädchen haben so unrecht nicht, wenn sie bei Briefen oder Aufsätzen alle Heiligen anrufen: ›Wenn ich nur erst den Anfang hätte.‹ Bei richtigem Aufbau muß in der ersten Seite der Keim des Ganzen stecken.«
Umgekehrt zerbricht sich der Held von Michael Krügers Novelle *Das Ende des Romans* lange darüber den Kopf, wie der letzte Satz seines achthundertseitigen Lebenswerks lauten soll, eine Aufgabe, an der er scheitert.
Den Romanverfassern kann geholfen werden. In einer geselligen Runde drücke man jedem Teilnehmer ein Blatt Papier und einen Bleistift in die Hand und bitte ihn, einen fiktiven Roman zu ersinnen, der nur aus dem Titel, einem ersten und einem letzten Satz besteht. Wenn alle damit fertig sind, werden die Werke der Reihe nach vorgelesen, und der beste Roman wird durch eine Abstimmung ermittelt. Gewonnen hat der, dem die suggestivsten Formulierungen eingefallen sind.

Im Jahre 1873 fand in der Mailänder Scala die Premiere des *Ballo Excelsior* statt. Das von Romualdo Marenco erfundene Ballett stellte den Triumph der Elektrizität dar.
Enciclopedia dello Spettacolo, Bompiani; D. Lyndham, *Ballet Then and Now.* London 1947.

Verteidigungsrede eines Parasiten

Warum sollte ein Bandwurm, objektiv betrachtet, eigentlich nichtswürdig sein? Warum sollte er niederträchtiger sein als ein Känguruh? Daß ein emsiger Biber und die fleißige Ameise moralisch höher stünden als die Zecke, wer wollte das behaupten?
Daß der sogenannte Parasitismus im Tierreich eine vereinzelte Verirrung sei, war inzwischen widerlegt. Nun wußte man, daß sich in allen Tierstämmen, abgesehen von den Schwämmen und Echidermen,

Parasiten finden. Allein bei den Arthropoden rechnete man 1974 mit 75000 parasitären Arten, und täglich wurden neue entdeckt. Dagegen brachten es die Säugetiere und Vögel zusammen gerade einmal auf 12700 Arten. Mußte der phantastische Weg, auf dem sich die meisten Parasiten reproduzieren, im unvoreingenommenen Betrachter nicht andächtiges Staunen erregen?

Was war hier dekadent? Was heißt hier eigentlich immer *auf Kosten anderer?* Was sind hier Soll und Haben? Im Gegensatz zum Räuber, so riefen wir, zeichnet sich der tierische Parasit doch gerade dadurch aus, daß er seinem Wirt, von dem er ja lebt, mit Schonung begegnet. Will man den Parasiten moralisch bewerten, dann ist er seinem Wesen nach liberal.

Wir lasen uns gegenseitig das *Lexikon der allgemeinen Zoologie vor,* begründet von Kühn, ein über alle Zweifel erhabenes Standardwerk in der 19. Auflage: »Für einen gut eingespielten Parasitismus muß die Devise gelten: Leben und leben lassen!« Und all das Gerede vom »Sozialschmarotzer«: Hatte man sich eigentlich jemals ernsthaft mit den Argumenten von Karl Marx und seinem Schwiegersohn beschäftigt? Hatte sich nicht inzwischen das Mißverhältnis zwischen produktiven und unproduktiven Schichten der Bevölkerung dramatisch verschärft? Wenn 1861 von zwanzig Millionen Engländern mindestens dreizehn Millionen von fremder Arbeit lebten, wie viele waren es dann heute? Wie viele Opernsänger, Huren, Fußballspieler und Talkmaster waren zu den Mägden, Lakaien und Pfaffen dazugekommen? Wie viele Diplomaten, soziale Animateure, Touristenführer, Werbefachleute und Schwarzhörer?

Aber auch wer schon um vier Uhr früh als Maurer zur Arbeit antritt, um am späten Abend erschöpft in einem Wohncontainer wieder in den Schlaf zu sinken, muß nicht unbedingt produktiv sein. Produktivität ist eine relative Größe. Wenn falsch kalkuliert wird, schreibt der Betrieb rote Zahlen, auch wenn die Beschäftigten arbeiten wie die Berserker. Ein veralteter Maschinenpark, und schon nützt der wildeste Akkord nichts, schon wird mitgearbeitet am Defizit. Ein Wechsel von Aktienpaketen, ein Merger, und schon wird aus Produktion Konsum.

Aus: Ulrich Enzensberger, *Parasiten. Ein Sachbuch.* Frankfurt am Main 2001.

Betrachten Sie die Weltwirtschaftskrise doch einmal unter dem Gesichtspunkt anderer Tiere!

Der soziologische Baumkuchen

Mit einer ordentlichen Klassenanalyse konnte erst das neunzehnte Jahrhundert aufwarten. Vor der Industrialisierung begnügte man sich damit, die Gesellschaft in »Stände« aufzuteilen. Den Herren Marx und Engels ist im Lauf von rund zwanzig Jahren eine einleuchtende, empirisch gesättigte Klassifikation gelungen, die den Vorzug der Einfachheit hatte. Abgesehen von einigen Überresten aus der Vergangenheit, schlugen sie einen binären Code vor: auf der einen Seite stand im wesentlichen die »herrschende Klasse«, die Bourgeoisie; auf der andern das Proletariat. (Die Bauern kamen in diesem Schema etwas zu kurz.) Die Bewegung des Kapitals mußte, so schien es ihnen, ganz von selbst dafür sorgen, daß alles, was sich diesem Grundwiderspruch nicht fügte, früher oder später wie in einer Zentrifuge auf die eine oder andere Seite geschleudert würde.

Bei genauerem Hinsehen führte diese Theorie allerdings schon bald zu unvorhergesehenen Schwierigkeiten. Das zum Aussterben bestimmte »Kleinbürgertum« erwies sich als äußerst hartnäckig. Wohin mit all diesen Leuten; die sich weigerten, zu verschwinden? Ihre Zahl nahm ganz im Gegenteil mit wachsender Ausdifferenzierung der Arbeit dauernd zu. Die *Theorien über den Mehrwert*, eine fünfzehnhundert Seiten lange Arbeit, stellen den heroischen Versuch dar, mit diesem wuchernden Zuwachs fertig zu werden. Die Aufgabe erwies sich als unlösbar; das Werk blieb unvollendet. Alle möglichen Experten, Techniker, Wissenschaftler, Manager, von Künstlern und anderen Kostgängern zu schweigen, Leute also, die der Theorie zufolge keinen Mehrwert erzeugten, drängelten sich zwischen die Besitzer der Produktionsmittel und das Proletariat, das, statt alle anderen Klassen zur Seite zu schieben, immer weniger wurde. Bis heute hat sich ein Heer von Soziologen an diesem Problem die Zähne ausgebissen. Diese Gelehrten stellten fest, daß es nicht nur einen primären und sekundären Sektor gab, sondern auch einen tertiären, quartären und so weiter, *quasi ad libitum.* Die meisten griffen in ihrer Not zu einer ziemlich simplen Lösung. Sie ließen den Begriff der Klasse fallen und ersetzten ihn durch den der Schicht. Seitdem sprach man lieber von einer Ober-, einer Mittel- und einer Unterschicht. Dabei war jeweils zwischen einer oberen, mittleren und unteren Fraktion zu unterscheiden, die sich ihrerseits, wie in einem Blätterteig oder einer Schichtentorte, in immer kleinere Lagen unterteilen ließen.

Unglücklich ist nur mein Bewußtsein, ich bin es nicht. Umkehrung: Glücklich ist nur mein Bewußtsein, ich bin es nicht.

Unter dieser Entwicklung hat der Klassenkampf sehr gelitten. Während er sich offiziell auf das Ritual jener Verhandlungen

reduziert, bei denen sich die Tarifpartner in nächtelangen Sitzungen, über ihre Kekse und Mineralwasserflaschen gebeugt, um Prozentpunkte streiten; während Piloten, Ärzte, Müllfahrer, Verwaltungsfachkräfte und Fluglotsen dort ihre berechtigten Interessen vertreten, frönen die »Massen« in den Fußgängerzonen ihren schwer begreiflichen Vorlieben.
Dies alles führt dazu, daß der Klassenkampf in strategischer Beziehung lahmt und hinkt. Dafür wird er auf molekularer Ebene um so erbitterter fortgesetzt. Ebenso wie die Post, die Bahn, das Wasserwerk und das Telephon ist er privatisiert worden. So wird die alte Parole ihren Urhebern entwendet und gewinnt einen ganz neuen, ausgesprochen unpolitischen Sinn: Der Kampf geht weiter!

Eine neue Working Class

Der Mensch ist nie allein – das Selbstbewußtsein macht, daß immer 2 Ichs in einer Stube sind.
Jean Paul, *Ideengewimmel* 362.

Es gehört zu den historischen Triumphen der Sozialdemokratie und der Gewerkschaften, daß heute in Europa die meisten Leute weniger arbeiten denn je zuvor.
Der britische Sozialreformer Robert Owen hat schon 1832 gefordert: *»Acht Stunden arbeiten, acht Stunden schlafen und acht Stunden Freizeit und Erholung.«* Es dauerte noch geraume Zeit, bis dieses Postulat durchgesetzt war. Den ersten offiziell eingeführten Achtstundentag mit vollem Lohnausgleich gab es anno 1856 in Australien. In Deutschland ist eine derartige Regel erst seit 1918 gesetzlich vorgeschrieben.
Seit den sechziger Jahren haben die Gewerkschaften Kampagnen für die Fünf-Tage- und für die 35-Stunden-Woche geführt. (»Samstags gehört Vati mir.«) Ein langes Tauziehen, das bis heute anhält, gab es auch, was die Regelungen zur Nacht-, Samstags- und Sonntagsarbeit sowie das Recht auf Urlaub betrifft. Nicht nur die Gesetzgebung, auch die Tarifverträge sorgen dafür, daß sich die Arbeitszeiten in Grenzen halten.
Die durchschnittliche Jahresarbeitszeit ist seit dem 19. Jahrhundert kontinuierlich gesunken. 1850: 3500, 1900: 2700, 1950: 2000, 2000: 1550 Stunden. Von Zufriedenheit mit dem Erreichten kann keine Rede sein. Die Klage über den biblischen Fluch der Arbeit wird nie verstummen.
Das gilt jedoch nicht für die sogenannten Funktionseliten. Im Milieu der Investmentbanker und der Trader gilt die amerikanische Formel 7/24. Das bedeutet, daß, wer Karriere machen will, sieben Tage in der Woche und 24 Stunden am Tag zur Verfügung stehen muß. Auch führende Manager, Politiker, Freiberufler und Medienleute haben mit Arbeitszeiten von sechzig bis neunzig Stunden pro Woche zu rechnen. Man hört

sie klagen, daß sie keine Zeit für ihre Familie, für die Lektüre und für ihre Freizeitbeschäftigungen hätten. Unser Mitgefühl hält sich angesichts ihrer Einkünfte in Grenzen. Selber schuld, wer ein Leben im Hamsterrad wählt! Es ist amüsant zu sehen, wie der Begriff der *working class* auf diese Weise eine paradoxe Neudefinition erfahren hat.

Wir alle.« – »Alle?« – »Ja, alle, die an Bord sind.« – »Aber nicht alle sind an Bord.« – »Das nicht. Aber trotzdem gilt: Wir sind ›wir alle‹.«

Die Beschleunigung ist scheinbar. Unter der Oberfläche bewegt sich der historische Prozeß unendlich langsam voran. Die Stagnation ist das Wesen, die Akzeleration die Erscheinung.
Vittoria Alliata *dixit.*

Vorsicht! Eisberge nehmen gern die Farbe ihrer Umgebung an.

Eine eurozentrische Liste

Ein Fluch- und Donnerwort: Eurozentrismus! Es bezeichnet bekanntlich eine durch und durch verwerfliche Denkungsart. Die politische Korrektheit, ihrerseits vielleicht nicht mehr ganz in ihrer höchsten Blüte, hat mit Vorwürfen an unsere Adresse nicht gespart. Leute, die Europa nach wie vor für den Nabel der Welt halten, sind aber inzwischen so selten geworden, daß man sie nicht mehr zu bekämpfen braucht, sondern erwägen sollte, ob sie nicht unter Artenschutz zu stellen wären.
Wer sich gelegentlich auf anderen Kontinenten umsieht, wird jedoch auf Spuren und Nachahmungseffekte stoßen, die so selbstverständlich anmuten, daß sie niemandem mehr auffallen. Verrät es koloniales Denken oder gar imperialistische Neigungen, wenn man ihnen ein stilles Gedenken vergönnt? Das glaube ich kaum. Die folgende Liste verzeichnet nicht nur die Luftmatratze, das Nachthemd und den Kindergarten, sondern auch Heroin, Giftgas und Konzentrationslager.

Das hauptsächliche Kriterium für die Aufnahme in dieses Verzeichnis – das sich über viele Seiten hinweg verlängern ließe – ist die Verbreitung über alle Kulturgrenzen hinweg. Kaum einer, der sich in China oder Ghana eine Krawatte umbindet, wird ihrer Herkunft gedenken, und uns selber ist die Attitüde des Urhebers oder Erfinders längst abhanden gekommen. Ein flüchtiges Andenken, das ohne Rührung auskommt, ist erlaubt oder vielleicht sogar angebracht. Nicht nur Verhängnisse hat Europa über die Welt gebracht, sondern auch so willkommne Gaben wie den Badeanzug und die Brezel.

Um Patentstreitigkeiten soll es dabei nicht gehen. In vielen Fällen fällt es schwer, die Priorität einer Erfindung exakt zu bestimmen – wer wollte im Ernst objektiv feststellen, wem das erste Bett zu verdanken ist? In Zweifelsfällen gebe ich, statt mich mit ihm zu duellieren, jedem Rechthaber von vornherein recht. Die eurozentrische Liste soll nicht der Wissenschaft, sondern der Nachdenklichkeit und dem Vergnügen dienen. Sie gewährt einen Rückblick auf ein paar Jahrhunderte, mit ungewisser Aussicht auf das neue Millennium, das bekanntlich nach dem Gregorianischen Kalender – der seinerseits einen Ehrenplatz in unserer Liste einnimmt – am 1. Januar 2001 begonnen hat: auch dies ein Fall für Rechthaber. Eingeführt anno 1582, war er nicht überall gleich willkommen. Glarus, Appenzell und ein Teil von Graubünden hielten bis 1798 am hergebrachten Julianischen Kalender fest, und die Rumänen haben sich erst 1924 zähneknirschend der neuen Zeitrechnung angeschlossen. Die Oktoberrevolution, auch sie ein berühmter europäischer Exportartikel, hat, genaugenommen, im November 1917 stattgefunden. Und so weiter. Man sollte es mit den Daten also nicht allzu genau nehmen.

Gewiß hat der bizarre historische Erfolg unserer Halbinsel auch damit zu tun, daß ihre Bewohner eine Neigung zur Präzision entwickelt haben, die zuweilen, aber weiß Gott nicht immer, segensreich war. Wie dem auch sei, die gern und oft erhobene Frage, was eigentlich das Europäische an Europa ist, läßt sich vielleicht am leichtesten beantworten, wenn man den Blick von außen auf diesen Erdteil richtet und danach fragt, was andere an seinen Hervorbringungen, zu ihrem Heil oder Unheil, für brauchbar gehalten haben.

Beispielsweise:

A

Abitur
Abonnement
Achtstundentag
Adreßbuch
Airbag
Akademien
Akkordeon
Akkumulator
Aktbild
Aktenordner
Aktentasche
Aktie
Alleskleber
Allgemeines Wahlrecht
Alpinismus
Aluminium
Ambulanz
Ampel
Amphetamin
Anästhesie
Analytische Philosophie
Analytische Geometrie
Anarchismus
Anatomie
Anilinfarben
Anthropologie
Anthroposophie
Antibiotika
Anzeige
Anzug
Apfelstrudel
Apotheke
Arbeiterbewegung
Arbeitslosenversicherung
Archäologie
Armbanduhr
Asbestzement
Asepsis
Asphaltierung
Aspirin
Asylrecht
Atelier
Atomkraftwerk
Atlas
Aufzug
Auktion
Austernzucht
Autobahn
Autobus
Automaten
Automobil
Autopsie

B

Babynahrung
Baccalaureat
Backpulver
Badeanzug
Bagger
Bahnhof
Bajonett
Bakteriologie
Ballonfahrt
Bar
Barock
Barometer
Barbiturate
Batterie
Beichte
Belichtungsmesser
Benzin
Berufsfeuerwehr
Berufsrevolutionär
Beton
Betonmischmaschine
Billard
Binärer Code
Bleichmittel
Bleistift
Blindenschrift
Bluse
Bluttransfusion
Bogenbrücke
Bohnerwachs
Bohrmaschine
Boolesche Algebra
Bordell
Börse
Botanische Nomenklatur
Botanischer Garten
Breiten- und Längengrade
Brezel
Bridge
Briefkasten
Briefmarke
Brille
Brutkasten
Buchdruck
mit beweglichen Lettern
Buchhandlung
Buchmacher
Bügeleisen
Bunker
Büro
Büroklammer
Büstenhalter

C

Cabernet Sauvignon
Café
Camembert
Celsius- & Fahrenheit-Grade
Champagner
Chardonnay
Chemische Nomenklatur
Chemische Reinigung
Chemotherapie
Club
Cognac
Compact Disc
Copyright
Cricket

D

Dachpappe
Dachrinne
Dadaismus
Damenbinde
Dampflokomotive
Dampfmaschine
Dampfschiff
Dampfturbine
Datenschutz
Dauerwelle
Dekonstruktion
Demokratie
Denkmalschutz
Dieselmotor
Differentialgetriebe
Diplomatische Konvention
Doktorgrad
Drahtseil
Drahtzieherei
Drehbank
Drehbühne
Dreschmaschine
Düsenflugzeugtriebwerk
Dynamit
Dynamo

E

Echolot
Einkommensteuer
Einschreiben
Eisenbahn
Eisenbrücke
Eismaschine
Elegie
Elektrizität
Elektroenzephalographie
Elektrolyse
Elektromotor
Elektronenmikroskop
Elektrokardiographie (EKG)
Elektroschock
Emailtopf
Embryologie
Ephemeriden
Ethnologie
Etymologie
Eugenik
Evolutionstheorie
Existentialismus
Exponentialfunktion
Expressionismus

F

Fahrkarte
Fahrrad
Faschismus
Feminismus
Fensterglas
Fernrohr
Fernsehen
Fernwahl
Feuerwehr
Feuerzeug
Fiberoptik
Film
Fischtrawler
Fingerabdruck
Flaschenkorken
Flaschenzug
Flugzeugträger
Fluggesellschaften

Fön
Förderschacht
Forstwirtschaft
Fraktale
Frauenemanzipation
Freihandel
Füllhalter
Fundbüro
Fußball
Furnier

G

Gabardine
Gabel
Gartenschlauch
Gartenzwerg
Gasherd
Gasmaske
Gasmotor
Gasverflüssigung
Gebißprothese
Gebläse
Geburtszange
Geheimpolizei
Gehörlosensprache
Gehsteig
Geigerzähler
Geldbörse
Generalbaß
Generalstab
Generator
Genetik
Geologie
Gerichtsmedizin
Gerichtsvollzieher
Gewächshaus
Gewerkschaft
Giftgas
Gin
Girokonto
Glasmalerei
Gleichrichter
Gleichung
Globus
Glockenspiel
Golf
Gotik
Grandhotel
Gravitationsgesetze
Gregorianischer Kalender
Grubenlampe
Grundbuch
Gruppentheorie
Guckkastenbühne
Guillotine
Gummiknüppel
Gummireifen
Gummistiefel
Gymnasium

H

Haarfärbemittel
Halbleiter
Hamburger
Handgranate
Handfeuerwaffen
Haute Couture
Heiratsanzeige
Heliozentrismus
Hermeneutik
Heroin
Herrenhemd
Herzschrittmacher
Hobel
Hochofen
Hochzeitskleid
Holländer
Homöopathie
Hormone
Hörgerät
Hörspiel
Hose
Hosentaschen
Hubschrauber
Humanismus
Hundekuchen
Hundesteuer
Hydraulische Presse
Hypothek

I

Imaginäre Zahlen
Immunologie
Impfung
Impressionismus
Industrienormen

Infinitesimalrechung
Injektionsspritze
Insektizid
Inserat
Interpunktionszeichen
Intrauterinpessar
Irrationale Zahlen

J

Jugendherberge

K

Kabarett
Kaffeefilter
Kaiserschnitt
Kaleidoskop
Kammermusik
Kammgarn
Kanalisation
Karneval
Kartenprojektion
Karussell
Katalyse
Katheter
Kathodenstrahlröhre
Katholische Kirche
Kautschuksynthese
Keks
Kernspaltung
Kindergarten
Kinderwagen
Kino
Kläranlage
Klarinette
Klavier
Klettverschluß
Kleiderbügel
Kleiderschrank
Klonen von Säugetieren
Klub
Knäckebrot
Knopfloch
Koffer
Kokain
Kölnisch Wasser
Kommunismus
Komödie
Komplexe Zahlen
Kondensator
Kondom
Konfektionskleidung
Konservendose
Konsulat
Kontrapunkt
Konzentrationslager
Kran
Krankenkasse
Krawatte
Kreiselkompaß
Kreissäge
Krematorium
Kristallglas
Kritische Theorie
Krone
Kronleuchter
Kühltechnik
Kulissen
Kunstausstellung
Kunstdünger
Kunstfaser
Kunstgeschichte
Künstliche Insemination
Kunststoffchemie
Kupferstich
Kurbad
Kursbuch

L

Landesflaggen
Landkartenprojektion
Laser
Lateinisches Alphabet
Lebkuchen
Leichenschauhaus
Lichtsatz
Linoleum
Linsenschleiferei
Litfaßsäule
Lithographie
Lobotomie
Lochkarte
Logarithmen
Logogramme
Lokalanästhesie
Lötkolben
Lotto
LSD

Luftgefüllte Reifen
Luftmatratze
Luftpost
Luftpumpe
Luftwaffe

M

Magnet
Märchensammlungen
Marxismus
Marzipan
Maschinengewehr
Mathematische Symbole
Maulkorb
Mayonnaise
Mechanische Uhr
Maschinensatz
Mechanischer Webstuhl
Medizinische
Terminologie
Mengenlehre
Merlot
Meßtisch
Metallflugzeug
Metermaß
Metrisches System
Metronom
Mikroskop
Mikrowelle
Milchschokolade
Minirock
Ministerien
Minutenzeiger
Mixer
Möbelpolitur
Modeschau
Monatsnamen
Morphium
Motorrad
Mottenpulver
Mühlentechnik
Müllabfuhr
Mundharmonika
Münze
Museum

N

Nachrichtenagentur
Nachthemd
Nachtklub
Nagelschere
Nähmaschine
Nationalhymne
Nationalismus
Negative Zahlen
Neonröhre
Nichteuklidische
Geometrie
Niete
Nitroglyzerin
Notenbank
Notenschrift
Novelle

O

Öffentliche
Stromversorgung
Ökologie
Ölmalerei
Olympiade
Orden
Organische Chemie
Orgel
Ottomotor

P

Pagina
Paläontologie
Panzer
Papiermühle
Pappe
Parlament
Pastete
Pasteurisieren
Patent
Pauschalreise
Pendeluhr

Periodisches System
Personenstandsregister
Perspektive
Pessar
Petrochemie
Pfandbrief
Pfandhaus
Pferderennen
Phonetisches Alphabet
Photographie
Pinot noir
Pizza
Planetennamen
Polarforschung
Politische Parteien
Polizei
Pommes frites
Postamt
Postkarte
Präzisionswaage
Pressezensur
Preßlufthammer
Professorentitel
Propeller
Psychiatrische Klinik
Psychoanalyse
Pullover
Pumpe

Q

Quantenphysik
Querflöte

R

Radar
Radiergummi
Radierung
Radioaktivität
Radrennen
Räderuhr
Rasen
Rasenmäher
Rassentheorie
Rechenmaschine
Rechtsanwalt
Rechtsverkehr
Reformation
Regatta
Regenmantel
Regenschirm
Reisepaß
Reißnagel
Relativitätstheorie
Rettungsring
Revue
Rezension
Riesenrad
Riesling
Roggen
Rokoko
Rollschuh
Rollstuhl
Roman
Romanik
Römisches Recht
Röntgenstrahlung
Rostfreier Stahl
Rotationsdruck
Rotes Kreuz
Roulette
Rugby
Rundfunk

S

Sägemühle
Salz- & Pfefferfaß
Sanatorium
Sandwich
Satire
Sauerkraut
Saxophon
Schallplatte
Schaufenster
Scheck
Schere
Schiffschaukel
Schiffschronometer
Schlachthof
Schlachtschiff
Schlagrahm
Schlittschuh
Schneckenantrieb
Schnellpresse
Schnuller
Schraube
Schraubenzieher
Schraubstock
Schreibmaschine

Schriftgießerei
Schuhcreme
Schulpflicht
Schweißgerät
Segelflug
Seilbahn
Seismograph
Serviette
Sextant
Sexualwissenschaft
Shampoo
Sherry
Sicherheitsnadel
Skier
Smoking
Sonate
Souffleuse
Sozialdemokratie
Sozialstaat
Soziologie
Sparkasse
Spektralanalyse
Sperrholz
Spiegelglas
Spiegelteleskop
Spielcasino
Spinnmaschine
Spitzenklöppeln
Sprungfeder
Staatsangehörigkeit
Staatsanleihe
Staatsanwaltschaft
Stadtpark
Stadtplan
Stahlerzeugung
Statistik
Staubsauger
Stechschritt
Steckbrief
Steckkontakt
Stecknadel
Stereochemie
Sternkarten
Stethoskop
Steward, Stewardeß
Stilleben
Straßenbahn
Straßenbelag
Straßenbeleuchtung
Straßenreinigung
Streik
Strickerei
Strümpfe
Strukturalismus
Strumpfhose
Stuhl
Suezkanal
Sulfonamide
Suppenwürfel
Supraleitfähigkeit
Surrealismus
Symphonieorchester
Synthetische Farben
Systemtheorie

T

Tageszeitung
Tankstelle
Tapete
Tarock
Taschenmesser
Taschentuch
Taucheranzug
Taxi
Taxonomie
Technische Hochschule
Teddybär
Telegraph
Telephonzelle
Tennis
Theatervorhang
Theodolit
Thermodynamik
Thermometer
Thermosflasche
Tiefseeforschung
Tierschutz
Tischtennis
Tomographie
Tonband
Topologie
Tourismus
Tragödie
Traktor
Tranquilizer
Transformator
Treibhaus
Tresor
Trigonometrische Funktionen
Trüffel
Turbine
Türklingel
Turing-Maschine
Turnen
Tweed

U

U-Bahn
Überseekabel
U-Boot
Ultraschall
Umweltschutz
Uniform
Universität
Unschuldsvermutung
Unterseeboot

Untersuchungshaft
Unterwäsche
Urlaub, gesetzlicher
Utopie

V

Vakuumtechnik
Varieté
Ventile
Ventilator
Verbrennungsmotor
Verkehrsschild
Verlagswesen
Versicherung
Violine
Visitenkarte
Vitamine
Völkerrecht
Volkswirtschaftslehre

W X Y

Wahlurne
Wachskerze
Wahrscheinlichkeitsrechnung

Waisenhaus
Walfang
Walzer
Wappen
Warenhaus
Warenzeichen
Waschmaschine
Waschpulvermittel
Wasserwaage
WC
Wechsel
Wecker
Wehrpflicht
Weiche
Weihnachten
Weinfaß
Wellblech
Weltausstellung
Weltkarte
Weltmarkt
Weltpostverein
Wendeltreppe
Werkzeugmaschine
Whisky
Wintersport
Wirtschaftswissenschaft
Wochentage, Sonntagsruhe
Wodka
WorldWideWeb www.

Z

Zahnersatz
Zahnrad
Zange
Zebrastreifen
Zeichentrickfilm
Zeitlupe
Zeitungskiosk
Zeitzonen
Zeitzünder
Zelluloid
Zellulose
Zement (Portlandzement)
Zentralheizung
Zentralperspektive
Zentrifuge
Zeppelin
Ziffern 0–9
Zigarette
Zirkel
Zirkus
Zivilehe
Zoo
Zuckerrübe
Zündholz
Zündkerze
Zündschnur
Zwangssterilisierung
Zwieback
Zwölftonmusik
Zylinderschloß

DIE ABC-BUCHSTABEN STAMMEN AUS DEM 2. JH. N. CHR.

Die Engländer erfinden endlich eine Maschine, di

I believe the atom bomb is the greatest of all American inventions and one of the imperishable glories of Christianity. It surpasses the burning of heretics on all counts.
H. L. Mencken, in *Life*, 5. August 1946.

Hinauf, empor! Dein Wahlspruch sei: Excelsior! Wie oft sollen wir uns die wattierten Klempner noch anschauen, die seit der Jahrhundertwende an der Internationalen Raumstation herumschrauben? In diesen Betrieb, dessen Hauptprodukt die immergleichen Fernsehspots sind, mit denen das zahlende Publikum gefüttert wird, sind bisher mehr als dreißig Milliarden Dollar geflossen, und ein Ende ist nicht abzusehen. Das Government Accountability Office in Washington hat festgestellt, daß von einer

Zu den satanischen Erfindungen, mit denen die Menschheit sich selbst terrorisiert, gehören die Sirene und der Lautsprecher. Weit übertroffen werden dies laschinen erfindet; dann sind sie fertig und unnütz.

Jean Paul, *Ideengewimmel 946.*

Herrschte die Vernunft auf Erden, geschähe dort gar nichts mehr.

Bernard de Fontenelle

nennenswerten Forschung in diesem unförmigen Vehikel keine Rede sein kann. Sein Hauptzweck scheint die Propaganda für sich selber zu sein. Alle kompetenten Wissenschaftler sind sich darüber einig, daß die bemannte Raumfahrt nichts weiter ist als eine vergilbte Science-fiction-Idee. Hoffentlich kehren die Präsidenten der USA bald zu den Flugzeugmodellen, Spielzeugeisenbahnen und Computerspielen ihrer Pubertät zurück. Damit würden sie sich und uns manch teuren Schrotthaufen ersparen.

mente vom Preßlufthammer, der auf Straßen, in Häusern und Werkstätten seine absolute Willkürherrschaft über die Ohren aller Anwesenden antreten darf.

Die Nadel und der Computer

Charles Babbage war ein Universalgelehrter, der sich mit Mathematik, Ökonomie, Statistik, Logik, Kryptographie, Geologie und Paläontologie beschäftigte. Charles Darwin und Karl Marx haben sich seine Erkenntnisse zunutze gemacht. Aber Babbage hat auch den Kuhfänger für Lokomotiven, die Blinkfeuer für Leuchttürme und den Farbscheinwerfer für das Theater erfunden. Außerdem gelang es ihm, die Wahrscheinlichkeit biblischer Wunder zu kalkulieren.

Vor allem aber hat er den ersten digitalen Computer erfunden. Seine »Analytische Maschine« verfügte über einen Prozessor (die »Mühle«), einen Arbeitsspeicher und Schnittstellen für die Ein- und Ausgabe. Sie war programmierbar. Ihre Steuerung erfolgte,

Der binäre Zahlencode geht auf G. W. Leibniz zurück. Er betrachtete dieses System, auf dem alle Computerberechnungen beruhen, als »Sinnbild der Schöpfung«.
Ms. »De progressione dyadica«. Niedersächsische Landesbibliothek, Hannover.

Nach *Charles Babbage and his Calculating Engi Selected Writings.* Edited with an Introduction by Philip Morr and Emily Morrison. New York 1961.

Aus Science Museum, *Charles Babbage and his Calculating Engines,* Seite 11.

wie bei späteren IBM-Maschinen, über Lochkarten. Er gilt ferner als Begründer der Operatoren-Rechnung, deren Methoden er auf die gesamte industrielle Produktion anwandte.
»Die Nadelherstellung unterteilt er, den Grundregeln der Arbeitsteilung entsprechend, in sieben Arbeitsvorgänge (ziehen, ausrichten, spitzen, drehen, mit einem Kopf versehen, verzinnen und verpacken) und errechnet so den Lohnaufwand pro Nadel in jedem Fertigungszustand auf den Millionstel Penny genau.

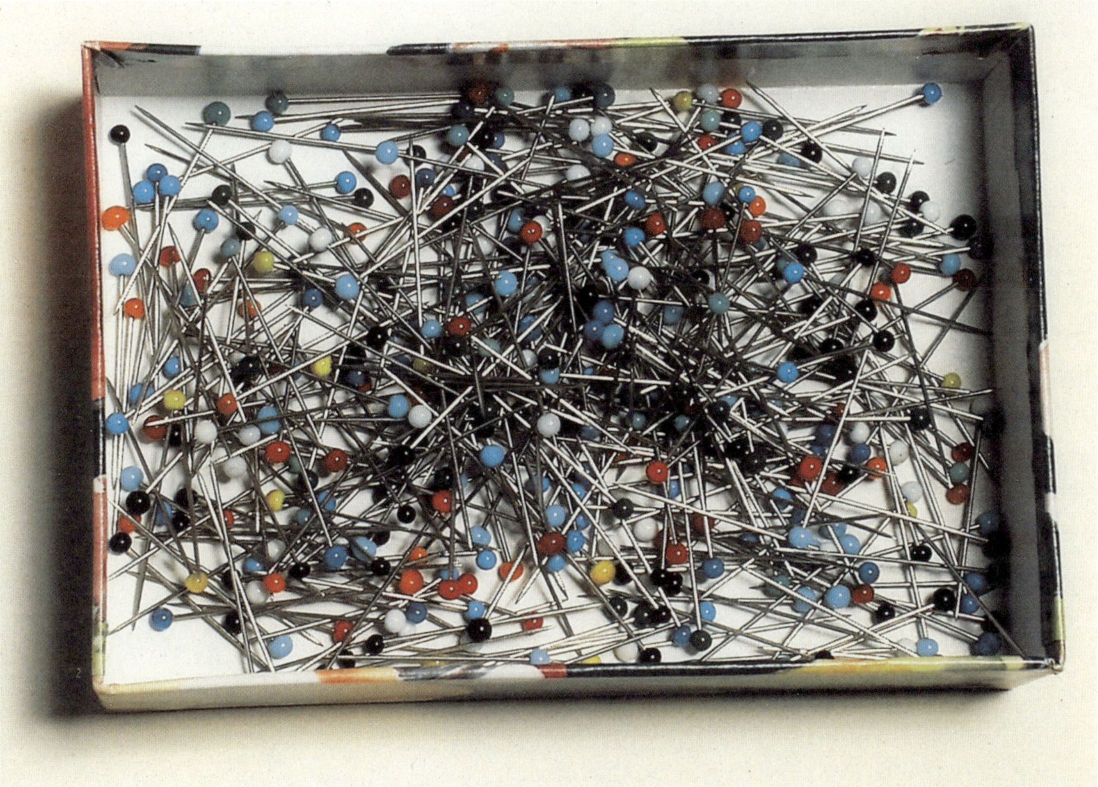

Wir erfahren, daß vier Männer, vier Frauen und zwei Kinder für die Herstellung von 1 lb. (= 453,6 g) des fertigen Endprodukts (d. h. von 5546 Nadeln) genau 7,6892 Stunden benötigen, wobei der Mann, der dreht und Köpfe schneidet, pro Tag (oder pro Nadel) 14,3 mal mehr verdient als der Junge, der ihm dabei hilft, und daß der Mann, der den Draht zieht, gut zweimal soviel bekommt wie die Frau, die die Nadeln mit Hilfe eines Kamms und einer Schüttelrutsche in Pappkartons verpackt.
Wie die Fabrik, so die Gesellschaft, so die Wirtschaft und so der Tagesablauf eines einzelnen Philosophen.«
Hugh Kenner, *Von Pope zu Pop. Kunst im Zeitalter von Xerox.* München 1969, nach: Charles Babbage, *Economy of Manufactures and Machinery.* London 1832.

Auch ein Detail zur Erziehung des Menschengeschlechts

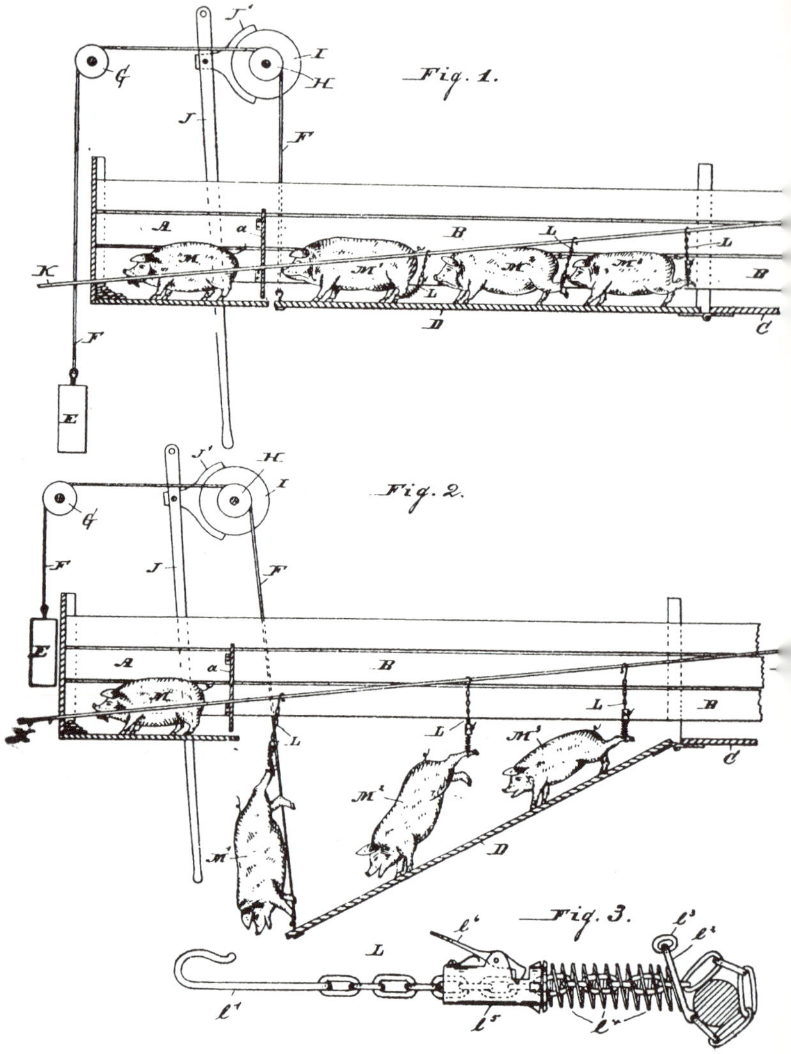

In einem der Schlachthäuser von Chicago bewegten sich, vertikal aufgehängt und in ununterbrochener Bewegung, ausgeweidete Schweine an einer vollbusigen Negerin vorbei, die an der Kurve des Förderbandes stand. Mit einem Gummistempel hatte sie die von Kontrolleuren geprüften Tiere an bestimmten Stellen zu kennzeichnen. Mit einer weitausholenden Bewegung klatschte sie den Gummistempel auf die weiße Haut.
Vielleicht gehen wir von falschen Voraussetzungen aus; für einen außenstehenden Beobachter war es aber doch ein merkwürdiges Gefühl, daß ein Geschöpf, das der menschlichen Gattung angehört, dazu erzogen werden muß, acht Stunden lang an jedem Tag nichts anderes zu tun, als Tausende von Kadavern an vier Stellen zu stempeln.
SIEGFRIED GIEDION, *Die Herrschaft der Mechanisierung. Ein Beitrag zur anonymen Geschichte.* Frankfurt am Main 1982.

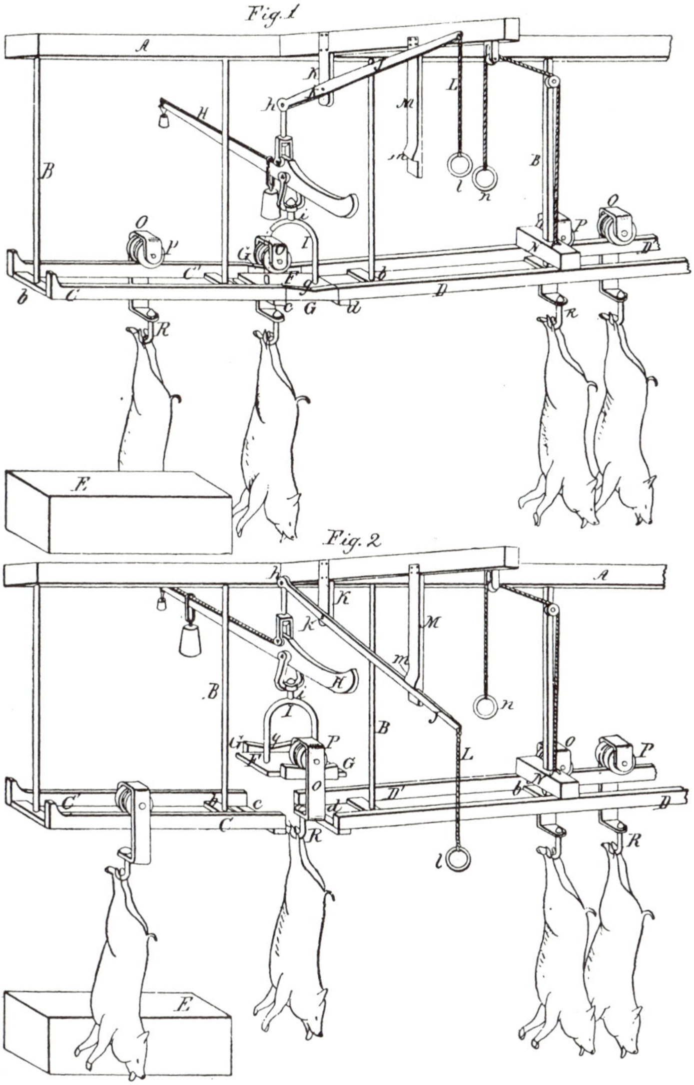

Wir werden
diese Zivilisation,
die euch so lieb
und teuer ist,
zugrunde richten!

LOUIS ARAGON

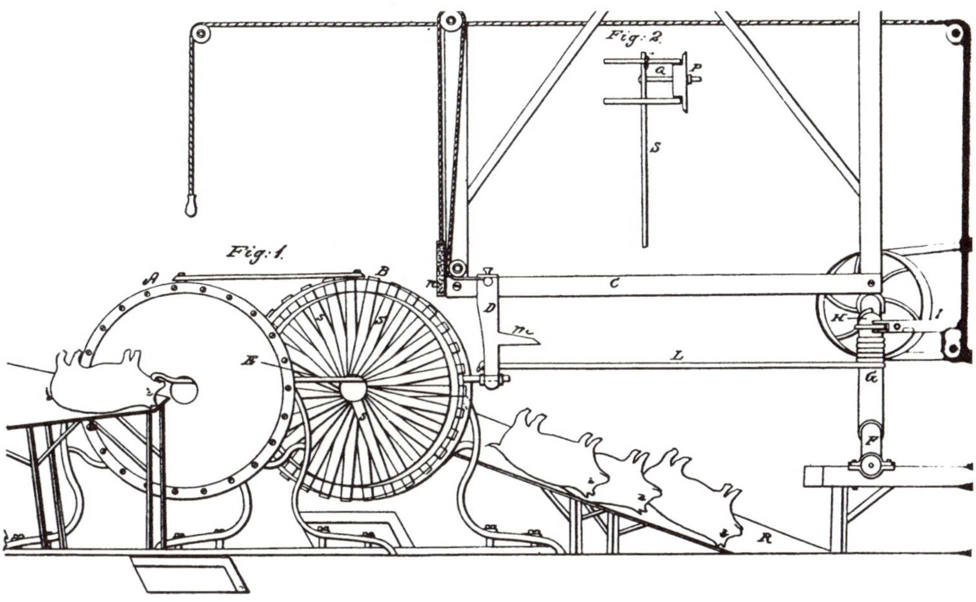

DIE KUNST, GRIMASSEN ZU SCHNEIDEN

Achille Collas, ein französischer Mechaniker, hat zwischen 1825 und 1842 mehrere Reproduktionsmaschinen erfunden und dafür sieben Patente erhalten. Mit einer von ihnen hat er die Venus von Milo auf zwei Fünftel der originalen Größe reduziert. Auch entwickelte er eine Reliefkopiermaschine, mit der sich Medaillen verblüffend genau abbilden ließen. Die kommerzielle Bedeutung dieses technischen Verfahrens wurde bald deutlich; mit der Maschine ließ sich Geld verdienen; sie wurde zum Produktionsfaktor in der Industriegesellschaft. Was sie leisten konnte, zeigen sieben Aufnahme einer Kamee mit dem Bildnis der Ariadne, von denen sechs so stark verzerrt sind, daß sie, wie ein späterer Betrachter sagt, »ihrem Folterknecht Grimassen schneiden«.

Nach Peter Frieß, *Kunst und Maschine.* München 1993.

EINE KURZE GESCHICHTE DER SIMULATION

Andeutungen für eine Ausstellung

Jeder glaubt zu wissen, was gemeint ist: der Simulant gehört in die Medizin, der Simulator in die Pilotenausbildung und die Simulation in die angewandte Mathematik.

Aber so einfach ist die Sache nicht. Nicht nur die Philosophen haben sich schwer getan, zwischen Sein und Schein säuberlich zu unterscheiden.

Wenn man der Geschichte der Simulation auf den Grund geht, stößt man auf ihren Ursprung im magischen und im religiösen Denken.

Faksimile aus einem großen lateinischen Wörterbuch.

Das lateinische Wort *simil* bedeutet nicht mehr und nicht weniger als *ähnlich*, und *simulare* heißt zunächst nur *ähnlich machen.* Das Ergebnis dieser Tätigkeit ist ein *simulacrum.* So nannten die Alten vor zweieinhalbtausend Jahren ihre Idole: Ebenbilder der Götter.

Stiche aus der Description d'Égypte, *z.B.: S. 137, 183, 289 des Reprints von 1994.*

Da sich die Götter nicht zeigten, machte man sich ein Bild von ihnen und verehrte es. Alle Völker des alten Orients kannten solche Idole. Von manchen dieser Statuen hieß es, sie könnten sprechen; sie bewegten sich und sagten die Zukunft voraus. Insofern gehören sie zur Frühgeschichte der Automaten.

Aber waren die Götter wirklich anwesend, oder war ihre Gegenwart bloßer Schein? Diese Frage hat die Gläubigen lange beschäftigt. Heilige Bilder werden bis heute angebetet, und bis auf den heutigen Tag gilt in manchen Religionen ein striktes Bilderverbot.

Eine Darstellung aus dem Bildersturm.

Doch mit dem Zweifel wuchs der Verdacht. Das Goldene Kalb wurde gestürzt. Die Künste der Tempelpriester erschienen auf einmal als Betrug.

Im Wörterbuch heißt es unter dem Stichwort *simulatio:* »der angenommene Schein einer Sache, das fälschliche Vorgeben, die Vorspiegelung, Täuschung, Heuchelei«.

Das Hieronymus Bosch zugeschriebene Bild eines Taschenspielers aus Saint-German-en-Laye.

Im siebzehnten Jahrhundert taucht eine neue Figur auf: der eingebildete Kranke aus Molières Komödie. Man glaubt, in ihm einen Menschen zu sehen, der sich verstellt, der »nur so tut, als ob«. Aber auch hier ist der Fall verwickelter, als es scheint. Jean Marie Charcot (1825–1893) konnte in seiner berühmten Klinik zeigen, daß die Hysteriker, wie man sie damals nannte, in der Lage waren, echte Symptome zu produzieren.

Photographien aus Charcots Klinik.

In einem neueren Standardwerk der Medizin heißt es unter der Überschrift *Münchhausen-Syndrom:* »Viele Krankheitsbilder können genau nachgeahmt werden, z.B. haben manche Patienten das klinische

Bild des Herzinfarkts mit unglaublichem Geschick produziert.«

MSD-Manual der Diagnostik und Therapie, München 1988.

Heute treibt sich der Begriff der Simulation auf allen Gebieten herum. Science-fiction-Filme treiben ihr Spiel mit ihm, Medientheoretiker feiern die »virtuelle Realität«, und die Propheten der Künstlichen Intelligenz geraten jedesmal ins Schwärmen, wenn von ihr die Rede ist. Französische Modephilosophen sprechen von der »Agonie der Realität« (Baudrillard) und erklären kurzerhand, daß es keine Wirklichkeit mehr gibt, sondern nur noch Zeichen. Sie vergessen dabei nur eine Kleinigkeit: wenn es keinen Unterschied mehr geben sollte zwischen Sein und Schein, dann wäre auch jede Simulation hinfällig.

Rolltitel mit Umschlägen der folgenden Bücher:
Peter Kemper, *Liebe. Zwischen Sehnsucht und Simulation;*
Corinna Engelhardt-Nowitzki, *Simulation im Materialflußmanagement;*
Rolf Breitenstein, *Die Simulationsgesellschaft. Glücklich ist, wer nur so tut;*
Frank Koestler, *Der verborgene Plan. Simulation Erde;*
Bodo Morshäuser, *Berliner Simulation;*
Matthias Haun, *Simulation neuronaler Netze;*
Dominik Panwinkler, *Patienten-Simulator;*
Perry Rhodan, *Simulation. Verschiedene Comic-Hefte.*

Gleichgülig, ob Belletristik, Technologie oder bloßes Kauderwelsch: es ist, als könne *Simulation* alles bedeuten.
Ein Glück, daß wenigstens die exakten Wissenschaften meist noch wissen, wovon sie reden. Das war schon immer so. Bei Lukrez, einem Dichter aus dem ersten Jahrhundert vor Christus, sind die *simulacra* keine Idole mehr, sondern Naturerscheinungen: die Bilder, die wir uns (nach den Lehren Demokrits und Epikurs) von den Atomen machen, und die vielfältigen Verwandlungsformen der Wolken.

Lucretius, Von der Natur der Dinge, IV, 129–142; Atommodelle; Aufnahmen vom Detektor eines Teilchenbeschleunigers.

Im mathematischen Sinn taucht der Begriff der Simulation erst zweitausend Jahre später auf. Der setzt die Idee des *Modells* voraus. Architektonische und mechanische Modelle wurden schon seit der Renaissance gebaut.

Originale Beispiele.

Gegen Ende des 19. Jahrhunderts haben James Clerk Maxwell und seine Schüler »kinetische Modelle« eingeführt, um die Wirkungsweise der elektromagnetischen Wellen zu zeigen. Der deutsche Physiker Gustav Robert Kirchhoff entwickelte als erster abstrakte Modelle, die physikalische Prozesse im strengen Sinn simulieren sollten. Diese Modelle waren rein mathematischer Natur.
»Ein mathematisches Modell«, sagt R. Aris, »ist jede vollständige und konsistente Menge von mathematischen Gleichungen, die darauf angelegt ist, einem anderen Gebilde zu entsprechen. Dieser Prototyp kann ein physikalisches, biologisches, soziales, psychologisches oder konzeptionelles Gebilde sein, vielleicht sogar ein anderes mathematisches Modell.«

Beispiele in graphischer Form.

Erst mit Hilfe des Computers ist es möglich, solche Simulationen im großen Stil anzuwenden. Ein typisches Beispiel ist die Wetterprognose. Damit ist die Phantasie des alten Lukrez Wirklichkeit geworden. Der Bildschirm zeigt Wolken, die es noch gar nicht gibt.

Videoaufnahmen.

Ende.

In Wirklichkeit versteht kein Mensch die Quantenmechanik.

Richard Feynman, dem 1965 für seine Arbeiten zur Quantenelektrodynamik der Physik-Nobelpreis verliehen wurde.

Über die UNAUFHALTSAME Verbesserung der Welt

Der Pessimist hat es leicht. Ihm glaubt jeder. Besonders, wenn er deutsch spricht. Wer behauptet, daß irgend etwas besser geworden sei, steht als Weißwäscher, Schönfärber, als Illusionist und Verharmloser da; im besten Fall gilt er als naiv, aber im Wiederholungsfall setzt er sich dem Verdacht aus, daß er in den Diensten irgendeiner Partei, einer Werbeagentur oder einer Lobby steht. Der Weltverbesserer hat einen schlechten Ruf. Wir wollen uns doch unseren Mißmut nicht nehmen lassen. Was wäre der öffentliche Diskurs ohne unser routiniertes

Gejammer, das gerade vor dem Hintergrund des Komforts so beruhigend auf die sensible Seele wirkt!
Daß es den meisten von uns ziemlich gutgeht, ist ja beinah so etwas wie ein schmutziges Geheimnis. Warum wird es so sorgsam gehütet? Mit einem schönen, altertümlichen Wort gesagt: Man möchte es nicht beschreien. Wer zugäbe, daß er Glück gehabt hat, müßte sofort dreimal auf Holz klopfen, weil ihm sonst womöglich Unheil droht – eine abergläubische Vorstellung, die auch hartgesottenen Zynikern nicht fremd ist. Vielleicht spielt dabei eine Spur von schlechtem Gewissen eine Rolle; was das betrifft, so wäre ein Optimist wohl geneigt zu sagen, daß ein schlechtes Gewissen immer noch besser ist als gar keins.
Daß die Welt immer besser wird, ist also eine Behauptung, die ans Unverschämte grenzt. Wer ernst genommen werden will, tut so etwas lieber nicht, schon aus dem einfachen Grund, weil die Welt größer ist als derjenige, der über sie redet. Deshalb ist es unklug, seine Beobachtungen zu globalisieren. Ergiebiger ist es, an ein paar Details zu erinnern, die bei vielen ernsthaften Leuten in Vergessenheit geraten sind.
Dazu gehört der Besuch beim Zahnarzt. Es ist noch nicht lange her, da sind die Zähne den Leuten einfach ausgefallen, sobald sie über vierzig waren. An einem norwegischen Fjord war noch in den 1950er Jahren ein vazierender Dentist unterwegs, der seine Patienten mit dem Ruderboot aufsuchte. Er führte einen Apparat mit sich, der an eine Nähmaschine erinnerte. Seine Assistentin mußte treten, um den kreischenden Bohrer in Bewegung zu setzen, da es auf den abgelegenen Gehöften keinen Strom gab. Von lokaler Betäubung war bei seinem Handwerk natürlich nicht die Rede.

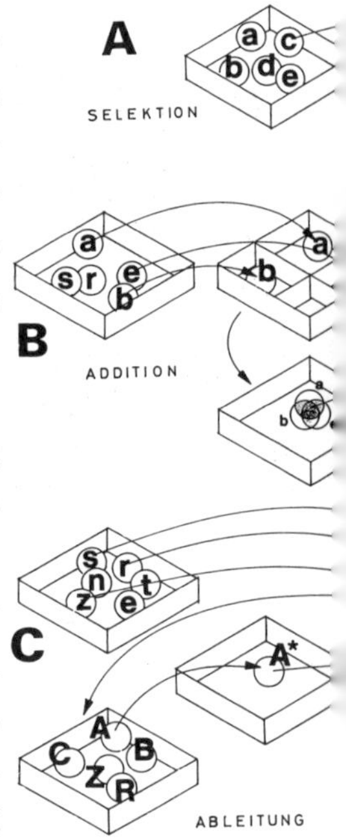

Die Anästhesie aber ist eine menschenfreundliche Erfindung von grundstürzender Bedeutung. Wem ist der Lorbeer der Unsterblichkeit eher zu gönnen – Hegel und Einstein oder Horace Wells und William T. G. Morton? Da tut jedem Zartfühlenden die Wahl weh. Der eine war ein Dentist aus Hartford, Connecticut, der als erster Lachgas anwendete, der andere ein Kieferchirurg aus Boston, der seine Patienten mit Äther betäubte. Aber auch Charles Frederick Gerhard, Felix Hoffmann und Heinrich Dreser sollen nicht vergessen sein, die Pioniere der Acetylsalicylsäure, vulgo des Aspirins, dessen bescheidene, aber unentbehrliche Kraft bis auf den heutigen Tag so segensreich wirkt.

Man wird einwenden, daß diese Großtaten schon einige Zeit zurückliegen und schon deshalb die Behauptung nicht rechtfertigen können, irgend etwas auf der Welt werde besser. Aber das ist es ja eben! Sobald sich irgend etwas einmal zum Bessern gewendet hat, ist alles Vorangegangene vergessen, und das Erreichte gilt als Selbstverständlichkeit, als ein von Himmel gefallenes Minimum, das jedermann zusteht.

Diese Gedächtnisschwäche betrifft nicht nur den Sieg über das Zahnweh. Unsere Palliative können sich sehen lassen. Auch sozialpolitisch haben wir es, wenigstens im westlichen Europa, weit gebracht. Ich sage nur: Flächentarifvertrag, Renten-, Unfalls-, Arbeitslosen-, Kranken- und Pflegeversicherung, Lohnfortzahlung im Krankheitsfall, Urlaubsgeld, 13. Monatsgehalt, Weihnachtsgeld, Fort- und Weiterbildung, Anti-Diskriminierungsgesetze – bravo! Wann und wo hat es so etwas in der Geschichte der Menschheit je gegeben? Zugegeben, nicht nur der Staatshaushalt, auch jeder Beitrags- und Steuerzahler ächzt unter der Last des Wohlfahrtsstaates, aber wehe dem Politiker, der ihn abschaffen wollte! Oder nehmen wir nur unsere ausschweifende Mobilität. Freie Fahrt für freie Bürger, etwas nie Dagewesenes! Noch vor einem halben Jahrhundert sahen die meisten Deutschen in einem Feldzug die einzige Möglichkeit, einmal im Leben nach Paris zu kommen, und selbst ein Schweizer Arbeiter konnte von einem Automobil nur träumen.

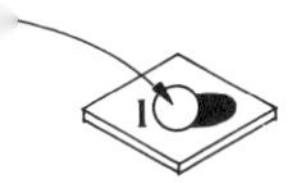

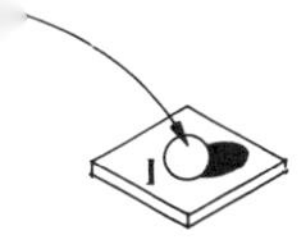

Überhaupt, die Selbstverwirklichung – noch unsern Großeltern war das ein Fremdwort. »Identitätsprobleme« zu haben, das war ein Luxus, den sie sich offenbar gar nicht leisten konnten. Auch unsere Sensibilität hat enorm zugenommen. Ganze Autobahnen untertunneln wir, damit eine seltene Krötenart nicht zu Schaden kommt. Auch scheint das größte Ernährungsproblem in unseren Breiten nicht der Hunger, sondern die Fettsucht oder die Anorexie, wahlweise Bulimie zu sein. Wann immer etwas schiefgeht, steht ein Therapeut, ein Sozialhelfer oder ein Betreuer bereit. Ehe-, Kosmetik-, Sex- und Konsumberater kümmern sich um unsere intimsten Probleme. Vor

Wellneß- und Fitneß-Angeboten können wir uns kaum retten.
Es ist nicht leicht, sich mit all den Verbesserungen abzufinden, die man wehrlos über sich ergehen läßt. Am liebsten möchte man sie gar nicht wahrhaben, denn auf diese Weise bleibt einem der Vorwurf des Undanks erspart. Dem Politiker, der nur unser Bestes will, ist es unbegreiflich, daß wir ihn nicht wieder wählen; der Manager wundert sich, daß wir ihm seine Dreißig-Millionen-Abfindung nicht gönnen, obgleich er sich achtzig Stunden in der Woche nicht nur am Schreibtisch, sondern auch im Firmenjet bemüht hat, das Schlimmste zu verhindern. Und auch der Kulturkritiker sieht nicht ein, warum wir schimpfen, obwohl wir eigentlich ganz zufrieden sind, ja, warum wir sogar darüber schimpfen, *daß* wir zufrieden sind.

Die Schwarzmalerei ist nicht weniger ruchlos als der Optimismus.

Eines muß man den Pessimisten allerdings lassen: provinziell sind sie nicht. Sie haben nicht nur die eigenen Breitengrade im Blick, sie denken in größeren Dimensionen. Insbesondere haben sie stets die Verdammten dieser Erde im Auge. Die leben in einer Welt, die manche immer noch die Dritte nennen, obwohl uns die Zweite längst abhanden gekommen ist. Immerhin handelt es sich um die übergroße Majorität aller heute Lebenden. Unsere Medien wetteifern darin, uns ihre Misere vor Augen zu führen. Jeder, der sie bestreiten wollte, stünde als Menschenfeind da. Wer genauer hinsieht, macht sich schon verdächtig. Doch wird man vielleicht die Frage stellen dürfen, wie es in Lateinamerika, Asien und Afrika vor hundert oder zweihundert Jahren ausgesehen hat. Die Antwort wird nicht leichtfallen, und sie wird nicht auf eine Seite passen. Wie war das mit dem Sklavenhandel? Wie viele Millionen Chinesen sind damals verhungert? Wie viele starben unter der Herrschaft Leopolds von Belgien im Kongo? Waren die fremden Gangster besser als die einheimischen, die heute das Heft in der Hand haben? Besser geworden sind höchstens ihre Waffen.

Vielleicht sollten wir uns vom Mythos der Dritten Welt verabschieden. Sierra Leone und Chile, Malaysia und Kolumbien lassen sich auf keinen gemeinsamen Nenner bringen; selbst Nachbarländer wie Zimbabwe und Botswana unterscheiden sich wie Nacht und Tag. Was man

Modernisierung nennt, hat viele Gesichter. In China, dem Land, in dem ein Drittel der Weltbevölkerung lebt, schlägt sie ein beängstigendes Tempo an. Anderswo hat sie nur Diktatoren und Warlords erreicht. Kalaschnikows, Minen und Raketenwerfer können sich selbst die ärmsten Länder leisten. Es gibt andere, die Wasserleitungen, Impfungen, Kliniken und Schulen vorziehen, und ihnen gehört vermutlich die Zukunft.

Man sieht, wie schwierig es ist, sich über das Bessere Klarheit zu verschaffen. Wie kommt es zum Beispiel, daß die mittlere Lebenserwartung nicht nur in den reichen Ländern seit Jahrzehnten unablässig steigt, obwohl die Menschheit doch bekanntlich nie dagewesenen Risiken ausgesetzt ist? Bürgerkriege, Umweltverschmutzung, Artensterben, Lebensmittelskandale, Klimakatastrophen, Terrorismus, gefährliche Chemikalien, Massenvernichtungswaffen, Wirtschaftskrisen, Aids, Streß und psychische Probleme, wohin das Auge blickt. Wieso werden dann die Leute, nicht nur in Europa und in den USA, immer älter? Man wird doch noch fragen dürfen.

Der Fortschritt! Ein Witz. Man traut sich kaum, ihn zu erwähnen. Nur die Wissenschaft scheint noch an ihn zu glauben. Ihre Verheißungen sind so hemmungslos und furchterregend wie die jener politischen Utopien, die vor ein paar Jahrzehnten das Zeitliche gesegnet haben. Nur eines stört an ihnen: daß sie nicht umsonst zu haben sind. Aus diesem Grund verschließen die Optimisten, ebenso wie die Pessimisten, die Augen vor dem Paradox der Verbesserungen, das darin besteht, daß auf unserer Welt mit jedem Tag, wie nach einem ungeschriebenen Gesetz, alles *gleichzeitig* immer schlimmer und immer besser wird.

(2002)

Noch vor ein paar Jahrzehnten herrschte völlige Dunkelheit, wenn jemand das Licht ausknipste und seine Wohnung verließ. Damit ist es vorbei, seitdem die Geräte ein Eigenleben entwickelt haben. Überall glimmen Tag und Nacht Dutzende von kleinen ewigen Lämpchen, wie grüne, rote, weiße, blaue Glühwürmchen, am Kühlschrank, am Fernseher, am Rechner, am Telephon, an der Musikanlage. Es ist anzunehmen, daß sie uns überleben werden.

Das Zeigen der Instrumente

Vor vielen Jahren bin ich in Paris, unweit des Palais Royal, vor dem Schaufenster eines kleinen Ladens stehengeblieben, in dem ein rätselhafter Gegenstand meine Aufmerksamkeit weckte. Er glich einem flachen Löffel aus Messingguß, dem jedoch der Griff fehlte. Stattdessen war er an seinem Ende mit einem zweiten, flacheren, spachtelartigen Löffel versehen, der gewissermaßen verdreht war und in die umgekehrte Richtung wies.

Ich betrat das Geschäft und wandte mich an den Antiquar, einen dürren, graubärtigen Herrn, der eine schwarze Schürze trug und nicht den Eindruck machte, als hätte er auf Kundschaft gewartet. Er ahnte gleich, daß er es mit einem Ignoranten zu tun hatte. Erst auf beharrliche Nachfrage hin ließ er sich zu einer Erklärung herbei.

»Sie meinen den Modellierlöffel?« sagte er. »Das ist, soweit ich weiß, ein Unikat. Ein Bildhauer hat ihn sich um die Jahrhundertwende ausgedacht, um die Tonmodelle seiner Plastiken zu verfeinern und zu glätten.« Getreu der Regel, die Gier des Käufers nicht allzu offen zu zeigen, wandte ich mich der unerhörten Menge anderer Instrumente zu, die der Mann in Vitrinen, auf Tischen und in Regalen aufbewahrte. Ich erkannte chirurgische Bestecke, nautische und astronomische Geräte, Geburtszangen, Apparate aus der Alchimistenküche und Hunderte von verschieden geformten Beiteln in einem gepolsterten Futteral. Manche dieser Werkzeuge kamen mir vor, als stammten sie aus der Hinterlassenschaft vor langer Zeit ausgestorbener Berufe.

»Sie wissen nicht, wie recht Sie haben«, murmelte der Antiquar. »Ich könnte Ihnen Objekte zeigen, die sich jeder Erklärung widersetzen.« Er wies auf eine Regalwand im Hintergrund. »Eine Spezialbibliothek wie diese finden Sie in ganz Frankreich nicht ein zweites Mal, und trotzdem …« Zögernd holte er ein leicht angerostetes, zangenartiges Utensil aus einer Schublade hervor und hielt es mir unter die Nase. »Ich weiß bis heute nicht, wozu dieses Ding gedient haben mag.«

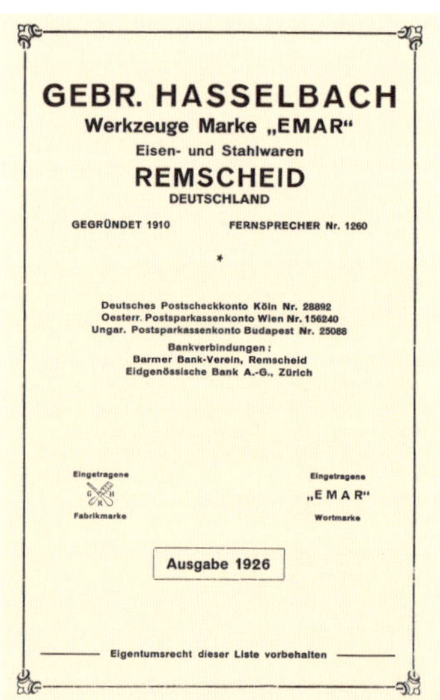
GEBR. HASSELBACH
Werkzeuge Marke „EMAR“
Eisen- und Stahlwaren
REMSCHEID
DEUTSCHLAND
GEGRÜNDET 1910 FERNSPRECHER Nr. 1260
*
Deutsches Postscheckkonto Köln Nr. 28892
Oesterr. Postsparkassenkonto Wien Nr. 156240
Ungar. Postsparkassenkonto Budapest Nr. 25088
Bankverbindungen:
Barmer Bank-Verein, Remscheid
Eidgenössische Bank A.-G., Zürich
Eingetragene Fabrikmarke
Eingetragene „EMAR“ Wortmarke
Ausgabe 1926
Eigentumsrecht dieser Liste vorbehalten

Ein ungutes Gefühl beschlich mich. Der Antiquar starrte mich an, als wollte er mich auf die Probe stellen. Plötzlich war ich sicher, daß es sich um ein Folterwerkzeug handelte. Ich verzichtete, obschon ungern, auf den Modellierlöffel und ergriff die Flucht.

Jahre später schenkte mir ein Freund einen in Leinen gebundenen Katalog der Firma Gebr. Hasselbach, gegr. 1910, Fernsprecher Remscheid Nr. 1260, Ausgabe 1926.

Dieses Werk umfaßt genau 4036 Positionen. Die meisten Nummern sind mit äußerst detaillierten Strich-

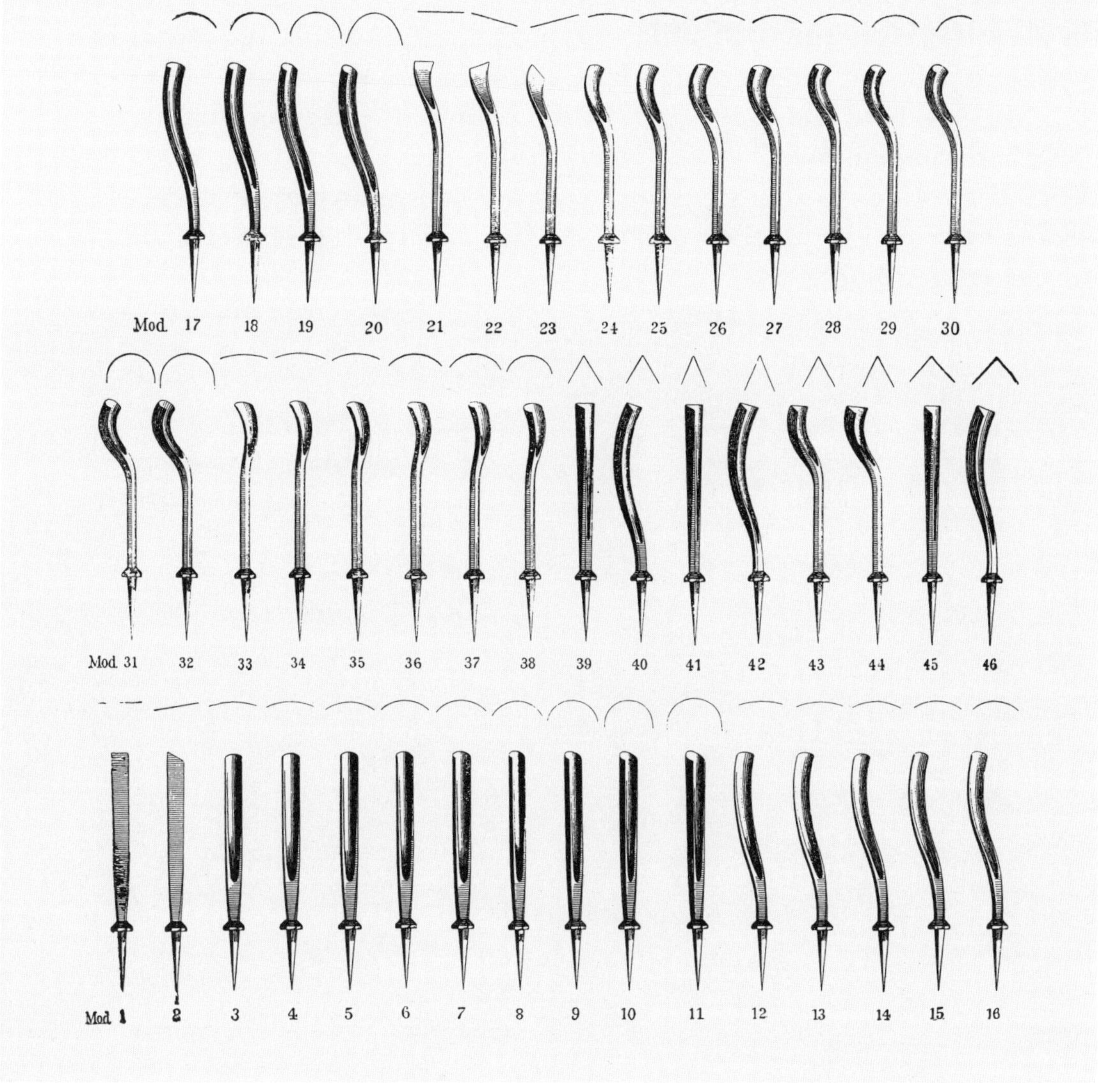

ätzungen illustriert. Auch in diesem Fall fürchte ich, daß die meisten der angebotenen Werkzeuge, ebenso wie die Firma Hasselbach, längst spurlos aus unserer Welt verschwunden sind. Um so weniger kann ich der Versuchung widerstehen, ihre Namen in einer halluzinogenen Litanei vor mich hin zu murmeln.

Auch in einer solchen Liste fehlt es nicht an ominösen Andeutungen. Ungern möchte man mit der Handknarre, dem Schlangenbohrer, der Schrinkzange, der Froschklemme, dem Kniehebel, der Fessel- oder der Augenschere traktiert werden. Beruhigender hören sich Nummernwinde und Mutterwinkel an, und gewiß waren Spitzsenke, Bördeleisen, Sickenstock und Stielklöbchen sinnreiche, wenn nicht sogar unentbehrliche Erfindungen, auch wenn ihrer kein heutiges Wörterbuch mehr gedenkt. Fragen wir nicht, wo Zinkreißer und Abschrötter geblieben sind! Geben wir uns dem wehmütigen Gefühl hin, daß die Früchte des menschlichen Fleißes vergänglich sind, und gönnen wir dem Körner, dem Döpper und dem Dexel die ewige Ruhe im imaginären Museum der Arbeitsteilung.

Im zwanzigsten Jahrhundert waren die kommunistischen Parteien Weltmeister darin, immer neue Abweichungen von der reinen Lehre zu erfinden – eine Voraussetzung für die endlosen Ketzerverfolgungen und Säuberungen. (Liste in *Hammerstein,* S. 212 f.)
Weit übertroffen wurden sie jedoch durch die christlichen Kirchen, wie die folgende, vermutlich unvollständige Aufstellung verwerflicher Anschauungen zeigt:

Adoptianismus, Judenchristen, 2.–5. Jh.
Anglikanismus, England, 17. Jh.
Antinomismus, Luthertum, 16. Jh.
Apollinarismus, Apollarius, 4. Jh.
Arianismus, Alexandrien 4.–7. Jh.
Bajanismus, Augustiner, 16. Jh.
Calvinismus, Schweiz, 16. Jh.
Deismus, Frankreich 14.–18. Jh.
Doketismus, 2.–3. Jh.
Donatismus, Karthago, 4. Jh.
Gnostizismus, Alexandrien, Rom, 1.–2. Jh. und später
Jansenismus, Frankreich, 17.–18. Jh.
Konziliarismus, Italien, 12.–13. Jh. und später
Manichäismus, Babylon 3.–14. Jh.
Marcionismus, Rom, 2. Jh.
Messalianismus, Syrien, 4. Jh.
Modernismus, Europa, 19.–20. Jh.
Monarchianismus, Palästina, 1.–3. Jh.
Monophytismus, Konstantinopel, 5. Jh.
Monotheletismus, Ostrom, 7. Jh.
Nestorianismus, Konstantinopel, 5. Jh.
Novatianismus, Rom, 6. Jh.
Okkasionalismus, Frankreich, 17.–18. Jh.
Ontologismus, Frankreich, Italien, 18.–19. Jh.
Origenismus, Ostrom, 3.–6. Jh.
Panentheismus, 3. Jh. und immer wieder
Pantheismus, immer und überall
Pelagianismus, Nordafrika, 5. Jh.
Pharisäismus, Palästina, 1. Jh.
Prädestinationismus, seit Augustinus, 4. Jh.
Priscillianismus, Spanien, 4. Jh.
Protestantismus, Deutschland, 16. Jh. und später
Quietismus, Spanien, Frankreich, 17. Jh.
Sabellianismus, Rom, 3.–4. Jh.
Sadduzäismus, Palästina, 1. Jh.
Socinianismus, Polen, 16. Jh.
Subordinatianismus, 4. Jh.
Traditionalismus, Frankreich, 19. Jh.
Tritheismus, 3. Jh. und später
Unitarismus, Italien, 16. Jh. und später
Zwinglianismus, Schweiz, 16. Jh.

Geben Sie mir Zivilisation, meine Liebe,
und Sie können Ihre Kultur für sich behalten.
CHRISTOPHER FRY, *The Lady is not for Burning* (1949).

Nachteiliges über die Frommen

Sie hegen einen wahren Haß gegen die Ungläubigen (obwohl sie es sich selbst nicht eingestehen) und würden jedes Opfer bringen, um ihr System triumphieren zu sehen (wie sie auch tatsächlich ihre natürlichen und gegensätzlichen Neigungen opfern); reinste Wut aber empfinden sie, wenn es geschmäht und angefeindet wird. Die Ungläubigen dagegen, sofern ihr Unglaube nur aus kalter Überzeugung oder aus Zweifel herrührt, hassen die Gläubigen nicht und würden keinerlei Opfer für ihre Ungläubigkeit bringen usw. Daher beruht ein auf Überzeugung gegründeter Haß niemals auf Gegenseitigkeit.

GIACOMO LEOPARDI, *Zibaldone* 1817.

Ich war einige Male in meinem Leben sehr unglücklich, aber meine weißen Handschuhe habe ich niemals abgestreift.

JULES-AMÉDÉE BARBEY D'AUREVILLY

Das Glück ist wie ein Brillengestell. Man sucht es, bis man darauf tritt, und dann ist es hinüber.

ANNETTE VON DROSTE-HÜLSHOFF

EIN BESUCH BEI DER HEILIGEN INQUISITION

Joseph Ratzinger, 2004 – Vorsteher der *Santa Congregazione* von 1984 bis 2005.

In Rom-Trastevere liegt am schwarz dahingleitenden Tiber das Klösterchen der Angolaner. Monsignore hatte mir einen Padre zugewiesen, der mir als Bibliothekar behilflich war.

»Du willst also wissen, was aus der Heiligen Kongregation der Universellen Inquisition geworden ist, mein Sohn?«

Er schlug das neue Jahrbuch des Vatikans auf, vergleichbar dem Jahrbuch des deutschen Bundestages, und wies auf die Santa Congregatio pro Doctrina Fidei. Zu diesem Gremium gehörten dreizehn Kardinäle, fünf Monsignori, ein Sekretär, ein Untersekretär, ein Verfechter des Glaubens, vier gehobene Beamte der zweiten Klasse, vier geringere Beamte des ersten Grades, sieben geringere Beamte des zweiten Grades, ein niederer Beamter des dritten Grades, zwölf Gläubige und vierundzwanzig Konsultatoren. Eine internationale theologische Kommission und die päpstliche Bibelkommission standen beratend der heiligen Körperschaft im Palast an der Piazza del Sant'Ufficio zur Seite.

Suchend lief der Zeigefinger von Padre Boffi über die Indizes, bis er schließlich die geltende Verfassung der Kongregation, das Motu proprio *Integræ Servandæ* aus dem Jahre 1965 fand. Darin hieß es: »Das, was bisher Heilige Kongregation des Heiligen Offiziums hieß, heißt von nun an Heilige Kongregation für Glaubensdoktrin, mit der Aufgabe, die Doktrin in bezug auf Glauben und Sitten in der ganzen katholischen Welt zu beschützen.«

»Die Glaubenskongregation untersteht dem Heiligen Stuhl«, sagte Pater Boffi. »Das Staatssekretariat, die dem Papst unterstehende vatikanische Regierung, darf der Kongregation keine Richtlinien geben. Da läuft nur ein ganz dünner Faden.«

»Und das Verfahren der Kongregation, Padre?« fragte ich.

Im dämmernden Licht der nüchternen Sprechzelle glänzte seine Tonsur. Er wies auf Punkt 11 des päpstlichen motu proprio: *»Congregatio duplici modi procedit; vel administrativo vel iudiciali, pro diversa rerum tractandarum natura.«* – Die Kongregation wurde also administrativ und gerichtlich tätig. Dann führte mich Padre Boffi noch in den engen, langen Raum, den der hl. Agnoli Anfang des letzten Jahrhunderts bewohnte. Ich besah die Geißeln und den Stacheldraht.

Einen Tag später lud mich Dr. Maier ein, in einem Brief dem Kardinalpräfekten mein Anliegen schriftlich vorzutragen. »Dann hat die ganze Sache Hand und Fuß.«

Das Wetter war herrlich, und ich kleidete mich wie ein armer, aber geschmackvoller Padre und kramte in den Souvenirläden am Petersdom. Dann schlenderte ich zur Piazza del Sant'Ufficio hinüber, zum Palast der Glaubenskongregation.

Ich stieg aus Versehen in den dritten Stock hoch, in einem kahlen Treppenhaus mit verschlossenen Türen, um einen alten Personenaufzug herum, in dem ein Telefon angebracht war. Ich kehrte in den zweiten Stock zurück und ging durch den großen, hellen Flur, an zwei Padres vorbei, die mich im Laufen begrüßten. Man wies mich in ein Sprechzimmer. Ich wartete nur kurz.

»Ich hätte gern ein *ricordo* an die Santa Congregazione«, sagte ich. »In den Souvenirläden ist nichts zu finden.«

»Bell'idea«, sagte mein geistliches Gegenüber. »Meinen Sie etwas Gedrucktes?«

Ich zuckte die Schultern.

»Wir haben noch nie etwas gedruckt.« Er überlegte. Dann ging er hinaus und kam mit einer Karte zurück. In dem Bild auf der Vorderseite erkannte ich Seine Eminenz, den Kardinalpräfekten. Die Rückseite war weiß.

Ulrich Enzensberger (1966)

Die Memoiren, die Leute in hoher Stellung oder Schriftsteller, selbst bescheidene, zur Geschichte ihres Lebens zu hinterlassen pflegen, verraten ihre heimliche Eitelkeit und erinnern mich an jenen Heiligen, der hunderttausend Livres für seine Kanonisation hinterlassen hat. Nicolas Chamfort

EIN PAAR ANEKDOTEN AUS DEM PREUSSISCHEN MILITÄRADEL

Ex Libris Hammerste

Herr Friedrich Marcks aus Hamburg, dessen Vater Erich mit dem General Kurt von Hammerstein-Equord befreundet war, erinnert sich: »Bei Kriegsende (1918) waren sie beide Hauptleute, mein Vater ein junger, Hammerstein ein recht alter. Darum sagte eines Tages seine Frau Maria zu ihm: ›Du sagst doch immer, du seist so was Kolossales. Warum wirst du denn nich mehr?‹ Das beflügelte Hammerstein gewaltig, und er machte im Bunde mit Schleicher Karriere. Das Erstaunliche dieser Zeit nach dem Weltkrieg war, welche Macht diese gefuchsten Majore auszuüben in der Lage waren. Innerhalb von zwölf Jahren brachte Hammerstein es bis zum Generaloberst« – bis er 1933 als Chef der deutschen Armee den Dienst quittierte, weil er nicht geneigt war, mit den Nationalsozialisten zusammenzuarbeiten.
»Sie hatten einige Gemeinsamkeiten. Beide trugen gelegentlich Monokel, Hammerstein, weil er so ›kolossal‹ war, mein Vater wegen seiner Gesichtsverletzung aus dem Ersten Weltkrieg. Von den sieben Hammerstein-Kindern standen die jüngsten vier uns nahe; wir waren ja ebenfalls vier Geschwister. In ihrem Haus herrschte eine Art Familienchaos, das wohl von der Erbmasse der ungarischen Großmutter herrührte.«
Herr Hilmar Wagner aus Remseck am Neckar stellt die folgenden Aufzeichnungen seines Vaters zur Verfügung: »30.6.34. Abendeinladung bei Onkel Kurt von Hammerstein-Equord. Gegen 19 Uhr wird er herausgerufen und kehrt nach einigen Minuten zurück. Er bittet mich in sein Arbeitszimmer. ›Eben erhalte ich die Nachricht, daß Schleicher und seine Frau ermordet worden sind – wahrscheinlich von den Nazis. Mich haben sie wohl vergessen. Ich sage dir dies, damit du weißt, mit welcher Art Staatsführung du es zu tun hast.‹
Auf meine Frage, warum er seinen Abschied genommen habe, antwortet er: ›Hitler arbeitet auf den Krieg zu, das hat er uns erklärt. Da mache ich nicht mit. Den nächsten Krieg verliert Deutschland und wird aufgeteilt.‹

Maria von Hammerstein

Meine Eltern waren einst bei Hammersteins zum Diner eingeladen. Sie fuhren im Zweispänner vor. Da sprach sie ein kleines, schmuddeliges Wesen aus dem Straßengraben an: ›Habt ihr wat mitjebracht, wat zu fressen?‹ Das Wesen stellte sich als Hildur Freiin von Hammerstein-Equord heraus, die jüngste Tochter der Gastgeber.«
Hammersteins Frau Maria muß eine redoutable Dame gewesen sein. Da zwei ihrer Söhne sich dem Widerstand angeschlossen hatten, wurde sie gegen Ende des Zweiten Weltkriegs von der Gestapo in Sippenhaft genommen und verschleppt. Nach ihrer Befreiung fragte Friedrich Marcks sie, »wie es denn so im Konzentrationslager war«, und bekam zur Antwort: »Endlich mal anständiges Publikum.«

(Weitere Details unter suhrkamp.de/hammerstein_Nachtraege.pdf)

Über Silvio Berlusconi und andere. Ein Urteil aus dem Biedermeier. In ganz Europa (zumal in Italien, wo alle gesellschaftlichen Absurditäten und Ungereimtheiten größer sind als anderswo) gilt es nicht als Schande, lasterhaft zu sein oder gewesen zu sein oder Verbrechen begangen zu haben (zumal wenn es sich dabei um bestimmte Laster oder Verbrechen handelt, die teilweise, auch wenn sie grausam sind, in erster Linie zur Ehre gereichen und Achtung und Respekt einflößen); wohl aber ist es eine Schmach, für ein Laster oder Vergehen, ja selbst für Tugend oder tugendhaftes Handeln, die Lob und Preise verdienen, bestraft zu werden oder bestraft worden zu sein.
Giacomo Leopardi, *Zibaldone* 4044.

Niemand hat weniger Ehrgefühl als eine Regierung. Jean Paul, *Ideengewimmel* 921.

An die

rechtlichen und verständigen Bewohner Wiens.

Alle Folgen einer fürchterlichen Anarchie sind in der schrecklichsten Gestalt an Euch vorüber gezogen, und haben Zerstörung bis in das Familienglück eines Jeden verbreitet. — Ein solcher Zustand muß schnell enden, — das gute Prinzip, das Recht, wieder seine Stelle behaupten, sonst sind wir Alle verloren. Denn der Haushalt jedes Einzelnen, wie jener des Staats kann nur bestehen, wenn er auf Ordnung und Gesetz gegründet ist. Auch nur auf dieser Bahn bewegt sich die Erde, die Gott so schön geschaffen.

Glücklich! wären die schmerzlichsten Erfahrungen, die wir bisher gemacht, hinlänglich, dieses Euch fest in die Seele zu prägen, — dann könnte ich mit Zuversicht auf Eure Unterstützung rechnen. — Sie ist Bedingniß, soll mein Wirken gedeihen. — Nur ein Bund der Guten vermag den Staat und jeden rechtlichen Familienvater zu retten. — Ohne Staat hat auch er kein schützendes Dach.

Was die Bösen wollen, ist klar — es ist Zerstörung und unser aller Untergang.

Darum biethe ich Euch die Hand zum großen Werke. — Beginnen wir es schnell, ehe eine gährende Zeit die Zerstörung mehrt. — Stoßt sie nicht zurück diese Hand. — Mit meiner letzten Kraft weihe ich mich dem erhaltenen Berufe.

Vertrauen weckt Vertrauen! So komme ich Euch entgegen. — Ihr müßt mich verstehen. — Ihr werdet die Stimme der Vernunft und des Gemüthes erkennen, und mich nicht zwingen, im Donner der Geschütze die Ordnung zu verkünden.

Wien am 12. November 1848.

Der k. k. Gouverneur der Hauptstadt Wien.

Welden,
Feldmarschall-Lieutenant.

Aus der k. k. Hof- und Staats-Druckerei.

An die rechtlichen und verständigen Bewohner Wiens.

Alle Folgen einer fürchterlichen Anarchie sind in der schrecklichsten Gestalt an Euch vorüber gezogen, und haben Zerstörung bis in das Familienglück eines Jeden verbreitet. – Ein solcher Zustand muß schnell enden, – das gute Prinzip, das Recht, wieder seine Stelle behaupten, sonst sind wir Alle verloren. Denn der Haushalt jedes Einzelnen, wie jener des Staats kann nur bestehen, wenn er auf Ordnung und Gesetz gegründet ist. Auch nur auf dieser Bahn bewegt sich die Erde, die Gott so schön geschaffen.

Glücklich! Wären die schmerzlichsten Erfahrungen, die wir bisher gemacht, hinlänglich, dieses Euch fest in die Seele zu prägen, – dann könnte ich mit Zuversicht auf Eure Unterstützung rechnen. – Sie ist Bedingniß, soll mein Wirken gedeihen. – Nur ein Bund der Guten vermag den Staat und jeden rechtlichen Familienvater zu retten. – Ohne Staat hat er kein schützendes Dach.

Was die Bösen wollen, ist klar – es ist Zerstörung und unser aller Untergang.

Darum biete ich Euch die Hand zum großen Werke. – Beginnen wir es schnell, ehe eine gährende Zeit die Zerstörung mehrt. – Stoßt sie nicht zurück diese Hand. – Mit meiner letzten Kraft weihe ich mich dem erhaltenen Berufe.

Vertrauen weckt Vertrauen! So komm ich Euch entgegen. – Ihr müßt mich verstehen. – Ihr werdet die Stimme der Vernunft und des Gemüthes erkennen, und mich nicht zwingen, im Donner der Geschütze die Ordnung zu verkünden.

Wien, am 12. November 1848.

Der k. k. Gouverneur der Hauptstadt Wien.

Welden,
Feldmarschall-Lieutenant.

Tibor Déry Der Amokläufer 1921

ERSTE GRÖSSTE
DAMENHUT-FORMEN
FABRIKATION
ALEX. HORWITZ, WIEN
VII. SIEBENSTERNG. 39
VII. ZOLLERGASSE 45

Reserviert.

KUTIN nicht fettende Hautcreme, nachgewiesen das Beste zur rationellen Pflege der Haut und des Teints.

JUWELIER BETTER
I. Rotenturmstrasse 23 (Teleph. 15.084)
VII. Mariahilferstrasse 98 („ 32.099)
Einkauf—Verkauf
von Juwelen, Brillanten, Perlen etc.

DER AMOKLÄUFER
Ein illustriertes Gedicht
von
TIBOR DÉRY

Eduard Weiger's Zentral-Lesezirkel

An die geehrten Abonnenten des

Eduard Weiger's Zentral-Lesezirkel!

Um eine pünktliche und klaglose Zustellung durchzuführen, bitte ich meine sehr geschätzten Leser und Leserinnen, die

vollständige Mappe

am Umtauschtage bereitzuhalten und im Interesse der Mitleser und Leserinnen die Journale zu schonen, **keine** Bilder, Inserate, Kochrezepte und dergleichen zu **entfernen** und die Rätsellösung nicht im Blatte zu verzeichnen.

Hochachtungsvoll

Eduard Weiger's Zentral-Lesezirkel

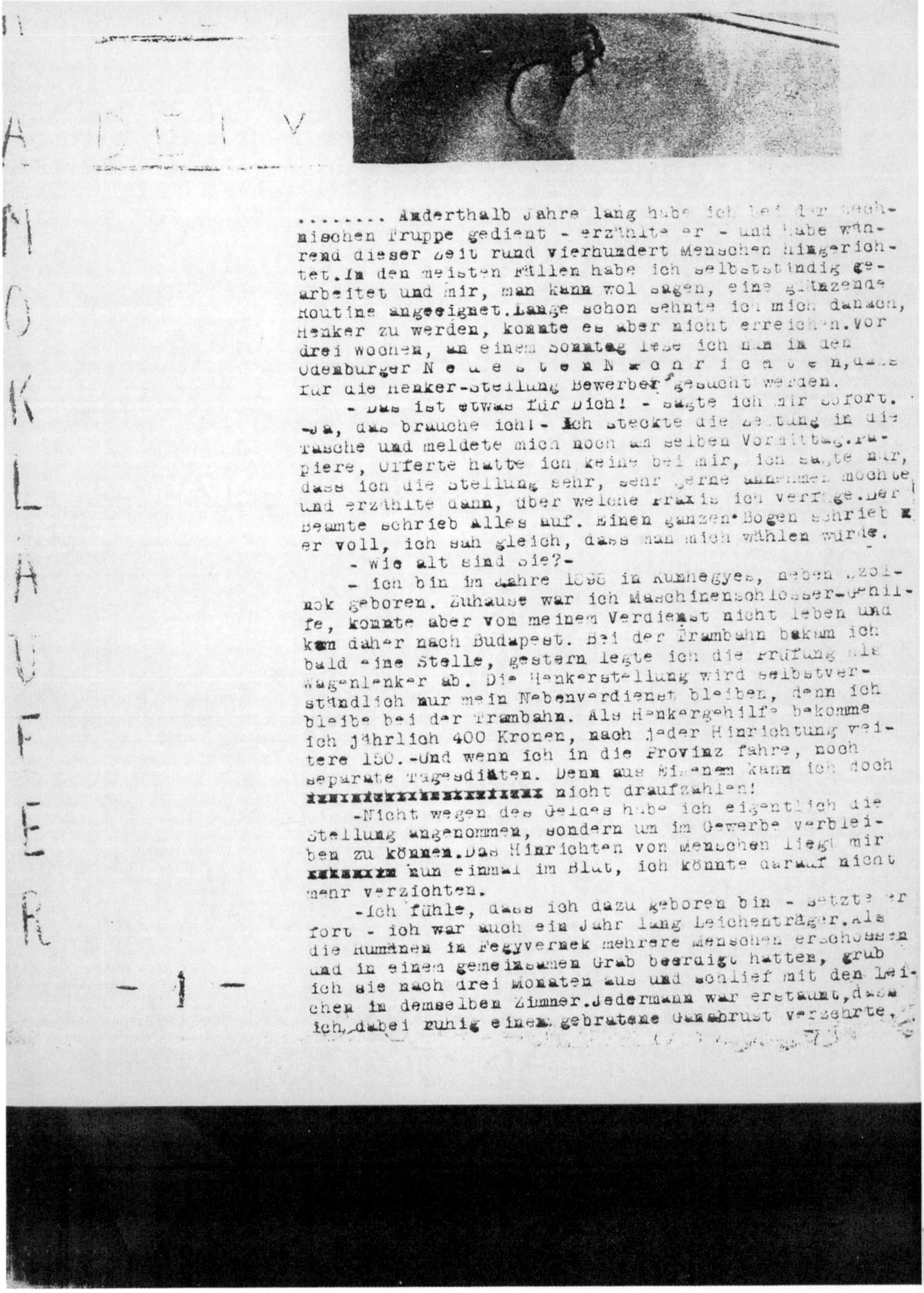

.... Anderthalb Jahre lang habe ich bei der tschechischen Truppe gedient - erzählte er - und habe während dieser Zeit rund vierhundert Menschen hingerichtet. In den meisten Fällen habe ich selbstständig gearbeitet und mir, man kann wol sagen, eine glänzende Routine angeeignet. Lange schon sehnte ich mich danach, Henker zu werden, konnte es aber nicht erreichen. Vor drei Wochen, an einem Sonntag lese ich nun in den Odenburger N e u e s t e n N a c h r i c h t e n, dass für die Henker-Stellung Bewerber gesucht werden.

- Das ist etwas für Dich! - sagte ich mir sofort. - Ja, das brauche ich! - Ich steckte die Zeitung in die Tasche und meldete mich noch am selben Vormittag. Papiere, Offerte hatte ich keine bei mir, ich sagte nur, dass ich die Stellung sehr, sehr gerne annehmen möchte und erzählte dann, über welche Praxis ich verfüge. Der Beamte schrieb alles auf. Einen ganzen Bogen schrieb er voll, ich sah gleich, dass man mich wählen würde.

- Wie alt sind Sie?-

- Ich bin im Jahre 1898 in Kunhegyes, neben Szolnok geboren. Zuhause war ich Maschinenschlosser-Gehilfe, konnte aber von meinem Verdienst nicht leben und kam daher nach Budapest. Bei der Trambahn bekam ich bald eine Stelle, gestern legte ich die Prüfung als Wagenlenker ab. Die Henkerstellung wird selbstverständlich nur mein Nebenverdienst bleiben, denn ich bleibe bei der Trambahn. Als Henkergehilfe bekomme ich jährlich 400 Kronen, nach jeder Hinrichtung weitere 150. -Und wenn ich in die Provinz fahre, noch separate Tagesdiäten. Denn aus Eigenem kann ich doch nicht draufzahlen!

-Nicht wegen des Geldes habe ich eigentlich die Stellung angenommen, sondern um im Gewerbe verbleiben zu können. Das Hinrichten von Menschen liegt mir nun einmal im Blut, ich könnte darauf nicht mehr verzichten.

-Ich fühle, dass ich dazu geboren bin - setzte er fort - ich war auch ein Jahr lang Leichenträger. Als die Rumänen in Fegyvernek mehrere Menschen erschossen und in einem gemeinsamen Grab beerdigt hatten, grub ich sie nach drei Monaten aus und schlief mit den Leichen im demselben Zimmer. Jedermann war erstaunt, dass ich dabei ruhig einen gebratene Gansbrust verzehrte.

- 1 -

Faksimile Tibor Déry.

Wehe dem Land, das mehrere Geheimdienste hat!

Jede große Organisation verhält sich so, als würde sie von den Geheimagenten ihrer Gegner geleitet.
Robert Conquest

Die palästinensische Autonomiebehörde verfügte schon zu Arafats Zeiten über mindestens acht Sicherheitsdienste, die neben der regulären Polizei tätig waren: den General Intelligence Service, den Preventive Security Service (PSS), die Presidential Security, die Force 17, das Criminal Investigation Bureau, die PNA Military Police, die Naval Police und die Disciplinary Police. Alle hatten ihre eigenen Gefängnisse und arbeiteten ohne festgelegte Regeln. Seit der Spaltung in den Gaza-Streifen und die West Bank hat ihre Zahl zweifellos noch zugenommen. In den Schatten gestellt werden diese beiden Quasi-Staaten jedoch durch die Regierung der USA, die über sechzehn Geheimdienste gebietet. Natürlich ist es ihr nicht möglich, diese Einrichtungen zu kontrollieren. Das liegt zum Teil in der Natur der Sache; kein verantwortlicher Politiker möchte die Schmutzecken seiner Administration wirklich kennenlernen, weil er dann für sie haften müßte. Zum andern aber sieht jeder dieser Dienste in jedem der fünfzehn anderen einen gefährlichen Rivalen, mit dem zu kooperieren ein Fehler wäre. Die Hauptfeinde eines Geheimdienstes sind: erstens sein Auftraggeber, zweitens seine Kollegen. Erst an dritter Stelle folgt der politische Gegner.

Ein namenloser Schriftsteller hat so eben, man weiß nicht warum, ein gedrucktes Schreiben an den Marquis v. Lve gerichtet. Er beweiset darin mit plattem Gewäsch, daß die höchsten Staatsämter wie die kleinsten gewöhnlich nur Dummköpfen anvertraut würden, und die Würdigsten immer leer ausgingen. Ist dem also, so kann unser Autor unmöglich brodlos umherirren.
Grimmsche Korrespondenz, 1763.

The Verse of Hilaire Belloc,
London 1965:

The Statesman

**I knew a man who used to say,
Not once but twenty times a day,
That in the turmoil and the strife
(His very words) of Public Life
The thing of ultimate effect
Was Character – not Intellect.
He therefore was at strenuous pains
To atrophy his puny brains
And registered success in this
Beyond the dreams of avarice,
Till, when he had at last become
Blind, paralytic, deaf and dumb,
Insensible and cretinous,
He was admitted ONE OF US.**

Auf Wunsch kann auch eine freie deutsche Fassung geliefert werden:

Der Politiker

**Ich kenn den Herrn, der unverzagt
Wohl zwanzigmal am Tag mir sagt:
Mein Freund, im Streit der Politik,
da kommt es manchmal knüppeldick.
Was zählt, das ist im Endeffekt
Persönlichkeit, nicht Intellekt.
Drum setzte er von früh bis spät
sein armes Hirn auf Schrumpfdiät.
Doch dieses Fasten fiel ihm leicht,
und bald hat er sein Ziel erreicht.
Blind, paralytisch, taub und stumm
irrt er im Oberhaus herum.
Dort lobt man ihn und sagt: Hut ab!
Willkommen hier in unserm Club.**

**Das Ziel jeden Staates ist die Verdummung des Volkes.
Keine Regierung hat ein Interesse daran, daß das Volk gescheit wird.**
Ödön von Horváth, *Jugend ohne Gott.*

Schade um die Politik!

Verdrossenheit! Das war's, was besorgte Leitartikler und Parteimatadoren gern beklagen. In letzter Zeit ist dieser Ausdruck den Weg aller Schlagworte gegangen. Man hat ihn stillschweigend aus dem Verkehr gezogen. Das Mißvergnügen am politischen Betrieb jedoch ist nicht nur geblieben; es hat sich immer tiefer in die Befindlichkeit der Leute eingefressen. Dafür sprechen viele Indikatoren. Den Parteien und Gewerkschaften laufen die Mitglieder davon, und alle Umfragen künden von einem grassierenden Vertrauensschwund. Bei alledem ist das ganze Ausmaß der Entfremdung statistisch gar nicht zu erfassen. Sie hat alle Schichten erreicht und ist dementsprechend diffus.

Die politische Klasse reagiert auf diese Lage wie eine Werbeagentur, deren Kampagne ins Leere gelaufen ist. An unserem Angebot kann es nicht liegen, heißt es dann, wir haben es nur nicht richtig »kommuniziert«. Also müssen *spin-doctors,* neue Slogans, neue Talkshows her. Wenn auch das nicht hilft, ist man beleidigt. Die Wähler werden immer launischer, halten sich nicht an Prognosen, schalten einfach ab. Verdruckste Vorwürfe werden laut. Öfters kann man hören, die Jugend sei unpolitisch. Statt sich für die Parlamentsberichterstattung zu interessieren, dröhne sie sich die Ohren voll, habe es nur auf Klamotten und Sex abgesehen, oder aber sie gehe gleich zum Papst. Dann wieder sind es die Intellektuellen, die sich nicht, wie es ihre Pflicht und Schuldigkeit wäre, in den nächstbesten Wahlkampf einmischen, sondern anderen Vorlieben huldigen. Oder man erkundigt sich, was eigentlich aus der Linken geworden sei, die doch in ihren besseren Tagen so zuverlässig für Krach und Aufregung gesorgt hat. Aber letzten Endes sind wir alle gemeint, die wir zur Fernbedienung greifen, sobald uns ein Politiker auf dem Bildschirm mit seinem Kauderwelsch anödet.

Was mich betrifft, so bin ich geständig. Wenn eine unserer Parteien eine Arbeitsgruppe einsetzt, die im Lauf der nächsten fünf Jahre ein neues Grundsatzprogramm ausarbeiten soll; wenn die nächste Reform der Reform der Renten-, der Gesundheits- oder der Steuerreform angekündigt, in Expertenkommissionen beraten, von der Ministerialbürokratie überarbeitet, an die Ausschüsse überwiesen, von irgendwelchen Lobbys und Bedenkenträgern in die Mangel genommen und so lange vertagt und kastriert wird, bis alles so weitergeht wie bisher, nur noch komplizierter, noch sinnloser, noch teurer als zuvor – dann wende ich mich mit Grausen ab. Je einleuchtender, vernünftiger, schlagender eine neue Idee, ein Vorschlag ist, desto aussichtsloser scheint es, ihn zu verwirklichen. »Das ist politisch nicht machbar«, schallt es aus den Gremien zurück. Die Selbstblockade gehört offenbar zu den Grundprinzipien der Parteipolitik. Das führt auf die Dauer auch zu einem Rekrutierungsproblem. Es ist kein Wunder, daß sich immer mehr begabte Leute Dingen zuwenden, die sie beflügeln, statt sie zu lähmen.

Noch etwas anderes kommt hinzu: das durchdringende Gefühl der Peinlichkeit. Schließlich leben wir in demokratischen Gesellschaften, und das heißt, daß wir die Leute, die uns regieren, selber gewählt haben. Deshalb führt jeder demagogische Bluff, jedes dilettantische Manöver, jede durchsichtige Mogelei, die sie sich leisten, dazu, daß wir uns genieren. Das geht nicht nur den Deutschen so. Ähnlich sieht es bei den Briten aus, die von New Labour nichts mehr wissen wollen, aber keine überzeugende Alternative sehen. Die Franzosen ärgern sich über alle, die in Paris das Sagen haben, und auch den Italienern hängt es offensichtlich zum Hals heraus, daß ihr Ministerpräsident sich aufführt, als wäre er ein Pagliaccio oder ein Roßtäuscher.

Reichlich deprimierend, das Ganze! Man könnte in diesem Ton fortfahren und die lange Reihe der Selbstblockaden und Versäumnisse aufzählen, die unsere Regierungen zu verantworten haben. Um nur ein paar Beispiele zu nennen: seit über zwanzig Jahren ist bekannt, daß die demographische Entwicklung in Europa zu einem Alterungsprozeß von unbekannten Ausmaßen führen wird; die Politik hat es vorgezogen, diese Tatsache jahrzehntelang zu ignorieren. Ebensolange war die Krise des Wohlfahrtsstaates absehbar; reagiert wurde auf sie mit der lächerlichen Behauptung, die Renten seien sicher. Während das Netz der nationalen Gesetze, Verordnungen, Erlasse und Vorschriften mit jedem Tag enger wird und die Brüsseler Institutionen unermüdlich an der Perfektionierung ihrer Richtlinien arbeiten (der sogenannte *acquis communautaire* soll inzwischen einen Umfang von 110 000 Seiten erreicht haben), verkünden die Politiker ungerührt ihre Entschlossenheit, die Bürokratie zu bekämpfen. Und so weiter und so fort …

Ist es nicht ein wenig voreilig, aus alledem zu schließen, daß sich die Europäer aus der Politik verabschiedet haben? Wahrscheinlich haben sie längst angefangen, aus dem Befund ihre eigenen Schlüsse zu ziehen. Und die sehen so aus: Wenn wir nicht nur überleben, wenn wir etwas aus unserem Leben machen, etwas Produktives leisten und etwas für unsere Kinder tun wollen, so dürfen wir uns dabei nicht auf die politischen Apparate verlassen. Wir werden diese Ziele ganz im Gegenteil *trotz allem* verfolgen, was unsere Regierungen tun oder unterlassen.

Das ist eine keineswegs unpolitische Einstellung, auch wenn sie begreiflicherweise der politischen Klasse nicht gefällt. Sie ist nicht in allen Schichten der Bevölkerung und nicht in allen Altersgruppen gleichermaßen verbreitet. Sie wird vor allem von jüngeren und besser ausgebildeten Menschen geteilt. Auch regionale Unterschiede und historische Prägungen spielen dabei eine Rolle. Das läßt sich besonders am Beispiel Italiens zeigen. Eine skrupellose, korrupte und zynische Zentralregierung hat es bisher noch nicht vermocht, das ganze Land zu ruinieren. Es gibt in Italien nach wie vor Gemeinden, in denen die Wirtschaft blüht, die Lebensqualität hoch ist, die kommunalen Dienste funktionieren – ganz so, als handle es sich um autonome Gesellschaften, die unabhängig von Rom ihr eigenes Leben führen.

Ähnliche Regungen sind auch anderen Gegenden Europas nicht fremd. Direktiven und Erlasse werden zunehmend ignoriert oder sabotiert; statt sich an die Vorgaben einer Zentralinstanz zu halten, entwirft man seine eigene Agenda und verläßt sich auf die eigenen Kräfte.

Allerdings hat eine solche Einstellung einen hohen Preis. Der Rückzug in die Zivilgesellschaft, die Entschlossenheit, die Zukunft in die eigenen Hände zu nehmen, das endemische Mißtrauen in die nationalen und europäischen Institutionen: das alles ist nur allzu begreiflich, hat aber eine fatale Kehrseite. Bleibt mir vom Hals mit euern Lügen, euern falschen Versprechungen, euern bankrotten Rezepten! Schön und gut, aber soviel Selbstvertrauen kann sehr schnell rücksichtslose Formen annehmen. Wer das Gefühl hat, daß der Staat ihn schikaniert oder ausraubt, hinterzieht die Steuern, wo er nur kann. Wenn der Finanzminister dem Raucher aus lauter Fürsorglichkeit einen Stundenlohn für eine Schachtel Zigaretten aus der Tasche zieht, dann blüht der Schmuggel. Der Flüchtling, dem die Behörde zu arbeiten verbietet, rettet sich in die Schwarzarbeit. Solidaritäten, die den eigenen Horizont überschreiten, werden beschädigt, Gesetze werden nur noch respektiert, wenn sie nicht weiter stören. Dies sind die ungewollten, aber unvermeidlichen Auswirkungen eines selbstreferentiellen politischen Systems, das die eigenen Realitätsverluste zur Norm erhoben und dadurch seine Glaubwürdigkeit eingebüßt hat. (2004)

ommt nicht darauf an, den Gegner ondern ihn zu ermüden. Chinesische Maxime.

Wohlmeinender Ratschlag an die G8 ff. →

Hinaufgeschaut! – der Berge Gipfelriesen
verkünden schon die feierlichste Stunde.
GOETHE

Sehr geehrte Gipfelbetreter und -betreterinnen,
dear guests,
wegen der Vielzahl Ihrer Titel verbietet sich leider eine korrektere Form der Anrede, was ich zu entschuldigen bitte. Die Angelegenheit, deretwegen ich mich an Sie wende, ist unerfreulich; doch ist es mein Bestreben, sie mit der gebotenen Höflichkeit zu behandeln. Also werde ich nicht, wie ein deutscher Dichter, der sich vor beinah zweihundert Jahren erschossen hat, vom »Gipfel der Frechheit und Arglist« sprechen, sondern voller Verständnis auf Ihre Bedürfnisse eingehen.

Daß die Macht mit Einsamkeit erkauft wird, ist Ihnen wohlbekannt, und es wundert mich nicht, daß Sie deshalb die Geselligkeit pflegen. Über die dünne Luft, die auf dem Gipfel herrscht, tröstet man sich leichter, wenn man sie unter seinesgleichen atmen darf. Es liegt mir ferne, Ihnen diese kleine Freude zu mißgönnen.

Dennoch erlaube ich mir, Sie auf einige Details hinzuweisen, die Ihnen vielleicht entgangen sind. Ihre häufigen Spitzengespräche bringen nämlich einige unerwünschte Nebeneffekte mit sich. Damit meine ich in erster Linie die Vertreibung der Zivilbevölkerung. Es schmerzt mich, dies zu sagen, aber Sie treten, sicher

ohne daß Sie es bemerken, wie eine Besatzungsmacht auf. Während Sie endlose Sitzungen, Ansprachen und Galadiners über sich ergehen lassen müssen, wird vor der Tür ein Ausnahmezustand verhängt, der sich nur schwer mit den Garantien unserer Verfassung vereinbaren läßt. Zehntausende von Bewaffneten stehen vor Ihnen stramm. Es werden Straßensperren errichtet und Ausgangsverbote erlassen. Der öffentliche Raum ist enteignet. Weiträumige Demonstrationsverbote, lückenlose Überwachung, vorbeugende Verhaftungen sind, schon lange bevor Ihre Hubschrauber eintreffen, nicht die Ausnahme, sondern die Norm. Nicht nur legen derartige Veranstaltungen ganze Millionenstädte lahm; auch friedliche Dörfer werden routinemäßig in den Belagerungszustand versetzt. Erinnerungen an Krieg und Diktatur werden wach, was bei Zartfühlenden zu allerlei Mißverständnissen führen kann.
Nun ist freilich nicht ganz klar, wer sich in der mißlicheren Lage befindet: Sie, meine Damen und Herren, als die Ein-, oder der Rest der Menschheit als die Ausgesperrten. Gewiß haben Sie persönlich keine Beschädigungen durch Wasserwerfer oder Schlagstöcke zu befürchten, ja, man tut sogar alles, um Ihr Wohlbefinden zu garantieren. Dennoch frage ich mich, ob es angenehm ist, mehrere Tage in einem Gefangenenlager, mag es auch noch so luxuriös ausgestattet sein, zu verbringen. Sie sehen, daß es mir nicht an Mitgefühl für Ihre prekäre Situation mangelt.
Sie werden einwenden, daß Sie wegen der Gefahren, die Ihr Gipfelsturm mit sich bringt, gar keine andere Wahl haben. Schließlich wäre es bedauerlich, wenn Ihnen etwas zustieße; eine Gesellschaft, die ohne Ihre Bemühungen auskäme, kann sich ja niemand vorstellen. Jedoch möchte ich Ihnen zu bedenken geben, daß Sie die Sicherheitsrisiken, mit denen Sie zu kämpfen haben, selber herbeiführen. Nicht nur Sie nämlich fühlen sich bedroht, sondern auch diejenigen, deren Bestes Sie wollen. Ich meine damit die restliche Bevölkerung, eine, wie ich meine, nicht unerhebliche Majorität. Sie können sich gar nicht vorstellen, welchen Mißmut, welche Abneigung Sie durch Ihren beschwerlichen Gang auf den Gipfel bei diesen Menschen erzeugen.
Und was die von Ihnen zu Recht gefürchtete »gewaltbereite Minderheit« betrifft, so sind es Sie selber, die sie anlocken und ihr für ihre Auftritte eine unwiderstehliche Bühne verschaffen – so geschehen in Genua, Stockholm, Seattle und an vielen anderen Orten. Straßenschlachten, Molotow-Cocktails, Brand-

anschläge und Übergriffe der Polizei, bei denen es gelegentlich auch zu Todesfällen kommt, sorgen für unwillkommene Schlagzeilen und Fernsehbilder, die ganz dazu angetan sind, Ihren guten Ruf zu beeinträchtigen.

Ich erlaube mir ferner, Sie auf eine Weiterung hinzuweisen, die Sie vielleicht nicht bedacht haben. Das ist der Ansteckungseffekt, den Sie, vermutlich ohne es zu wollen, durch Ihre Versammlungen erzielen. Deren enorme Wichtigkeit nämlich läßt andere nicht ruhen, und so kommt es zu einer Inflation von Gipfeln. Nicht nur Sie, die hochrangigen Vertreter der G8, finden sich ja zu regelmäßigen Beratungen auf höchster Ebene ein, sondern auch Nachahmungstäter aller Art. Ich meine damit nicht Ihre Kollegen von der G4, G6, G7, G10, G12 oder G20, sondern die Europäische Union, die Weltbank, den Internationalen Währungsfonds, die OSZE, die WTO, die NATO, die SEATO, die OAS, die OAU, die ASEAN, das IOC, die Sicherheitskonferenz, das World Economic Forum und die Vereinten Nationen und ihre unzähligen Untergliederungen. Überall, wohin man blickt, bemühen sich vermeintliche *Masters of the Universe,* es Ihnen gleichzutun. Ein ganzes Hochgebirgspanorama von Gipfeln hat sich da aufgetan, und nicht nur die Polizisten, die für dieses alpinistische Gedrängel benötigt werden, können einem leid tun.

Politik ist kein Vergnügen, hat wenig damit zu tun, wie man Vorräte sammelt, sich wärmt, sich bildet oder zu Frauen kommt.
Niklas Luhmann, *Politische Soziologi*

Es ist absehbar, daß auch die Hersteller von Konservendosen, die Klaviervirtuosen und die Diätberater auf die Dauer nicht auf weltweit organisierte Gipfeltreffen verzichten wollen; denn wie schon der deutsche Philosoph Christian Wolff in seinen *Vernünftigen Gedanken von der Menschen Thun und Lassen* (1720) schrieb, gibt es viel mehr Leute, als man glaubt, die »in allem den grösten Gipffel der Vollkommenheit erreichet zu haben vermeinen«. Sämtliche Gewerkschafts- und Sportfunktionäre führen ja längst tagaus, tagein Spitzengespräche, und die FIFA, der Weltfußballverband, genießt schon seit geraumer Zeit bei seinen Tagungen dieselbe massive Polizeipräsenz, dieselben Blaulichtkolonnen und Verkehrsblockaden, mit denen Sie, sehr geehrte Gäste, leben müssen.

Glauben Sie mir, ich meine es gut mit Ihnen; denn Sie öden mit Ihren Veranstaltungen nicht nur die Bevölkerung an, Sie schaden auch sich selber. Wie die Geschichte lehrt, sind Okkupanten unbeliebt, und Sie legen doch gewiß Wert auf die Wertschätzung Ihrer Mitmenschen. Mein Rat wäre deshalb: Treiben Sie es nicht auf die Spitze!

Damit will ich Ihnen nicht den Spaß an der Geselligkeit verleiden. Ich verstehe sehr wohl, daß Sie ab und zu ganz unter sich sein möchten. Der Realitätsverlust, der mit Ihrer Isolation verbunden ist, läßt sich gewiß verschmerzen. Ich erlaube mir deshalb einen Vorschlag zur Güte, der alle Beteiligten zufriedenstellen könnte.

Ein Blick in den Weltatlas zeigt, daß es in vielen Regionen, wie in der Karibik oder im Stillen Ozean, abgelegene Inseln gibt, kleine Paradiese, die Exklusivität und ein unbeschwertes Beisammensein ermöglichen können. Drei solcher Zufluchtsorte würden, wenn sie sorgfältig ausgewählt sind, genügen, um Ihre berechtigten Wünsche zu erfüllen. Für eigene Landebahnen, klimatisierte Suiten und eine gut durchleuchtete Dienerschaft ließe sich sorgen. Eine solche Lösung wäre für verarmte Inselstaaten ein Segen, um nicht zu sagen: ein Beispiel wirksamer Entwicklungshilfe. Arbeitsplätze, Nachhaltigkeit, wirtschaftliche Genesung – das alles könnte nicht ausbleiben, und gewiß ließe sich auch ein exterritorialer Status leicht vereinbaren, so daß Sie auf etwaige Verfassungsprobleme keine Rücksicht mehr zu nehmen bräuchten.

Auch Ihr Sicherheitsbedürfnis wäre an solchen Orten leicht zu stillen. Ein Überwachungssatellit, eine Batterie erprobter Abwehrraketen, eine Staffel von Kampfflugzeugen und ein paar Kriegsschiffe zu stationieren dürfte nicht schwerfallen.

Etwaige Bedenken wegen der Kosten, die ein solches Arrangement verursachen würde, kann ich zerstreuen. Nicht nur die zwölftausend Polizisten, die derzeit für Sie aufgeboten werden, ließen sich auf diese Weise einsparen. Und während Ihre bevorstehenden Gespräche mit mehr als hundert Millionen Euro zu Buche schlagen, obwohl der Ort des Geschehens nur einmal und nur für ein paar Tage zur Verfügung steht, blieben Ihnen die drei Inselfestungen, die ich vorschlage, für lange Zeit erhalten, so daß der Aufenthalt dort den Stammgästen bald zu einer lieben Gewohnheit würde. Um die Rentabilität zu steigern, könnten Sie diese privaten Refugien bei Leerstand an andere, wenn auch weniger bedeutende, so doch zahlungsfähige Spitzenkräfte vermieten. Für den Fall aber, daß Ihre Gipfel-Inseln dennoch rote Zahlen schreiben sollten – ich bin mir sicher, daß jeder von uns bereit sein wird, sein Scherflein beizutragen, wenn er dafür die Gewißheit haben darf, daß Sie uns in Zukunft mit Ihren Besuchen verschonen.

Politik in einem Werk der Literatur ist wie ein Pistolenschuß mitten in einem Konzert; eine Grobheit, aber sie macht gebieterisch auf sich aufmerksam.
Stendhal,
Die Kartause von Parma.

Die Straße *Eine Rhapsodie*

Nichts gegen das Völkerkundemuseum, nichts gegen das soziologische Seminar und schon gar nichts gegen das Theater! Aber wer sich für die eigene Spezies interessiert, kann notfalls auf den Besuch dieser Orte verzichten; er braucht nur vor die eigene Haustür zu treten, um Anthropologie zu studieren. Was sich dort abspielt, ist eine Weltausstellung in Permanenz, ohne Programm, ohne Direktion und ohne Eintrittskarte. Das Personal wechselt fortwährend, ein enormes Ensemble sorgt für Unterhaltung, für Ärger, für ein Wechselbad der Gefühle; denn auf dieser Bühne zeigt sich eine von keinem Katalog zu fassende Biodiversität. Sie ist jahraus, jahrein bei Tag und Nacht geöffnet, auch bei Platzregen und glühender Hitze, bei Hagel, Schnee und Nebel. Aus den Kanaldeckeln schießt Dampf empor, Staubwolken steigen auf, Vorschriften, Ampeln und Kameras halten den Besucher in Schach und die Lebensgefahr in Grenzen, die ihm auf der Straße droht. Die Gemütlichkeit ist nicht ihre starke Seite.

Auf der Erde gibt es nur noch wenige Orte, wo dieses Schauspiel fehlt. Selbst auf dem Himalaja herrscht inzwischen reger Verkehr, in den Dschungel werden Schneisen geschlagen, und in der Sahara muß, wer die Einsamkeit sucht oder entführt werden will, die Piste verlassen. Es gibt keine Zivilisation ohne die Straße. Selbst zur Hütte des Einsiedlers führt eine Spur. Nachts, vom Flugzeug aus gesehen, glitzern ganze Regionen im Schein der Quecksilberlampen, weil niemand gern in der Dunkelheit herumirrt.

Das Wort *Straße*, lateinisch *via strata*, kommt von *sternere*, soviel wie hinbreiten, streuen, ebnen, bedecken. Wo gepflastert, asphaltiert, geteert wird, da wächst kein Gras mehr.

Wie schmal, wie breit soll und darf die Straße sein, wenn sie als Schaubühne dienen soll? Auf dem Trampelpfad kommen schon zwei Wanderer einander in die Quere. Die Autobahn gehört den Maschinen, sie ist für Fußgänger gesperrt. Eine ausgestorbene Straße wird vermieden; sie wirkt öde oder unheimlich. Wir verlassen das Haus, um einzukaufen, zu arbeiten, zur Schule zu gehen, aber auch, um uns zu vergewissern, daß die menschliche Gesellschaft uns nicht abhanden gekommen ist. Dafür brauchen wir den Boulevard, die Gasse, den Ring, die Avenue, die Gracht, den Korso, die Promenade, den Wall, den Graben, die Esplanade, den Platz, den Kai, den Gürtel, die Passage, den Damm, die Lände. Jede Straße trägt einen Namen oder wenigstens eine Nummer.

Hierzulande heißt sie vielleicht Am Anfang, Am Pfiff, Am Plärrer, Am Gehöckel, An der Hölle oder Im Paradies. Das sind märchen- und rätselhafte Namen. Es gibt sie nur in sehr alten Städten: Am Spund, Am Knill, Am Kratt, Am Sood. Vielleicht nennt sich bloß eine Sackgasse mit ein paar heruntergekommenen Schuppen so, aber man stutzt, man bleibt stehen,

Paris, Mitte 19. Jahrhundert.

man fragt sich, wohin man sich da verirrt hat: in die Diebeskuhle, in die Schipf, in die Büg – und wie dem zumute sein mag, der Auf der Strenge, Beim Knorr, Im Christ, Im Kratz, Im Götzen wohnt, oder Achter de Wisch? Im schlimmsten Fall aber landet man in der Feldkurat-Ludwig-Kracherl-Straße oder auf dem trostlosen Oberbürgermeister-Gustav-Klingelhöfer-Ring.

Anderswo, zum Beispiel in Indien oder in China, geht es vermutlich noch viel bunter zu. Schon bei unsern Nachbarn gibt es wunderbare Adressen wie die Rue Gît-le-cœur, die Wormwood Scrubs, die Lwa, die Passage de la Petite Boucherie oder den Campo di Bandiera e Moro già delle Bragora. An Schlichtheit kaum zu übertreffen ist und bleibt dagegen die West 263rd Street.

Und jetzt betrachten wir das Gewimmel auf all diesen Wegen. Dabei zählt nur, wer zu Fuß daherkommt. Die Autos ignorieren wir, sie sind das Langweiligste, was die Straße zu bieten hat. Diese stinkenden und lärmenden Okkupanten zerstören den öffentlichen Raum. Nur sehr alte Menschen erinnern sich noch daran, wie er ihnen als Spielplatz diente. Heute werden die Kinder in abscheuliche Spielplätze eingesperrt, weil man sie, wie es heißt, »von der Straße holen« muß. Uns bleibt nur das Trottoir oder die Fußgängerzone.

Lisboa, Mitte 20. Jahrhundert.

Aber wie geschickt sich die Leute auf diesen Pisten ausweichen! Der Gang, diese eigentümliche, unwillkürliche Körpersprache, ist verräterisch. Keiner geht wie der andere. Man trödelt oder rennt, hinkt oder flitzt, lustwandelt, trippelt, joggt, stiefelt, stolziert, humpelt, stökkelt, schlendert, watschelt, bummelt, tänzelt oder schlurft. Auf den Caféterrassen fassen Voyeure und Exhibitionisten einander ins Auge. Hie und da läßt sich sogar noch eine Figur aus dem neunzehnten Jahrhundert blicken: ein Dandy oder ein Flaneur. Viele Passanten sehen aus, als hätten sie sich verkleidet. Der Sparkassenangestellte, der sich als Extremsportler kostümiert, die Verkäuferin als Rockerbraut, der Filialleiter als Guerrillero. Zum Dekor der Straße gehört eine ganze Weltausstellung von Schuhen und Frisuren, Mützen, Krücken und Kopftüchern. Babies, Rucksäcke, Tabletts, riesige Pakete und schwere Koffer werden unaufhörlich hin und her geschleppt. Es wird gefeilscht, gestritten, gebettelt, geflirtet, gerempelt und herumgelungert. Viele Passanten machen den Eindruck, als wären sie aus einer psychiatrischen Klinik entlaufen. Sie brabbeln, schimpfen oder murmeln vor sich hin. Man muß schon genau hinsehen, um zu begreifen, daß es sich nicht um Patienten handelt, sondern um die Opfer ihrer Mobiltelephone. Wie soll man diese Leute nennen? Ist das die Bevölkerung? Die bürgerliche Gesellschaft? Der Pöbel? Die Öffentlichkeit? Der Mob? Die Kundschaft? Das Publikum? Die Gosse?

Strahlende Banken ziehen an einem vorbei, Bretterbuden, polyglotte Kioske, schummrige Kneipen, angeberische Justizpaläste und kostspielige Schaufenster, in denen nur eine einzige Handtasche glänzt. Die Waren quellen über das Trottoir. Es herrscht die Straßenverkehrsordnung. Dafür sorgt die Polizei. Staatsbesuche, Paraden, Kundgebungen stören den Verkehr. Eine Bittprozession trägt einen Heiligen, einen Buddha, einen Lama voran. Ein Leichenzug biegt um die Ecke. Der Karneval tobt. Das unvermeidliche Straßenfest schäumt und hinterläßt seinen Müll. Besoffene Fans feiern einen häßlichen Pokal. Aber es sind auch Penner da, Straßenkinder, Rocker, Dealer und Taschendiebe. Hier eine Nutte, dort ein Hütchenspieler. Es gibt geschmuggelte Zigaretten, Clochards, Obdachlose, Leute die auf den U-Bahn-Schächten schlafen. Oder sie »gehen auf die Straße«, rotten sich zusammen. Dann kann es zu einem Aufruhr kommen, zu einer Straßenschlacht. Das ist Landfriedensbruch! Sirenen heulen, Wasserwerfer fahren auf, Wolken von Tränengas gehen auf die Menge nieder. Verhältnismäßig selten explodiert eine Bombe.
Vielleicht ist die Straße den Ordnungsmächten einfach zu gemischt, zu unhygienisch, zu dreckig. Das einfachste wäre, sie abzuschaffen. Hier ein Einkaufszentrum hingerammt, eine Mall, klimatisierte Passagen, plätschernde Brunnen, gedämpfte Musik. Keine Angst, daß es regnet oder schneit. Überall Sicherheitskräfte. Alles kostet Geld, draußen verödet die Straße, sie wird zum Reservat für Alte, Schwarze und Bag-Ladies.
Kommissionen, Investoren, Architekten – seit den Zeiten des Barons Haussmann haben sie immer getan, was sie konnten, um alles, was ihre Ordnung stört, zu vertreiben. Aber der »Druck der Straße« hat dafür gesorgt, daß ihnen nie restlos gelungen ist, was sie im Sinn hatten. Denn die sogenannte Bevölkerung, dort vor unserer Haustür, macht einfach, was sie will. Sie ist unbelehrbar, überzeugt davon, daß wir nicht in Nordkorea leben. Immer wieder siegt die Straße. Sobald die Planer in ihren Büros sie einen Augenblick lang aus den Augen lassen, bringt sie wieder alles durcheinander. Die Straße ist ein hoffnungsloser Fall. Denn die Straße gehört uns allen, auch der milchkaffeefarbenen Wahrsagerin, dem seiner selbst überdrüssigen Hooligan, dem triumphierenden Rollstuhlfahrer, der Vorstadtschönheit mit ihrem fabelhaften Decolleté, dem vor sich hin raspelnden verwirrten Rentner, der bargeldlosen Königin aus Burundi oder Bomako in ihrer prachtvollen Robe, und natürlich dem herzergreifend normalen Pendler, der geduldig an der Bushaltestelle wartet.
Und wenn sie alle nach Hause gegangen sind, ist vielleicht nur noch einer übrig, zum Beispiel dieser verwitterte alte Mann, der dort neben seiner Plastiktüte hockt. Vielleicht ist er besoffen, oder ist er nur sterbensmüde? Jetzt hat er sich auf der harten Bank in der Wartehalle hingelegt und rührt sich nicht. Wir wollen hoffen, daß dieser Alte noch am Leben ist.
Für Barbara Klemm, aus: *Straßen Bilder.* Wadenswil 2009.

Der ganze Unterschied ■ **In der Deutschen Demokratischen Republik herrscht das Volk, an dessen Spitze die fortschrittlichste und auch zahlenmäßig größte Klasse, die Arbeiterklasse, steht. Dies findet seinen Ausdruck in der Zusammensetzung des Parlaments, der Regierung, der Justiz, der Armee und der Polizei, vor allem aber darin, daß die wirtschaftlichen und kulturellen Reichtümer des Landes, die überwiegende Mehrzahl der Betriebe in Industrie und Landwirtschaft, die Forschungsinstitute und Warenhäuser dem Volke gehören und von seinen Vertretern geleitet werden.** ■ **In der Bundesrepublik Deutschland dagegen herrscht eine Minderheit, die imperialistische Großbourgeoisie, über das Volk, das niedergehalten wird und keinen Anteil hat an der Leitung und Lenkung des Staates und der Wirtschaft.**

Stefan Dorenberg, *Kurze Geschichte der DDR.* Berlin 1964.

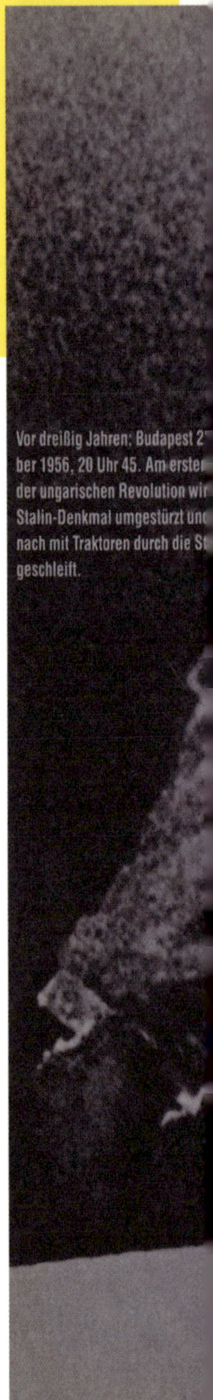

Die Bronze für das sechzehn Meter hohe Standbild des Josef S. in Budapest stammte von den bronzenen Statuen des Königs Franz Joseph, der Königin Maria Theresia, des Königs Karl III. und der Königin Elisabeth. Der Sockel wurde aus dem Marmor der Regnum-Marianum-Kirche errichtet, die an derselben Stelle gestanden hatte.
Im Innern des Sockels befanden sich Empfangs- und Wirtschaftsräume, die bei festlichen Anlässen von den Spitzen der Partei benutzt wurden, und außerdem ein Raum für die Polizei, die das Denkmal zu bewachen hatte.

Gyula Illyés
Ein Satz über die Tyrannei

[...] Sie horcht dich aus,
du entgehst ihr nicht,
Gefangener bist du, Wärter
zugleich, dein Tabak schmeckt

nach ihr, deine Kleider
riechen nach ihr, dein Hirn
ist voll von ihr, dir fällt
nur ein, was ihr einfällt,

du möchtest sehen, du siehst
nur das, was sie phantasiert,
wie ein Waldbrand ist sie,
entstanden aus einem Zündholz,

du hast es weggeworfen, doch
zertreten hast du es nicht,
so umzingelt sie dich
in der Fabrik, auf dem Feld,
zu Haus,

und du weiß nicht mehr,
was Leben ist, Bot, Fleisch,
Liebe, Verlangen, nicht,
was ausgebreitete Arme sind,

die Handschellen, die er trägt,
schmiedet der Sklave sich,
wenn du ißt, mästest du sie,
für sie zeugst du

dein Kind, denn wo sie ist,
ist jeder ein Kettenglied,
du stinkst nach ihr,
du selbst bist die Tyrannei,

du gehst blind wie die andern,
ein Maulwurf im Licht,
in deiner engen Zelle,
in deiner Wüste bist du allein,

denn wo die Tyrannei ist,
dort ist alles vergeblich,
auch das getreueste Wort,
auch der Satz, den ich schreibe,

denn von Anfang an wacht sie
an deinem Grab, die Tyrannei,
sie bestimmt, wer du warst,
noch dein Staub wird ihr dienen.

Aus dem Ungarischen
von György Dalos und H. M. E.

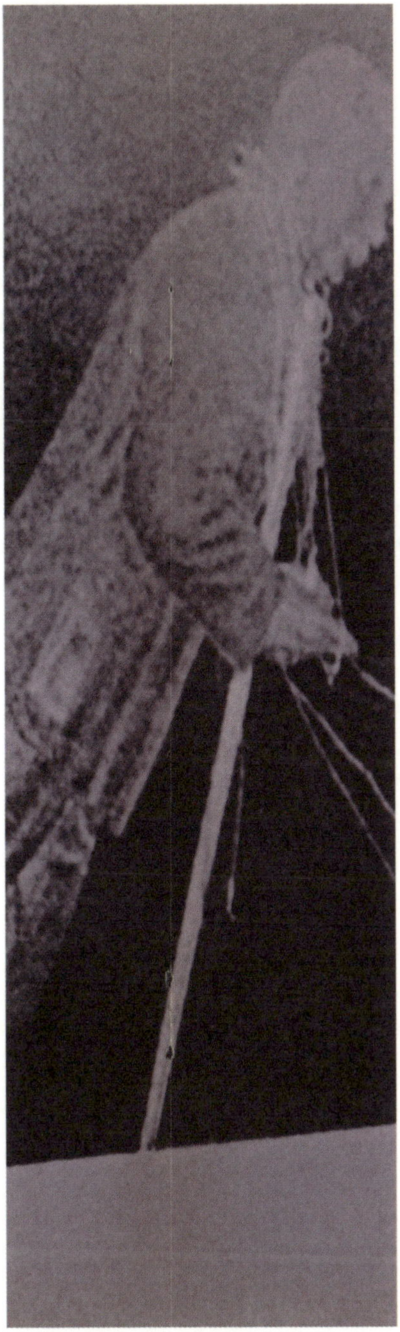

Budapest, 23. Oktober 1956, 20 Uhr 45.
Am ersten Tag der ungarischen Revolution wurde das Denkmal gestürzt und danach mit Traktoren durch die Stadt geschleift.

Dimiter Paunov **Die Entthronung einer herrschenden Klasse**

Die demokratischen Bewegungen in den osteuropäischen Ländern hatten kaum begonnen, da gerieten die Arbeiter in Aufregung. Ihr Mißfallen glich dem des Kaisers von China, als er die Revolutionäre in der Ferne sah. Vierzig Jahre lang hatten die Arbeiter in dem Bewußtsein gelebt, daß der Staat ihnen gehörte, daß sie an der Macht waren. Die führende Rolle der Arbeiterklasse und ihrer kommunistischen Partei war in der Verfassung festgeschrieben, für die Sowjetunion im Artikel 6, für die Tschechen im Artikel 4 und für die Bulgaren sogar im Artikel 1.

Die Rolle des Proletariats war unanfechtbar. Die Klasse sah von oben auf die Welt herab. Ihre Partei entschied, welche Politik gemacht werden sollte, wie die Löhne festzusetzen waren und welche Schuhe man zu tragen hatte. Und wir trugen die Schuhe, die die Partei an die Läden lieferte. Wer an dieser führenden Rolle und an ihren Folgen für unser Land etwas auszusetzen hatte, galt als Faschist.

Als Faschisten galten auch die Nachbarn in den hellhörigen Wohnungen, wenn sie feierten und bis zum frühen Morgen diskutierten. Der Schlaf der Arbeiterklasse war heilig. Sie brauchte keine Angst um ihre Arbeitsplätze zu haben. Kurzarbeit war ausgeschlossen. Eingefrorene Löhne waren kein Problem, denn es gab nur eingefrorene Löhne.

Auch die Hauptsorge des Proletariats, andere könnten höher bezahlt werden, weil sie fleißiger oder besser ausgebildet wären oder einfach mehr Glück hätten, war verschwunden. Ein Bergmann bekam dreimal soviel wie ein Arzt. Und es interessierte niemanden, daß die Subventionen für die bulgarische Industrie 30 % des Nationaleinkommens betrugen. Weder diese Zuschüsse noch die riesige Bürokratie waren daran schuld, daß es mit der Wirtschaft dauernd bergab ging, ganz zu schweigen von der sinkenden Produktivität. Daran waren allein die infamen Machenschaften des Imperialismus schuld und die Faulheit der Intelligenz. Einen Faulenzer nämlich nannte man bei uns jeden, der nicht an der Drehbank stand und keinen Lastwagen fuhr. Und als wäre das nicht genug der Provokation, begannen diese Leute auch noch zu meckern und zu kritisieren.

Die Arbeiter dagegen hatten keinen Grund, unzufrieden zu sein. Niemand konnte ihnen etwas anhaben, wenn sie zu spät zur Arbeit kamen, sich in der Ecke Bier in die Kehle gossen oder einfach blaumachten, denn die Geschichte kennt kein Gericht über die Sieger. Das Ergebnis haben wir gesehen. Die weltbekannten deutschen Apparate, die Optik der Zeiss-Werke, hergestellt von deutschen Facharbeitern, wurden zum Gespött der Leute. Das gleiche Schicksal ereilte die Wagen der Škoda-Werke.

Die Balkanländer haben keinen Weltruf und keine industriellen Traditionen zu verlieren. Die hiesigen Arbeiter sind Bauern, die die Städte erobert haben und zu Herren des Landes geworden sind. Sie waren die ersten, die nach der Einnahme der Städte aufgehört haben zu arbeiten. Jugoslawien steckte die Albaner in seine Steinkohlengruben, Bulgarien zog für seine Metallurgie Vietnamesen heran, und für unsere Konservenfabriken wurden die Studenten mobilisiert.

Aber unterdessen hatte die Welt nicht stillgestanden. Niemand kaufte mehr den Abfall des Ostens. Selbst die Afrikaner wollten ihn nicht mehr haben. Die Wirtschaft des Sozialismus ging endgültig vor die Hunde. Und wieder einmal wurde eine Ursache für den Untergang ausgemacht: diesmal war der Mangel an modernen Werkzeugmaschinen und Technologien schuld an dem Debakel. Die bösartigen Kapitalisten wurden in aller Eile rehabilitiert. Die Dollar-Anleihen flossen wie der Niagara, westliche Konzerne drangen ein, Joint Ventures mit Glasfassaden schossen in die Höhe.

Die Intelligenz begehrte weiter auf, aber niemand hörte auf sie. In den Läden gab es genug zu kaufen, das Bier war billig, die Arbeiterklasse ließ sich nicht anfechten.

Nur wenige erkannten, daß es fünf Minuten vor zwölf war. Wir bauten Computer mit koreanischen Chips und japanischen gedruckten Schaltungen. Doch die Computer funktionierten nicht, weil der Kaiser nur ungern Schrauben anzieht. Die Russen stellten Fiat-Autos in Lizenz her, die Rumänen Renaults, doch die Wagen wollten nicht fahren; sie waren Wracks, noch bevor sie die Halle verlassen hatten.

Die Arbeiter wurden erst unruhig, als die Geschäfte sich leerten, als der Strom ausfiel, weil keine Energie vorhanden war, als die unentbehrlichen Prämien ausblieben. Die alten Maschinen hatten den Geist aufgegeben, und die intellektuellen Ressourcen hatten sich erschöpft. Die Dollar-Anleihen waren bis zum letzten Stotinki aufgezehrt. Es entstand eine revolutionäre Situation, wie sie Lukács schon vor Jahrzehnten vorhergesagt hatte.

Vierzig Jahre lang hatten die Kommunisten den Werktätigen eingeredet, Inflation und Wirtschaftskrisen seien Erscheinungen, die nur im Westen denkbar waren. Die Gesetze der Ökonomie wurden durch die des Marxismus-Leninismus ersetzt. Als diese Lehre zusammenbrach, als die Russen nicht mehr an sie glaubten, als Gorbatschow an die Macht kam, wurden noch einmal die wahren Schuldigen der Katastrophe entlarvt. Diesmal war es das administrative Kommandosystem. Die ehemaligen Generalsekretäre der Partei hatten den Siegeszug des Sozialismus aufgehalten und seinen Höhenflug sabotiert.

Überall in Europa wurden die Generalsekretäre verhaftet. Die Bulgaren, die Schiwkow mit herzlichem Dank für seine langjährigen, hingebungsvollen Dienste verabschiedet hatten, nahmen ihn nun in Haft. Es kam die brillante Idee auf, die Bonzen vor ein neues Nürnberger Gericht zu stellen. Die Arbeiterklasse atmete auf. Niemand wagte ihre Unschuld anzuzweifeln.

Die Krise aber vertiefte sich. Die Unterernährung wurde zu einer Realität, und die Preise stiegen ins Unermeßliche. Der Zug des Sozialismus war nicht nur entgleist, er war abgestürzt. Man begann von Marktwirtschaft, politischem Pluralismus und Demokratie zu sprechen. Nun fingen auch die Arbeiter an, sich Sorgen zu machen. Die Artikel der Verfassung, die die führende Rolle der Klasse und ihrer Partei garantierten, wurden aufgehoben.

Solange die Marktwirtschaft nur ein Traum war, wurde sie von allen Seiten begrüßt. Wer von ihr sprach, hatte die wohlgenährten Westler mit ihren Jeans und ihren funkelnden Limousinen vor Augen. Als aber Spekulanten auf die Bühne traten, die über Nacht reich geworden waren, als unrentable Fabriken geschlossen wurden, als das Brot aus den Regalen zu verschwinden begann, erhob sich das osteuropäische Proletariat, so wie sich gegen Ende der zwanziger Jahre das deutsche erhoben hatte.

Die ersten, die etwas an der Demokratie auszusetzen hatten, waren nicht die Apparatschiks, die Mitglieder der Nomenklatura, sondern die Arbeiter. Als die Solidarność den Nationalrat und das Parlament erobert hatte, entstand eine neue polnische Gewerkschaft, von der nie zuvor jemand gehört hatte, und protestierte gegen die Reformen. Die russischen Gewerkschaften versammelten sich jeden Samstag im Sokolniki-Park. Ein tausendfacher Chor verlangte den Rücktritt Gorbatschows. Streiks überfluteten das einstige sozialistische Paradies der Werktätigen. An der Spitze standen diejenigen Arbeiter, die am wenigsten arbeiteten. Sie verteidigten ihre Hegemonie. Die russische Ökonomie war inzwischen praktisch paralysiert. Die Busschaffner von Sofia blockierten die Hauptstadt, obwohl ihre Löhne die Gehälter der Professoren bei weitem übertrafen.

Im Vergleich mit dem durchschnittlichen Pro-Kopf-Einkommen hat ein osteuropäischer Metallarbeiter seit eh und je mehr Lohn bekommen als sein westeuropäischer Kollege. Das aber interessiert ihn kaum. Er will nach wie vor der erste sein. So tritt eine gealterte Ballerina auf die Bühne und spreizt ihre steif gewordenen Knochen zum Spagat. Im Obersten Sowjet erhebt sich der unfehlbare Proletarier von neuem, und stotternd macht er die Intellektuellen unter den Abgeordneten verantwortlich für alle Mißgeschicke, die das Land heimsuchen. Unsere Arbeiter verwünschen die Anführer der Opposition, weil diese Leute studiert haben und Bärte tragen. Zugleich wird in den Betrieben so gut wie gar nichts mehr produziert. Die minderwertige Stahl- und Metallindustrie Bulgariens verschlingt nach wie vor eine Milliarde Lewa pro Jahr an Subventionen. Die osteuropäischen Volkswirtschaften treten auf der Stelle. Sie erwarten die Posaunen des Jüng-

sten Gerichts. Vermutlich glauben sie, daß ihnen diese Musik die Rettung bringen wird.
Es dauerte dreißig Jahre, bis die Chinesen ihrem letzten Kaiser beigebracht hatten, wie man Körbe flicht. Das war der einzige wirkliche Erfolg ihrer sozialistischen Revolution. Wann werden die Millionen von kleinen Imperatoren in Osteuropa lernen, wie man strickt? Dann könnten sie wenigstens mit warmen Füßen auf die Posaune warten.

Ins Deutsche übersetzt vom Autor. Aus: *Der Komet. Almanach der Andere Bibliothek.* Frankfurt am Main 1991.

Der Klassenkampf als Märchenstunde

Ein deutscher Politiker, nennen wir ihn der Einfachheit halber M., hat vor wenigen Wochen eine sensationelle Entdeckung gemacht. Er hat nämlich festgestellt, daß sich hinter der harmlosen Tarnbezeichnung »die Wirtschaft«, was ja bis dahin kaum jemand geahnt hat, der schiere Kapitalismus verbirgt. Aber damit nicht genug: Herr M. konnte mit einer noch weit schlimmeren Erkenntnis aufwarten. Es ist ihm nämlich aufgefallen, daß es sich um eine Erscheinung handelt, die nicht nur liebenswerte Züge aufweist.
Die Aufregung, die diese Enthüllungen hervorriefen, war beispiellos. Das K-Wort, das jahrzehntelang nur den Mitgliedern linker Lesezirkel geläufig war, prangte auf einmal auf den Titelseiten sämtlicher Zeitungen. Die Talkshows haben sich von dem Schock, den das auslöste, bis heute nicht erholt. Wer hätte gedacht, hieß es nun, daß in einem ordentlichen Sozialstaat wie dem unseren derart böse Kräfte am Werke sind? Daß sich Gier, Ausbeutung und Profitdenken, ja, so gefährliche Erscheinungen wie der Wettbewerb und der Weltmarkt hinter dem Rücken einer nichtsahnenden Regierung ungehindert breitmachen konnten?
Ja, da ist natürlich guter Rat teuer. Denn eigentlich ist bisher nur eine einzige Methode bekannt, das neuentdeckte alte Erzübel mit der Wurzel auszureißen. Hoch die internationale Solidarität! Nieder mit der Bourgeoisie! Enteignung! Revolution! Leider ist dieses Rezept schon ein paarmal ausprobiert worden, und es gibt wenig Leute, die Lust darauf hätten, den Versuch zu wiederholen – am allerwenigsten Herr M. und sein Kanzler, der ganz im Gegenteil größten Wert darauf legt, »die Wirtschaft«, wo er nur kann, zu hätscheln.

Unter diesen Umständen bietet sich ein anderes Verfahren an, um das plötzlich aufgetauchte Monster Mores zu lehren. Man wasche ihm den Pelz, achte aber darauf, daß es nicht naß wird. Das dazu erforderliche Glas Wasser braucht man nicht wegzuschütten. Man kann es einer zweiten Nutzung zuführen, indem man einen Sturm darin entfesselt. Die Medien sind jederzeit bereit, sich an diesem aufwühlenden Projekt zu beteiligen. Sie wissen nämlich, womit man Auflage und Quote machen kann: weniger mit Wonne als mit Krach. Und sie wissen auch: je trüber die Stimmung, desto größer die Wut.

Und an der kann es ja nicht fehlen. Denn im Gegensatz zu Herrn M. weiß zumindest derjenige Teil der Bevölkerung, den man einst Proletariat und späterhin Arbeiterklasse nannte und der heutzutage nur noch aus »Lohnabhängigen« oder »Arbeitnehmern« besteht, längst darüber Bescheid, wie die vorläufig beste aller Welten funktioniert. Dazu brauchen sie das umfangreiche Werk eines deutschen Gelehrten aus dem neunzehnten Jahrhundert gar nicht erst zu studieren. In ihrer Eigenschaft als Konsumenten mag der Kapitalismus ihnen willkommen sein, ansonsten aber mißfällt er ihnen eher; denn es ist ihnen nicht entgangen, daß dieses ökonomische Regime, wie Herr M. richtig, wenn auch spät bemerkt hat, allerhand Nachteile mit sich bringt.

Auch daß solche Gemütsregungen weit verbreitet sind, hat Herr M. bemerkt. Das ist die zweite Entdeckung, die wir ihm zu verdanken haben. Und er wäre nicht der rechte Mann am rechten Platz, wenn er von ihr keinen Gebrauch zu machen wüßte. Da er in der Politik tätig ist, muß es ihm am Herzen liegen, die nächste Wahl zu gewinnen. Damit reduziert sich freilich die Tragweite seiner Fundamentalkritik. Ihr Horizont schrumpft auf ebenjene paar Wochen, in denen die Medien scharf darauf sind, seine erstaunlichen Forschungsergebnisse breitzutreten.

Aber Herr M. versteht sich nicht nur darauf, der veröffentlichten Meinung Zucker zu verabreichen, er verfügt auch über gewisse rhetorische Fertigkeiten. Da man in seinem Milieu den Gebrauch des Verstandes beim Wahlvolk nicht unbedingt voraussetzen möchte, empfiehlt es sich, auf Argumente zu verzichten und auf die große Tradition der ungeschmückten Rede zurückzugreifen. Das Repertoire, aus dem hier geschöpft werden kann, ist reichhaltig. Am nächsten liegen wie eh und je die zoologischen Vergleiche. Zwar ist unklar, warum harmlose und gutmütige Lebewesen wie das Rind dazu herhalten müssen, unerfreuliche Mitmenschen zu charakterisieren. Fest steht jedoch, daß Ausdrücke wie Schweinehund, Schafskopf, Kamel oder Drecksau im allgemeinen Publikumsverkehr üblich sind. Nicht umsonst hat ein deutscher Staatschef aus vergangenen Zeiten sich gern auf Haustiere bezogen. (Hieß er nicht Honnecker? Oder war es Ulbricht, der gemeint hat: »Den Sozialismus in seinem Lauf / hält weder Ochs noch Esel auf«?) In der alten Bundesrepublik wiederum waren Pinscher, Ratten und Schmeißfliegen die beliebtesten Totem-Tiere. Herr M., der offensichtlich der Bibel kundig ist, hat diesen Metaphernvorrat durch die Heuschrecke ergänzt. Das war sozusagen die dritte seiner großen Entdeckungen, und sie hat ihm einen wochenlangen Ruhm beschert.

Denn nun fühlten sich nicht nur die Adressaten angemessen beleidigt und riefen, wie im Kindergarten, allerhand Kränkendes zurück; es traten auch die Hüter des politischen Anstands auf den Plan und erinnerten alle Beteiligten pflichtgemäß an die schlimme Vergangenheit, die bekanntlich immer noch in der deutschen Seele rumort. Damit gelang es ihnen, den Sturm im Wasserglas weiter anzufachen. Nun haben sich zwar bekanntlich auch die Nazis nach Herzenslust aus dem Volksvermögen der Infamie bedient. Das Schlimme daran war nur, daß sie es ernst gemeint haben. Das aber muß sich Herr M. wahrhaftig von niemandem nachsagen lassen. Zwar hat er, 160 Jahre nach Dr. Marx, erkannt, was für Bösewichter die Kapitalisten sind, doch muß kein Börsenliebling befürchten, daß die deutsche Sozialdemokratie ihm mit der chemischen Keule kommt. Schlimmstenfalls kann es ihm passieren, daß er zu einem gemütlichen Abendessen ins Kanzleramt eingeladen wird. (2005)

Mit einer Definition geht es so, wie wenn man sich kratzt. Gewöhnlich bleibt dabei eine Stelle zurück, die schlimmer juckt als zuvor.
Samuel Butler

Der Theologe Eberhard Jüngel fragte seinen Lehrer Karl Barth, woran er arbeite.
»Ich schreibe an meinen Memoiren«, antwortete der. »So tief bin ich gesunken.« Ein Jahr später trafen sich die beiden wieder. Barth erzählte: »Ich habe bei meinen Ahnen begonnen. Aber je näher ich meiner Geburt kam, desto peinlicher wurde mir dieses Vorhaben, und so habe ich es aufgegeben.«

Nicht so Gilbert K. Chesterton, der drei Monate vor seinem Tod eine Autobiographie fertiggestellt hat, wobei er zu folgender Einsicht kam: »Die Geschichte meines Lebens aufzuschreiben ist eine morbide und entwürdigende Aufgabe.«

Oft hört man, Sokrates sei zum Tode verurteilt worden, weil er gottlose Reden geführt oder die Jugend verdorben habe. Könnte der wahre Grund nicht darin liegen, daß er den Athenern auf die Nerven ging? Wehrlose Menschen, denen er auf der Straße begegnete, trieb er mit seinen unfairen Tricks in die Ecke, bis sie nicht mehr weiterwußten. Mein lieber Soundso, sag mir doch, was verstehst du eigentlich unter Tugend (oder Kunst oder Gerechtigkeit oder xyz)? Die beste Antwort auf diese Frage wäre gewesen: Stell dich nicht dümmer, als du bist, Sokrates! Du weiß doch ganz genau, was ich meine, wenn ich *Tugend* (oder *Kunst* oder *xyz*) sage! Mit einem wie dir kann man sich beim besten Willen nicht unterhalten.

Früher war ich eingebildet, aber jetzt bin ich perfekt.

SGRAFITTO IN EINER BERLINER HERRENTOILETTE, 1980ER JAHRE.

Na, zurück aus Syrakus?« fragte Wolfgang Schadewaldt Heidegger nach dessen Rückzug aus dem Freiburger Rektorat (1934). Immerhin hat er ihn mit Platon und Hitler mit Dionysios I. verglichen. Das kommt davon, wenn man immer an die Antike denkt.

Nonsens auf Stelzen.
Jeremy Bentham, *Nonsense upon Stilts, or Pandora's Box Opened* (1795).

Aus der Theorieapotheke. Unruhe in den Geisteswissenschaften: *linguistic turn, topological turn, iconic turn, spatial turn, narrative turn, ecological turn, semantic turn* – ich gebe zu, daß ich ein wenig den Überblick verloren habe. Es fällt mir allerdings auf, daß die Wortführer es strikt vermeiden, ihren Lieblingsterminus ins Deutsche zu übersetzen. Man könnte sonst vermuten, daß es sich bei jedem *turn* immer nur um einen neuen Dreh handelt.

Falsche Bescheidenheit – vielleicht besser als gar keine. Aber man kann alles übertreiben, auch das Understatement. Wer darin zu weit geht, wirkt unverschämt.

Manchmal frage ich mich, was in einem Schornsteinfeger vorgeht, der dem deutschen Schornsteinfegerverband angehört und am deutschen Schornsteinfegertag teilnimmt. (Das Wort Dachverband wäre hier angebracht.)

Ich vermute, daß er am liebsten in den Boden versinken möchte. Die dumpfe Rede des Generalsekretärs, die Vorstandswahlen, die Genehmigung der Tagesordnung, die Ehrung verdienter Mitglieder und die Gedenkminuten, sofort gefolgt von lautstarken Resolutionsentwürfen, die Kehrüberprüfungsgebührenordnungen (KÜGO) betreffend, verbunden mit erschöpfenden Begründungen, die den Auftrag, das Ethos und die kulturelle Mission des Schornsteinfegers hervorheben.

Dem »Kollegen« wird ferner auffallen, wie wichtig den älteren Herren auf dem Podium die Titel auf ihren Visitenkarten sind. Er fragt sich, wann sie zuletzt, wenn überhaupt jemals, einen Schornstein gefegt haben. Ihn beschleicht das Gefühl, in etwas Klebriges hineingetreten zu sein. Vergebens sucht er nach einem Abstreifer. Am liebsten würde er nicht dazugehören, sich abmelden, mit einem Wort: austreten.

Ganz ähnlich verhält es sich mit Schriftstellervereinen, Schriftstellerclubs und Schriftstellerverbänden. Auch dort treten Funktionäre auf, die sich dem Wahn hingeben, daß sie ausnahmslos alle »Kollegen« vertreten, auch diejenigen, die keinen Mitgliedsausweis besitzen. Obwohl sie Mühe haben, sich in deutscher Sprache auszudrücken, betrachten sie die Schriftsteller als Geschöpfe, denen es offenbar schwerfällt, sich auszudrücken, und die daher auf die Formulierungshilfe von Kommissionen, Ausschüssen, Beiräten, Vorsitzenden, Vorständen und Vorstehern angewiesen sind.

Aus den Lehrsätzen eines alten Arztes:
Die Gesundheit ist ein prekärer Zustand des Menschen, der nichts Gutes verheißt.
Guido Cernetti

Vom Hörensagen: In Berlin. Ein Mann mit einem Geigenkasten steigt aus der U-Bahn, sieht sich ratlos um und fragt einen schwarzgekleideten Passanten: »Entschuldigen Sie, können Sie mir sagen, wie ich zur Philharmonie komme?«
Der Gefragte antwortet: **»Üben, üben, üben!«**

Die Litanei des Benutzers

Die Verteidigung der Bibliothek – wer, der nach wie vor lesen und schreiben kann, wollte sie nicht zu seiner Sache machen? Wer wüßte nicht, daß sie einer belagerten Festung gleicht? Längst haben die Finanzpolitiker ihr schweres Geschütz gegen sie aufgefahren. Sie wissen, daß es darauf ankommt, Milliarden zu vergeuden für Subventionen, Weltausstellungen, Beschäftigungsprogramme; und einen Teil der riesigen Lücken, die dabei entstehen, dadurch zu stopfen, daß sie dort zur Plünderung schreiten, wo keine schwerbewaffnete Lobby droht. Das gesellschaftliche Milieu, das man gemeinhin Kultur nennt, ist bekanntlich unfähig, sich kompakt zu organisieren und, obwohl es zur Wertschöpfung mehr beiträgt als Landwirtschaft, Schiffsbau oder Raumfahrt, sein Gewicht dort in die Waagschale zu werfen, wo Verteilungskämpfe entschieden werden, nämlich in den Wahlkämpfen der Parteien. Wenn also gespart werden soll, dann wird

ibliothek Escorial.

Moderne Stadtbibliothek.

sich jeder halbwegs wohlkalkulierende Politiker an die Kultur halten, die, wie er aus Erfahrung weiß, unfähig ist, ihn zu bestrafen.

Doch die Metapher von der belagerten Festung trügt; denn längst ist der Feind ins Innere der Bibliotheken vorgedrungen. Wozu, flüstert die Fünfte Kolonne, wozu diese Regale, diese Zettelkästen, diese Magazine? Wozu die Mühe, die ein so tonnenschwerer Bestand, die diese Altlast aus Pergament, Hadern und Zellulose bereitet? Wozu die monumentalen Gebäude im Zentrum der Stadt, wo wir doch alle *online* sind und einem fröhlichen virtuellen Zeitalter täglich näher rücken?

Digitalisierung, Deakquisition, Schreddern der altertümlichen Kataloge, bestenfalls Verfilmung oder Auslagerung der Bestände – jedenfalls Schluß mit der sentimentalen Idee, es sei die Aufgabe des Bibliothekars, etwas zu bewahren. Das Netz ist die Lösung. Das alte Gehäuse kann bis auf den Keller abgetragen werden, in dem nur noch das Rechenzentrum, die Datenbank überleben soll. Soweit die neuen Losungen.

Schöne Aussichten – oder böswillige Projektionen? Das zu entscheiden übersteigt natürlich die Kompetenzen eines bloßen Lesers, der noch dazu nicht mit den Privilegien eines deutschen Professors gesegnet ist. Diese unscheinbare, um nicht zu sagen armselige Figur spielt in den Interessenkonflikten und Diskussionen über die Probleme und die Zukunftsaussichten der Bibliotheken kaum eine Rolle. In der Statistik taucht sie allenfalls unter der Rubrik *Benutzer* auf, und ohne unfair zu sein, darf man behaupten, daß sie im allgemeinen, besonders in Deutschland, als *quantité négligeable* gilt.

Imaginäre Bibliothek 15. Jh., Intarsien im Studiolo des Palazzo Ducale, Urbino.

Aus eigener jahrzehntelanger Erfahrung und aus den Äußerungen Hunderter von Leidensgenossen könnte der Verfasser dieser Zeilen nun ein langgedehntes Klagelied über die mannigfachen Plagen und Kümmernisse des sogenannten Benutzers anstimmen. Einzelne Cantos müßten die zaristisch anmutende Zettelwirtschaft, die wirre Katalogsituation, die oft unerträglichen Wartezeiten und den Fahrkartenzwicker-Ton der Angestellten besingen, der immer noch in manchen Häusern herrscht. Aber wer möchte sich diesen Jammer anhören, der ja jeder Originalität ermangelt und ebenjener Tradition angehört, die er beklagt?

Lieber erinnere ich mich an einige paradiesische Monate am New Yorker Washington Square. Dort händigte man mir, gegen Vorlage meiner Legitimation und gegen meine Unterschrift, innerhalb von fünf Minuten eine Karte aus, die mich berechtigte, unter einer knappen Million von Büchern zu wählen, sie frei aus dem Regal zu nehmen, sie seitenweise zu kopieren und, falls ich Lust dazu hatte, sie mit nach Hause zu nehmen, dies alles an sieben Tagen in der Woche von neun Uhr morgens bis mitternachts. Es gibt wenige öffentliche Institutionen in Deutschland, die etwas Vergleichbares zu bieten hätten. Nicht selten ist die Qualität der Dienstleistungen hierzulande oft umgekehrt proportional zur Größe und Bedeutung der betreffenden Einrichtung. Die kleine Filiale der Stadtbibliothek in meiner Nachbarschaft zum Beispiel stellt, was Höflichkeit, Effizienz und Zugänglichkeit angeht, manch große Büchersammlung in den Schatten.

Der Befund lädt ein zum Grübeln. Vielleicht sind an der bedrohlichen Lage unserer ehrwürdigen Schatzhäuser doch nicht nur die wölfischen Finanzminister und die Evangelisten der Künstlichen Intelligenz schuld? Könnte es sein, daß in den deutschen Bibliotheken der Wirt allzulange seine Rechnung ohne den Gast gemacht hat, und daß ihnen Millionen von enttäuschten und verärgerten »Benutzern« deshalb die politische Unterstützung versagen, ohne die es mit ihrer Zukunft trübe aussieht? Jedenfalls möchte ich allen Beteiligten, vom Minister bis zum Portier, zu einer Exkursion in die Vereinigten Staaten von Amerika raten. Wem das zu weit ist, für den tut es auch die Bayerische Staatsbibliothek, die sich in den letzten Jahren gründlich gewandelt hat. Möglicherweise gingen ihnen dort die Augen auf; sie würden sich die traurige Kunstfigur des Benutzers aus dem Kopf schlagen und sich statt dessen auf ihren wahren Auftraggeber besinnen: einen Menschen, der nicht vor einem Schalter stehen, sondern einfach lesen möchte.

Ich hatte nur die deutschen Bibliotheken kennengelernt, moderne Lesefabriken die einen, barocke Schneckengehäuse die anderen. In Paris taten sich unerhörte Welten auf, tiefer Beglückung und Verstörung fähig. Wer nie an einem sonnigen Spätnachmittag die Apsis der alten Bibliothèque Nationale in Gold erglühen sah, weiß nicht, wie süß das Leben sein kann. ULRICH RAULFF, »Caliban im Glück«, in: *Zeichen Bücher Wissensnetze.* Hg. von Stephanie Jacobs. Göttingen 2009.

Visitenkarten, eine alteuropäische Annehmlichkeit

Heute bestehen sie vor allem aus Ziffern. Adresse, Strompost, Firma, Position, Fax, des weiteren ein Meer von Telephonnummern: Büro (Sekretariat, direkt), privat, mobil, ferner, mit Kugelschreiber hingekritzelt, die ganz geheime Nummer des Unerreichbaren. Früher ersparten solche Kärtchen einem manche Mühen. Es genügte, sie zu knicken, mit ein paar Buchstaben zu versehen und abzuwerfen:

p. f. pour féliciter,
p. p. c. pour prendre congé,
p. c. pour condoléance,
p. p. pour présenter,
p. r. pour remercier,
p. m. pour mémoire,
r. s. v. p. – und fertig!

Ein wahres Wort

Pünktlich zum Frühjahr, alle Jahre wieder, wird Deutschlands heimlicher Bestseller auf den Markt gebracht; und jedesmal wird uns ein kostenloses Exemplar zuteil, obwohl wir nie die Absicht hatten, das kiloschwere Werk zu rezensieren. Das ist übrigens eine Frage der Berufsmoral. Wir stehen nämlich auf dem altmodischen Standpunkt, daß man ein Buch lesen sollte, bevor man es kritisiert; und da wir nicht im Traum daran denken, diese Neuerscheinung durchzulesen, fällt uns ein Urteil über ihren Inhalt schwer. Wir haben ja nicht einmal darin geblättert; wir haben das mehrere tausend Seiten starke Werk einfach dahin geschmissen, wohin es gehört und wo es aller Voraussicht nach das ganze Jahr herumliegen wird: auf einen kleinen Tisch im Korridor.
Dort allerdings fiel unser zerstreuter Blick – wir waren gerade in ein Gespräch mit der ADAC-Pannenhilfe vertieft – auf das Titelblatt. Irgend jemand hatte sich an dem guten alten Paperback, das uns jahrzehntelang ein treuer Begleiter war, zu schaffen gemacht. Der gewohnte Pappdeckel kam uns plötzlich jugendlich vor, beinahe aufgekratzt. Woran mochte das liegen? Richtig, es war die Farbe. Statt im gewohnten lehmfarbenen Kostüm prangte die Neuauflage in einem schreiend kanariengelben Einband. In fieberhafter Erregung brachen wir das lehrreiche Gespräch mit der Pannenhilfe ab und begannen das Buch mit neuen, mißtrauisch gewordenen Augen zu prüfen.

Schon das erste Wort traf uns wie ein Blitzschlag. Das ehrwürdige Werk war unter einem völlig neuen, sensationellen Titel erschienen! Wir trauten unseren Augen kaum, aber es ließ sich nicht leugnen: Zum ersten Mal in seiner Geschichte trug das deutsche Telefonbuch den Titel *Telefonbuch.*
Nur ganz verschämt, in winziger Schrift, wies der Autor (in unserem Fall die Oberpostdirektion München) auf die eherne Tradition hin, der zufolge ein Telefonbuch nie Telefonbuch heißen durfte, sondern: *Amtliches Fernsprechbuch der Deutschen Bundespost* (früher Reichspost). Wir möchten diesen Vorgang umwälzend nennen. Eine der zähesten Behörden der Welt hat, nach jahrzehntelangem erbitterten Widerstand, nachgegeben. Dreißig Millionen »Fernsprechteilnehmer« haben gesiegt. Noch immer benommen von diesem unverhofften Triumph, sind wir kaum in der Lage, die Implikationen ganz zu erfassen.
Seit den Tagen des Reichspostmeisters von Stephan (1831–1897) hat sich die deutsche Post um unsere Muttersprache verdient gemacht und zahlreiche glanzvolle Formulierungen geprägt, um der profanen Kundschaft zu zeigen, was eine dienstliche Harke ist. Als blutiger Laie gab sich zu erkennen, wer am Schalter eine Briefmarke verlangte; die Post, in Erfüllung ihrer Hoheitsaufgaben, ließ sich dadurch nicht beirren; mit der Geduld des geborenen Erziehers wies sie uns darauf hin, daß das gummierte Papierchen, das wir meinten, in Wirklichkeit ein »Postwertzeichen« war. Wir haben dieses Wort nie über die Lippen gebracht. Hartnäckig nannten wir das »Postvertriebsstück«, das morgens im Briefkasten steckte, »unsere Zeitung« und den »Briefzusteller«, der sie brachte, »unseren Postboten«. Reiche stürzten, Bomben fielen, Krisen brachen aus, Mörder kamen und gingen, doch das deutsche Volk blieb unbelehrbar. Statt »Öffentliche Sprechstelle mit Münzfernsprecher« sagte es »Telefonzelle« und statt »Einziehungsgebühr für eine nicht oder unzureichend freigemachte Sendung« – »Nachporto«.
Machen wir uns nichts vor: das Wort *Telefonbuch* auf dem Telefonbuch ist eine Kapitulation. Es ist der Anfang vom Ende. Wenn bei den Behörden die Unsitte einreißt, die Dinge bei ihrem wahren Namen zu nennen, was soll denn dann aus Deutschland werden? Ist das, was wir »das politische Leben« nennen, etwas anderes als ein jahrzehntelang durchgehaltener, verbissener Versuch, alles, was der Fall ist, *umzutaufen?* Und nun soll diese Sisyphusarbeit, der sich Generationen von Staatsdienern hingaben, umsonst gewesen sein?
TransAtlantik 6/1981.

Kleiner Tiroler Wegweiser

– Können Sie mir bitte sagen, wie ich von hier nach Pfunds komme?
– Nach Pfunds wollen Sie? Da würde ich Ihnen schon eher zu Pfons raten, oder zu Vomp, oder meinetwegen Zams, alles sehr schöne Orte. Auch Pfitsch käme für eine Sommerfrische in Frage.
– Aber wie komme ich dorthin?
– Ganz einfach. Sie fahren einfach geradeaus bis Geerg. Dort geht es dann in Richtung Gschnitz an Mötz vorbei bis Grins, von dort aus über Rum und Weng nach Mauls. Lassen Sie Völs und Wenns links liegen. Hinter der Brücke sehen Sie dann schon den Kirchturm von Fiss, aber aufgepaßt, in Prutz müssen Sie an der Kreuzung nach rechts abbiegen, und schon sind Sie in Pfitsch!

Konformismus Eine Erinnerung

Eines Tages werden unsere wissenschaftlichen Akademien hoffentlich eine Gesamtausgabe sämtlicher Leitartikel veranstalten, die zu diesem Thema in den fünfziger Jahren erschienen sind. Dann erst wird man das Wunder dieser Begriffsbildung so recht zu würdigen wissen. Sie kam wahrhaftig zur rechten Zeit. Ohne den denkerischen Einsatz unserer Publizistik hätten wir diesen Krebsschaden unserer Gesellschaft einfach nicht rechtzeitig erkannt. Er hätte in uns gefressen, und wir hätten es nicht bemerkt. Nie wäre uns das Gegenmittel beschert worden, über das wir nun in so reichlichem Maße verfügen können. Das ist der Non-Konformismus. Wir alle waren damals erleichtert über die Entdeckung dieses Gegengiftes.
Aber dieses befreiende Gefühl hätte vielleicht getrogen, wenigstens die meisten von uns; nicht jedoch unsere unermüdlichen Kulturkritiker. Sie reagierten behende und unerschrocken. Was nützt die schönste Schraube, sagten sie sich, wenn man nicht an ihr dreht? Vermutlich war es Friedrich Sieburg, ein damals prominenter Mann, der ihr die entscheidende Wendung gab. Da fiel es uns wie Schuppen von den Augen. Die wahren Konformisten, gab er zu bedenken, waren die Non-Konformisten, die wahren Non-Konformisten jedoch – wie könnte es anders sein – die unverbesserlichen Konformisten. Hiermit war die Diskussion an einem entscheidenden Punkt angelangt. Die Beschuldigten waren gerettet, die hämischen Peiniger aber, die nicht müde wurden, auf ihrem angeblichen Non-Konformismus herumzureiten, standen in ihrer ganzen Blöße da.
Die Frage war nur, ob es dabei lange bleiben konnte. Wie lange würde es dauern, bis jemand auf die Idee käme, an der Schraube noch ein wenig weiter zu drehen? Dann würde, wie das bei Schrauben der Fall zu sein pflegt, die denkerische Bemühung zu rotieren anfangen. Leicht hätte es so weit kommen können, daß sich Gruppen von Non-Non-Konformisten, ja sogar von Non-Non-Non-Konformisten bilden würden. Wer hätte einer solchen begrifflichen Ausschweifung Einhalt gebieten können?
Glücklicherweise war nicht zu befürchten, daß jemand die Frage aufwerfen würde: Was heißt konform? Konform womit? Auch wir wollten sie lieber auf sich beruhen lassen, diese unfaire Frage, die dem ganzen Quatsch im Handumdrehen den Garaus gemacht hätte. (1960)

Damals

1

Die fünfziger Jahre waren in Deutschland ja ein bißchen langweilig. Nein, sehr langweilig. Zum Schreien langweilig. Ich wollte aber nicht den ganzen Tag lang schreien. Also packte ich damals meine Sachen zusammen und zog nach Norwegen. Dort war es ruhig, aber nicht langweilig. Die Norweger waren so ruhig wie die Fische. Als ich ankam, sagten sie fast gar nichts. Dafür sind sie in der ganzen Welt berühmt. Erst nach ein paar Wochen murmelten sie manchmal, wenn sie mich sahen, »Morn«.

Das heißt soviel wie »Guten Morgen«, aber die Norweger sagen auch mittags, abends und nachts »Morn«. Wenn sie es besondes herzlich meinen, sagen sie sogar »Morn da«.

Als die ersten zwei Monate vergangen waren, saß ich eines Abends in dem einzigen Café des Dorfes. Es war ein wenig schmutzig, aber ganz gemütlich. Leider war kein Tisch mehr frei. Also setzte ich mich zu dem Postboten. Der Postbote war mein bester Bekannter, weil er mir so viele Briefe bringen mußte.

Wir unterhielten uns, ruhig wie die Fische, und tranken Bier, denn in einem norwegischen Café gibt es keinen Schnaps und keinen Wein.

»Wann bist du eigentlich geboren?« fragte der Postbote plötzlich. (In unserm Dorf duzen sich alle Leute.)

Komische Frage!

Die Norweger sind, glaube ich, sehr neugierig. Aber fast immer verstecken sie ihre Neugier. Es ist nämlich unanständig, neugierig zu sein, und unanständige Norweger gibt es nicht.

Das ganze Dorf schien gespannt auf meine Antwort zu warten.

»Ich bin 1929 geboren«, sagte ich.

»Ach so«, sagte der Postbote.

Das ganze Dorf schien sich zu freuen, daß ich 1929 geboren war.

Dann tranken wir noch ein paar Gläser.

Um halb zehn Uhr wurde das Café geschlossen. Ja, es war eben ein sehr anständiges Dorf.

»Morn da!« sagten wir, als die Bedienung die Stühle auf die Tische stellte.

2

Wieder ein paar Monate später, als die Touristen wie Steine am Strand lagen, ohne sich zu bewegen, saß ich wieder einmal in unserem anständigen, schmutzigen, gemütlichen Café. Jetzt sprach der Postbote schon fließend Norwegisch mit mir. Die Tür ging auf, und herein kamen zwei Herren mit verhältnismäßig roten Gesichtern.
»Gestatten Sie«, sagten die beiden Herren in fließendem Deutsch, denn wie immer war in unserm Café kein Tisch mehr frei.
Wir nickten nur.
»Ja«, sagte der eine Herr, »Norwegen ist herrlich. Kennen Sie vielleicht Norwegen von früher?«
»Nein«, sagte der andere Herr, »leider nicht.«
»Es war die schönste Zeit meines Lebens«, sagte der erste. »Damals, 1941!«
»Ja, damals«, sagte der andere.
»Waren Sie auch Offizier?« fragte der erste.
»Ja, aber leider nur in Belgien.«
Das kann doch nicht wahr sein, dachte ich.
»Seitdem liebe ich Norwegen«, sagte der erste Herr. »Die Natur, wissen Sie, und die Menschen! So anständig, und immer so schweigsam.«
Das ganze Dorf hörte zu und schwieg.
»Gibt es denn hier kein Bier?« rief der zweite Herr.
Wir schwiegen wie die Fische.
»Sie kennen Norwegen nicht«, sagte der erste Herr. »Bier heißt nämlich hier *Öl*. Jawohl, Öl! Da staunen Sie, was? – Öl! Öl!« rief er.
Niemand hörte ihm zu. Erst stand der Postbote auf, dann ich, und wir gingen, ohne »Morn da« zu sagen. Die Bedienung kam und stellte unsere Stühle vor den beiden Herren auf den Tisch, und obwohl es erst fünf Uhr nachmittags war, war das Café auf einmal leer. (1976)

»Übrigens sind die Einwohner gesunde und starcke Leute, haben auch sehr gesunde Lufft, daß sie selten kranck werden, und wo sie auch kranck sind, dennoch nicht viel Artzney brauchen, sondern sich nach Gelegenheit an einem guten Schöps-Braten, oder dergleichen, bald wieder gesund essen.«

Johann Heinrich Zedler, *Großes vollständiges Universal-Lexicon Aller Wissenschaften und Künste.* Artikel *Norwegen.* Band 14. Leipzig und Halle 1740.

Die beiden Hebammen Eine Fjordgeschichte

Ich weiß nicht, wann sie eingezogen sind in das kleine und etwas windschiefe Haus am Hang; das war vor meiner Zeit. Die weiße Farbe fängt allmählich an, von den Fensterbrettern abzublättern. Aber das kümmert sie nicht.

Mehr als dreißig Jahre lang sind sie unentbehrlich gewesen; denn auf den Doktor war kein Verlaß. Er konnte nichts dafür; es hieß, er habe sich, seit dem Unglück mit seiner Frau, angewöhnt, den Kummer, den man ihm ansah, mit Morphium zu behandeln. Alle wußten es, aber man sprach nicht darüber.

Auf der anderen Seite des weitverzweigten Fjords gab es abgelegene Höfe, die nur mit dem Kahn zu erreichen waren. Vom Bootshaus am Ufer führte ein steiler Saumpfad hinauf zu dem Anwesen, zu Wohnhaus, Scheune, Stall und Vorratsspeicher.

Es war jedesmal eine mühsame, bei Nacht und bei schlechtem Wetter auch gefährliche Reise, zu der die beiden Hebammen aufbrachen, wenn sie gebraucht wurden. Früher, als es noch kein Telephon gab, meldete ein Feuer, wann es soweit war.

Das war lange vor dem Öl. Jetzt gibt es eine Straße, die über Brücken und Tunnels rings um den Fjord herumführt, und die beiden Hebammen arbeiten nicht mehr. Sie sitzen in ihrem Haus und rühren sich nicht.

Was sie sich denken, weiß niemand. Ob die beiden Hebammen fromm sind, steht dahin. In die Kirche sind sie, seitdem sie das erste Mal mit der Fähre ankamen, nur gegangen, wenn es ein Kind zu taufen gab. Die beiden runden, messingbeschlagenen schwarzen Taschen – damals waren sie glänzend neu – haben sie aus der Stadt mitgebracht. Einmal hat der Lehrer gefragt, ob er die Instrumente sehen könnte, welche die Hebammen stets dabeihatten. Aber sie haben ihn mit ihren ruhigen, dunkeln Augen angesehen und nichts gesagt, so lange, bis er rot wurde und sich verabschiedete.

Nie hat man gesehen, daß die beiden Hebammen sich mit einem Mann unterhielten. Zuerst haben viele geglaubt, sie seien Schwestern oder sogar Zwillinge, weil sie einander nicht nur ähnlich sahen, sondern sich auch dermaßen ähnlich kleideten, daß es schien, als tauschten sie ihr Gewand. Auch hieß es im Dorf, daß sie in ein und demselben Bett schliefen. Wir fragen uns, was geschehen würde, wenn eine von ihnen stürbe.

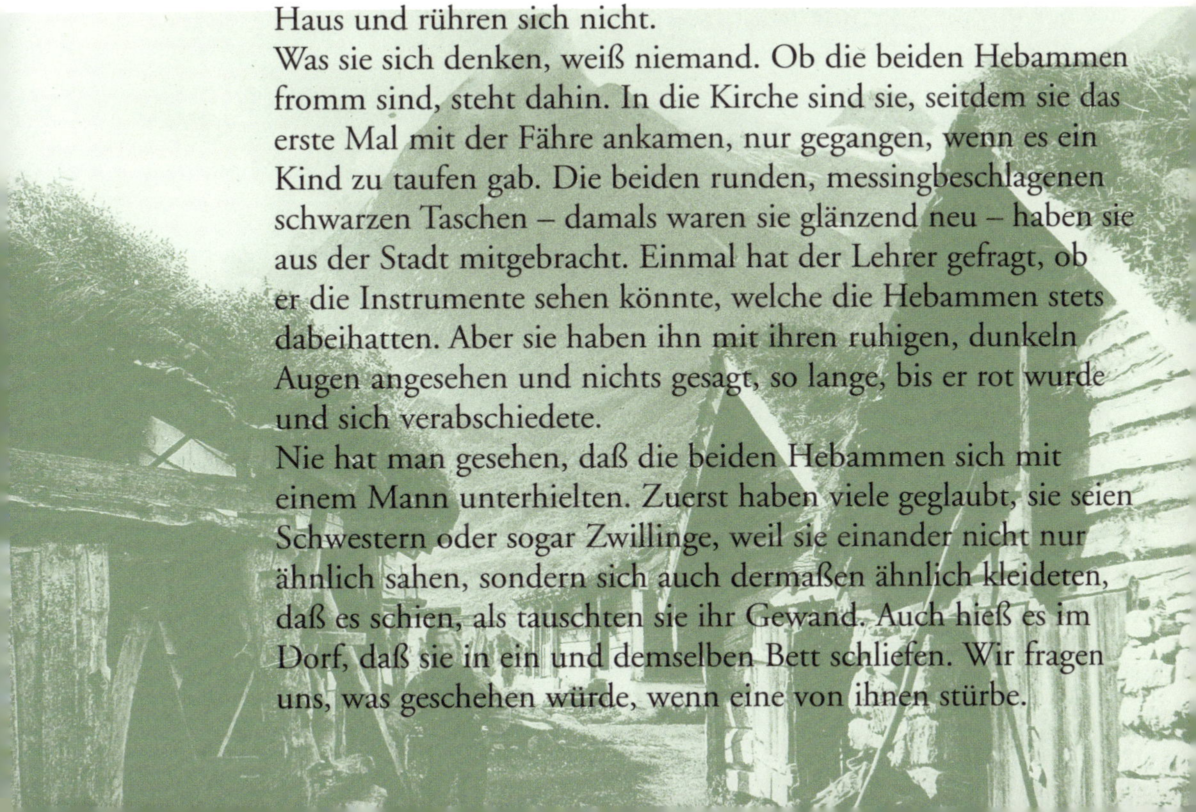

Misthaufen

Gesetzt, einem Menschen, der an Düngemitteln keinen Bedarf hat, würde ein Haufen Mist in die Wohnung gekarrt, so wird es nicht wundernehmen, wenn der Bedachte sich danach erkundigt, wozu und zu welchem Ende man sein Haus verpestet. Der Lieferant kann in einem solchen Fall nicht mit pünktlicher Bezahlung rechnen. Er wird auf Fragen, und zwar auf geharnischte Fragen, gefaßt sein müssen, vielleicht sogar auf eine Anzeige wegen Hausfriedensbruchs.

Wenn nun aber im ganzen Lande Kolonnen von Mistträgern die Treppenhäuser emporkeuchen, gebückt unter ihrer dampfenden Last, wenn bis in die höchsten Etagen der Wohnsilos und bis in die entlegensten Weiler tagaus, tagein, unaufgefordert, ja, gegen den deutlich erklärten Willen der allermeisten, Haufen um Haufen in jenen vier Wänden abgesetzt wird, von denen das Grundgesetz der Bundesrepublik Deutschland behauptet, sie seien unverletzlich – dann nennt man das ein »aufsehenerregendes Ereignis«, und eine weitere Erklärung findet nicht statt.

Damit nicht der Eindruck entsteht, wir hätten etwas gegen Düngemittel, erklären wir hiermit: Ein Haufen Mist am rechten Platz ist keine Schande, und selbst der unwissendste Städter wird der berühmten Maxime Mao Tse-tungs beipflichten, die besagt, ein Kuhfladen sei nützlicher als ein Haufen leerer Theorien. Nicht dem Mist als solchem gilt unser Widerwillen, auch nicht dem Geruch, den er verbreitet; wir wären nicht zufriedener, wenn der Müll, den wir in Küche, Wohn- und Schlafzimmer vorfinden, nach Patchouli, Senfgas oder Weihrauch röche.

Wie also läßt sich die Langmut erklären, welche die Bevölkerung dieses Landes ihren Tages- und Wochenzeitungen, ihren Rundfunk- und Fernsehsendern entgegenbringt? Wir stehen vor einem Rätsel. Nullereignisse wie der Besuch eines 60jährigen polnischen Gastarbeiters aus Rom bieten diesen Medien jederzeit eine Handhabe dazu, wochenlang unsere Wohnungen zu verunstalten. An einem Tag, der seit Monaten feststeht, der also etwas Neues definitionsgemäß nicht bringen kann, wird die Nicht-Nachricht zur einzig zugelassenen Mitteilung. Sämtliche Titelseiten, Frequenzen und Kanäle werden schlagartig mit genormtem Mist verstopft, und es gibt im ganzen Land keinen Türvorleger oder Briefkasten, der nicht täglich von unerwünschten Ablagerungen gereinigt werden müßte.

Diese Invasion wird generalstabsmäßig vorbereitet. Wochen im voraus schwärmen Forscher aus, um mit mathematisch ausgefeilten Methoden die Reaktion der Bevölkerung auf den bevorstehenden Geruch zu erkunden. Im Falle des bereits erwähnten Besuches fiel die Antwort eindeutig aus. Jeder zehnte Befragte erklärte nämlich, er verbitte sich die angekündigte Bescherung. Weitere siebenundfünfzig Prozent der Bewohner unseres Landes gaben an, das fragliche Nullereignis interessiere sie – einen Dreck.

Aus der Tatsache, daß über zwei Drittel aller Befragten von der angedrohten Lieferung nichts wissen wollten, zogen die Inhaber unserer Medien nur einen einzigen Schluß: Sie wiesen die Lastträger an, ihre Anstrengungen zu verdoppeln. Allein das deutsche Fernsehen schaufelte einundvierzig Stunden lang den fraglichen Abfall ins Haus. Sämtliche anderen aktuellen Medien bemühten sich, mit dieser Spitzenleistung zu wetteifern.

Nun gibt der Triebhaushalt des Menschen manches Rätsel auf, und über die sonderbaren Formen, die der Drang zur Selbsterhaltung, zur Fortpflanzung und zur Aggression annehmen kann, haben sich viele Forscher den Kopf zerbrochen. Daß der Nachahmungstrieb, der in den deutschen Redaktionen herrscht, jedes andere menschliche Bedürfnis in den Schatten stellt, ist dagegen eine Erscheinung, die bisher jeder wissenschaftlichen Erklärung widerstanden hat. Zwar gibt es im Lande des Dr. Goebbels historische Präzedenzfälle. Deutschland kann für sich in Anspruch nehmen, daß auf seinem Boden die absolute Gleichschaltung der Presse erstmals erreicht worden ist, und zwar bereits vor fünfundvierzig Jahren. Indessen hat Dr. Goebbels sein Ministerium vor geraumer Zeit räumen müssen, und seitdem haben wir bekanntlich eine unabhängige, freie und kritische Presse, die keinerlei amtlichen Weisungen unterworfen ist.
Daraus wird man folgern müssen, daß die Gleichschaltung, zu deren widerwilligen Zeugen wir in regelmäßigen Abständen gemacht werden, auf der freiwilligen Entscheidung von Tausenden von freiwilligen freien Mitarbeitern der freien Presse und der freien Sendeanstalten beruht. Hier wird niemand terrorisiert, es sei denn das Publikum.
Da es uns aber fernliegt, einer Beschränkung der verfassungsmäßig garantierten Pressefreiheit das Wort zu reden, müssen wir uns in Geduld fassen. Jedesmal, wenn wir das Scheppern der ominösen Schaufeln im Treppenhaus vernehmen, wenn durch das geöffnete Fenster die bewußten Schwaden, die das ganze Land überziehen, an unsere Nasen dringen, werden wir unsere Maßnahmen ergreifen. Dann liegt ein Nullereignis in der Luft. Wir werden uns hüten, es beim Namen zu nennen; denn das hieße, sich der Karawane von Mistträgern anzuschließen, die sich in dieser Schicksalsstunde auf den Weg macht. Wir schließen sämtliche Fenster, wir verriegeln die Tür, wir ziehen den Stecker aus der Dose, wir halten uns Augen, Ohren und Nase zu und stellen uns so lange tot, bis das fragliche Jubelfest überstanden, sein Anlaß vergessen und sein ekelerregender Geruch verflogen ist.
TransAtlantik 2/1981.

Müll zieht Müll an.

(Angeblich alte Weisheit.)

LÜGEN HABEN LANGE BEINE

Das ist das Schöne am Abendland, daß der allerneueste Rummel nie so taufrisch ist, wie seine Ansager glauben, sondern daß alles, was im *Spiegel* steht, auch das Allerletzte, Tradition hat. Wir sollten uns nicht einbilden, die innige Verbindung von Kultur und Showgeschäft wäre auf das Fernsehen angewiesen. Schon die alten Griechen – Lukian von Samosata z. B., einer der Superstars der Antike, war im zweiten Jahrhundert nach Christus in der ganzen zivilisierten Welt unterwegs, zwischen Athen und Antiochia, Marseille und Olympia, Rom und Alexandria, von einem Auftritt zum andern. Seine Honorare waren phantastisch, und der Zulauf zu seinen Open-Air-Festivals war enorm. Dieser Karajan der Sophistik bot intellektuelles Entertainment auf höchstem Niveau – gar kein Vergleich mit den Talkshows bei ARD und ZDF, mit dem Deutschen Soziologentag, mit den Symposien der Evangelischen Akademie!
Wir wissen leider nicht, warum (die Überlieferung bewahrt über diesen Punkt Stillschweigen), aber eines Tages wurde es diesem genialen Talkmaster zu dumm. Mit vierzig Jahren sagte er alle weiteren Tourneen ab und zog sich ins Privatleben zurück. Statt aber in aller Ruhe seine Ersparnisse zu verzehren, wurde er zum Renegaten. Er amüsierte sich damit, die Industrie bloßzustellen, die ihn so wohl ernährt hatte. Boshaft und scharfsinnig fiel er über seine Kollegen her. Er schrieb ein Lob des Parasiten und ein Plädoyer für die Lüge. Die akademische Mafia hat Lukian bis heute nicht verziehen. Unseriös, oberflächlich, zynisch, leichtfertig, frivol! Usw. Natürlich hat ihn die katholische Kirche auf den Index gesetzt. Ein byzantinischer Literaturhistoriker hat sich sogar zu der Behauptung verstiegen, Lukian sei bei lebendigem Leibe von Hunden zerrissen worden. Da war der Wunsch der Vater des Gedankens.
Das, was Lukian sagt, ist uns nicht neu. Aber wir merken seinen Dialogen und Lügengeschichten an, daß sie das schlechte Alte zum ersten Mal formulieren. Darin liegt ihr Charme: Diese Gesellschaftskritik hat nicht die geringste Ahnung davon, daß sie Gesellschaftskritik ist; sie hört nicht auf diesen abgedroschenen Namen; und ebenso verhält es sich mit Lukians Kritik der Religion, der Ideologie, der Kultur; sie trampelt nicht, sie kommt auf leichten Füßen daher, übermütig, als wäre sie einer verrückten Laune entsprungen, sie tanzt dem schwachen Tief- und dem tiefen Schwachsinn auf der Nase herum. Ja, das ist es, was sie uns voraushat: sie tanzt. (1985)

Aus dem Vokabular der Wirtschaftskrise

ABCP, ABS, CDO, CDS, CMO, MBS, SIV, SPV, Akronyme; englisches Äquivalent: *mumbo-jumbo*, soviel wie Brimborium, Kauderwelsch, Schmu; Unverständlichkeit als Stilideal; erinnert an den Redefluß von Hütchenspielern. Siehe auch unter *toxisch*.

Abwrackprämie, die; Belohnung für die Vernichtung von Gebrauchsgegenständen; ihr Besitzer empfängt die Prämie, die er als Steuerzahler entrichtet. Abgewrackt werden auch insolvente Banken; in diesem Fall kommt die Prämie als Bonus den Managern zugute, die für die Pleite gesorgt haben.

Analyst, der; einer, der es aus guten Gründen nicht wagt, sich einen Analytiker zu nennen. Wehe dem, der sich einem Therapeuten anvertraut, dem selber auf keiner Couch mehr zu helfen ist.

Bad Bank, die; ein Neologismus, der an die Rede von den schwarzen Schafen erinnert und offenläßt, ob es auch Banken gibt, in denen das Gute gedeiht.

Berater, der; Bankangestellter, der ebenso im Nebel stochert wie seine Kunden, aber wenigstens, solange der Umsatz stimmt, Geld damit verdient, statt es einzubüßen.

Casino, das; eine legale Veranstaltung, bei der stets die Bank gewinnt. Die Teilnahme ist auch im Internet möglich und heißt dort »online banking«.

Derivat, das; *aller à la dérive* bedeutet auf französisch bergab gehen, dahintreiben, auf Abwege geraten.

Kettenbrief, der; in der Finanzbranche bekannte Postwurfsendung, für die es stets dankbare Empfänger zu geben scheint. Siehe auch unter *Pilotenspiel*.

Paket, das; Sperrgut, das, als stünde Weihnachten vor der Tür, überall geschnürt und auf den Weg gebracht wird. Der Versand der Hilfspakete erfolgt nicht per Nachnahme. Die Rechung übernimmt auf keinen Fall der Empfänger. Der Inhalt ist mindestens neunstellig und erinnert an ein beliebtes Geschenk zum Kindergeburtstag: an die Wundertüte.

Pilotenspiel, das; ein Vergnügen, das sich viele Personen von geringer Intelligenz mit wenigen *Masters of the Universe* teilen.

Produkt, das; oft mit dem Adjektiv innovativ verbunden; ein Phantasieerzeugnis jener Branche, die stolz darauf ist, daß sie nichts produziert.

Rating, das; Bewertung von Wertpapieren, die an die Punkte von Weinexperten und an die Kochmützen der Gastronomie-Ratgeber erinnert. Irrtum vorbehalten! Die Agentur kassiert, lehnt jedoch jede Haftung ab.

Realwirtschaft, die; zur Unterscheidung von ihrem Gegensatz, einer Ökonomie, die vor allem mit Fiktionen beschäftigt ist.

Risikomanagement, das; dient nicht der Begrenzung, sondern der Steigerung von Nebenwirkungen. Eine Packungsbeilage ist nicht vorgesehen. Ärzte oder Apotheker gehören nicht zum Personal.

Spritze, die; aus der Drogenszene bekanntes Instrument zur Verabfolgung hoher Dosen, um den Kreislauf der Abhängigen zu stabilisieren und sie vor Entzugserscheinungen zu bewahren.

Standort, der; Begriff aus dem Militärwesen. Seitdem an die Stelle der stehenden Heere Unternehmen getreten sind, fürchten die Städtebewohner nicht mehr den Verlust einer Garnison. Man zahlt für den Verbleib anderer Bataillone.

Toxisch, adj.; eine Eigenschaft innovativer Wertpapiere, siehe unter *Produkt*.

Wirtschaftsweisen, die; eine staatlich geprüfte Ansammlung von hochdotierten Kaffeesatz-Lesern.

Verstaatlichung; die; Ideal der kommunistischen Parteien, das von Großbanken herbeigefleht wird.

Vertrauen, das; ein Gefühl, um das händeringend geworben wird, weil eine andere Regung, das Mißtrauen, sich als nützlicher erwiesen hat.

Zertifikat, das; ein Papier, das dem Anleger ein Maximum an Unsicherheit garantiert.

Jetzt ist man damit beschäftigt, die Banken zu verstaatliche

Sándor Márai (1947), in: *Tagebücher 1945–1957*. Berlin 2001.

icht lange, dann wird man die Staaten verbanken. Und so weiter, immer von vorn.

Der Deckmantel der Thorheit

Yorick hatte, um die Wahrheit zu-sagen, von Natur einen unbezwinglichen Widerwillen und Abscheu gegen die Ernsthaftigkeit… nicht als Ernsthaftigkeit… denn er konnte, wenn's darauf ankam, Tage und Wochen lang der ernsthafteste Mensch von der Welt seyn… der verstellten Ernsthaftigkeit aber, welche der Unwissenheit und Thorheit zum Deckmantel dient, war er so feind, daß er sie allenthalben ohne die geringste Schonung angriff, er mochte sie antreffen, wo er wollte, und wenn sie auch noch so mächtig beschützt war.
Nach seiner ausgelaßnen Art, sich auszudrücken, sagt' er zuweilen: die affektirte Ernsthaftigkeit sey eine herumstreichende Bübin, und setzte wohl noch hinzu… von der allergefährlichsten Art, weil sie so schlau, und daß er überzeugt sey, durch sie würden in einem Jahre mehr redliche und arglose Leute um Gut und Geld gebracht, als durch Spitzbuben und Beutelschneider in sieben.

Yorick hatte, die Wahrheit zu sagen, von Natur einen unbezwinglichen Widerwillen und Abscheu gegen die Ernsthaftigkeit; — nicht als Ernsthaftigkeit; — denn er konnte, wenns darauf ankam, Tage und Wochenlang der ernsthafteste Sterbliche von der Welt seyn. — Sondern der nachgeäften war er herzlich feind, und kündigte ihr öffentlichen Krieg an, in so fern bloß, als sie ein Deckmantel der Unwissenheit oder Narrheit schien; und alsdann, wo sie ihm nur aufstieß, sie mochte auch noch so mächtigen Schutz haben, gab er ihr selten Pardon.

Zuweilen, nach seiner unbedachtsamen Art zu reden, pflegt' er zu sagen: die affektirte Ernsthaftigkeit sey eine durchtriebne Bübin, und setzte noch wohl hinzu, — von der gefährlichsten Gattung, weil sie so listig; und er glaube im Ernste, sie brächte in einem Jahre mehr ehrliche, sorglose Leute um ihr Gut und Geld, als Beutelschneider und Spitzbuben in sieben thun könnten.

Laurence Sterne, *Tristram Shandy*. Aus dem Englischen von Johann Joachim Christoph Bode.

GOLD!

»Sehr geehrter Herr Dr. Rasche!
Wir hören aus unserem Kundenkreis einen kleinen scherzhaften, für Sie aber sehr schmeichelhaften Vers:
Wer marschiert hinter dem ersten Tank?
Das ist der Dr. Rasche von der Dresdner Bank!
Dieser nette Vers wurde soeben anläßlich einer Unterhaltung über unsere Affiliationen, die einen außergewöhnlichen Umfang angenommen haben, mitgeteilt.«
So schrieb die Filialdirektion Krefeld der Dresdner Bank AG im Herbst 1943 an jenes Vorstandsmitglied der Berliner Zentrale, das für die westdeutschen Filialbezirke, aber auch für Belgien, Holland, die Baltischen Staaten und die Tschechoslowakei (»Protektorat Böhmen und Mähren«) zuständig war.

Aus: OMGUS. *Ermittlungen gegen die Dresdner Bank.* Nördlingen: Greno 1986.

Ein Zola für uns

GEL

Eigentlich schade, daß die Damen und Herren, die unsere Literatur verfassen, finanzielle Idioten sind; daß sie hartnäckig behaupten, sie verstünden nichts von »der Wirtschaft«. Natürlich kann man vortreffliche Romane schreiben, ohne zu wissen, daß Geld und Kapital zwei Paar Stiefel sind, aber bei so viel Ignoranz entgeht einem manches. Warum ist z. B. Hermann J. Abs nicht in die Literatur eingegangen?

Émile Zola hatte keine Lust, die Rolle eines Unschuldslammes zu spielen. Er sah in Rothschild eine Figur, die einem Baudelaire durchaus ebenbürtig war, wenn es darum ging, die Epoche des Zweiten Empire in Worte zu fassen.

Eine Bank steigt auf und bricht zusammen. Im Taumel der Spekulation werden die Kriegsgewinnler über Nacht reich, während der »kleine Anleger« den letzten Heller verliert. In den mehr als hundert Jahren seit dem Erscheinen von *L'argent* hat sich der Stil geändert, aber der Mechanismus ist derselbe geblieben. Junk-Bonds, Nahost-Krisen, Umschuldungsverhandlungen, Stützungskäufe, Stillhalteabkommen, Takeovers, Insider-Geschäfte – wer die Operationen, die Umwege und die Tricks kennenlernen möchte, braucht nicht unbedingt das *Handelsblatt* zu lesen. Zolas Roman tut es auch, und er kommt der abstoßenden, faszinierenden Natur der Sache näher als jedes Lehrbuch der Finanzwissenschaften.

Ja, aber dafür ist das, was Zola bietet, auch nur »platter Naturalismus«! – Nur wer ihn nie gelesen hat, kann auf dieses Klischee verfallen. Denn natürlich ist ein Roman wie *Geld* alles andere als eine bloße Abbildung des Faktischen. Was ihn zum Reißer macht, zum Melodram, zum Breitwandfilm seiner Epoche, das ist die visionäre Kraft, der riesige Appetit, die grandiose Unbescheidenheit seines Autors, seine Fähigkeit, das Phantastische der Realität hervorzutreiben.

(1987)

D!

GIER

Glücklich das Land, in dem die Künste blühn! Eine frohe Botschaft

Am Ende sind die Photographen vielleicht doch die besseren Soziologen. Über die deutsche Gesellschaft, wie sie vor dem Zweiten Weltkrieg aussah, verrät August Sanders Werk mehr als jede Theorie. Scheinbar mühelos findet der Blick durch den Sucher der Kamera vieles, was dem Sozialforscher entgeht.

Das gilt auch für die Entdeckungen, die Stefan Moses an den Deutschen der Nachkriegsepoche gemacht hat. Während die Stahlkocher und die Wismut-Bergleute auf seinen Bildern wie die letzten Überlebenden einer bedrohten Art wirken, treten bei ihm ganz andere Figuren ins Rampenlicht. Das sind Veränderungen, die erst im Rückblick auffallen. So hat sich, seinerzeit von der Mitwelt kaum bemerkt, von den sechziger Jahren an eine triumphierende Meute von Künstlern in den Vordergrund gedrängelt und die Verwalter der Macht, die Parteipolitiker, Geldleute und Konzernmanager nach und nach auf die hinteren Plätze verwiesen.

Metallarbeiter, Essen 1963, Photo Stefan Moses.

Damit hat sich nach soundso vielen Messen in Basel und Miami, Documenta-Aktionen und Retrospektiven eine neue, glückstrahlende Epoche der Kunstgeschichte aufgetan. Endlich ist Schluß mit den alten Legenden vom einsamen Genie und vom verkannten Außenseiter. Der unverstandene, am Hungertuch nagende Rebell, den eine unwissende Majorität am liebsten ins Irrenhaus abgeschoben hätte, hat ausgedient. An seine Stelle ist der Künstler als Star getreten, ein unvergleichliches Individuum, das sich, fern vom Büroalltag der anderen, immerzu selbst verwirklichen darf.

Ein aufgeklärtes, wohlwollendes Publikum legt die Hand dafür ins Feuer, daß die unseligen Zeiten endgültig vorbei sind, in denen ein schwarzes Quadrat, ein Urinal oder eine Fettecke im Museum noch für Empörung sorgten. Keiner sehnt sich mehr nach dem röhrenden Hirsch, keiner nörgelt angesichts blühender Museumslandschaften, sein dreijähriger Sprößling könne es ebensogut oder besser als Picasso. Überall schießen riesige, neue Ausstellungsbauten aus dem Boden. Sammlerfürsten, Auktionshäuser und Galeristen haben die Preise für die aktuelle Produktion in ungekannte Höhen getrieben. Jede ordentliche Stadtver-

waltung verfügt über ein Kulturreferat, das die Kunst am Bau fördert und nach aktuellen Installationen giert, um den Tourismus anzukurbeln. Keine schicke Arztpraxis, keine Anwaltskanzlei, die auf sich hält, kommt in unserer Republik ohne ein großformatiges abstraktes Bild im Wartezimmer aus. Die Akademien platzen aus allen Nähten. Zuviel Kunst, darüber sind sich alle einig, kann es gar nicht geben.
Ganz nebenbei und mit leichter Hand hat Stefan Moses mit seinen Aufnahmen eine Entwicklung dokumentiert, die unsere Großeltern nie für möglich gehalten hätten: den totalen, flächendeckenden Sieg der zeitgenössischen Kunst. Nur eine Fußballmeisterschaft kann mit ihrem Freizeitwert konkurrieren.
(Für Stefan Moses.)

Das Grauen kann man nicht besichtigen.

FRITZ TEUFEL

Eine Frage der Etikette

Die alte Dame: Was haben Sie da für ein abscheuliches Feuerzeug?
Der Besucher: Abscheulich? Wieso?
Die alte Dame: Ich sehe sehr wohl, was darauf steht.
Der Besucher: Ach so. Marlboro.
Die alte Dame: Allerdings. Noch dazu falsch geschrieben. Zu meiner Zeit sagte man *Marlborough.*
Der Besucher: Am Flughafen gab es nichts anderes. Außerdem sind diese Feuerzeuge billig.
Die alte Dame: Wollen Sie damit sagen, daß Sie auch noch dafür bezahlt haben?
Der Besucher: Vier Mark.
Die alte Dame: Dafür, daß Sie hier Reklame machen dürfen, mein Lieber? Für diese abscheulichen Zigaretten?
Der Besucher: Ich rauche sie selber nicht.
Die alte Dame: Ich erinnere mich noch an die Zeit, als die Etiketten winzig waren. Die Schneiderin hat sie sozusagen heimlich eingenäht, innen, unter dem Aufhänger, wissen Sie. Dann sind sie immer größer geworden, und heute gibt es Personen, die tragen sie außen.
Der Besucher: Außen?
Die alte Dame: Ja. Auf der Handtasche, auf dem Pullover, auf dem Hemd. Genau wie Sie. Ich seh es ohne Brille. Sie brauchen Ihre Hand nicht davorzuhalten. Angefangen hat es mit den Plastiktüten. Die Leute tragen die Namen ihrer Lieferanten durch die Stadt. Unglaublich. Meine eigene Cousine! Neulich kam sie an, mit einem Koffer, der über und über mit einem Monogramm

bedeckt war. Was ist das für ein Monogramm? fragte ich. Du scheinst merkwürdige Freunde zu haben. Man affichiert seinen Namen nicht, das ist geschmacklos. Und wissen Sie, was sich herausgestellt hat?
Der Besucher: Ich ahne es.
Die alte Dame: Es war tatsächlich das Monogramm des Fabrikanten! Und sie hat mir erklärt, meine eigene Cousine: Je mehr Monogramme von irgendwelchen Fabrikanten, desto teurer der Koffer. Ich habe ihr verboten, mich zu besuchen, solange sie wie eine Litfaßsäule daherkommt. Wissen Sie, wie das zu erklären ist?
Der Besucher: Leider nicht.
Die alte Dame: Ganz einfach, mein Freund, Geld macht dumm. Da, Sie können meine Streichhölzer haben.
TransAtlantik 11/1980.

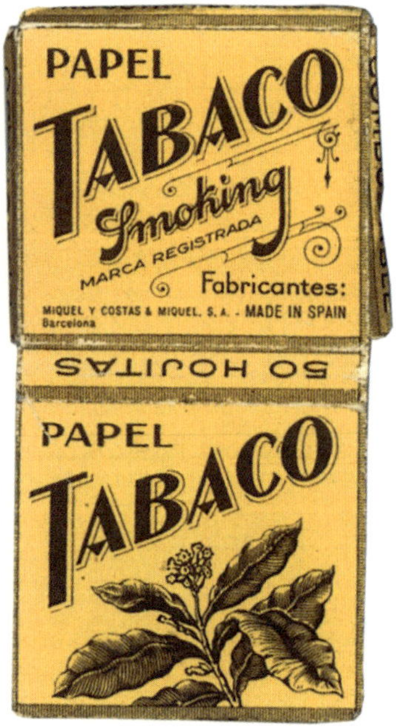

Michael Hamburger **Rauch**

Atemlos, keuchend, meine bockigen Glieder
an ihr Tagwerk schleppend, zünde ich mir eine an,
huste, spucke, belächle die eigene Torheit
und höre ihn, Vasko, wie er nach Luft schnappt
am Wirtshaustisch, wo er sich hinschleppt
zum Abschied, kurz nach der Therapie,
kurz vor seinem Ende und dem seines Landes,
das er, der sich zusammennahm bis zuletzt,
zusammenzuhalten half. Wie er sich jetzt,
tastend, zögernd, eine anzündet, wie er lächelt!

»Hör doch auf damit! Hör doch auf!«
warnten und mahnten die bloßen Freunde.
Sie aber, die ihm an nächsten war,
hat schon damals kein Wort gesagt,
weil sie ihn kannte und wußte, wie süchtig
das Leben macht, so wie die Kunst. Ob aus Liebe
oder für Geld, wir konzentrieren uns,
von giftigem Dunst getrieben, und der Saft,
sei's des Krautes oder der noblen Traube,
mischt sein Ferment mit dem unsres Blutes
in Herz und Hirn, mit der Luft, die wir atmen,
mit dem reinsten Wasser auf Erden, um zu lindern,
eine Sekunde lang, diesen unstillbaren Durst.

Idyllische Zeiten!

Als eines der bekanntesten Rauschgifte hat der Tabak die Rolle eines Welteroberers gespielt und sich mit unglaublicher Schnelligkeit Millionen sklavisch untertan gemacht. Tabak, Zigarre und Zigarette sind heute ein Bedürfnis im menschlichen Leben, mit dem wir rechnen müssen; so sehr rechnen, daß sich ein fester Sittenkodex über den Verkehr mit Rauchern herausgebildet hat. Der gute Ton fordert, daß in Gegenwart von Damen oder in deren Zimmern nicht geraucht werde, es sei denn, daß die Dame es ausdrücklich erlaubt. Nach diesem einfachen Gesetze lassen sich die Fragen über das Rauchen oder Nichtrauchen leicht beantworten.

In Ländern wie Rußland, Italien, Spanien usw. raucht alt und jung, Mann und Weib, es fallen somit irgendwelche zarten Rücksichten fort; in England und Frankreich hingegen, Ländern, in denen alles das, was zum guten Tone gehört, weit mehr mit unserer Sitte übereinstimmt, würde sich in allen besseren Familien ein Herr das Rauchen im Hause außerhalb seines oder seines besonderen Rauchzimmers nicht erlauben.

Junge Damen haben stets zu warten, ob man sie zum Rauchen auffordert. In Gegenwart von Respektspersonen haben sie es zu unterlassen. Ebenso in Restaurants und in der Öffentlichkeit überhaupt.

Das Anbieten von Rauchmaterial gehört einfach zur Gastlichkeit. Es unterbleibt bei einem Anstands-, einem Trauer- oder Gratulationsbesuch.

Bei größeren Mahlzeiten geben die Herren im Rauchzimmer sich dem geliebten Genuß einer Zigarre hin; stehen auch Garten, Veranda oder Balkon nicht zu Gebot, so nehmen doch die meisten Damen keinen Anstoß daran, wenn die Herren in ihrer Gegenwart rauchen; der Hausherr wird darauf zu achten haben, daß eine Belästigung nicht stattfindet.

Franz Ebhardt, *Der gute Ton in allen Lebenslagen. Ein Handbuch für den Verkehr in der Familie, in der Gesellschaft und im öffentlichen Leben.* Leipzig 1926.

Warum lächelt die Mona Lisa? Weil sie Hitkinsons Verdauungspastillen eingenommen hat und so von ihrer lästigen Verstopfung für immer befreit ist! Wollen Sie auch lächeln? Dann ...«

Kurt Tucholsky zitiert in seinem Buch *Das Lächeln der Mona Lisa* (Berlin 1929) ein amerikanisches Inserat.

Erste Hilfe für die gestreßte Psyche. **Bei leichteren Störungen des Gemüts wie Zappeln und Wippen, Quengeln und Geifern, Grübeln und Trübsalblasen, bei Verbitterung, Gereiztheit und heulendem Elend, sollte man im Zweifelsfall nicht auf Fluoxetin, Lorazepan, Doxepin, Trazodon oder Ritalin zurückgreifen. In solchen Fällen empfehlen sich gewisse Vergnügungen der Fünfjährigen, die zumindest für den Augenblick Erleichterung versprechen. Man blase eine Papiertüte auf und bringe sie auf dem Küchentisch zur Explosion, um seine Mitmenschen zu erschrecken. Man nehme einen Stock zur Hand und lasse ihn über ein eisernes Zaungitter rasseln; das Geräusch beruhigt. Man pflücke die weißen Früchte von einem Schneebeerenstrauch** ***(Symphoricarpus albus),*** **werfe sie auf den Boden und lasse sie mit einem winzigen Knall platzen. Man klaube frisch gefallene Kastanien auf und befreie sie von ihrem grünen Panzer. Oft genügt es auch, durch einen Haufen dürren Laubes zu schlurfen, und zwar so, daß es möglichst heftig raschelt. Diese therapeutischen Maßnahmen sind umweltfreundlich, kostenlos und frei von Nebenwirkungen.**

Ich glaube nicht an die menschliche Seele. Ich habe nie an sie geglaubt. Ich glaube, die Menschen sind wie Handkoffer: mit allerlei Dingen vollgestopft, werden sie auf die Reise geschickt, herumgestoßen, beiseite geschubst. Sie gehen verloren, werden wiedergefunden, werden im nächsten Moment halb geleert oder voller gestopft denn je, bis der letzte Gepäckträger sie schließlich auf den letzten Zug bugsiert, und dann rattern sie endgültig davon. Katherine Mansfield

Es gibt zu denken, daß man von einer Ehre sagt, sie widerfahre einem.

EINE UNVERBINDLICHE PREISEMPFEHLUNG

Ehrungen sind etwas Schönes. Die meisten Menschen fühlen sich, wenn sie ausgezeichnet werden, ausgezeichnet. Es handelt sich um ein Geschäft auf Gegenseitigkeit, denn auch wer eine Anerkennung vergibt, wünscht anerkannt zu werden; ein Teil des Glanzes, der dem Geehrten zuteil wird, fällt auf den Ehrenden zurück. Universitäten schmücken sich selber mit dem Ehrendoktortitel, den sie verleihen, und der Staat versichert sich der Loyalität seiner Bürger, indem er ihnen sorgfältig abgestufte Blechstücke überreicht. Insofern ist die öffentliche Auszeichnung eine preiswerte Methode, allen Beteiligten zu einem wünschenswerten Augenblick des Glücks und der Harmonie zu verhelfen.

Daß es dabei nicht ganz ohne Peinlichkeit abgehen kann, muß in Kauf genommen werden. Jeder Referent, der mit Ordensfragen befaßt ist, weiß davon ein Lied zu singen. Immer hinterläßt die Ehrung eine Schar von Nicht-Geehrten, die sich ungern mit ihrem Wartestand abfinden. Das gilt auch für die Preisverleihungen, mit denen die Kultur gesegnet ist.

Akteure bei der Nobelpreis-Zeremonie, Stockholm 2009.

Die Schwedische Akademie – um nur das sichtbarste Beispiel zu nennen – ist um ihre Aufgabe kaum zu beneiden. Ganz gleich, wie sie sich entscheidet, wird sie einen mehr oder weniger dankbaren Sieger vorführen, zugleich aber ein paar hundert enttäuschte, verdrossene, schwer gekränkte Kandidaten am Halse haben, und oft genug zieht sie den Ärger einer ganzen Nation auf sich.

Daß es bei öffentlichen Ehrungen nicht ohne Verlegenheiten abgehen kann, zeigt sich auch an ihrem unvermeidlichen Zeremoniell. Der Ehrendoktorhut sitzt schief auf der Glatze des Industriellen, der Preisträger steht etwas linkisch zwischen den Lorbeerbäumchen, und der frisch gekürte Ehrenbürger hört sich mit eingezogenen Schultern die Laudatio auf seine gutgebügelte Karriere an.

Im übrigen sind viele Auszeichnungen auch mit ökonomischen Transaktionen verbunden. Während der Ehrensenator der Institution, die ihn erwählt hat, gern die eine oder andere Million hinüberschiebt, kann der Preisträger einer Akademie oder einer Stadtgemeinde mit einer Vergütung in umgekehrter Richtung rechnen.

Auch diese Großzügigkeit hat freilich ihre Tücken. Zum einen liegen die Kosten der Ausrichtung oft erheblich über der ausgeworfenen Preissumme. Zum andern übertrifft die Zahl der Preise, die in unserm Lande existieren, die Zahl der in Betracht kommenden Künstler und Autoren um ein Vielfaches, so daß es zu einer sonderbaren Art von Ämterhäufung kommen muß. Offenbar gibt es hier ein unsichtbares Kandidatenverzeichnis, das landauf, landab photokopiert wird.

An diesem Punkt muß ich leider gestehen, daß ich aus Erfahrung spreche. Wenn ich mich nicht verzählt habe, so ist mein Name seit 1957 wenigstens siebzehnmal auf jener ominösen Liste aufgetaucht. Auf die Gefahr hin, undankbar zu erscheinen, muß ich feststellen: das ist zuviel des Guten.

Des öfteren hatte ich die Chance, von weiteren Auszeichnungen, die wohlmeinende Stadtväter oder Kommissionen mir zugedacht haben, schon im Vorfeld zu erfahren. Solche Sondierungen erlauben es, auf diskrete Weise und ohne Gesichtsverluste auf das Verfahren einzuwirken. Leider ist es mir kein einziges Mal gelungen, mit meinen Gegenvorschlägen Gehör zu finden. Daraus kann ich nur den Schluß ziehen, daß die Logik der Kumulation unbeirrbar ist: die meisten Preise fallen an Preisträger, die keine Preise nötig haben. Außenseiter und unbekannte Namen sind wenig beliebt. Das Gebot der Repräsentation behält in aller Regel die Oberhand.

Um das Maß der Peinlichkeit vollzumachen, muß spätestens hier auch vom Geld die Rede sein. Geben ist bekanntlich seliger als Nehmen, und es ist zweifellos etwas Schönes, wenn man einem Verfasser, einem Maler, einem Komponisten einen schönen Urlaub spendiert. In dieser Größenordnung bewegen sich die meisten Preise, die hierzulande ausgelobt werden. Ich möchte jedoch den wohlmeinenden Spendern zu bedenken geben, daß die Produktionskosten eines Buches oder einer Kammeroper, einen normalen Facharbeiterlohn vorausgesetzt, nicht bei fünf- oder zehn-, sondern bei wenigstens hunderttausend Mark liegen.

Diese bescheidenen Überlegungen lassen ein paar einfache Schlüsse zu:

1. Es gibt viel zu viele Preise.
2. Die meisten Preise sind ungenügend dotiert.

3. Die meisten Preise gehen an Leute, die bereits zu viele Preise bekommen haben.

Diesem absurden Zustand abzuhelfen, sollte nicht allzu schwer sein. Jedenfalls im eigenen Land empfiehlt es sich, alle »kleinen« Preise zu poolen, so daß der glückliche Empfänger in den Stand versetzt wird, sich unabhängig vom Druck des Marktes auf eine ernsthafte Arbeit einzulassen. Autoren und Künstler, die ihre Produktion selber finanzieren können, wären von der Liste der Empfänger zu streichen. Spender und Sponsoren sollten auf das Ritual der Verleihung gänzlich verzichten und das dafür zum Fenster hinausgeworfene Geld der Preissumme zuschlagen. Empfänge, Buffets, Streichquartette und Reden sind entbehrlich. Ein Scheck oder eine Banküberweisung genügt. Der Gipfel der Eleganz wäre erreicht, wenn die Auszeichnung als süßes Geheimnis behandelt würde. Neid, Enttäuschung und Eifersucht fänden keine Nahrung; wer leer ausginge, wüßte nichts von seinem Pech; und dem Publikum blieb manche uninteressante Notiz im Feuilleton erspart. Aber eine so übermenschliche Diskretion wäre wohl zuviel verlangt. Mit einem Minimalprogramm wäre schon allerhand erreicht: Mehr Geld für die, denen es fehlt, und weniger routinierte Peinlichkeit – das wäre ein Triumph des *common sense,* aufs innigste zu wünschen.

(2002)

MfG MfG

Mehr als drei Buchstaben sind nicht übriggeblieben von der einst hochentwickelten Kunst, einen Brief zu beenden. Für eine schwache Erinnerung an die Grazie und die Subtilität dieser Tradition können vergessene Formeln wie die folgenden einstehen, die, sollte man sich ihrer heute bedienen, für Befremden sorgen dürften:

Niemand kann Sie mit mehrerer Verehrung anerkennen als Ihr ergebenster ....

Schenken Sie auch ferner Ihr Wohlwollen Ihrem stets treu angehörigen ...

Ich verharre mit den eifrigsten Wünschen als Ihr ganz ergebner Freund ...

Der ich die Ehre habe zu sein, mein Herr, ganz der Ihrige …
Ich küsse Ihre Hand.
Lassen Sie sich meiner Freundschaft empfohlen sein.
Ich bin, wie Sie gewiß glauben können, vollkommen der Ihrige …
Bitte gedenken Sie meiner im Besten.
Leben Sie so wohl und vergnügt, wie es Ihnen fortwährend wünscht, Ihr …
Der die Ehre und das Vergnügen hat, mit vorzüglicher Achtung zu sein, ganz der Ihre …
Erhalten Sie mir Ihre treuen Gesinnungen, wie ich sie auch meinerseits weiter zu hegen nicht verfehlen werde.
Der ich Sie ganz über mich zu verfügen bitte …
Fahren Sie fort, mich durch Ihr Vertrauen zu erquicken!
Ich habe die Ehre zu sein, mein Herr, Alles, wozu Pflicht und Zuneigung mich verbinden.
Erhalten Sie mir Ihre Gefühle, wie Sie auch der meinigen versichert sein dürfen.
Ich bitte Sie, meine innigsten Grüße anzunehmen, ehe Sie diesen Brief hinlegen.
Bleiben Sie heiter geneigt Ihrem ergebenen Freund …
Leben Sie wohl und vergessen Sie nicht ganz den Ihrigen …
Zweifeln Sie nicht an der Ergebenheit Ihres gehorsamsten Dieners ….
Bitte verfügen Sie über den, der ist und immer sein wird Ihr getreuer …
Nur wenige auf der Welt sind Ihnen aufrichtiger und herzlicher zugetan als Ihr …
Mich zu geneigtem Andenken empfehlend …
Überzeugen Sie sich von der Liebe und Verehrung dessen, der sich nennt Ihren …
Schenken Sie immer Ihr Wohlwollen Ihrem …
Möge Ihnen alles zum Besten gedeihen.
Für die mir erwiesenen Wohltaten herzlich dankbar …
Ihr wohlaffektionierter … Lebhaft, freundlich, freudig teilnehmend … Treu vertrauend …. Liebevoll verbunden … Wahrhaft anhänglich … Unverändert der Ihrige … Allem Guten befohlen … Also sei und bleib es … Wie immer und überall … Tausend Lebewohl! … Unwandelbar … Und so fortan!

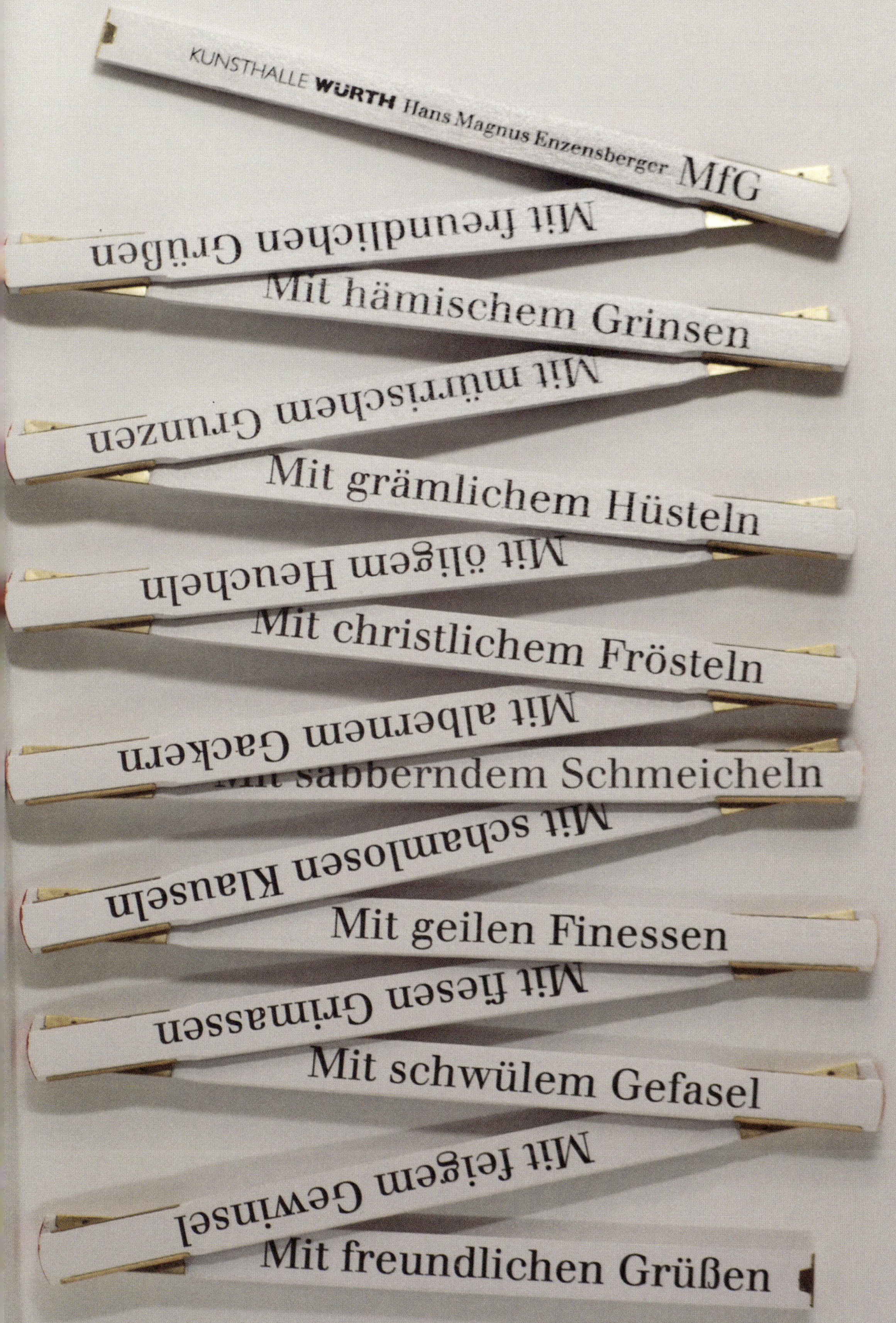
KUNSTHALLE WÜRTH Hans Magnus Enzensberger MfG
Mit freundlichen Grüßen
Mit hämischem Grinsen
Mit mürrischem Grunzen
Mit grämlichem Hüsteln
Mit öligem Heucheln
Mit christlichem Frösteln
Mit albernem Gackern
sabberndem Schmeicheln
Mit schamlosen Klauseln
Mit geilen Finessen
Mit fiesen Grimassen
Mit schwülem Gefasel
Mit feigem Gewinsel
Mit freundlichen Grüßen

Frauen sind verliebt,
Männer haben zu tun.

SPRICHWORT, ca. 2002.

Notizzettel zu einer kleinen Sammlung von Liebeslyrik

Doch doch, ich finde, jeder hat das Recht, Liebesgedichte zu schreiben, ganz egal, wie gut oder schlecht sie sein mögen. Glücklich, wer sich bei einem solchen Unterfangen im Stande der literarischen Unschuld befindet.

Sappho und Catull, die Lieder der Troubadours, Donne und Shakespeare und Brentano können dabei nur stören, ganz zu schweigen von Francesco Petrarca, der in 317 Sonetten seine Liebe zu einer gewissen Laura besungen hat, von der übrigens nicht ganz klar ist, ob sie jemals gelebt hat. Sein *Canzoniere* ist eine Art kombinatorischer Maschine von höchster technischer Perfektion. Zahllose Poeten haben sich, meist ohne es zu merken, an dieses Vorbild gehalten und seither Millionen von Liebessonetten verfaßt. Die Konkurrenz war groß, und so nimmt es nicht wunder, daß sich manche Verfasser auf dieses Genre spezialisiert haben, um ihr Terrain gegen die Fachleute für Naturlyrik und für gesellschaftskritische Verse zu verteidigen. Gedichte, die von der Liebe handeln, verdanken ihre Beliebtheit wohl der zählebigen Vorstellung, daß die Poesie hauptsächlich dazu da sei, Gefühle auszudrücken.

Jeder Blick in das *Verzeichnis lieferbarer Bücher* beweist, wie unverwelkt dieser merkwürdige Aberglauben blüht. Die lyrische Auswahl ist groß: *Liebe wärmt wie Sonnenschein; Das Flüstern der Rosenblüte; Der ewige Brunnen der Liebe; So zärtlich Herz an Herz; Ich liebe dich wie Apfelmus; Das goldene Buch der Liebe; Es schlug mein Herz; Jeder Atemzug für dich; Umarme die Liebe; Liebesflüstern; Hauptsache: Liebe.* Und das ist noch lange nicht alles.

Begreiflicherweise konnte da auch der Insel Verlag nicht zurückstehen. Eines Tages erreichte mich ein Schreiben des Lektorats mit der Bitte, ein Bändchen mit Liebesgedichten zusammenzustellen. Diese Einladung hat mich kalt erwischt. Zwar

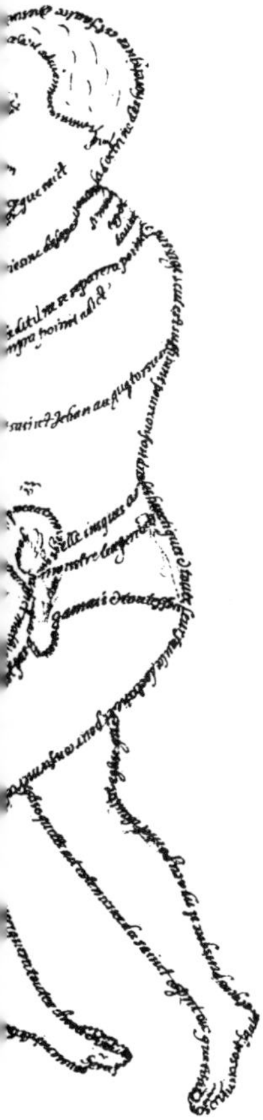

bestreite ich nicht, daß ich allerhand Gedichtsammlungen veröffentlicht habe, aber keine davon kann es auch nur im entferntesten mit Petrarcas Produktion aufnehmen. Das liegt vermutlich daran, daß ich kein Spezialist bin. Im Gegenteil neige ich dazu, die Poesie für eine omnivore Kunst zu halten, deren Material nur durch die Möglichkeiten unserer Spezies begrenzt ist, ohne Rücksicht darauf, ob es sich um politische oder libidinöse, wissenschaftliche oder ganz profane Erfahrungen handelt; ja, selbst vor spirituellen Anwandlungen ist niemand gefeit. Ich behaupte sogar, daß der Magen dieser Kunst größer ist als der jeder Religion.

Das ist vielleicht nicht jedermanns Sache; mir aber fallen Unterscheidungen schwer, wie sie die Herausgeber von Lesebüchern und Anthologien bevorzugen, um jeder Verwechslungsgefahr vorzubeugen; sie achten deshalb darauf, ihren Stoff recht übersichtlich zu gliedern. Doch warum sollte nicht in ein und demselben Gedicht vom lieben Gott, von einem Massaker in Afrika, vom Quittengelee, von einem *amour fou* und von der Astrophysik die Rede sein? Das mag sich allzu vollmundig anhören und wird nicht ganz leicht zu machen sein; aber entspräche es nicht der bizarren Welt, in der wir leben, und dem Allerlei, das uns durch den Kopf geht? Auch der Fromme muß ja gelegentlich seine Kontoauszüge zur Kenntnis nehmen; auch der rasend Verliebte sucht kaltblütig im Internet nach einem günstigen Sonderangebot, und der Zahlentheoretiker geht heimlich irgendwelchen Ausschweifungen nach; womöglich denkt er, während er die eine oder andere widerspenstige Vermutung zu beweisen sucht, plötzlich sehnsüchtig an eine cubanische Zigarre. Mit dem einfachen Leben, wenn es so etwas je gegeben haben sollte, ist es jedenfalls bei uns nicht weit her.

Deshalb kann ich leider mit dem hundertprozentigen Liebesgedicht nicht aufwarten. Auch die obsessivste Leidenschaft wird von allen möglichen Interferenzen heimgesucht, von unfreiwilligen Regungen, Alltagsproblemen, Hintergedanken, die sich dem strengen Code der Liebe nicht fügen wollen. Deshalb ist in diesem kleinen Bändchen, das hier vorliegt, so nebenbei auch von der Genetik und von der Sozialfürsorge die Rede, von alten Ehepaaren, von Gelbsucht, exotischen Pelzen, unheimlichen Treppenhäusern und von den Frühschriften eines gewissen Karl Marx.

Vielleicht wünschen wir uns manchmal, wir wären einfältiger, als wir sind. Aber ist es ungalant, zu gestehen, wie sonderbar es zugeht in unserm Gehirn? Ja, auch mit der Liebe ist es unentwegt beschäftigt; und wer sucht, der findet sie, nicht nur dort, wo die meisten sie vermuten, in seinem Herzen, in der Hypophyse oder etwas weiter unten, sondern vor allem in diesem hemmungslosen, labyrinthischen Zentralorgan. Viel Vergnügen wünscht dabei der geneigten Leserin und dem geschätzten Leser der Skribent.

München, zu Neujahr 2008.

Was heißt und zu welchem Ende studieren wir Liebesgedichte?

Was uns die Liebesmystik lehrt:
Wie man das Glück wollüstig mehrt
Woran's im Bett nicht fehlen soll:
Wir vögeln immer seelenvoll.
Warum denn aufs Obszöne schielen?
Ich wollte nur aufs Schöne zielen
und mich um das Prekäre mühn.
Erscheint dir meine Märe kühn?
Doch wird sie auch vulgär gescholten –
sie hat nur dir, *ma chère*, gegolten.
Mag sein, daß mir Verzeihung ward,
geschah doch die Entweihung zart.
Weil jeder Vers dir scherzend huldigt,
bin ich bei dir, mein Herz, entschuldigt.

Der Liebesbrief war eines der wirkungsmächtigsten Massenmedien des neunzehnten Jahrhunderts. Das Genre hatte seine Glanzzeit um 1800 erreicht. Goethes Liebschaften und die leidenschaftlichen Briefe der Romantiker dienten zwei bis vier Generationen lang dem deutschen Bürgertum als Muster für seine eigene Korrespondenz. An den Briefschaften der Großmütter, die, mit rosa Bändchen verschnürt, in alten Möbeln überlebt haben, lassen sich die Spuren dieser literarischen Vorbilder ablesen, auch wenn die hemmungslosen Beschwörungen, wie man sie bei Brentano findet, dort nur in sentimentaler und kleinbürgerlicher Verdünnung wiederkehren. Schon das Telephon hat dieser Tradition im zwanzigsten Jahrhundert das Wasser abgegraben. Heute steht das Medium vor dem Aussterben. SMS, Strompost, Facebook, Speed-Dating und andere Novitäten werden ihm den Garaus machen und dafür neue, nicht weniger sonderbare Konventionen stiften.

Eine Musterkarte für Sinnsucher

Zartsinn, Tiefsinn, Unsinn, Frohsinn, Irrsinn, Kunstsinn, Trübsinn, Eigensinn, Ortssinn, Hintersinn, Kaltsinn, Leichtsinn, Widersinn, Spürsinn, Tastsinn, Doppelsinn, Stumpfsinn, Wortsinn, Hochsinn, Scharfsinn, Gemeinsinn, Wahnsinn, Gegensinn, Starrsinn, Nebensinn, Blödsinn, Freisinn, Schwachsinn.

Ein reines Wasser muß durch einen tiefen Stein.

SPRICHWORT

Eine Schachtel

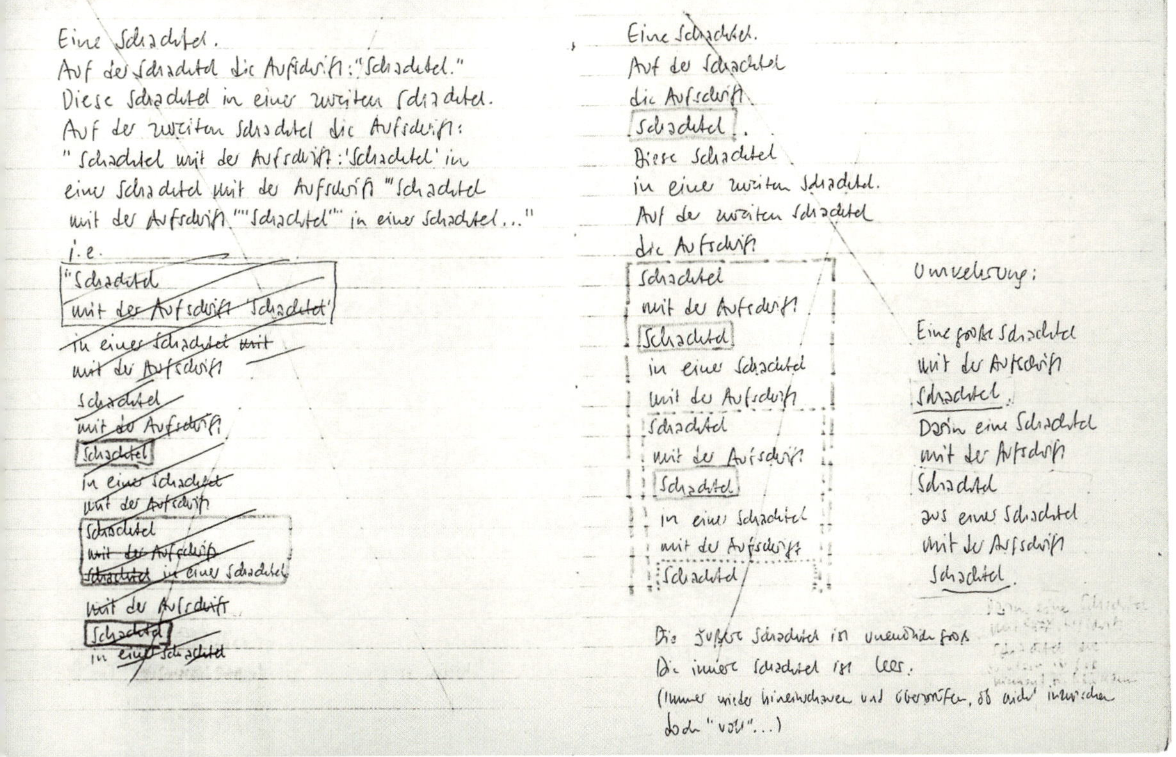
Eine Schachtel.
Auf der Schachtel die Aufschrift: "Schachtel."
Diese Schachtel in einer zweiten Schachtel.
Auf der zweiten Schachtel die Aufschrift:
"Schachtel mit der Aufschrift: 'Schachtel' in
einer Schachtel mit der Aufschrift '"Schachtel
mit der Aufschrift '"'Schachtel'"' in einer Schachtel..."
i.e.

Eine Schachtel.
Auf der Schachtel
die Aufschrift
Schachtel.
Diese Schachtel
in einer zweiten Schachtel.
Auf der zweiten Schachtel
die Aufschrift
Schachtel
mit der Aufschrift
Schachtel
in einer Schachtel
mit der Aufschrift
Schachtel
mit der Aufschrift
Schachtel
in einer Schachtel
mit der Aufschrift
Schachtel

Umkehrung:

Eine große Schachtel
mit der Aufschrift
Schachtel.
Darin eine Schachtel
mit der Aufschrift
Schachtel
aus einer Schachtel
mit der Aufschrift
Schachtel.

Die äußere Schachtel ist unendlich groß.
Die innere Schachtel ist leer.
(Immer wieder hineinschauen und überprüfen, ob nicht inzwischen doch "voll"...)

Puzzling

Nach einer niederländischen Vorlage von K. Schippers.

❶

❷

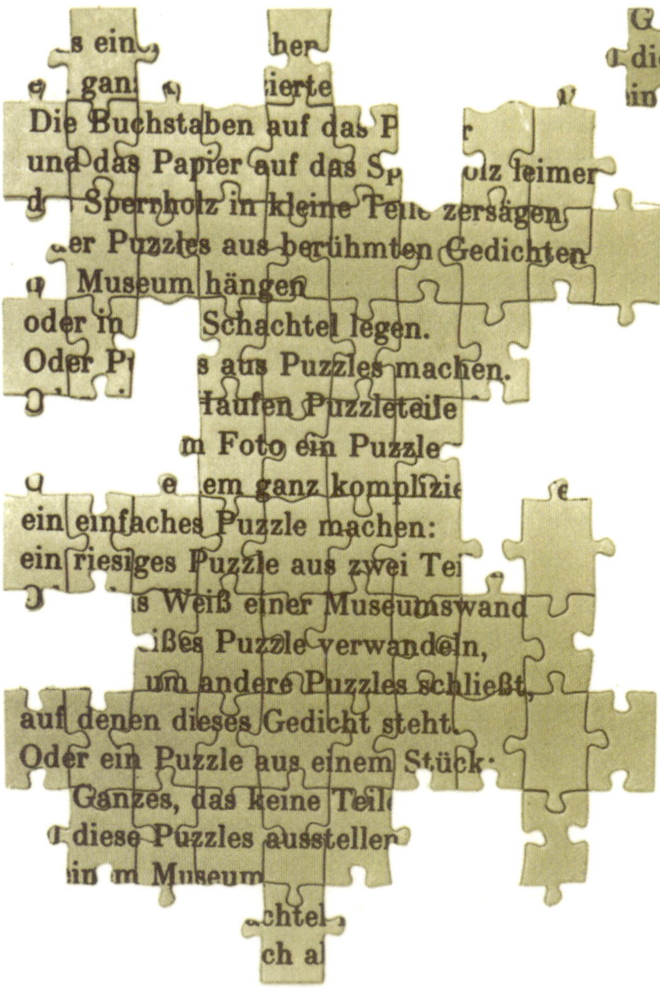

Aus einem einfachen Text
ein ganz kompliziertes Puzzle machen:
Die Buchstaben auf das Papier
und das Papier auf das Sperrholz leimen,
das Sperrholz in kleine Teile zersägen.
Oder Puzzles aus berühmten Gedichten
ins Museum hängen
oder in eine Schachtel legen.
Oder Puzzles aus Puzzles machen.
Oder einen Haufen Puzzleteile fotografieren
und aus dem Foto ein Puzzle machen.
Oder aus einem ganz komplizierten Text
ein einfaches Puzzle machen:
ein riesiges Puzzle aus zwei Teilen.
Oder das Weiß einer Museumswand
in ein weißes Puzzle verwandeln,
das sich um andere Puzzles schließt,
auf denen dieses Gedicht steht.
Oder ein Puzzle aus einem Stück:
ein Ganzes, das keine Teile hat.
All diese Puzzles ausstellen
in einem Museum
oder in eine Schachtel legen
oder in einem Buch abdrucken.

Nachruf auf ein Porzellan. Sie ist leicht von uns gegangen. Ohne große Diskussionen, ohne Lärm verschwand sie eines Tages entweder im Mülleimer oder in der dunkelsten Ecke des Küchenschranks. Sie ist einfach weggetropft. Statt ihrer füllt sich nun ein Glasbehälter mit leise zischenden, unbeachteten Geräuschen fast von selbst. Nur gelegentlich gibt die Kaffeekanne, sofern sie alt und schön ist, noch ein kurzes, etwas demütigendes Zwischenspiel als Blumentopf.

Aber sollen wir ihr Verschwinden überhaupt bedauern? Sollen wir bedauern, daß sie nicht mehr in der Mitte des Tisches thront, behäbig, tantenhaft, zuweilen eingemummt in einen dick wattierten Kaffeewärmer, dessen fröhliches Phantasie-Design mitleidlos nach guter Laune schrie?

Der kurze, gediegene oder elegant geschwungene Schnabel war immer irgendwie angeschlagen, und immer hat er das gezielte Einschenken sabotiert. Selten verweilen unsere Gedanken bei dem eigentlich doch zu grazilen Henkel, an dem das bauchige Stück durch die Küche balanciert wurde. Ob weiß oder bunt geblümt, schlicht oder kunstvoll geschnörkelt, immer hielt dieser Griff das Mißtrauen wach, ob er die volle Kanne wirklich trüge. Auch den Kannendeckel, länglich oder rund, mit einem Knopf, der oft zu einer kleinen Rose erblühte, vermissen wir kaum. Wir sind sogar erleichtert, daß wir diese kleinen Aufsätze nicht mehr hin und her drehen müssen, bis sie in die Kanne einrasten. Und oft klemmten sie dabei so fest, daß nur noch verzweifelte Gewalt Kanne und Deckel voneinander trennte. Nie wieder wird es geschehen, daß beim Einschenken das gute, schwere Deckelstück spätestens in die letzte Tasse stürzt und der Kaffee über Scherben, Butterbrot und Tischdecke schwappt.

Mit ihr, der Kaffeekanne, verschwand allerdings auch das, was diese Frühstückskatastrophe zu verhindern bestimmt war: Ein kreuzweise umsponnenes Gummiband mit dem Haken an dem einen und dem Schaumgummiröllchen am anderen Ende, das in der Mitte oft von einem kleinen rosa oder giftgrünen Plastikschmetterling bekrönt war – der Tropfenfänger. An dieses Detail der Kaffeekanne denken wir allerdings mit ein wenig Rührung.
Katharina Kaever, in: *TransAtlantik* 10/1980.

Wie der Kaffee zubereitet und serviert wird

Die Meisterschaft dessen, der eine Tasse Kaffee
serviert, zeigt sich an seiner Kontrolle
über den Bogen der Flüssigkeit beim Einschenken.

Der schwierige Augenblick ist gekommen,
wenn er die Kanne der Tasse nähert
und beginnt, das aromatische Naß behutsam
unter Wölkchen von schüchternem Dampf auszugießen.

Erst wenn diese Bewegung gelungen ist,
kann man allmählich Distanz gewinnen.

Der Bogen weitet sich, nimmt zu
an Eleganz, und man möchte sagen:
an Festigkeit, bis zwischen Gefäß und Volumen
vermöge der Kurve des Kaffees in seiner Fülle
eine vollkommne Verbindung erreicht ist.

Nun ist es leichter, die Energie zu beherrschen:
Wir sind angelangt in der Mitte des Lebens.

Dann aber heißt es von neuem,
die Kaffeekanne – sehr langsam –
dem Porzellanrand nähern und hoffen,
daß der Strom fließt, um dann zu verebben.

Die Schlußprozedur ist, wie alles, was endet,
ein wenig betrüblich.

Man wird der Sache ein Ende machen müssen,
sobald die dunklen Partikel des Satzes
anfangen, in die Tasse zu rieseln.

Nur wenn wir aufpassen, können wir uns
diese letzte Bitternis ersparen.

Alberto Blanco, »Poema visto a preparar y servir el café«,
in: *El corazón del instante.* México, D.F. 1998.

Das Institut für Künstliche Intelligenz in Lagado Eine Reportage

Der erste Professor, den ich aufsuchte, saß in einem großen Raum im Kreise von vierzig Studenten. Nach der Begrüßung bemerkte er, daß ich nachdenklich einen Rahmen betrachtete, der den größten Teil des Zimmers in seiner Länge und Breite einnahm. Sie wundern sich vielleicht, sagte er, daß ich mich damit beschäftige, die Intelligenz durch praktische und mechanische Operationen zu ergänzen. Die Welt werde bald einsehen, wie nützlich ein solches Projekt ist. Schließlich seien die üblichen Methoden der Geistes- und der Naturwissenschaften sehr mühsam. Dagegen könne mit Hilfe seiner Erfindung selbst die unbegabteste Person bei geringem Kostenaufwand und minimalem Kräfteeinsatz ganz ohne Vorkenntnisse Bücher über Philosophie, Literatur, Politik, Rechtswissenschaft, Mathematik und Theologie verfassen.
Dann führte er mich zu dem Rahmen, an dessen Seiten seine Schüler Spalier standen. Er maß zwanzig Fuß im Quadrat und stand in der Mitte des Raumes. Die Oberfläche bestand aus zahlreichen Holzwürfeln von verschiedener Größe. Sie waren alle durch dünne Drähte miteinander verbunden und an jeder Seite mit Papier beklebt. Diese Zettelchen waren mit allen Wörtern ihrer Sprache in ihren verschiedenen Flexionsformen beschrieben, aber ohne jede erkennbare Ordnung.
»Achtung«, rief der Professor. »Ich setze jetzt meinen Apparat in Gang.« Jeder Student ergriff nun eine der vierzig eisernen Kurbeln, die an den Kanten des Rahmens befestigt waren. Durch diese Drehung wurde die Anordnung der Wörter völlig verändert. Nun befahl der Leiter seinen Schülern, leise die verschiedenen Zeilen zu lesen, wie sie auf dem Rahmen erschienen. Jedesmal, wenn sie drei oder vier Wörter fanden, die einen sinnvollen Satzteil bildeten, diktierten sie diese Passage den vier übrigen Studenten, die als Schreiber fungierten.
Sechs Stunden am Tag waren seine Helfer mit dieser Arbeit beschäftigt, und der Professor zeigte mir mehrere Folianten mit vollständigen Sätzen, die sie bereits gesammelt hatten. Er hatte die Absicht, sie zusammenzusetzen und aus diesem reichen Material ein vollständiges System aller Geistes- und Naturwissenschaften zu liefern. Ich sprach diesem bedeutenden Gelehrten

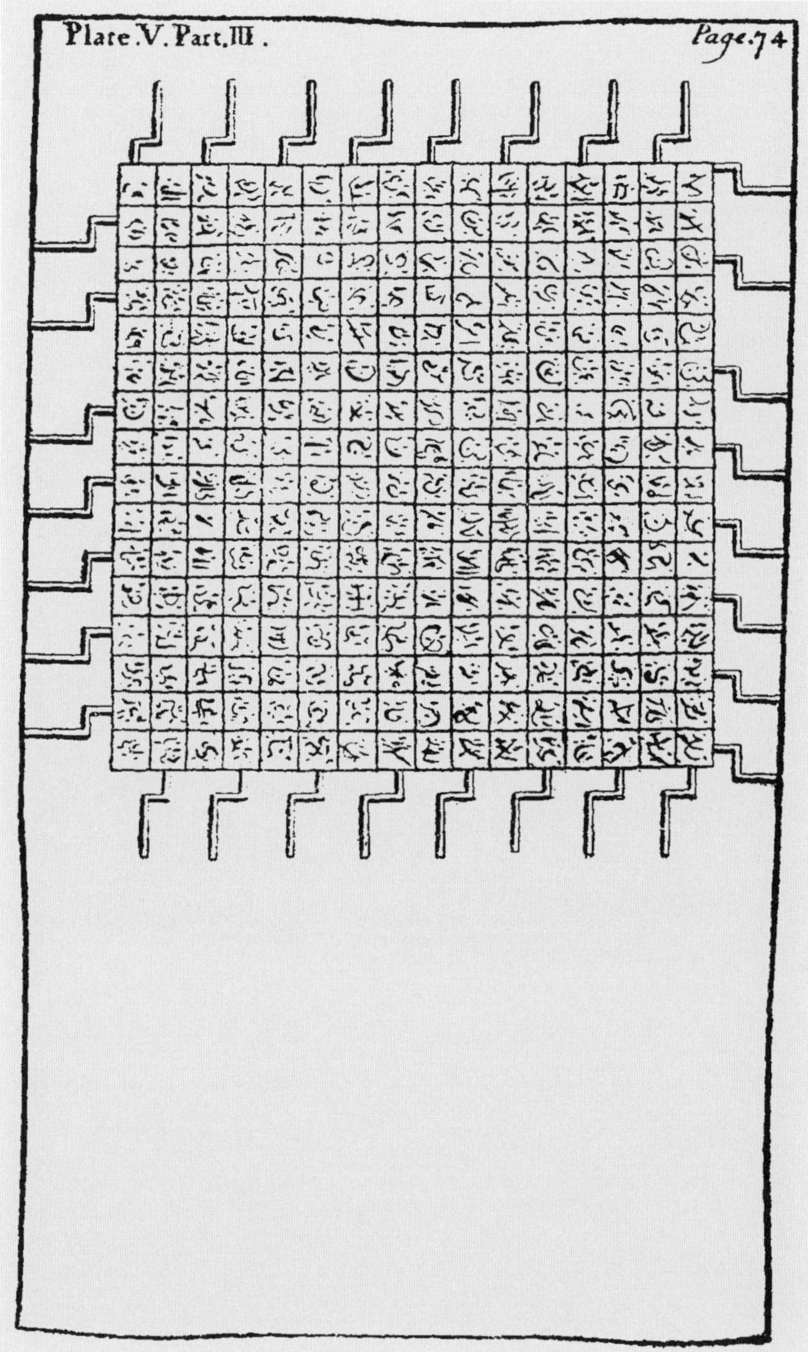

meinen tiefen Dank für seine Mitteilungen aus und versprach, ihn in meiner Heimat als einzigen Erfinder dieses wunderbaren Apparates zu feiern. Obgleich es die Gewohnheit unserer Wissenschaftler in Europa sei, Erfindungen voneinander zu stehlen, wolle ich doch alles tun, um ihm die Ehre der Priorität zu sichern.

Jonathan Swift, *Gullivers Reisen in ferne Länder.* III, 5.

ANDSBERGER POESIEAUTOMAT VON HANS MAGNUS ENZEN
LINKE HOFFNUNG IN GANSEFUSSCHEN. DIESER FIEBERHAFTE
UND DIESE KOSTSPIELIGEN ORGASMEN; ZUGEGEBEN! TROTZDEM
UNTERWEGS AUF ANTRAG EINSAME LERNPROZESSE.
KRUCKEN. ("DER MINISTER IST AUCH SO NAIV.")
DIE TROSTLOSE MODE GEFALLT UNS. DOCH AUCH DAS ENDE.
BERUHRUNGEN. RESTRISIKEN. FOSSILE OPERETTEN. BIS AUF

Monolog für einen gewissen Prinzen von Dänemark

(L sei eine Sprache
mit folgender Struktur:
V stehe für ein Vokabular
mit Worten für Liebe, Haß, Verzweiflung,
Traum und Wachen, Branntwein und Brennessel.

R hingegen sei ein strenges Regelsystem,
das die Wörter in diesem Vokabular
zu korrekten Strängen verknüpft.

Man lasse nun einen Zufallsgenerator
eine Auswahl der Worte treffen.

Wie Dr Enzensberger mit seiner Maschine:
Man wählt eine Seite aus dem Telefonbuch
und läßt den Nummern ihren Lauf.

Was Eure Königliche Majestät
nun vorfinden werden, ist eine Sprache.
Und diese Maschine schreibt fortan
in jener Sprache Gedichte, beliebig viele Gedichte
still vor sich hin.

Das hört sich, mit Verlaub gesagt, an
wie das Gezänk
eines alten Ehepaars.

Das Telefonbuch mit seinen Zufallsnummern,
das Vokabular und die Syntax:
»Meine Maschine und ich.«

Keiner der Stränge darf allzu lang,
und schon gar nicht unendlich lang sein.

Aber aus dem einen oder dem andern
erwächst ein Lied.)

Lars Gustafsson, in: *Auszug aus Xanadu.* München 2003.

Die Rationalisierung des Nürnberger Trichters

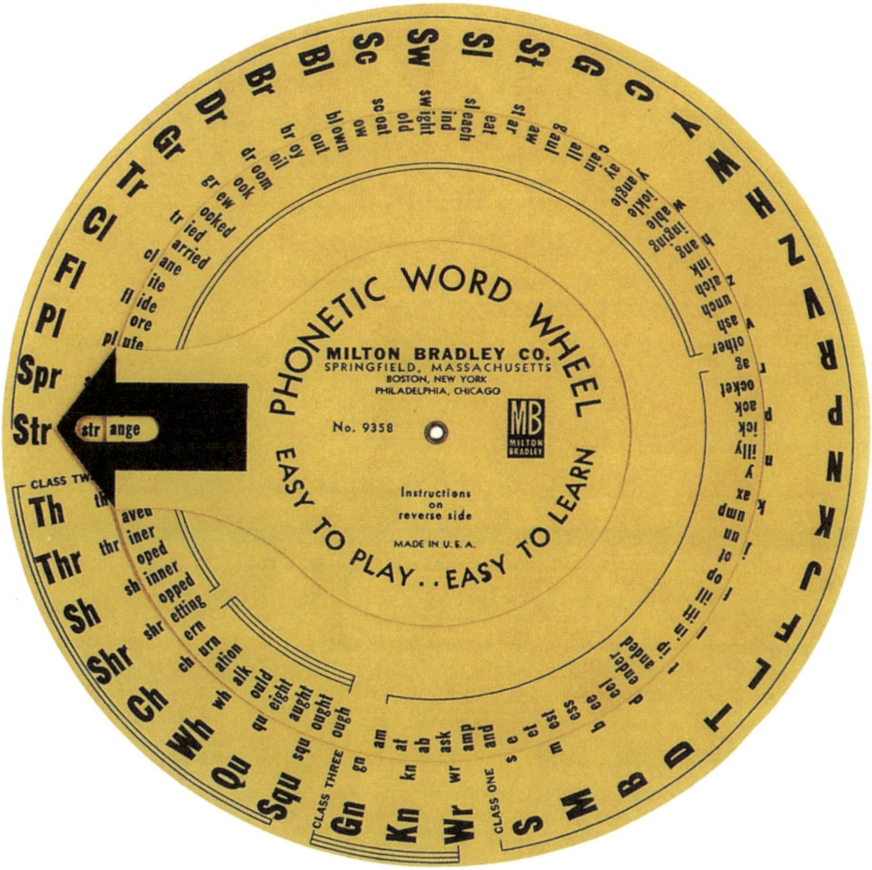

Dieses Rädchen ist für den Schulgebrauch gedacht. Wie bringt man den Kindern Rechtschreibung und Wortbildung bei, die Reimkunst nicht zu vergessen? Ganz einfach. Eine leichte Drehung mit dem Pfeil genügt, und schon springen die passenden Wörter und Silben ins Auge. Aus: Jessica Helfand, *Reinventing the Wheel.* Princeton Architectural Press 2002.

Allerhand zur Mechanisierung der Kunst. Mit Maschinen bezeichne ich Geräte, die Regeln streng anwenden, selbständig arbeiten oder dem Anwender sein Handeln vorgeben; die Regeln sind mechanische, optische oder elektrische Funktionsweisen. Maschinen erledigen ihren Auftrag stur und beliebig oft, sie führen die Hand des Künstlers oder setzen seine Idee ins Werk. Lineal, Kamera und Computer sind also Maschinen, nicht aber Pinsel und Spritzpistole. Peter Frieß, *Kunst und Maschine. 500 Jahre Maschinenlinien in Bild und Skulptur.* München 1993.

Gesichtsfragment eines Kolosses. Kupferstich von Dut und Monsaldy, 1823. Der Hintergrund ist mit Nicolas-Jacques Contés Maschine liniert. Nur der Himmel ist hier mechanisch schraffiert. Auffällig sind die Schwellinien beim Kolossalkopf. Durch die Schwellinientechnik gewinnt das Bild neue künstlerische Züge, aber das Bild sieht nicht mehr so aus wie der originale Kolossalkopf. Und das ist das Problem der *Description de l'Égypte.* Wie sollen naturgetreue Bilder gelingen, wenn derjenige, der die Kupferplatten sticht, ein anderer ist als jener, der in Ägypten diese Dinge aufgezeichnet hat?

Carl Philipp Emanuel Bachs Kompositionsmaschine

Als eine bloße Salonbelustigung, die das Mechanische und Automatische der Angelegenheit unterstreichen sollte, war sein Einfall, einen doppelten Contrapunct in der Octave von 6 Tacten zu machen, ohne die Regeln davon zu wissen, gedacht. Hier ist eines von vier Blättern abgedruckt, aus denen die Töne nach der beigefügten Anweisung gewählt werden sollten. Zunächst wähle man sechs zufällige Zahlen (kleine Zahlen, um die Sache einfacher zu machen). Dann nehme man die erste und zähle in der ersten Tafel eine ihr entsprechende Anzahl von Takten ab, um die erste Note zu erhalten. Dann zähle man neun Takte weiter, um die zweite Note zu erhalten, und noch einmal neun, um die dritte Note zu erhalten – und so weiter, bis man einen vollständigen Zweivierteltakt beisammen hat … Genauso verfahre man für den zweiten Takt, wobei man nun die zweite Zufallszahl verwendet, um den Ausgangspunkt für die folgenden Neunerschritte zu bestimmen, und so weiter – für alle sechs Zufallszahlen. Die erste Notentabelle liefert die Oberstimme, die zweite die Unterstimme. Und jedesmal ergibt sich dabei ein vollkommen akzeptabler sechstaktiger Kontrapunkt. Eine Maschine könnte dasselbe genauso vollbringen.
James R. Gaines, *Das musikalische Opfer.*
Frankfurt am Main: Eichborn 2008. S. 258 f.

Vollkommen rätselhaft: während die zeitgenössische Musik meist entweder anstrengend (»E«) oder öde und repetitiv ist (»U«), kommen die leichtfüßigsten, einfallsreichsten, heitersten, unbefangensten Kompositionen ausgerechnet aus dem »Herzen der Finsternis« – dem Kongo.

Where artists fear to tread. Kunsthonig, Kunstfehler, Kunsthaar, Kunstkopf, Kunstpause, Kunstseide, Kunstflug, Kunstdünger, Kunstherz, Kunstgenuß, Kunstmärchen, Kunsteis, Kunstgriff, Kunststoff, Kunststücke, Kunstglied, Kunstblume, Kunstturnen, Kunstharz, Kunststopfen, Kunstleder, Kunstdarm.

Kleiner Auszug aus dem Register meiner Unfähigkeiten oder: Gelobt sei die Arbeitsteilung

Werfen, bügeln, Partituren lesen, Drachen steigen lassen, koksen, Chinesisch, Auto fahren, stricken, Klavier spielen, Pasodoble tanzen, weben, Schweine schlachten, beim Schach gewinnen, Arien singen, reiten, mit Männern schlafen, Brot backen, Horoskope deuten, Prädikatenlogik, Ski fahren, photographieren, zocken, Reifen wechseln, boxen, Skat spielen, Haare schneiden, felsklettern, Kühe hüten, fechten, mit zehn Fingern schreiben, zaubern, schneidern, stabhochspringen, bauchreden, segeln, Spritzen setzen, malen, stopfen, wahrsagen, pflügen, obduzieren, klöppeln, geigen, tauchen, kupferstechen, seiltanzen, putzen, Suaheli, Elche jagen, Nähen, Fußballen, Jonglieren, Erste Hilfe leisten, kampftrinken, Witze erzählen, Klosetts reparieren, Sanskrit, rettungsschwimmen, weben, berlinern, dachdecken, hellsehen, Steuern optimieren, kleinkaliberschießen, aktzeichnen, … … …

Die Behutsamkeit heutiger Klassenkämpfe. Schon kurz nach Kriegsende wurde der ausbeuterische Fabrikherr durch den gütigen Arbeitgeber ersetzt, der, wenn die Bibel recht hat, seliger als sein Tarifpartner sein dürfte, der seither als Arbeitnehmer figuriert und der neuerdings nicht mehr entlassen, sondern freigestellt wird, sobald der Betrieb nicht mehr rentabel ist. In diesem Fall wird der Laden aber nicht einfach dichtgemacht, sondern restrukturiert und schonend, wie ein Wollknäuel, abgewickelt. Wickeln bedeutet, wenn man dem Wörterbuch Glauben schenken darf, soviel wie einhüllen oder um etwa herumwinden. Gebräuchlich ist auch die Wendung »jemanden um den kleinen Finger wickeln«, was zur Folge haben kann, daß er »schief gewickelt« ist.

Ratschlag zur Sanierung eines Unternehmens:
Die Treppe kehrt man von oben.

Manfred Grube, Vorstandsvorsitzender der Bahn AG.

Ich teile alle Werke in zwei Sorten ein, die, die mir gefallen, und die, die mir nicht gefallen. Ein anderes Kriterium habe ich nicht, und wenn Sie mich fragen, warum mir Shakespeare gefällt und Zlatovraski nicht, so wüßte ich keine Antwort. Vielleicht werde ich mir mit der Zeit, wenn ich klüger werde, Kriterien aneignen, einstweilen aber ermüden mich nur alle Gespräche über das »Künstlerische«. Anton Čechov, Moskau, 22. März 1890.

Tote Ironie: Zur Kasse bitten. Das wäre ja noch schöner! Du bist gut! Eine schöne Bescherung!

Körpersprache. Er hatte schon lange ein Auge auf sie geworfen. Eines Tages behauptete er sogar, er habe sein Herz an sie verloren. Darauf schwor er Stein und Bein. Sie wollte natürlich nicht gleich Kopf und Kragen riskieren. Deshalb hat sie ihm erst einmal nur den kleinen Finger gegeben, aber auch das erst, nachdem sie ihn auf Herz und Nieren geprüft hatte. Ob seine Rede Hand und Fuß hatte, wollte sie wissen.
Aber dann hat er einfach den Mund nicht aufgebracht. Als er endlich eine Lippe riskierte, war sie ganz Ohr. Einen Moment lang hätte sie beinahe den Kopf verloren. Weil er glaubte, er könne sie um den Finger wickeln, hat er sie frisch von der Leber weg zur Brust genommen. Dabei stellte sich leider heraus, daß er zwei linke Hände und zu wenig auf den Rippen hatte, und das hat sie in den falschen Hals gekriegt. Die Nerven sind mit ihr durchgegangen, und fast wäre sie aus der Haut gefahren, weil er die Sache derart übers Knie gebrochen hatte. Sie hätte ihm ins Gesicht springen mögen, so sehr fehlte es ihm an Fingerspitzengefühl.
Die Haare standen ihr zu Berge. Und er? Er hatte einfach den falschen Zungenschlag. Na ja, auf diesem Ohr war sie eben taub. Verdammt, jetzt habe ich mir den Mund verbrannt, dachte er. Warum habe ich mich ins eigene Fleisch geschnitten? Ich könnte mich in den Hintern beißen! Jetzt zeigt sie mir die kalte Schulter!
Er hat Blut und Wasser geschwitzt, weil er allmählich merkte, daß sie es faustdick hinter den Ohren hatte. Sie ließ ihn nämlich am ausgestreckten Arm verhungern und tanzte ihm dauernd auf der Nase herum. Kein Wunder, daß ihm das auf

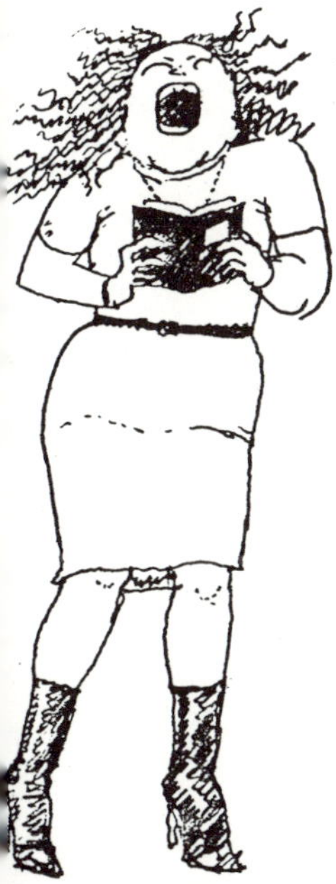

den Magen schlug! Er warf sich in die Brust und schrie aus voller Lunge: Du bist mir in den Rücken gefallen! Einmal hat sie ihm sogar ein Bein gestellt und ihn, geschickt, wie sie war, auf dem falschen Fuß erwischt. Da ist ihm die Spucke weggeblieben, und die Hand ist ihm ausgerutscht. Doch als sie ihm dann auch noch an die Gurgel fuhr, ist ihm die Galle übergelaufen. Er hatte eine derartige Wut im Bauch, daß er ihr das Maul stopfen wollte, und um sie unter dem Daumen zu halten, hat er ihr das Messer an die Kehle gesetzt. Aber da hat sie ihm die Stirn geboten und ist ihm auf den Schwanz getreten. Na ja, sie hatte eben Haare auf den Zähnen, und er stand da und war bis auf die Knochen blamiert.

Um eine fremde Sprache recht gut sprechen zu lernen, und würklich in Gesellschaft zu sprechen mit dem eigentlichen Akzent des Volks, muß man nicht allein Gedächtnis und Ohr haben, sondern auch in gewissem Grad ein Geck sein.
Lichtenberg, *Sudelbücher*, E 174.

Ein Diplomat ist ein ehrenwerter Mann, der ins Ausland geschickt wird, um zum Besten seines Landes zu lügen.
Sir Henry Wotton, 1610.

Noch mehr Papier. *Un bout de papier* heißt in der Sprache der Diplomatie eine informelle Mitteilung unterhalb eines Aide-mémoires oder eines Memorandums. Heute gelegentlich ersetzt durch *non-paper*.

Das große Brouillon, das sich selbst verschlingen will. Das Gemischte, die absolute Kladde, das Entwürfegewimmel, der Haufe Unreines, von dem nichts mehr nach außen drängt. Reflexe und Motive, die übereinander herfallen und sich ausschließen. Beziehungen und Entsprechungen entfalten nur in der Unordnung ihren Reichtum.

Botho Strauß, *Vom Aufenthalt*. München 2009.

Textbaustein

**H. M. E. dankt für Ihre Zusendung,
gibt jedoch zu bedenken, daß er sich, schon aus Gründen seines erstaunlichen Alters, an die berühmten Regeln eines amerikanischen Autors halten muß:
»Edmund Wilson bedauert, daß er nicht in der Lage ist,
Manuskripte zu lesen, zu beurteilen, zu lektorieren oder weiterzuempfehlen,
Vorworte oder Einleitungen zu schreiben,
Vorträge zu halten,
Fragebögen zu beantworten,
Zitate für Klappentexte zu verfassen,
Autogramme zu versenden
oder seine Bücher für Personen zu signieren, die ihm unbekannt sind.«**

Diese Liste ließe sich ergänzen. Es ist für einen Schriftsteller kein Vergnügen, seine eigenen Texte auszulegen, die Interpretationen anderer zu kommentieren, Aufrufe zu unterschreiben oder auf Verlangen politische Stellungnahmen abzuliefern.

Mit den besten Empfehlungen –

Das wird bös enden! Darauf läuft hinaus, was die gute alte Kulturkritik zu sagen hatte. Sie ist aus der Mode gekommen, aber dafür haben andere Auguren ihre Aufgabe übernommen, mit überwältigendem Erfolg auf allen Kanälen. Wie schlimm es um uns steht, das geht auf keine Kuhhaut mehr. Ökologische Desaster, Gift im Trinkwasser und der Nahrung, Treibhauseffekte, Terror, Drogen- und Fettsucht, Hungersnöte und Pandemien, ganz zu schweigen von der Armut in den Ländern der sogenannten Dritten Welt. Was bei dieser Horrordiagnose stört, ist allerdings die unaufhaltsam steigende Lebenserwartung, nicht nur bei den Adressaten dieser Schreckensmeldungen, sondern auch in Afrika, Südamerika und China. Die gute Nachricht hat in den Medien keine Chance. Wenn sie überhaupt zur Kenntnis genommen wird, sorgt sie nur für neue Sorgenfalten. Die Überalterung! Die Belastung für das Rentensystem! So wird, wie in der klassischen Kulturkritik, jede Verbesserung des Lebens zur Katastrophe erklärt. Die Schwarzmalerei ist nicht weniger ruchlos als der Optimismus.

EINE MEDITATION ÜBER ALLES, WAS WEISS IST

IN CHINA, sagt man, sei es die Farbe der Trauer. Anderswo steht das Weiße für die Unschuld und die Keuschheit ein; es ist die Farbe des unbeschriebenen Blattes, eine vornehme, eine konservative Farbe. Legitimisten und Konterrevolutionäre haben sie auf ihre Fahnen geschrieben.

Es kann sein, daß uns die Welt zu bunt geworden ist. Die besten Photographen und Filmregisseure, wenn sie ehrlich sind, geben zu, daß sie lieber Schwarzweißfilme benützen würden. Das käme sie aber teurer zu stehen als die 16777216 Farben, die ihnen bei 24 Bits pro Pixel zur Verfügung stehen.

Wie viele weiße Nuancen ein Mensch unterscheiden kann, das könnte ein Maß abgeben für seine Fähigkeit, die Welt zu sehen; vermutlich wären es die Farbenblinden, die bei einer solchen Augenprobe den Sieg davontrügen.

Auf den Physiker, der uns ins Wort fällt, sind wir gefaßt; er wird uns darüber belehren, daß Weiß gar keine

Farbe ist. Wir werden uns hüten, ihm zu widersprechen. Lieber geben wir ihm recht, wenn er fortfährt und uns zu bedenken gibt, daß es gar kein reines Weiß gibt. Frisch gefallener Schnee hat einen spektralen Reflexionsgrad von 0,8, und das Äußerste, was unsre synthetischen Künste zustande bringen, ein Magnesiumoxid, erreicht gerade 0,97 auf einer Skala, deren Maximum bei hundert liegt. Der einfache Schluß aus diesen Erwägungen lautet: Ganz ohne Dreck geht es nicht. Nur indem es sich mit dem Unreinen vermengt, kann das Reine in Erscheinung treten. Das Weiße ist das Unerreichbare.

Dies hat die Menschheit allerdings noch nie daran gehindert, dem Unmöglichen zu trotzen. Der Ehrgeiz, etwas hervorzubringen, was weißer als weiß wäre, hat manchen Erfinder befeuert. Von den Rezepturen, die dieses Streben hervorgebracht hat, soll hier nicht die Rede sein. Die Chemiker haben es mit Bleichmitteln versucht, mit Stabilisatoren, Vergrauungsinhibitoren und optischen Aufhellern. Alles gewiß sehr verdienstvoll, aber vergeblich. Sisyphus ist der Stammvater aller Weißwäscher.

Wenden wir uns also dem Relativen zu, dem Weiß, das wir sehen können, weil es so wenig pur ist wie die Welt, der wir angehören. Alle Sprachen versuchen, es beim Namen zu nennen, seinen zahllosen Abwandlungen, Schattierungen, Tönen so nah wie möglich zu kommen. So vielfältig wie diese sind auch die Metaphern, zu denen sie dabei ihre Zuflucht nehmen. Wie weiß ist das, was wir sehen? Ist es schnee-, schloh-, milch-, perl-, blüten-, schwanen-, porzellan- oder atlasweiß? Écru oder cremefarben? Erinnert es an Gips, an Marmor, an Schimmel, an Alabaster oder an Elfenbein? Nicht als könnten wir mit solchen Worten aller Nuancen habhaft werden, die wir unterscheiden. Die Sprache bleibt hinter unsrer Wahrnehmung weit zurück.

Da liegt es nahe, sich der Technik in die Arme zu werfen, beispielsweise der Industrienorm DIN-ISO 12647-2; nur daß unsre Augen mit dieser Ausgeburt der Rationalisierung wenig anfangen können. Wenden wir uns also lieber denen zu, die ihr Leben lang mit den Farben umgehen, den Pinslern und Schmierern, Kritzlern und Anstreichern, oder, wenn es hoch kommt, den Alten

Meistern. Ihre Nomenklatur sieht anders aus als die der Alltagssprache. Sie gehen mit der Materie um, und das heißt in diesem Fall, mit den Pigmenten.

Das ist ein weites Feld und ein Reich, in dem eine strenge Hierarchie herrscht. Bescheiden genug sieht es auf der untersten Stufe aus. Da finden wir die weiße Erde, das Kaolin, den weißen Bolos, der allenfalls als Füllstoff oder zur Grundierung taugt; den fein gemahlenen Talk, aus dem Puder gemacht und mit dem Papier verdichtet wird; auch der Schwerspat oder das Barytweiß ist nur ein Streckmittel; ferner das Wismut- oder Spanische Weiß, mit dem man sich schminken kann; die schlichte Kreide, die, gemahlen und geschlämmt, dem Lehrer und dem Zeichner dient; und der gebrannte Kalk, den man an die Wände wirft, wenn man nichts Besseres hat.

Die Maler aber greifen, wenn sie nicht heikel sind, eher zum Zinkweiß, das immerhin licht- und wetterecht ist, wenn auch kalt und hart und zur Verseifung geneigt, oder zum Titanweiß, das allerdings schlecht trocknet, manchmal gilbt und einen ziemlich flachen Eindruck macht.

Nein, das alles ist nicht das Wahre. Das weiße Pigment der Wahl ist und bleibt das Bleiweiß. »Deckend, körperhaft und beständig, teilt es in Öl anderen Farben seine trocknende Wirkung mit und hellt sie auf, ohne ins Bläuliche oder Rötliche zu spielen, wie seine Nachfolger aus Zink und Titan. Jahrhundertelang bedienten sich die Maler dieses artigen Pigments, dessen Dichte selbst in feinsten Schichten zur Geltung kam.«

Dieses basische Bleicarbonat kannte schon die Antike. Plinius spricht von seiner mühsamen Gewinnung, mit der freilich unsere Chemiker nichts am Hut haben. Wie es ihre Art ist, haben sie das hergebrachte Verfahren beschleunigt und abgekürzt, so daß diese Farbe heute ziemlich preiswert und in jeder beliebigen Menge zur Verfügung steht. Aber leider gibt es Dinge, von denen die Industrie keine Ahnung hat. Anita Albus hat in ihrem gelehrten Buch DIE KUNST DER KÜNSTE harte Worte für die Häßlichkeit der neuen Laborfarben gefunden und behauptet: »Als Bausteine für Tiefenlicht und Dichte in öligem Medium sind sie in ihrer heutigen Handelsform mehr oder weniger unbrauchbar ... Wer dem hohen visuellen Gewicht der frühen niederländischen Malerei nacheifern wollte, müßte sich seine Farben nicht nur anreiben, sondern nach alten Rezepten selbst herstellen.«

Und das geht so: Man füllt einen Tontopf zur Hälfte mit Essig und legt Späne von gegossenem Blei darüber. Dann wird der Topf in einer Schicht von verwesendem Pferdemist gelagert, wo er monatelang stehenbleibt, bis das Bleiweiß schuppenartig auskristallisiert. Man muß es abklopfen, mit Wasser mahlen, waschen, trocknen und abermals naßreiben, und zwar so, daß die kristallinen Partikel nicht allzu homogen ausfallen, nicht zu grob und nicht zu fein, weil sonst ihre starke Doppelbrechung leidet. Diese Zubereitung muß von Hand geschehen und ist deshalb unbezahlbar geworden.

So geht das schönste Weiß aus einem Metall hervor, das der Wirkung von Mist ausgesetzt wird, und das Resultat ist eine ebenso kostbare wie gefährliche Substanz. Bleiweiß gehört zu den giftigsten Farben, die wir kennen. Vorsicht ist geboten: Wer sich auf das weißeste Weiß einläßt, kann darin umkommen.

BILDNACHWEIS

Archiv des Verfassers: [2/3, 7, 15, 16/17, 25, 28, 34, 47–49, 52, 56, 58, 68/69, 71, 72, 80, 82/83, 86, 88/89, 92, 93, 95, 98, 114/115, 117 (Jiří Kolař), 128, 130, 135–138, 140–143, 145, 148/149, 153, 165, 169, 170/171, 184, 192, 193, 194/195, 196, 201, 203, 210/211, 228–232, 240/241, 246/247, 248–250, 266, 285, 296, 303, 307, 313–315, 317, 319, 333, 334/335] ■ Archiv Greno: [4/5, 13 (Werbeplakat 1920), 26/27, 28, 33, 37, 41, 53, 60, 75, 76–79, 84/85, 91, 92, 108, 146/147, 150, 151, 154, 157, 159, 162, 174/175, 186, 189, 191 (Pieter Breughel d. J.), 193, 207, 212/213, 235/236, 243, 245, 253 (Frans Masereel), 261–265, 275–277 (Bibliothek Escorial aus: J. L. Sancho, San Lorenzo el real de El Escorial), 283, 289, 290–292, 303, 304–306, 308/309, 325, 332] ■ Hans Hillmann, Frankfurt/Main: [6, 38/39, 40, 52, 101, 178, 180, 185, 188, 217, 238, 271, 321] ■ Ausstellung »WortSpielZeug« von Hans Magnus Enzensberger, Swarovski Kristallwelten, Wattens, Österreich, 16. Juni bis 9. November 2008 [10, 22/23; 100/101/177 (Photographien Jörg J. Berchtold, Stuttgart), 111; 133/134 (Photographien Petra Findeisen / Wolfgang Schwarz, San Severino Marche), 150, 177] ■ J. G. Posada, Das Werk, Frankfurt/Main 1976 [94, 259] ■ Schott Music, Mainz: Hans Werner Henze (Musik) / Hans Magnus Enzensberger (Text), La Cubana oder Ein Leben für die Kunst (ED 9517), daraus: »Erstes Chanson der Zeugen« © 1973, Schott Music, Mainz [54 f.] ■ Frankfurter Allgemeine Zeitung: Hermann-Michael Hahn, »Am Ende wird die Erde nur schmoren«, aus: Frankfurter Allgemeine Zeitung, 4. Januar 1995. Zur Verfügung gestellt vom Frankfurter Allgemeine Archiv [161] ■ Jens Ziehe, Berlin: Koffer von Paul Erdős (Alfred Renyi Institute of Mathematics, Budapest) [105] ■ Chip Clark, Peter Sawyer, aus: Die Erdgeschichte v. S. Laub & D. Sington, Köln 2000 [18] ■ JP Tripp [183] ■ Diatomeen 1889 – Botanic garden of Belgium (Meise), Photo Matthias Burba, 2007 [198] ■ W. E. Le Gros Clarke, History of the Primates, London 1970, in: M.-L. Franz, Zeit (Insel 1981), Photo rechts: von H. Roger Violett [199] ■ ESA [226/227] ■ Vatikan [244] ■ G 8 [254] ■ Stefan Moses [294] ■ Photo AA Berlin [299]

Printed in Germany
Erste Auflage 2011
ISBN 978-3-518-42210-6
1 2 3 4 5 6 – 16 15 14 13 12 11

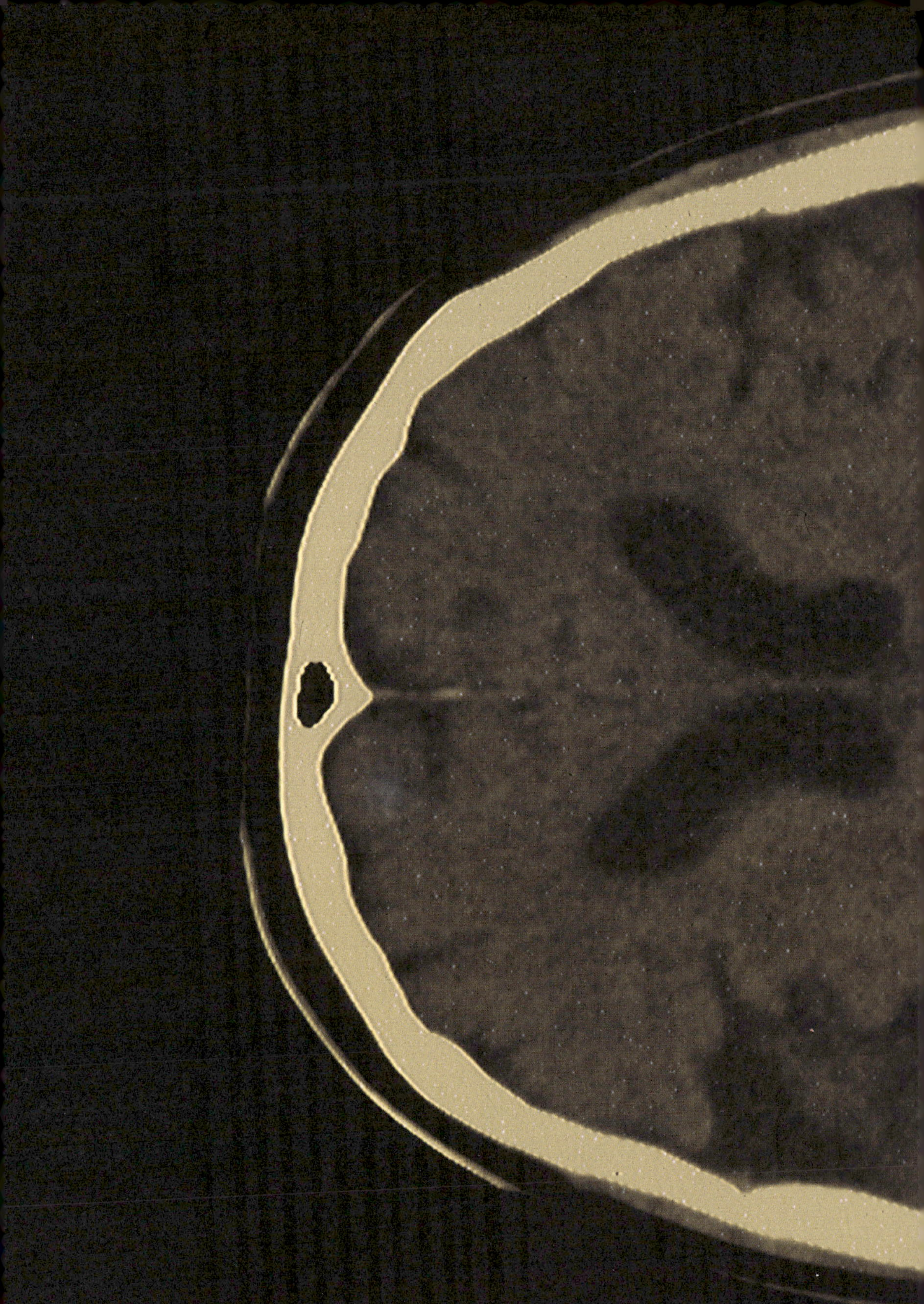

Die Vorratskammer HME – Tomografia, São Paulo, Juni 2009.